ベンヤミンにおける「純化」の思考

ベンヤミンにおける「純化」の思考

「アンファング」から「カール・クラウス」まで

小林哲也

水声社

目次

第三部　「純化」の思考へ——「カール・クラウス」における思考の展開

凡例

一、ヴァルター・ベンヤミンの著作からの引用は、下記の著作全集、および書簡集にもとづく。

Benjamin, Walter: *Gesammelte Schriften.* Unter Mitwirkung von Theodor W. Adorno und Gerschom Scholem, herausgegeben von Rolf Tiedemann und Hermann Schweppenhäuser, 7 Bände, Frankfurt am Main 1991. 全集からの引用の際は、略号 GS. とともに、巻数をローマ数字で、ページ数をアラビア数字で記している。

Benjamin, Walter: *Gesammelte Briefe.* Herausgegeben von Christoph Gödde und Henri Lonitz, 6 Bände, Frankfurt am Main 1995ff. 書簡集からの引用の際は、略号 GB. とともに、巻数をローマ数字で、ページ数をアラビア数字で記している。

一、カール・クラウスの著作からの引用は、下記の著作全集、および『ファッケル』にもとづく。

Kraus, Karl: *Schriften.* Herausgegeben von Christian Wagenknecht, 20 Bände, Frankfurt am Main 1986-94. 引用に際しては *Schriften* と記し、巻数を Bd. とともに示し、ページ数をアラビア数字で記す。

Die Fackel. (Reprint). Nr.1-926. München1968-1973. 引用に際しては F. と略記し、巻数、頁数を記す。

一、引用は、訳者を明示していない場合は、すべて引用者の翻訳による。

一、引用に際し、原文のイタリック体などによる強調は、傍点で示している。引用者による強調の際は、その旨を記す。

一、〔 〕は引用者による補足等を示す。〔……〕は引用者による中略を示す。

序章

はじめに

本書はドイツの思想家ヴァルター・ベンヤミン（一八九二〜一九四〇）の思想の展開を彼の青年期から批評活動の最盛期にいたるまで追い、社会的・国家的な暴力が大きな力を振るった二十世紀前半の世界の中で、彼の思考が、どのようなヴィジョンを示し、どこへ向かおうとしていたのかを追うものである。

近代において社会変革をもたらしてきた諸々の理念は、その一つの「実現」として夢みられた社会主義の崩壊や価値の多様化を前提とした現代社会では、空疎な文句として嘲笑されることがしばしばである。「多様性の尊重」「他者との共生・共存」という社会主義後の「理念」も、例えばEU統合の熱狂が過ぎ去り、地域紛争や国家間対立がいよいよ激しくなる中で疑念に曝されている。その結果生じたのは、言葉への不信やシニシズム、そしてその反動としての無批判的な理想への回帰という混迷状態である。この状況下において、「他者との共生」を空文句とせずに理念が再び現実の力足り得るかを問うことは、文学・思想研究が直面せざるを得ない課題である。近代全体を視野にいれたベンヤミンの思想的営為の射程を見定めることで、本書は混迷の中にある現在に、一筋の光を引き入れることを試みる。現在の世界が直面する困難の解決策や絶対に正しい立場はベンヤミンの思考から導き出すことはできない。だが、彼の向き合っていた問題――暴力を蔓延らせる言葉の力とそれに対抗する言葉の無力、暴力の連鎖と正義のアポリア、共同性の構築の困難――は、未だ解かれない、われわれにとっての課題でもある。ベンヤミンの思考の解読から、混迷する現在において新たなものを照らす光を浮かび上がらせたい。

移動する思考、凝視する視線

ベンヤミンは、友人でもあった哲学者テオドール・W・アドルノ（一九〇三～一九六九）の紹介によってその思想が広く知られるようになって以来盛んに受容され、多様な側面が取り沙汰されてきた。受容史を振り返ると、彼が常に「アクチュアルな思想家」として読まれてきたことがわかる。(1) 六〇年代の学生運動の昂揚とともに見出されたのは、独自の歴史哲学でネオ・マルクス主義に刺激を与える左翼思想家としてのアクチュアリティーであった。(2) 一方文学や哲学においては、アドルノによる解釈に則って、ベンヤミンは近代的主観が織りなす思考体系を批判しその外部の「非同一的なもの」を思考する哲学者として着目された。(3) ベンヤミンのアクチュアリティーは、むしろマルクス主義も含めた近代的思考の暴力に対する批判者としての側面に見出されたのである。フランスを中心とした「ポスト構造主義」的な思想においてもベンヤミンは先駆者として参照され、また、ノルベルト・ボルツ（一九五三～）らによって、ポストモダンを先取りするメディア理論家としてのアクチュアリティーが語られもした。(4) 生誕一〇〇年となった一九九二年前後にはベンヤミン受容の「ブーム」が起こり、その中では多様なベンヤミン像が浮かび上がってきた。

ベンヤミン像が多様になるのは、彼がその生涯の中で多様なものを思考したからだろう。青年運動、ドイツ・フランス語の詩作品と散文、言語と神、ギリシア悲劇、「法」の原像としての神話的暴力と神的暴力によるその破壊、ゲーテ、バロック悲劇とアレゴリー、マルクス主義と唯物論的思考、シュルレアリスム、収集行為と歴史家、パリのパサージュ、ブレヒトの叙事演劇、子供演劇、教育、複製技術とアウラの凋落、映画と政治、進歩史観を批判する歴史哲学といった具合に思いつくままに羅列してみるなら、これらに一貫するものを一言で指摘するのはなかなか難しい。だが、多様な関心は、単なる気まぐれや場当たり的な選択に由来するのではなく、ベンヤミンに固有の感覚、固有の思考に基づくものだろう。

ベンヤミンの思考は、生来、移動と切り離せないものだった。彼の友人ゲルショム・ショーレム（一八九七～一九八二）は、次のように、ベンヤミンの特徴を書いている。

> 私の目についた彼の最初の特徴は、会話の際に決して穏やかに座ったままでいるということがなく、命題を定式化しながら、部屋の中を歩き回り出すことだった。それは実際彼の生涯にわたって彼を特徴づけていた。彼は好んで相手の前に立ち止まり、独特の強烈なイントネーションで、自らの見解、あるいは、あり得る見解をいわば実験しながら定式化した。(5)
>
> 〔傍点強調は引用者〕

ここに見られるのは気分に従って軽妙に飛び回っているというよりは、思考対象の周りを徘徊しながら、あり得る様々な命題を求める姿である。生涯にわたって、ベンヤミンはそのつどの状況に応じて、多様な対象に向き合っている。ベンヤミンの思考の移動はめまぐるしい。神秘的言語の思考を展開したかと思えば、「弁証法的唯物論者」としてアジテーションにも近い批評文を繰り出し、ゲーテやヘルダーリンあるいはゲオルゲの作品を耽読する一方で、映画館ではミッキーマウスに共感を示し、喪失感の中でメランコリーに沈むかと思えば、新たな野蛮状態を言祝ぐ。ベンヤミンのテクストは、相互に矛盾するようなものを含んでいる。それは、それらがそのつど足場を異にして書かれているからである。ベンヤミンの思考は、ある種の実験性をともなうものであり、そのつどの足場からなされる仮定をもとに、そのつど極端なところまで展開され、その帰結には拘泥せずに、また別の極へと展開される。

本書は、ベンヤミンの移動と多様性と、そのラディカルな思考実験の成果を軽やかに言祝ぐものであるよりも、多様なテクストの中で繰り返される思考の動きに焦点をあてるものである。ベンヤミンの移動は、その多くが強いられたものであった。彼は、旅を好み、移動を好んでもいたが、彼の生涯の中の多くの移動は強いられたものだった。大ブルジョワの息子として、多くの教養を身につけたベンヤミンは、ユダヤ系であったこともあり、社会的地位を築くことはなく、亡命も余儀なくされた。彼の実験、とくに、その後半生におけるそれは、資材豊富な自由に振る舞える場所を与えられていなかった。時間も資材も限られる移動の中で、ベンヤミンは思考実験を敢行する。ベンヤミンの様々な洞察は、昨日あり得たものが今日あり得なくなるのだということ、それゆえ、思考は何かに安住してなされるのではないということを大きな前提としている。

彼は、それまでの世代に継承されてきた「経験」や、彼が培ってきた「教養」が、その無効に直面する、大きな時代の変転に立ち会っている。ベンヤミンの世代にとって、経験の無効をもっとも明確に告げたのは、第一次大戦だった。

> 経験の相場はすっかり下落した。このことは、一九一四年から一九一八年に、世界史上でも最も途方もない経験をした世代に起こっている。〔……〕彼らが戦場から押し黙って帰って来たことを、人々は当時、確認できたのではなかったか？　伝達可能な経験を豊かにするというよりも、貧しくして、彼らは帰ったのだ。〔……〕戦略的な経験は、塹壕による陣地戦によってよりも根本的に、その間違いを罰せられたことは決してなかった。経済的な経験はインフレーションによって、肉体的な経験は飢えによって、倫理的な経験は権力者たちによって、その虚偽を罰されたのだった。まだ鉄道馬車で学校へと通っていた世代が、空っぽの空

の下に立っていた。その風景のなかで、雲の他には変わらなかったものなど何ひとつない。変わらなかったのは、その真ん中の破壊的な潮流と爆発がおりなす力の場にある、ちっぽけでもろい人間の身体だけだった。[6]

ベンヤミンの世代が直面した変転と、経験の凋落、これは、軽口の誹りを恐れずに言うなら、もしかしたら我々も現在直面しているものかもしれない。冷戦期の福祉国家のように大きく社会構造が変動することのない時代が終わりを告げるとともに、われわれも、これまでの通念がつぎつぎに覆され、大きな変動と混乱が生じる中におかれている。変転と混乱の中で、ベンヤミンは、状況に応じて移動しながら、しかし、流されるのではなく、自らの思考をもとに独自の展望を切り開こうとしていた。

応答のエートスと固有の視線

〈できること〉にしがみつくことは、昨今、誰にも許されない。強さは即興のうちにある。決定的な打撃は、すべて左の拳から繰り出されることだろう。[7]

多様な思考は、ベンヤミンの遊戯的な実験精神からなされるものではあるが、それは自由な選択の場を与えられてはいなかった。新たな状況に放り投げられ、移動を余儀なくされるベンヤミンはそれに応じて行動することを強いられる。彼は、自分ができることを中心に行動を組み立てるのではない。彼の思考の多様性は、投げ置かれるそのつどの状況への「応答のエートス」[8]の産物である。投げ置かれた状況では、得意なこと、できることにこだわってはいられない。だがそのつどの状況に流されるのではなく、ベンヤミンはつねに固有の視線を保とうとしている。

> 私は、どんな状況でも私の仕事を果たすと決意した。だが、この仕事は、その都度の状況において、同じものであることはない。それはむしろ、状況に応じる仕事 eine Entsprechende だ。そして、間違った状況に正しく応答すること——すなわち「正しいもの」でもって応じること——は、私にはゆるされていない。そしてそれはまた、人が個人として立つ限り、そう志した限りにおいて、全く望むべきものでもない。[9]

これは、一九三一年の書簡でベンヤミンが述べている見解である。実際、彼のテクストにおいて、状況の変化と移動の中で多様なものが扱われながらも、そこにベンヤミン自身の固有の視線があるように思われる。ショーレムは、上述したように、移動しながらの命題定式をベンヤミンの生涯にわたる特徴とみていた。同時に彼は、これと対照的なベンヤミンの思考の身振りをもう一つ挙げている。

> それに対して、彼が目を部屋の天井のもっとも遠くのすみへと集中させるとき、これが彼にまさに魔術的な容貌を与えていた。これは、すでに言ったように、とりわけ大きな輪の中で話すとき、彼にしばしばみられた。この視線の固定は、彼のその他は活き活きとした身振りと非常に対照的だった。[10]〔傍点強調は引用者〕

この「視線の固定」は、その場にいて話をしながら、その場とは別の、遠くの一点を凝視している。状況に応じながら、どこか遠くの一点を凝視するこの視線とともに、ベンヤミンは特異な思考を展開する。移動の中で状況に応じながら思考するベンヤミンは、状況に応じながら、固有の沈思に入り込む。

　本書ではその移動の中での沈思する思考が繰り広げていた躍動を捉えたい。コンテクストに応じて、ベンヤミンの思考は移動する。だが、その中で絶えず問われるものがあるのも確かである。第一部から第三部まで、基本的に編年体で、ベンヤミンの思考が時代の中に残した軌跡を追いながら、思考が反復される中で深化していくさまを追っていく。第一部は、青年運動に関わっていた頃の最も初期のテクストから、第一次大戦勃発後の「言語一般および人間の言語について」までを扱う。第二部は、大戦中からヴァイマル共和国が相対的安定期に入るまでのベンヤミンの思考を、第三部は、彼が文筆家・批評家として活動し、自らを弁証法的唯物論者として自己規定もするようになった時期のテクストを扱っている。通例、ベンヤミンの思考を時期によって区分する場合、一九二五年に書き上げた『ドイツ悲劇の根源』を分水嶺とし、それ以前を初期、その後批評家としてマルクス主義に接近して以降を後期とすることが多い。本書は、この初期から後期への移動を大きく見ていく。

初期から後期への移動

ベンヤミン像はおおづかみにいえば、マルクス主義者であることを前提におくものと、高雅な「文人」としての側面を強調するものの二系統に分かれるように思う。学生運動の高揚、新左翼運動の隆盛の中では、左翼としてのベンヤミンが受容の対象となって勢いをもっていた。だが新左翼運動も、ソ連流のマルクス主義も退潮した中で、この読み方は全くといっていいほど勢いをなくしてしまった。

ベンヤミンの後期のテクストには、「弁証法的唯物論者」としての姿勢が顕著になっている。ショーレムやアドルノがベンヤミンの唯物論的な方向への転回について、「欺瞞」や退行を見いだしたのはつとに知られる。彼らの見方は、マルクス主義の退潮によって正当性を得たように思われる。さらに、ジャック・デリダによるベンヤミンの「決断主義」的思考の危険視などもあって、その「革命的な側面」は、問題にするべきではないものとして封印されたかのようにも思われる。だが、例えば細見和之が言うように、ベンヤミンの思考の展開を誠実に追おうとするなら、「簡単にベンヤミンからマルクスを差し引いて、その分をユダヤ神秘主義で埋め合わす、というわけにはいかない[11]」だろう。マルクス主義への接近は、上述したような時代の変転の中での移動とともになされている。それを括弧に入れてしまうなら、それとの関係においてあったベンヤミンの思考の緊張が見失われてしまう。

マルクス主義の退潮以降、ベンヤミンのコミュニズムへの接近は、彼の初期にあったメシアニズム的志向がマルクス主義という変形的メシアニズムに転化したものだと捉えられているように思う。そこでは、ベンヤミンの「コミュニズム」も、「メシアニズム」も、あり得ないユートピア思考として括弧にいれて、そこにあった思考がどのようなものなのか議論がつくされることがない。宗教的な救済、あるいは社会的な解放の理念を考えることは、極端な考え方の危険な人間のすることとして、遠ざけられる。ベンヤミンに関しては、彼が深遠な思想家であるという合意はあるがゆえに、敬して遠ざけられる。本書では、ベンヤミンに近づくにあたって、極力何かを括弧にいれずに、その思考の展開を追いたい。敬して遠ざける前にまずもって近づき、敬意を払いながらも批判的にその思考を追った上で、見るべきものを改めて取り出したい。本書が主に扱うのは、初期のまだコミュニズムにもユダヤ的なメシアニズムにも触れる以前のテクストから、ベンヤミン独自のいわばユダヤ的な思考と、コミュニズムへの接近が交錯する一九三一年の「カール・クラウス」までである。ベンヤミンはここで次のように書いている。

> 神話からは観念論的に解放されるのでなく、ただ唯物論的に解放されること。そして被造物の根源においてあるのは、純粋さではなく、純化だということ。こうしたことが、その痕跡を、クラウスの現実的ヒューマニズムのうちに残したのは彼の晩期になってだった。(12)

ここで示される「純粋さ Reinheit」から「純化 Reinigung」へという道筋は、ベンヤミンが自身の思考の展開を重ねたものでもある。本書全体を通して、「純粋さ」から「純化」への展開を軸に、ベンヤミンの思考を追っていきたい。

本書の構成

本書は、上述したように、第一部から第三部まで、おおまかに時期を区切って、ベンヤミンの思考の大きな展開を追っている。各部は、それぞれ三章立てである。

第一部では、青年期からのベンヤミンが抱く、純粋な精神への憧憬と、その困難を見ていく。青年期の「憧憬」が導き出す思考を検討するのは、秘教めいたものがまだ少なく、若者的な感情として、広く理解し得るものが孕まれていると考えられるからであり、また精神の純粋さを率直に肯定する姿勢が顕著にしめされているからである。未だ到来せざる「何か」への憧憬と既存のものの外部へと向かう衝動に、ベンヤミンの思考のその後の展開の萌芽がある。第二部では、ベンヤミンにとっては沈思黙考の時期といえる一九二〇年前後のテクストを中心に扱う。ベンヤミンにおいて「沈黙」というモティーフは多様な展開の起点となるダイナミズムを孕んだものである。例えば、「決意」と「反抗」に結びつくことで、「決断主義」の問題圏にもつながるとともに、他方で、押し黙る中でくずおれていく者の「希望」という課題とも関わる。ある種、両極に引き裂かれたようなベンヤミンの思考の展開の射程を明らかにする。第三部で扱う、「カール・クラウス」は思考の展開が躍動するという意味ではベンヤミンのテクストの一つの頂点をなしていると考えられる。初期にあった観念的でもっぱら精神性を重視する思考の枠を踏み越えるプロセスが、ベンヤミン自身の筆によって、ダイナミックに描きだされているからである。最後に、終章においてベンヤミンの思考が抱えていた課題と展望を示している。

ベンヤミンの思考の道筋を明らかにするという大きな目標は各章それぞれに共通するが、扱うテクストや目的に即してアプローチを変えている。ベンヤミンのテクストは、論述の飛躍や、前提の説明不足といった書き方の問題と、思考されていること自体の難解さのために、容易に解読しがたいものが多い。本書ではこの解読のために、テクスト成立にまつわるコンテクスト、思想史上の位置づけ、論争相手の詳論といったことを重視したい。従来しばしばとられてきた、一つのベンヤミンのテクストを別のベンヤミンのテクストによって注釈するということはなるべく避けたい。以下で、それぞれの特徴を簡単に示したい。

第一部では、雑誌『アンファング＝始まり』に載った最も初期のテクストから検討を始め、ベンヤミンの思考の展開の「始まり」を明らかにしている。まず、テクスト成立の背景としての青年運動を思想史的に俯瞰しながら、ベンヤミンの思考の解明を行い、ベンヤミンの関わっていた青年運動の教養市民層的な性格を明確にすると同時に、ベンヤミンがそこからどう自己の思考を差異化するにいたったかを見ている。教養市民層的な思考は、技術や実学、経済的成功といったものよりも普遍性や純粋な精神性を尊ぶ。ベンヤミンも精神の「純粋さ」を思考していたが、「純粋さ」への憧憬が、往々にして憧憬の絶対視へと陥る点を同時にとらえていた。第一次大戦前後に、ベンヤミンはマルティン・ブーバーに対して批判的姿勢を示している。これも、精神の絶対化をめぐる問題として理解できる。その際、ブーバーへの批判を従来のように彼の戦争肯定という点に求めるのではなく、両者の思考の差異を明確に論じた点に本書の特徴がある。第一次大戦前後のブーバーの言説を詳細に検討することで、論争の争点がどこにあったのかを明らかにしている。ブーバーとの対立を背景に読むことで例えば、一九一六年の「言語一般および人間の言語について」における「直接性」のモティーフの意義も明らかになる。

第二部では、バロック悲劇に比して検討されることの少ないベンヤミンのギリシア悲劇論の検討を皮切りに、そこにみられる「決断主義」的姿勢の内実と、ベンヤミンの人間把握と神（超越性）への姿勢を検討している。ここでは、文化史、宗教史、思想史的な補助線を引くことで、ベンヤミンがテクストで展開する議論の何が、どう重要なのかを明確にしようとしている。同時代の思想家——ジェルジ・ルカーチ、ヘルマン・コーエン、フランツ・ローゼンツヴァイク、マルティン・ハイデガー、カール・シュミットなど——との親近性と差異を明確にしていくことで、人間の「決意」の重視とあるいは不決断のうちにある者の救済という両極において思考するべンヤミンの特質を探っている。決断か不決断かという二者択一的な形で、結論が導き出されるのではないところにも関係して、ベンヤミンが答えの見通せない中での思考を重視していることを明らかにしている。このことについては、ゲーテの小説『親和力』についてのベンヤミンの批評に即して論じている。

第三部では、第一部以来見て来た「純粋さ」を追究するベンヤミンの思考が、「純化 Reinigung」へと転じていくさまを「カール・クラウス」に即してみていく。カール・クラウスが行っていた諸論争、諸闘争による社会生活の「掃除 Reinigung」をベンヤミンが重視するのは、教養市民的な精神主義の内側からの批判がそこにおいて最も強力になされており、新たな地平への展開がそこからはじまるからであった。このことを明らかにするために、批評家としてのベンヤミンが、なぜクラウスに接近したのか、その批評戦略上の意味は何なのかを、ベンヤミン、そしてクラウスの論争相手を詳細に検討しながら明らかにしている。特に、「純粋さ」への憧憬を共有する表現主義、新即物主義への批判的姿勢を検討することで、ベンヤミンの思考の展開の意味を探っている点に特徴がある。クラウスの諸論争に関しても詳細を見ることで、一読するだけでは謎めいたエッセイ「カール・クラウス」の議論の内実を明確にしている。

ベンヤミンの思考の過程をその青年期から遡ってみるなら、言葉だけみると極端なものにうつるにせよ、彼がいたる結論は性急に導き出されたものなどではなく、十分に考え抜かれた上での思考過程を反映するものであることがわかる。外部への跳躍姿勢は、夢想的なユートピア志向、あるいは神の奇蹟を待つメシアニズムに由来するのではなく、「純粋さ」を観念的に保持しようとすることの無力を克服しようという意志から生まれてきている。本論で明らかにするように、ベンヤミンは批判的姿勢の自己目的化をはっきりと批判し、「純粋さ」の理想を観念的に保持するよりも、現実を批判的に「純化」する運動へと向かっていた。ベンヤミンは、主観的思考の外部への開かれを、単に可能性として思考するにとどめずに、積極的に模索しようという試みを展開していく。このベンヤミンの姿勢の再考は、後先を問題にしない現状追認と自暴自棄な決断主義的傾向が強まる現在の閉塞状況を超え出るための視座を与えてくれるだろう。ベンヤミン自身は、ナチズムの隆盛と亡命の中で、自らの展望を具体化することはできなかった。だが、言語活動が無力になっていくなかでの彼の思考と考察は、現在の我々にとって、大きなヒントとなりうるものだと思われる。

第一部　外部への憧憬／体験の外の沈黙

第一部では、既存のもの、慣習的なものとは「何か別のもの etwas andres」へ向かうベンヤミンの憧憬の特質と、彼の言語論にみられる世界把握の意味を明らかにする。

第一章では、青年期に見られる「何か別のもの」への憧憬の特質を明らかにする。これまでの研究ではあくまで初期の若書きとして周辺に追いやられていた諸著作を手がかりに、ベンヤミンの初期衝動のあり方を探る。当時ベンヤミンが熱心に関わったヴィネケン派の教育改革運動の機関誌『アンファング』誌掲載のアピール文などからは、当時の青年一般に見られた「より高きものへの憧憬」に彼も突き動かされていたことがわかる。だが、ベンヤミンの憧憬は、抽象的な形ではあるがきわめて鋭く純粋な精神性を追求しており、それゆえに青年運動一般の枠を突き抜けていく。ヴァンダーフォーゲルや、社会改良運動から自分たちの学校改革運動を区別しつつ、純粋な認識者の共同体を立ち上げようというベンヤミンの思考はきわめてラディカルであった。ただし、純粋な精神性を求めるあまり、いっさいの具体化を拒み、それゆえ自ら挫折を運命づけてもいる。師のヴィネケン以上に精神性が徹底され、姿勢の非妥協性も際立っていた。習慣的なものへの敵対性といった、攻撃的な側面が見られるのも、この時期の特徴である。

第二章では、マルティン・ブーバーへのベンヤミンの批判の意味を明らかにする。批判は、戦争肯定的言説に向けられるというよりも、言語を手段として、人々を動員するというその言語使用に向けられている。ベンヤミンは、ブーバーが戦争における「ユダヤ体験」を共同体精神の樹立に向けた象徴として語ることに嫌悪感をもよおしていた。「体験」概念への批判、言語を単なる比喩、象徴を祭り上げるための手段とすることの批判など、後にベンヤミンの思考の核となるものが、ブーバー批判をきっかけに生み出されていたことを明らかにする。当時のドイツ・ユダヤ人が戦争下でおかれた状況をふまえてブーバーとベンヤミンを対比することで、ベンヤミンの思考が沈黙の中で醸成されていく過程を明らかにしていく。

第三章では、ベンヤミンの「言語一般および人間の言語について」における「言語の直接性」というテーマが、ブーバーらの「体験の直接性」重視の見方とは別の思考を提示するものとなっていることを明らかにする。主観的体験中心で見た場合の言語は、伝達のための記号であり、二次的な手段にすぎないものとなるが、ベンヤミンはこうした見方をくつがえす。ベンヤミンは、体験の外部において、体験を包み込むかたちで生じている伝達に重点をおいて言語を理解することで、主観中心的な思考とは別の世界把握を試みている。従来、ユートピア志向の典型として理解されてきたベンヤミンの言語論は、体験の外部とそこにある沈黙に注意を払うための、理論的試みとしての広い射程をもったものなのである。

第一章　「何か別のもの」への憧憬――青年運動期のベンヤミン

第一節　「若さ」と「予感」

世紀転換期以降、ドイツではヴァンダーフォーゲルに象徴される「青年運動 Jugendbewegung」が盛り上がっていた。一八九二年生まれのベンヤミンは、グスタフ・ヴィネケン（一八七五～一九六四）を精神的支柱とした学校改革運動の中心にいた。当時のベンヤミンには、未だ「ユダヤ神秘主義的」なモティーフは見られず、マルクス主義の影響もない。彼は、もっぱら時代の波としてあった青年運動、特にその中の「ヴィネケン派」という環境に多大な影響を受けていた。かねてより「青年運動」との関わりがベンヤミンの思考形成にとって大きな役割を果たしていたことは、しばしば論じられてきた(1)。にもかかわらず、青年期のベンヤミンの思考と著作は、彼の生涯全体の中で見た場合にあくまで「周辺的なもの」にとどまると考えられる傾向がある(2)。ベンヤミンの当時の著作が、師ヴィネケンの影響圏のもとで、いわばエピゴーネン的に熱っぽい改革の言葉を繰り返すにとどまるものとみえることが、そのような傾向を促している。青年期のベンヤミンを論じる際には、このヴィネケンとの間の影響関係に焦点をあて「青年文化」論へのベンヤミンの期待が失望に変わる過程として描き出すものが多い。(3)子細に見ればヴィネケンとの差異は明らかであるが、そこに見られるベンヤミンの思考が後の思考といかなる関係にあるかの見通しがつかない限りは、ベンヤミンの「若さ」の遺物をしかそこに見いだし得ないだろう。本章では、一時の憧れとして片付けられてきた青年期ベンヤミンの思考に、後のベンヤミンにも指摘できる主観批判とその外部への開かれの意識がはっきりと刻印されていることを示す。当時の著作は多岐にわたり豊かなものを含んでいるが(4)、「運動」の中で書かれたために、文脈を追いづらく、また若書きのための読解し難いといった困難も孕んでいる。以下ではまず、ベンヤミンを、彼の時代、「青年運動」という環境の中において、俯瞰して捉えてみたい。そうすることで、ベンヤミンのヴィネケン派としての側面と、それだけにとどまらない彼独自の思考が浮かび上がって来る。

「青年」に見られる、大いなるものへの「憧憬」に訴えかけるヴィネケンの思想は、ベンヤミンにも響くものがあった。だが、ベンヤミンの「憧憬」は、感情の高揚や「精神」とともにあることの満足を自己目的とすることなく、むしろ自己満足への「敵意」へと転ずる。「憧憬」と「敵意」のダイナミズムを追うことで、「進歩」の観念の批判など晩年にまで続く思考のモティーフが青年ベンヤミンの中で展開していたことを確認できる。青年期のテクストは、未熟で晦渋な側面もあるが、後年のテクストとは違って文脈を特定しやすいという読解上の利点ももっている。ユダヤ的意匠やマルクス主義的語彙が入り込むこともないため、当時の状況を丹念に追うなら、ベンヤミンの感情と思考がそのつど展開したプロセスに立ち会うことができるだろう。

青年運動の潮流

ベンヤミンの関わった運動は当時の青年運動のなかでどのような位置にあっただろうか。「青年運動」といえば「ヴァンダーフォーゲル」と理解されることも多いが――これに関しては、自身も参加者だったハンス・ブリユーアー（一八八八～一九五五）が早くに出したヴァンダーフォーゲルの歴史についての著作（一九一二）の影響が大きい――、様々に目的や志向が異なっていた諸団体の動向研究が第二次大戦後に進んでいる。マコールはそれを踏まえ、青年運動のトポグラフィーの中で、ヴァンダーフォーゲル系の運動や生活改革運動と区別してベンヤミンらの運動を位置づけている。(5) 彼の位置づけは的確なものだが、それぞれの運動がもつ歴史的意味についての記述が不足している。ベンヤミンの青年運動の意味、そしてベンヤミンの思考の内実を適切に理解するためには諸運動の歴史的布置についても理解する必要がある。一九九〇年代半ばまでの「青年運動」研究を踏まえて運動の諸潮流をまんべんなく紹介した田村栄子は、青年運動の担い手が「若き教養市民層」であったと捉え、「教養市民 Bildungsbürgertum」の歴史に照らして運動それぞれの特質を論じている。(6) 以下ではこの視点を活かして、ベンヤミンの関わった青年運動の歴史的位置づけを明らかにしたい。

「教養 Bildung」が一つの理念として成立してくるのは、十八世紀末から十九世紀初頭と言われる。全ての知の発展の根幹を育て、全人的な成長、人格的陶冶の基盤となるものとしての「教養」理念は、フンボルトらが提唱していた。「学問イデオロギー」とも称されるこうした考えは、十九世紀前半のドイツにおける大学改革の方向を決定づけている。(7) ここで提示された研究機関としての大学、情報を与えられるままの生徒ではなく自立した探求者としての学生といった定式は、一八一〇年のベルリン大学設立以降、プロイセンをはじめとしたドイツ諸邦の教育行政に浸透し、ドイツ社会の構造をも形づくっていく。(8) 専門的な技術知と区別される、功利性を排除した「普遍知」という理念は、ギムナジウムや職業資格試験に制度的に組み込まれることで、社会的に大きな影響力をもつようになる。教育によって社会に地歩を占める「教養市民」層が生み出され、彼らはそれ以前の貴族とは違った自らの精神性を誇るようになった。彼らは、官僚層の人材源ともなることで、十九世紀後半に至るまで支配的地位を占めていたが、産業化と資本主義と社会の組織化の進展という大きな流れの中で「危機」の時代を迎える。(9)

時代に必要とされたのは、技術的な知識や具体的な法運用や改革のための助言を与える言葉であって、「普遍的な教養知」がもたらす高邁な言葉ではなくなっていた。時代の需要に応えるのは、具体的な助言を与える「知識人」という存在であり、人文主義の理想、普遍的な知の理念を体現する「教養人」は、自己の存在理由に一抹の不安を覚え出していた。これに対して、「文化」や「精神」を強調して、魂なき近代に警鐘を鳴らすことでアイデンティティを確保しようとする動きが起こる。(10)

旧態然とした知に依拠する者、近代的な専門知に依拠する者のどちらもが、意識せざるを得なくなっていたのは、世論と国民（膨大な労働者層を含んでいた）であり、違いは、「知」という自らの財産を、彼らにいかなる形で「売る」かにあった。新しい「知識人」は、プラクティカルな問題への技術的な「助言」を的確に与えることで自らの指導的地位を確実にしようとする。他方「精神の貴族」は、プラクティカルな問題に応える単なる技術的知識と、狭い意味での政治との関わりを軽蔑する。彼らは、魂を忘れた国民に、精神の復興を説く形で、「広義の」政治に踏み出す。(11)

ベンヤミンの時代の青年運動の布置も、こうした問題系を背景にすることで、その思想史的意義を的確に把握できる。ベンヤミンの世代の学生は、いまだ社会全体では少数の特権的存在としてあった。ただし、彼ら若き教養市民層は、存在理由が不安定になりつつある存在であった。彼らの社会的な同質性もゆらぎ、その周囲には女性や労働者階級出身の学生など、旧来とは異なった学生も現れはじめていた。

青年運動の代名詞ともなったヴァンダーフォーゲルは、魂を欠いた「文明化」への反対であり、そうした流れから「逃避」しようという動きだと理解できる。(12)ヴァンダーフォーゲルの参加者、活動には必ずしも同質性があったわけではない。とはいえ、財産がなければ難しい「鉄道旅行」への反発が創設時のスローガンから窺えるように、小市民出の者が多かった。物質的に困窮するわけではなく、精神的な変革を望むだけの余裕があった彼らは、近代化の波に取り残されつつある中で、自然や民族の根源的な生への回帰傾向を見せる。(13)こうした傾向を見せるヴァンダーフォーゲルとは違った傾向の青年運動としては、社会改良系の運動があった。これらは近代化を大きな前提として受け入れ、その中で具体的な改良への助言を行い、改革の動きを指導していこうとするもので、ヴァンダーフォーゲルとは近代化への態度をめぐって逆の方向を向いていると言ってよいものである。近代化の中で生じた問題に個別的な解決を与え、社会改良をする中で自己の存在を主張する運動であった。ベンヤミンが属していた学校改革運動は、これら双方を批判する形で、独自のラディカルな姿勢を貫いていた。

ヴィネケン青年論の位置づけ、その方向性

ベンヤミンらの運動を指導していたのは、教育改革運動の旗手グスタフ・ヴィネケン(14)であった。ヴィネケンは、最初ヘルマン・リーツ(15)（一八六八～一九一九）の創設した寄宿制学校「ハウビンダ田園教育舎 Haubinda Landerziehungsheim」で教育活動に携わっており、ベンヤミンもここで彼に出会っている。ギムナジウムでの死んだ教育(16)を批判したリーツの教育理念は、青年たちの共同性の回復を、ドイツ民族の自然への回帰とともに強調する「フェルキッシュな」色合いをもつものであったとも言われ(17)、ドイツ語教育偏重とユダヤ人の入学制限などをめぐってヴィネケンらと対立が生じていた。ヴィネケンは、一九〇六年、普遍性志向の教育を行うべく自身の学校をヴィッカースドルフに創設する。ベンヤミンはヴィネケンがハウビンダを離れるまでドイツ語と哲学を一年ほど教わっただけだが、後年書いた履歴書でも「私の後の生の種が蒔かれ、苦しみとともに鋤き返された耕地」としてハウビンダの名を挙げている(18)。

自らの考える「青年文化」を主唱していくヴィネケンは既存の教育への批判も遠慮なく行ったため当局に目を付けられ、以降在野の教育改革運動家となる。彼は、「学校が世界そのものである」と思わせてしまうような「学校の威信に対する暗鬱な迷信」の批判を行い、将来の地位を得るための単なる「準備機関」に堕した既存の学校に代えて「青年に固有な価値」を実現する「新しい学校」の必要性を説いた(19)。ヴィネケンは青年教育に関わる代表的な論客とみなされ、一九一三年の青年運動の祝祭、ホーエマイスナー大会でも基調の挨拶をつとめて

いる。彼は、青年期を職業につくまでの準備機関、職業生活が始まる前の猶予期間ではない、固有の意義をもつ時期だと主張した。そして、青年の自律性に訴え、青年固有の普遍性にこそ開かれる教育の理念を掲げた。いまだ経済活動、政治活動に巻き込まれていない彼らは、既存の社会の枠組みにおいてはまだあらわれない、新たなる「大いなるもの」へのまなざしをもっているというのである。[20] 彼が掲げた「青年(=若さ)Jugend」の理念は、一部の学生やギムナジウム生徒に熱狂的に支持され、教え子を中心にヴィネケンを囲むグループが形成された。彼ら「青年」の使命は、来たるべき大いなるものの現実化のために奉仕すること、階層の再生産を打ち破り、普遍的知の実現に向けた新たな教育体制を打ち立てることであった。

「あらゆる専門の生徒が、自らが一つの同じ精神に向かって導かれていることがわかるように、指導するのが務めである」と述べるヴィネケンは、「客観的精神」を明らかにするための指導者を自認していた。[21] 彼は個々の分化した知識よりも、普遍的な知、あるいは「客観的な精神」をかかげる点においては、伝来の教養理念を守っている。他方で、伝来の制度全体の変革を唱えるラディカルな主張も行う彼の思考は、とらえどころがないものとされることもある。[22] だが、当時の青年運動の中でヴィネケンが主張したことはそれほど曖昧ではない。社会改良派にはない全体性への希求と、懐古的なヴァンダーフォーゲルには欠けている新たな創造のための力を彼は称揚し、[23] 来るべき普遍性に開かれた主体としての青年に、真の学問、真の教育を新たに社会的に実現しようと呼びかけた。ヴィネケンは、「若さ」に単に生の躍動を見るのみならず、ラディカルな精神と社会の変革の使命を伝導することで青年運動の中で独自の地位を占めていたのである。

青年ベンヤミンと「若さ」の理念

ハウビンダでヴィネケンの教えに感銘を受けたベンヤミンは、アビトゥーア資格を得るため、一九〇七年に再びベルリンのギムナジウムに戻るが、[24] その後もヴィネケン派によって発刊された雑誌、『アンファング　青年のための雑誌 Der Anfang. Zeitschrift der Jugend』[25] に寄稿を行い、また級友たちと読書会を行うなどの活動をしていた。当時活動を共にしていたベンヤミンよりも五歳年少のマルティン・グンペルト（一八九七～一九五五）は後に出版した回想録の中で、はじめてベンヤミンたちに出会った当時の雰囲気を以下のように伝えている。

> 彼らの髪はふわふわで、開襟シャツとビロードのズボンを身に着けていた。彼らが話すのは、というより教え説くのは、ブルジョワ性からの離反についてのおごそかで聞こえもよい主張であった。彼らは、若さ Jugend は彼らの価値に見合った固有の文化への権利を持つと説いた。〔……〕新たな友人は、私にとって、大人たちからの救済だった。私は大人たちと関係を断った。私にとっては真剣なことだった。私は過去の文士的遊戯と模倣的衝動を憎みだした。〔……〕私は最年少で、私の寄稿はグリュンリング〔＝青二才〕というペンネームで行われた。自分へのイロニーだったが、批判者の嘲笑をあらかじめ封じるためでもあった。／このサークルの人物たちはおそらく同世代が生み出しえたろうものの最良のもの、最も率直なものを表現していた。[26]

サークルの中心にいたベンヤミンも「若さ」の理念を奉じていた。「若さ」自体は、ベンヤミンが関わった運動においてのみならず、当時象徴的な言葉だった。世紀転換期以来、退屈で平板な生を刷新する「新しい人間」像がさまざまに語られ、「若さ」は常にその傍らにあった。文学運動だけでいっても、ゲオルゲ・クライスを含むユーゲント・シュティールは言うにおよばず、イタリア発の未来派も、それを受けて興隆しだしたドイツ表現主義運動も基本的に青年の文学運動であった。「若さ」を何に寄託するのか――未来派であれば機械とスピード、表現主義であれば狂騒とデカダンス――は、それぞれ違うにせよ、共通するのは新たなものを吹き込むべく生まれたという使命感であった。

ベンヤミンは「若さ」に関して、ヴィネケン派特有の青年論に依拠しながら、そこに特別の意味をこめていた。一九一一年に『アンファング』に掲載された「いばら姫」において、ベンヤミンは「われわれの生きる時代、それは、社会主義の時代、女性運動の時代、交通の時代、個人主義の時代である」と、近代化の中で語られた諸問題によって時代を規定する一方で、それを「若さの時代」と言い換える。[27]ベンヤミンは近代化の中での具体的な改良運動を否定するのではないが、「若さ」が向かうべきは、それよりも、より普遍的で包括的な精神であるべきだと主張している。ベンヤミンたちの運動が強調していたのは、青年の「若さ」、いまだに具体的な現実のしがらみにまきこまれていない、その純粋さであった。「若さ」は経験をまだ知らず、現実の具体的目標をいまだに知らず、ある意味では眠った状態にある。「若さはいばら姫のように眠っており、自らを救い出しに近づいている王子に気づいていない」。この「若さが目覚めるため、それが自らをめぐってなされる闘争に参加するようになるため」に『アンファング』誌はあるのだと、ベンヤミンは自分たちの活動の意義を宣言する。[28]

「何か別のもの」への予感

先に挙げた「いばら姫」はまだベンヤミンがギムナジウムの生徒だった頃に書かれている。ギムナジウム時代の文章は他にもいくつか残されており、ここでは一九一〇年に書かれた「三人の宗教探求者」という寓話から当時のベンヤミンの思考の特徴を探りたい。

三人の若者が、それぞれ「唯一の真なる宗教」を探し、三十年後にそれぞれの見つけた宗教について語り合うというのがこの話の筋である。一人目の若者は、芸術、知識、教会が手厚く保護された大都市で、希望を抱いて真なる宗教の研究に励む。二人目は野山で沈む夕日に見入り、草むらで夢におち、秘密の湖の輝きに魅せられて幸福を覚え、そこに真の宗教を見たと思う。三人目は他の二人とちがって気ままに遍歴する余裕もなかったため、手に職をつけて働かざるを得ず、真なる宗教の探究に励む間もなく三十年を過ごし故郷へと向かう。一人目は教義や原理を学び、それらを論理的に理解するが、この知識は「真の宗教」について説明することはできなかった。二人目は、高揚した感情に宗教性を見いだすが、彼の主観的感情を、他の二人に把握させることはできず、「それは感じられるに違いないんだ！」「そんなふうに何かが感じられるに違いないんだ！」と繰り返す以上には進めなかった。(29) 二人目はおそらくヴァンダーフォーゲル的な高揚と陶酔を体現したものとして描かれているものであり、すでにベンヤミンがこうした傾向の限界を見ていたことが窺える。ベンヤミンが力を入れて描写するのは三人目の「探求」である。彼は他の二人と違って「真の宗教」を獲得することのないまま再会の朝を迎えてしまった。彼は約束を果たすべく帰郷する途上、不意に衝動にかられて山に登る。

準備なしに山へ行くのだから、上まで登るのは彼にはやはりつらいものだった。深く息を吸い込みながら、彼は頂上に立ちつくしていた。そこでちょうど昇ってきた朝の太陽のきらめきの中、彼の前には広大な平野が横たわっていた〔……〕彼がかつて働いたすべての村々や、彼が親方にまでなった都市とともに。そして彼は、彼が通った道のりと彼の仕事場とをはっきり見た。

　彼は全くそれに見飽きるということがなかった！

　しかし彼が目をより高くへと転じ太陽の輝きを直視したとき、雲の中に新しい世界がきらきら輝きながらゆっくりと現れ出て来るのを見た。彼は、雲へと高く突き上がって白く輝いている山の頂上に気づいた。この世のものならぬ高貴な光が遥か高くにギラギラと輝いたが、彼は輝きの中に何もはっきりとは認識できなかった。彼はそれでも、何か形をもったものたちがそこで息づいているのを見たと思ったし、水晶の丸屋根は朝の光の中で遠くに音を鳴らしていた。

　彼はこれを見て、地面に倒れ額を岩に打ちつけむせび泣いては深く息をした。

　しばらくして彼は身を起こし、遥か高い驚くべき世界になおも目を向けた。今や太陽の満ち満ちた輝きの

> 中でその世界は彼の前に横たわっていた。そしてそこで彼は、花盛りに輝く山へと続く遠い道のりの途中にいるまったく小さく弱々しい自分に気づいた[30]。
>
> 三番目の男は他の二人に再会した後、山頂での体験に心をとらえられながら、山での体験をゆっくり語る。
>
> 私は思うのだが、人が彼の生の道のりをすべて見渡すとすれば、おそらくまた、あの山とギラギラと燃える頂への道のりを見るのではないか。しかしあの炎のような輝きの中にとどめおかれているものについては、われわれはおそらくただ予感し得るだけで、めいめいが自らの運命にしたがってそれを形作るようつとめねばならないに違いない。／それから彼はだまった。／他の二人はおそらく彼の言うことを完全には理解しなかったが、だれも何も言葉を返さず、深まる夜を眺めた。まるで光り輝く遠くの頂に気づいたかのように[31]。

「ただ予感し得るだけ」の「輝きの中にとどめおかれているもの」は人生の道のりの途中で不意に出会われたのだったが、それは真理の悟りや神からの啓示ではなく、何ものかの「予感」であり、「新しい世界」への途上にあるという感覚である。遭遇した「輝きの中にとどめおかれているもの」はこれから「めいめいが自らの運命にしたがってそれを形作るようつとめねばならない」ものとして、生の途上に現れる課題として語られている。「予感」にしたがって、それに形を与えていくという使命は、彼が指針とした「若さ」の理念が与えた使命でもあった。これはその後のベンヤミンにも見られる傾向であるが、すでに見通せている範囲の答えや、出来合いの理想ではなく、未知のいまだ具体化されざるものに目を向けることがここで重視されている。ベンヤミンにとっての「若さ」は、何よりも自身の「予感」に忠実であること、そして到来するだろうものに自らを開いておくことを意味していた。

第二節　躍動と焦燥

憧憬と敵意

青年ベンヤミンの議論において際立っているのは、第一に「非妥協性」の強調である。先にあげた「いばら姫」においては、「大人」や「現実」への反抗が強く打ち出されている。「大人」は、理想や希望に満ちた青年時代が短い陶酔の時期にすぎず、「妥協、理念の貧困、そして無気力の歳月という偉大な〈経験〉がやってくる」と青年に語ってくるが、ベンヤミンはそういった「大人」を「俗物」として軽蔑する。[32] ベンヤミンは、不機嫌なハムレットの台詞――「時代は脱臼状態だ。これを治すためにおれも世界に生まれてくるなんて、なんともいまいましい」――を「この世のあり方は間違っており、自分はこれを改善する使命をもっているのだ」という「若さ」の感情に昇華する。[33] 自らの純粋さを守りながら、死にいたるハムレットの精神を自らのものとするベンヤミンは、現実に敗北して現実と妥協する詩人タッソーに「敗北者」の姿を見ている。[34]

ベンヤミンの批判は旧弊に陥った学校制度や大人に対してのみならず、青年運動における妥協的傾向にも向けられる。フライブルク大学入学後は、ヴィネケン派のスポークスマンとして「自由学生連合」でも活動するが、そこでも批判の鋭さは鈍らなかった。「自由学生連合」は、旧来の特権的学生組合「ブルシェンシャフト」に所属しない各地の学生団体が結集してできた緩やかな連合であり、ヴィネケン派はこの一画を占めていた（ベンヤミンは一九一四年に「自由学生連合」のベルリン支部の議長に選出されていることにも示されているように目立った存在となっていく）。ベンヤミンはその非妥協的姿勢のゆえに、「自由学生連合」への批判をも厭わなかった。

ベンヤミンの論争的姿勢は、一九一二年の秋から冬にかけて書かれた『現代の宗教性についての対話』に確認できる。ベンヤミンにとっても「三人の宗教探求者」といったテクストが示すように、「宗教」あるいは「宗教性」への探求は切実なものだった。ここでベンヤミンは当時の同世代の動向を「私」と「友人」の対話の中にふんだんに盛り込みつつ、排すべき「宗教」と、ありうべき現代の「宗教性」を示そうとしている。アドルノは若きベンヤミンの思考についてもいくぶん批判的にふれながら、ドイツにおいて「宗教」性が高い精神性の表現としてポジティブに語られる場合、主体、内面の「自己目的」化に陥りがちであると指摘している[36]。アドルノが指摘するような問題は確かに存在し、俗物性や物質性を拒絶し精神性と宗教性を求める姿勢は、自らの精神性の肯定と陶酔によって支えられていることが多い。だが以下で見るように、ベンヤミンの非妥協性は安易な陶酔や主観の「自己目的」化をまさに批判している。

ベンヤミンの見解を代弁していると考えられる「私」は、「われわれの社会的活動」が「病んでいる」こと、「公共の秩序に関わる事柄、個人的な上品さに関わる事柄になってしまっている」こと、「ほとんど単に文明の事柄――電灯と同じような――にすぎない」こと、「人が神的なものなき情熱をもっている」ことを批判的に指摘している[37]。だがベンヤミンは「文化的人間」が「文明の事柄」との距離をとることが、高貴な精神の証だと考えていたわけではなく、「文化的人間が、社会に対するみずからの関係を把握すること」の重要性を認めている。ここでベンヤミンが強調するのは、社会との関係における嘘、「まるで、人間は社会に奉仕することによって完全に自己を実現するかのような〔……〕嘘」と縁を切らねばならないということである。ベンヤミンが社会改良系の運動において嫌ったのは彼らが自らの活動に過大な価値を見いだすことだった。「われわれはとにかく、社会的なものの中で生きてはいるのだが、とはいえ、まるでこの社会的なものが個的人格をも最終的に規定するものであるかのような、そういった下劣な嘘とは縁を切ること」を「私」は、主張している[38]。

普遍性を希求するベンヤミンは、個別目標をいつの間にか「自己目的化」してしまうような「怠惰 Trägheit」を嫌悪する。この「怠惰」は「強情な内面性 das beharrende Innerlichkeit」であり、あらゆる努力を「固着した目標 das beharrende Ziel」に向け、一つの個別的な目標を「自己目的」としている。「不明確に、そして不誠実に認識されているにすぎない個々の目標が、どれだけ自己目的と化しているか」を考えると「私」は嫌悪を隠せない。そこでは、目標が「自己目的」化して絶対化されると同時に、それと関わる「誰もが何ものかを表現していることになり、何かを意味しており、唯一者である」ということになるからである。[39]「目標」が絶対化されると同時に、それを選んだ自己の「内面」も絶対化される。ここにあるのは「怠惰」な精神が手っ取り早く手に入れる「宗教」である。

「怠惰」としての「宗教」と同様に、ベンヤミンは「汎神論」的感情としての「現代の宗教性」を斥ける。この感情は、ホイットマンをはじめとした詩人の言葉や「リベラルな新聞」において、「世界という誇るに足る建造物」への満足として確認できるものである。『ツァラトゥストラ』の言葉でいえばまさに「末人」的なこの感情を「私」は斥ける。「あらゆる箇所にある神性、あらゆる体験やあらゆる感情にわれわれが分ち与える神性は、感情にほどこされた金メッキであり、神の冒瀆だ」からである。[40]

「友人」は、現代の汎神論的感情すべてが進歩の成果への満足ではなく、「汎神論」が、「醜悪なもの低劣なもの」をも「必然的でそれゆえ神的なもの」として包含していると反論する。「犯罪者」に対して処罰ではなく更生を認めようという姿勢が示す「攻究的な理解」の中に「神的なもの」への「恭順」のモメントが認められると議論は展開する。現代の汎神論的感情が、単純な満足ではなく、「低劣なもの」への「攻究的な理解」と「神的なもの」への「恭順」という「敵対性」に貫かれたものだと「友人」は主張するわけである。しかし「私」はこうした「対立」も、単なる「懐疑」と「自己解体」にすぎないと斥ける。

この恭順がもたらすのは、生き生きとした宗教的な対立ではなく、懐疑に蝕まれた自己解体です。私にはわかっています。ほかならぬこの自己解体が汎神論をとても快適なものにしているのです。それで、地獄にいようと天国にいようと、誇りに満ちていようと懐疑のうちにいようと、超人精神を抱いていようと社会的恭

順をもっていようと、みな同じように居心地よく感じているのです。(41)

すべてに等しく神的なものが現れうるという汎神論的感情は、あらゆる個別的なものを神化しながら、より価値あるもの、より高い普遍性を持つものへの「懐疑」と手を結んでいる。「懐疑」は「恭順」を装って現れる。ベル・エポック的なオイフォーリアの名残としてのこの「懐疑」は、景気動向に浮かれつつすべてを夢だとうそぶく。多少の景気の悪化は、全体の進歩の中では痒くはあっても痛くはないから、この「懐疑」は満足と両立し続ける。この「懐疑」は複雑で高尚な精神の活動というよりも、居心地よさを作り出すための素振りにすぎない。「汎神論的感情」へのベンヤミンの批判は辛辣であり、その矛先は鋭い。ベンヤミンの批判は、進歩する世界の自己満足に向けられる、ニーチェ流の批判といえるものであり、既存のものへの敵意とそれとは何か別のものへの憧憬に突き動かされている。

ベンヤミンからすれば、汎神論も目標の自己目的化も、「自我」と世界との間に折り合いをつけて満足に浸っていた。ベンヤミンの「憧憬」は、「すべてをそんなにも穏やかに当然のごとくに自我にとどめおこうとはするまいという強力な意志」から育ってきている。この「憧憬」は「慣習的なものへの、神秘主義的で個体主義的な敵意」を告げる。(42) ベンヤミンは、こうした「敵意」と「憧憬」を抱くニーチェのようなアウトサイダー的人間や文士たちに共感を示す。「喫茶店で不純な、そしてしばしば充分に非精神的な生を送る人間、あらゆる単純な義務を誇大妄想と怠惰のうちに否定する人間、恥知らずなことを自ら表現する〔……〕カフェ文士たち」について「たしかにこれらの人間は部分的には笑うべきことを行い、堕落した非精神的生活を送っています。しかし、これらの不幸は精神的必要から、いや、ごまかしのない人格的生への憧憬から生じている」と考え、擁護する。彼ら自身が宗教を告げる訳ではないが、彼らは「新しい宗教的精神の担い手」だからである。(43)

ハインレと「若さ」の文学

ヴィネケン派の中でも目立った存在となっていたベンヤミンは、一九一二年夏にはマルティン・ブーバーの影響を受けていたルートヴィヒ・シュトラウス（一八九二〜一九五三）らが立ち上げた文化シオニズム雑誌への協力を打診されている。ベンヤミンは返答の手紙でシオニズムとは距離をとり、ユダヤ人は自らの「ユダヤ性」をナショナリスティックな方向ではなく、むしろインターナショナリズムと結びつけるべきだと述べる。この方向でベンヤミンが自ら好ましいものとして提示しているのは「文士」としてユダヤ人が力を発揮する可能性である。ここでの「文士」は「市民的な安全を隠れ蓑にして『啓蒙されている』ということに〔……〕満足しておらず、むしろ今日われわれに人間的と認められた新しい生のあり方を選び〔……〕時代の生のために精神を引き出すという使命」を担っているものである。[44] ベンヤミンはシュトラウスとシオニズムに接近はしなかった。シュトラウスと同郷の友人で、フリードリヒ・ハインレ（一八九四〜一九一四）と親しくなる。[45]

ベンヤミンがその死後に哀悼のソネットを書き綴り、その詩を公表しようと奔走し、特別な思いをこめて「フリッツ・ハインレは詩人だった」[46]と回想していることもあって、ハインレは特別の才能を秘めた夭折の詩人であったと、ベンヤミン研究の中で位置づけられることもある。だが当時のハインレは、詩人志望の一青年にすぎなかったというのが実状で、ベンヤミンのハインレへの思いや評価も、その死後にむしろ育った部分が少なくないように思われる。[47] ハインレはベンヤミンの運動に芸術と文学の方面からアプローチする形で参加する。二人は一九一三年になって共に運動の中心だったベルリンへ移る。アーヘン生まれのハインレは、首都ベルリンに大きな期待、文学的野心を抱いてやって来る。ベンヤミンは『アンファング』にその詩の掲載を推していたが、編集部は難色を示した。[48] その経緯もありハインレは、一九一四年三月頃に編集部の乗っ取り行動に出るがこれは失敗に終わった。ベンヤミンよりも二歳年少のハインレは行動において、いささか過激なところがあったようである。

第一次大戦勃発直後の彼の自殺は、しばしばベンヤミンにとって大きな転機として注目される。例えばフェルマンは、戦争へのプロテストから夭折したハインレにベンヤミンがある種の負い目を感じ、その意識がとりわけベンヤミンの「悲しみ」についての思考形成を促したと見ている。[49] だがゲーアリングが指摘するように、これはいささか単純化しすぎている。[50] 戦争と彼の自殺に関しては、次章で扱うこととして、ここでは「若さ」をめぐるベンヤミンとの対立のエピソードを見ておきたい。そこからベンヤミンにとって「若さ」の理念が単なる英雄主義的なものではないことが明らかになる。

一九一三年十一月一日、『アクツィオーン』誌が主催した「文学のゆうべ」において、ベンヤミンは「若さ」と題する講演を行った。その際ハインレは突然自らも講演を行わせろと要求し、「当人同士の生活全体を動員した醜い口論」をベンヤミンと繰り広げた後に、事態に驚く聴衆の前でまったく同じ「若さ」の題で講演した。[51] ベンヤミンの「若さ」についての講演は残っていないが、ハインレの講演と、同時期にベンヤミンが残したテクストから「若さ」をめぐる両者の姿勢の違いを推測することは可能である。ハインレがその講演で強調している「若さ」の理念にはゲオルゲの影響が見て取れる。「意志」と「魂」の深みに触れる「創造者」が、「肉体」をきらめかせながら「救済」のヴィジョンを浮かび上がらせる。「戦慄が肉体をはい回り、救済は、独裁者が目覚めるにいたるようにして、立ち上がる。意志は自由に帆を広げる〔……〕創造者は魂へと動かされ、肉体はきらめく」。[52] ハインレのこうした姿勢にベンヤミンは批判的だった。若さに重要な意義をみる「若さの文化 Jugendkultur」は、必ずしも「若さの礼拝 Jugendkult」とはならない。ベンヤミンの当時の婚約者グレーテ・ラートは、『アンファング』でこの違いについて書いているが、この認識はベンヤミンにも共有されていた。[53] ゲオルゲに発する「若さ」崇拝との対決は、後に意識的に行われることになるのだが、当時のベンヤミンにとっても「若さ」は単に崇拝されたり、かけ声として語られるべきものではなかった。だが、あるべき「若さ」の姿はベンヤミンにとっても、未だ具体化されないものだったろう。そしてハインレの焦燥は、単に軽蔑して無視できるようなものではなかっただろう。

「冷静さ」「憧憬」「焦燥」

ハインレに出会う以前、一九一二年三月の『出発』誌に、ベンヤミンはアルドーアの筆名で「ロマン主義——学校の青年向けの、行われなかった演説」と題された講演風の文章を書いている。闇雲に「若さ」の創造性を礼拝することにはベンヤミンは批判的だった。「若さ」あるいは「創造性」を体現する英雄の礼拝は、ゲオルゲ・クライスにおけるよりも深遠さを欠いた形で、一般に行われていた。ベンヤミンはこれを、偉人を英雄化する類いの学校的な「ロマン主義」だと批判して、「冷静さ」の必要性を説いている。

偉人伝風の「偽りのロマン主義」は「ギリシアやゲルマン」の偉大な時代や、「モーセやキリスト、アルミニウスやナポレオン、ニュートンやオイラー」といった偉人について、「これらの諸時代の人間が生きた現実、彼らがその信条を満たした狂信的で活気ある現実」「彼らのうちにあった精神」と無縁に英雄化している。[54] そして、ここでは価値の保証されたものを無批判に受け売りされるだけで、歴史の中での「人間の生成」は問題にされない、こうした「偽りのロマン主義」を捨て去らない以上、「若さ」は「永遠に俗物へと続く道を歩む」ことになるとベンヤミンは述べる。ベンヤミンは「偽りのロマン主義」が与える「永遠に理想的なポーズ」に酔いしれることをやめて、「精神的諸連関、労働の歴史を認識するはずの、真実のロマン主義」をもつべきという。「きわめて非ロマン的に、したがって冷静に行為する」ことが目指されている。[55]「ロマン主義的青年」であるだけでなく、同時に「冷静な青年」でなければならない「新しい青年」の具体的課題と目標に関しては、しかしほとんど空白のままにおかれている。批判されるべきものが何かは、ベンヤミンには明確に見えているのだが、実現すべきものはまだ明確ではない。

青年運動の中での具体的な「政治」と「改良」的目標に従属することを拒絶し、純粋に「若さ」への「予感」

に従うベンヤミンは運動の中では孤立した位置に入り込む。ベンヤミンの「政治」に関する拒否的な姿勢は、ヴィネケン派の中でも際立っており、『アンファング』誌に関する要求、つまりそれは「最初の純粋に精神的雑誌として（審美的雑誌、ないしその他のものでなく）、にもかかわらず、政治から遠く離れた雑誌として無条件に維持されねばならない[56]」という要求は、社会改革や具体的な制度改革へと運動を進めようとする者たちとの対立を生んだ。ベンヤミンは自分たちを「学校改革屋」から区別して「ぼくらは結局学校改革を欲するのでなく、彼らが夢にも思わない何か別のもの etwas andres を欲しているのだから。ちがうだろうか？……[57]」と書簡で述べている。ベンヤミンはヴィネケンの主導していたような青年文化を純粋に体現すると同時に、それに向けた現実の「改革運動」に批判的な態度をとっていく。彼の探究が向かうのはヴィネケンの思想が提示する理想にとどまるのでもない。ベンヤミンはヴィネケンの思想よりも、むしろ自身の「若さ」の「感情」に忠実であろうとした。

> 若いということは、精神に奉仕することであるよりも、むしろ精神に期待することです。精神をあらゆる人間のうちに、そしてもっとも離れた諸思想のうちにも洞察することです。このことがもっとも重要なことです。つまり私たちをある特定の思想に縛りつける必要はありませんし、また青年文化の思想も、私たちにとっては、ただ未だ遠い精神を照らし示す啓示であらねばなりません。しかし多くの人たちにとっては、まさにヴィネケンも「談話室」も一つの「運動」なのでしょう。彼らはみずからを固定させてしまうでしょうし、精神が純粋かつ抽象的に見えるところでは、精神をもはや見ることもできないのです。／純粋なる精神の抽象性へ向けて常に振動しているこの感情を、私は若さと呼びたいのです[58]。

このような純粋なる精神の抽象性は、万人が志向するものではなかったろう。ヴィネケン派のメンバーに限っても、彼らが運動に単なる高揚や楽しみを求めていたのではないにせよ、具体性を拒否するまでに純粋に「精神」

を追求し、しかももっぱら知性に則ってあるべき姿勢を提示して一切妥協はしないベンヤミンと歩みを共にする者は多くはなかったようである。ベンヤミンがしばしば書簡を送っていた友人ヘルベルト・ベルモーレは後年こう振り返っている。

一度、ある学生会合で私の知り合いの若い女の子が、「あの愚かなベンヤミンさん」と私に話したことがあった。私は驚いてショックを受けた。「愚か？　でも、彼は僕が知り合った中で一番才知溢れる男だ！」「もちろん、そうよ、でも彼が愚かだと思ったことはないの？」と彼女は応えた。彼女が言いたかったのは、ヴァルター・ベンヤミンは、もちろん本能や感情を奪われているわけではないにせよ、生と活動とを、ただ知性によってのみ受け取ることを選んでいるということだった。(59)

ベンヤミンは青年運動から離脱した後、ベルモーレとの付き合いを一方的に断っている。この回想には、ベンヤミンによっていわば切り捨てられたという思いからの若干の悪意が感じられなくもない。それはさておき、シュタイツィンガーが言うように、ベンヤミンの非妥協性が同時に「理想の現実化可能性の断念を要求する」ものとなっていたことが、(60)ベンヤミンの理解され難い側面を生み出していたことは大いにあり得ることである。この孤立の中で、ベンヤミンが運動の限界を感じていたことも手紙から窺える。第一次大戦の勃発以前に、彼の「運動」への情熱は高揚の時期を過ぎていた。他方で、「冷静な」ラディカリズムは大戦による「運動」の中絶にも拘らず持続していく。

第三節　「予感」の行方

る。

「精神」と「若さ」――ヴィネケンとの相違

「若さ」を「純粋なる精神の抽象性」へ向けた振動と捉える青年ベンヤミンは、「精神」を特定の思想や理念として受け取ることを拒否していた。以下ではこの思考の特色と、帰結を見よう。これは誤った帰結や妥協に陥ることを避け、厳しい緊張状態に耐えるものである一方で、具体的目標との関係を作り得ないが故の困難に直面する。

ベンヤミンは例えば、ヴィネケンの思想のうちに「精神」を洞察するとはいえ、ヴィネケンの思想を「純粋なる精神」の具現化として理想化することはしない。「精神」のための「奉仕」は「若さ」を「運動」に動員することを意味するが、「精神」は、そのような「奉仕」の対象ではない。ベンヤミンは、ヴィネケンへの違和感も強めていく。一九一三年の『学校と青年文化』においてヴィネケンは自身の青年文化論を体系的に提示した。ベンヤミンは、そこで語られる「教育イメージ」が自分たちとは遠いものとなっていると感じ、次のように言っている。

> 教育活動をしなかった数年間がヴィネケンを尋常でなく駄目にしました。ベルリンにおける運動が身につけている張りつめた形式に、彼がほとんど及んでいないということを私は感じています。運動がベルリンで獲得した、確実に強力で、果敢かつ危険極まる力の緊張に、ヴィネケンは匹敵していません。〔……〕『学校と青年文化』を一読、あるいはもし読んでいるのなら再読してはもらえないでしょうか？　そして「客観的精神」のうちに、基礎付けの歪みの他に何か別のものがまだ潜んではいないかどうか考えてみて下さい。(61)

「純粋なる精神の抽象性」を重視するベンヤミンは、ヴィネケンの唱える「客観的精神」への「奉仕」を疑っている。個別目的の自己目的化の批判を行っていたベンヤミンは、自らが期待する「精神」をヴィネケンのあるいは自らの「運動」という個別目的に具現化させずに「抽象性」へとどめている。この「抽象性」について具体的にどういったことをベンヤミンが考えているのか、そしてなぜ具体化を避けるのかに関しては、一九一四年に書かれた「新しい青年の宗教的姿勢」でのベンヤミンの議論を見ると理解できる。ベンヤミンはそこで現代の青年が、何か大いなるものを具体的な形で選び取りたいという衝動とそれに見合う選択の対象の不在の緊張状態にあることに注目している。青年は様々な可能性は提示されながらも信ずるに値する対象は見いだせず、「あれかこれか」という重大な選択には直面することなく曖昧さのうちに日々を過ごす。この感情は、「何か別のもの」を求めて、具体的な「運動」や思想をしりぞけたベンヤミン自身の心情でもあるだろうし、青年一般に広くみられるものだろう。(62)

何を選び取るべきか、その対象が見いだせない中で、青年は、「選択、選択の可能性、そして神聖な決断そのものの可能性」それ自体に意識をあつめる。「選択することがその対象をつくり出す」と事態が転倒する。「あれかこれか」の岐路において決断が下されるのでも、様々な可能性を考慮した慎重な計算によって選択がなされるのでもなく、選び取ることによって、対象がいわば神聖化される。前節でみた手近な目標の自己目的化に働いているのも「選択することがその対象を作り出す」というメカニズムである。すべてが相対化を免れずその価値を疑われるなかでは、対象の価値はむしろ選ばれることによって創造される。「青年」は対象自体を検討するよりも、選び取る意志と選択を絶対化しようとする。「これが青年の宗教に最も近い知である。／自らに自らを告白する青年は、未だ存在するのでない宗教の前兆である。聖別も排除もされていない事物と人間とのカオスに取り囲まれて、青年は選択に呼びかける(63)」。

ベンヤミンは、「究極的なものや本質的なものや聖なるものなどとの結びつきは怪しげで不確かだ」と言って、選択した対象を聖化することには警鐘を鳴らしている。[64]「若さ」がその情熱や意志でもって、絶対化された対象と結びつくことや、「現実」を突き抜けきることは断念されている。だが、彼はそれを嘲笑あるいは軽蔑するのではなく、むしろそれに共感を示している。「予感」を容易に具体化しないのは、単に見通しがないだけの消極性というよりも、非妥協的に思考を貫徹するからである。「進歩」といった時代の傾向に寄り添って自己肯定してしまうことをベンヤミンは拒絶していく。この点において、師ヴィネケンの議論に対立するものがみられる。

ヴィネケンとの思考の差異　進歩の軌道

ヴィネケンは、ショーペンハウアーやハルトマン、あるいはヘーゲルの影響下に、「客観的精神」を現象の背後に潜んだ形而上的な力、あるいは歴史を貫く原動力のようなものとして描き出している。[65]この力を具現化して現し出すことが青年の「精神への奉仕」という課題となる。世界が一元的に同じ力によって統御されているという発想、現象全体を統御する形而上的な概念によって世界を把握する発想は、歴史に適用されると目的論的な発展としての歴史を描き出すことになる。ヴィネケンは「進歩 Fortschritt」あるいは「発展 Entwicklung」の観念によって歴史を把握している。精神の発展を担うという「青年」の特別の使命は、この「進歩」を前提として考えられている。「青年」は「新たな種類の宗教」を「大人世代」にもたらす使者となる。[66]

ベンヤミンがその絶筆となった「歴史の概念について」において「進歩」にもたれかかった歴史観を批判していることはつとに有名だが、ハルトゥングも指摘するように、[67]すでに一九一五年に発表された「学生の生活」においても進歩史観を批判する独自の歴史哲学をみせている。歴史は、進歩の軌道を転がっていって目的の状態にいたるのではない。「もっとも危険にさらされ、悪評高く、嘲笑を浴びる創造物や思想として、あらゆる現在に深く埋め込まれている」「ユートピア的なイメージ」に集められて休らうのである。この歴史把握も理解し難いところがあるが、ベンヤミンが「発展」あるいは「進化 Evolution」によりかかる思考を批判していることは明白に理解できる。

進化の道筋に従っているうちに目標を忘れ、蟹歩きの進化の歩みを全く信頼して、それに身を委ねてしまうとしたら、なんと嘆かわしいか。しかしこれが行われているのだ。こうした状態からわれわれが抜け出すのは、決して発展の名においてではなく、目標の名においてこそである。(68)

ベンヤミンがここで語る「目標」は、全体を一つの終極に収斂させるものではなく、一つの軌道に怠惰に身を委ねてしまっている状態から脱出した地点に、個々に見出されうるものであろう。ここに見られるのも一九一二年の「現代における宗教性についての対話」と同じく「怠惰」への批判姿勢であり、ベンヤミンの非妥協性は鋭さを失わずに、射程を歴史へと広げている。歴史全体を統御していると考えられる力に全てを委ねることは、発展傾向に安住する「怠惰」を許すことになるがゆえに斥けられねばならない。

ヴィネケンの思想の影響下にあったベンヤミンの思考は、師の精神をさらに純化する形で非妥協的なものとなり、ヴィネケン自身の思考をも批判する地点まで進んで行く。ベンヤミンの「進歩」批判に比して、ヴィネケンの思考は「進歩」によりかかり、また妥協的な姿勢を見せる。ヴィネケンは、市民の（エゴイスティックな）生活が「精神」の「進歩」の達成の成果であると述べ、こうした「近代の進歩は、精神のために失われるべきではない」と言っている。(69) 発展の大きな流れの中では、個々の市民の「動物」的エゴイズムはとりたてて問題にするべきものではないとして、いわば寛容な態度をみせている。これも、市民的生活が達成した自己満足的態度に対するベンヤミンの辛辣な姿勢とはかなり異なっている。語る場、語る時に応じたさじ加減によって、ヴィネケンの「精神」は色合いを変えている。あるときは彼方に峻厳に輝く目標として崇高に語りあげられ、あるときは大きな歴史を駆動して人間を運ぶ雄大で寛大な波のようにして人間の営みを肯定する。ベンヤミンの「若さ」が求めるのは、このような融通無碍なものではないだろう。満足の種をみつけてはそれをむさぼって動かない、融通無碍な種類の「汎神論」にベンヤミンは敵意を向ける。ベンヤミンの憧憬は、ヴィネケンの言葉によって「大いなる精神」との近さを感じて満足することなく、「精神」を語ることで得られる満足への敵意に転ずるのである。「精神」に安住する「怠惰」をベンヤミンは許さない。「目的」達成のために何もしないという類いの怠惰が無力さの烙印を押されるのに対し、「精神」を語ることですでに目的とともにあるかのように振る舞う「怠惰」は、無力さを隠蔽して価値あるものとして振る舞うからである。

ヴィネケンが「新たな種類の宗教」を語るとき、世界発展の中で発見される新たな時代の福音を考えていたのに対して、ベンヤミンにとって「真の宗教」は、個々の生の中での気づきとして考えられている。「三人の宗教探求者」において、「予感」されるものは、「精神」によって与えられる軌道ではなかった。それは、個々の人間が「形作るようつとめねばならない」課題としてある。「予感」されるものは、融通無碍な「精神」で語り尽くすことはできないものである。

予感の保持と沈黙

以上みてきたように、青年ベンヤミンにおいて一貫していたのは「予感」を保持するという姿勢、そしてそこにある非妥協性だった。非妥協性は、盲目的情熱や偶像化された理想の絶対化とは違った、独自の厳しさをもっていた。彼は自身の憧憬に忠実でありつつ、それを自己肯定的陶酔によって停滞させることなく、緊張状態にとどめた点で、若さの陥穽を克服する。だがベンヤミンの「若さ」のプログラムは具体的選択、具体的目標、具体的活動と邂逅することなく、行き場を失うことになる。緊張状態の中で予感されるものは、形作られないままである。この「予感」の保持は、その重要さを認めたとしても、現実的な「運動」において具体化するべきものと成り得ない以上、ベンヤミンに困難を強いるものでもあった。ベルモーレが後に批判するように、現実から遊離してしまう。何も到来しない中で、「現実」との接点を自ら拒絶するようにして「何か別のもの」を待つことは、非創造的あるいは欺瞞的とも考えられる。

本書では、しかし、純粋化していく思考の積極的側面を追いたい。ベンヤミンは、非妥協的に精神を追求することではじめて、その独自の思考を深化させることができたと考えられるからである。思考と現実という対立を創り出して、適当なところでこれを宥和させることをベンヤミンは拒んでいる。

ベンヤミンと比してみるならヴィネケンの「精神」のよびかけには妥協にとどまるところがあった。彼は戦争の勃発と戦意高揚の波に関してもいわば妥協的な態度をとった。偏狭なナショナリズムには批判的で、「ゲルマン的」なイデオロギーをルサンチマンから生じた妄想だとして斥けていた彼が、戦争も容認し青年たちの戦争参加の後押しをさえしたのである。ヴィネケンは、盲目の熱狂とは距離をとりながら、しかし戦争によって「内的平和」を求める「兄弟愛」の目覚めの契機がうまれたとして、戦争に「倫理的」意義を見いだす。そして、青年に対しては戦争を機会として、来たるべき「ドイツ的な理念」を指導するという「真の義務の遂行」を呼びかけた[70]。

ベンヤミンとヴィネケンの決別はこれまでの研究ではこの戦争への姿勢をめぐって起こったと捉えられてきた。戦争は決別の手紙が書かれるきっかけとはなったが、本書でこれまでみてきたように、思考の内的な差異はすでに明確になっていた。ベンヤミンがヴィネケンへ絶縁状を送ったのも、同じくヴィネケン派の学生ライヒェンバッハによる公開書簡をきっかけとしたものであり[71]、すでに遠ざかっていたことを、あらためて確認しているものだといえる。

青年 Jugend〔＝若さ〕はすでに、迷いにおちたあなたの手を離れ、さらにいいようもない苦しみをなめるでしょう。青年〔＝若さ〕とともに生きることこそ、私があなたから奪い取る遺産です(72)。

ベンヤミンの非妥協性にとっては「若さ」の精神を、戦争と妥協させることは欺瞞だった。ベンヤミンの思考は自身でも振り返るように、生活環境、経済状況を変えずにその中の教育理念だけを書き換えようとする絶望的なヒロイズムではあった。だが、この中で純粋に理念を追求し、さらにこの継続を図るところから、ベンヤミン独自の思考の芽が育って行く。教養市民層的な精神主義を、ベンヤミンはむしろヴィネケン以上に貫徹する。ヴィネケンの身振りは純粋な精神を堅持するポーズによって既存の教育制度と自己を差異化し、そのことによって青年の指導者としての自らを肯定するものだった。精神は、状況に応じた妥協の産物となっていく。ベンヤミンは、学生は単なる情報を教え込まれる生徒とは違って、大学において自立した自らの判断に基づいて教養を積んでいくという、「大学を創立した人々」の理念(73)を改めて真剣に受け止めていた。この貫徹を目指す姿勢は、経済的な条件を考慮せずに理念をのみ考えられる立場にあったがゆえに可能であったにすぎないともいえるが、ベンヤミンは、そうした立場にあることを自覚した上でむしろ積極的に引き受ける道を選んでいた。「学問イデオロギー」にすぎないとして揶揄されるのを恐れて自重するよりも、理念の純粋化を恐れずに貫徹する点が彼に特徴的だった。学生時代を「職業のための準備期間」ではなく「認識者の共同体」を育む期間として捉え、青年に認識者たれと呼びかける姿勢はきわめてラディカルに映る。だが、戦争の勃発という状況の変化の後でベンヤミンは、状況との妥協や諦念ではなく、ラディカリズムをもっと別の仕方で継続しなければならないことを自覚するにいたる。

私たちはラディカリズムがあまりに身振りだけであったことを意識するようになっています。そして、それ

がより堅固で、純粋で、目に見えぬ、そして私たちに不可避的なものとならねばならないことも。(74)

〔傍点強調は引用者〕

ここでのベンヤミンの力点は、単なる「身振り」であったことへの絶望や幻滅にではなく、その反省を踏まえて、「ラディカリズム」を「より堅固で、純粋」な仕方で継続することにある。ここに見られるのは、挫折による青年運動からの撤退ではなく、自覚的な思考への沈潜への決意である。次章では、沈潜するベンヤミンの時代への姿勢を検討していく。マルティン・ブーバーとの対比を行う。青年運動よりも、さらに広いコンテクストの中で、ベンヤミンの思想史的な位置づけを行うことで、その特質が適切に理解できる。

第二章　青年ベンヤミンとマルティン・ブーバー

マルティン・ブーバー（一八七八～一九六五）はその仕事の多彩さのために、様々なイメージで語られる思想家である。とりわけ有名なのは『我と汝』で大成される「対話」の思想家というイメージだろう。他者を「それ es」として対象のように捉えるのではなく、向き合うべき「汝 Du」として捉えるという倫理をブーバーは語る。『ユダヤ哲学の人生への指針』において『我と汝』の意義を語る哲学者ヒラリー・パトナムは、ブーバーのうちに「モラル・パーフェクショニスト」の姿を見て取っている。ブーバーはそこで、「私は到達していないにせよ、到達可能な自己にいたるために、最善の努力をしているだろうか?」という問いを生き、「快適さ」を斥けて、精神的な厳しさをもつ者として理解されている。[1] パトナムの著書では扱われていないが、前章で見たベンヤミンにも、この「モラル・パーフェクショニスト」としての側面を指摘できるだろう。

「倫理的なユダヤ思想家」としての親近性を持つようにも思われる両者のあいだには差異がある。ブーバーとベンヤミンの双方と交流のあったゲルショム・ショーレム（一八九七～一九八二年）が述べているように、両者は第一次大戦前夜には高次の精神性を求め、それを基盤とした共同体の新生を願うという意味で近しいものがあったが、結局は対立し、生涯親しく交わることはなかった。[2] この対立は、ベンヤミン研究においては、戦争肯定的な言説をしたブーバーと、戦争に反対したベンヤミンという図式で理解されている。だが、そこにおいて、ブーバー自身による戦争肯定の内実が十分に検討されているとはいえない。この頃のブーバーが神秘主義研究にのめりこんでいたこと、あるいは「フェルキッシュ運動」[3]などと共振する「民族」と「血」の絆といったモティーフをかかげたことは、彼の思考の「非合理」性を印象づけ、それゆえに彼の戦争肯定も非合理なロマン主義的なものにすぎないだろうという憶断がなされる。だが、ベンヤミンの批判を精確に理解するためにも、またブーバーに公平であるためにも、彼の思考の内的展開を理解しなければならない。

ブーバーの生涯は長く、仕事も膨大にのぼる。最初の著作集は、対話思想に代表される哲学的側面、聖書の翻訳・研究、ハシディズム研究という三分法によって編集されている。哲学的側面は『我と汝』に代表されるブーバーの対話思想が中心をなしており、ブーバーの第一次大戦前後のテクストはこうした分類においては対話思想以前として周辺的な位置におかれる。[4] ある種の過ちとして認識されているせいか、七〇年代まではぼかされて伝えられることが多く、[5] 第一次大戦期の哲学的著作は「対話」以前のもの、対話への成熟への途上の思考としてまとめられる。[6] ベンヤミンが問題視したブーバーの姿はここにはない。本章では、大戦前のブーバーのテクストを検討し、ベンヤミンの批判的姿勢の意味を明らかにしたい。[7] ブーバーの戦争への姿勢には、単なるナショナリズムへの熱狂だけでなく、分断されたユダヤ人を包摂する共同性の希求といった切実な問題があり、詳細に見るなら当時のユダヤ系ドイツ知識人が抱えた課題がそこに示されていることがわかる。ベンヤミンがブーバー的思考の問題点をどこに見いだし、それとどう距離をとったのかを見ることで、ベンヤミンのその後の思考形成の道筋を明らかにできるだろう。

子細にみるとベンヤミンのブーバー批判はブーバーの言説が戦争肯定であることそれ自体に対してではなく、彼の戦争の肯定の仕方、戦争という出来事の体験を絶対的なものと関わらせて語ることに向けられていたことがわかる。ブーバーにも顕著な「教養市民」的な思考は、実学的志向や実証主義的志向を軽蔑する中で、精神性を絶対的なものする危うさに陥り、戦争体験をある種の形而上学的な次元において語る。ベンヤミンはブーバーとの対立の中で青年運動期の彼自身にもあった精神の絶対化の問題点を明らかにし、独自の思考を深めて行く。ベンヤミンの後の思考発展を理解するためにも、ブーバーをはじめとした当時の潮流のなかでベンヤミンの思考がどう位置づけられるのか見ていこう。

第一節では、戦争勃発がベンヤミンとブーバーに与えたインパクトを、ドイツ語圏のユダヤ人一般および両者の個人的状況に照らして明らかにしたい。戦争に対する両者の姿勢の差異は思想的なものであるよりも個人的な事情に根ざすものだとわかる。だが、戦争についての言説に対する姿勢に関しては、個人的な事情にとどまらず、思考の差異に根ざした対立が存在している。戦争が精神的な共同性の確立のきっかけとなると考えたブーバーに対して、ベンヤミンは批判的な態度を見せている。精神的な共同性は、体験によって確立されず、経験の共有を必要とするのだという認識にベンヤミンは達していた。これについては、「生の哲学」とも共有するブーバーの「体験」崇拝的姿勢の問題と合わせて第二節で確認する。第三節では、体験ではつなぎきれない精神を結ぶ紐帯として「象徴」を持ち出すことの是非をベンヤミンに即して考察したい。上述したハインレの死は、ベンヤミンにとって、トラウマ的なものとなったが、この死を聖なるもの、価値あるもの、理念的なものの象徴とすることで埋め合わせることはできないものだった。これに関してはマーティン・ジェイらがいうように、象徴による接合作用一般への懐疑的姿勢をベンヤミンに植え付けたのではないかと推測できる。ベンヤミンが戦争をめぐる言説を忌避したのは、そこに象徴による犠牲の聖化が溢れていたからではないかと推測できる。そして、ベンヤミンから見るなら、ブーバーの象徴をめぐる議論も同じ意味で、批判の対象となるものだった。

次章で詳しくみることだがベンヤミンのブーバー批判は、彼のいわゆる「言語論」として重視されている「言語一般および人間の言語について」の成立に密接に関わると同時に、体験ではなく経験を重視する姿勢、「象徴」

の影に隠れていた「アレゴリー」の意義の発見といったベンヤミンにおいて重要なモティーフを胚胎させている。この意味で、ベンヤミンの思考の展開を追う上でブーバー批判を検討することは非常に実りあるものである。以下で詳しく検討したい。

第一節　戦争とユダヤ人　ベンヤミンとブーバーの状況

戦争勃発とベンヤミン

一九一四年七月二十八日、オーストリアがセルビアに宣戦布告し、第一次大戦が勃発する。ロシアとドイツの交渉も決裂し、ドイツ軍が八月一日総動員されベルギーを通過、二日にロシアに宣戦布告、三日にフランスに宣戦布告、それを受けて四日にイギリスがドイツに宣戦布告するにいたっている。ベンヤミンの運動の周辺にいたグンペルトは、後年戦争勃発時の様子を次のように振り返っている。

> 戦争は首尾よいものと映っていた。集団精神病が大手をふって行進していた。若者たちは「仕事のために für die Sache」死へと押し寄せた。私はまだ十分に年がいっていなかった。戦争のための私の唯一の犠牲はさしあたり、頭の毛を刈り込むことだけだった。男たちは皆髪を刈られたのだった。私もこのスパルタ的強制を逃れることはできなかった。(8)

グンペルトより年長だったベンヤミンは、「戦争に対する熱狂の炎は私の心に微塵もなく、ただ避けがたく戦争に引き込まれていくときに友人のそばに自分の居場所を確保するということのみを冷ややかに考えて」、友人たちとともに「八月の最初の数日」の間に志願している。(9) 最初の志願で徴兵されなかった後は、あらゆる手段で徴兵を忌避した。友人ハインレたちの自殺という「戦争のことを長い間私に忘れさせる事件[10]」の影響と思われる。これについてグンペルトは次のように回顧している。

私たちの間にもいくらか炯眼な者がいて、彼らにとっては、世界の終わりはすでにそのころ到来していた。八月一日に「談話室」でハインレという名の若者とリーカという名の少女が、死ぬためにガス栓を捩じ開けたのだった。私は、私たちの家に二度と足を踏み入れることはなかった。家は破壊された。私たちの憧憬は無意味なものとなってしまっていた。出口は閉ざされた。それぞれの生が、続々と、自らのものではなかった仕事 Sache のために与えられていった。死、この最も忠実な友人が我々の世代に絶えず随行することとなった[11]。

ここで「八月一日」と述べられているハインレの自殺の日付はおそらく記憶違いであり、ベンヤミンは、「八月八日」と伝えている[12]。ベルリンの『フォス新聞』は十日付で、「恋人たちの自殺」の見出しで、「昨日午後」起こったハインレたちの自殺を報じ、「親しかった学生宛に残された遺書によれば愛の悲痛が彼らを死に追いやった」と結んでいる[13]。戦争の忌避とプロテストのためなされたとみられることも多いこの自殺は[14]、記憶につきもののズレや脚色をともなって回想されている。ともかく、これがベンヤミンに大きなショックを与えたことは確かである。

前章でもみたようにベンヤミンは戦争勃発前から疑念を抱きつつあった青年運動での活動について、その無力さを突きつけられていた。彼は運動との関わりを断ち、「フリードリヒ・ヘルダーリンの二つの詩」を一九一四年から一五年に書きあげるなどしながらひっそりと過ごすようになり、この頃にその友情が生涯続くショーレムとの交流が始まっている。ショーレムによれば、ベンヤミンは時局の話題を嫌い、自らの内面にこもるように思索をしていた[15]。一九一六年の春ブーバーが中心になって出版をはじめた『ユダヤ人 der Jude』にベンヤミンも寄稿しないかという話が持ち上がったのだが、ベンヤミンはブーバーの戦争肯定的発言などもあって断りの手紙を書く。

当時ブーバーに限らず、多くのドイツ人は戦争に熱狂的な感激を覚え、これを肯定していた。これはドイツに限られず、多くの知識人は自国の戦争に積極的に反対することなく、程度や意味合いは異なれどともかく肯定的な姿勢をとった。偏狭なナショナリストに限られることではなく、例えば多くの自由主義者も良心の呵責なしに戦争に参加できたのである。ロシアではスラブ民族の権利、ドイツ、オーストリアでは専制ロシアからの解放、イギリスでは国際法と小国の権利といった具合に、それぞれそれなりに魅力的な理念が掲げられてもいた[16]。ドイツでは「九五人の知識人の声明」が後世によく知られることとなったが、これは一部の突出した意見ではなく、「ドイツの大学社会は、全体として戦争勃発の責任がドイツよりもロシア、フランス、イギリスの方にあると信じていた[17]」。「一九一四年の理念」に沸いた人々は、個人の利害を越えた、国民の全体性の回復の契機として熱狂した(「ゲマインシャフト」の概念がスローガンとなったのは大戦中であった[18])。ユダヤ人に関しても、同化ユダヤ人は「一九一四年の理念」が「ドイツ人とユダヤ人のより完全な統合を導くだろう」という希望を抱いたといわれ[19]、シオニストも含めてグスタフ・ランダウアーら一部の社会主義者をのぞいては、反戦姿勢を明確にするものはいなかった[20]。当時ギムナジウムに通っていたゲルショム(当時はゲルハルト)・ショーレムはこの少数の反戦派のユダヤ系ドイツ人であった。

ショーレムは印刷会社を経営して成功していた同化ユダヤ人の父のもとに生まれ、当時ドイツでも盛り上がりつつあったシオニズムに感化され「若きユダヤ」で積極的な活動を行っていた。ヘブライ語学習や、同化への批判的な態度から父と諍いになっていた。この父とは、戦争をめぐる姿勢でも衝突することになる。戦意高揚を図る学校教育と父との衝突について、当時ハノーファーにいた兄ヴェルナーにショーレムは次のように書いている。

「今ベルリンの学校でぶらつかなければいけないっていうのは最悪のことだ。つまり、十六歳以上の生徒は、上からの法令に従って、軍人になるための『予備教育』をされることになっていて、近いうちにはこういった〈愛すべき取り組み〉に僕もまた熱狂させられるに違いないというわけさ。ひどいもんだ。そして、僕がまったくの『臆病者』で、高貴な感動を全然感じようとしないことについて、親父が繰り返し嫌みを言ってくる」[21]。

すでに社会民主党員になっていた兄ヴェルナーは、「リープクネヒトやローザ・ルクセンブルク〔……〕らを党の象徴的人物と見なしていた」少数派に属しており、この兄と一緒にショーレムは「当時進行していたことすべてに等しく反対の立場をとっていた」のだった[22]。ここで「すべてに等しく反対」と書かれてはいるが、おそらく両者の力点は違っている。兄が反対していたのは、当時進行していた「城内平和」——社会民主党多数派はストライキ停止や戦時公債承認によって国内での対立の回避に協力した——だろう。ユダヤ人としてのアイデンティティを自覚しだした弟ショーレムの場合は、疑問なしにこの戦争を支持する同化ユダヤ人たちの動きへの反対が強かったろう。

後で詳しく見るように、第一次大戦開戦時シオニストは必ずしも反戦的ではなかった。ショーレムも影響を受けていたブーバーは開戦後に戦争への参加とユダヤ精神の発見が矛盾しないと発言して影響力をもっていた。ショーレムはこうした発言に疑義をもっており、一九一五年一月に『ユダヤ展望』誌——この雑誌は後にトーンを変えるものの開戦当初は「ナショナリズムの重要性」を顕揚していた[23]——に掲載された「われらと戦争」という文章に激高している。そこには、それまでのシオニズムの孤立が戦争という共通の体験の中で解消され、「われわれは、ユダヤ人であるにも拘らず戦争へ行ったのではなく、シオニストであるがゆえに行ったのだ」と書かれていた[24]。ショーレムは編集部に抗議の手紙を準備して署名を集めていたが、これが学校で見つかってギムナジウムを放校になる。

上でみたようにベンヤミンの戦争への態度はショーレムと違って曖昧なものがあった。だが彼らが出会った頃、ベンヤミンは戦争への態度においてショーレムと近しい立場にあり、ブーバーらの態度への批判ということで意気投合している。

当時からすでにベンヤミンは、ブーバーを評価するのに、はっきりと留保付きだった。私たちのこの最初の会話の折に、それに私は強く共鳴した。というのも、ブーバーと彼の主な弟子たちが戦争を（いわゆる戦争「体験」を）肯定する態度をとっていたことが、私の憤慨の種だったのだから。ベンヤミンと私の話題はここから不可避的に、戦争に対する態度へと移った。私は、私が一九一四年末から国会で戦時公債の承認に反対投票を続けているカール・リープクネヒトと立場を同じくしている、と彼に明言した。ベンヤミンは彼もまた全く同じ立場に立っているといった。(25)

ここでの戦争反対は、ショーレムがいうように、戦争一般を否定する平和主義によるものではなかった。(26)ブーバーへの批判も、戦争支持か否かという二分法に基づいた拒絶ではなく、戦争をめぐる彼の言説を吟味してなされたものであった。以下ではこのブーバーの言説を当時の状況に照らして見ていこう。

第一次大戦とドイツのシオニスト

ブーバーは、戦争勃発からしばらく焦燥感と熱狂にとらえられ、例えば、反戦姿勢を崩さなかった友人グスタフ・ランダウアー（一八七〇〜一九一九）からは「戦争ブーバー Kriegsbuber」と批判されていた。(27)ブーバーには兵役志願は認められなかったが、彼は後方からの協力を惜しまなかった。後世から見ると、シオニストであるはずのブーバーが、ドイツの戦争を支持していたのはどういう訳なのか、事情を知らなければ不可解に思われるかもしれない。ナチス政権下の迫害とホロコーストがすでに明らかになり、ドイツとユダヤの「取り消された関係[28]」や共生の欺瞞について公に語られるようになった現在においては、ドイツ－ユダヤ両ナショナリズムがいかに共存し得たのかと訝しがられるかもしれない。しかし、当時はユダヤ・ナショナリズムとドイツ・ナショナリズムは、そこに矛盾がないとはいえないにせよ、共存し得るものとしてあった。

第一次大戦中の列強各国はドイツに限らず、敵国内のマイノリティー民族に解放者の顔をもって協力を求めた。ロシア領内のポーランド地域を中心に居住していた多数のユダヤ人は、一八八一年以来、度重なるポグロムに苛まれたのをはじめ、様々な法的不平等にさらされ、財産没収に遭うなど不遇をかこっていた。ツァーリ専制体制下でのユダヤ人の不遇は、ロシア領内でのシオニズム的動きを促進しており、そのことはヘルツルの活動などを通じてドイツ・オーストリアにも広く知られるようになっていた。ドイツ・オーストリアは、専制体制の解体はユダヤ人をはじめ諸民族の解放であるという大義を掲げ、ドイツのユダヤ人はこれを信じることができた。そして、重要なことは、例えばイギリスのユダヤ人と違って、自国の戦略に抵触することなく、このロシアからの解放を支持できたことである。イギリスのユダヤ人がポーランドのユダヤ人解放について語ることは、反ロシア、親ベルリン姿勢を疑われ、自国内で不遇をかこつ危険を冒すことだったのである[29]。

ドイツの占領政策としては、ポーランドなどロシア地域の諸民族を自立させる形で緩衝国としようという計画がすすみ、この計画や宣伝は「東方委員会」という機関によって担われた。ブーバーは、この「東方委員会」と関わりつつ、「ポーランドでの活動の組織化」に努めようとしていた。「前線にはいられないにせよ、その近くで活動したい」と思い、「ドイツとオーストリアの勝利がその仕事を向こうで行う機会を与えてくれることを期待」していたのである[30]。

ユダヤ人を含むロシア領内のマイノリティーの解放は、ドイツの帝国政策に従属する形で、大義として宣伝されていたわけであるが、シオニストの多くは開戦当初これを信じ、ドイツの政策との連携を当然と考えていた。ヘルツル以来の、政治的シオニズム手法――政治家への働きかけ、外交筋を通した同盟国トルコへの働きかけなど——も開戦当初、積極的に行われた、大方のシオニストはドイツ政府の戦争の間に矛盾を感じることはなく、それぞれの目標を追っていた[31]。

東欧ユダヤ人の解放という大義は、ブーバーの影響を受けたようなさらに若い世代のシオニストには大きな意味をもったものと思われる。東欧ユダヤ人は、ある種理想化されて、ユダヤ性の本質の源泉となると考えられていたからである。前章でも触れたルートヴィヒ・シュトラウスは、ブーバーよりもはっきりとした形でドイツの戦争での勝利に期待を寄せている。招集——シュトラウスは兵役志願していたが、志願があまりに大量だったために待機状態だった——を待ちながらブーバーに宛てた手紙で、次のように書いている。

> 私は勝利にあふれた戦争の終わりを固く信じておりますが、私が思うに、この戦争のあとで、ドイツ市民であるということは偉大で幸福を与えることとなりましょう。ドイツとオーストリアの密接な連結は、打ち負かされることなき国家同盟を生み出し、この同盟が地上の運命を規定することでしょう。〔……〕あらゆる民族の自由と、自由な諸民族の偉大な国家への幾ばくかの包摂、ドイツ、オーストリアにおいてこの模範が形成されることでしょう。そして、これは全地上で可能になり、そうなるに違いないことなのです。死んだと言われていたオーストリアは、自ら試される中で、この可能性を驚くほど早く確証しました。私はこの戦争を、国家のナショナリズムの終わりの始まりであり、永続平和、インターナショナルな国家への発展の力強い加速であるととらえております。インターナショナルな国家の内側では、諸々のネーションはその完全な魂を自由に、そしてわき目をふらずに、追い求めることができるのです[32]。

ドイツおよびオーストリアがうたった、ロシアからの「解放」後の東方地域における諸民族の自治、そして（ドイツ・オーストリア「国家同盟」を中心にした）多数の自由なネーションを包摂した「インターナショナルな国家」の形成をシュトラウスは期待していたのである。彼は自身がもっているのはユダヤ・ナショナリズム的感情であり、ドイツ・ナショナリズム、ドイツの民族性への距離は依然として変わらないにもかかわらず、「輝かしく偉大な秩序ある帝国」への「国家感情 Staatsgefühl」が自分のなかで燃え上がることを、ブーバーに告げている。そこに抱かれた期待を現在の視点から笑うのは簡単であり、また問題性を指摘することもできるが、当時の「黙示録的」雰囲気[33]の中で見れば、むしろ冷静な判断に属するものだったようにさえ思われる。

ブーバーは、自身のシオニズム、ユダヤ・ナショナリズムと、ドイツの戦争肯定を接合させていたが、「国家」に対する期待は、おそらくシュトラウスより少なかった。学生時代にヘルツルのシオニズムに関わるなかですでに、シオニズムは、政治家への働きかけに奔走するよりも、精神の変革としてあるべきだということがブーバーのなかにははっきりとあった[34]。文化的、精神的な意味での解放を重視する点は依然として変わらないが、ブーバーの中でも戦争への熱狂とシオニズムとが結びついていたことは間違いない[35]。これをマルグリースよりも繊細かつ情熱的な形でブーバーは言説化していた。戦争が精神的にどのような位置づけに置かれたのかを確認するべく、戦争前から続く彼の思考の歩みを振り返っておこう。ベンヤミンも求めていた共同性の問題がそこにはあった。

ブーバーの課題　疎外された個人と新たな共同性

本章で扱う第一次大戦前後のブーバーは、まだ「対話」思想にいたっていなかった。当時の彼は、神秘主義研究[36]から、ハシディズム研究を経て、そのスポークスマンとなっていた。ヴィーンに生まれたブーバーは、大実業家にしてミドラシュ（聖書解釈文学）の研究者でもあった祖父の影響を受けユダヤ文化に触れながら育った。ブーバーは直接にユダヤ性へと向かう前に、彼は文芸愛好趣味にのっとった気ままな学生生活を過ごしている。ヴィーン大学入学後のブーバーに当初芽生えたのは、都市生活の中でのアトム化と疎外の問題意識だった[37]。一八九九年から二学期にわたって滞在したベルリンでは「新しい共同体」という文芸グループに所属し、ここで指導的立場にあったグスタフ・ランダウアーの神秘主義研究の影響も受けて、真の世界と個体とのつながりについて考察をはじめる。[38] ブーバーは、一九〇一年の論考「ヤーコプ・ベーメについて」において、個体が単に孤立した動物的な生を生きるのみではなく、世界の根源的生命力を自らに内包させた有機体としてあるのだと捉え、それゆえ「人間の中に全被造物がふくまれている」と見ていた。ベーメにみられる、神的な力の個物への内在と、神秘体験におけるそれへの気づきという思想に、ブーバーは魅せられた。

ブーバーは、神秘体験における個と世界（神）との合一に関する古今東西の様々な記録、伝説を収集し、『忘我の告白』（一九〇九年）としてまとめているが、その序文で、そうした合一への飽き足らなさについても記している。「神秘体験」の全体性が、個人的体験に閉ざされた狭いものにすぎないのではないかと次第に意識するようになったブーバーは現実の社会的な共同性を希求しだす。これにはランダウアーの影響が大きかったとも推測される。[39] だが、ランダウアーからの影響というよりも彼ら同化ユダヤ人の環境が共同性への志向を生み出したという方が実情に近いだろう。

ランダウアーやブーバーは、その親が経済的に成功するとともにドイツ社会への同化をはたした後の世代である。すでにユダヤ的な文化から離れた親をもつ彼らに残されていたのは、ブルジョワ生活に邁進するか、文芸や教養などの精神性によってそれに反抗するかの他なくなっていた。この文芸や教養は自然に根ざすよりもジャーナリズムや大学制度に根ざしたものであって、彼らの固有性とのつながりは弱い。敏感であれば根なし草性と疎外を意識せざるを得ない彼らに、つながりへの道をしめしたのは社会主義あるいはシオニズムだった。[40] たとえばランダウアーは、ブーバーに次のように書いている。「私は、労働者の運動のうちに魂を欠いたブルジョワ世界からの避難所を見いだし、彼らを私自身の人々 Volk だと受け取った。私は、自分が大人になってから、年取った人々の中に第二の故郷のようなものを見いだすとは思ってもみなかった」[41]。

ブーバーはあるべき共同性を、ランダウアーのように「社会主義」においてではなく「ハシディズム」のうちに探っていく。ブーバーの親は同化世代であったが、その祖父は実業家であると同時に、ミドラシュ研究者であった。少年期まではこの祖父の影響下で育ったブーバーは、ヘルツルのシオニズムに触れたこともあり再びユダヤ性を意識し、一九〇四年以降、ハシディズム研究に没頭する中で独自の思考を深めていく。東方ユダヤ人の間に広まっていたハシディズムにおいては、ハシッド（義人）の神的体験が尊重され、それを一つの軸に生活する共同体が存在した。ブーバーはこれを『聖書』とその解釈を中心とする伝統的なユダヤ教と対比して、律法ではなく宗教的な「体験」を重視するものとしてハシディズムを描き出している。ブーバーのハシディズム研究は、自身のユダヤ性に目覚め、生の変革を求める一部の若いユダヤ人に熱烈に受け入れられた。ブーバーは一九〇九年から、プラハのシオニスト学生団体「バル・コホバ」に招かれ、合計三度の講演を行った。「バル・コホバ」の議長だったレオ・ヘルマンは、「ドイツ」への同化が成功への道として確立しているヴィーン（およびドイツ帝国）と違って、自分たちプラハのユダヤ人が、ドイツとチェコという二つの民族の間に放り出されて孤立していることをブーバーに相談するとともに、「西方のユダヤ人におけるユダヤ的本質の残滓が、いかにして固有のものに変わりうるか」を示す講演を依頼したのだった。(42) 講演の原稿は一九一二年に『ユダヤ性についての三講演』として出版される。

ブーバーは、「ユダヤ性の意味」をテーマとした第一講演において、かつてのユダヤ共同体がもっていた「絶対的なもの」への関係を、西方ユダヤ人がもはやもたないことを確認する。宗教的な教義や規則も知らず、分散して暮らす中でそうした外面的つながりを欠いてしまったのだ。それゆえブーバーは、「内的現実」としての「ユダヤ性」に焦点をあてる。そこにおいてブーバーが言うのは、「ユダヤ的宗教性が、記憶であり、もしかすると希望ではあるかもしれないが、現在のものではなく」、ユダヤ人が、「彼の民族を彼の魂と生活のうちの自律的現実としていく」ためには、「ユダヤ性」を発見していく必要があるということである。(43)

ブーバーはこの課題を、子供の自我の発見過程と類比する形で、精神の自我による自己認識過程として描きだす。子供は自己というものが空間の中で個体化されたものだと成長の中で気づくが、精神の自我が発見するのは、時間の中で「血」に連綿と連なっていることである。この「血」は、一つのメタファーであり、故郷、言語、習慣といったものを通して流れる本性と考えられている。多くの民族はこの「血」とのつながりをはっきりと確認していくわけだが、ディアスポラ状況下のユダヤ人に関しては、民族の「血」が自然に与えられることはない。ユダヤ人は各国に散らばり、民族の共同性に根ざした生活からは切り離されて暮らしている。「血」のつながりを求めるとき、自分たちが分裂のうちにあることを意識せざるを得ない。それゆえユダヤ人は、「共同性」を所与のものではなく、むしろ「目標」として、使命として選びとっていかなければならない。ユダヤ性は、単なる過去の遺産ではなく、むしろ選びとられる未来なのである。

私が言いたいのは、ユダヤ性は、なによりも過去をではなく、むしろ未来をもっているということです。私が信じているのは、ユダヤ性は、本当のところ、いまだその所業をなすにいたってはおらず、あらゆる民族のなかでもっとも悲劇的で把握し難いこの民族のうちで生きる大きな力は、いまだ世界史のうちにその固有の言葉を語ってはいないのです。(44)

ブーバーのレトリックは情熱を喚起する。目標やなすべき「所業」に具体性はない。しかし、分散状況にあるがゆえに具体的課題においては一致が得られない同化ユダヤ人の心情に訴えるためには、むしろ具体性のなさはプラスに働く。第一講演は次のように締めくくられる。

私が子供だった頃、古いユダヤの伝説を読んだが理解できなかった。それは次のようにだけ語っていた。「ローマの門の前に癩病の乞食が座って待っていた。メシアを待って」。当時私はある老人のところへ行って尋ねた。「乞食が待っているのは誰なの?」老人は当時の私にはわからないことを答えた。そしてやっと今になってわかった。「お前を待っているのだ」と老人は言っていたのだ。[45]

具体的な使命は示されない。しかし、内的探求を行う各々の若者には、彼らがいわば潜在的なメシアとして待たれているように響く言葉である。ここでは「ユダヤ性」を内面的な課題としてある種形式化することで、決意さえあれば、参加への意志さえあれば、目覚めることが可能なものとなっている。この呼びかけはそういった意味で、多くの若者に訴えかける力をもっていた。若き日のショーレムも、ブーバーのメシアのくだりを引用して兄ヴェルナーに折伏の手紙を送ったほど、感激を覚えていた。[46]

共同性の契機としての大戦

青年期から、絶対的なものの「体験」に惹かれていたブーバーが「共同性」を希求しだしたとき、ハシディズムは彼の理想を体現しているもののように見えていた。東方ユダヤ人ハシディズム共同体をある種ロマンチックに憧憬する彼の「熱狂は、当然ながら、大部分のところは現実のハシディズムの世界と時間空間的に離れていることによって可能だった」[47]。だが、ブーバーの著作はハシディズムの理想化よって、西方の同化ユダヤ人にも理解可能で魅力的なものとなった。不快な記憶を思い起こさせない形で、遠くの理想を輝かせていたからである。当時の多くのドイツのシオニストにとって、ハシディズムは自分たちにはない精神と生との合致、そして自分たちが欠いている共同性を体現するものとして神秘化されて崇敬されていた。[48]

ブーバーの戦争勃発直後の活動は、ここに見られる共同性の希求と結びついており、漠然と戦意高揚の波に呑まれていたわけではない。当時ブーバーを強く規定していたのは、苦境にあるユダヤ人や戦線で苦しむ者への心配と何かしなければならないという焦燥感であったといわれる。レオ・ヘルマンはブーバーに、「何かせねばならない」という衝動が満ちていたことを証言している。

戦争が起こった。ブーバーはわれわれみなと同じくユダヤ民族の運命もまた動き出したと感じていた。何かせねばならぬ、と彼がいうのを私はしばしば聞いた。ほとんど毎日である。一方で、彼を動かしたのは、戦場にいる個々人の運命と危険であった。他方では、彼はユダヤ民族の未来、そのユダヤ的に生き生きとした部分の未来を顧慮し、そのための指導力を備えていたのだった。(49)

ドイツ側の後方支援にも微妙に関わりながら、ブーバー自身は、一九一六年四月『ユダヤ人』誌を創刊する。(50)この間、一九一五年夏に、ドイツ・オーストリアはガリツィア地方をロシアから奪還し、そこにいた多数の東欧ユダヤ人がドイツ占領下に編入されていた。彼らの権利擁護を求めるシオニストは、新たに反ユダヤ主義の問題にも直面することになった。戦争とともにはじまっていた東方から西方へのユダヤ人の流入は、彼らの容貌そして生活様式の異質さゆえにドイツ人たちに嫌悪感を引き起こし、戦線膠着に基づく不満と不寛容の雰囲気の中で反ユダヤ主義的な言説を生み出し始めていた。同化したドイツのユダヤ人にも、忘れたいゲットーの記憶を自分たちに呼び起こし、反ユダヤ主義をも強める迷惑な存在として、彼らを忌み嫌う者がいた。ブーバーは、ハシディズム研究において賛美したこの東方の同胞にそのような振る舞いをすることを許さなかった。この東方の占領と東方ユダヤ人の解放の問題を実質的に考えねばならなくなってきた時期、その課題に応え、ユダヤ性を回復し、新たな共同性を探るべく『ユダヤ人』は創刊されたのである。この創刊号の巻頭に掲げられた「スローガン」では、戦争のユダヤ体験と共同体への参加、新たなユダヤ性が並べて語られている。

このような時代に見物人として共同体の生活に立ち会いながら真に生きることができるという錯覚、ただそうだと認めるというだけで共同体の生活に参加できるという錯覚は、打ち崩された。元来その地上での存在と真面目に向き合おうとする者は、自らの責任を感ずることによって、共同体への自らの関係と真面目に向き合わねばならない。この戦争のユダヤ的体験によって震撼させられたユダヤ人、彼らは自らの共同体の運命に対して責任を感じている。彼らの中で、新たなユダヤ性の統一が表現されているのである。[51]

ここで語られる「ユダヤ的体験」の内実に関して、ベンヤミンは疑義を覚え、ブーバーからの招待を拒絶していた。ショーレムは次のように当時を振り返っている。

ベンヤミンは、当時（とりわけ一九一〇年から一七年の）ブーバーの著作を支配している「体験」礼拝を鋭く否定した。ブーバーの言う通りだとしたら、あらゆるユダヤ人に最初に〈あなたはユダヤ的体験をすでにしましたか？〉と聞かなきゃならないことになると、彼は嘲笑的に言っていた。ベンヤミンは、体験とブーバーの「体験的」態度に対しての決定的な拒絶を、私の論文に盛り込ませようとしていた。この点に関して彼に影響されて、実際私は後の論文でこれを行った。[52]

これに照らすと、ベンヤミンがブーバーに対立的な姿勢をとったのは、ブーバーが単に戦争肯定をしたということからではなく、それが「体験」礼拝の形でなされることに関係しているのではないかと考えられる。ブーバー批判については別にしても、ベンヤミンの思考において「体験」礼拝への批判的見方は後にも見られる。以下では、ベンヤミンのブーバーの体験概念への反発がどのような文脈において生じたのかを探り、ブーバー批判の内実を明らかにしていきたい。それによって、ベンヤミンにおける体験概念への姿勢の全貌を追うことは本書の範囲からはみ出るとはいえ、この時期のベンヤミンの体験批判を検討することで一つの展望を示すこともできるように思う。

第二節　「体験」と「共同性」

「体験」概念の歴史的意味

ベンヤミンは、後年、パリ亡命中の一九三九年に書いた「ボードレールにおけるいくつかのモティーフについて」の中で「文明化された大衆の、規則化されて不自然な生活の中に沈められた経験に対立する〈真の〉経験を我がものとしようという試み」としての「生の哲学」に批判的に言及している。(53) ベンヤミンは、ディルタイやクラーゲス、ベルクソンの名を挙げ、「〈真の〉経験」を取り戻そうとしていた彼らの試みに歴史性が欠けていたことを指摘している。ここには、大人のふりかざす「『経験』という言葉に対して、青年のあらゆる反抗的な力を動員させていた」(54) ベンヤミン自身の自己批判も含まれるものと見られている。(55) ボードレール論では、「〈真の〉経験」として求められたものの内部でも、「体験 Erlebnis」と言い表されるようなものと、「経験 Erfahrung」と言い表されるようなものの区別がなされている。ベンヤミンは「体験」ではなく「経験」を「無意志的記憶の構成要素」として重視している。若きベンヤミンの思考はまだ明確にされているわけではないにせよ、体験概念に依拠することを避けている形跡がすでにある。後にブーバーの娘婿となるルートヴィヒ・シュトラウスに宛てた手紙でベンヤミンは次のように書いている。

> ユダヤ的なものへの私の姿勢がいかに形成されたか。それはユダヤ的な体験 ein jüdisches Erlebnis によってではありません——そもそもいかなる体験によるのでもないのです。理念とともに私が外部へと身を向けたとき、精神的なことでも実践的なことでも、私の前に現れたのはたいていユダヤ人だったという重要な経

験 eine wichtige Erfahrung から、ユダヤ的なものへの私の姿勢が形成されたのです。[56]〔傍点強調は引用者〕

ベンヤミンが「ユダヤ的な体験」との関係を否定するとき、ブーバーのことが念頭にあったと推測できる。「生の哲学」の諸潮流においても、キーワードとなっていたのは、「経験」ではなく「体験」であった。この言葉はカントやヘーゲルの時代あたりまでは「経験 Erfahrung」や「生 Leben」といった語と特段の区別なく使われていたが、「体験」あるいは「体験すること Erleben」は十九世紀半ば頃から次のように特別のアクセントをおかれて用いられるようになっていたとされる。

〈体験すること〉は、まず、〈何かが生じるときに、なおも生きのびていること〉を意味した。次いでそこからこの語は、直接性――何か把握されるのは直接性とともにであり、直接性は、よそよそしい確認を必要とせず、あらゆる媒介的な解釈に先行する――の響きを帯びる。体験されるものはつねに自ら体験されたものであり、その内容はいかなる構成に負うものでもない。同時に〈体験すること〉という形態が指すのは、直接的な体験の流れにおいて、そこから発見された成果として生の連関全体にとって永続性と意義深さを獲得したことである〔……〕体験者は、体験においてその〈他の〉体験の些細な連関から引き上げられ、同時に彼の生の全体へと意義深く結びつく〔……〕体験の理論は、ディルタイが精神科学固有の真理の要求という彼を貫くモティーフの基盤上で、はじめて発展させた。[57]

ここで挙げられたヴィルヘルム・ディルタイ（一八三三～一九一一）は、ベルリン大学の学長として、そこで学んだブーバーにも影響を与えたと見られている。[58] ディルタイは、はじめシュライエルマッハーの思想研究から出発したが、その際、ただその作品分析を行うにとどまらず、成立過程を日記や書簡も含めて「生」を追体験することで思想形成の道を辿り直すという包括的方法を用いた。彼はこうした歴史研究的方法によって『体験と創作』などの豊かな作品群を生んだ。ディルタイは「詩人」の「表現」をこのような仕方で一つの「生」として、それぞれが固有の価値をもつものとして再構成してみせた。

ディルタイに見られるような「生全体と結びつくような」「体験」の重視は、形式的な認識把握への批判から来ているとも、それ以前の生活様式が急速に崩壊する中で生じた「反応」としてあるともいわれる。「経験から経験への移行を可能にしていた結びつきは壊れてしまった。経験と生は離散する。日常は、もはや伝承の可能という地平において生じることはない。子どもが、古い時代から受け伝わったものを遊びながら学ぶということはますます稀になり〔……〕大人の論争には不確かさとショックが頻繁にともなう[59]」。産業革命と資本主義の発展は豊かな市民を生み出したが、他面、伝来の、人生についての智慧、黄金の経験を廃れさせた。社会変化のスピードに経験が追いつかなくなっていたのである。伝統的共同体の中に生きる人々は、自分たちの過去の記憶——それはあるいは栄光の記憶であり、困難とその克服の記憶である——を祝いや祭りの形で共有し、喜びを分ち合い、あるいは苦難を乗り越える糧を得る[60]。だが共同体的な暮らしは社会の変化の中で解体されてしまった。人々は、地域の共同性、宗教的共同性の中に包摂された伝統的な経験を失い、アトム化している。このアトム化にあたって、人々がとる道はさしあたり三つ指摘できる。一つ目は、アトム化した個人の生に「体験」によって意味を与えようとする道である。二つ目は、個人の「体験」をさらに形而上的な力と接続する場として捉える道である。三つ目は、分断状況を克服して、経験のつながりを生み出す場を新たに見いだしていく道である。

ディルタイが「体験」を通じて一人の人間の「生」の表現を包括的に捉えようとしたのと同じ時期、富裕になった中産階級の成員は、それぞれの人生を「表現」されるに値するものだと証明することに夢中になっていた。人は所有物によって自らの栄光の記憶を証そうとする。ノルベルト・ボルツがいうように、この「所有物」は、誰でも貨幣をもってさえいれば買うことのできる単なる財産であってはならず、例えば自ら固有の「体験」が刻まれた「記念品」でなければならない。写真や商品が感情移入の対象となり、「保護ケース入り人間」はそこに「体験」の夢を込める。[61]「記憶」を所有物化する人々の道において、人々は、自らの「あのとき、あの場所」での体験を並べて、そこに伝記的な意味を作り出すことに夢中になる。先ほど挙げたボードレール論においてベンヤミンは、こうした方向が「自己疎外」を克服できなかったものと見ている。「記念品は〈体験〉の補完物である。死んだ財産として過去を目録登録する人間の自己疎外が、記念品の中でかさを増して沈殿していった」[62]。

　これに代わる第二の道も、同じく個人の体験に大きな意味を与えるものである。だが、そこにさらに形而上的な意味、あるいは根源的なものの強度を与えようとする。学生だったブーバーも関わった団体「新しい共同体」の主唱者ハルト兄弟にとっての「真なる知」は「体験」であった。彼らは、市民的な夢にまどろむことに飽き足らず、「体験」にさらに神秘的な役割を期待し、それを日常から一足飛びにマクロ・コスモスへと繋がる場と捉えた。ブーバーの友人オイゲン・ディーデリヒス（一八六七〜一九三〇）も、「高次の超越的現実への回帰」をうたった出版社を立ち上げていた[63]。非合理的なもの、感情の内的世界を扱う著作がここから多く出され、東西の神秘体験記録をブーバーが編集した『忘我の告白』も後にここから出版される。この第二の道は、第一の道が前提とする市民的な世界の否定から始まる。媒介を経た間接的なものである認識に背を向け、感情における全的な統一へと向かおうとする。

　市民的・経験論的な世界観においては、世界は、個々の印象、個々の現象の連なりにすぎないものとして扱われる。今、ここでの体験は、因果連鎖の列の一コマか、ただそのときに存在する偶然的な出来事でしかなくなり、世界全体との意味に満ちた繋がりを失う。経験論的な世界把握は、新カント派やマッハの経験論などの形でその正統性を誇っていたが、これに飽き足らない者はショーペンハウアーやニーチェに依拠して世界全体を貫く「意志」の存在に向かう[64]。アトム化した個人は、つまらない列をなす日々から抜け出て、世界の根源的な意志や力との合一をはかる。団体「新しい共同体」内での講演において若いブーバーも、俗世の日々のルーティンによって闘いと疑惑に巻き込まれた状態から、「静かな孤独な時」の「体験」を通じて抜け出る瞬間、そこで「言い難い生の意味」が現れる瞬間について語っていた。(65)

ブーバーにおける「体験」重視の姿勢は第一次大戦にいたるまで変わらなかった。一九一三年に出版された『ダニエル』では、「体験と経験」の対立が第一のテーマとして挙げられている。(66)

人間がその体験に対してとる態度は二つある。位置を定めて配列するか、現実化し実現するかの二つだ。行いつつ、耐えつつ、生み出しつつ、そして喜びながらお前が体験するものを、あるいはお前は、お前が抱く目的のために、経験の連関の列にくみいれることができる。またあるいは、その体験するものそのもののために、それをその固有の力と神聖さのうちに捉えることができる。(67)

ブーバーは「経験」を、計算に汲々としながら自己の安全を確保することに専心する人間がその目的のために利用する認識の系列、因果性の妥当する場とし、そうした合理的に配置しなおされたものではない「体験」を重視している。「体験するものそのもの」こそが一次的であって、「経験の連関の列」については、体験から得られたものを配置したにすぎない二次的なものと理解されている。普通の市民生活においては、体験は、こうした経験の列の一コマをなすものとしておかれてしまっているが、ブーバーは、今、ここの「体験」に、「固有の力と神聖さ」を回復させねばならないと考えているのである。ブーバーは、こうした第二の道を行くとともに、第三の道の先に見えるものを志向していた。第三の道とは、共同体あるいはあるべき共同性を実際に回復させようという道である。

「体験」がつなぐ共同性

『ダニエル』は一部の読者には熱狂的に賛美され、「ベルリン自由学生連合」主催の討論会でも『ダニエル』が扱われるなど、少なからず注目を集めていた。ベンヤミンもこの討論会のために『ダニエル』を読み、またブーバーには許可を得るために会いにも行っていた。だが友人宛の手紙では「ブーバーが『ダニエル』という名の不快な本を書いた。不快なというのは、よく考えられていないのだ」と手厳しい評価である。[68] 彼にはおそらく、ブーバーが「危険」を乗り越えての「選択」というものに関して、考えを突き詰めていないと見えていた。

「全本質を賭して、そして力を妨げられることなしにすべてを体験するということ」は安全ではなく「危険」である。[69] 安全を確保することを重んじる人々からは、このように「すべてを体験する」ことは避けられる。彼らは多くの経験と認識を所有し、その中で自分の位置を定めて自己を保持するが、新たな生成に参与しない。時代は、このように「実現せずに生きる者」で溢れている。ブーバーはこのように語りながら、「危険は深い現実の門であり、現実は、生と永遠なる神の誕生とのもっとも高次の価値である」として、「危険」への「覚悟」を呼びかける。[70] 人は「危険」をくぐり抜け、カオスに直面し、そこから一つの「方向」を導き出してこなければいけない。永遠の存在ではない有限な人間には、「お前は、その方向が無限に広がる中から、一つの、お前の方向を引き出してくるのだ」と呼びかけられる。[71] このとき選び取られる「方向」は魂が作り出す内面的必然として現れる。「魂は命令するのである。その選択は従いながらなされたのではなく、自ら命じながら選択したのだ。そして、魂は〈北〉を指すというよりも、魂が指す方角が〈北〉になるのだ。魂以外には何ものも永久に指し示し得ない方角を、魂は指すのだ」。[72] ここに見られる論理――北という方角を魂が指すのではなく、魂が指す方角が北になる！――はベンヤミンがいうところの「選択」が対象を創り出すという青年の宗教性そのものである。ベンヤミンも、覚悟を重視していたとはいえ、このような形で、選択されたものを必然的なものと化すことを危険視してもいた。それに対してブーバーの思考は、「危険」を厭わない強度ある「選択」をむしろ積極的に称揚している。

新たなものを創り出すためには、このような「危険」あるいは「全本質を賭して、そして力を妨げられることなしにすべてを体験するということ」の「選択」が必要であり、そうしなければ、力ない経験が列をなす中で精神性を欠いた生に閉ざされるだけだとブーバーは考えている。ブーバーは、「生」の回復、そしてその「連帯」を説き起こす。功利的な「目的にとらわれた苦しみの鏡の中」で、あるいは「事情通の知と間違った確実性という仮象でできた建造物の中」で「幽霊のように」なっている生が、「現実的な、生きた生となるべきだし、ならねばならない」と彼はいう[73]。注目すべきことに、ブーバーはこうした「直接性のうちにある生」を「人間の連帯の生」と言い換え、こうした生を生きることから真の共同性が生まれると論じている。体験を体験し尽くす中での生、直接的に感じられている生――これを生きる者同士であってこそはじめて、「真の共同体」を創出する連帯があるとブーバーは考えている。「真の共同体、直接的な共同体は、真の孤独同様、実現化に努めながら、現実的な者として生きる人々にのみ開かれている[74]」。

共同性の創出は、青年ベンヤミンが目指し、そして挫折したものでもある。ベンヤミンは「若さ」が、一時の高揚にとどまって消え去ってしまうという問題を克服するべく、それを時間的な広がりをもった「精神的な諸連関」の中で展開し、「下劣にならずに普遍的なことが語られるために、美しく自由な共同体を必要としている」ことを述べていた（前章参照）。普遍的精神を追求する「若さ」の運動は、その運動を伝播させる共同性を生み出すことではじめて意味を持ち得ると考えていたのである。ベンヤミンはその際「精神的な諸連関」を見極める「冷静」さと、世代間での探求の継続、精神性の伝達の必要性を強調していた。一時の高揚であれば、若さが過ぎ去るとともに、力を失ってしまう。自分たちが「年を取っていく者であらねばならないこと。自分より若いものや、子どもたちといった、より豊かな世代がすでに生きており、彼らには、教えるものとしてのみ自らを捧げられるのだということ」を認めることが「あらゆる感情のうちで最も学生に疎遠なものである」にもかかわらず重要なのだとベンヤミンは指摘していた[75]。

ベンヤミンのプログラムは実行以前の段階で、大戦という外部からの衝撃に吹き飛ばされてしまった。そして、おそらくベンヤミン自身も後年振り返っているように、大戦がなくても実を結ばなかっただろう。伝達のための共同性の持続のための物質的・経済的な基盤、社会環境といったものを考察することなしに、精神の純粋さだけを紐帯とするのでは、ラディカリズムのポーズが連鎖することはあっても、状況の変化に耐えられない。この意味で、ブーバーの「真の共同体」の呼びかけは、覚悟と意志だけを紐帯とする冷静さを欠いたものということになろう。

形式的意志の強さと弱さ

ブーバーの思考は、比喩の深遠な印象やモティーフの神秘性を脇におくならば、ある種形式的なところがある。例えば、ハシディズムに見いだした神秘体験、真の現実の体験に基づく真の共同体というイメージを、ブーバーは老荘思想にも同様に見いだす。そこにある歴史的差異や、文化的差異を問題にせずに、ある種形式化された神的体験一般をもとに議論が展開されるのである。覚悟と決意も、歴史的連関や状況と切り離された形で内面的強度のみを基準とし得る点では同様である。この思考の形式性はしかしその伝搬にあたっては強みとしてあった。ブーバーの議論は、真なるものを求めようとする「宗教性」に訴えかけるという意味では、例えばハシディズムに関心のあるユダヤ人といった限定的な範囲を超えた、訴求力をもっていた。ドイツの「アンダーグラウンド革命」の伝統に則ることで、「新生」を求める気分に広く訴えるものだったのである[76]。例えば元牧師で、ドイツ・ナショナリストといっていいF・C・ラング(一八六四〜一九二四)との親交が可能だったのも、こうした気分の共有と、ブーバーの思考の形式主義の強みのゆえと思われる[77]。「文化の危機」を叫ぶ「文化哲学」をはじめ、ジンメルなどの「社会学」においても、「新しい存在＝生」を希求するという気分が広く共有され、実証主義的思考に逆らって「現実そのもの」を求める動きが強まっていた時代と、ブーバーはまさに共振していた。オランダ人医師で詩人、社会活動家のファン・エーデン（一八六〇～一九三二）は『ダニエル』に感銘を受けブーバーとの交流を始めた。[78] このエーデンの呼びかけで、一九一四年六月に「諸民族の合一を代表して、それを決定的な瞬間に権威ある表現にできるようなクライスを形成する準備を取り決めるため」[79] にポツダムで三日間の会合が開かれた。ブーバー、ランダウアー、ラング、テオドール・ドイブラー（一八七六～一九三四）、エーリヒ・グートキント（一八七七～一九二四）という五人がドイツ・オーストリアから、エーデンとアンリ・ボレル（一八六六～一九四四）の二人がオランダから、ポール・ビエーレ（一八七六～一九六四）がスウェーデンから集まった。その会合には来られなかったロマン・ロラン（一八六六～一九四四）、ヴァシリイ・カンディンスキー（一八六六～一九四四）、ヴァルター・ラーテナウ（一八六七～一九二二）といった人々も「クライス」に加えられていた。クライスは、正式な開催をイタリアのフォルテで計画していたことから「フォルテ・クライス」と呼ばれていた。[80]

「危険」への覚悟は、意志と精神の強さを持つ者であれば、共有し得るために共振の幅を広める。だが、意志の共鳴は、現実的な基盤を持たなければ、容易に吹き飛ぶものでもある。また、彼らが求めたものも、曖昧なままにとどまっていたようである。ラングに手紙で誘われたリヒャルト・デーメル（一八六三～一九二〇）は「善き意志について、そして統一や真理、本質性といったもの、そして他の神秘的な抽象物についてたくさんのことが語られている。だが、どの善さが望まれるべきなのか、君たちがどんな類いの本質的真理にむけて君たちや他の人々を一つにしたいのかに関しては、そのイロハすら聞くことができない」と厳しい返答をしている。[81] 意志の強さはあれど、それが具体的に何に向けられるのかは定まらないままだった。このような精神の強度のみを紐帯とする共同性は脆弱さを免れ得ない。「フォルテ・クライス」は、第一次大戦勃発直後エーデンがドイツのベルギー中立侵犯を批判したのをきっかけとして解体する。

第三節　体験をつなぐ象徴

「体験」の二重化と「絶対的なもの」

ベンヤミンは、すでに戦争開始以前にブーバーの「体験」崇拝的姿勢に批判的だったが、戦争以後の発言と相まって、その傾向は強まる。ショーレムによるとベンヤミンは、一九一五年初頭に発表された「同時代的なものへ」というエッセイを問題視している。戦争前に出された『ダニエル』においては、カオスに直面し「危険」をくぐりぬける中から魂の向かう「方向」を見いだす必要性が語られていた。くぐりぬけるべきカオスと「危険」は「同時代的なものへ」においては戦争に象徴される「同時代の力」として現れている。ブーバーはこの「同時代の力」を擬人化し、「誰もお前を消すべきではない。私は生涯、お前の炎の獲物、生け贄でありたいのだ。お前の炎から光が生まれる。お前以外からは光はうまれないのだ。私はお前に触れて燃え、燃えて光となろう(82)」と呼びかける。ここに見られる「恍惚」にベンヤミンは批判的だった。

ブーバーがベンヤミンに個人的に与えた印象は、彼が常に恍惚を生きて、どこか自分自身から離れたところで、「二重の自我」を生きているというものだった。このことは、『時代のこだま』に掲載された「同時代的なもの」という文章にもっとも深く示されているという(83)。〔傍点強調は引用者〕

この「二重の自我」という表現が何を指すのか不明ではあるが、ブーバーの思考における「二重性」に関しては容易に指摘できる。ブーバーは、功利的な目的によって配列された経験の列ではなく、「体験」における「直接的な生」の「恍惚」を重視する。この直接的体験は、単なる一点としてあるのではなく、個的生の全体と関わるほどの意味を担うものとして語られる。体験は、一過的に過ぎ去るだけでなく、生全体と重なりあう。さらにこうした強度に満ちた「体験」は、「同時代の力」と呼応する中では、いわば形而上的な力と共振するものとなる。

この形而上的な力の導入は、一九一五年初頭に発表されたエーデンへの公開書簡（「運動――あるオランダ人宛の手紙から」）に顕著である。ドイツの軍国主義を批判し、イギリスとフランスの「相対的」な正しさを主張するエーデンにブーバーは反感を覚え、相対的な外面的正しさによる判断を斥けている。「真に闘うものは比較級を知らないのです。彼にとって重要なのは、『より高次のもの』ではなく、無条件のものなのです[84]」。ブーバーはこの書簡の中で、「キネーシス」という概念をもちだし、ここにおいて「絶対的なもの」が導入されてくる。彼はアリストテレスを参照しつつ、「キネーシス」を潜在的なものから顕在的なものへの移行の「運動」だと規定するとともにこう述べている。

絶対的なものは運動のうちに保持され、運動のうちで啓示される。各々は、それぞれに固有の運動の中で、それぞれに固有の現実化を行う中で、神を体験する[85]。

「キネーシス」あるいは「運動」がどの方向を向いているのかをブーバーは明言しないが、少なくとも、それが相対的により正しい方向を指しているのではなく、「絶対的なもの」の展開を待っていると考えていることは明らかである。ブーバーは、「名を欠いたもの ein Namenloser」が「キネーシス」を呼び起こしたと主張する。「名を欠いたもの」はいわば言語を絶したものとしてあるのだろう。これが何かは明確にされない。ブーバーは、この曖昧にして絶対な何ものかを奉じる。「戦争も含めすべて名を有するものは、象徴 Sinnbild となってこの名もなきものに奉仕する」というのである[86]。

「象徴」としての戦争と「ユダヤ体験」

「体験」は「絶対的なもの」との邂逅の契機であると同時に、『ダニエル』に関してみたように、「真の共同体」への開かれの契機としてあるとも語られていた。そこで「体験」が強度にみちたものであれば、他の生とも重なり合うものとなるとされていた。ベンヤミンが批判的だったブーバーの「ユダヤ体験」について以下で見ていこう。

戦争がはじまって最初の十二月、ユダヤの祭りハヌカーに際して、ブーバーは「ユダヤ性」の自覚を促す講演を行った。「神殿聖化 Tempelweihe」と題されたその講演の聴衆の多くはユダヤ人だったと思われる。ここでブーバーは、外面的な戦争を、共同体への責務や民族の再生への決意を自覚するための「ユダヤ体験」として読み替えていく。旧約聖書外典の『マカベア記』によると、マカベア家は、シリアに破壊された神殿を取り戻し、再び「聖化 weihen」した。この「聖化」を祝う祭りハヌカーは、シオニストたちが改めて重要な祭りとして取り上げたものだった。ブーバーは、現在がマカベア時代とは違ってユダヤ人が国をまたいで分断されている事態を指摘している。現在行われている戦争においては、ユダヤ人皆が同じ勝利を祝うということはあり得ない。だがブーバーは、祭りの習慣が、シリアへの勝利それ自体というよりも、むしろ勝利の後になされた「神殿の聖化」を祝うものであることに注意を促す。ハヌカーは、「聖化」という歴史的出来事の記憶を毎年新たにするとともに、それを未来の希望につなげるものなのだとブーバーは議論を進める。「ユダヤ人の宗教的直観」は、伝来のものを確認するだけでなく、そのつどの「現在」において、聖なるものを新たに再認しているのである。今回の戦争においても、戦争とその勝利という外面的事実よりも重要なのは、この直観であり、内的な解放であるとブーバーはいう。

宗教的直観にとっては、あらゆる外的出来事は、内的な秘密の世界的出来事の象徴 Sinnbild であるにすぎない。あらゆる外的解放は、時代によって完成された、悪の力によって苦しみ闘争する世界の内的解放の象徴である。この解放が人間に直接啓示されるその場所は、しかし、彼の魂なのだ。[87]

かつてヘルツルのシオニズム運動に関わった際にも、ブーバーは外交的策謀を重視するのではなく、精神的な解放が重要だと訴えていた。こうした内的解放の志向は上にも見られた通りであるし、ここでも貫かれる。

真の生への道を妨げるのは、外的なものではなく、むしろわれわれ自身のうちにある。世界のうちに悪しきものがあるということではなく、われわれ自身善きものへと腹蔵なく向かわないということが妨げなのだ。〔……〕われわれはわれわれの内的分裂を克服して一つにならねばならない。そうすることによって、世界の統一に奉仕することができるのだから。[88]

ブーバーは、戦争という外的出来事にひきつけて、「内的解放」を目指した闘争を訴える。そして、この「内的解放」は共同体の創出と重ね合わされる。

今やしかしユダヤ人は、諸民族のうちにあって共に体験しているカタストロフ的出来事の中で、驚くべき仕方で、そして啓示的な具合に共同体の大いなる生活を発見した。〔……〕彼の中で共同体感情は燃えている。そして、彼は、あらゆる功利的目的とは無縁の何かが彼の中で燃えているのを感じている。彼は繋がりを体験しているのである。内的解放への一歩を彼はふみだしたのだ。[89]

ブーバーは、『ユダヤ人』誌第一号巻頭におかれた「スローガン」において、「神殿聖化」を再引用して自分の考えが変わらないことを示しながら、新たに宣言する。「われわれは生と労働の自由を、低劣な状態に置かれた民族共同体のために要求する。この自由を勝ち取ること――これがわれわれの戦争のスローガンである」[90]〔傍点強調は引用者〕。ここで「われわれの戦争」というとき、それと現実の戦争が区別されているが、しかしそれらは同時に比喩的に重ねられることにもなる。ドイツ、オーストリアが掲げた専制ロシアからの諸民族の解放という理念を、ブーバーも否定しない。「低劣な状況におかれた民族共同体のための生活と労働の自由」と「今日その大部分が出来事の無力な対象として扱われている彼らが、彼らの運命と活動の自由な主体となること」は「われわれの戦争のひとつのスローガン」としてある。ドイツの勝利は、ロシアからの解放地域のユダヤ人に主体としての自由を与えるものであり、その意味で、ドイツの戦争と、ユダヤ人の内的解放を目指す「われわれの戦争」が矛盾することなく接合される。「われわれの戦争のもう一つのスローガン」とは、「ユダヤ性そのもののうちにあって使命に逆らう、利己心や分断の妨害的な力を克服すること」である。「われわれの共同体への関係を真剣なものとすることが重要だと認めるならば、共同体への責任に目覚め〔……〕共同体を純化するために、すべてを投入しなくてはならない」[91]とブーバーは語る。

ブーバーは、基本的には個々人の内面的な自覚と責任に訴えることに徹しつつ、「すべてを投入しなければならない」と「体験」の強度を求める形で、出来事への参加を呼びかける。これは出来事の「倫理」化によって、出来事自体の正否を括弧に入れる形で内面的な覚悟の問題とする論法であり、その意味ではヴィネケンが行った議論と類似している。ブーバーは、ユダヤ人それぞれにあるだろう「ユダヤ体験」に訴えかけ、同時代の出来事へと参加する事、闘うことへの責任を訴える。しかも、それは、これから実現される大いなる「目標」の実現のためのものという見せかけをとってあらわれるのである。ブーバーの言葉の魔術は、「ユダヤ体験」の自覚にもとづいた「内面的決断」を「われわれの戦争」といってしまうことによって、内実をカッコにいれたまま、多くの体験を包含する比喩を成立させる。現実にあるのはヴェルダンやソンムでの塹壕戦であり、あるいは後方支援という形での「残されたものの闘い」である。それらが「われわれの戦争」という「象徴 Sinnbild」となることによって、ドイツの戦争への支援や支持も立派な意味を得ることになり、それがいつのまにか「ユダヤ性」のための闘争ともなる。

象徴されないもの

「象徴」としての戦争がユダヤ人の連帯にも寄与するものだとブーバーが期待するのに対して、ベンヤミンはそういった象徴的な統合の一切を拒絶する姿勢を強めていた。この態度の違いは、一九一六年頃までに明確になっており、『ユダヤ人』誌への寄稿の拒絶に際して、ベンヤミンはブーバーへの明確な批判的姿勢をしめしている。この手紙はベンヤミンが自らの言語論を短いながらもまとまって展開したものとして重要である。この言語論については、次章でブーバー宛書簡のおよそ半年後に書かれた「言語一般および人間の言語について」とあわせて論じたい。ここでは、ベンヤミンの象徴的統合の拒絶の意味について見ておきたい。ベンヤミンが『ドイツ悲劇の根源』において、「象徴 Symbol」に比して貶められていた「アレゴリー Allegorie」の固有の意義を再発見したのはよく知られている。この著書の扉には「一九一六年構想」の文字がある。[92] ベンヤミンは、価値転換を図ってアレゴリーを持ち上げて「象徴」を貶めたというわけでは必ずしもないが、ブーバー批判に鑑みると象徴の濫用への批判的姿勢も間接にアレゴリーへの着目を促したとも考えられる。マーティン・ジェイは、ベンヤミンが「象徴的均衡物」による犠牲の理念化を受け入れず、「前線体験を崇拝する風潮と、疑似牧歌的な自然主義を含んだ記念式典文化の両方に、妥協なき反抗を示していた[93]」ことに、後の彼の思考の萌芽を見ている。ジェイは、「集団的な弔い」によって傷を癒そうとするよりも、慰めを拒否して、トラウマ的なものを直視する点にベンヤミンの思考の意義を見いだした。ここではとりわけ「象徴」の問題に関して、ジェイとは別の角度からさらに見ていこう。

当初意気揚々と戦地に飛び立った若者たちは、この二十世紀の戦争の中で、期待していたのとは違った無惨な死に直面する。伝来の英雄性を崩壊させたこの戦争の死傷者の八割は機関銃によるものだった。第一次大戦では、防衛拠点に機関銃が設置されたことによって、それまでの戦争では通用した、銃剣を構えての突撃戦法が決定的に無効となり、機関銃の守りを突破するための決死の手段として塹壕を掘っての前進が行われた。これは騎士道精神や、兵士の美徳の完全なる無化を意味した[94]。無惨な死と隣り合わせの塹壕世界へと兵士を誘うためには、伝来の英雄精神・騎士道精神の鼓舞ではもはや不十分になっていた。そこで繰り出されるのが、犠牲を崇高なものとして、戦争への奉仕を聖なるものとする言説だった。塹壕世界へのイニシエーションは「戦火の洗礼」として語られ、洗礼という言葉によってキリストの受難と復活とを連想させていた。祖国に魂を捧げることが、祖国に救いをもたらし復活という奇蹟をも約束されているものとして、キリストの受難と類比的に語られた。大量死を超克するために、犠牲が聖なる神話によって語られる必要があったのである[95]。キリスト教的モティーフを介して、犠牲は「復活」や「神の国」の象徴となる。この犠牲は民族の繁栄、民族の紐帯復活のための受難であり、国民共同体の絆を「英霊」という象徴がつなぐ[96]。

「象徴 Symbol」の本義は、「一つにあわせること」にある[97]。バッジや合い言葉といったものを符号としてメンバーシップを証す世俗的な象徴、感覚的に現前しているものが超感覚的なものの存在と共にあることを示す象徴という具合に象徴は多様な在り方をしている。象徴が示すのはいずれの場合でもある「合致」である。象徴はそこで、超感覚的なもの、神的なものについての認識へと導く働きも担っている。現前しているものとイデア的なものとの一致が表されると感じられるのである[98]。感覚しがたいものとの繋がりを生み出す象徴の機能には、一方で宥和の機能が見いだし得る。

例えば、犠牲の象徴は、開戦当初同化ユダヤ人とドイツとの宥和、彼らのドイツへの統合の意味を担ってあらわれた。クリスマスや「最後の晩餐」など様々なキリスト教的モティーフは、ゲルマン的なモティーフ——原初の木と森など自然の力を惹起する——と融合させながら「究極の犠牲を遂げたものすべてのため」に掲げられた。[99]これらは、犠牲を捧げる者の志、家族愛、祖国愛といったものを表す象徴となるのである。同じ象徴、例えば同じ形式の墓石を共有することで、一体感は高められる。ユダヤ人の墓とキリスト教徒の墓とは、それにつけられるシンボルがダビデの星と十字架とに区別されていた。だが戦没者の共同墓地には、「塹壕体験」という「共体験」のゆえにドイツ系もユダヤ系も区別なく埋葬され、宗教の違いによって区別することへの抗議があったほどだった。[100]

しかし、一九一六年に入り戦線が膠着し、「協調による講和」ではなく「勝利による講和」を主張する保守派が指導的になるにつれて状況は変わっていく。戦時経済協力団体「戦争協会 Kriegsgesellschaften」へのユダヤ人の参加に対しての攻撃やユダヤ人の兵役逃れを非難する反ユダヤ主義的言説が強まっていく。戦後には「塹壕戦」体験はドイツの軍人のシンボルとなって、「背後からのドス」を振りかざしたユダヤ人を決定的に排除するものに変わっていく。一九一六年から秘密裏に行われた、兵士におけるユダヤ人の割合、前線参加するユダヤ人を調査する「ユダヤ人数え Judenzählung」は、ユダヤ人の前線参加率の高さ、兵役逃れの少なさを示していた。[101]象徴による統合は、事態そのものに即すというよりも、事態における人間の意図に根ざした形で行われ、象徴による宥和は、不安定であり、そこから排除されるものを生み出す。

ブーバーの『ユダヤ人』誌は、こういった状況においてユダヤ人の弁護と保護を目指していくものでもあった。旧ロシア地域からドイツへと流入していた東方ユダヤ人への侮蔑的言辞も広くみられるようになっており、ブーバーはこれに立ち向かっていたのであった。だが、そのブーバーの言葉も象徴に立脚して、断絶を孕んだものに連帯を作り出そうとするものだった。アトム化されて互いに分かれて戦うユダヤ人も「ユダヤ体験」において一つになり、戦争へのコミットは「われわれの戦争」を闘うことと重ね合わされる。ブーバーの言語も象徴に訴える点では、戦意高揚の言説と変わらない。ベンヤミンはこうした象徴の共同体に戦争開始当初から参入できないままだった。彼は前線体験をもたず、あるいは塹壕共同体に参入しなかったために、戦争にまつわる言説をともにすることもできなかった。ベンヤミンは、象徴的な共同性から排除されつづける友人ハインレの死を間近に見ていたことから、当初から象徴的宥和に批判的な見方をもっていたと思われる。

ハインレの自殺は、「戦争のためのプロテスト」として理解されるならば、受難的「犠牲」として理念化される。ベンヤミンもハインレも当時その影響下にあったゲオルゲ[102]の大戦勃発の直前に出た詩集『盟約の星』には、「生と死の美化」とマキシミン崇拝に象徴されるような「犠牲」の理念化が見られる。[103]ハインレが自殺をする背景に、こうした死の美学化が影響を及ぼしていたことを後にベンヤミンは示唆している。「一九一四年の春、災いを告知しながら『盟約の星』が地平上に昇った。戦争があったのはその数カ月後だ。まだ何百人も死なないうちに、それは我々の中心に突き刺さった。私の友人が死んだのだ。戦闘の中でではなかった。彼はある名誉の野に咲いたのだが、それは人が死ぬようなところではなかった[104]」。「名誉の野」は普通「戦場」を意味するが、ハインレが死んだ「名誉の野」は彼の死に名誉を与えるものではなかった。戦没者たちにとっては、同胞を象徴することとなった墓は、自殺したハインレたちを救われないものとした。彼らを一つの墓に葬ろうというベンヤミンたちの努力は、虚しく終わり、二人のための弔いは十分には行えなかったのである。[105]彼らの死を聖化する象徴は、与えられておらず、死者たちはただ沈黙のうちにおかれる。

犠牲をプロテストによって理念化することをベンヤミンが行わなかったのは、ハインレの自殺が、そもそも純粋な犠牲であるといえない側面があるからかもしれない。ハインレは純粋に「プロテスト」から自らを「犠牲」に捧げたのではなく、ヴィツィスラが推測しているように、文学的な挫折に絶望して自殺したかもしれないのである。一九一四年二月に『アンファング』編集部乗っ取りに失敗したハインレは、無惨な弁明をするはめに陥り、その文学的野望は挫折の憂き目を見ている。『アクツィオーン』誌の編集室で行われた集まりでは、ハインレが何を答えても「罪あり」とされ、「哀れな印象」を与えていたといわれる。「ハインレにとって恥辱に満ちた事態の経過は、彼の自殺について別の光をあてている。彼の決断が、戦争の始まりによって引き起こされたのは確実だろうが、決断は、彼の大きな文学的野望の挫折によって準備されていた」[106]というヴィツィスラの推測が正しいとすれば、戦争への抗議からなされた「犠牲」としてハインレの死を神話化する試みははじめからベンヤミンに断たれていたことになる。いずれにせよ、ジェイが論じているように、象徴的な言葉でもって出来事に理念的な意味を与えることは事態から目を逸らす「慰め」とはなってもそこに真の救済はないというのがベンヤミンの考えだったろう[107]。

名誉の死を遂げた者たちも、不名誉な野に沈んだ者たちも、死者は等しく沈黙している。象徴をもって彼らに語らせるのは生者である。ベンヤミンは象徴によって輝かしい理念を語る言説に背を向け、そこから排除されてある沈黙に着目する。後に彼は、塹壕から帰ってきた人々も沈黙していたと論じている。「戦場から人々は押し黙ってかえってきた。伝達可能な経験を豊かにしてというよりも、貧しくして」[108]。彼らは英雄賛美や、後の戦記物が語るものが「ヒポクラテスの相貌」＝「死」でしかなかったがゆえに、沈黙しているとベンヤミンは見ている。

総動員された風景に直面して、ドイツ人の自然感情は予期せぬ飛躍をとげた。平和の工兵学は、その風景に感性的に移民させられ、撤退させられた。塹壕線を越えて見通せる限り、すべてそこにあるものは、ドイツ観念論地帯そのものとなったのだった。〔……〕技術は、炎の作り出す帯と塹壕にドイツ観念論的な顔貌を引き寄せようとしている。だがそれはうまく行かなかった。技術があやまって英雄的と受け取ったのは、ヒポクラテスの相貌、死の相貌だった。それゆえに、技術は自ら固有の非道さに浸透されながら、自然の黙示録的な顔貌を鋳造し、自然を押し黙らせた。だが、技術は自然に言語を与え得たのかもしれなかったのだ[109]。

林立する樫の木は、英雄の森として平和を告げる戦士を迎え入れることなく、燃え上がる塹壕地帯を遠くにみやりながら沈黙している。受難による復活ではなく、死の中の沈黙、英雄として讃えられながらも沈黙するだけの帰還兵、そして進歩した戦争技術の中で黙示録的に押し黙る自然、象徴的言説からはみ出たベンヤミンに見えていたのはこういった沈黙の風景であった。

ベンヤミンはちょうど大戦中の一九一六年、ベンヤミンは『ドイツ悲劇の根源』につづくバロック悲劇への最初の考察を書いており、その中で、自然が押し黙っているという比喩的な言い方をしている。バロック悲劇では、言葉が純粋な意味を発揮して「悲しみの解放という至福の感情へと回帰」することはなく、「感情が激しくせきとめられて、それが悲しみと化す[110]」。バロック悲劇における「象徴」は、自然全体と響き合う象徴の機能を果たさず、そこでの自然は「未完のトルソ[111]」として、頽れたものの堆積する廃墟となってしまう。この中では、せき止められた悲しみが自らの行き場をもとめている。この「悲しみ」は、当時のベンヤミンの感情でもあるだろう。当時ベンヤミンはゲオルゲらの象徴主義的な詩に惹かれながらも、ゲオルゲが行ったように夭折したマキシミンを聖なる「犠牲」として理念化することはできなかった[112]。ベンヤミンにとっても、例えばハインレの死を弔いい、救われたものとしたいという感情はありつづけたろう。象徴による救済を自らに禁じつつ、救いはもたらしたいというジレンマの中で、ベンヤミンに生じるのが行き場を失った感情としての「悲しみ」である。「悲劇とギリシア悲劇における言語の意味」において、ベンヤミンはこの悲しみの感情に対応する言語の在り方を考察している。ギリシア悲劇における対話性を強調するベンヤミンは、そこにあるのが「意味の純粋な担い手としての言葉」だと言う。それに対して、鬱滞するメランコリーの中にある言葉が純粋に意味を伝達する言葉とならずに、アレゴリー的に滑る言葉となると見ている。「それはおのれの根源たる場所からもう一つの場所、つまり自らの河口へと向かいながら、姿を変えて行く言葉である[113]」。その後ベンヤミンが十年にわたって書き綴ったソネットは、こうした悲しみの作業、フロイトの言う意味での「喪の作業」としてあったと理解できる。完結しない喪の作業という意味で、メランコリーそのものだった。

ベンヤミンのブーバー批判、および「言語一般および人間の言語について」は以上のようなコンテクストで書かれている。象徴を我がものとして語る政治的言説の蔓延への批判と、その中で沈黙するものの解放の志向によってベンヤミンの思考は駆動されている。次章では、ブーバー批判におけるベンヤミンの言語把握の特質を、批判対象であるブーバーの言語観との対比のもとで明らかにし、当時のコンテクストにおいて、「言語一般および人間の言語について」がもつ意味を論じる。

第三章　ブーバー批判から言語論へ

前章ではベンヤミンとブーバーの思考を対比して「体験」をめぐる両者の姿勢の相違、両者の思い描いた「共同性」とその困難、「象徴」をめぐる思考の対立について検討してきた。こうした差異は、すでに第一次大戦勃発以前から目に見えるものとなっていたが、戦争を通じて顕在化している。ブーバーからの『ユダヤ人』誌への寄稿依頼を拒絶するに際してベンヤミンが書いた手紙が、対立を鮮明にさせている。ここには短いながらも様々なエッセンスを凝縮させた言語論が見られ、「体験」崇拝批判と「絶対的なもの」の象徴を濫用する言説への批判は、ベンヤミン独自の思考への転回をみせはじめている。本章では、このブーバーへの手紙とその半年後に書かれたベンヤミンの「言語一般および人間の言語について」の連関を明らかにしながら、ここに後のベンヤミンの思考の萌芽があることを見ていく。

「言語一般および人間の言語について」でベンヤミンが展開する言語論は、しばしば彼の思考の「原型」を示すもの[1]、あるいは少なくとも「枢要な位置」を占めるもの[2]として先行研究において重視されており、これまで膨大な研究が積み重ねられている[3]。テクスト内在的なコメンタール[4]、「来るべき哲学のプログラム」など、ベンヤミンの関連テクストに照らした論究[5]、言語思想としての思想史的な意義を明らかにする試み[6]、他の理論モデルとの比較によって理論モデルとしての特色をあぶりだす研究[7]、あるいは脱構築的にテクストから多様な可能性を導きだす研究[8]にいたるまで研究の方法も幅広い。本書では、ベンヤミンの思考の展開過程の一つとして、ブーバー宛書簡などのテクストとの連関を検討するとともに、当時のブーバーの言語観との対比によって、ベンヤミンの思考の理論的特質と射程を明らかにしたい。

ブーバー宛書簡は、「言語一般および人間の言語について」において結実するベンヤミンの言語論の一環をなすものとしてこれまでも注目されてはいるものの[9]、ブーバー批判の歴史的文脈に関しての検討が十分なされているとは言い難かった。前章で見たようなテクスト成立の背景を踏まえると、ブーバー宛書簡にみられるモティーフの意義が明解に理解できる。前章では、ブーバーの「体験」重視姿勢が、「絶対的なもの」を象徴的に語り出してしまうことにベンヤミンが感じただろう反感を明らかにしたが、本章では、ベンヤミンがこれをブーバー宛書簡において、ブーバーの言説をも含む「政治的文学」への批判に深化させ、これを独自の言語把握に展開させたことを明らかにする。ブーバーにおいては、言語はさしあたり知覚を記号化して表す「徴 Zeichen」としてあり、間接的なものとして二次的な位置におかれる。それに対して、「直観」が単なる知覚を越えた直接的なものとして重視される。これに関して、ブーバーの言語観および彼に影響を与えたとされるフリッツ・マウトナー(一八四九〜一九二三)の言語観と対比する形で、その特色を明らかにするとともに、言語をむしろ「直接的なもの」とするベンヤミンの言語把握と比較したい。

ベンヤミンの「言語の直接性」というテーゼは、主観的体験に閉じるのではない、経験の媒質としての言語を考察することにつながっていく。ベンヤミンが構想したのは、体験の直接性に閉じこもることではなく、言語的経験の媒介性に豊かさを回復すること、言語にも、行為と同じく「直接性」を与えることによって、「言い表し得ないもの」をめぐるパースペクティヴを転換することだった。そのことによって、「偽りの総体性」とは違った、豊かな連続性の理念を考えることができるからである。こうした試みは、彼の青年期の思考以上に思弁的なものにとどまるとはいえ、あるべき共同性を探るものとして広い射程をもっている。

ベンヤミンのこの志向は目標とされる状態を示すと同時に、それがいかに阻まれているかを鋭く示すものである。むしろ、青年期においてそうだったように、鋭さにおいては批判的視点の方が際立っているともいえる。「直接性」は理念的な精神と言語との合致という理想状態として語られる一方で、現状においては、そうした「楽園状態」にあるのではないことが問題にされている。ブーバー批判や当時のベンヤミンの「沈黙」に鑑みるなら、むしろ現状における言語の批判に主眼があったと考えられる。人間の動機を伝達するための手段として言語を捉えることを批判していたベンヤミンは、人間の認識が対象を曇りなく受容するというよりも、むしろ対象自体に、主観的な判断を直接的に刻印させていることを語る。人間は、人や物事について見たいように見て、それについて饒舌に語る中で、多くのものを聞き落としている。そして、対象は「沈黙」する。「沈黙」も含めて、「言語一般および人間の言語について」にみられるモティーフは、その後のベンヤミンの思考において重要なものが多い。第二部以降で検討する思考の展開の一つの重要な起点として、本章で検討したい。

第一節　ブーバーとベンヤミンの対立

ブーバー宛書簡

前述のとおりベンヤミンは、一九一五年の秋にブーバーから雑誌『ユダヤ人』への協力を依頼されていた。ベンヤミンはこれに即答せず、ブーバーと話してみることによって「初めて、私の協力とその形態について決定されうるでしょう(10)」と述べていた。その年の冬学期からミュンヒェン大学に籍を移していたベンヤミンは、クリスマス頃にベルリンでブーバーと会うことも提案したが、これは結局実現せず、一九一六年四月に刊行された『ユダヤ人』の第一号を待って態度が決められることになる。同時期に友人のショーレムはすでにブーバーへの協力を決めていた。ショーレムはベンヤミンと同様、ブーバーの戦争肯定的見解については批判的な姿勢をもっていたが、ブーバー自身の人柄に惹かれたこともあって友好的な関係を保っていたのだった。[11] ショーレムとは異なり、ベンヤミンからは、ブーバーへの反感が消えず、一九一六年七月十七日付の手紙でブーバーに協力できない旨を述べている。公開書簡とすることも考えられた手紙は、当初よりも和らげられたようだが「論争的な調子」をもっている。

私は『ユダヤ人』誌への私の原則的な姿勢と、自分が寄稿する可能性についてはっきりさせるために、ゲルハルト・ショーレム氏と話さねばなりませんでした。というのは、第一号によせられた多くの寄稿が――とりわけ、それらのヨーロッパの戦争に対する関係において――私を激しい異論でいっぱいにし、そのため私の中で次のことが明確に意識化されていなかったからです。この雑誌に対する私の姿勢は政治的な効果を果たす書き物すべてに対する姿勢と実際のところ変わることないものでした。この姿勢は戦争の開始が最終的に、そして決定的に私に開いた姿勢であり、『ユダヤ人』誌への姿勢もこれとは別のものではあり得ませんでした。[12]

前章ですでに見たように、戦争期の言説にベンヤミンは背を向けていた。彼は、「政治的な効果をもつ文学 politisch wirksames Schriftum」が言語を目的のための手段におとしめるものであることを批判し、ブーバーの雑誌もそうした「文学」としてしか捉えられないと考えている。ベンヤミンに従うとこうした「文学」の問題は、それが言語を「目的」へむけて人を動かすための単なる「手段」として利用する点にある。

行為の動機 Motive を手渡すことによって、文学が倫理の世界や人間の行為に影響を与えうるのだという考えは、広い範囲で、いやほとんどいたるところで自明とされ、支配的なものになっています。あらゆる種類の動因 Motive によって、人々を特定の行為へと動かすこと、これが政治的な文学の意図です。この意味でいうと、言語というものは、多かれ少なかれ暗示にかけるような仕方で諸々の動機を流布させるための単なる手段ということになります。流布させられた動機が魂の内面において行為者を規定していきます。[13]

ベンヤミンは、「政治的な効果をもつ文学」においては、「言語が行為の手段とはならない結びつき」は考慮されないままになっていると指摘する。ここでの言語はもっぱら「手段」であって、発話者はそれによって人々を「行為」へと駆り立てて自らの目的を実現しようとする。

こうした道筋における行為は（原則的にいえば）、あらゆる面から検査した計算プロセスの結果のようにして、最後に導き出されるのです。言葉から言葉へと列をなして拡張する明白なる意図のうちにある行為は、私にはすべて恐ろしいものに思われます。そして、言葉と行為の全関係が、私たちのところでそうであるように、正しい絶対的なものの実現のためのメカニズムとして強度を増して四方八方につかみかかるところでは、こうした行為が支配的になるのです。[14]

デイヴィッド・ビアールが指摘しているように、ここでの「正しい絶対的なものの実現」という言葉はブーバーの言説への当てこすりとみて間違いない。[15] 前章で見たように、ブーバーは『ダニエル』などにおいて、目的への最短で最適の道を俗物的な計算を繰り返して導きだす利益志向のメカニズムを批判して、絶対的なものへと「方向」を定めることの重要性を唱えていた。ベンヤミンはこのブーバー自身が、一つの絶対的な「方向」へと、象徴的な言葉を連ねて人々を動機づける別のメカニズムとなっていることを批判しているのである。

ビアールは、前述の箇所で、「ベンヤミンの言語に対する姿勢は、ブーバーのそれと妥協の余地がないほど対立していたこと」、特に、言語を行為のための手段とするとともに、絶対的なものに向けた行為を美化することで、戦争肯定プロパガンダと同じ道を進むことを批判していたことを簡潔にまとめている。彼はまた、両者の対立は神秘的経験をめぐる対立でもあると考え、次のように論じている。「無限なるものについての自己の経験を、有限な言語で表現しなければならない」場合に、第一の立場においては、「言語は啓示よりも下位」におかれ「神秘的経験の本質は、沈黙である」とされる。これがブーバーの立場である。「第二の立場は、ショーレムとベンヤミン両者が採ったものであり、言語それ自体が神的な起源を有し、啓示の経験は言語学的である、と主張する」[16]。実際ベンヤミンは、すでにブーバー宛の書簡でこうした見解を示している。

私は言葉が「現実的な」行為よりも、神的なものの遠くにあるだろうとは信じません。したがって、神的なものへと導くことは、言葉それ自身によって、そしてその固有の純粋さによる他にはできないことです[17]。

ビアールの描き出す構図は明解であり、本書での見通しともおおむね合致している。だがなぜブーバーにおいて「手段」としての言語と「正しい絶対的なものの実現のメカニズム」が連関するのか、そしてまた、ベンヤミンがなぜ言語の「神的な起源」を強調したのか、そしてそのことによって何を示そうとしたのかは明らかでない。ベンヤミンは、ショーレムの前でその「ブーバー宛書簡を読み上げた」りはしたが、公開されることはなく、ブーバーは気を悪くしてショーレムに「それに関してぶっきらぼうに言及」したにとどまり、ベンヤミンに返答を書くことはなかった[18]。それゆえ結局ベンヤミンとブーバーの間に論争は起こらず、議論が深められることもなかった。行われなかった論争がどのような点をめぐって対立するものとなり得たのかを本節で論じたい。以下ではまず、ブーバーの言語観が「正しい絶対的なもの」とどう関わるのかを見ていこう。

言語懐疑的思潮

ベンヤミンもそうだが、ブーバーはアカデミックな言語学を専門的に研究したわけではなかった。またベンヤミンと違って言語に自らの思考の核心を見いだしていたわけでもない。しかし、二〇〇一年から出版が続いている著作集に言語論の巻がもうけられていることからも示されるように、言語についての考察を多数残している[19]。ただしその多くは『我と汝』以降のものであり、ベンヤミンが批判した当時のブーバーの言語観に関しては、一九〇九年の『忘我の告白』の序文などに散見的に見いだされるにとどまっている。それゆえ、当時ブーバーの言語観に影響を及ぼしたと見られる同時代思潮を、ブーバーの思考を検討する際の参考としたい。ここでは、先行研究でも指摘される、フリッツ・マウトナーの「言語懐疑」のブーバーへの影響を概観しておこう[20]。

哲学者としてではなくジャーナリストとして執筆活動を始めたマウトナーは、一九〇一年から出版した三巻にわたる大著『言語批判への寄与』において、文芸欄にあふれる「絶対的なもの」や「精神」といった言葉を批判的に論じた。哲学的な概念も、つまるところ言葉でしかないという唯名論的な立場にたつマウトナーは、言葉を物象化し、ありもしないものを大げさにふりまわす傾向に立ち向かう。彼は、比喩として現実を表すにとどまるはずの言語の限界を超えて「概念的怪物」を生み出すような言語運用を批判した。次いで、マウトナーは言語批判のための『哲学辞典』を執筆し、そこで言語への「穏やかな絶望」にいたる[21]。こうした「言語批判」的思考は、当時ブーバーのみならず、フーゴー・フォン・ホフマンスタール（一八七四〜一九二九）やルートヴィヒ・ヴィトゲンシュタイン（一八八九〜一九五一）[22]にいたるまで二十世紀初頭のオーストリアの文芸、哲学に大きな影響を与えたとされる。

近年では、マウトナーの言語観についてはこうした「言語批判」的側面からのみ語り尽くせるものではないということも指摘されている。ボヘミアの同化ユダヤ人の家庭に生まれたマウトナーはドイツ語を「母語」としたが、それが地域と人々の生活に根ざした「方言」ではなく、あくまで標準化された「紙に書かれた言語」でしかないという意識をもっていた。マウトナーは、家政婦などが使うチェコ語と「台所」で異種混交したドイツ語を汚染された「不純」なものとする一方で、ドイツ語「方言」の純粋性を称揚し、「ドイツ・ナショナリスト」的姿勢を見せる。(23)ブーバーは彼と親交をもっていたが、意見が異なる点も多く、例えば、マウトナーが「ドイツのユダヤ人はドイツへと同化すべきという信念にもとづき、ドイツの国境が東欧からのユダヤ人を防ぐ柵となるべきと述べた」際には、東方ユダヤ人が「心的、道徳的、社会的エネルギーの大いなる貯蔵庫」だと知るべきだと異論を唱えている。(24)

彼らは同じユダヤ系とはいえ、出自や生育環境の差異から、両者の思考は相当異質である。またブーバーがマウトナーの著作を引用したり、名前を挙げて言及したりすることがないためマウトナーからの直接的影響を確証するのは難しい。だが、ブーバーは『ゲゼルシャフト』誌のモノグラムシリーズ編集者としてその内の一冊『言語』(一九〇七)の執筆をマウトナーに依頼しており、その折にマウトナーが「ブーバー博士が私の著作に関してみせた、親密なる見識がまた私を喜ばせた」と書いていることを見るなら、マウトナーの思考に通じていたことは確かである。(25)言語懐疑的姿勢と神秘的なものへの関心が同居している点が両者に特徴的である。

語り得る範囲に、言語の限界を設定するマウトナーは、言い表し得ないものへの憧れも同時に保持していた。これに関してビアールはマウトナーがシャブタイ派の後裔であることと関係があるのではないかと示唆している。この、十七世紀ユダヤ教における独自のメシアニズムを信奉した一派は、律法を「より深い現実の象徴的な建造物にすぎない」として、律法よりも「より深い現実」を重く見る。(26)言語によって書かれたものよりも、表現を絶したものに注意を向けるマウトナーの思考はホフマンスタールの『チャンドス卿の手紙』執筆に重大な影響を及ぼしたと言われ、逆に彼の方でも『チャンドス卿の手紙』に感激した旨の手紙をホフマンスタールに送っている。[27] 実際、言語を絶した現実に目覚める語り手チャンドス卿は、あたかもマウトナーの思考回路に則っているように見える。詩文を自在に操って、すべてを美しく語れたはずのチャンドスは、突然言語への懐疑に見舞われ、世界との断絶感に襲われる。しかし、言葉を欠いた動物や自然の沈黙の光景から立ち上がってくるものの輝きに目覚める。これと同じように、マウトナーも「語り得るもの」の限界に行き着いた先にある「沈黙」を重視する。「真に言わねばならないことがあるときは、われわれは沈黙せざるをえない」[28] のである。この沈黙は、言葉で語り得るものすべてを超えた価値をもつような偉大な沈黙である。この意味でマウトナーは、マイスター・エックハルトにみられるような言語や理性を越えた神秘的現実の体験を尊重している。[29] マウトナーの神秘主義への憧れに関しては、友人だったグスタフ・ランダウアーの影響も指摘される。[30] ランダウアーはブーバーを神秘主義研究に向かわせてもおり、その際に、マウトナーの「言語懐疑」がブーバーに伝わっていた。[31]

一九一〇年前後におけるブーバーの言語観

ブーバーは一九〇九年に出版された『忘我の告白』の序文においてその言語観を示している。ここでブーバーは、言語が真の実在としての現実のすべてを表現せず、そのうちの共約可能なものを表す手段なのだと考えている。言語は、知覚への「命名」から発展し、知覚内容を「記号 Zeichen」として表示する。この「記号」としての言語は、二重の意味で真の世界から遠ざかっている。まず言語は知覚を越え出ることはない。知覚の認識である言語は、知覚において知られた既知の事柄を越えて何かを示すことはない。そして、同時に共約的な記号であるがゆえに、知覚を超えるような「忘我の体験」を言語は言い表し得ない。言語は「共同的なものの機能であり、共同的なものをしか言い表すことができない」ために、「このうえなく個人的なものは、それを言い表すためにはなんらかの仕方で人間の共同体験のうちに移し入れられねばならない。あるいは何らかの仕方で正しく混ぜ入れられなければならない」。だが「共同体験の彼岸にある忘我」は、「単一性であり、孤独であり、唯一性である。

それは移し入れることはできないものである」[32]。もちろん『我と汝』にみられる「対話思想」において言語行為が焦点となるように[33]、彼の言語観は、「記号」としての言語という理解につきるものではない。ビーマンが指摘するように、単なる「記号」にとどまらない「詩的言語」や「象徴」を「内的体験」の表現として、重視していることも確かである[34]。だが、ここでも、言語は、知覚の域を越えた直感的な「体験」を間接的に示すものにとどまっている[35]。「体験」は言語とは違って知覚領域にとどまるのではなく、それが強度に満ちたものであれば、言い表し難い固有の意味と価値がそこに宿りうるものとされている。ブーバーにとって「忘我的な体験」は単なる知覚の束としてあるのではない。そこにおいて見いだされる「我の統一性〔……〕今やそれは、もはや諸知覚の一束ではない。それは火である」[36]。「火」となった我の体験は「言い表し得ないもの das Unsagbare」としてあることになる。ブーバーは、マイスター・エックハルトを引用して、「忘我の体験」は「言葉のないという意味での沈黙である」と言う[37]。

最も直接的な体験としてある忘我の体験は、言語を絶している。この体験は伝達し得ないと一方でブーバーは言いながら、なんとかして伝達したいとも考えていた。ブーバーは、神秘体験はいかに伝達されうるのかをめぐって、次のような考えをもっていたとされる[38]。「体験」を表現する「言語」は間接的なものであらざるを得ないために、「自己の経験についての神秘主義者自身の報告は、それ自体の適切な内容を有しておらず」、それゆえに語られたものは、あくまで「神秘的な啓示」を間接的に会得するためのものにとどまる。神秘主義者の個人的な体験の内容それ自体を共有させることがブーバーの目的なのではなかった。それを語り直すことによって、聴衆・読者にシンパシーを覚えさせ、彼らがそれをもとに自身の経験をもつことの手助けをすることが彼の目的だった。知覚的領域の記号としてあるのではない言語、神的な直感領域の体験を伝えるための言語を、ブーバーは「象徴」として考えていた。体験についての語りは体験そのものではないが、その「象徴」を示そうとするものである[39]。

「言い表し得ないもの」への姿勢

ブーバーは「言い表し得ないもの」を「象徴」によって語り、「絶対的なもの」の「体験」を示そうとする。これに対して、ベンヤミンは、ブーバーが「体験」において見いだした「言い表し得ないもの das Unsagbare」を文学から取り除くことの必要性をブーバーに訴えている。「言語において言い表し得ないものを、水晶を結晶させるようにして純粋に取り除くこと die kristallen reine Elimination des Unsagbaren in der Sprache」が「本来的に即物的な、冷静な書き方とまさしく合致する」はずだと言うのである。[40]「言い表し得ないもの」と言語の関係をめぐって両者は対立している。

ベンヤミンは、「言語一般および人間の言語について」の中では、伝達全般を言語としてとらえるいわば形而上学的な世界把握を試みている。だが、同時期にラッセルなど同時代の言語分析哲学を意識したメモを残すとともに、記号作用や言表行為に関しての具体的場面に即した考察を残してもいる。[41] 少し時代は下るが、ベンヤミンは一九二〇年前後の一時期、言語をテーマとして教授資格論文を書くことを考えており、そのために残したメモには次のように書いている。「本質的に、そもそも示されることができず、ただ意味されうるだけの内実や対象が存在すると推測されてよい。例えば、神や、生や憧憬がそういった対象である[42]」。確かに人は、「神」や「憧憬」といった言葉で何がしかの意味を確実に伝えているが、そういったものを対象として〈これ〉と示すことはできない。ヴィトゲンシュタインの「語り得ないことについては、沈黙するほかない Wovon man nicht sprechen kann, darüber muss man schweigen」[43] に照らすなら、ベンヤミンがここでいう「神」などはその意味について伝達し得るものではあるが、その存在を指し示せない以上、「神がここに存在する」といった命題の形で語ることはできないものであろう。これらは、その意味で「言い表し得ないもの」といっていいだろう。ブーバーの熱のこもった著作では、前章でみたように明確にそれと名指せない「言い表し得ないもの」が頻繁に現れる。例えば

「ユダヤ的体験」、民族の「血」、「ユダヤ性」、「われわれの戦争」といったものは、どういった対象を指示するのかが確定されないままに、意味だけが氾濫するものである。その意味では、これらは「言い表し得ないもの」であるのだが、外的な戦争という出来事とともに語られるがゆえに、人々を動機づけ、行為へと動員する。

そして、「言い表し得ないもの」は、ブーバー的思考から言えば、「体験」し尽くす他ないものであるはずだが、ブーバーはこれに関してむしろ饒舌であり、そのために情熱を投入する。「ユダヤ体験」はあなたにもあるはずだという呼びかけとともに、この「言い表し得ないもの」を媒介とした共同性を作り出そうとする。言語を絶する「正しい絶対的なものの実現」のために、多くの言葉が費やされる。ベンヤミンにとっては一章で見たように、「精神」が何かはそれぞれが形作るのに任せられるにとどまるものとしてあった。それを性急に具体化させてかかげることは、絶対的なあり方に憧れる焦燥がなせる誤りとして斥けられていた。こうした「言い表し得ないもの」への饒舌な熱狂に対して、ベンヤミンは冷静な書き方を対置するわけである。「言い表し得ないもの」を取り除くということは、まずは、これについて饒舌に語ることをやめることを意味する。また、この取り除きは、ベンヤミンにとって(ヴィトゲンシュタインにおいてもそうだったように)「言い表し得ないもの」の領域を無視することではない。これについては、後で論じる。

第二節　言語と倫理

言語と動機

ベンヤミンのブーバー批判は、「言い表し得ないもの」への姿勢をめぐる差異に由来している。これは単なる認識の差異ではなく、言語実践への倫理的姿勢の差異につながる。ベンヤミンが批判的にみていたのは、上でみたように言語がそのための手段として用いられてしまうことであった。ベンヤミンが、なぜ言語を手段とすることを批判したかといえば、発話者の動機のための手段とされた言語のおぞましさを彼が嫌悪したからである。以下で、そのことについてみていこう。「政治的文学」は言語を手段として、自らの動機を伝達し、自らの意図のために人々を動員する。言語をこうした動員の手段とすることの批判は、当時書かれた他の著作、特に「ソクラテス」に顕著にみられる。ベンヤミンは、ソクラテスが『饗宴』で語る「知への愛」の暴力性を指摘している。ジークリッド・ヴァイゲルが指摘しているように、ベンヤミンは、青年の戦争参加を促す発言をした自らの師ヴィネケンの姿をソクラテスに重ねている。(44) だがヴィネケンにとどまらず、ここには、ブーバーも含めた「青年に毒を盛り、彼らを誘惑する」当時の言説全般への批判が込められていると言ってよいだろう。小野寺が言うように、そこでベンヤミンは「絶対的な知」のソクラテス的な語り方を批判している。(45)

知への愛、美しい真理への愛という哲人たちの領域も自己貫徹の願望によって形成されている。知を求める者、青年たちを知へと導く者として現れるソクラテスは、いわば「産婆」としてあり、求めるものたちに知を産出させる。自ら産み落とせるように、ソクラテスは無知を装い、自らは問いを発することに努める。だが、ベンヤミンが言うように、ソクラテスの問いは、答えをすでに所有するものが放つ問い、教壇から教師が生徒に問うような問い、「暴力的に、それどころか厚顔無恥に答えの道筋を内包している」問いである。論理機械ソクラテスがいったん駆動しだすと、聞き手は論理を受け入れるだけの役割を担わされる。たたみかけられる問いに、聞き手は「ええたしかに」としか答えられず、続けてなされる「だとすると……ではないかね?」という問いにも「ええたしかに」としか答えられない。実のところ、このソクラテスは「知」の目的として、自らの結論を隠し持っている。若者たちに彼が語る愛は、知への憧憬を共有するものとされているが、実のところは自らの知を押し付けるための手段になっている。彼の発する問いは、「語りを押し付けるために、単なる手段のふりをしてみせる」が、目的へと導くために連ねられた巧妙な手段である。ソクラテスの問いかけの目的は、自らの語りを貫徹することにあり、いわば単なる手段である。ソクラテスの「産婆術」は、それゆえ自らの答えを相手に孕ませて、それを取り出してくるようなものであり、ベンヤミンの表現でいえば相手に自分の知を無理矢理に孕ませようとする「知の勃起」である。[46]

いずれにせよ、ここでの問題は、言語が単に手段となることよりも、モティーフの伝達という目的に奉仕させられることである。手段となった言葉によって語られるのは知への愛といった美しいものなのだが、この愛は美しい真理を求めるよりも、実は自らの意図の貫徹を目的としている。この「目的」は、実のところ最初に動機として語り手がもっていたものであり、言葉を連ねてこれを導きだすことのなかで、内的な動機が「正しい絶対的なもの」の秘密の殿堂に納められる。そして、秘密の真理をちらつかせて、求める者を誘惑するのである。

「神の前での自己正当化」

ベンヤミンには、ブーバーの言葉は、人々を行為へと動員するものであり、「正しい絶対的なものの実現のためのメカニズム」として力を振るっているように見えていた。例えば、「ユダヤ的体験」を根源的な力に繋がるものとして語ることで、それへの参加を呼びかけるやり方に、ベンヤミンは強い疑念を抱かざるを得なかった。ブーバーが戦争において働く「絶対的なもの」について語るとき、結局のところ自らを「絶対者」の側に置いて、「相対的な正しさ」を持つ者よりも正しい立場に立っている。ベンヤミンは「正しい絶対的なものの実現のメカニズム」のうちに、こうした自己正当化の問題をおそらく感知していた。

人が「神」あるいは「絶対者」について語るとき、それが「正しくありたい」という人間的願望に根ざした「神の前での自己正当化の問題」を孕むことに注意が必要である。[47] 絶対的な神への敬虔さを示すようでいながら、自らの正しさのために神の名を呼び出している場合があるのである。絶対者、あるいは神が存在すると仮定する場合、正しさを決めるのは、その絶対者、神のはずである。それゆえ、人間は神の定めた掟に従うことを、正しさの基準とする。だが、例えばユダヤ教であれば、この神の掟としての律法が相互に矛盾する部分をはらむがゆえに、何が神の意に適う正しい行為なのかをテクストから解釈して定めなければならない。ここで問題なのは、人間が捉えられる神の掟は、人間の有限な認識によって一義的に定められるものとして現れることがないことである。このときに、宗教的「原理主義」などに見られるように、自分が理解できる範囲の「神」の掟を遵守することで自らを絶対的に正しいと考える発想が現れる。矛盾や多義性にみちた『聖書』の内で、自らの正しさを言うために都合のいいところを引用してきて、事足れりとする態度、「自分が発見した善悪の原則に自分が完璧に従っているのだから、『自分は正しい』とする態度」が現れて来るのである。ここでは、結局、自らの「正しさ」を主張したいという人間の願望に、「神」がもち出されていることになる。人間の願望は、絶対的な正しさを判断するためには人間の有限性は不十分であるということからしばしば目を逸らし、自らが手にしている有限な素材から絶対的正しさを作り出そうとする。『聖書』には、自己正当化の願望の正当化を批判するテクスト（『ヨブ記』や『コヘレトの書』）も含まれており、人間の解釈の絶対化を禁じる効果をもっている。

「正しい絶対的なもの」は、ベンヤミンにとっては、人間の動機から演繹されて現れるようなものではあり得なかった。ショーレムによれば「ベンヤミンは、ユダヤ関係のことがらをほとんど知らなかったために逆説的に思えるかもしれないが、しかし一度もこのユダヤ的なものとの絆を疑問視したこと」はなかったという[48]。ベンヤミンの思考に仮に「ユダヤ性」を指摘するとすれば、神の超越性と人間の有限性を区別して、人間の自己正当化を批判的に捉える系譜に位置づけられるだろう。ブーバーは、実現困難な目的を言葉たくみにあたかも実現可能であるかのごとく語り、聞き手を誘導することで、結局「正しい絶対的なものの実現」を果たすのではなく、そのような主張を行う自我の意志を貫徹させている。語り手の意志や動機に、言葉や聞き手が動員されているという事態をベンヤミンは批判している。もちろん、この批判はもっぱらブーバー個人を念頭においたものではなく、当時の言説全体に向けられている。

「口をきけずにいること」

ベンヤミンは、ブーバー宛書簡で「言い表し得ないもの」を取り除いた「冷静な書き方」について述べていた。この「取り除き Elimination」は前述したように、単に「言い表し得ないもの」を思考の圏域から「排除する」ことではないように思われる。これについて、ベンヤミンは次のように述べている。

こうした言い表し得ないものの取り除きは、本来的に即物的な、冷静な書き方とまさしく合致するように思われますし、認識と行為との間の関係をまさに言語魔術の内部で暗示しているように思います。即物的であると同時に高度に政治的な様式ということで私が含意しているのは、言葉には拒まれているもの das dem Wort versagte へと導くことです。言葉を欠いたもののこうした圏域が、言い表しがたく純粋な夜において開かれるところで、言葉と運動的な行為の間の魔術的な火花が飛び出し得るのだと思います。そこで、この両者の統一が、同時に現実的なものとなるでしょう。最も内奥で口をきけずにいることの核心へと向かう言葉の内包的方向 die intensive Richtung der Worte in den Kern des innersten Verstummens だけが、真の効果に至ります。(49)

判然としないところもあるが、ここでベンヤミンが目指しているのは、「言葉には拒まれているもの」を、行為の名において言語を絶した体験として神秘化する方向ではなく、「最も内奥で口をきけずにいることの核心」へと「言葉」を向ける方向である。「言語において言い表し得ないものを、水晶を結晶させるようにして純粋に取り除くこと」は、単に語り得ないものを無用だと排除することではない。「取り除くこと」という語には単に「排除する」ということではなく、「敷居の外へ出す」という含意がある。(50) 言い表し得るもの／言い表し得ないものの間の敷居を、ベンヤミンはここでなし崩しに廃棄することをせず、それを容易に踏み越えられないものとして認めている。ブーバーはその象徴的言説によって、敷居をまたがせて「言い表し得ないもの」を引き込み、これへ向けて人々を言葉によって動員していた。ベンヤミンは、敷居をまたがせるのではなく、「言い表し得ないもの」が敷居の向こうにとどまりつづけると考え、「最も内奥で口をきけずにいることの核心」について性急に語り、これを呼び出すことを拒絶している。「口をきけずにいる」のは、例えば象徴によって救済へと引き入れることができないハインレのような死者たちのことかもしれない。ベンヤミンは、彼らを喪によって忘却してすますのではなく、彼らの死の意味づけを完結させ得ないままに、秘かな交信を続けるわけである[51]。

ハンデルマンも言うように、ベンヤミンは、「言語に媒介された真理に対する、直観的で脱自的な体験の優位を宣言する〔……〕ブーバーの体験神秘主義的神学をも含む、直接的な純粋経験へのいかなる崇拝にも強固に反対し[52]」、他方で、言語に媒介された経験を重視していく。沈黙も、言語に媒介されないものとしてではなく、言語という伝達現象の一形態として把握していく。例えば「言語一般および人間の言語について」の中で、沈黙は聴き取られ、翻訳されるべきものとして、言語の領域におかれる。こうした見方は、「言語一般および人間の言語について」、あるいはブーバー宛書簡においてはじめてできたものではなく青年運動期のテクストにすでに見られる。ベンヤミンは、「沈黙」のうちに言語を絶した非言語的直接性を見るのではない。ベンヤミンの「沈黙」への着目について、まず、語る者の饒舌にではなく、聞く者の沈黙に着目するところから見ていこう。

「会話」の「沈黙」

ベンヤミンは青年運動の中ですでに、語り手の主観的動機を中心になされる言語活動に関して、その限界を示していた。彼は「若さの形而上学」の中で、「会話」をテーマにそのことを書いている。予測し得ない相手の反応を待つのではなく、語りのうちに「自分自身を見よう、あるいは聞こうとする」「語り手」は「〔彼を〕見ている者、聞いている者を支配しよう」としている。「自己」と「己の偉大さ」が含まれた話を「語り手」は自らのために語るが、「彼は話しながら逃げ去っていく」のだとベンヤミンは喝破する。「語り手」は、自身の発した言葉が消えた後の沈黙、同意を与えずに沈黙する聞き手に耐えられずに、語り手はまたいらぬ言葉を重ねて、沈黙から逃げ去っていく。「彼はいつも、打ちのめされて他人の人間性の前にくずおれる。彼はいつも理解されないままだからだ[53]」。

語り手とその「動機」を中心に言語を捉えた場合、焦点となるのは、語り手の意図やその内実が受け手に正確に受け取られるかどうかである。そこでの言語表現は、伝えたいモティーフの枠におしこめられ、その伝達がうまくいったのか、メッセージの受け渡しがうまくいったのかどうかだけが問題にされてしまうのである。だが、「会話」の中では、発信者が受信者にその純粋な意図と意味をかたまりにして伝達するといったことが起こっているわけではない。発信者も自らの意図を完全に把握してコントロールすることはなく、そうできたとしても完全に伝達し得ずに送り損ない、そして送り得たとしても、受信者はたいてい受け損なう。彼は、送り手の意図などおかまいなしに好きなように受け取るからである。ベンヤミンは、「会話」における「語り手」よりも、むしろ語りの後に訪れる「沈黙」に着目する。

会話が目指すのは沈黙 Schweigen であり、そこでは聞き手は、聞くというより、むしろ沈黙する者である。意味を受け取るのは、むしろ語り手の方であって、沈黙する聞き手こそ、汲めども尽きぬ意味の泉に他ならない[54]。

語り手が繰り広げる言葉に対して、ここでの聞き手は沈黙のうちに返答している。この「沈黙」から、意味をくみ出してこそ、はじめて対話が成り立ったといえる。注意すべきは、ここでの「沈黙」が、ただ一人孤独のなかにあって黙っていることをいうものではなく、発話と発話の間で直面する「沈黙」だということである。「沈黙とは、自身の言葉のリズムを虚空の中で聴き取ることである(55)」と言うように、それは単なる無ではなく消え去って行く言葉として考えられている。話す者が語り尽くした後で生じる一瞬の間、他人が反応するまでの沈黙の時間、あるいはただうなだれたまま黙り込む時間。それは、才気煥発、当意即妙な対話の妙味ではなく、虚空に消える饒舌、あるいは語り尽くした後の沈黙である。ベンヤミンはこの「沈黙」を、充溢を欠いた空疎なもの、消極的な尻すぼみとしてではなく、何か新たなものを胚胎させるものと捉えている。「語り」が自己完結して閉じようとしながら、それに失敗するときに、新たに胚胎する意味の器として「沈黙」は捉えられている。

このような「沈黙」は、「言い表し得ないもの」として神秘化されるものではなく、日々の会話の中で意識されることもないまま、それゆえ体験の俎上にのせられることもないまま、積み重なっている。「会話はゆるがせにされた大いなるものを嘆く」とベンヤミンが言うとき、体験の中に汲み取られなかった何ものか、そしてその潜在的な偉大さに意識が向けられている。ベンヤミンは、こうした「沈黙」がただの無としてあるのではなく、かつての意味の痕跡、あるいはあらたな意味の胚胎として潜在していると考えている。これらは、いわば潜在的に表現を待っている言語としてあり、それゆえこうした沈黙をもむしろ言語伝達として把握している。

主観の外の言語伝達

「沈黙」の重要さは、「対話思想」へと移行した後のブーバーが着目するものでもある。「応答は、強力であればあるほど、それだけ強力に〈汝〉を束縛し、対象へと拘束してしまう」がゆえに、「舌以前のことばにおけるひそやかな待ちこがれ」によって、「汝」に向き合うことが重視されている(56)。この意味では、ブーバーとベンヤミンの姿勢の近さを指摘することもできる。だが、ブーバーが、「我」と「汝」の間での応答体験における言語をとらえると、ベンヤミンは、「話し手」という項自体を解体していく。そうすることで「我」と「汝」との間での言語現象のみならず、その外部へも広がりをもつものとしての言語を考察しようとしていく。ドーバーがいうように、ベンヤミンの言語把握には、「何かを伝達することが言語の本質に属しているという仮定」があり、言語を媒介として、話し手の意図や言明を共有するという「間接的伝達」とは別に、「直接的に顕現」しているような言語現象をも包含する[57]。この「顕現＝表明」は、意図の伝達手段というよりも、単に表明されるものとしてある。ベンヤミンは「言語」を「話し手」が「言明内容」を伝えるための「手段」に限定せずに、「顕現」している伝達現象すべてを包含するような言語把握を試みていく。

ベンヤミンは「言語の限界を示すのは、その語られる内容ではなく、その言語的な本質である[58]」と言う。ベンヤミンは多くを説明しないため、「語られる内容」よりも広い「言語的な本質」について「顕現」の観点から考察してみよう。例えば、突発的に怒りをあらわにして発された叫びは、意図を伝える手段としてあるよりも、端的に感情の表出として「顕現」している。怒りとともに「あなたはいつもそうだ」という言明がなされる場面を考えてみると、この「あなたはいつもそうだ」という言明内容は、たんに「あなた」についての判断を伝えるためのものではないだろう。おそらく、その言葉には、言葉にされない多くの感情が伴われている。例えば、恋人に向かって、「あなたはいつも私のことを考えずに自分勝手なことをしている。私への配慮が感じられずに寂しい」といったことを怒りの中で伝えようとしているのかもしれない。あるいは、「私はこんなに努力して配慮しているのに、あなたはいつも不満げでしかめっ面して偉そうにしている。私だって甘えたいのに」といったことを一言に凝縮させているのかもしれない。「あなたはいつもそうだ」という言明自体は、単純なものであるが、この言明が伝達し得る事態の外延は、それが何かを伝達し得る限りの広がりをもつ。

ベンヤミンは、挑発的に「言語の内容といったものは存在しない[59]」と断じているが、この言葉は、「言語の内容」として一義的に画定されるようなものを、現実の言語現象把握の基礎とおこうとすることの批判として理解できるだろう。そして、「言語の内容は存在しない」というだけではなく、さらに「話し手は存在しない[60]」とまで言っている。「話し手」とその「動機」を中心に言語を捉えた場合、焦点となるのは、話し手の意図やその内実が受け手に正確に受け取られるかどうかである。そこでは、言語は、話し手が伝えたい内容の枠におしこめられ、その伝達がうまくいったのか、メッセージの受け渡しがうまくいったのかどうかだけが問題にされる。だが、言語表現の限界は、伝えようとしたメッセージの内容にあるのではない。逆説的であるが、話し手は、彼の側から見るなら内側から発した言語の外側につねにたたされる。ベンヤミンは、「言語において伝達されるものは、外側から制限されたり、測られたりすることはできない」というとき、言語を話し手ではなく、発されていく「伝達」作用をはじめる言語から捉えており、伝達現象としての「各々の言語には、同じ尺度では測れない、固有の無限性が内在している」ことを見ている。(61) ベンヤミンは「話し手」という主体の外側で、「言語」を理解していく。あえてブーバーとの対比をするなら、ベンヤミンは、言語を「体験」とそのうちで表現可能なものの記号、あるいは「我」と「汝」、という二項間にとどめずに、言語伝達の連続的な広がりを考えようとしているのではないかと思われる。

言語は、話者の意図を語るために語られながら、しかし、話者の意図をときに裏切り、話者の意図以上のことを伝達していく。「あんたはいつもそうだ」という怒りの言葉は、例えばそれが「もっと私のことを配慮してほしい」という感情を背後に隠し、それを伝えようとしていたとしても、聞き手は単に自分への非難として受け取り、話し手のメッセージとは違った解釈を行う。疚しさがあれば、自己の正当性を探すために相手のあら探しを始めるかもしれないし、自分がいつもそうではないという例を探して、抗論しだすかもしれない。「話し手」は、自ら発話しながら、発話の所有者として自由にそれを処理できるというのではなく、発話した後で、その外側にたたされる。この意味で応答に、聞き手に対してのみなされるのではなく、自らが発話した言葉に対してもなされねばならない。話し手と聞き手が直接的に言葉のキャッチボールをするといったことはなく、放たれた言葉が引き起こす振動によって、「受け手」や「語り手」が揺れ動く。その中で、あるいは新たな言葉が発され、あるいは沈黙が訪れる。

ベンヤミンが「話し手」の外側に目を向けることと、彼の「体験」批判には連続性を見て取ることができる。主観を基礎においてみれば、彼が受け取る「体験内容」がすべてであるにせよ、世界で起こる出来事の中においてみると、彼がその出来事を体験し尽くしたというふうには言えない。体験は、主観の受容した内面的な感情であるにとどまる限り、その意味は主観的に直接的であったにせよ、その直接性は内部に閉ざされたままのものにとどまる。ある内容、ある感情、ある意味、あるいはそれらをすべて包括する体験は、主観が受け取った直接性にとどまる。これは体験者にとって直接的であって、明確なものであるかもしれないが一時的なものにとどまり、後には捉え直されるものである。そして、彼が体験した出来事は、別の主観からすれば別様に体験されているはずである。主観的体験はいかにその強度が高くても、そこに閉ざされる限り広がりをもち得ない。実際に起こっている出来事は、主観の内部において受容されていることにとどまるのではなく、世界の中で広がりをもっている。

伝達と共同性

ベンヤミンの言語にまつわる考察には、青年運動以来の共同性を目指したことに由来するものがあるように思われる。第一章で見たように、ベンヤミンは「認識者の共同体」といった形で、あるべき共同性への憧憬を語っていた。この目標自体は、ブーバーらが目指していた精神的な者の共同体と近しいものである。ベンヤミンもブーバーも、精神の純粋性を強く意志することで、功利的な関心を越えた高きものに触れる人々の繋がりを志向していた。この精神を紐帯としようとする連帯は、内面に閉ざされて実際の共同性を欠いたままにとどまりかねないものだった。実際、両者の志向した共同性は、外的な条件によって、もろくもひきちぎれる。ベンヤミンにとっては、自分たちの運動が、戦争の勃発によって、吹き飛んだことは一つの挫折であっただろうが、そこで求めていた「共同性」への憧憬がなくなったわけではなかった。「共同性」を実のあるものとするには、何が必要なのかということをベンヤミンが考えていた形跡が残されているのである。

これについては運動が破綻する以前からすでにベンヤミンの意識にのぼっていた。彼は、共同性を持続的なものにするためには、青年期の若さに立脚した「ロマン主義」を奉じるのでは不十分であること、「歴史的連関」の中で運動を持続させる「冷静さ」がむしろ必要であることを大戦以前にすでに書いていた(62)。「若さ」は、その生成を歴史的連関の中で問題にせずに、「無時間的な若さ、永遠にロマン主義的で、永遠に確かめられる若さ」として捉えてしまうなら、青年時代の終わりとともにあっけなく終わる。かつての「青年」も、今日の「俗物」でしかないのは、「大人」を見ればよくわかることである。それゆえ、ベンヤミンは、「若さ」が時間的な広がりをもった「精神的な諸連関」の中で展開されねばならないこと、「下劣にならずに普遍的なことが語られるために、美しく自由な共同体を必要としている」こと、「この可能性をまだ我々は手にしていない。そしてそれをこそわれわれは創り出そうとしている」ことを訴えていた(63)。ベンヤミンは、「学生の生活」においても、世代間の継承と共同性の持続の必要性を主張している。「学問への献身」は、探求し得たものの共有によって「より若い世代へと生を捧げること」でもある。自身のラディカリズムの追求と認識とが、後続世代にも継承され、そして共同性が確立して行く可能性を、ベンヤミンはここで確かに考えているように思われる。自分たちが「年を取っていく者であらねばならないこと。自分より若いものや、子どもたちといった、より豊かな世代がすでに生きており、彼らには、教えるものとしてのみ自らを捧げられるのだということ」を認めることが「あらゆる感情のうちで最も学生に疎遠なものである」にもかかわらず重要だとベンヤミンは指摘している(64)。

「美しく自由な共同体」の内実をベンヤミンは具体的に実現することはできず、戦争の勃発以後、それを目指した運動も頓挫する。共同性の確立を求める憧憬は、しかし、伝達のための言語への重視という形で存続していた。一九一七年九月六日付の書簡で、ベンヤミンは「伝承」という「媒体」の中で、教える者と学ぶ者とが共同性を志向することの重要性をショーレムに説いている。教育においては範例を示すことではなく、「神と言語」に沈潜する形で、「子どもたち」との協同を志向することが大事だと言うのである。[65]ここに見られるのは、精神への憧憬を孤独な覚悟において純粋に保つという反俗的精神主義ではなく、憧憬の「伝達」の模索である。

以上に鑑みると、ベンヤミンが言語を重視するのは、ブーバーのいわば「ロマン主義」的な「体験」に立脚した共同性の確立と違った、伝達への原理的な考察に立脚した共同性の樹立を目指していたからではないかと推測できる。体験によっては確立し得ない共同性のために、伝達と言語の問題が意識されたのではないかと考えられるのである。このことは、ショーレムの証言とも符合する。ショーレムも回顧しているように「体験」ではなく伝承を重視すべきという考えを彼に示唆したのは、ベンヤミンだった。[66]

ショーレムの考えに即してビアールが述べるように、ブーバーはハシディズムの共同体が、「義人」の神秘的な「体験」を中心に据えた宗教性に支えられていたと強調するが、「体験」がいかに伝達されていたのかについて不十分にしか議論できていなかった。[67]実際のハシディズム共同体においては、たしかに体験が重視されるにせよ、律法や伝承（カバラー）への敬意が失われていたわけではなかった。神秘的体験は、伝承と離れて存在するのではなく、そうした伝承の真実性を確証するものとしてあった。また体験の真実性を裏付けるものとして、伝承が参照されもした。ここでは教えの伝承と経験の共有という前提があってはじめて個々の体験も意味をもっていたのである。それゆえ後にショーレムは、教え（あるいは教えの重要さ）が共有されることなしには、神秘的体験の伝承も残らなかっただろうと指摘し、ブーバーのハシディズム解釈が「体験」に偏ったものとなっていることに苦言を呈したのであった。[68]たしかに、ブーバーの『忘我の告白』の記録にある体験者も、すべて宗教共同体の中で、あるいはその周縁部で修行に励む者であり日々の（宗教的）行いの中で「体験」に至っている。それはアトム化した個人が突然世界や宇宙とのつながりに目覚める体験とは異なっている。宗教的なものへの敬意が共有される中であってこそ、体験は、信仰や神秘の表現であると見なされ、体験者の語りも伝達されうるものとなっていたのである。そこでは、祝祭や行事も日々の業の連関の中にあり、現代でそうであるような非日常的な「イベント」ではない。「体験」も、非日常性として、孤立してあるものではなかった。それに対して、疎外された個人がルーティン的な日常から脱するための「真の体験」は、共同の行いとしての基盤をもたず、共同性からは疎外された形で、世界や宇宙の力と孤立した内面においてつながろうとするものとなる。こうした体験神秘主義の限界を自覚したがゆえに、ブーバーも「対話思想」への展開を果たしたと、ブーバー研究では見られている。(69)

第三節　ベンヤミンの言語論の射程

言語の「直接性」

上で見たようにベンヤミンは、主観の動機を伝えるための手段として言語を把握することを拒絶し、言語を「媒質」として捉えていた。言語という媒質は伝達が起こる場そのものであり、主観はここから自立しているというよりも、その中で起こる出来事に、言語とともに居合わせている存在である。こうした見方によって、ベンヤミンは主観の枠で見ている場合には見えない、媒質の作用の広がりを問題にしたのだった。ベンヤミンが「体験」概念を批判するのは、おそらくこうした広がりをもった「経験」を思考するためであった。「経験」においては、主観が意味として受け取ったのではないもの、例えば「沈黙」のうちにあるものも言語として救い出される。この把握の仕方は、「言語一般および人間の言語について」に見られる汎言語的伝達論において頂点に達している。「沈黙」をも言語としてとらえるベンヤミンの見方は、「言語の直接性」というテーゼに立脚している。

ヒルシュもいうように、ベンヤミンは言語の「直接性 Unmittelbarkeit」に二重の意味を見いだしている。「その手元にあるものにいかなる距離もない」という直接的＝即時的という意味と、「非‐手段‐性 Un-mittel-barkeit」つまり、言語の「手段‐でない‐在り方」(70)という意味である。ベンヤミンは言語を動機のための手段とすることの問題については、「言語一般および人間の言語について」以前に、ブーバー宛書簡その他で書いていた。そのことについては、すでにみてきた。「言語一般および人間の言語について」の中では、引き続き、手段としての言語把握を批判するとともに、言語の「直接性＝非手段性 Unmittelbarkeit」が強調されている。「ある精神的本質の中で伝達可能なものは、直接的に言語そのものである。あるいは、ある精神的本質の言語は、直接的に、そこにおいて伝達可能なものなのである」[71]。この直接性の意味を体験に直接性を見いだす思考との対比から明らかにしよう。

　伝達可能な「精神的存在 das geistige Wesen」は、「直接的に言語そのもの」であるとベンヤミンが言うとき、ベンヤミンは言語を、伝達の「手段 Mittel」としてではなく、いわば伝達現象そのもの、あるいは伝達が生じる場（「媒質 Medium」）と考えている。話し手が、話の内容、話の意味を所有しており、それを言語というコードを介して伝達するというようなイメージをベンヤミンは斥ける。言語は、「精神的存在」（＝意味）の外部にあるものではない。「精神的存在」に対して、言語は外側から関係する偶然的なものとしてあるものではない。「たとえばドイツ語という言語は、私たちがそれによって〔durch〕表現しうる――と推定している――すべてのものを表現するものではけっしてなく、ドイツ語において〔in〕自らを伝達しているものを直接的に表現するものである」[72]とベンヤミンが言うとき、「ドイツ語」は意味を伝えるための「手段」にすぎないものとは考えられていない。ドイツ語話者は、ドイツ語から自由に、透明な意味を所有し、ドイツ語を手段としてそれを伝えるというのではない。意味は、透明な形で話者に所有され、適宜「ドイツ語」という手段を通じて表現されるのではなくドイツ語「において」表現として現れる。「精神的存在は、それが伝達可能である限り、言語的存在と同一」なものとなる[73]。

　精神と言語の直接的合致を言うことで、ベンヤミンは、語り得るもの／語り得ないものの見方を変更しようとしている。ここには、第一に、上で見たようなブーバー的な体験の直接性に対するアンチテーゼとして、体験崇拝への批判的意図が見いだせる。ブーバーにおいてもマウトナーにおいても、認識の根源は、現実の直接的な体験・知覚におかれていた。そして特にブーバーにあっては、語り得ないような体験を媒介なしに直接的に体験し尽くすことに比べれば、媒介的な認識は明確に価値の低いものとされていた。直接的な体験は、二次的な言語によっては達する事のできない「言い表し得ないもの」として、重視される。だが「精神的存在と言語的存在を同一視する場合、両者の間の逆比例関係について疑義が呈される[74]」。それが容易に語り得るものであればあるほど、精神的に浅薄であり、言い表し得ないものであればあるほど、精神の深みが増すという「逆比例関係」をベンヤミンは疑う。「言い表し得ないもののパースペクティヴ」は、体験の「直接性」に匹敵できない言語の限界を突きつける。——これをベンヤミンが引っくり返すのは、「言い表し得ないもの」を象徴によって氾濫させることを許さないためだった。言語の直接性を強調することには、こうした批判的意図もあったのではないかと考えられる。

ベンヤミンは、精神的本質と言語的本質の直接的な一致を言うことで、「精神が、深ければ深いほど、つまり実在的かつ現実的であればあるほど、それだけ語り得るものとなり、語られてあるものとなる。〔……〕一言でいえば、最もはっきりと語られてあることが、同時に純粋に精神的なものなのである[75]」という見方を引き出す。「最もはっきりと語られてあること」の範型としてベンヤミンは「啓示 Offenbarung」があるとし、「宗教の最高次の精神領域は（啓示という概念において）、同時に、語り得ぬもの das Unaussprechliche を知らない唯一の領域である」と述べる[76]。この「啓示」とはつまり「神」の言葉である。この「啓示」の強調は、非言語的な沈黙に最も深遠なものを見いだす思考の真逆をいくものであり、最もはっきりと精神的なものが示されている「啓示」が最も高次のものとしてある。

ブーバーは、「体験」の「直接性」を一次的なものとしてそれを紐帯として、人間が絶対的なものへの接近を許されているような言説を紡いでいた。それに対して、人間が「正しい絶対的なものの実現のためのメカニズム」と関わることの「おぞましさ」を語っていたベンヤミンが、なぜ「啓示」についてここで語るのか、注釈が必要になる。ベンヤミンが「神」的な言語について語るのは、人間が「神」の言語に近づくことを政治的に目指すというよりも、現実の人間の言語との間にある埋め難い断絶を強調するためではないかと考えられる。「神」を導入することは一方に理念的な伝達の在り方を構想し、他方で、それと現状の落差を明確にすることで、来るべき思考をつむぐための思考実験ではないかと考えられるのである。

「神」の言葉

自らの正しさを求め、自らの選択、自らの体験を正しいものとしたいという願望は、主観の動機を最優先させる。ベンヤミンが神を導入するのは、こうした願望の延長上にあるものではない。第一章でみたように、ベンヤミンは主観的選択の聖化をむしろ批判しており、正しさを求める願望のうちに見られる傲慢を批判する。これについては、ベンヤミンは「言語一般および人間の言語について」において『創世記』の知恵の樹の寓話をもとに、人間が善悪を判断することの問題を扱っている。人間は、神とは違って創造者や全知の立場に立てないにも拘らず、自らの判断を直接的に事物に付与することで、日々自らの有限性をはみ出たことを行うとともに、「口をきけずにいる」事物に思考の暴力をふるっている。ベンヤミンは、「神」の視点を導入することで、この人間の有限性を再度突きつけ、また人間的「体験」からすれば周辺的な事物（「被造物」）をも思考の圏域に組み入れる試みとして理解できる。以下で、ベンヤミンの言語についての「神話的」構図と、そこに見いだされる批判的洞察について検討しよう。

ベンヤミンは、「精神的存在」と「言語的存在」の「直接的」一致状態と、その喪失に関して、『創世記』の記述をもとに「神話的」に語っている。[77] その際、ベンヤミンも自ら「以下で、言語の本質が『創世記』の最初の章に基づいて考察される場合、『聖書』解釈が目的として追求されるわけでもなく、ここで『聖書』が、啓示された真理として思索の基底に客観的に置かれるのでもない」と述べているように、『聖書』を目的としたり、そこに正しさの根拠を求めているわけではない。ベンヤミンは、そこでは言語と創造がある種の現実として描かれているがゆえに『創世記』を参照している。「神は言われた。『光よ生ぜよ』。こうして光が生じた」に見られるように「成れ es werde」という神の言葉と創造がリズムとなって繰り返されることにベンヤミンは着目する。「生じよ——彼は作った（創造した）——彼は名づけた」という「リズム」である。[78] この神の言葉は、創造的な言葉として、天や地、人間や事物を作りだすとともに、個々の存在に名前を与えるものとなっているとベンヤミンは論じる。言葉を発することで神は創造し、さらにそれを名づけることで、神はその存在を認識している。創造することと名づけることが神においては直接的に合致するものとなっている。

神において、名は創造的である。なぜなら、名は〔事物を創造した際の〕言葉だからである。そして、神の言葉は認識するものである。なぜなら、それは名だからである。「そして、神は、それが良いことを見たのだった」。[79]

神は名づけることによって、自らが言葉によって創造した存在を認識し、「それが良いこと」を知る。ここでは、存在は余すところなく認識され、その全存在を端的に肯定されているのである。このことが、経験的な領域において考えた場合に何を意味するのかは、なかなか想像がつかないかもしれないが、例えば細見が言うように、親が子どもに名を与える際の「どんな名前を与えようと、そこにはまずもってその子どもを『よいもの』として絶対的に肯定するという側面」を思い浮かべると理解できるものになるだろう。[80]「名」とともに呼ばれるものは、個々の特徴や判断内容によって肯定されるのではなく、端的にその存在の固有性を肯定される。

楽園状態において神の似姿として作り出された最初の人間アダムは、こうした理想言語の認識者として、そして、「自らの同胞に自ら名前を与える唯一の存在」[81]としてあるとベンヤミンはいう。楽園状態にあった最初の人間アダムの言語は、このような意味での「名」を与える力を授けられていた、とベンヤミンは『創世記』の記述を越えて、自らの言語論を展開しだす。アダムは、神の創造の言葉を名づけの行為の中で再認識する。ここには余計な判断や認識が付け加わる余地はなく、すべての存在は伝達の中で肯定されて安らいでいる。そこにおいて言語が人間と自然の紐帯の役割を果たす「共鳴空間」[82]がイメージされている。ここでは存在と言語は直接的に合致しており、それは絶対的な創造者によって「良し」とされており、人間もそれに正確に従っている。ベンヤミンは、聖書をもとにこのような言語と創造の合致状態について語る。

ここでベンヤミンの言語把握において特筆すべきは、言語という媒質が、神の言語にはじまり、人間の言語を通じて、事物の言語にまでいたることである。「言語一般および人間の言語について」に包括的なコメンタールを施したカーターが言うように、ベンヤミンはいわば汎言語的世界把握を試みている[83]。ベンヤミンが言う「言語一般 Sprache überhaupt」には「人間の言語」にとどまらず、自然や事物の間での伝達作用もが含まれているのである。これら事物は、分節された音声言語を用いることはなく、いわば沈黙しているが、理念的な伝達がなされる楽園状態にあっては、人間がいわば事物の言語を翻訳する形で聞き取り、それに名を与える。神の啓示が創造したものを、人間は名づける形で再認する。自然や事物は、人間とは違って、自らの名を名乗るような言語を有してはいないが、それぞれのやり方で自らを表現している。人間の言語は、その事物の存在を認識し、本質を聞き取り、それを「翻訳」するために与えられたものであったと語られる。ここでの人間の言語は、「動機」にしたがって、それを貫徹させるための手段としてあるのではない。ベンヤミンは、「手段‐でない‐在り方」にまで言語を広く捉えるとともに、人間の動機、人間の精神という枠からも解き放って、「沈黙」までも含めた、その多様な顕現に着目していた。認識モデルとして、主観とその体験を基点におかないことで、伝達という出来事の観点に焦点を変えることが可能になっている[84]。

ベンヤミンは、主観が「経験的意識」において感受する知覚とは別種の「経験 Erfahrung」を求めていた。主観が客観から受け取る知覚に認識の根源を見いだすような理論モデルは、二項の外で起こっていることを問題にできず、あるいはそれらをすべて二項に還元してしまう。「言語論」はこうした主客モデルが扱えない、伝達媒質を提示するものであった。こうしたベンヤミンの試みの哲学的含意に関しては、アドルノが主観性に基礎をおく旧来の哲学モデルに代えて、「超主観的な、存在的な存在領域を獲得するという問題設定」であると評価している。[85] ベンヤミンは、こうした問題設定のもと、「来たるべき哲学のプログラム」についてポジティヴに考察を行っていた。[86] フェンヴェスが指摘するように、ベンヤミンはこのプログラム「について」語ったが、プログラムそのものを書くにはいたらなかった。[87] だが、こうした形で理念的な伝達の在り方を志向することが、ベンヤミンの一つの目標となっており、伝達の連続性を回復するものとしての哲学をベンヤミンは、ロマン派論などで構築しようとしていたように思われる。言語論でも、こうした伝達の連続体の理念を語っている。

「神」の言葉、あるいはその力に与るアダムの言語はこうした伝達の理念に適ったものとして、「口をきけずにいる」ものの沈黙を「翻訳」しながら、自然が響き合う伝達空間と調和し得たかもしれない。ベンヤミンは「言語一般および人間の言語について」を次のように締めくくっている。

> 自然の言語はある秘密の合い言葉 Losung に喩えられる。それぞれの歩哨は、次の歩哨に、自分自身の言語でその合い言葉を引き継いでいく。だが、合い言葉の内容は、その歩哨自身の言語なのである。高次の言語はすべて、この言語運動の統一である神の言葉が究極の明晰さの中で展開するにいたるまで、低次の言語を翻訳する。[88]

自然における「歩哨」は自らの持ち場にいて、自分自身の「合い言葉」を告げながら連なっている。それらは

「神の言葉」を語りだすための手段としてではなく、それ自身の存在に休らうかたちで「合い言葉」を秘めている。ここでの「合い言葉」はブーバーが掲げた「合い言葉＝スローガン」と違って、一つの絶対的な「正しさ」へと人々や自然を動員するものではなく、自らの存在に休らって響き合うものとしてイメージされている。ベンヤミンは、このイメージを理想的状態として抱く一方で、現実には自然がむしろ沈黙の中で悲しみの状態に置かれていることを強調していた。この悲しみをもたらすのは、一つにはアダムの「堕罪」後の人間の言語の所業である。それは「スローガン」を掲げて自らの正しさを主張するとともに、口をきけずにいる存在に安らぎを許さない。

善悪の「判断」と「堕罪」

しばしば指摘されるように、「言語一般および人間の言語について」は、直接的伝達の理念を模索する前半部と、言語精神の堕罪と、事物の悲しみを論じた後半部の間には、大きな亀裂が入っているように思われる。これを楽園の夢想とペシミスティックな悲観の対立と捉えて、どちらかを、ベンヤミンの立場と捉えるなら、彼の思考の核心をおそらく捉え損ねる。ベンヤミンは、ユートピア的な願望が成就した状態を信じるオプティミズム、それが適わない不如意な状態を余儀なくされるペシミズム、どちらか一方の立場を提示しているのではない。

アダムの言語的な理念と堕罪後の人間の言語を、二つの極として想定するのは、おそらく、この二つの極に照らして言語の機能を捉えるためである。どちらかを理想化する、あるいはどちらかに限るのではなく、二つの極性のどちらの要素も言語には見いだし得る。これに関して、ベンヤミンが「楽園」と「堕罪」の両極から言語の「直接性」について論じていることに即してみていこう。ベンヤミンは、堕罪後の言語は、「直接性」を失った間接的なものであるから、原初の「直接性」に回帰せよと単純に言っているのではない。堕罪後の言語も、それ以前とは別の意味での「直接性」をもっており、これは覚悟をもってして揚棄できるようなものではないのである。

神の絶対性と、人間の有限性の対置がなされており、人間の言語が自らの「正しさ」を求めることで、直接的に「悪」をなすという逆説的事態に眼を向けている。
ベンヤミンは、『創世記』において語られる楽園追放による人間的な言葉と人間的な知、人間的認識の誕生の「神話」に、非常にユニークなコメントを加えている。

堕罪とは、人間的な言葉の誕生する時である。人間の言葉においては、名はもはや傷つけられずに生きることはなかった。人間の言葉は、名の言語、認識する言語、こういってよければ、内在的で固有の魔術の外に出てしまい、その結果、明白にいわば外側から魔術的になる。人間は言葉に（言葉そのものの外に）何かを伝達させようとする。これは実際、言語精神の堕罪である。外的に伝達するものとしての言葉は、いわば明白に間接的な mittelbar〔＝手段的な〕言葉によって、明白に直接的な unmittelbar 言葉、神の創造の言葉をパロディー化する。(89)

存在と言語とが直接的に合致している神の言葉を、ベンヤミンは「魔術的」であると言っていた。そこでは、言語にはいわば「魔術」においてのみ可能であるような直接的な伝達がみとめられていた。存在の固有性は「名の言語」において内側から表現されていたのである。人間の言葉は、存在と言語が内的に合致してある「名」をもはや捉えずに、事物を外側から認識する「間接的な」ものとなる。ここでは言葉は、一次的、直接的な伝達ではあり得ずに、存在の意味のうちで共約可能なものをしるしづけるための手段として、「間接的＝手段的 mittelbar な言葉」となる。人間の言葉は、存在をその内側から直接的に認識し、端的に存在を認めるのではなく、存在の良し悪しを問題にし、それに外側から判断を下すものとなる。
判断する主観の数に応じて、言語も複数化し、この意味でバベルの崩壊の後の言語混乱も理解される。存在の固有性を捉えることなく、その周りに勝手な判断を散乱させるバベル後の言葉を、ベンヤミンはキルケゴールのいう意味での「おしゃべり」であると言う。シュルテが簡潔にまとめるように「おしゃべり」とベンヤミンが言うのは「人間が自然から受け取る伝達作用に従って、自然を名付けるのではないからである」。事物自体の存在から伝わってくるものをとらえずに「おしゃべり」に勤しむ「人間は、言語をその所与の結びつきから解き放ち、固有の目的に従う意味論を言語に差し入れることで、みずから創造的で創発的であるかのように振る舞っている」(90)。無責任かつ楽しい「おしゃべり」は、キルケゴール、あるいはハイデガーであれば軽蔑されるべき空言として斥けられるものとなる。だが、ベンヤミンはこの「おしゃべり」にむしろ人間の言語の不可避的なものを見て取っている。

ベンヤミンの堕罪後の言語把握で重要なのは、人間の「間接的＝手段的な言葉」が、神の言葉にあったような「精神と言語の直接性」を失いつつも、別種の「直接性」を手に入れていると見ることである。「おしゃべり」は、本当のことにふれない単なる二次的なものにすぎないというより、恣意的な判断をくりだす中で、別種の魔術的直接性にふれている。存在の内的な固有性を表現した魔術的直接性とは別種の魔術的直接性である。ここでの魔術は、対象の名前を知ることでその存在を操れるという呪術的観念に近い。認識の実によって知を得た人間の言葉は、事物の善悪を判決するものとなる。

> この判決する言葉にとっては、善と悪の認識は直接的である。この言葉の魔術は名前の魔術とは別種のものであるが、しかし同様に全くもって魔術なのである(91)。〔傍点強調は引用者〕

この人間の言葉の魔術は、存在を直接作り出す力をもつものではない。だが、存在に対して、その存在自体が伝えるものと無関係に、直接的に意味を付与する力をもっている。判断の魔術は善悪を即時に直接的に判決する。ここでの判断は、存在の具体的固有性に注意を払ってそれを肯定することはもはやない。自らが見出すものを、存在と無縁に、存在からいわば直接「抽象」する。ベンヤミンの言語把握で特徴的なのが、この「抽象」による判断も、また「直接的」なものだと言う点である。森田が論ずるように、「抽象」は、具体性を離れた間接的で二次的であるにすぎないものであるというよりも、存在から離れたところに、善悪の判断をはじめて、直接的に、いわば「創造」するものである。[92] この人間の判決が生み出す「直接性」としての善悪は、神が与えるだろう「名」という根拠を離れてしまっている。端的に良しとされたはずの存在に、「悪」の認識を外側から、しかし直接的に刻印することで二重に神の言葉を裏切るのである。

善悪についての知は名を去る。善悪の知は、外的な認識であり、創造する言葉の非創造的な摸倣である。[93]

ここでのベンヤミンの見方はラディカルであり、善悪の判断は、知覚や観念の共約可能な部分を記号として間接的に示すといったものではなく、いわば事物の存在、事物の「名」とは無縁に、自らの判断を直接的に事物に烙印しているのだと言っている。人間の意味付与作用は、中立的に共通部分を示す記号運用能力といういわば科学的なものであるにとどまらず、むしろ直接魔術的に烙印を捺す。森田は、人間の「善悪の知」が神の言葉の摸倣、「創造する言葉の非創造的な摸倣」であるというベンヤミンの言及を重視している。人間は、神とは違って無から何かを創造する能力をもたないが、無に対して、命名するという形で、神の摸倣行為を行い、対象の存在自体に根ざすのではない「空虚」な「抽象」概念、善悪という「外的な認識」を「創造」する。[94] シュルテが論じるように、ベンヤミンは、自らの判断能力に従って、存在を判断してしまえるという主観的知の高まりにおいて「堕罪」が生じると見ている。「ベンヤミンが堕罪として示すものは、人間が自らの本性的基礎を、恣意的に意のままにできる主観として自己定義することなのである。主観というものは、ところで、その概念にしたがうなら、それに対置される客観を自らのものとし、自らの計画と目的に従属させる活動的な審級である[95]」。

「判断」の「直接性」

「おしゃべり」にすぎない言語は、自らの判断に確信をいだく「高慢な言葉」であり、記号として意味表示する手段の地位にありながらも、存在に善悪を刻印して意味の秩序に組み入れる主人の位置を占める。現実的な言語運用においては、一部の精神的な人々を除けば、唯名論的に個物が尊重されることはなく、むしろ、人間は自らの認識＝言葉がそのまま真理であると疑わず、事物にその認識を刻印してやまない。例えば、「反ユダヤ主義者」が「ユダヤ人」と言うとき、それは個々の存在を指示する記号であるにとどまらず、「悪辣」な「資本の操縦者」、「不潔」な「金貸し」といった述語内容とそれへの憎悪が分かち難く結びついているだろう。そこで下される判断は、個々の存在に即した認識に先立ち、頭に抱いている述語内容が対象に直接同一化されるものである。言語批判的に自らが対象に用いる言葉を対象と照らして検討することを、人間はそれほどいつもしているわけではない。魔法のように対象を自らの考えに従って把握してしまう力をもっている以上、自ら自発的に行う判断の魔法をむしろ行使する。

そしてこうした判断には、言語を共にする者は不可避的に巻き込まれる側面がある。反ユダヤ主義者が繰り出す判断の存在は、人に「ユダヤ人」という言葉へのためらいを生み出す。人間の判断する言葉は、名詞においてすでに、差別すること、裁きを下すことに関わっている。例えば「リベラルな」日本人が会話の折に「中国人」と口にしようとして、その言葉に付着する差別的判断を瞬時に思って「中国の人々」といった「不自然」な言い回しをしてしまうとき、「リベラルな」彼は言語使用と差別的判断の抜き難さに直面するだろう。善悪の判断から自由になろうとすると、弁明的な言葉を無限に連ねなければならず、その回りくどさに耐えられずに、人はどこかでやはり判断を下す。善悪の差別、良し悪しの区別から自由な存在そのものの「名」を捉えるのは、人間の言語にとって簡単なことではない。
　ベンヤミンが原理的な話以外では、戦争時の報道をなるべく避けるようにしていたのは[96]、敵味方が下し合う「判断」の魔術に関わりたくないという気持ちからかもしれない。敵に対して下される判断、戦況に対して下される判断、これらが魔術的な猛威をふるっていたことへの嫌悪感があったのではないかと思われる。「悪」は、「判断」とともにはじめて生じるとベンヤミンは捉えている。そして、この「悪」の創造は神が言葉によって事物を創造したことの模倣でもある[97]。神が無から言葉によって事物を創造し、名を与えたのに対し、人間の判断は、存在に外的に意味を刻印する。存在そのものが、いわば善悪の彼岸にあって、端的にその存在を肯定されている状態を離れた人間の判決する言葉は、存在そのものが与り知らぬところに無から善悪をつくりだす。こうした判断作用から人間は自由でいられず、事物の善悪についていつもしゃべってしまう。認識の木は、この「おしゃべり」への裁きのために立っていた。「おしゃべりは創造後の世界のうちにある善悪への問いだった。認識の木は、それが与え得たかもしれない善悪の解明のために神の庭に立っていたのではなかった。それは、善悪を問う者にくだされる裁きの象徴として立っていたのだ。この途方もないイロニーが、法の神話的根源を特徴づけている」[98]。法は、人間的言語においては、正義を告げるものであるが、判断以前の「名の言語」から見ると、善悪を問うおしゃべりとしてあり、そうした問いを発するものは、裁きを受けて堕罪する。ベンヤミンが、人間の下す判断についていて、ペシミスティックな感情を抱いていたことは想像に難くない。「法」への疑念は、第二部以降で問題にするものだが、簡単にふれておくと、人間が判定する正義は、それ自体で善きものであるとは考えられておらず、むしろ判断それ自体に悪の存在が宿る。

事物の押し黙りと嘆き

　自らの正しさを求め、自らの選択、自らの体験を正しいものとしたいという願望は、主観の動機を最優先させる。ベンヤミンが「神」を導入するのは、こうした願望の延長上にあるものではなかった。第一章でみたように、ベンヤミンは主観的選択の聖化をむしろ批判しており、正しさを求める願望のうちに見られる傲慢を批判する。これについては、ベンヤミンは「言語一般および人間の言語について」において『創世記』の知恵の樹の寓話をもとに、人間が善悪を判断することの問題を扱ったのだった。人間は、神とは違って創造者や全知の立場に立てないにも拘らず、自らの判断を直接的に事物に付与することで、日々自らの有限性を逸脱するようなことを行うとともに、「口をきけずにいる」事物に思考の暴力をふるっている。だが、魔術のように、直接事物を見抜いたかのように判断する言葉は、日常的なものであり、常にその力がふるわれている。ベンヤミンは、「神」の視点を導入することで、この人間の言語の魔術の直接性の特徴を明確にし、その有限性を突きつけている。「神」の摸倣は、やはり存在を作り出すまでにはいたらない。

事物は、人間に判断を下されるなかでは、自らの存在を語り明かすよりも、むしろ沈黙している。存在それ自体とは無縁に、その周りに判断を積み上げる「おしゃべり」は、それを過剰に意味付け、その具体性とは関係のない「名」が過剰に氾濫する。「人間の言語の事物への関係には、『過剰命名』として近似的に示しうるようなものが、存在している。あらゆる悲しみとあらゆる押し黙りの深い、言語的な根底としての過剰命名である」[99]。そして事物だけではなく、例えば死者となったハインレがそうであるように、人間も過剰命名の中で沈黙する。このような沈黙に囲まれたベンヤミンは、言語の理念的伝達可能性に本質的な亀裂が入っていることを認める。「言語はどのような場合でも、伝達可能なものの伝達であるだけでなく、伝達不可能なものの象徴でもある」[100]というように、伝達不可能なものの存在が想定されつづけるのである。「言語一般および人間の言語について」と関わるある断片を見ると、とりわけ事物の精神的本質が、言語的本質と直接的に一致しきらないことが言われている。

独自な事物の精神的本質はその言語的本質のうちで消えることはない。言語的本質のうちで精神は言語を「耐え抜く」のだ。つまり、事物は押し黙っているのである。そしてかくして、事物の精神的本質はその言語なのではない。というのも精神的本質は言語のうちで完全に伝達可能ではないからである。事物の精神的本質は、ただ伝達可能である限りにおいてその言語的精神なのである[101]。

事物は、言語を「耐え抜く überstehen」形で「押し黙っている stumm sein」。この押し黙る事物は、ブーバーの情熱の視界には入ってこなかったものである。こうした形の沈黙は深遠な「語り得ないもの」として祭り上げられることもない。

ベンヤミンは、「自然」の嘆きが悲しみのうちで「救済」を要求していると考えている。「言語を欠いているということは自然の大きな苦しみである（そして自然の救済のために、人間の生と言語は自然のうちにあるのであり、しばしば想像されるようにただ詩人の生や言語のみがそうなのではない）」とベンヤミンはそこで語る。人間が名づける言語を与えられているのは、音声言語を欠いた「自然」の本質を聴き取るためだというのである。だがその「自然」は人間に本質を告げることなく沈黙している。

もし、これらの沈黙が正当に聞き取られるのであれば、そうした悲しみも行き場を見いだして、喪の作業を貫徹できるかもしれない。直接的伝達の理念は、いわば沈黙の聞き取りの可能性をつなぐために固守されねばならず、それは、「沈黙」を聞き取るという課題を浮かばせるのである。この課題は認識論的なものというよりもむしろ倫理的なものである。聞き取られるべき要求をもちながら押し黙る事物はそのことを嘆く。

自然は、そもそも嘆く。〔……〕嘆きというものは、しかし、分節化されないままの無力な言語表出であって、ほとんど感性的な吐息しか含んでいない。そして、植物がわずかに葉ずれの音をたてているところにさ

え、つねにその嘆きが共鳴している。自然は黙せるがゆえに悲しむのである。(102)

この「悲しみ」は、代弁されることも、認識されることも拒むような頑なな悲しみである。それは、言語を「耐え抜く」のである。このような沈黙の存在に対しては、「神」の言語でさえも、無力かもしれないことをベンヤミンは示唆している。仮にそうした理念が目指されるとすれば、沈黙の聴き取りという課題ぬきにはすませられない。だが、時代の言語は、むしろ、恣意的な意味を語っては、事物を沈黙させている。沈黙する現実の存在が歴史には無数にあふれていること、そして饒舌な言語が作り出す偽りの統一が禍々しくも力をふるっていること、こうした状況においてベンヤミンは沈黙に耳を傾けつつ、自らの思考をあたためていた。

例えば青年期にかかげていた認識者の共同体への憧憬も、ここにおいて複雑なものとなる。理念的な表現伝達を行い合うという理想が一方であり、だが人間的認識の根源において「悪」が生ずるという避け難い条件がある。人間の認識・判断が「おしゃべり」の花を咲かせる中で、世界に虚しい意味と悲しみが広がることに関しては、その後、ベンヤミンにアレゴリーの「根源」の意味作用を思考させる。判断や知においてはじめて悪が生じるという、ベンヤミンの考えは、『ドイツ悲劇の根源』においても踏襲され、アレゴリカーが事物に恣意的な意味を付与する中で、悪の深みにいたることが論じられているのである。(103)そこでは、主観的な意味作用によって事物世界に君臨するアレゴリカーがしかしその意味付与作用の虚しさの中で、事物にむしろ復讐される中で、逆説的に失われた神の世界を浮かび上がらせることが語られてもいた。意味伝達の不毛になった状態は、経験の回復の道を閉ざしており、アレゴリーを論ずるベンヤミンは、不毛さの果てでの反転という道を考えていたのである。この反転は、意味伝達の豊かな回復の不可能性を示している。事物も人間も沈黙を余儀なくされている。ベンヤミンは、事物を沈黙させる人間の判断を考察する一方で、沈黙のうちにある存在において何が生じているのかということへ思考を向けていく。

第二部　沈黙・決意・希望——不透過なものの思考

青年期のベンヤミンは青年運動の終焉の後で、「ラディカリズム」を単なる「身振り」ではなく「堅固で、純粋で、目に見えぬ、そして私たちに不可避的なもの」とせねばならないという決意をみせていた。「言語一般および人間の言語について」にみられた、極めて特異な言語論は、ラディカリズムの一つの具体化だったといえる。ベンヤミンは「押し黙っている」自然の「聴き取り」を果たす理想言語を、現実の堕落した言語使用に突きつけていた。その思弁的なテクストを紡ぐなかでいわば時代への内的反抗を行っていたといえる。第一次大戦中からヴァイマル共和国成立頃までのベンヤミンは、基本的には表立った活動をほとんどしていない。ミュンヒェン大学やベルン大学など各地の大学を転々としながら、思索にふける学生生活をすごしている。この思索の中で、青年運動期には見られなかった独特の思考が生み出されている。

第二部では、この大学時代から、一九二五年にフランクフルト大学に教授資格論文として提出され、その後撤回されることとなった『ドイツ悲劇の根源』にいたるまでのベンヤミンの思考の展開を、彼の一連のギリシア悲劇論、「暴力批判論」および「ゲーテの『親和力』」(以下「親和力論」)などのテクスト読解を通じて論じる。

当時の社会的現実へベンヤミンは批判的姿勢をもっていたが、これに対して言うべき言葉をもたず、いわば沈黙の姿勢でもって接していた。すでにブーバーとのやりとりに即してみたように、そもそも何らかの考えを公表することに対しても躊躇する姿勢をみせていた。その後、ベルン大学で『ドイツ・ロマン主義における芸術批評の概念』によって学位をとってのち、第一次大戦直後の動乱期にベンヤミンは少しずつその思索をテクストの形で公表しだす。例えば「運命と性格」というエッセイにおいては、現実への批判的姿勢が、沈黙の中での反抗というイメージで打ち出される。この反抗は、しかし、打ち倒されるべきものに反抗はしながらも、新しい理念をポジティヴに打ち出すものではなく、来るべきものについては語る言葉をもたない。反抗と打破の思考は、その後「暴力批判論」や「親和力論」にもみられるものであり、ベンヤミンの思考の一つの極を形成している。打破のイメージは、力強いものであり、人間がその主体性において歴史をつくりあげていくことをベンヤミンが謳歌しているようにも見えるかもしれない。だが、極めてニヒリスティックな人間観、歴史観が同時期のテクストに遍在していることに鑑みると、そう簡単な解釈はできないことがわかる。打破への意志を沈黙の中で育てる人間と同時に、「押し黙る」ままに、くずおれていく人間についてもベンヤミンの思考は向けられる。「親和力論」などではむしろ人間の弱さと挫折の不可避性を前提とした思考を示し、また「神学的‐政治的断章」と後に題された断片では、「はかなさを追い求めること」を「世俗政治の使命」とする「ニヒリズム」をみせている。

一方には「運命」のごとく迫る現実を打破するイメージがあり、他方には、「運命」に絡めとられて消え去っていくイメージがある。どちらがベンヤミンの思考の本質なのか、ということはしばしば問題になってきた。特に、同時代の思想家カール・シュミットへのベンヤミンの接近という「スキャンダル」——書簡編集においてアドルノはこのナチスの国法学者とベンヤミンの交流を隠蔽していた——が発覚して以降、ベンヤミンがシュミット的な「決断主義」の側にいるのか、その対立する側にいるのかということをめぐって議論が盛り上がった。だが、「決断」か「不決断」かという二者択一はベンヤミンの思考をうまくとらえられない。例えばベンヤミンが同時期に語りだす「メシアニズム」も、ベンヤミンの「ニヒリズム」的な洞察と切り離せないものであり、どちらか一方のみからは彼の思考を十全に理解することはできない。第二部では、二つの極の間でベンヤミンが展開する思考の道筋を明らかにし、そこから紡ぎだされる「希望」についての思考の意味を探っていく。

第一章　沈黙と反抗——ベンヤミンのギリシア悲劇論

第一節　神話と悲劇

〈決断〉的傾向

しばしば「危機の時代の思想家」と形容されるベンヤミンは、同時代のカール・シュミット（一八八八〜一九八五）やマルティン・ハイデガーと並べて「決断主義 Dezisionismus」[1]的思考の持ち主として論じられることがある。ヴィクトル・ファリアスらによってハイデガーのナチスへの協力が批判された一九八〇年代後半に、「決断主義」的思想の問題に再び注目が集まった。[2]「決断主義」の代表格であるシュミットとの書簡でのやり取りを「発見」されて以来、ベンヤミンとシュミットの「危険な関係」[3]が取沙汰されるようになった。例えばジャック・デリダは、ベンヤミンの「暴力批判論」についての詳細な読解を行なった『法の力』の後書きで、彼らに共通する傾向を指摘し、「このテクストは、これ以外の多くのベンヤミンのテクスト同様に、私からするとまだあまりにもハイデガー的であり、メシア主義＝マルクス主義的であり、あるいは始源＝終末論的である」[4]という評価を下している。デリダの詳細な読解は「決断」の（不）可能性をめぐる点では、きわめて鋭いが、ベンヤミンやハイデガーを「反啓蒙」や「破壊」というキーワードで括る仕方は、いささか粗雑である。デリダの発言を受ける形で続いた「暴力批判論」をめぐる議論(5)においては、ベンヤミンがむしろ「決断主義」者と区別されている。だが、残念なことに、シュミットやハイデガーとは区別されるベンヤミンに固有の「決断」の意義の検討は十分になされていない。

ベンヤミンにおける「決断」的モティーフは、「神話」との対決という思考連関において現れてくる。具体的には「神話を哲学的に見抜くという仕事への決定的な転回(6)」を経た一九一〇年代後半から一九二〇年代前半頃のテクスト、「運命と性格」「暴力批判論」「ゲーテの『親和力』」に顕著にみられる。ショーレムもいうように、「神話」への取り組みはベンヤミンの生涯にわたって続けられたが、その性格は時期によって変わっている(7)。本稿で扱うのは、「神話」が打破されるべきものとして考えられている時期にあたる。ところで、〈決断〉的なものによって、同じく運命や神話的なものの打破が目指されているとはいっても、「親和力論」で描かれる「超越的」な「決定 Entscheidung」と、「プロレタリアゼネスト」に見られる「決意 Entschluß」、そしてギリシア悲劇の英雄における運命の打破は、必ずしも等置できるものではない。「決定 Entscheidung の稜線の下では神話の罪と無垢とが深淵として絡まっていて、この稜線が登りきられるのは英雄のギリシア悲劇的な言葉においてなのである(8)」。本章では、「暴力批判論」や「親和力論」に比して注目の集まることの少ないベンヤミンのギリシア悲劇論を検討し、ベンヤミンが「英雄」をどのように捉えていたのかを詳細に検討する。

ベンヤミンがギリシア悲劇についてまとまって論じているのは、『ドイツ悲劇の根源』の第一部「ギリシア悲劇とバロック悲劇」、「運命と性格」などにおいてである。ベンヤミンは、ギリシア悲劇がアテネにおける「訴訟」の形式をその起源としてもつという議論に着目し、そこからギリシア悲劇の特性を規定している。古代アテネにおける訴訟は、「上級審」を欠いた中で原告側と被告側が「決定」を争う水平的弁論によって行われていた。

超越的な「審級」の不在の中で「英雄」が試みる反抗と決定は、全体を見通す知に依拠した雄弁なものとはなり得ず、沈黙の中で生じる不透明なものとなるとベンヤミンは指摘する。この見方は、世界全体を一挙に見通す視点を確保しようとするルカーチの見方のちょうど逆を行くものであり、ベンヤミンにおけるマルクス主義が、ルカーチのそれといかなる意味で異なってくるのかも、ギリシア悲劇論から類推できる。そして、ここでの審級と決定をめぐるベンヤミンの議論の解明によって、カール・シュミットらとも異なった、一九二〇年前後のベンヤミンの思考の特異性が明らかになる。

透明で同質なギリシア？

社会学者のマクロポウロスは、ベンヤミンやカール・シュミット、ムージル、ルカーチといった十九世紀末生まれの世代の思想家の、第一次大戦後の「新たな現実」の構想を概観し、それらが一様に、現実の「複数性」「偶然性」への反応としてあったことを見ている。[9] 古い秩序が文明変動で揺らぎ、それ以前の経験が無効になる中で、「生」は統一を持ち得ずに断片化し、偶然的なものと映る中で、例えばルカーチは『小説の理論』（一九二〇）にも見られたような全体性への希求を強め、マルクス主義へと接近していく──この動きは『歴史と階級意識』（一九二三）において明確に示される──。ルカーチが感じた「超越論的な故郷喪失」の感情は、すでにノヴァーリスなど十九世紀初頭の人間にも見られるものであり、大きな意味での「近代」においてある意味では不可避のものである。しかし、十九世紀的な「喪失」と比べた場合に圧倒的に異なるのは二十世紀的な「喪失」において見られる産業化と社会の組織化の進展と、個々の生の断片化の度合いの激しさである。[10]

ルカーチの『小説の理論』においてなされる、古代と近代の対比──限界付けを前提とする古典古代と無限へと向かう近代──は、シラーの図式を踏襲したものである。[11] 限界づけられた中での完全性／限界づけられない中での無限への展開というこの図式は、ロマン派の無限概念にもとりいれられ、後世へ受け継がれた。[12] しかし、ルカーチにおいては、シラーが問題にした詩人的感性の差異（＝調和の有無）にとどまらず、詩人が関わる世界の質の差異（＝同質性の有無）が問題になっていた。古代では世界の同質性が疑われることなく、世界は「円く」つながって「完結した〔……〕故郷」としてあったから、[13]「意味」は自明であり、それへの問いが生じなかった。[14]それに対し、近代は「意味が生に内在しているということが問題となってしまった時代」、にもかかわらず総体生への志向を持つ時代[15]」である。この二十世紀的「故郷喪失」の中におかれたルカーチは、イロニーに彩られた意味の探求、「価値を求める希求」をそれ自体価値と捉え、「究極の問いに究極の答え」が与えられるような「ソクラテス的透過性 die sokratische Transparenz」への憧憬を見せる。[16]ベンヤミンは、当時ルカーチを評価していたことからもわかるように、全体性への希求に無理解ではなかったが、むしろ断片化して沈黙を余儀なくされた状態に内在する道を選ぶ。そして、「透過性」を求めるよりも、むしろ〈不透過〉な中におかれているという事実を直視する。見通しがたいものへの注意は、例えば政治への接近の仕方をめぐる差異となって現れる。

古典的自由主義におけるプロレタリアート対ブルジョワジーという古典的階級対立は、敵対関係がいわば透明であった。万国の労働者対資本家という構図が描けていた。だが、社会民主主義と福祉国家化の進展の中で、労働者はいわば資本と国家の連合に融合しており、それゆえに第一次大戦のような諸国家間の争い時には、万国の平和を求める労働者としてではなく、国家と資本の連合に従属した。敵対関係は不透明になっており、労働者の「階級意識」も不鮮明になっている。『歴史と階級意識』におけるルカーチの議論は、いわば「無意識」状態にある労働者に、「階級意識」を浸透させ、闘争の目的を透明に見通せるようにしようというものである。[17]ルカーチは、レーニンの議論を基本的に踏襲し、無意識の意識化、不透明な対立の透明化というその哲学的含意を明らかにした。これに対してベンヤミンが『暴力批判論』で見せた政治への接近は、それ自体曖昧な部分を含む。資本対労働者の対立も、国家の「法」の形をとって浸透した「暴力」の中で現れ、この「法」は「神話的なもの」として遍在している。

ベンヤミンがそこにおいて問題にする「神話的なもの」は、ギリシアの神話世界を原像とするものだが、このギリシア世界は、ヴィンケルマンからシラー、ルカーチにまでいたる調和世界としてではない。ギムナジウム嫌いのベンヤミンは人文主義的なギリシアの理想化されたイメージに欺瞞を感じており、[18] それゆえ単純に調和の理想を見いだすことはなかった。[19] そこは「故郷」でもなく、「運命」との闘いの舞台としてあった。

ギリシア悲劇に関しては、バロック悲劇との対比の仕方で一九一六年から考察が始まっているが、神話との対決ということをベンヤミンが問題にし出すのは、一九一〇年代後半、アニミズム研究などの人類学に触発されてのことである。「運命と性格」から、「暴力批判論」、「ゲーテの『親和力』」において、とりわけ「神話的なもの」との対決姿勢が鮮明に打ち出されている。この神話との対決は、第一部第三章でみた、判決による悪の誕生の問題とも関連するものである。ベンヤミンはその言語論で「法」および「判決」が正義の根源としてあるというよりも、むしろそこにはじめて「悪」の存在が生じているのだという逆説を見ていた。善悪を問題にして判断するということが、いわば根源的な罪としてあり、その意味では「法」というのは素朴に正義の秩序を司るものとは考えられない。後述するように、ベンヤミンは、「法」の「神話」的根源に、「罪」の「判決」と暴力的な秩序措定を見出し、これはときに理不尽な「運命」として現れることを考えていた。こうした神話的な「運命」を、「ゲーニウス」(=創造的精神[20])が「悲劇」において打ち破るのは、楽園への回帰ではないにせよ、神話的な判決言語の浄罪としての意義をもっている。

ゲーニウスの頭が罪の霧の中からはじめて浮かび上がってきたのは、法においてではなく、悲劇においてだった。デモーニッシュな運命がぶち破られるのは悲劇においてなのだから。しかし、ぶち破られるといっても、罪を許され、純粋なる神と和解した人間が、ギリシア的に見通し難くなっている罪と贖罪の鎖を解消するなどという仕方によってではない。そうではなくて、悲劇においては、ギリシアの人間が、自らの神々よ

りも自分の方が良いのだいうことに気づくのである。(21)

「罪と贖罪の鎖」は、「ギリシア的に見通し難くなって」いる。運命の連鎖がいかに悲劇において打破されるのかは、ギリシア悲劇論から明らかになる。だが、その前に「ギリシアの人間が、自らの神々よりも自分の方が良いのだということに気づく」というのはどのようなことを指すのかが、悲劇の成立史とともに明らかにされねばならない。

「ギリシア悲劇」の位置

ギリシア悲劇についてはニーチェの悲劇の誕生が何より有名である。それに続いては、レオポルト・ツィーグラーが『悲劇的なものの形而上学』(一九〇一)でドイツ的な悲劇の再来をうたうなど、悲劇をモティーフとした言説はつきず、大戦中には、繰り返し「英雄」のモティーフが持ち出されていた。例えば経済・社会学者として著名なヴェルナー・ゾンバルトは『商人たちと英雄たち』(一九一五)の中で、犠牲と義務に自らを捧げる「英雄」にドイツの精神性を見出し、イギリス的精神を体現する「商人」への優位を語った。(22)ベンヤミンにとって、アクチュアルだったのはギリシア悲劇よりもむしろバロック悲哀劇のモデルであったと言われ、(23)たしかに「悲劇」や「英雄」をそのまま現代に甦らせることにベンヤミンの関心が向いていないのは間違いない。ベンヤミンは当時うたわれた神話や悲劇の再生、人間の英雄化を批判的にながめている。だが、この批判は、そこに見られる悲劇理解があまりに浅薄だったからなされている。悲劇の「英雄」それ自体にベンヤミンが固有の意義を見ることには変わらない。

叙事詩に関しては、近代とは異質なものとしてはっきりと意識されるのに対して、悲劇についての理解は、むしろ近代的な観念を媒介としがちであり、時代を超えた普遍的な悲劇性があるかのごとく考えられる。例えば、マックス・シェーラーは、「英雄」とその周りの環境との「レヴェルの葛藤」から悲劇が生じるとして、ギリシア悲劇も、シェイクスピアも同列に論じている。これを批判したベンヤミンは、『ドイツ悲劇の根源』において、「ギリシア悲劇 Tragödie」と「悲劇 Trauerspiel」(=近代悲劇)をはっきり区別して、「ギリシア悲劇」の特質を、その歴史的起源、時代的意味を明らかにした上で論じる。ベンヤミンが重視するのは、「ギリシア悲劇」の祭祀的性格であり、その素材が「伝説 Sage」だということである。伝承されてきたものは、ホメロスらによって「神話 Mythos」という形で物語られ、さらに後に悲劇の中に組み入れられる。ここで「念頭においていなければならないのは、ギリシア悲劇を伝説のたんなる演劇的形態として捉える事は許されない[24]」ということである。悲劇は神話を素材としながらも、それとは違った固有の「アクセント」をもっており、自らが素材とした神話との対決を果しているとベンヤミンは見ている。

原伝説的なもの、あるいはホメロス的な神話世界と違った悲劇固有の「アクセント」を強調していくにあたって、ベンヤミンが重視するものの一つはその祭祀的起源である。現在知られているギリシア悲劇は、紀元前五世紀に全盛期を迎えたアテナを中心に栄えたものである。「悲劇」というと悲しい劇、悲壮な劇という意味で捉えられるかもしれないが、民衆祭礼におけるサテュロス劇から発展したもので——語源的にもヤギ tragos の歌 ode ということであって、祭礼の最後を飾るサテュロスの歌の合唱という起源を示唆している——必ずしも「悲しい劇」ではない。

ペルシア戦争で中心となって戦ったアテネでは、戦争に参加した市民たちの発言権がましていた。悲劇はこうした市民時代に発展をとげている。ホメロスの叙事詩が貴族時代のものとすれば、悲劇は民衆=デモスたちの時代のものだといえ、彼らの都市生活と密接に結びついていた[25]。こうした「悲劇」になぜベンヤミンが神話からの断絶の契機を見るのか、それを理解するために、ギリシアにおける生と死、内在と超越という観点から、悲劇の位置を捉え返してみよう。

オリュンポス的貴族時代と密儀の抑圧

ホメロスやヘシオドスの行なった事は、オリュンポスの神々についてある程度系統だった秩序をつけ、それを全ギリシアに共有させることであったといえる。ギルバート・マレーはここに、貴族的征服者による「啓蒙」のモメントを見ている。オリュンポスの神々は北方から征服者が連れてきたものであり、征服行為の痕跡はティターンやケンタウロスといった「蛮族」たちへの勝利の伝承に見られる。[26] 神々は、古い「野蛮な」儀式を一掃し、さまざまな密儀を追いやった。征服者たる族長たちは、民衆的迷信を軽蔑し、高貴な忍耐を説く。彼らは、「人間に自分が他の人びとと同じく人間であり、同一の法則に従い、同一の死を予期せねばならぬということを覚えておけと命ずる」[27]。ストア派的な運命信仰――天文学の発展とともにひろがった――とは趣をことにするが、ここにはすでに「運命」を甘受することを強いる姿勢がある。オリュンポス的世界では現世での勝利が問題であって、死後の生への希望は存在しない。[28] ルカーチやケレーニイが言っていたように、神々の世界と人間の世界は連続していて、彼岸と此岸という区分がない。また貴族たちが、神々を自らの父祖だと実際に考えていたことからもわかるように[29]、神々と世界との間に断絶がない。現世とは別の彼岸を呼び出そうとする者がいるとすれば、それは現世で勝利できない者たちであって、彼らはオリュンポス的秩序では、単に弱者であろう。もちろん、そうした者たちは存在し、救済を待望する密儀を秘かな支えとして維持していく。貴族たちは、こうした密儀を侮蔑したという。

オリュンポス的な「啓蒙」は、「現代の目」からみるとむしろ野蛮で残忍なものに見えるかもしれない。しかし、マレーによれば、ここには、わけのわからない力を馴致するという必要性があった。しかし他方で、啓蒙としての野蛮という問題とは別の問題、オリュンポス的「啓蒙」の過程で起こった弊害をいくつか指摘している。ここで見ておきたいのは、オリュンポス神における人格化と罪の観念の生成である。土着の自然的宗教は、漠然とした力を感受し、そこでは人間的なものであってもまだ明確な人格をもたないクーロス（若者たち）が無定形な輪郭をだけもって浮遊していた、と考えられる。これらは形をもたないがゆえに容易に融合され、オリュンポス的人格神の形態へと吸い上げられていく。ここで生じる力の人格化は、ある倫理的疑念をも生み出す。マレーは「アーク」に関わって命を落とした者のエピソードにからめて、次のように説明する。

〔聖なる物と関わって命を落とした者が〕もし禁忌の対象の単なる神聖さのために死んだのであるならば、神聖さはそのうちに電気のようなものを貯えていて、彼の死は不運であり、関心をそそる事件ではあるが、それ以上ではない。しかし、それが、擬人化された神の行為とされ、その神が結果はともあれ、善意をもった人間が犯した容易く許されるような過ちに対して突然怒りを爆発させ、彼を撃ち殺すとき、危険な要素がその宗教の倫理のうちに入れられた事になる。人間と道徳を同じくする存在がダイナマイトのようなふるまいをしてはならぬはずである。(30)

ここで、この「ダイナマイト」によって神々の倫理への疑念が生じているのだが、同時にもう一つの道も開かれる。それは神々への異議に通じるのではない。この道は、爆薬を作動させてしまった者、地雷を踏んだ者の「罪」へと通じていく。力が人格化され意思を備えたものとなれば、つまり、力の発現が神々による力の行使となれば、振るわれる力の理由が問われだす。そして、ここで「罪」の観念が生ずる。例えば、こちら側に神々を挑発したという「罪」があったがゆえに、神々の力が「罰」として発現したのだというように、理由が考えられることになる。だが、根本的に言ってこの「罪」は正義の天秤で測られたものではなく、力ある者の逆鱗に触れてしまったばかりに引き起こされるものである。触れた者に過失はあれど、「悪いことをした」わけではない。自然宗教であれば「わけのわからない畏れ」としてあったものがここでは、一段階合理化された畏れへと変わる。単なる力の発現であれば、それが聖なる力なのか、何か禁忌を犯したから生じた力なのか、その境が曖昧なままである。人格神の前に引かれるのは、力で劣る者は決して踏んではいけない暗黙の境界線である。

ベンヤミンは、こうした「神話的暴力」の「原像的な形態」が「神々の単なる顕現」にあるものとしニオベーの神話を例にとって説明している。[31] ニオベーは神々に対して、自分が子宝に恵まれている幸福を喜んでみせた。そのために神々の怒りを買い、子どもたちを殺されて自らは石にされる。ここでニオベーが子どもを喪失し石とされたことは高慢さに対する「処罰に過ぎないと見えるかもしれないが、神々の暴力は、現存する法の違反に対して罰することであるよりも、むしろ、ある法を打ち立てるもの」であることにベンヤミンは注意を向ける。その法は、規範としてあらかじめ示されていたのではなく、神々が顕現させた運命とともに、たおれた人間の上に立てられるものである。「神々の顕現」は、「犯してはならないものを犯したことに対する処罰」を行っているというよりも、「犯してはならないものがあるということ」を表明するためのものだと見ている。ニオベーは、何もきまりを破ってはいない。幸福を誇ること自体に非はあるだろうか？　しかし「運命」とは「犯してはならない」というよりも、「従わざるをえないもの」、「動かしがたいもの」である。神々の現存在の顕現は、「運命」の存在を告げ、「神々」の力の「顕現」とともに、従わねばならない法を措定する。踏み越えてはならない境界、罪を宣告する法が、罰の突然の顕現とともに打ち立てられる。この神話的な法は、正義に基づくものではありえず、力によって善悪の境界線を引くものとしてある。ギリシア悲劇の英雄は、神々の法による判決を突きつけられるものとして現れる。オリュンポスの神話的世界には、その輝かしい姿の影で、無慈悲な神々の境界線が至る所にはり巡らされている。

密儀の精神からの悲劇の誕生

民衆祭礼、密儀には、神々の打ち立てる「運命」からの解放を願う衝動がみてとれる。ベンヤミンは次のように言う。

人間の生の自然本性的な罪、つまりは原罪についてのドグマにゲーニウスは、人間の自然本性的な無垢を対置する。原罪の原理的な解消不能性がギリシアの教理をなし、それに対してギリシアの祭礼をなすのは折々の罪の解消である。(32)

「自然本性的な罪」という言い方には、ベンヤミン独自の含意が込められているが、それについては後で詳論しよう。ここでは、「祭礼」――ギリシアの教理＝オリュンポスの祭礼ではなく、民衆祭礼あるいは密儀のことが考えられている――が「罪の解消」、ある種の救済と関わっている事を確認しておこう。祭礼、密儀ではディオニュソスに代表される「半神」が祀られた。ディオニュソスは、ピンダロスの伝承によれば神ゼウスと人間であるセメレーの間の子どもであり、出生にまつわるエピソードがその「半神」的性格を告げている。ヘラに唆されたセメレーは、神ゼウスを見てしまい、その雷光に耐えられずに、ディオニュソスを宿しながら死ぬ。ディオニュソスは母を焼き尽くした炎から常春藤《きづた》によって守られ、ゼウスの体内に保護されて生まれでる。ディオニュソスは、いわば一度死んで、再び生まれ出て、人間と神の間の境界的存在となる。(33)

ディオニュソス密儀では、オルペウス教的な魂の不死とは違った形であるが、人びとはディオニュソスを崇拝する中で苦悩からの救済を願った。(34)「来臨する神」ディオニュソスは「その顕現によって世界を突然に一変せしめる、救済者にして慰め手である神」である。ディオニュソスは「苦悩によって錯乱した者をコロスの歓声でなんとも摩訶不思議に驚かし、その神々しき腕の中で浄福へと目覚めさせる」。(35)

ディオニュソス祭礼からの悲劇の誕生ということについては、一般的にも言われることだが、ディオニュソスの「半神」的性格には注意をはらうべきだろう。彼は生き続ける神々でもなければ、オルペウス教、ピュタゴラス学派が信じた不死の魂をもつのでもない。死すべきものという枠を超越しきってはいない「半神」にとどまっている。ベンヤミンが、悲劇における英雄が神々に反抗する際にみせる「半神の栄光」を語るにあたっては、以上のような前提を踏まえる必要がある。[36]

第二節　ベンヤミンの悲劇論

「運命」からの脱出の思想

『ドイツ悲劇の根源』における ギリシア悲劇についての論述に力を貸したF・C・ラング(一八六四〜一九二四)[37]は、ディオニュソスが星辰の運命的秩序の乱れの時であるカーニヴァルにおいて祀られる「例外神」だと言っている。[38]星辰宗教とカーニヴァルのモデルは、もともとギリシアではなく、バビロニアにあてはまるものであり、これをギリシア悲劇に類比的に当てはめることは、適切とは言えないかもしれないが、それについてはここでは問題としない。ラングにしたがって続ければ、カーニヴァルは、星辰秩序の運行を模倣することで、その秩序を抜け出る瞬間を生み出す。克服すべきものを自ら模倣することで、その外部を指し示す戦略――「法則的に法則を欠いてあること」――がそこにある。悲劇は、カーニヴァル的に既存の秩序から脱出する形式である。

例えばオレステスは、復讐の女神たちが課する、血で血を洗う運命の連鎖を、最後に抜け出る。そこにおいて犠牲が供されるべく控えていた「祭壇が、アジールに変わる」のである。[39]アジールとは、一般的に復讐者に追われるものを匿う避難所としてであり、その機能は血讐の抑制にある。さらに広くとらえると、アジールは「実定法秩序」を越えた「平和秩序」を示すもの、あるいは人間に「不可侵性」を付与するものである。[40]個体に不可侵性を与え、血の復讐を迫る運命秩序から守るというアジールのモティーフは、ベンヤミンの悲劇論においても重要である。これに関連して指摘しておくべきは、ヘルマン・コーエンの『純粋意志の倫理学』のベンヤミンへの影響である。コーエンはそこで、「神話Mythos」においては「運命」と「罪」が結びつけられ、それに抗議がおきないこと、そして、それが「血」によって連鎖することを述べている。「神話」から「宗教」の段階にさしかかると、この「血」の結束はゆるみ、個への束縛が弱まる。神話からの「個」の解放の進展という見解は、「個体」としての英雄が「運命」と「罪」の血による結びつきを解いていくというベンヤミンの悲劇論の前提になっている。[41]

「運命」からのただの「脱出」ということであれば、密儀宗教や、ソクラテスが開く彼岸性と同じものになるが、ベンヤミンがルカーチらと共に強調するのはむしろ悲劇の「此岸」性である。それゆえ「運命」との対決も、此岸においてなされるものとなっている。ベンヤミンは、宇宙論との関係で展開されるラングのカーニヴァル論を自身の議論に一部取り入れているが、それよりも、重要だったのは、ラングのアゴーン論、および悲劇の訴訟性についての議論である。ベンヤミンは、ラングの見解を踏まえつつ、「運命」への異議申し立てという契機を際立たせる。[42]

「運命」と「罪」

性善説、性悪説という人間の規定の仕方がある。この規定は様々な領域をも同時に規定していき、たとえばカール・シュミットによれば、アナーキズムは性善説をとり、国家理論家は性悪説をとる。どちらをとるのかは政治理論にとって決定的に重要であり、例えば性悪説をとる以上は、人間の善性を信じるようなアナーキズムはそもそもあり得ないものとなる。シュミットに、カトリシズムの「原罪」[43]の教義が、人間の本性について曖昧なままに解釈することであらゆる政治潮流と融通をきかせて結びつく可能性を担保していることを評価する。[44]ベンヤミンは、人間の「曖昧さ」を引き受けつつも、解きほぐす。

ベンヤミンが、「自然的な罪」という言い方で表現するものは、「原罪」的なヴィジョンとは違う、独特のニュアンスを含んでいる。これについてはじめてまとまって論じられたのは「運命と性格」という小論においてである。ベンヤミンは「性格」と「運命」の概念をここではっきりと違ったものとして分ける。ある性格の持ち主はそれに応じた運命に陥るといった形で、性格から運命を演繹すること、あるいはある運命に陥ったのは彼の本性＝性格がそうさせたことであったと、性格に運命の徴を読み取ること――こうしたことは性格と運命を混同することだとベンヤミンはいう。両者が混同されるのは、どちらも何らかの「徴《しるし》」を介して見通されるからである。

性格を読み解くためには、「星占い」を別とすれば、肉体的特徴が徴として一般に利用される。ベンヤミンが紹介するのは中世における体液質による分類だが、体質だけでなく、行動傾向から性格が読み取られることもあるだろう（筆跡から性格を読むのもそのようなものだろうし、例えば「体癖」から分類されることもある）。性格分類法自体は、おそらく無数にあるだろうが、性格は大体にして自然的、身体的な徴から読み取られる。だが運命の場合は、徴の範囲が肉体的現象だけでなく他の人生の現象すべてに広がる。いずれにせよ、運命と性格、どちらも徴に基づくということからくる問題をかかえている。因果関係によって結ばれる連関ではなくて、意味によって結ばれる連関であることによって運命をめぐる問題は錯綜する。

占いなどが「当たる」のは、当てられる側が、読み取りたい意味を担う徴を選びとって受け入れるからだといわれる。前述したオリュンポスの神々を前にして生じる「罪」も意味連関において生じるものであり、そこでは「傲慢さ」といった「態度」がしばしば運命の徴となる。人間の「本性」も徴を通して見つけられる。「罪があるのだ」ということを徴によって確認してはじめて、つまり「罪あり」という判決を受けてはじめて、「本性からの罪」が生まれる。

運命は罪ありとされたものとしての生の観察の中で現れ出てくる。その生は、根本的にいえば、まずはじめに判決を受けて、それから罪あるものとなった生である。はたしてゲーテが、この二段階について「君たちは哀れな者を罪あるものとするのだ」とまとめている。法とは、判決によって罰を与えるというより、むしろ罪を与えるものである。そして運命とは、生あるものの罪の連関なのである。この罪連関は、生あるものの自然的な状態、つまりまだ残らず解消されることのない仮象に相応している。〔……〕人間は、根本的に言って、運命を持つ者ではなくて、運命を担う主体というのは、はっきりしないのだ。裁く者は、どこであれ望むところに運命を見つけることができる。どのような罰の中にも、彼は盲目に、運命を一緒に書き込まずにはいられない。人間は決してこうしたことに襲われることはなく、人間のうちの単なる生だけがおそらくそうなのだ。単なる生は、仮象のために、自然的な罪と不幸に関与している。(45)

運命への諦念を語るものは、人間がそもそもどうしようもなく罪にからまっているのだという「真理」をあわせて語る。ここからは逃れられないのだから、性悪説のようなものを認めよと迫る。悪の問題を「本性」に還元してしまうと、すべてが「運命」となって人間はがんじがらめにされてしまい、宗教的救済か諦念するかによる他なくなる。だが、徼から自らを超えて自らに定められた運命を受け入れるのではなく、自らの自然＝本性のうちに固有の「性格」の徼を見るならば、そこから「自然的無垢」のヴィジョンがあらわれる。第三章で論じた、判断による悪の誕生の問題とも符合し、存在の本性には、悪は存在せず、人間の判断において付与される性質だと考えられている。(46)自然には元来悪も罪もない。本性的な罪、自然的罪は、悪への傾向性あるいは、運命への転落を必然としたときに、生じてくる観念である。

人間にはそれぞれ固有の「性格」があるというのは何となく了解されることだが、本性的に罪深い性格というのがあるだろうか。罪の烙印を押された性格というのはいささか奇妙な考えである。ベンヤミンの考えに従っていうと、「性格 Charakter」というものは、それがどんな性格であれ、愛すべき本性という形をとって現れる。

古代ローマではゲーニウスの祝福がそこに認められていた。もし固有の性格を憎むとしたら、それは受け入れたくはないが受け入れざるを得ないものとして、考えられるからであって、その場合当人にとっては「性格」が一つの悲運になっている。「性格」は肉体という自然に根ざしており、この自然よりも罪の判決理由としての「徴」が強力になっていくと「運命」が力を増す。この自然への信頼から「自然的無垢」の観念、自らの自然の肯定が生じる。

「性格」と「反抗」

フランツ・ローゼンツヴァイク（一八八六～一九二九）は『救済の星』（一九二一）で「性格」概念について悲劇的なものと関連させた議論を展開している。ベンヤミンが「運命と性格」を執筆したのは、『救済の星』出版以前の一九一九年であり、ベンヤミンがその影響を受けて彼の性格論を書いたとは考えられない。しかし、その議論は扱う角度が違うとはいえ不思議にも一致する部分が多い。ベンヤミンは、『ドイツ悲劇の根源』において自らの議論を補強する形で『救済の星』からの引用を行っている。ローゼンツヴァイクの英雄に関する議論は、悲劇の歴史哲学的把握というベンヤミンの試みとは違って、類型論的なものである。メタ倫理的な人間の代表という形で英雄が挙げられているのである。ここにはハイデガーにも通じる、実存主義的な雰囲気があるが、それについてはひとまずおいておく。

世界に対する人間の「反抗 Trotz」の姿勢からローゼンツヴァイクは「メタ倫理的人間」および「英雄」について論じる。人間の意志は、自由であって、何を望む事もできる。この意味においては、それは神の意志と変わらないが、意志と世界の関係が異なる。神の意志は『聖書』に見られるように、〈神が望んだ、それゆえ、こうなった〉という「それゆえ Also」によって世界を無媒介に形成していく。それに対して人間は「自己」という形の中に（いわばハイデガー的に）投げ込まれてある他なく、「意志それゆえ」に無媒介に世界を形づくっていくことは許されない。世界という障壁、そして自らの固有性という枠の中に閉じ込められているがゆえに、人間の意志は「それにもかかわらず＝反抗」という形をとる。この「英雄」は、たとえばカール・シュミットがいうところのロマン派と違って被規定性、自らの可能性が限定されてあることを厭わない。自らが固有の規定を蒙らざるを得ないということ、これを「英雄」はむしろ誇りに思い、自らの性格を愛する。[47] この「性格」を愛する存在「英雄」が、「運命」に対して立ち上がる。ベンヤミンが、ローゼンツヴァイクの「反抗」概念を取り入れるのは『ドイツ悲劇の根源』においてだが、「運命と性格」での英雄も、十分反抗的であり、また自らの性格を愛している。「自らの神々よりも自分の方が良い」と彼は思うのである。[48]

「審級」を欠いた争い――「英雄」と「コロス」の「対話訴訟」

ここまでみてきた「運命」の「打破」は、その傾向は明確だとはいえ、例えば悲劇の実作との関係が明らかにされていないため、その内実が今ひとつはっきりしない。それゆえ、ギリシア悲劇における「運命の打破」と、「親和力論」における「決断」も、暴力批判論における、神話的法を廃棄しようという「決意」とが、運命的なものへの反対ということで、同じものと考えることも可能になる。実際、それらを貫く姿勢には、不変のものがあるように思われるが、ここでは、それぞれの場合の差異を考えるためにも、ギリシア悲劇において運命が打破される、その内実を考察していこう。ベンヤミン自身、悲劇の特質に即して運命の打破を描くにあたって苦心したようであるが、[49] その痕跡からベンヤミンの思考の核とでもいうべきものに触れることができるように思われる。沈黙する英雄が単に、力強い英雄が、悪を倒すというようなイメージはそこにはない。ある種逆説的な仕方で、沈黙する英雄が運命の裂目を示すというイメージがある。

悲劇においては、例えば、プロレタリアートが資本家を倒す、といったような、「悪」の打破というようなことは考えられない。善悪はそう簡単に割り切れるものではないといった理由からではなく、運命の性質上そうなのである。ギリシア世界において遍在する運命は、独自の仕方で浸透し、力を振るっている。ギリシア世界では「意味」への問いが生じない、とルカーチは言ったが、これは裏をかえせば、すべてが自明な当然のものとして受け入れられているということでもある。すべての生は象徴化されてその徴も透明に見渡されている。徴の不合理はそこでは問われず、力と徴の自明性が支配している。それゆえ、何が原因で何が結果なのか、誰の責任で誰に罪があるのかが不明瞭で、全てが連続して考えられる。ベンヤミンの言葉を借りれば、「ギリシア的に見通し難くなっている罪と贖罪の連鎖」が、そこに生じる。このような連鎖としての復讐の運命は、不可避で自明なものとして現れ、例えばオレステスを襲う(『オレステイア』)。「運命は人間的な正義・不正義に無関心なものである」が、「恐ろしいのは、これが突然悪意に変わる」点である。[50] 力の網にかけられた人間、あるいは英雄にとっては、これはまぎれもない悲運である。こうした悲運に逆らい、それが打ち破られるのはとりわけ「人間の側に立って考えるアイスキュロス」[51]の悲劇においてである。アイスキュロスは、神々の不正に、人間の正義を対置する。

悲劇には、奉献の儀式であったという祭祀的性格が残っていて、ベンヤミンも「悲劇文学は、犠牲の理念の上に成り立っている」[52]と言っているが、ここに逆説性の一つの理由がある。犠牲に捧げられる「英雄」は、自由洒脱に運命から逃れ跳ね飛ぶような存在ではなく、犠牲の枠組み、死という「枠」にはめこまれている。しかしその犠牲は単に祭祀の中で、周期的に神々に捧げられそのつどの運命を鎮めるためのものではない。「ギリシア悲劇的な死」は単なる犠牲に捧げられた「死」ではあり得ず、「オリュンポスの神々の古くからの法を失効させるという意味、および、新しく成り来たった人類の初穂として英雄を未知の神に捧げるという〔……〕二重の意味」をもっている。[53] 悲劇では犠牲が捧げられた後、世界は以前と同じ自明なサイクルを描き出すのではなく、そのサイクルからの逸脱と新たな移行が生じる。

この移行については、ベンヤミンはラングによる「アゴーンと劇場」というメモに依拠している。アゴーンとは、古代ギリシアの神々に捧げられる「競技」であり、おもに貴族たちが栄光を競った。このアゴーンも悲劇と同様、祭祀起源のものだとラングは考えている。この妥当性はともかく内容は興味深い。

アゴーンは死者に供える犠牲に由来している。犠牲に供される者は、もし逃げるだけの速さがあれば、逃げさることが許されている。死者は、生き残った者を生け贄に求める。その死者を前にしておぼえた恐怖が克服された後で、そして、〈死者は〔……〕愛しながら祝福してくれるのだ〉という信仰がふたたび勝利をおさめた後で、アゴーンは人間を裁く神の審判であると同時に神を裁く人間の審判ともなる。アテナ－シュラクサイの劇場はアゴーンである。[54]

対話弁論、あるいは悲劇の進行もアゴーン的なものだとラングは考えている。プロタゴニスト（第一アゴニスト＝第一演者）とコロス（合唱団）との対話、例えば、自己の救いを訴えるオレステスと、死の運命を宣告する復讐の女神たち（コロスが役を担う）の掛け合い（アイスキュロス『慈みの女神たち』）は、実際観客を前にして正しさを競う弁論のように見える。悲劇は対話弁論競技の性格をもっている。ベンヤミンはこの対話的性格を、アテネの訴訟と照らして論じる。そこでは、実際、上級審なしに、原告と被告の対話的論弁が繰り広げられていた。

古代の訴訟、特に刑事訴訟は、対話としてあった。対話というのは、古代の訴訟が訴える者と訴えられる者という二つの役割の上に行なわれて、裁判官による審理を欠いていたからである。古代の訴訟はコロス－合唱団を有していた。〔……〕アテネの法に関して重要かつ特徴的なのは、ディオニュソス的な打ち抜きである。これは、すなわち、酩酊し、恍惚となった言葉が、アゴーンの規則的な循環を打ち砕いてもかまわないという、、、、こと、、である、。そしてまた、武器や拘束された言葉の形式において相争う部族同士の訴訟からよりも、生き生きとした語りの説得力からこそ高次の正義が生まれたのであった。神託は、ロゴスによって自由へと打ち破られる。ここにアテナにおける裁判訴訟と悲劇のもっとも親縁なものがある。[55]〔傍点強調は引用者〕

悲劇も英雄とコロスとの対話によって成り立つ。だが、「ディオニュソス的な打ち抜き」、酩酊の言葉は、悲劇においてむしろ沈黙している。対話の中にある英雄オレステスは、滔々と論弁することもできずにただ黙っているのである。復讐の連鎖に組み入れられたオレステスは、復讐の女神との応酬の中で追いつめられる。

コロス（復讐の女神たち） お前を、アポロンさまでも、広大なアテナさまでも、お助けはようなさるまいよ、〔……〕喜びというものが、どんな気持ちか、すっかりもう忘れてしまって、血の気もない影みたいなものに、私たち精霊どもの餌食になるんだ。

（間、オレステス、無言のまま）

返事も一つ、しないのかえ、私の言うのも馬鹿にして。私たちの牲《にえ》になるよう育てられ、献げられた者のくせにして。[56]

オレステスの弁舌は何ともさえない。コロスへの応答は心もとなく、ただ黙るだけである。弁論競技であればさしずめ失格である。

「沈黙」の異論

ローゼンツヴァイクは、「英雄」を「メタ倫理的」存在として語っている。メタ倫理的とは、簡単にいえば、人倫の世界での役割を担う以前のもののことである。「人格 Person」が、世界の中での役割を割り振られ、世界に響き渡る多数の声の一つを担うのに対し、「性格 Charakter」は、そういったものを担う以前の存在であって、既存の人倫習俗の中において見るなら未熟であり、そこで言うべき言葉をもたない。ベンヤミンの興味を惹くのは、反抗よりも、むしろこの沈黙である。

悲劇においては、ギリシアの人間が、自らの神々よりも自分の方が良いのだということに気づく。この認識は、しかし彼の言葉を塞いでいて、おぼろげなままにとどまる。自らをみとめることなく、認識はひそかにその力を集める。「倫理的世界秩序」がふたたびうちたてられる、などといったことではない。あの苦痛に満ちた世界の戦慄の中、道徳的人間が、まだ押し黙って、未熟なままに――そのようなものとして、彼は英雄と呼ばれる――立ち上がろうとしているのだ。道徳的な言語を欠いて、道徳的な未熟状態のゲーニウスの誕生にまつわるパラドクスが、悲劇において崇高なものをなすのである。(57)

英雄は既存の世界の「不正」に反抗しつつも未熟さのゆえに「押し黙って stumm」おり、「新たな言葉」を対置することができない。それゆえ彼は反抗の姿勢をはっきりみせつつも、沈黙したままそこにたっている。叱責される子どもが教師の不当を嗅ぎ付けつつも、口では何もいわずに、決して負けだけは認めない――たとえていえばそのような「未熟さ」が英雄の特質をなす。黙らされてはいるが、負けを認めない「反抗的態度」に対しては、教師の側に叱責の手がなくなり、思わず捨て台詞を吐いてしまって図らずも反抗の正しさを証明してしまうというような場面はよく見られる。未熟な存在は沈黙しながらも自らの方が良いのだという確信を胸にし反抗の芽を育てる。沈黙の中で、英雄はむしろ神々を裁きにかけている。

沈黙は、弁明を思いつかないし、探しもしない。そうして、かけられた嫌疑を追跡してくる審級へと投げ返す。というのは、ここでは沈黙の意味がひっくり返っているからだ。被告席に見えるのは、罪を宣告された者の狼狽ではなく、言葉を欠いた苦悩が告げる証言である。悲劇は英雄への裁きとして捧げられているように思われたのだったが、オリュンポスの神々への審理へと変わる。神々のもとで、英雄は証拠を差し出し、神々の意志に反抗して、「半神の栄光」を告げる。(58)

ここには悲劇の二重審判的性格が示されている。神々の力、神々の掟のみが唯一自明なものである世界においては、「罪」へ陥った者に許されるのは、神々の審級において弁明を果すことだけだった。運がよければ許されるが、神々の虫の居所が悪ければ、罰をくだされる。悲劇においては、この神々の審級が投げかける罪の判定に対して、英雄が押し黙りつつも、反抗し、その判定を受け入れない。超越的審級の後ろ盾をもたないまま、闘争するところに崇高さが生じてくるのかもしれない。「神々よりも良いのだ」という判断の正しさを、英雄は言葉では証せないままに、しかし、苦悩をもって告げる。

英雄の言葉は、自らの固まった胸を打ち破ったときに現れる場合、憤激の叫びとなる。ギリシア悲劇はこうした訴訟手続きのイメージへと入り込む。すなわち、ギリシア悲劇においても、贖罪審理が行なわれるのである。(59)

神々が行なった審理への「再審」がそこで始まる。悲劇における英雄の「証言」を聞くべく存在しているのは、観客あるいは共同体である。『オレステイア』では、英雄の沈黙の場面にアテナが現れ、コロスを説得する。そこで変容が生じ復讐の女神が慈みの女神に変わる。このコロスの変容を共同体は観客として是認するのである。

共同体はこの再審に監督審級として、いや裁定審級として居合わせる。彼らとしては、調停のしどころを探し、悲劇作家はこの調停を説明するなかで英雄の果した業の記憶を更新する。だが、悲劇の結末には〈未決 **non liquet**〔＝証拠不十分〕〉という響きがいつも伴っている。解決は、たしかにその都度救済である。だが、ただその場だけの、問題含みで限定つきの救済である。(60)

英雄自身が超越的審級を体現するわけではなく、共同体の新たな改変への道を開きつつも、未だ共同体を代表するほど成熟してはいない。それゆえ、英雄は自らの救済、そして新たな秩序を決定づけるまでにいたらず、結末には〈未決〉の響きが残る。新たな共同体の門出を告げるアテナの弁舌と、コロスの歓喜の中には、英雄の声はない。英雄は、新たな秩序の前触れをなしながらも、自らが積極的なプログラムを言葉で約束することができるほど成熟してはいない。言うなれば、悲劇の英雄の沈黙には何も書き込まれず、無規定な「否」だけがある。無規定に開かれた空間に何を書き込むかは、悲劇作者とそれを支える観客によって決まってくる。

英雄が開いた空間に、アイスキュロスにおいては、新たな都市の栄光の門出、正しい道へと向おうという人間の気概が刻み込まれていた。これは、勃興期アテナの高揚感と自己肯定を示すものだった。だが、悲劇が開く「未決」の空間につねに「正しさ」が書き込まれる保証はない。不当なものへと反抗する沈黙が切り開いたはずの「正しさ」への道が、容易に別の道へとすりかえられることもあり得るのである。あらかじめ「真理」を確保していない、未熟な英雄であれば、こうなる他ない。「半神の栄光」は、それ自体が決定権をもつ審級の役割を担えないために、内的な困難に陥らざるを得ない。だが、この困難は、英雄ならずとも、超越的地位に立てない人間はどこかで引き受けなければならないものである。

第三節　審級の問題

透明な真理への回帰

アイスキュロスのアッティカ悲劇が開いた空間は、民主アテネの凋落とともに変質する。これについては、同じ素材を扱ったエウリピデスの『オレステス』において確認できる。同じ伝説をもとにしながら、アイスキュロスとエウリピデスとでは、そのテーマも筋の運びもかなり異なる。

アイスキュロスにおいて古い神々の掟として現れていた「復讐」は、ここでは、デモス＝民衆たちの決定によるものとなっている。「デモスがいったん血気に逸り立とうものなら、それは猛火を消し止めるにもひとしい」[61]。オレステスが神託に従って母殺しをしたのだから、嫌疑はむしろ神託にかけられて然るべきところだが、燃え立つ民衆はそういった理には思い至らない。エウリピデスは、栄光におごった人びとがペロポネソス戦争の愚を犯した後で、この悲劇を書いている（紀元前四〇八）。そこにあるのは、知と無知の対立である。アポロンによる母殺害の命令がなされたのは神々が「善行と正義に関して無知だから」[62]であった。しかし、そのことに無知な民衆は、オレステスが「不正」を犯したのだと信じて怒り狂う。真実を無視して不合理がはびこるこうした状況において、「よんどころない智者は運命の奴隷であらねばならぬ」[63]と、エウリピデスは嘆く。神々の課する運命と新たな人間的秩序の開示という図式はここにはなく、非合理な衝動と、それを嘆く知者という構図が出来上がっている。

この構図には裁定者＝共同体への失望が、すでに書き込まれている。エウリピデスは、沈黙において開かれるような空間を観衆に委ねることができない。無知なものたちに委ねてもろくでもないことになるだけだという知者の嘆きが劇を牽引する。未熟な存在が沈黙において「正しさ」を確信するのとは対照的に、ここでは嘆きは自らの理を確信して饒舌に滔々と弁じる。「ディオニュソス的な言葉による打ち抜き」はそこにはなく、ひたすらに悟性が転回する。この悟性は大団円を展開できず、また急転を呼び寄せることもない。自らの非合理を認めたアポロンが、あのデウス・エクス・マキーナとして突如降臨し、最後を調停する形で悲劇は幕をとじる。

エウリピデスには、未熟な存在が生み出すあの逆説が欠けている。誰もが、何が悪いのかをわかっているような形で知をたずさえて登場するため、それぞれの弁舌は理が通っている。しかしそれぞれの論理が交差して闘争するといった契機もなく、それゆえ不満と嘆きの応酬だけが存在する。ここにエウリピデスが持ち込みたかったのは、おそらく「本当の知」である。実際はデウス・エクス・マキーナのような形でしか、それを導入できなかったが、此岸の非合理な現象を越えた、「真理」の審級による裁定が必要だと考えられたのである。

ソクラテス的透過性と彼岸

ニーチェは、エウリピデスに「美的ソクラテス主義」を嗅ぎつけ、そこで悲劇が凋落しているのを見ている(『悲劇の誕生』)。ベンヤミンは、こうした見方を継承している。プラトンがソクラテス伝説を形成したのは、悲劇詩人への夢に幻滅した後のことだった(64)。都市アテナの堕落とともに、アッティカ悲劇も凋落していたのであり、それに代えてプラトンはソクラテスによるイデア論を築き上げていく。ソクラテスの伝説は対話劇の形式を引き継いで形成されているが、悲劇とは違って、アゴーン的な闘争が抜け落ち、沈黙も意味を変ずる。

ソクラテス劇からはアゴーン的なものが吐き出されてしまっている。なんといっても、彼の哲学的闘争でさえも、もったいぶって演じられる縝習なのだから。一撃のもとに、半神の死は殉教者の死に変わったのだ。キリスト教の信仰の英雄たちと同じように――この類似を多くの教父たちの愛、そしてニーチェの憎悪はしっかりと嗅ぎ取った――ソクラテスは自らの意志でもって死んでいく。そして彼が沈黙するときには、彼は

自ら望んで、その名をもたない優越とともに、反抗することもなく黙るのである。(65)

ソクラテスの「沈黙」は、彼岸に確保された「真理」に依拠することによってその性格を変えている。彼岸化されるのは、真理だけではなく、魂が彼岸に確保され、幸福も彼岸化していく。

ソクラテスは、自らの死を、死すべき者として直視するが〔……〕それを他人事と認識する。その彼岸で、不死性の中で、彼は自らを再び見出すことを期待している。(66)

ベンヤミンは「古代の人間の幸福」の中で、古代の幸福が、近代の幸福とは異なって、個体の所有物ではなく、いうなれば神々の祝福に与っている、神々と共にあることの幸福だったと論じている。例えば、競技＝アゴーンにおける勝利の幸福と祝祭との結びつきは、ある種透明なものであって、そこに個体と世界との断絶がなかった。ソクラテスとプラトンは、幸福を共同的、共在的祝祭との結びつきから外し、知者の徳へと接続した。これは民衆の愚を彼らが見過ぎたがゆえのことであった。プラトンがイデア論を打ち出したのも、衆愚政治の進展する中で、内発性に根ざした此岸的徳を説くことが無効になったためと考えられている。(67)

英雄が神々の秩序になぜ反抗するかといえば、誤った罪概念を横行させつつ、力の遍在的顕現が世界の原理になっているからであった。古い秩序は、悲劇とともに打ち破られるが、しかしその後に来た新しい世代の民衆＝デモスは、英雄が開いた空間に、自らの栄光を書き込み、驕《おご》り昂《たかぶ》って行く。この驕りはペロポネソス戦争の失敗によって打ち砕かれるが、エウリピデス、ソクラテス、プラトンはこうした愚を間近に見過ぎてしまった。現実の愚と、無知の熱狂は知によって彼岸においてはじめて超越される。それと同時に、現世と神的なものの同質性の間に、限界が設けられる。この限界は知と共在することによって透明に見通され、一足飛びに越えられるようなものであり、透明性という点では、オリュンポス的秩序と共通する。神々の力との共在がつくりだしていた透明に見渡せる同質世界＝オリュンポス的世界は、彼岸的存在を透明に見通す哲学者と、イデアとの共在する世界へと変貌を遂げたのだった。ソクラテスは彼岸のイデアと、また魂の不死を確信し、そしてそれらと共に在ることが幸福だと信じるからこそ、現世をたかだか「死のトレーニング」と見なすこともできるのである。

悲劇は、オリュンポス的秩序と、ソクラテス的秩序の境界をなし、どちらにも属さない。悲劇は、オリュンポス的同質世界とも、彼岸的世界とも違った、不透明な未決の空間を開きつつ、しかしその空間は再び閉じられる。「英雄」は、未熟で沈黙のうちにある存在として現れ、来たるべき社会秩序を明白に言語化して現れるのではない。目的のために現れるというよりも、反抗の力を集める中で立ち上がるのである。「透過性」を誇るソクラテス的態度による正義の語りとはちがった、未熟な反抗を重視するベンヤミンは、ルカーチらとは違って全体を統一する一つの視点の確保を志向するのではなく、主体の内部の意志と衝動の在り方を探っていくことになる。

ソクラテス的な観想的態度は、「英雄」には無縁なものだった。そして、イデアと真理を見通せるという確信もそこにはなかった。イデアを見通す哲学者の視点を前衛党が担うというレーニンやルカーチとは根本的に異なった姿勢がベンヤミンには見られる。ベンヤミンにおいては、イデアに照らして現象を判断する知の「審級」に依拠できないところでの「決定」が問題となっていたのである。ギリシア悲劇においては、沈黙の中での反抗をアテナが救い出すような形で、決定が下され、合唱隊がそれを祝福していた。これに対して、ベンヤミンは、バロック悲劇においては、無意味なアレゴリーの連鎖が見られるだけで、勝利や祝福の決定を下す裁定者が現れないことを強調している。絶対主義時代の主権を担うはずの王侯も、神のごとき決定者としての能力を持ち得ず、一被造物として動物のごときものとして描き出される。「決定力のなさ」がむしろ際立っていることをベンヤミンは強調しており、この点ではサミュエル・ウェーバーが言うように、彼は「決断主義者」シュミットの主権理論を援用しながら、主権者の決断力のなさを結論している。(68)

暴力批判論と「決定」の問題

以上みたように、ベンヤミンは「英雄」の打破のモメントを強調していた。この「英雄」は押し黙ったまま立ち上がり、その言葉は、理念を見通すような知をたずさえたものではなく、むしろ言葉にならぬ「憤激の叫び」として溢れ出るものだった。新たな「倫理的世界秩序」が見通されることはないが、それでも「自らの神々よりも自分の方が良いのだ」という確信のもとで、何と闘うべきなのかは明確だった。「決定の稜線」が昇りきられるとはいえ、そこには「未決」の響きが常に伴うと言われていた。また、「救済」は最終的なものではなく、その都度の救済でしかないとも言われていた。それゆえ、開かれた空間は、また閉じられ、神話的なものが再び猛威をふるう。

「暴力批判論」にも、ギリシア悲劇論において見られた神話的な「運命」の打破のモティーフが見られる。『オレステイア』では「運命」は例えば、家系の罪として現れ、悲運を強要し、英雄はこれに抗っていた。ベンヤミンは、「神話的暴力」が「法」という形で近代に浸透していることを論じるとともに、同時代的な文脈で「神話的暴力」の批判を行っている。ここでは国家による暴力の廃絶の「決意 Entschluß」が重視されている。これは英雄による運命の打破と重なるモティーフである。「神話的暴力」の打破としてのゼネストは「国家暴力の破壊という唯一の課題を措定する」もの、「外面的譲歩や労働条件のなんらかの緩和の後で再び労働を始めるという準備のもとではなく、むしろただ完全に変革された労働、国家に強制されるのではない労働のみを再び始めるという決意 Entschluß のもとで行われる」ものでなければならない(69)。

ベンヤミンは「暴力の歴史の終わりという理念」を提示しているが、これはユートピアのスローガンとして、革命賛美に用いられるというよりも、「そのときどきの時代の事実に対して、批判的、弁別的で決定的な態度を可能にする」(70)ものとして考えられている。言い換えるなら、この「理念」は、何を批判し、何を打破すべきなのかについては「決定的な entscheidend」指針を示すものであり得るが、何が絶対的正義なのかを示しはせず、「法」を原理的に廃絶した社会というユートピアまでは問題にしていない。(71) 暴力による関係の「措定 setzen」とは別の「純粋な手段」による関係構築(72)をベンヤミンは志向すると同時に、「法の解任＝脱措定 Entsetzung」の意志を擁護する。その意味では主体的な「決意」を肯定する。他方で、「廃絶＝脱措定」の出来事が、主体的意志によって担われうるのかどうかの「決定」は「人間にただちに可能でも差し迫ってもいない」として留保する。悲劇において「未決」の響きが残り続けたように、ここでも何が国家の暴力を廃止する「純粋な暴力」となるのかについては、「未決」のままにおかれている。

ある特定の場合においていつ純粋な暴力が現実にあったかの決定 Entscheidung は、人間にただちに可能でも差し迫ってもいない。というのも、神的なものではなく、ただ神話的なものだけが、そのようなものであると、確かさをもって認識され得るのである。(73)

ベンヤミンは、ゲーテの『親和力』を論じるに際しても、登場する人間たちがギリシア悲劇の英雄のような「決定」へのモメントを欠いていると述べている。ベンヤミンの議論が「未決」の響きを残すのは、人間による「決定」の限界を意識しているからである。このことについては、次章で詳しく論じよう。ベンヤミンが「親和力論」において着目したのは、英雄による崇高な打破ではなく、崇高な決断にいたりえない人間であった。ここにあるのはギリシア悲劇における崇高な沈黙でなく、没落の中での弱々しい沈黙である。

第二章　内在と超越——「決意」の意味

第一節　メシアニズムをめぐって

未来とはかなさ

前章では、ベンヤミンのギリシア悲劇理解を見るとともに、そこにある〈決断〉的モメントを検討した。そこでの「決定」は超越的な神による決定ではあり得ず、人間的な「決意」にとどまるものだった。それゆえ、「未決」の響きを残したものとなっていた。

前章で示唆したように、ベンヤミンにおける「神話的」な「運命」の打破というモティーフには、ヘルマン・コーエンの影響がある。コーエンは、『純粋意志の倫理学』において、「神話」から「宗教」（一神教）への「進歩」のモメントを強調していた。「神話」的段階において、共同体は過去から伝承された慣習に従って生きる場としてあり、個々の人間は慣習以外の選択をもたない。個は、血族の運命から自由ではなく、共同体に埋没する。そしてそこでの共同体は、過去からの習慣と血の運命の反復が繰り返される場となる。ここには個の尊厳と自由、そして「未来」はない。コーエンは、この過去の反復を断ち切って、個が自らの未来と関わるところにおいてはじめて、個々の人間は自らの尊厳を獲得しうるのだと言う。コーエンはここにある「未来」へ向かうモメントを重視し、ここから歴史における「進歩」を論じている。ここでの「進歩」はベンヤミンが批判していたような歴史の「軌道」ではなく「無限の課題」として考えられている。コーエンは、「完全性の原像」としての「理想」へ向かう倫理的意志に歴史における「進歩」への運動を見いだしている。(1)

ベンヤミンも、コーエンと同じく、血の運命の鎖からの脱却から「人間」の歴史の開始がはじまるという構図のもとで、ギリシア悲劇を理解していた。「神話的」なものとの対峙、打破のモメントは「暴力批判論」においても同じく重視されている。だが、ベンヤミンは歴史全体の推移がどうなるかに関しては、ギリシア悲劇を範型として語りはしない。ギリシア悲劇の英雄が開いた新たな秩序が、歴史の完成をもたらすのではなくすぐにその崩壊にいたってしまうように、「進歩」へのモメントは「そのつどの救済」において現れる他なかった。ベンヤミンは、コーエンと違って、「未来」志向の倫理によって人間の歴史全体を把握するのではないのである。ギリシア悲劇にみられるアクセントは、「悲劇」の形式に固有のものであって、その起源や歴史と切り離された抽象的で普遍的なものとは考えられていない。「神話」の打破というモメントは繰り返し重視されるべきものだが、人間の歴史の〈軌道〉として、敷かれているとは考えられていない。「進化の道筋に従っているうちに目標を忘れ、蟹歩きの進化の歩みを全く信頼して、それに身を委ねてしまう」ことを強く批判していたのは、すでに第一章でみた通りである。

ベンヤミンは、同時期に書かれたとみられる「神学的‐政治的断章」(2)で、「暴力批判論」などでみられる「新しい歴史時代」へのヴィジョンとは矛盾するようなことを語っている。人間の決意によって「運命」を打ち破り、新たな時代への一歩を踏み出すということを一つの目標としていたはずのベンヤミンが、ここでは、「現世的なものは幸福の中に没落を追い求める。現世的なものにとっては、幸福のうちにおいてのみ没落が見いだされ得ると定められている」[3]というニヒリスティックともとれることを書いているのである。運命の打破のイメージは運命からの解放という「幸福」と結びつけられていた。[4]だが、ここでは「幸福」と「没落 Untergang」が結びつけられている。断章の最後の一節は、次のように結ばれている。

その永遠の、総体的なはかなさ Vergängnis からなる自然は、メシア的である。自然段階にある人間にとってもそうだが、このはかなさの追求こそが世俗政治の課題に他ならない。世俗政治はニヒリズムを方法とするといわれねばならない。[5]

ベンヤミンには、一方では、打破と幸福を目標とする人間の決意の肯定があり、他方では、人間のはかなさと没落を運命付けるかのような、ニヒリズムがある。両極端ともいえるこの見方がどのような思考の道筋からでてきているのか、本章では詳しく論じたい。

「神学的‐政治的断章」における「ニヒリズム」については、様々な議論がすでになされている。最近の研究では例えば、レボヴィックが「ニヒリズムを方法とする」という言葉を重視して、世界解釈のための思考の「方法」あるいは「道具」として用いられているという議論を展開し、ベンヤミンの思考そのものと捉える見方を批判している。[6]彼はベンヤミンのその後のテクストはニヒリズムを克服する意図を示していると論じている。これは首肯しうる部分もあるが、本章ではまず「ニヒリズム」的見方が、ベンヤミンがその人間学的知見に基づいて導きだしたものであること、そして、ベンヤミンの中で不可避な見方としてあったことを明らかにしたい。「メシアニズム」か「ニヒリズム」かといった議論の中では見落とされがちだが、ベンヤミンは人間の「自然」への考察を多く残している。彼の人間理解を抜きにして、人間と神あるいはメシア的なものの関係を彼がどう捉えているかは、十分に理解できないだろう。ここに見られるニヒリズムは「ゲーテの『親和力』」での没落する人物たちの捉え方に通じている。「はかなさ」のうちにある「高まることない人間性」は、前章でみたような「英雄」的在り方にはいたらない。ベンヤミンは、「決意」にいたる強さをもって正義とするのではなく、「はかなさ」のうちにあるものの尊厳をも捉えようとしていく。二つの方向を向いているベンヤミンは、〈決断〉か〈不決断〉かという二者択一に性急に向かわずに、何が肯定され否定されるべきであり、何が救われるべきであるのかを考えている。「決断主義」的な「決意」の賛美ではない形で、やはり「決意」に倫理性が見いだされる。その倫理性の要求ではなく、決意に至らなかった者の希望を見いだそうと思考を展開していく。本章では、こうした複雑なベンヤミンの思考を選り分けながら、その射程を明らかにしていきたい。

第一節ではベンヤミンの「神学的‐政治的断章」にみられるメシアの捉え方について議論を整理し、メシアをいわば人間のうちに内在化するコーエンとの対比によって、ベンヤミンがメシアの超越性を思考の前提としていたことを確認する。第二節では、「神学的‐政治的断章」における幸福追求のうちに没落する人間へのニヒリスティックな見方を、ゲーテの『親和力』の人物へのベンヤミンの論評に照らして検討する。第三節では、前章でみた「決意」のモメントが「親和力論」においてどう捉えられているのかを詳論する。「決意」は「高まらざる人間性」を抱えて「運命」に囚われる人間に、「解放」への指針を与えるものとしてあり、この意味ではベンヤミンの思考はニヒリズムに閉ざされているわけではない。だが「決意」自体は「救済」を作り出すのではなく、「神」による「決定」の「超越性」とは区別されている。第四節では、さらに「決意」の意義を検討するべく、ハイデガーにおける「決意」との比較を行う。ともに曖昧な自由を批判した決意を重視するのだが、「責任」と「運命」への姿勢において差異が生じる。第五節では、ベンヤミンにおける「超越」と「内在」の峻別を再度確認し、「決意」が「神」とどう関係するのかを検討する。

メシアニズムの内在化

ベンヤミンがメシアニズムをテーマとして思索を始めたのは、第一次大戦中のロマン派研究の中においてである。(7) ベンヤミンのメシアニズムは、古代ユダヤ教における民族の救世主待望、あるいはキリスト(＝メシア)の到来にまつわる狭義のメシアニズムから離れた、独自の思考として捉えられるものである。もちろん、例えばマルクス主義の終末論的特色についてしばしば指摘される通り、宗教的メシアニズムは形を変えてロマン派も含めた近代の思考に流れ込んでいる。そして、ショーレムがいうように、(8) ベンヤミンの思考の中にユダヤ教的なメシアニズムと通ずるものがあるのは間違いない。だが、例えばユダヤ教内部でも、メシアニズムには「政治的メシアニズム」と「終末論的メシアニズム」の差異が存在している。「歴史の地平に待望されている」水平的なメシアと、『ダニエル書』などの「黙示録的」文書で語られる「天からやってくる超自然的メシア」とでは、人々の期待する意味が大きく異なっている。(9) そして、これらのユダヤ的メシアニズムはメシアがすでに到来しているという前提にたつキリスト教的思考とは大きく異なっている。「メシアニズム」、あるいは「終末論」や「ユダヤ的思考」とひとくくりに捉えると、こうした差異も見失われ、またベンヤミンの思考の道筋も見失われる。以下では、そのつどテクストの中でベンヤミンが「メシア」や「終末」について、どのような機能を担わせているかに注意を払うようにしたい。

本節では、まず「終末論 Eschatologie」とメシアについての一般的な議論を参照しつつ、ベンヤミンの思考の特色を明らかにする。その際、ヘルマン・コーエンの「メシアニズム」への言及と彼の歴史把握と対照させて、ベンヤミンがメシアと歴史そして人間に関して、どのように思考していたのか見ていきたい。

「終末論 Eschatologie」は、基本的に一神教的な創造神の働きを前提にした歴史の見方である。世界は自然に「生まれた」のではなく、神によってはじめに「作られた」。その後、神がつくった自然の法則に従って歴史は展開する。古代ユダヤ教徒は、自然な歴史の運行の中では不遇をかこっており、そこに、いつか神が救いのためにメシアをつかわすだろうというメシアニズムと、神がいつかその力を発揮して、今ある世界をその終末において再創造するという「終末」への期待が生まれた。「終末論」というとしばしば世界最終戦争のようなものがイメージされるが、神にしたがった者が救われた状態で再び生を受けるという再創造のモメントが重要である。ユダヤ教内部でも宇宙論的側面を重視するか、歴史的側面を重視するかで差異があり、またキリスト教においては、イエス・キリストをどう位置づけるかによって議論が錯綜していく。[10] いずれにせよ、終末論的見方を一般化するなら次のように定式化される。

歴史としての世界は、自然の永遠の現在にその重心をもつのではない。最初の創造から最後の救済へと方向づけられる。個々の出来事は、創造から救済までの道に奉仕する。出来事は、みずからのうちにではなく、創造の秩序のうちに見通され、そして救済の秩序において示される。終末は二重の意味で、いつか＝かつて［Einst］である。[11]

「メシア」は、よく知られるように原義は「聖油を注がれたもの」であり、軍事指導者としての王を意味した。ユダヤ民族に栄光をもたらす偉大な王の待望から、しだいに観念化して、神のもたらす「終末」を告げるメシアの意になっていく。キリスト教における「終末論」はメシア（キリスト）としてのイエスの到来が、「神の国」の実現を告げるものだと信じたパウロからはじまっている。[12] キリストが到来しているという意味において、すでに世界には「終末」が訪れていることになり、キリストを信じるならば潜在的に「救済」されていることになる。アガンベンが『パウロ講義』で論じているのはそのことであり、ベンヤミンについてもそうした見方で解釈している。[13]

「終末論」的な見方をするなら「終わり」の後の世界がどうなるのかについて疑問が生じる。[14] 古代ユダヤ教においては、民族の繁栄がもたらされ、これが完成された状態として永遠に続くというイメージで終末は捉えられていた。冷戦終結前後にフランシス・フクヤマ（一九五二〜）が唱えたような「歴史の終わり」[15]——自由と民主主義の理念が冷戦の終結とともに達成されて、もう理念的に新しいものは現れないと唱えた——も、世俗化された形だが、終末論の一形態を示しているといえる。ヘルマン・コーエンは、こうした「終わり」と完成の到来を語る終末論に反対している。

コーエンは、歴史の「終わり」という観念に背を向け、メシア的なものが告げる「無限の課題」を歴史に導入する。コーエンにとっては、メシアは時間を終わりと完成に導き、無時間的な永遠の至福をもたらすものではなく完成へと向かう前進の永遠性を告げるものである。コーエンは「未来」の理想へと向かうこの前進を果たす意志の力を重視している。「欲望 Begehren」は現前する「時間的なもの das Zeitliche」を目指して動くのに対し、「意志」は永遠の前進において「未来 Zukunft」へと向かう。[16] コーエンは、未来志向と自由への意志を、歴史の「目的 Telos」としておかれた「理想」によって牽引させ、無限の課題とする。コーエンは、メシアを垂直的な超越性の次元から到来して歴史を完成させる者ではなく、人間自身の意志にそのモメントが内在していると解釈している。そして、継続する時間に終わりを設定しない彼は、「進歩」への永遠の努力に世俗化されたメシアニズムの姿を見いだしていく。

メシアの超越性

ベンヤミンも人間の歴史の端緒としてコーエンが語った未来へのモメントを重視していたのは、前章のギリシア悲劇論でみた通りである。だが、ベンヤミンは、コーエンが重視する「自由」のモメントが歴史の過程全体を規定するものだとは考えておらず、「自由」を歴史の「テロス＝目的」と関係づけることもない。メシアは人間が抱く「テロス＝目的」と関係するのではなく、メシアと神の国の到来は単なる「終わり」となるという。メシアその人がはじめて、あらゆる歴史的な出来事を完成する。しかも、メシアが出来事のメシア的なものへの結びつきを初めて救済し、完成させ、そして作り出すという意味においてである。それゆえ、歴史的なものは自分自身からメシア的なものへと結びつこうと望むことはできない。それゆえ、神の国は歴史的な可能態 Dynamis の目的 Telos ではない。それは目標として打ち立てられうるものではないのだ。神の国は終わり Ende である。それゆえ、世俗的なものの秩序を、神の国の思想の上に打ち立てることはできない。[17]

ここで「終わり」をもたらすメシアは、創造後の自然、あるいは「歴史的なもの」と関わるのではなく、いわば創造する「神」の側におかれている。コーエンが試みたようなメシアニズムの内在化をベンヤミンはここで否定している。歴史の内部からメシアが展開してくるのではないのであり、それゆえ人間が自らメシアとなり得るのではない。

ベンヤミンがここで念頭においているのは、コーエンではなく、カトリシズムのメシア理解である。キリスト教では、キリストの到来後、メシアとしてのイエス（＝イエス・キリスト）がもたらした「神の国」の秩序を教会が代理するようになった。[18] ベンヤミンは、神的なもののそのような代理を否定する意味で、「カトリシズムの問題は、（誤った、現世的な）神権政治の問題である」[19] と一九二〇年頃に書かれた覚え書きに記している。ベンヤミンは「神権政治の政治的意義に関して力をこめて否定したことは、ブロッホの『ユートピアの精神』の功績である」[20] というように、神の名のもとに地上の支配を行う「神権政治」を否定している。ベンヤミンが人間の意志と歴史のテロスの合致を想定せず、メシアの超越性と現世的なものの内在性を峻別し、神的なメシアを人間が代理することを斥けていることがわかる。コーエンとの差異に議論を限定しておくと、コーエンは人間の意志と歴史のテロスの合致を想定し、メシア的なものをテロスへの牽引として把握していたのに対してベンヤミンは、意志と歴史のテロスを合致させない。人間における自由、あるいは自由への意志というモメントは彼の歴史把握の中心にはない。

進歩の永遠性を説くコーエンに対してきわめて敵対的なヤーコプ・タウベス（一九二三〜一九八七）は、ベンヤミンが一切の内在的努力の無効を考えていたことに卓見があると指摘している。彼は、「絶えず賢明に励む者」（『ファウスト』）をよしとする「ゲーテ崇拝」的な思考を拒否している。絶えざる内在的努力、あるいは無限への努力を説くのは、観念論的アウラにまとわれた大学教授くらいであるとタウベスは皮肉りメシアの外部性を強調する。

> ベンヤミンは、カール・バルト的な頑迷さを持っている。これにかかれば、内在的なものなど何の意味もない。内在的なものから出発しても、どうにもなりはしない。跳ね橋は向こうからかけられる。そして向こう側へ招かれるかどうかは、カフカが描いているように、当人の自由にはならない[21]。

タウベスはここで内在か超越かという二者択一的思考のもとで超越を強調し、内在的努力の無効を主張している。彼がいうように、ベンヤミンは歴史を人間が内在的な努力によって自分たちを自己救済する過程とは捉えていない。

ベンヤミンは、「神学的‐政治的断章」において、人間は、「英雄」的な打破と前進へ向かうよりも、「はかなさ」のうちにあって、幸福を追い求めながら没落へと傾いていくということを書いている。この「高まることない人間性」を前提とした場合、政治への見方はニヒリスティックなものとならざるを得ない。「現世的なものの秩序」が目指す方向と「メシア的」な方向は食い違っている。

現世的なものの秩序は幸福という理念に向けられねばならない。〔……〕現世的なものの可能態が示す目標の方向を一つの矢印が指している。別の矢印はメシア的な力の緊張の方向を指している。そのようなときに、自由な人類の幸福追求は、メシア的なあの方向からたしかに遠ざかっていく[22]。

ここでベンヤミンは、「メシア」的なものから遠ざかっていく現世的な堕落した秩序は没落するという虚無的な見方を提示しているようにもみえる。だが、彼は同じ断章で「自らの道を通る一つの力が、反対方向の道の途上にある別の力を促進しうるのと同じように、現世的なものの現世的秩序もまた、メシアの国の到来を促進しうるのである」というように、「現世的なもの」と「メシアの国」の接点を示唆してもいる。「現世的なものはメシアの国のカテゴリーではないが、しかしその最もかすかな接近の一つのカテゴリーではある。いや、最も適切なカテゴリーなのである[23]」。

「暴力批判論」では、ベンヤミンは、人間の「決意」のモメントと「神的」なもののある種の呼応の可能性を考えていた。この「神学的‐政治的断章」においても、世俗的なものがメシア的なものに対して関係を持つということ自体をベンヤミンは決して否定していない。メシアの外部性・超越性をベンヤミンの議論の主眼とすることによってタウベスが描き出す構図は、ベンヤミンが内在と超越との間に明確な区別をたてていることに関しては正鵠を射ている。だが、両者の間に呼応あるいは緊張関係を見ていることを捨象している。

ベンヤミンが超越と内在の間にみてとる関係は一筋縄に解けるものではない。一歩一歩思考の道筋を辿り直すことで初めて理解できるだろう。以下では、まず、なぜベンヤミンがコーエンらのように、人間の内在的領域にメシア的なものを見いださないのかを、ベンヤミンの人間学的知見を参照して検討しよう。その際に、ベンヤミンが「自由な人類の幸福追求は、メシア的なあの方向からたしかに遠ざかっていく」と、「幸福追求」に焦点をあてていることに注意したい。「高まることない人間性」と幸福追求のパラドクスをめぐる思考が、内在的メシアニズムをベンヤミンに拒んでいる。

第二節　高まることない人間性と〈幸福のパラドクス〉

「高まることない人間性」の「幸福」

「現世的なものの秩序」が「幸福」を目指すということは当前のことのようでもあるが、歴史的には必ずしも自明ではない。現在も喧伝される感覚的な心地よさと快楽の増大としての幸福追求が歴史の表舞台に現れるのは、産業の発展と功利主義的思考の登場以降のことである。「幸福のうちに没落を追求する」というベンヤミンの謎めいた一節を理解するための補助線として、まず「幸福」について思想史的な概観をしておこう。

幸福とは何かということもそもそも自明ではなく、この問いは古来より繰り返されている[24]。アリストテレスは『ニコマコス倫理学』において幸福をめぐる諸説を概観している。ある者は幸福を徳あるいは知恵によって根拠づけ、ある者は快楽に根拠づけ、また幸せの巡り（＝運）に見出す。アリストテレス自身は、運や所与のものに幸福が宿るのではなく、習慣と行動つまり徳によって獲得されるものだと論じている。こうした哲人的な幸福把握は、感覚快や運のように変化するかりそめのものにではなく、徳や知がもたらす平静な状態に幸福があると考える。こうした考えがエピクロス派、ストア派からスピノザにいたるまで哲人たちの幸福論をつくりあげる。またこれとは別に、中世を通じて宗教的な幸福の観念も並行して存在していた。快楽を基準とした幸福ではなく、神の恵みとしての幸福、神とともにあることの幸福、あるいは流出論的思考においては神という根源への帰還に幸福が見出された。

歴史的に「幸福追求権」が当たり前のものとなったのは、十八世紀後半以降のことである。近世においては政治機構に要求されたのは、生命と財産の保証であった。「十七世紀のロックが財産の保護は公益を確保することと等しいと主張したならば、十八世紀後半のジェファソンは『アメリカ合衆国独立宣言』（一七七六）において、それを譲渡不可能な権利としての幸福の追求と置き換えた」。ここでは「進歩と幸福の追求のための諸条件を保証すること」が政治の目的となっている。[25]古代の哲人たちが、徳による欲望の制御と魂の平安に幸福を見出したのに対して、ここでは、快楽あるいは現世的な欲望の成就に幸福が見出されることになる。世俗的な成功と積み上げられた富、そしてその拡大が資本主義とともに幸福追求の本流となる。「進歩」の理念は、総体的な幸福量の増進をうたう思考と相まって輝かしさを帯びる。かつて楽園は神の創造＝起源にあり、歴史過程はそこからの凋落として考えられていた。だが、進歩の理念とともに、楽園は未来に達成される目的として想像される。科学の進歩と啓蒙の進展によって不合理は退けられて、不快を退け、快を増大させる技術は経済発展と相まって、未来に向かえば向かうほど、幸福が保証されるという観念が成立したのである。

幸福の進歩思想は、十九世紀後半には爛熟し、自分たちが幸福を作り出したという満足感を謳歌した。これをニーチェは「末人 der letzte Mensch」の満足として退けた。[26]ベンヤミンも、父親世代の俗物的思考を——その恩恵には与りつつも——反発していたことは第一部第一章でみた通りである。だが、ここでニーチェが「末人」に「超人 Übermensch」を対置し、来るべき人間性をもって現状批判に向かうのに対して、ベンヤミンは、「高まることない人間性」を前提に思考をすすめていく。

ベンヤミンは『宗教としての資本主義』という生前未発表の小考察において、平日も祭日も区別のない形で価値を礼拝して高めるという独特の宗教として資本主義を規定している。これは特定の教義と礼拝形式を欠くという意味で、質や形式に無関心に幸福量の増大をはかる功利主義と対応している、とベンヤミンはいう。[27]そして、「高められた人間性[28]」としてのニーチェの「超人」も資本主義的な上昇と無縁ではないと指摘する。「超人」への憧憬を、「反転（回心）Umkehr」のような形での方向転換的「跳躍」をともなわずに高みを目指す動きとして捉え、資本の動きと類比的に見ているのだろう。ニーチェと資本主義の親和性についてはしばしば指摘されることであり安易な感もある[29]。だが、「超人」に関してのベンヤミンの見方は彼の「政治」の定義と合わせて考えると興味深いものとなる。

一九二〇年前後のベンヤミンの思考において、「超人」のような「高められた人間性」が（少なくとも「政治」において）目標とされることはない。彼は上昇の論理をもちこまずに「高まることない人間性の成就[30]」〔傍点強調は引用者〕を政治の定義としている。これは、「神学的‐政治的断章」において、「世俗政治 Weltpolitik」の「課題」が「はかなさの追求」に見いだされ、「その方法はニヒリズム」とされていたことに対応するだろう。卑俗な幸福追求の虚しさを克服した哲人的徳の境地や、幸福を作り出した満足感に甘んじずに、さらなる憧憬の矢を放つ超人的な上昇の動きは、「少なくとも」「政治」的目標となることはない[31]。ベンヤミンは「自由な人類」が「幸福追求」のうちに無際限に高まることはなく、むしろその中で「没落」していると見ている。地上の富を積んでも真の至福は得られないという哲人的批判ももちろんだが、確立した幸福追求制度に人間がむしろ縛られていることも見ていたように思われる。加速する経済発展と社会変化の中では、しばしば現実が夢よりも速く変動する。人間の夢、願望を先取りして幸福が人間を束縛する。進歩が達成する幸福のユートピアにおいては、人間による幸福のコントロールと完成が夢見られるが、それは人間が幸福の観念によってコントロールされるディストピアと紙一重である。このような意味での（『啓蒙の弁証法』的な）進歩の批判をベンヤミンが主題とするのは、もう少し後年になってからのことである。ここで確認しておきたいのは、幸福の追求の中で人間はその人間性を高めることはなく、はかなくも没落していくというベンヤミンの見方である。同時期に、ロマン主義におけるメシアニズムにベンヤミンは関心を寄せていたが、そこでも、「無限において実現されつつあるような完全なる人間、という理想についての考えが斥けられ」ていることが重要であった[32]。

地上的で制約された意志

コーエンは人間の自由とメシア的なものを関係付けていた。それに対して、ベンヤミンは人間の自由な幸福追求が、メシア的なものから遠ざかるという見方をしめしていた。これは何を意味するだろうか？　一つには、人間の意志が、地上的な制約を超越したものではないということがある。これに関しては、一九二九年、スイスのダヴォスで行われた、マルティン・ハイデガーと新カント派のエルンスト・カッシーラー（一八七四～一九四五）の公開討論が参考になる。カッシーラーによって語られる「自由」とハイデガーの「自由」とは非常に対照的である。ハイデガーは「哲学は不安から自由にさせるという使命をどれほど持っているというのだろうか？　むしろ、人間をまさにラディカルに不安に引き渡すという使命を持っていないだろうか？」とカッシーラーに問う[33]。

その二年前に刊行されていた『存在と時間』において、ハイデガーは、「自由」が、自らの実存を引き受け自らが投げ置かれている状況において、自らに固有の可能性を選び取る「決意性 Entschlossenheit」においてのみあるのだと論じていた。そこにおいてのみ、現存在に固有に与えられた可能性が開き示されるのである。例えば、ひとは様々な選択肢を取ることが可能な状況を「自由である」と考えるかもしれないが、ハイデガーにとってみれば、そのような自由はいわば可能性を平均化して考えられたものでしかなく「非本来的〔自分固有のものでない〕」である。「自由は、ただ一つの実存的可能性においてのみ在る。すなわち、他の実存的可能性が選ばれたのでなく、選ばれ得ることもないということを担うことにおいてのみ在る」[34]。「自由」は漠然と解放を希求するようなところにあるものではなく、自らの投げ込まれている不安において、有限な可能性を意志して選びとることにおいてあるとハイデガーは考えるのである。「ラディカルに不安に引き渡す」ことなしに自由はない。カッシーラーはハイデガーに次のように答える。

これはラディカルな問いであって、それに対してはただある種の信仰告白をもってだけ答えられる。哲学は人間をただ彼が自由になり得る限り、自由ならしめねばならない。私が信じるのは、哲学はこうすることによって、単なる気分としての不安から、たしかにある意味において、人間を根底から解放する。……私は、自由の意味と目標は、次の意味での解放にあるとしたい。〈汝から現世的なものの不安を投げ捨てよ！〉これは、理想主義の立場であり、それを私はいつも認めてきた。[35]

ハイデガーにおいてはカッシーラーがかかげるカント的な「叡智的自由」はすでに死んでいた。人間の有限な実存における「自由」がラディカルに示されねばならないし、そこからしか思索できないとハイデガーは考えていた。

一九二〇年前後のベンヤミンはこの問題において、ハイデガー的な方向で自由を考察していた。ベンヤミンはカントを研究する中で、主観を自由意志の主体とし、それと肉体とを分割するカント的人間理解にあきたらず、主観の中にある志向の多様性（「エロス」「意志」「欲望」「情熱」「心の傾き」をはじめ、多数）に関して、それぞれ独自の働きが人間の中でいかなる相互作用をもたらしているか、非常に細かい検討を行っている。この検討は、「精神物理的問題についての図式」と題された覚え書き的論考をはじめ多岐にわたってなされている。ベンヤミンは精神を肉体から超越させずに、肉体の内部において捉える。自然＝身体に囚われる中での憧憬やエロスについて考察するのである。[36]

人間の意志は、その都度目的をもつが、必ずしも普遍的な道徳法則や未来の理想を目指すものではない。自分の固有性を考え抜いた上での覚悟に向かうこともあるとはいえ、現世的な幸福追求が往々にして勝っていく。倫理的な意志の強さ、あるいは精神的な強度を高める者も存在するが、皆が高まるわけではない。歴史過程に存在するのは、純粋意志ではなく、地上的に制約された意志である。「自由な人類」の意志は様々な動機に駆られて、様々な方向に向けられてそれを選択していく。「神学的‐政治的断章」で述べられた「幸福」の理念を中心に浮かんでくる様々な動機に向かう自由と選択を人間たちは獲得している。「自由な人類」は、幸福を動機としてそのつど選択を行うが、この幸福の内実は様々であり、またうつろいやすいものである。幸福を求めてうつろっていくのが歴史過程の中での人間であり、この人間の現世的秩序も幸福の理念に向けられている。ベンヤミンはこの「自由な人類の幸福追求は、メシア的なあの方向からたしかに遠ざかっていく」というのである。

幸福の選択

ベンヤミンが「高まることない人間性」による「幸福追求」がどのようなものになると考えているかを具体的に把握するには、彼が一九一九年〜二二年にかけて取り組んだ長大な批評、「ゲーテの『親和力』」において登場人物たちにいかなる注釈を加えたかを検討することで理解できる。[37]『親和力 Wahlverwandtschaften』(一八〇九)の人物たちが没落していくのは、幸福を願う自らの曖昧な自然に囚われることによるとベンヤミンは見ている。彼らがくずおれていくのは、「英雄」のような「一義的な明白さ」や「自然的無垢」を輝かせる「性格」をもたずに、曖昧な意志をしか持ち得ない人間の本性的傾向によるのである。ベンヤミンは、「英雄」とは違って、「自然的な段階」にある人間たちには「決断」が不可能だということをここで示している。一義性が示されるギリシア悲劇的人物とは違って、近代小説の人物たちは、曖昧な心理に囚われざるを得ない。彼らは、そこで〈幸福のパラドクス〉とでもいうべき事態に陥る。ベンヤミンは、「高まることない人間性」のために幸福追求はパラドクスに陥り、愛は挫折を余儀なくされると捉えており、ゲーテがこのことを周到に描き出していると論じている。そして、この人物たちの問題を自分たち自身の問題として受けとめている。以下でまずベンヤミンが見いだす『親和力』における幸福追求のパラドクスを検討しよう。

『親和力』は、幸福追求権が憲法に書き込まれ出した時代、ナポレオン戦争期のドイツを舞台にしている。主人公で、田舎貴族のエードゥアルトは望まざる結婚が終わった後に偶然昔惹かれていた年上のシャルロッテと再会し結婚している。彼らは「以前あんなにも憧れて後にようやく叶えられた幸福を妨げられずに享受したい[38]」と思って周囲の喧噪から離れて領地で穏やかな生活を送っている。屋敷に引きこもっている主人公エードゥアルトたちは一種の「敷居的時代」にいる人間として理解できる。物語冒頭でエードゥアルトが手入れをしている庭は移行期のイギリス式庭園である。「啓蒙的封建主義と貴族に列された教養エリートの連合は、種苗栽培園と楽しみのための園亭、そのどちらも欲する。実りをもたらす無為を欲するのである[39]」。エードゥアルトの態度も、権力を強くふるって有無を言わせない貴族的なものと、合理的計算によって最大限の功利をうまく引き出すブルジョワ的なものの間にある。彼の振る舞いは、啓蒙専制君主よりはマイルドであり、利益の計算に徹する市民的合理性よりは遊びをもっている。領内の秩序と清潔さが不十分なことへの不満を漏らすエードゥアルトは、領域内を専制的な力によって統御することはないが、「こっちが思うままに命令できるのじゃなければ、住民や農民たちとかかわり合いになりたくない」というほどの支配意識はある。屋敷に呼び寄せた「大尉」が「多くの者は目的と手段を取り違えて目的を見据えることなしに手段で喜んでいる」ことに注意を払って振る舞うのに対し、エードゥアルトは彼ほど理性的ではない[40]。

妻シャルロッテが寄宿学校から引き取った姪のオティーリエはエードゥアルトの情熱を刺激し、彼は彼女に恋をする。他方、シャルロッテと大尉も惹かれ合い出し、四人の関係は物質の間にはたらく「親和力」に導かれるかのごとくそれまでとは別の結合に向かいだす。エードゥアルトはこのなかで、安定した幸福を享受したいという欲求と、高まった情熱を成就させたいという二つの方向に対して素直であるが、二つの方向は突き詰められることなく曖昧に混じり合う。『親和力』はエードゥアルトが領地の庭園づくりを楽しむ場面から語りだされる。彼はそこで楽園を作り出す「第二の創造者」のように振る舞い、「現在の幸福を予定調和的な秩序として上演しようとする、現在の引き延ばしの試み[41]」を行っている。何かを切り開くほどの冒険精神や勤勉さをもたずに、すでにある財産を前提とした、その延長上に約束される幸福を永続させようとするのみである。ここでなされる「自由な人類の幸福追求」は、所有された余裕と優雅さを永続させて眺めることに向けられている。

エードゥアルトたちは、そのときそのときの気分に従って、あれやこれやの「選択」を行う。彼らは、田舎貴族として、生活にも余裕があり迷信から解放された「自由」を享受している。ベンヤミンは「キメラ的に自由を求めることが、エードゥアルトたちに運命を呼び起こす[42]」という。「自由」への曖昧な志向が自由の条件を見落とさせ、楽観的に自分が意志の創造者であるような錯覚にエードゥアルトたちを導き、そしてその中で「運命」に囚われてしまうことが指摘されている。「自由」の錯覚については、同時期に書かれた断片で主体の意志、「個人の自由」は肉体から自由な純粋意志ではあり得ないと論じられている。ベンヤミンは、内から起こってくる感情や衝動としての「内発性 Spontaneität」を自我にみとめているが、これはいわゆる自由意志とは異なるとして区別している。

自我の内発性は、個人の自由というものからは完全に区別されるべきである。意志の自由に関する問いは、しばしば誤って内発性と結びつけられ、思惟行為の自由に関する問いが生じ、あるいは単なる肉体的行動の自由に関する問いが生じることとなる。そのような自由は存在しない[43]。

人間の意志は、身体や外的条件に制約されたものであらざるを得ず、それはそのつどそのつど様々な動因に規定される。第一章、第二章でみたようにベンヤミンは、「決断が対象を作り出す」ような主意主義的思考を斥け、意志と肉体との分離の不可能性を強調して、意志に創造的な力を与えない。意志は無から生じるのではなく、意志の外部にあるモティーフに規定されてある。ここで生じた「選択意志」を自由な内発性と考えることから、

「意志」の創造性への錯覚が生じる。意志は、様々な「動機」に触発されて様々な方向に向かい、また多重的なものとなる。「多様なものとなった意志の動機は、相互に規定し合」い「地上的で制約された意志が生ずる」のだが、仮に意志を遊ばせて「無制約のままに」させておくと、それは名誉や快楽を求め「悪の深みに陥る。功名心や肉欲は無制約な意志の方向性である」[44]〔傍点強調は引用者〕。純粋でない「地上的で制約された意志」は、複合的であり、多様な方向に揺れる。

情熱と安らぎ

　ロマーンの人物たちにおいて強く働く「安らぎへの憧憬 Sehnsucht nach Ruhe」は、穏便に幸福を成就しようとする[45]。だが「安らぎ」を求める傾向は、理性的な計算によって貫徹されて、最大限効率的に追求されるわけではなく、例えば「情熱（苦悩）Leidenschaft」によって乱される。「情熱」は、例えばカントがその『人間学』でいうように、他の感性的欲望との比較考慮を妨げるような欲望としてある。猛烈な惚れ込みや極度の名誉欲として現れる「情熱」は、一切の他の関心を放り出して燃え上がる「疾病」である[46]。やむにやまれぬこの感情は、ある種の苦痛をもって、欲望の貫徹を目指す。エードゥアルトのオティーリエへの惚れ込みや、これが阻まれたときの突発的な行動（戦争に身を投じる）は実際きわめて情熱的である。

　エードゥアルトの「情熱」は、若いオティーリエという対象の美しさと性的魅力に惹き付けられている。それと同時に、エードゥアルトが不安定な道でオティーリエにはじめて触れる前、そこに「天上のもの」を感じてもいる[47]。性的なものへ惹かれる情熱が立ち勝っているが、エードゥアルトの情熱は性欲に還元されるものでもない。オティーリエが書き写した文字がまさにエードゥアルトの字さながらであることを知ったときの喜びは、情熱の高まりにとどまらない「彼の世界を一変させる[48]」ほどのものである。彼の地上的愛を燃え上がらせる情熱は、対象の理想化とともにここで「至福」が夢見られている。

ニクラス・ルーマンは近世からの恋愛をめぐる意味論の変遷を追うなかで「情熱としての愛」が「度をこすこと」を、規則とするものだと論じている。情熱は、対象にどうしようもないほどに惹き付けられ、それを理想化してあがめる形で対象へと言い寄っていく。ここで対象は度を超して理想化されると同時に、対象への愛も過度に高められる。そして、ここでの「愛」は、「家族」や「歓談的社交性」といった社会的枠組みを踏み越えることを、その真性さの基準としていた。[49] だが、現世での破滅を導くこうした「愛」のモデルは、現実には適用しがたい。

エードゥアルトの不幸は、この安逸や社会的慣習などとの比較考量を忘れて邁進する「情熱」という感情が、しかしどこかで熱が冷めて弱まり、「至福」を一心不乱に目指すことなく、消えていくことからはじまる。ベンヤミンは、繰り返し、エードゥアルトの情熱が市民的な倫理に遠慮していたことを指摘している。例えば、彼の「情熱」は婚姻関係の慣習に対して無遠慮であるようでいながら、どこかで申し開きをしなければいけないという義務をも感じており、それゆえにオティーリエの家族について話すこと聞くことをさける。エードゥアルトの情熱は、「自分たちの放射する光によって、あらゆる束縛からお互いを解き放つ[50]」ほどのものではなく、慣習に対して、びくついたところがある。エードゥアルトの「情熱」が夢みる幸福は、甘美な快楽として浮かび、彼はこれに向かっていくが、甘美な対象が束の間でも消えると同時に彼の情熱もまたしぼんでしまう。「情熱は美がほんの束の間失われるだけでも、絶望させられてしまう[51]」。「情熱」は、一方で対象を理想化するが、その対象の理想的性質は自然の中では永遠化させられ得ないものであり、その対象から理想が過ぎ去ってしまえば、情熱も消えてしまう。

情熱は消え、持続的に働いていた安逸への傾きが再び目立って来る。この「安らぎへの衝動」は、現にある幸福を「楽園状態」のうちに保存しようとする。ここにあるのは、現状を理想的楽園として整えようとする「幸福」への意志である。

幸福を意志するエードゥアルトの庭作りは、彼が創造者たらんとしても、その摸倣者でしかあり得ないがゆえに幸福の楽園を作り損ねる。彼のイギリス式庭園では天上の楽園であれば存在する必要のない調停者「ミットラー」が「大活躍」している。[52] 外部の混沌を借景として取り入れるイギリス式の庭園には「内部に呼び込まれた混沌[53]」が「神話的自然」として悲運を導き入れる。

第三節　人間の決意

〈決断〉か〈不決断〉か

「来るべき哲学のプログラム」（一九一七）において、ベンヤミンは「不変のものの認識の確実性」を問うのみで、「はかないものとしてあった経験の尊厳」を視野にいれていなかったカントを批判している。[54] 彼はカントおよび新カント派において、「はかなさ」の経験が扱われないことに不満を見せているのである。新カント派の代表格であるコーエンは『純粋感情の美学』で『親和力』について言及しており、次章で詳しくみるように、ベンヤミンは彼の議論に触発されている。ベンヤミンはしかし、オティーリエを「聖女[55]」として捉えるコーエンの見方に逆らっている。コーエン的な見方に従うと、「はかなさ」は「無限の課題」が目指す「永遠性」に寄与する形でしか拾い上げられず「薄弱」になって消えていく。[56] コーエンはオティーリエを「聖女」とすることで作品を理念的なものとしようとする。それに対してベンヤミンは、「没落」のうちに「はかないものとしてあった経験の尊厳」を救い出そうとする。ロマーンの人物たちの現世的な幸福追求は、至福にいたらずはかなくも没落する。ベンヤミンは、この没落に関して、「神学的‐政治的断章」で「自らの道を通る一つの力が、反対方向の道の途上にある別の力を促進しうるのと同じように、現世的なものの現世的秩序もまた、メシアの国の到来を促進しうるのである」というように、はかなく消えていく幸福追求と、至福との接点を考えている。

この意味では、ベンヤミンの「親和力論」は、至福への決意にいたらず、挫折した愛の「救済」を焦点にしている。決断できない者が思考の中心ということになる。〈決断〉か〈不決断〉かという二者択一で考えるなら、ベンヤミンは〈不決断〉の思想家という判定に傾く。これはデリダが指摘したような、決断主義の危うさからベンヤミンを引き離し、擁護しようという論者に多くみられる判断である。例えば、サミュエル・ウェーバーは、『ドイツ悲劇の根源』において、ベンヤミンが「例外状態」における「決断 Entscheidung」あるいは「決定 Dezision」を重視するシュミットの主権理論を援用しながらも、しかし、バロック期の「主権者」の「決定能力」のなさを言うことで、シュミットへの批判的距離をとっていると論じている[57]。この議論は、首肯し得るものである。だがそこでは、「決断主義」の危うさからベンヤミンが引き離される中で、ベンヤミンにたしかに見いだされる〈決断〉的モティーフの検討が行なわれていない。デリダが「目立たないけれども間違いなく主要な役割を演じている概念[58]」として注意を払ったもの――「責任」と「有罪性の概念」「犠牲」「決断」「解決」「懲罰」「贖罪」――が、実際どのような形でベンヤミンの思考連関をつくりあげているのかは検討されないままになっている。親和力の人物たちの「希望」、あるいは高まることない人間性の不決断の中での希望については次章で詳しく検討することとして、以下では、ベンヤミンにおける〈決断〉的モティーフを詳しく検討したい。デリダがベンヤミンに指摘していたハイデガー的な「危険」の問題も、両者の「責任」と「有罪性」と「決意」の比較の中で検討していく。前章で見たように、〈決断〉は「運命」の打破を志向するものである。本章では、さらに生への責任、「神」への応答というモティーフと合わせて検討する。

「運命」と「自然的な罪」

『親和力』の人物たちは、至福を憧憬しながら幸福追求の中で没落するという〈幸福のパラドクス〉に陥っていた。ベンヤミンは、彼らの「不幸」に関して「親和力論」でさらに踏み入った解釈を行っている。例えば、オティーリエが誤って水死させてしまった、エードゥアルトとシャルロッテの子は「自然的な罪」によって死ぬのだと論じている。

人間がこうした罪へ行き着くのは、決意 Entschluß や行為によってではなく、逡巡と無為によってである。もし人間が人間的なものを顧慮することなく、自然的威力のうちに転落してしまうならば、自然的な生は、より高い生を引きずりおろす。人間のうちにある自然的な生は、それがより高い生と結びついていない限り、無垢さを保持しえない。人間のうちにある自然を超えた生の消滅とともに、行為において倫理を犯すことはなくとも、自然的な生は罪となる。というのも、今や自然的な生は、単なる生に包まれる中にあり、このことが人間において罪として示される。罪が人間のうえに呼び起こす不幸から、人間は逃れられない。[59]

ここでは多くのことが言われている。まず、人間のうちにある、「自然的な生」と「より高い生」あるいは「自然を超えた生」が区別されている。これまで確認してきた「高まることない人間性」、あるいは「超越」から切り離された「現世的なもの」の区別をベンヤミンはここで踏み越えているように見える。「決意」は「超越」に移行するものと考えているのだろうか？「自然的な罪」を検討することで、ベンヤミンの「決意」の意味を明らかにしていこう。ベンヤミンがいう「自然的な罪」は、たとえばキリスト教的「原罪」とは異なった捉え方をされている。行為への責任としてある罪でもない。ベンヤミンが「罪」について考えるところをほぼ同時期に書かれた断片的メモをもとに確認し、「自然的な罪」の意味を明らかにしよう。

ベンヤミンは、行為に対する責任としてあるユダヤ的な「罪 Schuld」と、キリスト教的な「原罪 Erbsünde」あるいは「罪 Sünde」を区別している。[60] ユダヤ教における「罪」概念は、本性の悪などに関わるのではなく、神との契約の不履行あるいは律法から外れることを指すものだったといわれる。[61] ベンヤミンもこうした見方をもっており、ユダヤ的思考においては「生にではなく行為する人間だけが罪ある者となりうる」[62]のであり、本性的な罪ではなく、行為と倫理に関わる罪＝責任が問題になると考えている。ここでの「『罪』という語の原義は、『的はずれ』ということである。『罪』は、関係のあり方を示す語である」のであり、行為や関係と無縁に本性の善悪を云々するものではない[63]。いかに行為したか、それが神あるいはその掟との関係において、適切か否かが問われるのであって、人間の性質が罪深いか否かということが問われてはいない。

キリスト教あるいはパウロにおいては、これが「本性」の罪に転換していく。掟に外れずに行為するには人間は弱いという認識をパウロは強調する。「義人はいない、一人もいない。悟る者もいない。神を求める者もいない。みな道を迷って、みな腐り果てた。善を行う者はいない。一人もいない」[64]。人間は神への信仰、神への愛を貫き通すには弱く、罪深い。パウロは、しかしイエス・キリストがその罪を代わりに贖ってくれたことを論じる。神と律法に対して適切に行為しつづけることは、弱い人間にはできない。だが、神の「愛」は律法よりも広く深いとキリストは示した。「ところが今、律法なしに神の正義が現れた。……イエス・キリストへの信仰による神の正義は、信じるすべての人に与えられ、それには差別がない」[65]。ここではもはや律法との関係において義が問題にされることはない。キリストの贖いを信じる場合、「神の愛」と「神の子」であるキリストによる救いと同時に、人間の「原罪」が導きだされる。

ベンヤミンはユダヤ的に行為との関係において把握される罪を Schuld、キリスト教的に本性に刻印された罪を Sünde あるいは Erbsünde として区別している。ベンヤミンがいう「自然的な罪」は、これらユダヤ・キリスト教どちらの罪とも区別された「異教的」＝「多神教的」なものだと考えられる[66]。ユダヤ的罪は、神との関係において、人間が責任を果たさないことで生じた。キリスト教的罪は、イエスに対する負債として生じた。これに対して、「自然的な罪」は、人間が「人間的なもの」への顧慮を失って、「単なる生」となることで、「自然的威力」のうちに転落することで生じるものと考えられている。例えば、生後まもないエードゥアルトの子供は「行為において倫理を犯す」ことに関わってはいない。行為の罪はこの子供にはあり得ない。だが、その両親には「不倫」の選択をしたというやましさがあり、〈不義の子〉の相貌をもっている。罪の「徴」が見いだされることによって、「無垢」さは消える。ここには、前章でみたような「英雄」の自己への信頼――「自分は神々よりも良いのだ」――が見られない。英雄は、「未熟」であり明確な見通しをもたなかったが、内発的な自らの声への信頼は持っていた。「自然的な罪」はこの声を聴き取れないことによって、刻印される罪である。「徴」に幻惑されることで陥る「罪」である。ベンヤミンはそのことについて、別のところで、示唆している。

占い女たちに未来について問うものは、それを知ることなく、来るべきものについての内的な知らせ eine innere Kunde vom Kommenden を断念する。その知らせは、彼が占い女のところで聞かねばならないことのすべてよりも、千倍も的確なのに。[67]〔傍点強調は引用者〕

「内的な知らせ」は、外部にちらつく「運命」の様々な徴よりも、信頼すべきものとベンヤミンは考えている。それは、何が必然かということを告げるのではなく、何を求めるのかを告げている。「運命」を受け入れることは、占いが見通すような宇宙の必然性と結びついた大いなることとしばしば考えられるが、運命の甘受に崇高さを見ることをベンヤミンは否定する。ベンヤミンは、「運命」には、「幸福」も「至福」も欠けていることを指摘し、それがなんら宗教的なものではないものだという。

幸福は、諸々の運命の連鎖、彼自身の運命の網から、幸福な者を解き放つものである。ヘルダーリンが、至福の神々を〈運命なきもの〉と呼んだのは、謂われのないことではない。幸福と浄福は、したがってまた無垢と同様に、運命の圏域から外へと導く。それにしても、その構成的概念が不幸と罪であり、その内部にはいかなる解放という道も考えられないような秩序（というのは、運命がある限り、不幸と罪がある）――そのような秩序は、たとえ誤解された罪概念がそれを宗教的秩序だと思わせるのだとしても、宗教的では有り得ない[68]。

ベンヤミンは、「運命」が可能性を奪い尽くすものとしてあると見ている。それは「こうなるほかなかった」「こうなるほかない」という意識が浸透し、自由の存在しない領域を形成する。例えば『ドイツ悲劇の根源』において「運命とは罪の領野における生起のエンテレヒーである[69]」としている。「エンテレヒー」はアリストテレスの用いた概念で、あるものがそのうちに孕んだ可能性を展開しきって運動を終えた状態のことをさしている。ベンヤミンは、「運命」においては生起するものがそのあらゆる可能性を汲み尽くされて、ただそのようにしか生起しえない宿命的なものとしてみえてくることを指摘しているのである。あるものが孕んでいたかもしれない別の可能性は、「運命」においては「なかったもの」と考えられてしまう。そうして「運命」は例えば不幸や抑圧を不可避のものとして正当化するのだが、ベンヤミンはそこに幸福や解放があり得ないのなら、そんなものを引き受けて和解すべきではないというのである。後にベンヤミンはシュルレアリスムを論じて、ブルトンの「自由はこの地上ではただ幾多の厳しい犠牲を払ってしか得られない。しかしそれが存続する限りで、無制限に、十分に、そしてあらゆる実際的計算をぬきにして、自由は享受されることを望んでいる」という一節を引いている[70]。ベンヤミンは、「運命」的状況のうちにあるときに、いわば「敢えて自由であれ」と考えている。

「自然的な罪」は運命を宗教的なものと受け入れるところに生じる。「内的な知らせ」を聴き取れずに、自己の内発的な生の声を聴き取って行為する「決意」の責任を放棄するところに生じる「罪」である。こうした「自然的な罪」は、「自然」本性をともにする同族を巻き込んで、いわば「運命」共同体に引きずり込む。〈不義の子〉が示す「運命」的「罪」をオティーリエは自らの「罪」として引き受け、エードゥアルトへの愛を諦念し死を選択する。「内的な知らせ」は聴き取られず、様々にちりばめられた悲運の徴候に引きずり込まれていく。「自然的罪」と「運命」に陥らずに、「救済」の道筋を照らす存在をベンヤミンは『親和力』に挿入された「ノヴェレ」に見いだしている。

決意と決定の区別

『親和力』の第二部第十章において、客人であるイギリスの貴族によって語られる「隣同士の奇妙な子供たち」は、わざわざ「ノヴェレ（＝短編）」と題されることによって（これもまたわざわざ「ロマーン」と副題が付された）『親和力』本篇と区別されている。ベンヤミンは、本篇におけるエードゥアルトたちの愛の挫折、運命に囚われての没落に対する「アンチテーゼ」をなすものとして、「ノヴェレ」における「救済」のイメージを重視する。「ノヴェレ」は、本篇の「ロマーン」と同様、愛し合う恋人たちの話であるが、こちらは本篇と対照的な形で結ばれる。

> 「あなた方の祝福を！」あたりのみなは驚きのあまり言葉を失いました。「あなた方の祝福を！」二人が叫びました。「あなた方の祝福を！」叫びは三たび、周囲にこだましました。そして誰にそれを拒むことができたでしょうか！(71)

ベンヤミンは、この「修辞疑問文」に「小さなもののうちにある至福」が暗示されていると見る。ベンヤミンによれば、「ノヴェレ」は「黄昏時の冥界であるロマーンに〔……〕昼の明るく冷静な光(72)」を差し入れる「窓(73)」の役割を果たしている。牧歌的に始まりながらひたすらに没落に向かう本篇からは伺えない「救済」の光を、ノヴェレが投げかけているというのである。『親和力』は何度か映画化されている。そのうち確認した二本ではおそらく時間の関係もあって「ノヴェレ」はカットされており、どちらも悲痛な印象を際立たせる演出がなされている。(74)「ノヴェレ」における救済のイメージを没落に対するアンチテーゼとすることなしには、ベンヤミンのように「希望」を語ることができないだろう。

ベンヤミンが「ノヴェレ」における「決意」を重視するのは、それが「自由と運命の彼岸」にあるものだからである。

ノヴェレに描かれるこの人間たちがすべてを賭けるのは、誤って把握された自由のためにではないから、彼らにはいかなる犠牲も降りかからず、むしろ、決定へといたる。実際、自由が、運命と同様に、若者の救わんとする決意とは異質なのは明白である。愛しあう者たちは、ノヴェレにおいて自由と運命の彼岸に立っており、彼らの勇気ある決心は、運命を引き裂くのに十分である。(75)〔傍点強調は引用者〕

ここでの「決意」は、上でみたような人間が「運命」にとらわれずに自らの内発的な声に従うことの「決意」あるいは「決心」である。だが、「決定」はそれとは違うそれ自体超越的なものとして区別されているように思われる。この一節をノヴェレの人物たちは、ロマーンの人物たちの地上的な意志の弱さを越えて、至福に向けた「決定 Entscheidung」を行っているのだと解釈するとすればそれはいささか短絡的である。その場合「決定」と「決意 Entschluß」との区別がほとんどなされず、どちらも人間の強い意志の「決断」として解釈されてしまうことになり、そのためにベンヤミンの意図とノヴェレの意味を見損なう。ベンヤミンの議論における「決定」と決意の区別は、神と人間の間にひかれる境界線とも関わる。ベンヤミンにおける「神」の意味を明らかにする上でも、この区別について検討する意義がある。

「決意」は(実は安息への衝動にすぎないとも言われるとはいえ)オティーリエら弱い人間にも存在する。だが、「決定」は人間的領域にではなく「超越的」な領域に委ねられている。「神」が人間の行為に対して下す（ときに祝福をともなった）「決定」としてある。このような区分をベンヤミンは行っているように思われる。ノヴェレの恋人たちの「決意」の力強さが、「至福」へと導くものであったことをベンヤミンは言っている。だがそれがいかに力強いものであるとはいえ、至福を自ら創造するような力は人間の「決意」にはない。〈第二の創造者〉としてのエードゥアルトの楽園作りが失敗を運命づけられるように、神の模倣は、人間には禁じられている。「決意」によって自己救済と至福が成就するということはない。至福の生を祝福するのはあくまで「神」である。

人間の「決意」や「覚悟」と超越的な「決定」の区別が曖昧になるというのは例えば、「決断主義 Dezisionismus」を批判的に論じたクロコウの著作[76]にも指摘される事態である。そこでは、ハイデガー、シュミット、ユンガーが同列に論じられ、「決定 Entscheidung」と「覚悟 Entschlossenheit」との区別が曖昧になっている。例えばハイデガーが『存在と時間』で主題としたのは、有限な自己固有の本来性を根拠とした「覚悟」であって、シュミットが論じた、神あるいはそれが世俗化した主権者による超越的な決定とは意味合いが異なる。カール・レーヴィットが言ったように、どちらも「決定」と「覚悟」の根拠の適正な基準を問われないという問題がある。シュミットは彼が批判した「政治的ロマン主義者」たちのように、「機会原因論的」な意味でのきっかけに「決定」を委ねてしまう日和見的な側面がある。ハイデガーの場合はハイデガーの講義を聴いた学生による冗談「俺は覚悟したぞ！　何についてかはわからんがな」が示しているように、己の固有性が無規定なために覚悟のための覚悟を称揚するものになりかねない[77]。レーヴィットはシュミットとハイデガー両者を同じ危うさを持つ者として批判したが、「決定」が神のような超越性をもったものに上からくだされるものとしてあるのに対し、「覚悟」は有限な人間が自らの固有の可能性へと自らを投げ打つ「決意」としてあるということはそれ自体区別されるべきことである。このような区別が曖昧になる場合、シュミットも、ベンヤミンもハイデガーもひとくくりにして、闇雲に覚悟と決定への意志を求める「危険」な思考としてしまうことになるだろう。

第四節　「神」と人間

超越との向き合い

ベンヤミンは「決意」はそれ自体が「救済」をもたらすのではなく、そこにおいて人間が「神」あるいは「超越性」に向き合う契機として捉えている。第一部第二章でもみたように、意志の絶対化をベンヤミンは批判的にとらえている。自己の内発性の尊重は、その絶対化ではない。「決意」の後の行為は、自己の外部での判定を避けられない。「決意」は「責任」とともにある。ベンヤミンはこの外部を周囲の人間ではなく、「神」として提示している。このことについて最後に考えていこう。

ベンヤミンにおける「神」は、一神教的な神を原型とした、超越的存在として考えるべきものだろう。「超越Transzendenz」は、哲学史的にはプラトンやアリストテレスにおいては使われず、プロティノスにおいて使われだした言葉といわれ、「すべてを越え出ている」ことを意味した[78]。超越的存在としての「神」は、世界の存在の階梯の上位、あるいはその無際限の高みの上にあるというよりも、そもそも同じ基準では測れないような差異をもつものということになる。『旧約聖書』における神は、哲学的に純化された「超越」そのものではないが、人間的基準を越えているという意味では、超越的存在といっていいだろう。ユダヤ教の神は、人間の幸福や願望からいえば理不尽としか思えないようなことを命じ、また、人間の願望に応えてくれる都合のよい存在ではない。いわゆる「困ったときの神頼み」に見られるように、困った人間を助けてくれる人間に優しい、都合のいい存在ではない。多神教の神は、人間の願望を強制される存在である。マックス・ヴェーバーが言ったように、適切な祈りや儀式を捧げ、あるいは呪術を利用するなら、人間の抱く願望や目的を叶えてくれる存在として、いわば人間に奉仕する[79]。だが一神教の「神」は、こうした人間の願望を受け付けず、極端にいえば、また人間的な善悪の基準を共有しない存在としてある。御利益宗教的な「困ったときの神頼み」をきいてくれる相手ではなく、時に人間を理不尽に滅ぼす異質な存在である。ベンヤミンの語る「神」も異質なものであり、「宥和」を経てはじめて人間を義とし、祝福する。

ベンヤミンは、「神」との「宥和」に関して、神と孤独のうちに向き合うというモメントを重視している。「ノヴェレ」についてこのようにいう。

決死の跳躍 ein todesmutiger Sprung は、それぞれが神の前にまったくひとりで、宥和のために身を投げ出す瞬間を示している。そしてそのような宥和のなかではじめて和解してお互いを得る。(80)

人間は「神」の前にまず単独で立ち、神に是認されたその後で、その愛も是認され「和解してお互いを得る」。ベンヤミンは神との間になされる「真の宥和 Versöhnung」と、人間同士が行う「仮象的な宥和」(「和解 Aussöhnung」)の違いを強調している。

真の宥和はただ神との間にしか存在しない。真の宥和においては個々の人間が神と宥和し、ただこれを通じてのみ他の人間たちとの妥協に達するのに対して、仮象的な宥和は、人間たちをお互いに妥協させ、ただこれを通じてのみ神との宥和に至ろうとすることを特徴としている。(81)

人間同士の間であれば、それが仮に正しくないことであったとしても、その場にいる人間にとって都合がよければ、人間たち同士で「妥協」することができる。みんながよいといっているのだから、よいではないかといってその場の空気で取り結ばれるのが、「仮象的な宥和」の一つのあり方である。「神」との「真の宥和」は、周囲の人間がどうあれ、まずは「神」の「真理」に向き合うことが求められるだろう。これについて、神との垂直的契約と人間同士の水平的契約との差異をめぐる知見を援用して、理解の助けとしよう。

聖書学者のメンデンホールは、ヒッタイトの大皇帝と各地の小王との宗主契約が、聖書における神との契約と同形であることを指摘し、これを受けて『聖書』における神との契約は、人間が神から垂直的に与えられる契約を遵守することに特色があると考えられるようになった[82]。宗主契約は一人の大皇帝が、各地に濫立する小王たちと結ぶものである。この際、各地の王同士が契約を結ぶことのないように禁止して、まず契約者は私だけであるということが書かれている。これは、ユダヤ教における「神」とのみなされる契約ということの原形と考えられるというわけである。十戒における私以外の神を崇めるなということに関しても、私のみを垂直的な上位契約の対象とせよという、宗主契約の垂直性に由来する[83]。他の者との間に別の契約を結ばれるならば、契約の強みが失われる。これは専制的で無体な要求に見えるが、人間的な妥協の排除として類比的に考えるとベンヤミンの議論を理解する助けになる。

モーセが授かった十戒もそうだが、神によって契約を呼びかけられるのは、複数の「お前たち」ではなく単数の「お前」である。これは神と個人の二者関係でなされる契約なのである[84]。個人が周りの人間との慣習や了解に照らして考えられるよりも前に、何よりもこの契約は、個人と神が結び、その履行に関して、神に申し開きをするものである。例えば、「汝姦淫するなかれ」といった掟に対して、姦淫したもの同士、そして周囲が納得して了解していたら、このような掟には従わなくていいのではないかと考えられるかもしれない。神との契約はこのような人間中心的な了解を許さず、姦淫してはならぬという掟を守れと神は常に上から要求してくる。ベンヤミンも、「汝殺すなかれ」という掟があるというとき、人間同士の関係措定とは別次元で、行為する人間が「孤独のうちに」向き合う掟として理解している[85]。

現世的な幸福は、このような掟と向き合わずとも、人間同士の結びつきと妥協の中で得られる。オティーリエやエードゥアルトたちが、お互いに惹かれ合うのだから、多少倫理にもとってもくっつけばよかったではないか、というのは人間の願望の論理である。こうした人間の妥協による「宥和」は、周りの人間、『親和力』でいえばミットラーのような人間が騒ぎ出すことだけでも乱される仮象的なものにとどまる。「真の宥和」のために身を賭す決死の跳躍は、恋人たちがお互いの合意を目指すものではないとベンヤミンが言っていることが重要である。それぞれは、個別に神の前で申し開きを行って、自らの正しさを認めさせ、祝福を得るべく、神の前にたたされるのである。彼らは祝福を勝ち取ってはじめて、お互いに和解し、人々の前にたつ。

ベンヤミンも、当然ながら、人間的妥協に一定の意味を見出さないことはない。例えば、法的に杓子定規にやらずに、話をすり合わせる外交官の営み、あるいは、嘘を罰せずに、うまくやっていく智慧（「暴力批判論」参照）について肯定的に語る。(86) だが、排すべき妥協というものがやはりある。その場の空気にしたがって、後は野となれ山となれで、利害をすり合わせられるだけであれば、百年後、あるいは千年後の「真理」や、その場にいないもの、声を持たないもの——例えば「言語を欠いた自然」——との宥和は問題にならない。「神との宥和」には、徹底的に「真理」と向き合うことを通じて百年後の「真理」とも向き合うようなことが含まれているだろう。「目の前の人間」を大事にするという倫理は、それが絶対化されるなら、目の前にないものへの非倫理になり得る。人間同士の妥協はこの「真の宥和」の後になされたのでなければ「仮象的な宥和」にとどまるだろう。「真の宥和」と「仮象的な宥和」を区別するベンヤミンの念頭には、こうしたことがあったと思われる。

人間の有限性

ベンヤミンは、「神」について語ることで、絶対的正しさへの到達をいうのではなく、むしろ人間の有限性を示している。ベンヤミンが「神」を語るとき、それでもって自分の思考を絶対化しているのではなくて、人間が、絶対的な神とは違って有限であるということを示しているように思われる。例えば、ベンヤミンが「手段の正当性と目的の正しさを決定するのは決して理性ではなく、〔……〕目的の正しさを決めるのは神である[87]」ということき、人間の理性の限界が指摘されている。人間がうちたてる目的は、絶対的に正しいものとしてうちたてることは、決してできず、その「正しさ」を絶対的に決めることができるとすればそれは「神」のような超越的視点から世界を見ることができるものだろう。

ベンヤミンはこのような「神」について語るが、前章の末尾で確認したように、「神」の名をもって暴力を行使することは人間にはできないということを指摘していた。ベンヤミンは「暴力批判論」の後半部において「神話的暴力」に対立するものとして、「神的暴力」を提示している[88]。「暴力批判論」解釈において、この「神的暴力」がプロレタリアゼネストという暴力と等置され得るものなのかということが問題になる。ある暴力が法や権力と関わりのない「純粋な暴力」であるかどうかは、人間の理性にとっては認識不可能なことであり、人間が決定することでもない。もう一度確認しておこう。

人間にとって、ある特定の場合においていつ純粋な暴力が現実にあったかを決定することは、ただちに可能でも、差し迫って重要なことでもない。というのも、神的なものではなく、ただ神話的なものだけが、そのようなものであると、確かさをもって認識され得るのである。暴力の罪を浄める力は、比類ない作用におけるものを除いてだが、人間には明白ではないからである[89]。

自らの「暴力」を正しい目的のための最後の暴力として正当化すること、あるいは自らの「暴力」が純粋な生の顕現であると主張することをベンヤミンが斥けるのは間違いない。「神的なもの」は人間によって担われるもの、代理されるものではなく、何らかの主体の行為としてあるものではない。「現世的なものの秩序」を基礎づけるものではないと考えている。

この世界においては、いかなる不変なものも、いかなる形態化も、神的暴力のうえには基礎付けられず、いわんや、世界の最高原理としての支配を基礎づけることなどできない[90]。

神は人間が代表できるものではないから、現世的なものの秩序を神の力によって基礎づけることはできない。ましてや、神の名を語って「世界の最高原理としての支配を基礎づけることなどできない」。本章第一節で確認したように、内在と超越の峻別にベンヤミンの思考は貫かれている。人間にできるのは、絶対的な正しさにいたることではなく、それを見通せない中で自らを信頼することである。そして、ベンヤミンにおける神は、キリストのような形で行為の責任を免除してくれる存在ではなく、峻厳に人間に判決を下してくるものとして考えられている。この神は人間の願望を「超越」している。神による「決定」は、「カール・シュミット的な決定主義や決定主義における主権の幻想に合致するのではなく、行為の中で掴まれた瞬間を意味している。その瞬間は想起の力を基礎づけ、未来の行為はその瞬間へと関係づけられる[91]」。「決定」は、永遠を約束するのではなく、かつての行為の想起と、将来の行為への向き合いを要求している。

以上みてきたベンヤミンの人間と神の把握、あるいは内在と超越の見方は、わかりやすい一義的なものではない。ベンヤミンは一方でハイデガーらと同様に、人間が肉体、あるいは状況のうちに投げおかれた有限な存在であることを前提としながら、カントがいったように人間は因果連鎖を超脱する自由を持つはずだという信念を、コーエンやカッシーラーらと同様にどこかに残している。抜け出し得ない「運命」を受け入れて「自然的罪」を自ら負うのは自己の内発性を失うという意味で、好ましくない。「運命」を打ち破る「決意」のモメントは、いわば自らの生に対する倫理として、重視される。だが他方で、その自由への意志は肉体と環境、自然的制約の中にある他なく、自由への「決意」によってのみ超脱することは簡単ではない。「決意」は外部にさらされて責任を引き受けることである。ここにはニヒリズムはない。

ベンヤミンは、このような「決意」を強く保つことは、己のうちに引き受けることだといっていた。そして政治は決意に基づくのではなく、決意にいたらない「高まることない人間性」の成就としてあらねばならないといっていた。そして、人間は没落する。ここにはニヒリズムがある。次章では、「高まることない人間性」を抱えて没落していく人間にベンヤミンがどのような「希望」を見いだすのか見ていこう。ベンヤミンは人間の「原罪」を作りだすパウロ的なニヒリズム（そして神の愛の奇蹟）とは無縁である。ユダヤ的な「神」による「救済」もそこにはない。そこには、上で否定的にみられた「仮象的な宥和」があるだけである。『親和力』を論じるベンヤミンの思考は、しかし、ここへ向かう。

第三章　不透過なものの聴き取り

第一節　ゲーテとオティーリエ

希望をめぐる逆説

第二部第一章、第二章では、ベンヤミンにおけるそれぞれ対照的な人間のイメージを検討してきた。一方では、ギリシア悲劇の英雄にみられたような形で、ポジティヴに理念を提出するのではないにせよ、一義的に反抗に立ち上がり、運命を打破する人間の姿がある。これは、「暴力批判論」における「神話的暴力」の打破の決意、あるいは「親和力論」において語られるノヴェレの恋人たちの決意とも通じる人間像であった。「決意」において人間は、自己の生と向き合い、外部にさらされ、「神」と直面する。これらの人間像をポジティヴに語るベンヤミンは、しかし、人間の決意それ自体を聖化したり絶対化したりしなかった。というのも、一義的に至福を目指すよりも、多数の幸福の選択肢を前に曖昧に揺れる人間の姿が念頭にあったからである。「高められない人間性」を抱えた多くの人間は、ただひたすらに「至福」を思うといったことはなく、自由に幸福を追求する中で、はかなく沈んでいく。

彼らの没落をベンヤミンがどのように解釈しているのかを本章では明らかにしたい。「親和力論」は先行研究でも、非常に頻繁に論じられている。その中で、最後の一節「希望なきものたちのためにのみ、われわれに希望が与えられている」は、決め台詞のように引用される。この言葉を、例えばアドルノは「可能性を欠くものが可能になる」[1]という逆転の論理として理解している。人間主観も自然もブルジョワ的近代においては没落を免れず、没落することではじめて、それとは非同一的な希望がほの見えるのだという図式を、アドルノは繰り返し持ち出し、ベンヤミンの思想もこれに還元してしまう。[2]「ベンヤミンが、彼のどの段階でも主観の没落と人間の救出を同時に考えていた」[3]というのは、的確な見方ではあるが、どのような意味での「没落」なのか、そしてどのような意味での「救出」なのかを明らかにする必要があるだろう。

本章では、ベンヤミンが人間同士の間での応答関係についてどのような見方をしていたかを、「親和力論」における作者ゲーテとオティーリエについての議論の検討を通じて、明らかにしたい。ベンヤミンが、「高められない人間性」のうちにある登場人物たちの幸福追求の中での「没落」を、「決意」のなさゆえのものとして厳しく論じていたことは前章でみたとおりである。だが、「親和力論」の核心は、「決意」の要求にではなく、人物たちのうちに「はかないものとしてあった経験の尊厳」を救い出すことにある。弱い人間たちの葛藤、そこにありうる「希望」をベンヤミンは問題にしていく。

「親和力論」の後半で、この希望は人物たちにいわば救済される権利として与えられるようなものではなく、彼らの没落を描いたゲーテが抱いたものだったとして、ベンヤミンは語り手ゲーテの姿勢に着目している。その際、一般的な「目の人」ゲーテの理想像は解体され、見通せないものを前にした葛藤がゲーテの内に読み込まれる。観想的に、理念と美を眺める思考を批判するベンヤミンは、比喩的に「聴き取り」を哲学の課題だと論じていた。「精神の目」ですべてを見通そうとする知は、錯誤か混乱に陥る。この点、すでにみたように「ソクラテス的透過性」を目指したルカーチとの差異が生じる。透過的に見通せる視点を得ようという哲学の伝統に連なるルカーチに対し、ベンヤミンはむしろ知によって見通せない外部性を尊重する。ジンメル、グンドルフ、コーエンといった、同時代の先行者たちとも違ってベンヤミンは、ゲーテを「根源現象」や「理念」を直観する人としてではなく、沈黙のうちに沈むものをかすかに聴き取って応答した人として描き出す。本章では、「親和力論」に貫かれているこうした思考を明らかにしたい。ベンヤミンは、ゲーテ読解において、不透明なものを前にしたときの震撼とその中で他者の沈黙を聴き取ることを思考の課題として提示している。

第一節では、ベンヤミンのゲーテ像、そして『親和力』の結末をめぐる解釈の特色を検討する。ベンヤミンは、当時多く見られた「英雄」や「全人」としてのゲーテ像を否定して、いわばゲーテをその「高められない人間性」そのままに捉える。第二節では、ベンヤミンにおける「直観」批判と「聴き取り」の重視を検討し、これとゲーテ解釈の関係を明らかにする。「象徴のカオス」の中にある「眼の人」ゲーテへの批判的解釈はベンヤミンの思考の特色を明らかにしている。ベンヤミンはゲーテの言語的応答に、焦点を移していく。第三節では、ベンヤミンが「体験」としては過ぎ去って消えたものの「救済」を志向しているということを論じ、この意味を明らかにする。体験ではなく経験を重視するという、ブーバー批判以来みられたベンヤミンの思考は、ここで十分に展開されてはいないが、主観の外部に存在するものとの呼応、共鳴という課題の延長にあるものとして理解できる。

『親和力』評価とゲーテ像

すでにその円熟期を迎えたゲーテの筆になる『親和力』に関しては、人間の本性へ向けられるゲーテの達観した眼差しについて論じられることが多い。『親和力』は、いわば人間の自然の暗さへの「諦念の寓話」と見られる。このときの「諦念」は人生への深い洞察に基づくものとして肯定的に理解される。こうした見方は根強く、最近も見られる。『親和力』においてゲーテは世界を、倫理をも含んだ一つの自然として把握し、その中の暗い情念を批難するのではなく、いわばスピノザのような目をもって見通し、描き出したのだといわれる。[4] ベンヤミンは、こうした「諦念の寓話」としての見方をとらない。[5]

十九世紀写実主義の基調であった「諦念」[6]に代わって、ベンヤミンの同時代においては、グンドルフらに代表されるようにいわば「理念」化された「英雄」としてのゲーテ像に照らした『親和力』解釈が存在感を強めていた。芸術全般に関して言えることだがベンヤミンは、それを創造行為とは考えていない。詩人は神ではありえず言葉を創造するというよりも、言葉を呼び入れる者である。それゆえゲーテをいわば「創造者」として「英雄」化するフリードリヒ・グンドルフ(一八八〇～一九三一)らの見方を批判している。[7] ベンヤミンはグンドルフのように固有の「使命」を帯びた人間として詩人をみる見方[8]を批判して「詩人の生においては、他の人間の生においてと同様、一義的に明白な使命など見出されることはない。のみならず、一義的に明白で、はっきりと証明できる闘争さえも見出されないのである」と、ゲーテが、「一義的に明白な使命」をおびた英雄などではないことを強調する。[9] ギリシア悲劇ならいざ知らず、人間を神話的な「英雄」としてその「高められた人間性」において美化することをベンヤミンはしない。

グンドルフに限らず、ゲーテを理想化する見方にベンヤミンは逆らう。例えばゲオルク・ジンメル(一八五八～一九一八)は、ゲーテを、「主観のみに生きる人」でも、作り出された客観である「成果のみに生きる人」でもなく、主客対立の彼岸にいる「天才」として捉えている。[10] この「全人 der ganze Mensch」としてのゲーテは、「視覚的」認識によって世界を構成する、「存在を写す曇りなき鏡」だと言われる。[11] ベンヤミンはゲーテの「根源現象」についてのジンメルの洞察を『パサージュ論』で参照するなど、ジンメルには一目おいている。[12] だが視覚的なものよりもむしろ「聴覚的な」ものからゲーテを読み解いて、ベンヤミンはジンメル的な見方を批判していくことになる。一九四七年にカール・ヤスパース(一八八三～一九六九)がゲーテを理念的存在として捉える見方を批判し、「人間ゲーテ」の限界を見定めて向き合うべきと講演しているが、ベンヤミンのゲーテ理解は「理念ゲーテ」の否定という意味で、ヤスパースの批判を先取りするものだった。[13] ベンヤミンは、ゲーテがむしろその「目」の限界に行き当たった地点において、作品の真の内実を読み解こうとしている。彼が、『ヴィルヘルム・マイスターの修行時代』のようなイロニーの目によって秘密が解き明かされる作品ではなく、「公然の秘密」[14]を含んでいるとゲーテ自身が言った作品『親和力』を選んだのも故なきことではないのである。

ベンヤミンが論じるのは、天才としてのゲーテ、達観者ゲーテではなく、人知れず後悔しているゲーテである。ベンヤミンは、ゲーテの不安と責任回避的姿勢を批判的に捉えながら、ゲーテ像に、自身の思考の核心を読み込んでいく。ベンヤミンのゲーテ像は、通例語られるゲーテ像とはかなり食い違う暗いものであり、ゲーテ研究においてはベンヤミンのゲーテ論は敬して遠ざけられるような不遇をかこってきた。[15] だが、彼のゲーテ像は、ベンヤミンの思考を示すのみならず、ゲーテ崇拝ではない形で、しかし有意義にゲーテを理解する方向を示しているようにも思われる。

例えば、ルカーチのゲーテ読解と比較すると、ベンヤミンのゲーテ読解の特徴が見えてくる。ルカーチは、喪失した意味の探求を近代小説の特徴と見ていた。彼はそこに現れる特徴的な手管として、意味探求の無意味さを修正する「イロニー」に着目している。ルカーチは、『ヴィルヘルム・マイスター』における語りのイロニーに、近代における意味探求の着地点の一つを見いだしていたが、ベンヤミンは、ゲーテについて多くを語りながらもイロニーを評価するような発言を残さなかった。ロマン派を評価するにあたっても、いわゆるロマン主義的イロニーに関してはほとんど目もくれないように、ベンヤミンはイロニーが誇る見通しに対しては、ほとんどなんらの注意も払わなかった。ゲーテについても、それゆえ『親和力』のような見通し難い作品に着目したのだと考えられる。「全悟」のポジションから語るときの創作者の余裕とは違ったものがそこから見えてくる。『親和力』においても、気分にふらふらと流されるエードゥアルトに関しては、イロニーでもって叙述するところがあるのに対し、オティーリエに関しては、その内面に浸透する視点を、語り手はもたない。オティーリエの内面がヴェールに閉ざされて、隠れたままであるということが、ベンヤミンにとっては大きな意味をもっている。

オティーリエの仮象性

「ロマーン」においてオティーリエは若く美しく、寡黙で可憐な存在として描かれるが、この「美」が「仮象Schein」的なものだということをベンヤミンは強調する。前章でみたこととも通じるが、幸福の「輝きSchein」ははかなさを免れず、永続しない。前章では、様々な選択肢の間で揺れる幸福への意志について見てきたが、本章では対象の側の「輝き＝仮象」について論じよう。「仮象」の動詞形であるscheinenという語は多義的だが、概ね三つのことを意味する。すなわち「輝く」、「欺く」、「現れる」の三つである。[16] エードゥアルトにとって、オティーリエが触れがたいのはその「仮象」性のゆえだとベンヤミンは論じているが、その際は〈輝き〉による〈欺き〉が含意されている。オティーリエは「純粋な」、処女性と無垢の輝きをまとった少女であり、汚しがたい美しさをもっている。だが、触れがたいのは、「純粋さ」のゆえというよりも、その「輝き＝仮象」のゆえである。

純潔さReinheitではなくその輝き〔＝仮象〕Scheinが、魔術的無垢でオティーリエの姿に行き渡っている。仮象の不可触性こそが、彼女をエードゥアルトから遠ざけているのである。[17]

例えばオティーリエの「処女性」は曖昧な性質のものである。「というのも、内的な純粋さの印として考えられるもの、まさにそれを欲望がもっとも歓迎するからである」。[18]「処女性」は一方で清らかなものがその輝きゆえに触れがたいといった感じを起こしながら、他方それ故逆にまわりを惑わし欲望をあおり立てもするといったものである。この「純粋さ」をはじめ、現世的なものの「仮象＝輝き」は「二義的＝曖昧zweideutig」な現れ方しかしない。「仮象の輝き」は、ノヴェレの恋人たちの赤裸々な「決意」が示す明澄な性格とは対照的に、美しさを振りまきながら曖昧であり続けるということである。[19] あるいは「英雄」などのような劇的人物と違って「性格」の明白さをもたない。

ベンヤミンが「曖昧さ Zweideutigkeit」ということと関連して強調するのは、オティーリエの「打ち解けなさ Verschlossenheit」や「押し黙っていること Stummsein」である。

オティーリエは打ち解けない――いやそれ以上であり、彼女の行為や言明には、彼女を閉ざされた状態から外へ出す力がない。彼女の存在には、植物的なまでの押し黙りが横たわっている〔……〕ふつう各人の在り様を白日の光に晒すような極限的苦難においてもなお、彼女は押し黙っており、そのことによって彼女の在り様は不明確なものになっている。彼女の死への決意 Entschluß は、友人たちにとってだけ最後まで秘密になっていたというだけでない。その決意は、完全に覆い隠された状態で彼女自身にとっても捉え難いまま現れ出る。[20]

オティーリエは他の人物たちに対しても、そして自分自身に対しても心を閉ざし、その「真理」は最後まで明らかにならない。たしかに「日記」という形で彼女の「内面」は読者に明らかになってはいる。

「愛する方々よ、なぜ私はおのずと判ることを、口に出してはっきりと言わねばいけないのでしょうか。私は自分の道からそれ、そしてもう再びそこへは戻れないのです。ある敵意を持ったデーモンが私に力を振い、たとえ私が自分自身と再び一つになったとしても、それが私を外側から妨げようとするらしいのです。

エードゥアルトを断念しよう、自分をあの方から遠ざけようという私の決心は、本当に純粋なものでした」。[21]〔傍点強調は引用者〕

しかし、このようにオティーリエが書くとき、彼女の「決心 Vorsatz」は「エードゥアルトを思い切ろう」というものなのか食事を断って贖罪の死へと向かうものなのか、結局わからない。「おのずと判ること」は、言葉に出して明確にしようとすることなしには、伝わらない。そしてさらに、ベンヤミンがいうように、オティーリエの「真意」は、オティーリエ自身にも閉ざされているだろう。

振る舞いにおける言語を欠いた明確さは、すべて仮象的なものであって、実際、自らをそのように保持しているものの内部は、他者に対してと同様、当人にとっても不明確なままにある。[22]

オティーリエの死の「決意」も「安らぎへの衝動 Sehnsucht nach Ruhe」[23]でしかなく、沈黙のうちになされる行為は「仮象」的である。「日記」には彼女の死への決意がつづられているが、こうした「日記」も「真実」を証してはいない。内面の声は真意を澄みきった形で証言するものではなく、むしろ曖昧さをさらに広げる。オティーリエの沈黙は内面への黙り込みであり、「日記」でなされるのも「独白」であって「対話」ではない。[24]それゆえオティーリエとエードゥアルトの間に愛の成就を目指す「対話」がなされることはなく、ロマーンには暴力的な押しつけもない代わりに、力ない黙り込みが広がり、そして消えて行く。それゆえ、ロマーンが最後に提示する「宥和」の希望も仮象的なものにとどまる。

「輝き」の聖化不能

愛を断念したオティーリエは衰弱死し、エードゥアルトも後を追うように死んでいく。生前結ばれることのなかった二人が共に葬られたことについての最後の文は現在にいたるまで解釈が争われるものとなっている。

こうして、愛し合う者たちは並んで安らぎのうちにある。彼らの場所には平和が漂っており、彼らによく似た晴れやかな天使の図像がアーチを描いた天井から彼らを見下ろしている。そして、もしいつか彼らが共に目覚めるとしたら、それはなんと快い瞬間となることだろう[25]。

これについての解釈は、ゲーテが挫折した二人を聖化しているのだと捉えるものと、挫折の結末は何らの理想や至福にいたらないものだという二つに大きく分かれる。「聖人伝風な小説の結末は、いかにもキリスト教的にみえる」こともあり、同時期にキリスト教回帰を遂げつつあったロマン派の一部に肯定的に受け止められたという[26]。オティーリエと聖人オディーリアとの類比が『詩と真実』で示唆されることもあり[27]、彼女を聖人として理解するに足る要素は確かにある。この作品に対して最も批判的だったフリードリヒ・ハインリヒ・ヤコービは、『親和力』の筋立てを「肉の見かけ上の霊化」を行う「悪しき快楽の天上旅行」であると感じ、怒りをすら示している。彼も、拒絶するという形においてではあるが、ゲーテが作品においてある種の聖化の素振りをみせているという解釈の範疇にいる[28]。オティーリエをキリスト教的な聖人とするか、「世俗的な聖人[29]」とするかの差異はあるにせよ、ゲーテがある種の理想を『親和力』において示したと捉えるものである。それに対して、ヴィルヘルム・フォン・フンボルトのように、『親和力』の結末が「無限のものへと移し置かれて安らぎをえるということと無縁」とみる見方もある。彼は「人物たちは日常的義務の軌道から遠ざかっていく。だがどうやらしかし、そこから理想的なものへと移行するのでもない」と考えている。フンボルトは『親和力』における愛に「理想的なものへの移行 ins Idealische übergehen」の権能を認めていない[30]。読者に悲しみを残すが理想は示さないという見方である。ベンヤミンは、このフンボルトの系列に組み入れることができる。ベンヤミンによれば、人物たちが聖化、理想化されるのではない。

フンボルトと違って、ベンヤミンは『親和力』における「理想的なものへの移行」のなさにこそ重要な意義をみている。オティーリエの「輝き＝仮象」を理念化せずに、そのままにしているゲーテの手法はむしろゲーテの独自の意義を際立たせる。ベンヤミンは後に『複製技術時代の芸術作品』において、ゲーテがヘーゲルやあるいはシラーを含む「この時代の他のほとんどの知識人たちと違って、美しい仮象との講和を決して結ばなかった」ことを指摘している[31]。ヘーゲルは芸術において仮象の三要素「輝き」「欺き」「現れ」から「欺き」のモメントを排除することで「美」を成立させる。「芸術の仮象は、自らによって自らを貫き示し、また、仮象を通して現れるべき精神的なものを、自身から指し示す」[32]。人工物である芸術的仮象は、世界から悪しき偽りの仮象をはぎ取り、「理念を感覚的に輝かせ現し出す」ものとしてある。ヘーゲルは、芸術的仮象によって仮象の美しく輝かしいものにしたと言えるが、ベンヤミンからすれば、こうしたやり方は仮象の仮象性を見て取れなくするものである[33]。シラーは『人間の美的教育』において、「有用性の時代」において可能な「美的教育」を論じ、美の役割を、自然の盲目的暴力から遠ざける作用と、自然の単純、真実、充実へと立ち返らせる作用にみている。そして、美的仮象が自然的な喜びをあたえることを肯定した。シラー、そしてヘーゲルは「仮象」における「欺く」というモメントを嫌い、「自然の真実」や「理念」を「輝かせる」モメントに焦点をあてる。だが、「理念」はそのように見通しがよいものなのか？　そして、ベンヤミンがいうように「自然」は曖昧に欺くのではないだろうか？『親和力』における「仮象」的存在オティーリエは、ヘーゲル的な「理念」を輝かせるものではなく、「宵の明星」、美の星として、仄光る。「柔和な光」は、彼女を「美しい」「目の慰め Augentrost」[34]とするが、「美」だけでは「愛」にはいたらない。「美」はうつろうものであり、それに向けられた「情熱」は、「美」とともにうつろう。「至福の生」と「美」とは重なり得ないのである。

美が仮象的であるならば、美が生と死の中で神話的に約束する宥和も仮象的である〔……〕。咲き誇っても

美は消える。それと同じく、犠牲へ捧げられた美は、あだ花となるだろう。美による宥和は、宥和の仮象であるだろう。(35)

オティーリエという「ヴィーナス」が放つ光を、ベンヤミンは、ノヴェレの娘の放つ昼の太陽の光と区別して宵の明星＝金星のかすかな輝きだとしている。(36)オティーリエは自ら光を放つ恒星ではなく、恒星の周りでその光を反射させる惑星としてある。この金星のおぼろげな輝きにおいて起こる感動をベンヤミンが肯定していく理由を追っていこう。

上で見たように、ヘーゲルやシラーが語るような、理念の輝きとしての「美しい仮象」に対して、ベンヤミンは批判的だった。積極的な目的として「美しい生」(37)を強調するシラーは、美しい仮象を理念と生の結合のために語り、それによって「理性と感性の合致」をはかる。ベンヤミンは、こうしたやり方による仮象の理念化をまやかしと捉える。

ベンヤミンにおける仮象の捉え方は、ショーペンハウアー、ヴァーグナー、ニーチェ的な形での仮象礼賛ともまた違っている。「親和力論」の草稿から、ベンヤミンがニーチェの『悲劇の誕生』における仮象概念との対比を行おうとしていたことがわかる。ニーチェは、現実そのものを直視できない人間にとって、仮象というものが、治療の役目を果たし、美的に世界を是認するために重要なものとしてあったと見ている。ボルツが指摘するように、ここには「美的に自由な嘘」を肯定する姿勢、芸術を仮象として貶めるプラトンへの反逆の姿勢が見出される。(38)このようなプラグマティックな仮象肯定は、カール・シュミットがヴァーグナーに見出している。(39)若きシュミットは、一九一一年に発表されたファイヒンガーの「かのように」の哲学を参照しつつ、ヴァーグナーに見られる「迷妄 Wahn」のなかでの実践の倫理を、世界の現象は仮象にすぎないと嘆くペシミズムと諦観を経た後のものとして、肯定的にとらえている。生を円滑にする仮象は、仮象であるが、ヴァーグナーや若きニーチェは肯定する。これに対して、ベンヤミンは、生と共にあり、生を輝かせる仮象にむしろ停止を命じ石化させる。生のカオスの中では、徴が氾濫するだけで、至福への方向が示されることはない。ベンヤミンは、無常な中での意志の輝き、生の輝きといったものに価値を見いだすことはない。ベンヤミンは、芸術作品における生き生きとした美の仮象は、「単なる美、単なる調和は、カオスに流れ込んで浸透するが、しかしその中で生気を与えているように見えるにすぎない[40]」という。メニングハウスが言うように、シラーからニーチェにいたるまで、「生き生きしたものという幻想が、美の積極的な目的を表現するのに対し、ベンヤミンは、芸術の本質を、生き生きとした美の石化という全く反対方向の仕事において見出す[41]」。ベンヤミンは、「この仮象に停止を命じ、動きを縛り付け、調和の言葉をさえぎる、表現なきもの das Ausdruckslose[42]」の働きを重視する。崇高な決断のモメント、あるいは至福への希望が示されるのは、仮象の輝きが、欺きの徴をちらつかせるのをやめ、「没落」するときである。

仮象の「没落 Untergang」は「理想的なものの移行」を導くものではないが、「親和力論」において、いくつかの「移行 Übergang」を導くものである。ベンヤミンは、まず議論を『親和力』そのものから、その作者ゲーテと『親和力』との関係へと移行させている。そして、感情を震撼させることでゲーテの涙を誘う。さらにゲーテの「目」を震撼と感動の涙によって曇らせることで視界を奪うとともに、ゲーテの〈耳〉へと議論を移行させる。次節ではこの「移行」について明らかにしよう。そこからベンヤミンが、ゲーテをどのように読もうとしていたのか、その志向も理解できる。

第二節　不透過なものの「聴き取り」

「聴き入る直観」

前節まででは、ベンヤミンが『親和力』を読み解くにあたって、作者ゲーテを理想化せず、オティーリエの聖化もなされていないと見ていることを確認した。さらにベンヤミンは「親和力論」において、作者ゲーテを、その「不安」と「懈怠《けたい》」をえぐり出しながら批判的に捉えていく。「根源現象」神話をめぐって、ベンヤミンは、『親和力』の範囲を超えて、ゲーテを批判的に読み返していく。ベンヤミンは、ゲーテの「直観」の曇りを指摘することで、ゲーテを天才的な「目の人」あるいは「オリュンポス神」の現前として捉える見方を訂正する。そして、直観を聴覚的なものとして語るベンヤミン自身の議論の中で、ゲーテを捉え直している。この意味について本節で確認しよう。

マーティン・ジェイは近代における視覚モデルを、「デカルト的遠近法」の視覚、「ベーコン的経験論」の視覚、そして「バロック的視覚」の三つの類型に分けて論じ、このうちの「バロック的視覚」の代表としてベンヤミンを挙げている[43]。「バロック的視覚」は、描かれた現実の不透明性・判読不可能性に魅惑される。バロック的視覚は一主観によっては制御できないような画面を構成するが、これは多中心のモナド的視覚とも言い換えられ、ベンヤミンにも通じるものだと考えられている。「不透明性」「判読不可能性」を前提とした視覚は、たしかにベンヤミンに指摘できる。彼が仮象から曖昧さをのぞきいわば理念として明白に輝かせようという思考をとらないことをすでに見た。見通せなさ、〈不透過性〉において思考を進める姿勢がベンヤミンにはある。すでに第一部でみたところでも「炎のような輝きの中にとどめおかれている」「ただ予感し得るだけで、めいめいが自らの運命にしたがってそれを形作るようつとめねばならない」ものへの感覚、「対話」の「沈黙」あるいは、悲しみ押し黙る自然、さらには沈黙のうちで反抗する英雄といったものも、〈不透過〉であることを前提とするモティーフである。第二部第一章でもみたように知による「透過性」への不信がベンヤミンの思考にはある。また、すべてを見通せるような神の視点を人間にはみとめないことについては前章でみた。見ること＝テオーリアを中心とする観想的な理論をベンヤミンは求めない。直観が見通せない不透過なものへとむしろ眼差しを向ける。というよりも、それを「聴き取る vernehmen」ことを課題とする。

シュテッセルが指摘しているようにベンヤミンの思考、特にその言語論においては「聴覚的なもの」が中心を占めている[44]。「言語一般および人間の言語について」では、「黙せる自然の嘆き」を「聴き取ること」を人間の使命としていた。比喩的な次元にとどまっているとはいえ、この「聴き取る」という比喩は、ベンヤミンが意識的に選択したものであることが、次のショーレムの回想から窺える。そこには「直観」に聴覚的なものが繰り込もうとするベンヤミンの姿が見られる。

私たちは直観について語った。私は、ベンヤミンが議論のために提出した定義を自分のためにメモしておいた。「直観の対象は、感情の形で純粋に自らを予示する内実が、知覚可能となることの必然性である。この必然性の聴き取り vernehmen が直観と呼ばれるのだ」。このように直観を音響的圏域へと神学的に橋渡しすることに対して私は反抗したが、ベンヤミンはこれを認めなかった。まさにこの点こそが肝心だとベンヤミンは言うのだ。諸々の圏域は、分離できない。そして聴き取りでないような純粋な直観など存在しない。そして当然ながら、聴き取られるのは声 Stimme ではなく、必然性である[45]。

「純粋に自らを予示する内実」が「知覚可能となることの必然性」とはどのような事態か、このメモだけからは判然としない。すでに触れた言語論において、ベンヤミンは「黙せる自然の嘆き」を「聴き取ること」を人間の使命としていた。この「聴き取り」という比喩はゆえなく語られるものではなく、ベンヤミンの中で重要な意味を持っているように思われる。『ドイツ悲劇の根源』においては聴覚的なものを視覚よりも重視する姿勢がはっきりと出ている。ベンヤミンはその論文全体で「ドイツ悲劇」の「理念 Idee」を明らかにしようとしているわけだが、この「理念」に関して、プラトンのイデア論を援用しながら独自の意味を見いだしている。イデアの想起は、形相を直観するといういわば視覚的なものとして理解されるが、ベンヤミンはこれを、「言葉」としての

「理念」が「名づけ」を要求しながら現れているという。彼は哲学者の仕事を理念の直観ではなく、言葉の叙述において把握する。

哲学者の仕事とは、言葉の象徴的な性格を、叙述することを通して、そうした性格を優位なところへおき直すことである。言葉において、理念は自らを理解するにいたるのであり、この自己理解は、外部へと向けられた伝達の対極にある。啓示しながら語るなどといったことは哲学には許されていないのだから、根源的聴き取り Urvernehmen へと立ち戻る想起 Erinnerung によってのみ、理念の自己理解は起こりうる。プラトン的な想起 Anamnesis は、この想起とそう遠からぬところにある。(46)

プラトン自身においては「イデア」はそもそも感覚の対象ではなく、純粋な思惟の対象としてある。例えば「三角形」のイデアはそれ自体必ずしも視覚的なものではないが、その「目に見える形象を補助的に使用」して論証を行っているとプラトンは言う。(47)だが「等しさ」のイデアがそうであるように、イデアはもともと感覚とは別の次元にある実在として考えられている。そうして感覚的補助を用いずにイデアのみを介した「知」こそが最高の知の在り方だという議論が続く。感覚的なものを超えた実在への信がプラトンには強かったが、この超感覚的イデアの性格はギリシア、ローマ、中世において受容される過程で変容し、心に抱かれる「原像」、あるいは内的直観の対象として、視覚的なものとなっていく。これについてはパノフスキーが詳しく論じている。(48)プラトン自身がすでに「洞窟の比喩」に見られるように視覚を介して語っているのだから、こうした変容が生じるのは当然とも言える。だが、ベンヤミンは「イデア」を直観的に見いだそうとすることを哲学に禁じる。

哲学の秘められた技の各々が伝えている弱さがどこで、息苦しくも明らかになるかといえば、〈観る〉ことにおいてである。新プラトン主義的な異教的教えのすべての奥義に通ずる者たちに手本として示されるのは〈観ること〉なのである。理念の存在は、そもそも、直観の対象としては考えられ得ない。たとえ、知的直観の対象としてもそうである。(49)

ベンヤミンからすると新プラトン主義以降のイデアの「視覚化」は、「哲学的奥義」の弱点をはっきりと露呈させるものである。「視覚化」を許さないという意味において、ベンヤミンは言わばプラトンその人に忠実だが、感覚的なものを軽視するというプラトン的伝統からは逸脱している。プラトンにおける「イデアの想起」が純粋な思惟によってなされるとするのに対して、ベンヤミンは、「聴き取り vernehmen」という感覚を通じて「想起 Erinnerung」がされるのだと論じる。「理念」を言語的なもの、言い換えるとある種の「名」として捉え、これを「聴き取る」のが「想起」だと言うのである。

哲学的追想(50)において問題となるのは、像を直感的に思い浮かべることなのではない。哲学的観想においては、むしろ逆に、現実の最内奥部から、理念が言葉となって、つまり新たに自らの名づける権利を要求する言葉となって、分離してくるのだ。〔……〕諸理念は、無志向的に、名付けのうちに与えられるのであり、哲学的観想においては、それらの理念が新たに再生されねばならない。この再生の中で、言葉の根源的な聴き取りが回復されるのである。(51)

ベンヤミンは「真理」や「理念」がいわゆる「認識」の対象ではないとここで論じている。それらは、認識という形で主観に所有されるというよりも、それを「叙述する darstellen」試みの中において、「自ら現れ出てくるもの ein Sich-Darstellendes」(52)としてある。そしてベンヤミンの考えでは、「哲学」がなすべきことは、所有している知を演繹的に展開させることよりも、所有行為の外部にある「理念」の存在を「聴き取ること」である。「理念」は、それ自体で永遠普遍に存立して輝き出ているものではなく、聴き取りと叙述の中で現れ出る機会を待っているものとしてベンヤミンに理解されている。

「直観」の「音響的圏域」への「神学的」な橋渡しといった上述のショーレムの言葉から推測するなら、「聴き取」られるのは、主観的な「声＝気分 Stimme」ではなく、例えば、自然や世界が沈黙せざるを得ないことの「必然性」であろう。「黙せる自然の悲しみ」というメタファーによって、沈黙のうちに嘆く自然の声を聴き取ろうという姿勢をベンヤミンは見せている。例えば人が沈黙のうちに声を挙げることがないとすれば、この沈黙は、その人の主観的意志の欠如として非難してすまされるものではなく、そこには沈黙するだけの「必然性」があるのかもしれない。そこには何がしかの必然性があり、それへの注意深さを忘れてはならないのだとベンヤミンなら言うだろう。こうした「必然性」ははっきりと明示的に表れているのではなく、むしろ、押し黙って隠れている。この沈黙をこそ聴き取らねばならないのである。こうした観点から、ベンヤミンはゲーテそしてゲーテに続くシュティフターに批判的な姿勢をみせる。

「安らぎ」と聴覚的なものの欠如

視覚であれ、聴覚であれ、ベンヤミンは明瞭な直観への信仰をもたず、むしろ、注意深さやあるいは読解（「判じ絵」の読み解き）といった形で、対象を聴き取る＝知覚することにこだわった。ベンヤミンが、ゲーテ読解において試みたのもこのような聴き取りのモメントを掘り起こすことである。「ゲーテの亜流」であるシュティフターは作品を「安らぎ Ruhe」に閉じさせようとしたとベンヤミンは批判的にみている。シュティフターの「安らぎ」のうちにある自然や、子どもたちの描写について彼は賞賛を惜しまない。ただし、この「安らぎ」は「聴覚的印象の不在」を意味するのだと言う。調和を乱すような騒音には耳をふさがねばならない。だが、騒音はいやがおうにも耳に入る。それゆえ、シュティフターは「聴覚」を遮断し、もっぱら視覚的な調和を、「安らぎ＝静けさ」の中に確保する。

「安らぎ」のうちに直観されるものは、いわば満ち足りた主観的気分でしかない。「気分」は主観が直接的に感じ取れるものだが、その直接性、明証性は「真理」や「必然性」となんら関わりをもたないものである。「シュティフターにおいて人物たちが話す言語はこれ見よがしである。この言語は、諸々の感情や考えを、聴覚の麻痺した空間の中で陳列して並べるものなのだ。どうにかして〈震撼 Erschütterung〉を表現する能力が、シュティフターには絶対的に欠けている。震撼の表現を人間は第一に言語において見出そうとするものだ」とベンヤミンは言う。[53] シュティフターの初期作品（「アプディアス」など）においては、震撼的な悲運が描かれていたとベンヤミンは論じていた。「シュティフターにおいていわば自然の反逆化・暗黒化が起こり、そういった現象は極度のおぞましさ、デーモン的なものへと劇的に転化する」。[54] シュティフターはデモーニッシュなものの「大きな力」を隠す形で、自然全体に働くのは静かに穏やかな「法則」なのだというようになる（『石さまざま』の序文）。シュティフターは人を震撼させるような強大な現象よりも、穏やかな感情の中に静かに働く「法則」を重視する。ゲーテもシュティフターも、それぞれの仕方でこのデーモンを馴致しようとしていたが、これをベンヤミンは批判的に捉えている。[55] 彼がシュティフターに批判的なのは、「法則」に還元しえないものを実はシュティフターも抱えていたにも拘らず、それに耳を塞ごうとしていたがゆえである。「安らぎ」を求めるまなざしが満足を得るためには、世界は調和においてあるものでなければならず、世界に入った亀裂からは目をそらさなければならない。シュティフターにおいて、世界は調和したものとして眺められる。そこではデーモンを見ないですむとはいえ、啓示への耳も塞がれる。

彼は、ただ視覚的なものの基盤においてのみ創造することができる。しかしながら、このことが意味するのは、彼がただ目に見えるものを再現しているということではない。やはり、芸術家として彼も様式をもつからである。彼の様式の問題は、彼が、すべてにおいて形而上学的に視覚的な圏域を把握する仕方にある。この根本特質に関連しているのは、まず、彼には啓示に対するあらゆる感覚が欠けているということである。啓示は、聴き取られねばならない。つまり、啓示は形而上学的に聴覚的な圏域にあるのだ。[56]

シュティフターは「啓示」を聴き取れない。『親和力』の最後に書き込まれた「愛し合う者の安らぎ」も「神話的運命」と分離されたうえで悲しい「気分」をおさめるために語られるとするなら、それは「宥和の仮象」たらざるをえない。「気分」で満足するならば、「ヴェール」のかかった「真理」が開かれることは決してないのである。

ベンヤミンの批判は、「気分」に映る直接性に満足した「安らぎ」、あるいはそのような「安らぎ」をもとめてしまう「衝動」にも向けられている。ここで重要なのは単に感覚器官としての視覚を重視するか、聴覚を重視するかといったことよりも、不明瞭なもの、不透過なものへの「注意深さ」の有無である。「聴き取り」という行為には「安らぎ」に満ちた者が見ないものに迫ろうという意志がある。「安らぎ」に満ち足りた者は満足して「注意深さ」を失う。そして「安らぎ」を衝動的に求める者は、不安のために焦り、聞く耳をもたない。

象徴のカオス

ベンヤミンは、「不安 Angst」が神話的なものを呼び寄せるというロマーンでの問題が作者ゲーテ自身にもあてはまると考えている。これに関しては、『ゲーテの往復書簡』（一八三六）におけるゲオルク・ゴットフリート・ゲルヴィーヌス（一八〇五～一八七一）のコメントに依拠して、ベンヤミンは議論を行っている。一七九七年の有名なシラー宛の書簡で、「完全に詩的で」あることなしに、詩的気分を呼び起こす対象に「象徴」を見ることを覚えたと伝えたゲーテは、その後この趣味が嵩じて、人から贈られたメダルにはじまり、自らが見つけ人に贈った花崗岩の一つひとつにいたるまで万事に「象徴」を見ていく。ゲーテは「何事にも驚嘆せず nil admirari」という古来の態度に異議を唱え、「万事を〈重要で、不思議で、測り難い〉と見なす」ことをよしとする。ゲルヴィーヌスは、この晩年のゲーテの傾向が、彼をして「まったくくだらないものでさえもったいぶった賢者面で見入」らせることになったと指摘している。かつてのゲーテなら自らの情熱と感性に信頼をもって「感覚的領域のうちで示してみせていた経験」を、老ゲーテが「ある種の精神的な深さによって測定して」提示しようとして、「その際にしばしば底なし沼に迷い込」んでしまうとゲルヴィーヌスは手厳しい。(57)

ベンヤミンは、この見方を引き継ぎ、ゲーテは様々な対象の様々な「徴」を鑑定することで、「象徴のカオスの中で硬直し、〔……〕徴と神託の支配下に陥」っていたのだと自らの議論を展開する。ゲーテは自らの「性格」や「心の傾き」、あるいは「内的な知らせ」に従うのではなしに遍在する「徴」に耽溺する。前章で論じたことにひきつけるなら、ベンヤミンは、ゲーテが自らの内発性への責任を放棄していることを批判的にみている。ゲーテは、外的な「徴」に自らを委ねることで、何をみるべきか何をなすべきかを自らに問い尋ねることを疎かにして、無差別な「自然」の徴に責任を委ねていく。

私は自然に身を委ねる。自然は私を支配するがいい。自然は自分の業を憎むことはないだろう。私が自然について語ったのではない。そうではない。何が正しく、何が誤りなのか、すべては自然が語ったのだ。すべては自然の罪であり、すべては自然の功績なのである。(58)

ゲーテは神話的な生を自らのうちに呼び込み、それによって、自らに行いの「責任」を免除していると、ベンヤミンは捉えている。曖昧な自然に彼はすべてを委ねる。ベンヤミンの指摘する側面はゲーテを崇拝するにはふさわしからぬものである。ハイネが言い出したジュピターとしてのゲーテという像は、ゲーテの「神話的な意識」を高められた意識として崇拝する。ベンヤミンはしかし、ゲーテの「神話的な意識」は、「このオリュンポス神の生の中にある悲劇的なものを認めて得意になっているときの、例の陳腐な美辞麗句でもって論じていいようなものではない」として、自らの見方の意義を論じていく。

ドイバー＝マンコフスキーはベンヤミンに大きな影響を与えたヘルマン・コーエンを参照しつつ、ベンヤミンにおける偶像の禁止、イメージ批判について論じている。[59] カントは『純粋理性批判』において、直観に与えられていないものについても人間の理性が超越論的な仮象を与えてしまうことを批判（吟味）した。カントにみられるこうした批判と、神の偶像を崇拝することの禁止がコーエンにおいて合わさっていることをマンコフスキーは指摘し、この系譜においてベンヤミンの思考を捉えている。カントは理性の「越権」を批判しつつ、しかし、理性が描く「理念」の余地を残したが、この点に関してはベンヤミンも同様である。ベンヤミンは第一部でもみたように象徴を利用した言説に批判的な姿勢をみせたが、それは、象徴それ自体の存在を否定するものではなく、あくまで象徴の濫用、象徴のカオスに対する批判であろう。ベンヤミンのゲーテ批判も、ゲーテが自然を直観する自らのまなざしに耽溺して、象徴を氾濫させてしまうことを危惧して行われるものである。

注意深さと慎み

ベンヤミンは、「イデア」や「理念」を直接的な直観の対象としてではなく、注意深い「聴き取り」の中で現れ出てくる言葉として捉えた。ベンヤミンがここで意図している直観の「聴覚化」＝音声化は、ジャック・デリダの「音声中心主義批判」とある点で重なる。デリダは『声と現象』において、内的に現前する自らの声によって駆動される哲学的構造を批判した。自分の声を聞くのであれば、その直接性、明証性は疑いがたく、そのとき「意味するものは、まさに意味されるものの絶対的な近さのゆえに、完全に透明なもの[60]」として十全な意味を現前させることができる。音声は視覚や触覚と違い、世界との相互作用、世界からの触発なしに生き生きとした現前が可能であるように思われる感覚だとデリダは論じる。ここでデリダによって「音声ロゴス主義」が批判されるのは、それが透明な媒体、主体のもつ意味を直接現前させられるという錯覚をもたらし、思考の基点とでもいうべきものに哲学を安住させてしまうからであると言えよう。ベンヤミンがデリダと共有しているのは、「完全に透明なもの」への疑念である。音声が世界からの触発なしに生き生きと現前するのは、それが主体自身の声だからである。見通しのたたない中で湧いてくる「内的な知らせ」は世界との緊張感においてあったが、ここで批判されるのは、外部をもたない内部の声のイメージである。

第一部第三章でみたようにベンヤミンにおいては、話す主体と、言明内容は同一化されるものではなく、言語は、主観的体験の外において広がる伝達空間として理解されていた。それは同一体系の内部の透明な伝達の手段ではない。ベンヤミンが耳を傾けるのは、現前する音声ではなく、沈黙したままの音であり、彼は沈黙の中から意味が「自らを現す sich darstellen」ために、その「叙述 Darstellung」につとめるのである。「意図の中断なき流れ[61]」にまかせて、見たいものをみるのでは、理念が自らを現しだすことはない。「理念」は、叙述の対象として、何度もの中断の中で浮かび上がらされるものとして現れる。例えば、管理された暴力の終わりという「理念」も、歴史的現象のあちこちに、ばらばらにではあるが、同じ方向を指して、そういった暴力の強制を廃絶しようという意志が描き出すものである。この理念は上からお題目として掲げられているというよりも、個々ばらばらに蠢く決意が描き出す布置として現れる。カント的な形式的理念や、ヴェーバーのある意味では道具的な「理想型」とは違って、ベンヤミンにおける理念は、歴史の中で、歴史的事象と対峙する中で、それを描き出そうとする動きに呼応する形で、自らを現しだす。個々の現象は、現象にすぎないが、それらに孕まれた理念的なモメントを救出し、布置を描くまでに至らしめる主体的な努力と、歴史的状況との呼応との間で理念は浮かび上がる。こういった歴史との関連を欠いたゲーテの直観にはこの点で疑問符がつく。

ゲーテにおいて自然の概念は、知覚可能な現象の領域と、直観のみ可能な原像の領域とを示している。しかしながら、ゲーテにはこのふたつの領域の総合を説明してみせることが決してできなかった。彼の研究は哲学的な究明を試みず、虚しくもこの二つの領域の同一性を経験的に、実験によって証明しようとしている。[62]

「原現象」は、植物の形態変化の中に、それらを貫いて現れる「原植物」として想定されるものである。こうした見方の射程は否定すべきものではないが[63]、ベンヤミンが批判するように、無差別的に「徴」を見いだすやり方に則れば、「原像 Urbild」は、容易に人間が見いだす単なる「模範 Vorbild」として、氾濫することになる。「感ずる目を以て見、見る手を以て感ぜよ[64]」というのでは、至る所に類似を見いだすことはできるが、見いだされなかった類似は逃れ去り、見ようとするもの以外に注意が向くこともない。全てが自然の無差別な充溢として驚かれるが、見たいものの外部は、驚くほどあっさりと捨象される。すべては要するに「オリュンポスの神」ゲーテの気分次第なのである。聴覚は、視覚とは違って「気分」に応じてそらすことはできず、嫌でも耳に入ってくる「声」は避けられない。そして、耳に入らないもの、かすかにしか届かないものに関しての注意の研ぎすまされ方は、視覚とは異なっている。これに関して、例えば、カール・ケレーニイはギリシア的感性の特質が、エイドス的な視覚性の観想（テオーリア）に現れるのに対し、ローマにおいては不透明になった世界の「曇り」に「執拗に耳を傾けて聴き、そうやって聴いたところを行動の基準とする」「慎み religio」の感覚に特質があると言っている[65]。これに照らせば、オリュンポス的ゲーテをローマ化するのがベンヤミンの試みだと言えるかもしれない。ベンヤミンは、ゲーテの視覚を感動において曇らせることによって、彼を言語的な応答関係のうちに立たせようとしている。

第三節　課題としての希望

鳴かない蝉

「安らぎへの憧憬」それ自体は非難されるべきものではないが、もっぱら「安らぎ」を求めることは様々な帰結をもたらす。たとえばそれは、安らぎに安住することを許さない「責任」を回避しようとする姿勢を導く。ベンヤミンは、ゲーテが「象徴のカオス」に身をおいたのは、「責任への不安」からだと論じていた。すべてを自然として冷静に認識するという倫理には、自然本性を越える契機が見出されず、ゲーテを曖昧な自然の領域の観察者にとどめる。そこにおいてゲーテは、「思いを凝らす」ことがない。そして、彼は「懈怠 Versäumnis」の中でゆるがせにされたものと向かい合おうとしない。「懈怠」とはつまり、ゲーテが自らの「心の傾き」と「内的な知らせ」を「責任への不安」からゆるがせにしていたことである。ベンヤミンは、オティーリエのモデルともなったといわれるミンナ・ヘルツリープとの関係が、ちょうどエードゥアルトとオティーリエにみられたような「不決断」を隠していたとみる。若いヘルツリープにゲーテはソネットを捧げるなどした。ゲーテは、彼女のことを、「自分の細やかな倫理や、生活を乱したくないという恐れなどと折り合いをつけられると思っていた以上に」愛していたとはいえ、実際には二人は「穏やかな道徳」に踏みとどまっていたといわれる(66)。エードゥアルトらにおいてそうだったように、ゲーテは「情熱」を燃え上がらせながらも、市民道徳の範囲を越えないところでそれを押し殺す。この「情熱」は意志をもって諦念されたというよりも、「安らぎへの憧憬」の惰性に負けて疎かにされたのではないかとベンヤミンは示唆している。

ゲーテの人生にあった多くの関係において、第一を占めるのはおそらく諦念ではなく、懈怠だったのだ。そして、ゆるがせにしたものがもう取り戻しがたいということに気づいたとき、そこではじめて彼に諦念が生じたのかもしれない。それは失われたものを感情の中でなおも抱擁しようという最後の試みにすぎない。ミンナ・ヘルツリープとの関係にもこのことはあてはまるだろう。(67)

〔傍点強調は引用者〕

一時の情熱や衝動を統御して、諦念と達観の境地にいたるという看板の背後には、多くの「ゆるがせにしたもの」、ゆるがせにした感情が存在している。ベンヤミンはゲーテの「失われたものを感情の中でなおも抱擁しようという最後の試み」を、偉大なものとは見ていない。だが、ゲーテの弱さから出たこの試みを重視している。ベンヤミンは、ゲーテの「心の傾き Neigung」が「ゆるがせにしたもの」との「和解」へといたることをゲーテの晩年の詩「情熱の三部曲」に結びつけて語る。

心の傾きは情熱より晴れやかに、しかし、助けとなることは少なく、情熱を断念する人々に付き従い、ただ没落に通じる。だが、心の傾きは、情熱とは違って孤独な者たちを破滅へと向かわせるのではない。心の傾きは愛する者たちに離れがたく付き従って下降し、愛する者たちは和解して終わりに達する。この最後の道の途上、愛し合う者たちは、もはや仮象に囚われることのない美の方を向く。彼らは音楽の領域に立つのである。ゲーテは「情熱の三部曲」の三番目の詩、情熱が眠りにつくあの詩を「和解 Aussöhnung」と名付けている。(68)

〔傍点強調は引用者〕

「情熱の三部曲」は、音楽を解さなかったと言われるゲーテ(69)が、その老年時に聞いたピアノ演奏にいたく感動して歌った詩である。これをベンヤミンは、取り上げているのである。岡本は、ベンヤミンがここで「音楽」による「愛の完成」の過程を見いだしていることを、ベンヤミンにおける「音楽」と「救済」のモティーフに照らして論じている。[70] 岡本の言う通り、ベンヤミンはたしかに一九一六年に書かれた「悲劇とギリシア悲劇における言語の意味」において「悲劇 Trauerspiel」における「救済」が音楽によってもたらされると言っている。「悲劇にとって救済をもたらす密儀 Mysterium は、音楽、すなわち、超感覚的な自然の中での感情の再生なのである」[71]。あの行き場を失っていた被造物の「道に迷った感情が発する悲しみの嘆き」は、「純粋な感情の言語、すなわち音楽へと移行する」ことで「解消」される。[72]

骨壺の涙

ベンヤミンは、「情熱の三部曲」の解釈においては「感動」による「涙」が視覚を曇らせ「音楽」という純粋な音声による悲しみの「解消」を果たし得ると示唆している。しかし、それと対照的に、『親和力』本篇にはそうしたカタルシスは見いだされない。『親和力』に「涙」のカタルシスを見いだすのは、むしろヘルマン・コーエンである。コーエンは『親和力』の語り手ゲーテを、ひそかな後悔とともに「涙を、無限の愛の涙を流し得る人間」[73] として理解し、このゲーテの「涙」が作品に統一をもたらしうると論じている。ベンヤミンもこの見解を踏襲している。[74] だが、「涙」の意味はコーエンとベンヤミンでは異なっている。

コーエンは、「涙」は、「無限の愛と有限で習俗的な結婚制度との間の解きがたい葛藤」の中で生じる落差によって引き起こされるという。『親和力』における愛は、一方では挫折を余儀なくされる。だが、感性的なものに由来する「愛」は、現世的な制約を越えた「理想」にまで高まり、「美的実現」される。現実の愛の挫折と「美的実現」される愛の「無限性」の間の落差が「カタルシス」を生み、[75] 精神の浄化による「修養 Ausbildung」をもたらす。[76]

ベンヤミンは、「音楽」による悲しみの解消という「情熱の三部曲」においてであれば見いだされるカタルシス的なモメントが『親和力』にはないとみている。ここでの「涙」は音声を欠いており、音楽には移行せずに、カタルシスを生まない。ベンヤミンは「根源的にはただ暗い地中だけがふさわしい」地中の蝉がオティーリエの生だと語る。(77)「死ぬまで飲食を忘れて歌い続ける蝉」は、ギリシアでは天空の神ウラノスと結びつけられて天上に引き上げられる。不死性を信仰するギリシアの「密儀 Mysterium」は音楽でもって閉じられた。蝉は音楽天空に引き上げられる。映画化された二つの『親和力』はどちらも不協和音を奏でる悲痛なヴァイオリンの音色で終わり、天への引き上げのモメントは聴き取れない。「地中だけがふさわしい」『親和力』の蝉オティーリエは、昇天への祈りの歌を歌う前に死ぬ。エードゥアルトとの不協和でズレた合奏は中断し、『親和力』は最後に音楽を鳴り響かせない。「本来の密儀を閉じるのが音楽であるのに対して、ここでの希望の密儀は、黙した世界にとどまっている。そこから、音楽が鳴り響き、高まることは決してないだろう(78)」として、ベンヤミンは『親和力』における音楽を沈黙にとどめる。ベンヤミンの思考は、むしろ音楽の鳴らない『親和力』において研ぎすまされる。

ベンヤミンは、コーエンと違って、「美的実現」される愛と現実の挫折というような明確な構図において、「感動」をとらえない。「罪も無垢も、自然も彼岸も、感動にとっては厳密に区別されるものではない(79)」というように、感動の中にある者にとっては、「震撼」させられているということが把握されるだけで、何に震撼させられているのかは見通されていない。オティーリエの輝きは現実の挫折の中で、天上的な愛の無限性を指し示すのではなく、仮象的なものであり続けるとベンヤミンは見ている。

美が仮象的であるならば、美が生と死の中で神話的に約束する宥和も仮象的である〔……〕美という犠牲の捧げものは、美が咲き誇っても消えるのと同じくいたずらなものであろうし、美による宥和は、宥和の仮象であるだろう。(80)

音楽による「和解」も真の宥和をもたらすのではなく、宥和の仮象をもたらすのみである。それゆえ、流される涙も、理想へと昇華されずに「骨壺」に集められるようにしてためられる。ゲーテは『親和力』を書くにあたり「仮構された運命のうちに、骨壺のなかに涙を集めるように、多くのゆるがせにしてきたこと manche Versäumte への涙を集めることを自らの課題とした[81]」と自ら語っている。ベンヤミンはこの言葉を重視して引用している。「多くのゆるがせにしてきたこと」の追想の中で震撼するたびに流される涙は「経験」の内に堆積していく。涙とともにあった感情は、「カタルシス」的「体験」の中で霧散するものではなく、混濁する中で凝固し、「経験」のうちに保持される。

名の追想

ゲーテは、オティーリエのことを自らが書いた登場人物というよりも一人の人物として慈しんでいる、とベンヤミンは見ている。「ひとりの滅びゆく女を真に救い出し、彼女のうちにひとりの恋人を救済するために、ゲーテをこの作品世界に呪縛したのは、まさにオティーリエという形姿、いやその名に他ならない[82]」。ここでベンヤミンは、「名」をめぐる自身の思考にゲーテを引き入れている。

「名」は、第一部第三章において見たように、ベンヤミンが、非常に重要な含意を込めて語るものである。「名」には受容性と自発性があるとベンヤミンは見ている。その「名」を「呼びかけ」られるという「受容性」の側面と、自らの存在をそれによって告げるという「叫びだし」の「自発性」の側面がある。ヒルシュは、「言語「行為」は他者においてはじめて完成する」というフンボルト由来の「対話性[83]」を「名」において理想的に完遂しようというベンヤミンの意志をみてとっている。『ドイツ悲劇の根源』における「理念」の捉え方にも、ある種の対話性を指摘できる。理念が自らを現し出すのは、人間が行う「叙述 Darstellung」においてであり、その中で、理念は「自らを現し出す sich darstellen」。単に見ることにおいて、「理念」が現れ出ることはなく、注意深い「聴き取り」と「叙述」に対して、いわば応答するという形で自らを現し出すものとして捉えられているのである。一般化していうなら、ここには存在の他者性、見通すことのできない外部性がある。そして、この外部のものは、単に到来の待たれるものではなく、「聴き取り」と語り出しの対話関係においてとらえられる。「根源的聴き取り」が「想起」となるのは、岡本も言うように、「名の言語」からの堕罪のあとでは、それが失われてしまったからと解釈できよう。[84]人間も事物も自然も楽園状態にいるのではないがゆえに、「名」は直接的に精神において一つになることなく、「遠さ」を抱えることになる。ここにおいて、しかし「名における愛」としての「プラトニックな愛 platonische Liebe」が生じる。ここにあるのは、「情熱」や「決意」であるよりも「遠さへの傾き Fernenneigung」である。この「遠さ」は「エロス」にとって障壁となるよりも、「エロス」を燃えあがらせるものである。『神曲』において昇天して「星」となった遠くのベアトリーチェに対しても激しく燃やされる。

ダンテは、ベアトリーチェを星々のもとに移している。だがベアトリーチェの形で、星々は彼の知覚にあることができたのだ。というのも、恋人のうちで、男に対して現れ出てくるのは、遠さの力だからだ。そのようにして、近さと遠さはエロスの生命における二つの極なのである。それゆえ、現前していることと分離していることが愛において決定的なのだ。拘束するというのが近さの魔術である。[85]

エロスにおいては、「遠さ」と「近さ」が交錯しているが、「分離」しているがゆえに、「エロス」が星のベアトリーチェに引き寄せられ、想起は彼女を「近く」に「分離」したまま「現前」させる。それに対して「近さ」は「拘束」する。ベンヤミンは、さらに後年になって「名における愛」について、同じくダンテとベアトリーチェの関係を念頭において書いている。「プラトニックな愛」は「名のかたわら an Name で自らの快楽を満たす」のではない。「プラトニックな愛」においては呼ばれる者の肉体はそこにはない。「恋人」を「想起」し「名のうちで im Namen 愛し、名において所有し、名において慈しむ」のが「プラトニックな愛」である。[86]
遠くから想起されるその固有の「名」において愛することは、「遠さへの傾き Ferneneigung の真の表現」としてある。「心の傾き」は、そのつど眼前あるいは意識に浮かぶ対象へと向かうものだが、これは接近可能性と所有可能性を前提している。それに対して、「遠さへの傾き」は、接近不可能性を前提としている。仮に肉体が近くにあったにせよ、存在のすべてを手にすることはできない。「名」とは、ベンヤミンの言語論をふまえるなら、この存在すべてを理念的に表現するものである。「名」としての存在は、無限に近くにあっても、無限に遠い。遠くの「名」の「想起」は、存在への接近を許さず、「名」を中心に思いの連関をなしていく。「想起」の広がりについてはプルーストについて論じる中で次のように言われている。

体験された一つの出来事は有限である。すくなくとも、体験という一つの圏域において結び閉じられている。想起された一つの出来事は枠をもたない。なぜなら、そこで現れるのはただ、そのあとに起こる、あるいはそれ以前に起こったすべての出来事を開ける鍵なのだから。[87]

「想起」は「体験」が一つの枠に閉ざしたことを他の出来事とのつながりにおいて捉え返す。「名」はあれやこれやの恋人の特徴や恋人との特定の記憶に閉ざされるのではなく、追想の中で、無限に膨らみつつ「名」の周りに思いを集める。[88]「遠さの傾き」は「救済」への一つの道を志向するのではなく、「想起」としてかつての幸福からゆるがせにされた不幸まで、すべてを踏破していく。

光が白熱する核から生じているように、プラトニックな愛にとっては、愛するものの存在は、名から生じる。いや、それどころか愛する側の働きかけ［＝作品 Werk］も、名から生じているのだ。かくして、『神曲』とは、ベアトリーチェという名に漂うアウラに他ならない[89]。

この意味では『親和力』とは「オティーリエ」という「名に漂うアウラに他ならない」。この「アウラ」の「遠さ」の中で、ゲーテの「プラトニックな愛」は名の「想起」を繰り広げる。ここにおいてゲーテは「決意」にいたるのではないが、「遠さ」へと身を傾ける。ダンテにとってベアトリーチェが星においてあったように、ゲーテにとっても、オティーリエは、「星」の象徴とともにある。

体験の外の希望

ベンヤミンは、『親和力』において、オティーリエが聖人化されず、その愛が理想化されず、仮象的な美としてとどめられたことを繰り返し強調している。オティーリエの「輝き」は「目の慰め」となりはしても、「真の宥和」を示してはいない。「宵の明星」にたとえられるオティーリエは、それ自体で輝くことなく「消えゆく仮象」である。だが、天体が回帰するように、オティーリエという仮象に結びついた感情も回帰してくる。

「もうすでに星が昇っていた。ゲーテはオティーリエに対する自分の関係について語った。彼がどんなに彼女を愛したか、そして不幸にしたか。彼は、語りながら最後にはほとんど謎に満ちたように予感に溢れていた」。報告者ボワスレーは、星が空に昇るとともに、ゲーテの思いがこの作品へと誘われて行ったのを見逃しはしなかった。他方でその瞬間がいかに気分を越えて崇高なものであったか、星々の促しがいかに明白であったかということは〔……〕彼自身にはおそらく知り得ぬことだった[90]。

「星」は、はかなさのうちに消える人間たちの感情の上で「運命」を示唆する。「親和力論」でわずかに触れられている、ゲーテ晩年の詩「根源の言葉 Urworte」は、五つの詩からなる。人間の誕生と結びつく四つの星を冠した詩が並び、最後に「希望」が続く。第一に、人間の本性を「太陽」としての「デーモン」が定め、第二に「月」としての「偶然的なもの」がそれに付き従う。第三に浮かぶのは「エロス」としての「金星」である。第四に、それら三つすべてに付き従う、変幻自在の「ヘルメス」としての「水星」が「必然性」を告げる。[21] これらは、人間の生誕から必然的な死を、天体の運行という無常にして不動のリズムとともに示す。しかし、星が指し示すのは、罪と悲運のみではない。それは希望を指すものでもある。「根源の言葉」のゲーテは最後に「希望 Elpis」の言葉を残していた。『親和力』ははかなさのリズムの根底に、「希望」を隠していると、ベンヤミンは言う。

根源の言葉は、希望であり続ける。つまりノヴェレの恋人たちが持ち帰った祝福の確かさが、われわれが死者たちのために抱く救済への希望に応答しているのである。[22]

「死者たち」というとき、ベンヤミンの念頭には、ただオティーリエのみならず例えば自殺した親友ハインレの姿もあったろう。平野が指摘するように、『親和力』においてベンヤミンは、ゲーテの希望をオティーリエらに向けるにとどめず、あらゆる死者にまで敷衍されうる広がりをそれにもたせている。[23] そして、ゲーテのみならず我々が抱き得るものとされた希望を、ハインレをはじめとした死者にも重ねていたのもおそらく間違いない。「はかないものとしてあった経験の尊厳」に対して、ベンヤミンは、「救済への希望」を向けることで応えている。『親和力』においては、「希望」を告げる「星」が、エードゥアルトとオティーリエがただ一度キスを交わすときに現れる。

> 彼女は自分の腕の中に彼をかき抱き、自らの胸を、この上もない繊細さで彼に押し当てた。希望が、天から落ちる星のように、彼らの頭上を過ぎ去っていった。彼らは錯覚し、自分たちがお互いのものだと信じた。はじめて彼らは決然とした自由なキスを交わし、力強くそして痛ましく別れた(94)。

ベンヤミンが言うように、「二人は希望に気づかない」。「決然としたキス」も永らえる至福を導かない。過ぎ去った「希望」は、彼らの体験においては錯覚の位置をしか占められずに消え去るが「星」という象徴のもとにおかれて、他者とも共有されうる「経験」へ開かれてもいる。

> 星々の促しの中で、体験としては吹き飛んで埋もれたものが、経験として残ったのである。それが残ったのは、ゲーテにもかつて希望が、彼が恋人たちのためにつかまねばならなかった希望が現れていたのだからである(95)。〔傍点強調は引用者〕

多くの願望、そして希望は「体験としては吹き飛んで埋もれ」る。ベンヤミンは、吹き飛んで埋もれたものがかつて在ったこと、理想化されえないようなものでしかないにせよ、かつてあったことを「経験」として伝達しようとしている。

ベンヤミンがここで星の隠喩でもって示そうとしていることは、主観のうちに閉ざされた願望や感情の外化であるように思われる。個々の人間は幸福追求のうちに没落し、それとともに彼らが内に抱いた願望も体験した幸福も苦悩とともに消えていく。過ぎ去ることを免れない、こうした「はかないものとしてあった経験」は、だが、世界から隔絶された内部に閉ざされていたわけではなかった。『親和力』という作品において没落する二人には気づかれることなく、彼らとともに過ぎ去った「希望」は、語り手ゲーテによって流れる星の経験として留め置かれたのだとベンヤミンは解釈している。抱き合う瞬間にエードゥアルトとオティーリエが思い浮かべたほとんど錯覚にすぎない「至福」だが、彼らはそれに向かって確かに心傾けたのであり、その傾きが指し示すところにゲーテが「星」を呼び出している。高まらざる本性に殉ずる形で没落した人物たちは、星の象徴のもとで、語り手であるゲーテ、そしてベンヤミンをはじめとする読者といわば交信を行っている。

愛の挫折の中で死んでいくオティーリエやエードゥアルトは、「天から落ちる星のように、彼らの頭上を過ぎ去っていった」希望に気がつかなかった。この「希望」に気づいたのが、語り手としてのゲーテであること、そして、オリュンポスの神よろしく泰然としたゲーテが「没落」したオティーリエに対して涙を集め、流れ去った「希望」を再び昇らせようとしているのだということが、ベンヤミンの議論の核心にある。オティーリエが示したのは「宥和の仮象」でしかなかったが、ベンヤミンは現れては消えるこの仮象が再び希望を浮かび上がらせるさまをみている。

> 太陽が光を失うにつれて、薄明りのなかに宵の明星が昇り、そうして夜をもちこたえて輝くようにして、最後に、あの最も逆説的で最もかりそめの希望が宥和の仮象から浮かび上がる。星のかすかな光は当然、ヴィーナス〔金星＝美＝オティーリエ〕からのものだ。そして、このようなもっとも僅かな希望に、すべての希望は基づいているのであり、最も豊かな希望といえどもそこからしか表れない。このようにして、最後に、希望が宥和の仮象を正当なものとする。そうしてプラトンの〈善の仮象を望むのはばかげている〉という命題が唯一の例外を認めるのである。宥和の仮象は望まれてもよい、というより、むしろ望まれるべきものなのである。この仮象だけが、極限の希望の住処なのである。(96)

「最も逆説的で最もかりそめの希望」の逆説性は、おそらく「希望なきもののために、われわれに希望は与えられている」という一節と関わるだろう。この一節は「希望がないものにこそ希望がある」という逆転的逆説としてだけ読むなら不十分であり、「われわれに」というアクセントに着目しなければならない。

課題としての希望

ベンヤミンは「究極の希望は、けっして、それを心に抱く者にとってあるのではない。その人々のために希望が抱かれる、そんな人々にとっての希望だけが究極の希望である[97]」と言うとき、自らの幸福を願って心に抱かれた希望は、究極の希望とはなり得ないことを示している。これは幸福追求の中で沈んでいくはかない願望である。ベンヤミンは、究極の希望は、そのようなはかなさのうちにある人々のために、誰かが願った希望だとここで論じている。

ベンヤミンは、ここで人物たちに対する「語り手」の姿勢に注目し、例えばダンテが語り手として現れる『神曲』に言及している。語り手として現れるダンテは、地獄において出会った、許されざる恋の果てに殺されたフランチェスカとパオロの言葉に触れるとともに、「彼らの希望のなさを受け入れて倒れる」。ここには、語り手と語られる人物たちとの間に同調作用、共感作用が働いている。

『ツァラトゥストラ』に「多くの者は自らの鎖を解くことはできない。だがしかし、彼は友人のためには解放者としてある[98]」という一節がある。ベンヤミンは「語り手」としてのゲーテをこの「解放者」の位置に見出している。ここでの「解放者」は「至福」の成就を実現するメシアではなく、「至福」への「かすかな接近」、高められた感情において垣間みられるわずかな「至福」への傾きを、自らの経験に重ねて生き直す者である。彼は成就をもたらしに現れるのではなく、解決不能ではあるがそれが解かれることが望まれる課題を共に生きる形で現れる。幸福追求の中での没落という逆説は、ここにおいて他者へと課題を投げかけている。「幸福」のはかなさの不可避性は、その「至福」への転化の希望を、課題として提示している。

ベンヤミンは、語り手ゲーテがオティーリエのために抱いた希望を捉え返し，それをまた自らの友人を含めた死者たちへの希望において捉え返す。この希望を、オティーリエたちの悲運やハインレの自殺という「体験」に閉じさせずに、星々の促しのもとにおく。希望は、自らの体験の枠組みに閉ざされるなら燃え上がることなく消える。「不死性の信仰は、自分自身の存在においては、決して燃え上がることをゆるされていない。不死性信仰の唯一の権利は、死者たちに向けられた救済の希望である」[99]。永らえることへの願望、永らえる至福への傾きを自己成就する能力は、はかない人間には与えられておらず、それを要求する権利もない。だが、たしかに消え去った者において存在したそのような願望を弔う形で、願望を肯定することは許されているとベンヤミンはここで述べている。「希望なきものたちのためにのみ、われわれに希望が与えられている」[100]という言葉も、この意味において読まれるべきものである。

「方法としてのニヒリズム」に支えられたベンヤミンの思考は、オプティミズムをもたない。しかし、世界観としてのペシミズムに閉じるものでもない。ベンヤミンが語ったのは、ペシミズム的世界像のなかに残滓として残された希望であるよりも、希望の聴き取りと伝達であり、これは夢みられるだけでなく、能動的に展開しうるものである。ニヒリズムから導き出されるのはペシミズムであるよりも、無力なものに潜む希望を語り出すという課題であり、この希望を守る姿勢を共振させることであった。言語論にもすでにみられた、希望の聴き取りという課題は、具体的な他者を念頭に現実の歴史と関わるものとなっていく。批評家として活動したベンヤミンに目立つのは、批判の先へ開かれる新たな領野へと積極的に乗り出していこうという姿勢にある。例えば彼のマルクス主義への接近も、漠然たるユートピア志向から生じたものではなく、批判的思考からの転回として生じてきたものだった。このことは、第三部で扱う『カール・クラウス』に鮮明に刻印されている。ベンヤミンの実践的努力は、オプティミズムからもペシミズムからも自由に捉え返さなければならない。

第三部　「純化」の思考へ——「カール・クラウス」における思考の展開

第二部では、ベンヤミンが見いだした幸福のパラドクス――至福の生を一方で望みながら、そのつどの幸福を追う中で、至福にはいたれない――と、その中にあり得る希望について論じてきた。パラドクスの内的克服の道は十全に示されることはなく、「決意」が至福を垣間みせる理想的な在り方と、現実の人間の在り方には乖離が残されたままだった。ここで扱ったベンヤミンの「親和力論」の舞台はいわば「自然」に限定され、葛藤はもっぱら愛と決断の問題として現れた。第三部で問題にする批評家としてのベンヤミンは、この葛藤を歴史と社会を舞台にして捉え、その克服を試みていく。以下では、このことについて、特に彼のエッセイ「カール・クラウス」に即して論じていく。

ベンヤミンはヴィーンの批評家カール・クラウス（一八七四～一九三六）について論じる中で、ブルジョワ出身の知識人に見られる「純粋さ」と「罪」の葛藤とその克服の道を探っている。純粋な精神性、純粋な人間性、純粋な自然という理想状態と、それを引きずりおろす現実の罪という構図は、第二部での葛藤の構図を、形を変えて反復するものとして理解できる。普遍的人間性をかかげるヒューマニズム、純粋な自然を愛する芸術家的心性、公正さを愛し、永遠に活動する社会改良者――こうした輝かしい姿で自分たちのことを見ようとしても、それはもはや虚像でしかない。それらの理想にしがみつくなら、純粋な人間性をいつかそれが可能になる未来に先送りする観察、秘教めいた秘密の場所で行われる芸術のための芸術、あるいは、幻想を信じて、しかし、それが幻想だったとわかって罪深い現実との和解にいたる諦念の道が現れてくる。これらは、ベンヤミンからすると、精神に閉じこもり、「純粋さ」のユートピアを確保しようとする、退行である。「純粋さ」を保持しようとするのであれば、その所有に固執するのではなく、「純化」の運動が展開されなければならないということをベンヤミンは示す。

第一章では、「知識人の政治化」を課題としていた当時のベンヤミンが、共産党系の左翼文学からも、「ブルジョワ的」な域を出ない左翼急進派のあいだで独自の位置を占めていたこと、「中立の観察者」にとどまらない実践を、むしろ保守的とすらいえるクラウスのうちに見いだした当時の状況を明らかにする。オーストリア社会民主党をはじめとする政治的勢力とのクラウスの関わりや、一九二〇年代末のクラウスの状況については、文学・思想研究ではあまり問題にされていない。本章では、当時のクラウスの状況を明らかにしながら、ベンヤミンとクラウスの接点を探る。また、批評家ベンヤミンの政治的立場や姿勢を当時の布置の中で明らかにし、彼の「コミュニズム」への接近の意味を探る。エッセイ「カール・クラウス」は、ベンヤミンが初めて明示的にマルクスの名を挙げて引用した著作でもあり、ベンヤミンのコミュニズムへの展開を示すものだと言われる。しかし、しばしば誤解されるのとは違って、彼にとってのコミュニズムは、ユートピア的到達点ではない。コミュニズムへの転回はベンヤミンの思考の展開に即して検討されるべきものである。

第二章では、ベンヤミンのクラウス論を再構成するかたちで、「純粋さ」と「罪」との葛藤から抜け出るモメントを探る。「文士」クラウスは、純粋な人間性の理想をかかげる。他方でクラウスは、同じように「おお人間よ」と人類愛を説くフランツ・ヴェルフェルを「デーモン」のように苛む悪意の人でもあった。ユートピア的な状態として見いだされる「純粋さ」を、彼のうちなるデーモンが「不平」によって破壊し、他方で「純粋さ」を阻むものへの憎悪から、「純化」の実践への転化が生じていくことを明らかにする。ヴェルフェルとクラウスの対立にベンヤミンが着目していたことは先行研究では論じられることがなかった。第二章では、これに着目し、クラウス論での議論の輪郭を際立たせる。

第三章では、ベンヤミンがクラウスに見いだした「純化」の実践の内実を明らかにしていく。ベンヤミンは、当時流行していた「新即物主義」をヴェルフェルをはじめとした「表現主義」の系譜で捉えて批判し、これらと対比してクラウスの活動を評価していた。「純粋さ」を追究する点で、表現主義や新即物主義とクラウスは近しい。ベンヤミンは、しかし、「純粋さ」を観察者的に愛でるのではなく、闘争の中でその現実化を目指す点においてクラウスが際立っていることを明らかにし、そこにシンパシーを感じていた。本論では、ベンヤミンが単にクラウスへのシンパシーを表明するにとどまらず、エッセイ「カール・クラウス」を、自らの批評活動をさらに展開するための重要な布石として考えていたことを明らかにする。

第一章　批評家ベンヤミンとカール・クラウス

第一節　批評家としての活動

マルクス主義への接近？

一九二五年、ベンヤミンは、教授資格申請論文として書いた『ドイツ悲劇の根源』をフランクフルト大学から拒絶され、以後文筆活動によって生計を立てていくことになる。ジークフリート・クラカウアーの口添えで『フランクフルト新聞 Frankfurter Zeitung』の文芸欄に書く機会を得るとともに、著書の出版契約も結んでいたローヴォルト社が創刊した『文学世界 die Literarische Welt』にも執筆の場を得る。主な執筆の場となった『文学世界』は「文芸に興味のある者たちの中でも比較的限定されたクライス」に向けられていたにも拘らず、二万部（最盛期には三万部）を数えるなど広汎に読まれた雑誌であり、ここにベンヤミンは一九三三年二月までに百本あまりの寄稿を行っている。その他にも翻訳の仕事から収入を得るなど、ベンヤミンはインフレーションの混乱が収束し「相対的安定期」に入ったヴァイマル共和国内で、ひとまず安定した収入を得ていた(1)。一九二八年までは、プルーストの翻訳や『ドイツ悲劇の根源』や『一方通行路』の出版契約などで得た資金をもとに、気ままに旅をしながら過ごしている。主に暮らしていたのはベルリンとフランス文学の動向の紹介者・翻訳者として過ごしたパリであるが、その他に共産圏にも旅をしている。『ドイツ悲劇の根源』を執筆していた際にカプリ島で出会ったリガ出身のコミュニストで演出家のアーシャ・ラツィスとともにモスクワで暮らすという可能性を検討すべく、リガ（一九二五年十一月〜十二月）やモスクワ（一九二六年十二月〜翌年二月）を訪れていたのである。モスクワへの旅費はブーバーの主宰した雑誌『被造物 die Kreatur』から取材報告のためになされた援助によってまかなわれた（以前のベンヤミンのブーバー批判は、少なくとも表面上は、水に流されている）。その他、一九二七年にパレスチナから一時期ヨーロッパに戻っていたショーレムの口添えでパレスチナでの講師の仕事を探す道も浮かんでいた。[2]

第二部第二章でみたように一九二一年の「暴力批判論」では、ベンヤミンはソレルを参照して「プロレタリア・ゼネスト」に言及するなどしていたものの、コミュニズムあるいはマルクス主義に対しては明確に距離をとっていた。一九二八年初めに出版された『一方通行路 Einbahnstraße』においては、「プロレタリアート」と「ブルジョワジー」の「階級闘争」について言及するなど、以前よりも「マルクス主義的」な言葉遣いがみられる。[3]『一方通行路』の冒頭には、「この路の名はアーシャ・ラツィス通りという。彼女がエンジニアとして著者の中に切り開いた路にちなんで」と、ラツィスへの献辞が掲げられている。[4]『一方通行路』のタイトルに照らすと、ラツィスが「ラディカルなコミュニズムのアクチュアリティーへの洞察」[5]をベンヤミンに開かせ、彼にもはや後戻りのできない進むべき道を切り開いたという印象を与えるかもしれない。だが、『一方通行路』が出版された当時のベンヤミンはまだ多方向に選択肢を残した「浮遊した知識人」の一人だったというのが実際である。「コミュニズム」への関心は持続しているとはいえ、共産党に入党しモスクワでラツィスと生活をするという計画は捨てられ、愛に関してもひたむきというわけではなかった。以前「親和力論」において献辞を捧げたユーラ・コーンへ再び熱を上げ、彼女とはパリに一緒に旅行してもいる。[6] この時期のベンヤミンは、多方面に選択肢を残しながら、明確な進路をとらずに浮遊していたと言える。

ベンヤミンが「ドイツの文学の批評での第一人者となること」を目標として掲げたのは一九三〇年にいたってからである。[7] 批評家として認められることを目標とするというのは、アーシャとの結婚をも視野に入れたベルリンでの生活が念頭にあったと考えられる。二八年暮れからソ連の委員としてベルリンを訪れていたラツィスと二九年初頭には同棲しており、同年四月からドーラとの離婚訴訟が始まっている。このころのベンヤミンの動向は、例えばパレスチナ行きのためのヘブライ語学習を目的に奨学金を得ながら勉強は進めないなど、「不純な」動機からの行動を指摘できなくもない。実際、妻ドーラはベンヤミンの「純粋な」思考の意義を認めつつ、それとは裏腹の実際の行動をなじっている。[8] ショーレムがラツィスを貶めると同時に、マルクス主義的言辞を「自己欺瞞」とみなすのは、この辺りの事情を知っているがゆえのことであるように思われる。ただし、こういった事情にすべてを還元して、ドーラやショーレムの解釈に従ってベンヤミンを捉えるのは一面的だろう。

ラツィスとの最接近の中でベルトルト・ブレヒト（一八九八〜一九五六）との交流も深まり、ベルリンでの活動が活発化していたのは間違いない。一九二九年からのベンヤミンは具体的な批評戦略に力を入れだしており「ドイツの文芸批評のどん底状態」[9] を憂うアジテーション的文章、「批評家の使命」[10] といった批評理論、あるいは当時流行していた「新即物主義」文学の批判など、批評活動の戦略構想を書き出している。[11] ベンヤミンは「批評家」としての地歩を固めるべく、評論集[12]の出版契約をローヴォルト社と結ぶとともに（一九三〇年四月十六日）[13] ブレヒトとともに雑誌『危機と批評』の立ち上げに関わるなど批評家としての活動が活発になっている。

この評論集のために力を入れて書かれたのがエッセイ「カール・クラウス」である。ベンヤミンのクラウス論は、ベンヤミン自身の思想を凝集した、「それ以前の作品のあらゆるモティーフの重なり」[14] をみせるものとして、これまで見てきた思考がいかなる展開を遂げているのかを見るのに適している。またマルクスへの最初の明示的言明を行った著作[15]として、マルクス主義への接近という観点から見ても重要な著作である。ベンヤミンは、クラウスを通して、「ブルジョワ出身の知識人」の「政治化」の問題を問うているが、この問題は、ベンヤミン自身の当時の「コミュニズム」への接近とも密接に関係するものである。

ベンヤミンの批評家としての活動が熱気をもって受容されたのは、戦後ドイツの学生運動の高揚の中でだった。一九三〇年前後のベンヤミンのテクスト——「シュルレアリスム」「生産者としての作家」「複製技術時代の芸術作品」や一連のブレヒト論——は学生運動や左翼運動と共振するものとなった[16]。ヘルベルト・マルクーゼ[17]（一八九八～一九七九）と並んで運動の精神的支柱となったベンヤミンは、そのシュルレアリストたちに通じる前衛的思考も着目され、フランスのギー・ドゥボール（一九三一～一九九四）ら「シチュアシオニスト」たちのインスピレーション源としてもアクチュアルな存在となっていた[18]。

当時、ベンヤミンのマルクス主義への接近は、（ネオ）マルクス主義を良しとする読者にとっては、自明のものとして、なぜそれが起こったのかは問題にならなかった。マルクス主義への接近の意味は、ショーレムをはじめ以前からの友人にはほとんど理解されず、検討も評価もされなかった。学生運動の高揚が去りマルクス主義が世界的に退潮するとともにベンヤミンにおける「コミュニズム」への接近の意味は、それ自体問われることが減っている。学生運動の退潮後は、ユルゲン・ハーバーマス（一九二九～）のようにベンヤミンをマルクス主義と差異化する動きが進む。彼は、伝来のマルクス主義がイデオロギー暴露的なもの（「意識化する批評」）であるとすれば、ベンヤミンは「救済する批評」であり、単線的、画一的な解釈から歴史を取り戻し、そこに潜在する力を救い出すものとして評価したのであったが[19]、ベンヤミンの思考のアクチュアリティーは、マルクス主義も含めた近代的思考の暴力に対する批判に見いだされていく。なるほど、マルクス・レーニン主義あるいはスターリニズムとベンヤミンの思考の差異は強調されるべきである。例えば、ドイツ赤軍ＲＡＦのアンドレアス・バーダー（一九四三～一九七七）が自らの正当性を訴えるために、我田引水的にベンヤミンを引用していたことなどに鑑みれば、ベンヤミンが単純に革命性を礼賛したのではないことの強調は十分に行うべきことではある。[20]だが、ベンヤミンの「ラディカルなコミュニズム」への接近の動き自体が彼の思考の展開から内在的に出てきたものと考えるなら、これを無視してはベンヤミンの思考の全体像は理解し得ないだろう。以下ではまず、少し遡って、一九二一年の「暴力批判論」におけるベンヤミンの「政治論」を簡単に概観し、当時のベンヤミンの政治への姿勢を明らかにしておこう。彼の思考がいまだ非マルクス主義的だったことを見ておく。その後、ベンヤミンがコミュニズムへと接近したことの意味をクラウス論執筆当時の批評家ベンヤミンの状況に照らしながら検討する。これとあわせて、クラウス論が書かれた当時の状況、ベンヤミンに映っていたクラウスを明らかにしていきたい。

批評家以前の政治論

ベンヤミンが青年運動期において、いわゆる「政治」的なものを忌避していたことは第一部で見たところだが、一九一九年頃の書簡でも「あらゆる今日の政治的傾向の拒否」をエルンスト・シェーンに告げている。[21]だが、同時期に知り合ったエルンスト・ブロッホらの刺激もあって、ベンヤミンは「真の政治」論を構想するにいたっている。[22]「暴力批判論」はその一部と推測される。後にはマルクス主義者あるいは弁証法的唯物論者を自認するベンヤミンだが、この頃のベンヤミンはしばしば誤解されるのとは違って、マルクス主義も含めた「政治的傾向」を斥けていた。しかし以下でみるように、何らかの政治的団体や組織を支持することはないが、以前とは違って「非政治的」ではない。

ベンヤミンの「法」に関する議論は、その暴力的側面に焦点を絞ったものであって、その意味での偏りが指摘される。ベンヤミン的な法と国家の語り方では「すべては『腐った』仕方で暴力的だ」という無責任な批判になりかねないというわけである。[23]だが、ベンヤミンの批判は、「法」はすべてを悪と判断し批難するためのものの、「気に入るものが許されている[24]」といった「黄金時代」に憧れて、アナーキーにふるまうためのものでもない。むしろ平和主義的な非暴力主義に対しては、批判的姿勢が示されている。

「暴力批判論」は当初はブロッホも肩入れしていた表現主義系の文学雑誌『ディー・ヴァイセン・ブレッターdie Weißen Blätter〔白い草紙〕』への掲載を考えていたが、同誌が「掲載をしぶったため、場違いの感を否めない」、アルフレート・ヴェーバー編集の『社会科学・社会政策論叢』に掲載された[25]。『ディー・ヴァイセン・ブレッター』は、平和主義を強く打ち出していたが、ベンヤミンは、ナイーヴな平和主義や、労働者への同情に訴える議論に論争的な姿勢をみせていたのだった[26]。

例えばマックス・ヴェーバー（一八六四〜一九二〇）は表現主義に代表されるこれらの革命文士たちの言説を苦々しく見ていた。彼は例えばミュンヒェンでの革命政権樹立に共感は示しつつも、そこでみられる言説があまりにもナイーヴなことを危惧していた。彼は「心情倫理」に依拠して政治に関わる革命的文士たちを批判し、例えば、彼らがいう非暴力のための「最後の暴力」に疑念を発する。彼らは新しい平和的秩序を打ち立てるための暴力を「最後の暴力」として正当化するが、またそれは暴力に転化するのではないかというのであった。「反戦的な左翼知識人にとって革命の勃発が『新しき人類の曙光』（L・ルビナー）、『生涯の最も美しき日』（R・シッケレ）と感じられただけでなく、前線から帰ってきたばかりの兵士、かつての強烈なナショナリストや保守主義者の間にも、革命を基本的に肯定するような雰囲気があった[27]」なかで、新しい時代、新たな人間、新たな秩序への黙示録的な期待が高まっていたが、ヴェーバーはこれを危険視していた。ベンヤミンも、同じく心情に発する革命的言説を斥けているが、彼の批判はむしろ、暴力を否定し、その価値を低いものとするクルト・ヒラー（一八八五〜一九七二）[28]が示したような「絶対的平和主義」に対して向けられた。

ニーチェの影響下に「精神」の「貴族制」を提示するヒラーは「武器に訴えるのは奴隷のやり方である。それに対して平和主義は正真正銘の力を示してみせる」と述べ、「精神的貴族」の平和主義を「精神的テロリスト」の「暴力」に対置している[29]。この平和主義は、生命の価値を何よりも高次におく。「〈私が殺さなければ、正義の世界秩序は決して打ち立てられない〉〔……〕精神的テロリストはこのように考える。だが私たちの信条告白はこうだ。存在の幸福と正義よりも、存在自体の方が高位にある」[30]。ベンヤミンは、この「平和主義」と「生命の神聖さ」という「ドグマ」が、国家とは別の仕方ではあるが、革命的行動を「暴力」として斥けるものとなることを批判している。もちろん、ベンヤミンは「革命」的であればすべて肯定するのではない。革命を肯定するのであれば、その革命が「暴力の歴史の終わりという理念」[31]に適うものでなければならない、暴力の連鎖を終わらせるような動き、そこからの離脱の決意に根ざした運動が展開されるのであれば、肯定したいというのが、「暴力批判論」執筆の時点でのベンヤミンの政治への距離であった。

デリダ以後の脱構築的読解が、「暴力批判論」はむしろ非マルクス主義的思考だとしたのは正しい。こうした解釈によれば、ベンヤミンは、国家に反旗を翻して新しい秩序を打ち立てることを志向したというよりも、法暴力の措定の連鎖からの離脱＝「脱措定 Entsetzung」[32]を志向していた。ユートピア的秩序の新たな「措定」が目指されたのではなく、別のものが現れうる可能性、別のものを示す出来事の到来を思考し、そうした出来事に可能性を開いていた。「脱措定は、ただ出来事でのみあり得る。それも、その内実や対象が実定的に規定されえないだろう出来事としてのみあり得る」というヴェルナー・ハーマッハーの議論が典型をなしている[33]。

ハーマッハーらの議論は、ベンヤミンの思弁的なアナーキズムをうまく捉えている。彼の思考は、具体的な活動において展開されるものではなく、思考実験の領域に閉ざされていた。発表の場が不適切だったこともあって、当時は議論を引き起こすこともなかった。それゆえ、批評活動をする以前のベンヤミンは、政治的なもの、現実的なものと具体的に関わることはなかった。だが、その後批評家としての活動の中での思考は、一歩踏み込んだものとなっていく。

左翼知識人の中でのベンヤミン

一九一〇年代から二〇年代の半ばまで「非政治的」な姿勢を貫いていたベンヤミンであるが、ある意味ではその姿勢は批評家としての活動期にも貫かれ、何らかの党派的組織に所属することはついぞなかった。ベンヤミンは思想的に「中立」というわけでは決してなかった。後で見るように、むしろ「中立性」をある種のイデオロギーとして批判していたのだが、彼は何かの組織の一員であったことはなかった。文芸批評家としてもそうだった。一九三四年にカフカ論を書くにあたって、その掲載誌『ユダヤ展望』の編集をしていたローベルト・ヴェルチュに宛てた書簡では、「私は、帝国著述院の一員ではありません。そして同じく、禁止該当リストに載ったわけでもありませんでした。つまり、そもそもなんらかの著述家協会の一員だったことがないのです」と述べている。[34]

共産党員にはついぞならなかったベンヤミンは、アーシャが交流をもっていた「プロレタリア革命作家同盟」などの共産党の関係組織に属することもなかったが、『一方通行路』や「シュルレアリスム」、そして後で詳論するように「カール・クラウス」などにおいて「コミュニズム」へのシンパシーをはっきりと示している。こういったベンヤミンの「唯物論的」姿勢は周囲を驚かし、ショーレムは、クラウス論におけるベンヤミンが「自己欺瞞を行っている」として批判した。[35] ベンヤミンの唯物論的「転回」は彼の本来の思考を裏切る欺瞞であるというショーレムの見方は、学生運動の退潮後のベンヤミン解釈において一定の影響力をもっていた。ショーレムは、言語哲学への沈潜にベンヤミンの本質を見ており、唯物論的思考は、無理矢理接ぎ木された非本来的な思考であるとみていた。「アーシャ・ラツィスが彼に呼び起こした情熱によって、コミュニズムへと『改宗』させられたベンヤミン」というイメージがここから作られるが、パルミエは、包括的にベンヤミンの生涯と思考を検討した著作の中で「このイメージは、ほとんど信ずるに値しないクリシェである」と批判している。ショーレムは「コミュニズム」への接近をラツィス（あるいはブロッホ、そしてブレヒト）という外部の原因に帰そうとしたわけだが、「彼女がベンヤミンに及ぼした議論の余地のない影響も彼の側での期待の地平がなければあり得ないものだったろう」と論じている(36)。パルミエはベンヤミンが情熱によって「改宗させられた」というよりも、ベンヤミン自身の関心に沿って、彼が摂取していったと言う方が実情に近いだろうと考えている。

パルミエは、ベンヤミンがとったマルクス主義的な方向が彼の内的な要請と合致したものだったという見方のもと、ベンヤミンがルカーチに触発されたことで明確に「唯物論的」な方向をとるにいたったと考えている(37)。だが、前章でみたように、総体性への姿勢がベンヤミンとルカーチで異なっていることに鑑みるなら、マルクス主義への接近はルカーチとは別の考えがあったと考えられる。例えば、マルクス主義的な生産力と生産関係の変化に基づく歴史の法則に対して、ルカーチとベンヤミンではスタンスが異なってくるように思われる。ベンヤミンは、この法則を後には半ば当然のものとして語ることもあるとはいえ(38)、彼にとってリアリティをもっていたのは自身も含めたブルジョワ的なものの没落、また、それと歩みを共にした教養市民層的思考の没落であった。

ベンヤミンは、プロレタリアートの側への飛躍ではなく、ブルジョワジーの側からの内在的批判とその限界の超出をもっぱらその課題としていた。それゆえ、アーシャの影響下にあっても、ブルジョワジーをいわば外側から克服してしまっている「プロレタリア革命作家」たちと歩みをともにすることはなかった。ベンヤミンのこういった思考を理解するためには、テクストの内的論理からだけでなく、当時のコンテクストを踏まえて、ベンヤミンのテクストを検討する必要がある。ヤンツが述べるように、ベンヤミンが歴史的な出来事や政治的事象について直接的に述べることは、「驚くほど少ない」こともあって、彼の政治的立場、文壇内での立ち位置などは、コンテクストから推測するほかない部分も大きい。彼は、ブレヒトらとの『危機と批評』の計画や、ベンヤミンの批評テクストから綜合して、当時のベンヤミンを、「プロレタリア革命作家同盟(der Bund proletarisch-revolutionärer Schriftsteller)」(以下BPRS)と、左翼知識人の間に位置づけ、「ある種の二重戦略」をとっていたと見ている(39)。以下では、これについてさらに詳しく検討しよう。

ＢＰＲＳは、一九二八年にヨハネス・ベッヒャーらを中心として立ち上げられた。ここには共産党に所属ないしは強いシンパシーをもつ作家たちが属しており、出身からいえば旧来のブルジョワ的出自の作家と、労働者階級出身の作家に分かれる。このＢＰＲＳに対して、ベンヤミンが寄稿していた『文学世界』の編集者ハースは挑発的態度をとり――「革命への有効性」を基準にするＢＰＲＳの作家と、作品の「質」を重視する自分たちを区別した――これを皮切りに論争が起こった。ＢＰＲＳ側からは、『文学世界』は、「サロン的ボリシェヴィキ」であるにすぎず、資本主義に依存するだけの存在だという批難がなされた。ＢＰＲＳは、『文学世界』のみならず、さらに、クルト・トゥホルスキーら『世界舞台』の「左翼文学者」に対しても、ただ単に上から左派的なことを説教するのではなく、人民の中へとおりてプロレタリアートとともに革命を組織するべきであると呼びかける。(40)「バリケードのこちら側かあちら側か」を迫るＢＰＲＳと、ブルジョワ的立場からのブルジョワ批判をつらぬくトゥホルスキーらとの対立の中でみると、ベンヤミンは、両義的な位置にあった。ベンヤミンはトゥホルスキーら「左翼急進派」の作家たちに対しては強い批判を展開した。といってＢＰＲＳに与したわけではなく、こちらに対しても批判的な姿勢をかいま見せている。

ＢＰＲＳのベッヒャーは「表現主義」から出発していた。彼はその「表現主義」を振り返って、その問題点を「大衆との結びつきのなさ」に見いだし、今必要なのは、「党活動に従事しているという明確な意識をもって、大衆とのつながりをつくりだす」ことであると呼びかけた。(41)そしてさらに、「知識人は、プロレタリアートのもとへ来るのならば、自らのブルジョワ的な出自に負うものの大部分を焼き捨てねば、プロレタリアの闘争隊と隊伍を組んでともに働けるようにはならない」として、「知識人のプロレタリア化」を唱導した。(42)ベンヤミンはこういった考えには反対し、知識人の「生産手段」がやはり「ブルジョワ階級」に由来するということを受け止めるなら、階級間の融合を簡単に説くことはできないと考える。「知識人のプロレタリア化」に対して、ベンヤミンがとるのは「自らの階級の政治化」への道である。(43)

すでに「シュルレアリスム」などで「唯物論」的姿勢を強く打ち出し始めていたベンヤミンは、トゥホルスキーやケストナーら「左翼知識人」を批判する。しかし、「ブルジョワ左翼知識人」批判において彼が行うのは、BPRSの作家がしたような外側からの非難ではない。ベンヤミンは自分が彼らと同じ基盤において思考し、生計を立てていることを自覚しており、彼らの精神性への固執を単なる他人事としてというよりも、自分たちが克服すべき問題であると捉えていた。ともすればユートピア的と形容されて済まされてしまう初期ベンヤミンの思考が、葛藤にみちたものであることは既に見た。ベンヤミンは、「粗野」な「マルクス主義」に居直ったのではなく、そこにユートピアの可能性をみたのでもない。このことを彼のクラウスへの着目に照らして検討しよう。ベンヤミンは、むしろ「保守的」といえるクラウスについて論じながら、「ブルジョワ出身の知識人」の「政治化」の問題を問うている。

第二節　ベンヤミンとクラウス

『ファッケル』クラウス

クラウスに関しては、その活動が多岐にわたることから、ヴィーン世紀末の風刺家として、あるいは『人類最後の日々』の反戦的不平家として、あるいは言葉を偏愛する唯美主義者として、一側面に焦点を当てた研究がなされることが多い。ベンヤミンは、こうした側面に加えて、表現主義など左翼文士を批判するクラウス、あるいは社会民主党とはじめ共闘しながら後にそれとも対立して、三〇年前後にはブレヒトと連帯をはかるにいたった老年のクラウスをも視野に入れていた。これらすべてを踏まえつつ、自身の課題を重ね合わせて書かれた「カール・クラウス」は、それほど多くない分量のうちに、凝縮した非常に多くの思想を含んでいる。これを理解するために、本節ではベンヤミンに映っていたクラウスの姿と、ベンヤミンの受容と評価を概観しておきたい。ベンヤミンがクラウスを読むようになったのは、第一次大戦中のことだった。まず、大戦期までのクラウスの歩みを簡単に見よう。

風刺家クラウスは、世紀末ヴィーンに、「〈われわれは何かをもたらす bringen〉という心地よく耳に響く言葉ではなく、ごまかしのない〈われわれは何かを殺す umbringen〉をモットー」とした雑誌『ファッケル die Fackel〔たいまつ〕』をかかげて現れ、その活動によって大きな反響を呼び起こしていた。[44] 青年クラウスは、ヴィーンのカフェ文化の中で活動を出発させながら、そこにたむろする文士たちに反旗を翻し、風刺家として立った。クラウスは、製紙会社を経営していた父の遺産によって生活をすることができたため、個人誌『ファッケル』の売り上げは生計にではなく、黒字分は寄付などに回された。広告収入をあてにすることもなかったため、スポンサーの意向を気にして誌面内容を憚る必要もなかった。[45]

この風刺は、ヴィーンの公共生活の欺瞞をさらけ出すものであり、風刺家は欺瞞の仮面を剥いでスキャンダルを巻き起こす悪鬼でありかつ、裁きを下す審級でもあった。ベンヤミンは、「粉飾」への憎悪にクラウスの特質を見ており、「現にそうでないところのものでありうる」ことに憎悪を燃やした点に着目する。[46] これについて簡単に見ておこう。

一九〇〇年代、クラウスはヴィーン市民の「モラル」の化けの皮を剥ぎにかかった。ハプスブルク帝国に特徴的な「理論と実践の乖離」[47] の中で語られる「モラル」は存在を偽る「粉飾」でしかない。それゆえクラウスは、例えばヴィーンの代表紙『ノイエ・フライエ・プレッセ』（NFP）が性犯罪撲滅キャンペーンを行った際に、これを批判した。NFPは、性犯罪の撲滅を言う一方で、その詳細をかき立てることで世人の好奇心をあおり、しかも記事の下の広告欄には売春斡旋を掲載したのである。[48] クラウスはここで「モラル」を貫徹すべきであるという主張するわけではない。むしろクラウスの攻撃は、「矛盾」については敢えて触れないという紳士たちの「合意」[49] に向けられている。

「合意」の欺瞞を白日の下にさらすことが初期の『ファッケル』の使命であった。「モラルと犯罪」においては「モラル」と法とが結託していることが批判される。一九〇二年にヴィーンで、「P姦通事件」が衆目を集めた。男性P氏が姦通した妻を告訴し、裁判で妻には二カ月の禁固刑が言い渡されたのである。クラウスは、裁判記録をもとにこの事件の「判決」に対して批判を加えていく。姦通の背景には持参金が約束通り得られなかった不満からなされたという夫の虐待があった。妻は姦通事件の前から離婚したがっていたが、夫は結婚の解消をのぞまず、自らは複数の女中と浮気していた。ジャーナリズムによってこうした「醜聞」が晒しものにされたすえに、妻は有罪を言い渡された。裁判官は、「結婚生活の神聖」を保護するため、夫の行為は度外視して、妻に「モラル」を説いた。これに関して、クラウスは、法が「ゴシップ誌的モラル」を携えて私的生活に介入することの不毛さを指摘し、法が結婚生活における女性の従属を強化することを批判している。「アモラル」なことを禁圧する「モラル」の存在こそが、「アモラル」な現状を作り出しているとクラウスは喝破する。

〈結婚生活の神聖〉は、その理想が法に保護されているということを知っており、そして保護されているがゆえに理想に従う必要がないと安堵している。〈結婚の神聖〉は、法律改正など望まない。労働動物と快楽対象との中間状態に妻はおかれるが、〈上品さ〉は、妻に〔市民の妻として〕挨拶を受けられるという優位を偽善的にも認めている。〈上品さ〉は、金銭結婚は求めるに値するものとし、金銭性交〔売春〕は軽蔑に値するものとする。〈上品さ〉は妻を娼婦とし、そして娼婦を侮辱する。〈上品さ〉は、愛人 Geliebte を愛されざる人よりも価値の低いものとする。たしかに、こうした上品さは、性交を「許されざる了解」と見なすような刑法を恥じることはないに違いない。モラルは守られている。そして、現在のようにアモラルなことに対する禁圧がなかったとしたら、〈モラルに適う状態〉が、さぞかし広がっていくかもしれないのだ。[50]

クラウスは、法に保護された「モラル」が許している男性優位の暴力的関係を剔抉し、紳士のモラルと法の間で交わされた合意に正当性がないということを突きつけている。同時にここでクラウスは、虚偽的な「モラル」によって妨害されない自然な望ましい状態を示唆している。粉飾を剥ぎ取る志向は、粉飾されないものの肯定と交差していく。

クラウスは、一九〇六年のエッセイ「リール事件」で、抑圧された女性の「官能性 Sinnlichkeit」を一つの「自然」として捉え、それを抑圧するような「モラル」の廃棄を主張している。女性には性欲があってはならないというような「モラル」が官能性を縛りつけ、同時に男にあったエロスも「ブタのような不潔さ」へと退化してしまう。「シゼンテキナモノハハズベキモノ〔と考えることこそ〕がハズベキものを咲き誇らせている」と述べ、「自然」を省みない「モラル」への批判を繰り返す[51]。

クラウスが一方で貴族への憧れを語り、他方でプロレタリアートへの好意を見せることも、「粉飾」批判と、存在をそうある通りに示すことの要求から説明できる。ワーグナーは、この両階級に対するクラウスの屈託ない好意は、どちらもその実態を言葉によって糊塗せず、「作者としてにせよ、あるいは読者としてにせよ、とにかく活字とはほとんど無縁だった」点に由来すると考えている。「すばらしい環境の中での快適な社交生活」を貴族は具現し、プロレタリアートは、「闘争」「困窮」「存在の醜悪さ」を具現し、それに「粉飾」をほどこさない[52]。プロレタリアートに好意を示すのは、彼らがまぎれもなく労働力を売る他ない存在であり、それを糊塗することもないからである[53]。「市民たち」と市民的メディアとしての新聞ジャーナリズムにクラウスが憎悪をもやすのは、それが「粉飾」によって自己正当化するからである。「ジャーナリズム」は言葉によって実態を糊塗し、関心や意味に応じて存在の捉え方を変えて、利害関心に訴えながら情報を売りに出す。ベンヤミンはこの意味で、クラウスが「事物のむき出しの存在に関心をもたず〔……〕もろもろの事物を諸関係において、とりわけそれが事件に入り込むところで感じ取る」「ジャーナリスト」の「陰画」だと言う[54]。

クラウスがとりわけ批判の対象としたのは、新聞の文芸欄である。文芸論説欄においては「ディレッタント」が事実と意見とをないまぜにした「美文」でもって、諸々の状況を伝えているのだが、その際に伝わってくるのは執筆者のナルシシズムばかりであり、それがクラウスを不快にさせる。新聞の文芸欄は、芸術を気取って、事態の合理的判断も、芸術のファンタジーも伝えることがない。ディレッタントは言葉を巧みにあやつって、主観的な印象を色彩豊かに描きだし、それを芸術、創造的なことだとうぬぼれるが、そのうぬぼれの中では、小細工によって伝えられるべき事態がなおざりにされると同時に、芸術が小細工と堕すことでそれが本来もつはずの「創造的ファンタジー」が失われる。[55]

一九〇〇年代後半からの『ファッケル』は、粉飾されざる「自然」への憧憬に導かれたといえる。「自然」とは、例えば女性の「官能性」であり、芸術家の「創造性」である。文明の虚飾と欺瞞を批判して「自然」を擁護する姿勢から、いわゆる彼の「根源」思想が導きだされる。[56]「存在」を偽るジャーナリズム言語の批判は『人類最後の日々』において頂点を極める。クラウスは、大戦に際して国をあげてうたわれているところの「大いなる時代」というものが、どれだけ矮小なものによって担われているのかを綿密に記録し、引用する。「ここで告げられる本当にあったとは思われない行為は、現実に起こったのであり、私はただ人々がただ行ったことのみを告げた。ここで演じられる本当にあったとは思われない会話は、文字通り語られたもので、このどぎつい虚構は引用によるのだ[57]」。クラウスによる引用は、街での会話、文士たちの言動、兵士たちの現実を、新聞等に書かれるような形でなく、現場で喋られた形で再演することで、言葉によって「粉飾」される前の実情を照らし出そうとする。インクは悲惨を栄光に、矮小を偉大へと書き換えたが、クラウスは書き換えられたものを、それがそうあるところのものへと呼び返す。そうすることで、例えば新聞という、「中立的」に伝達のみに関わるものが、いかに戦争という「大いなる悲劇」に関わっているのかを浮かび上がらせる。市民が「モラル」を守りながらも「悪」と関わっているように、新聞は公正さや正義をうたいながら、悪の素地を織り上げる。[58]時代の粉飾的言語は、戦争を彩る「黒インク」として紙面を彩り、現実の血を流させるまでに力を振るっている。クラウスは、第一次大戦後この作品によってドイツ語圏を越えて認められ一九二五年にはノーベル賞候補にあがっている。

ベンヤミンのクラウス受容

ベンヤミンは、クラウスの熱烈な支持者だった友人ヴェルナー・クラフトの影響もあって、一九一六年から『ファッケル』に親しみだし、スイスにいた一九一八年から一九一九年には「すでにほとんど規則的に『ファッケル』を読んでいた」[59]。当初、クラウスの詩や表現主義文学に対する風刺を面白がっていたベンヤミンは、一九二〇年四月、ヴィーン滞在時にクラウスの講演を聞いて、その変化に驚きながらも共感を示している。「私たちはカール・クラウスの講演を聞いた。彼が以前とは変化したことについて、多くのことが語られねばならないだろう。だが、それに反対というのでは全くない！」[60]ベンヤミンが聞いた講演は四月六日、十一日のものと思われるが、どちらにおいても『人類最後の日々』からの朗読がプログラムの中心を占めていた[61]。このクラウスの代表作となる戦争ドラマとともに、ベンヤミンに感銘を与えたのは、『ファッケル』誌上でクラウスが、インスブルックの女地主に対して行った公開の返答、「感傷的でない女からのローザ・ルクセンブルクへの返答」であった。

ローザ・ルクセンブルクが「ブレスラウの女性監獄から、一九一七年十二月中頃に、ソーニャ・リープクネヒトに宛てて書いた」手紙を『アルバイター・ツァイトゥング』の中で見つけたクラウスは、それをベルリン、ドレスデン、プラハなど各地で朗読した。彼はそれが「そのつどホールで深い印象を与えた」旨を『ファッケル』誌上で報告しつつ、ルクセンブルクの筆致を讃えている[62]。ルクセンブルクの手紙は、監獄での日常やそこで見た風景を伝えるもので、クラウスは「ローザが行った植物や動物の観察を、より統一した形で、自然の抱擁として、この愛の世界のうちに現れるように」編集して朗読していた。クラウスは、新生オーストリア共和国が「学校の読本に、それをゲーテとクラウディウスとの間において取り上げる」べきと言うほどにこの手紙を持ち上げていた。「感傷的でない女からのローザ・ルクセンブルクへの返答」との関連で問題になるのは、ルクセンブルクが監獄で見たむち打たれる野牛の話である。彼女は手紙の中で、荷を担いだ野牛を兵士がしこたま鞭で打って進ませようとする場面に遭遇したことを語り、その野牛の厚い皮から流れ出る血と戦争の悲惨さを結びつけている。クラウスは、この場面を語るルクセンブルクの筆致、特に野牛の皮が破れる直前の小休止に感動を覚え、「このユダヤ人女性革命家が流したような涙」を新たに生まれでる若者に伝えるべきだと語っている。(63)

これに対して「『ファッケル』読者」だというインスブルックの女地主からクラウスに手紙が届いたと同じ年の『ファッケル』でクラウスが紹介したのが「感傷的でない女からのローザ・ルクセンブルクへの返答」である。手紙は感動したクラウスに冷や水を浴びせようとするものであり、ローザ・ルクセンブルクへの皮肉に満ちていた。彼女がもし人民の煽動者としてでなく、動物園で世話係でもやっていたら、彼女も監獄には入ることはなく、「銃の台尻とお知り合いになることなどなかったでしょう」という「省察」を女地主は披露している。この「感傷的でない女」は、野牛が殴られても痛みを感じないこと、「元気なわんぱく小僧には、びんたが非常にためになることを」「一人の母として」請け合って野牛への鞭打ち行為を合理化する。そしてさらに、野牛への同情は「何にでもおせっかいをやきたがり、一方を他方へとけしかけたがるヒステリックな女性」の感傷だと論じている。「感傷や煽動よりも、静かな力、身近な範囲での労働、穏やかな親切、そして宥和といったものが必要なのです。そうは思われませんか?」と手紙を締めくくっている。(64)

クラウスは、この手紙を『ファッケル』に掲載するとともに、ルクセンブルクの手紙と同時に、この「感傷的でない女」の手紙も「読本」に載せ、「若者たちに、人間の本性の崇高さについての畏敬だけではなく、人間の本性の低劣さへの嫌悪の念も教える」ことを主張している。(35) ここで注目すべきは、女地主がローザの感傷と同時に暗に非難していた左翼勢力に関して、クラウスが限定的ながら擁護の姿勢を示しているということである。この時期のクラウスは、新共和国支持の姿勢をとっており、政権運営に関わった社会民主党とも良好な関係にあったのに対して、共産党などの急進的勢力や、表現主義者などの革命的な文士たちに対しては、厳しい姿勢をとっていた[66]。この意味ではルクセンブルクらの独立社会民主党あるいは共産党にも批判的であるはずだが、ここでは「コミュニズム」を「生を損なわせるイデオロギー」との「抗争」としてある限りにおいて肯定していく。

> 私が思うのは、コミュニズムは、現実的なものとしては、現実的なものに固有のイデオロギーとの抗争、生を損なわせるイデオロギーとの抗争としてあるだけだ。ともかくコミュニズムは、より純粋で理念的な根源の恩恵による、より純粋で理念的な目的のための、不快な対抗手段の一つとしてあるだけなのだ。コミュニズムの実践など悪魔にさらわれればいいが、だが神がコミュニズムを守らんことを願う。財産を所有している者は、生は財産の最高のものではないなどという慰めを片手に、自らの財産の保持のために他の者すべてを飢餓と祖国の栄誉の前線へと駆り立てようとするが、コミュニズムはこうした者たちを絶えず脅かすものとして堅持されるべきだ。このならず者は、あまりに厚かましいがゆえにもはやどうしていいかわからなくなっているのだが、こいつらがこれ以上厚かましくならないためにも、神がコミュニズムを守らんことを！　独占的に享楽するのを認められた者どもからなる社会では、彼らの支配下にある人間は、彼らから梅毒をうつされるとしても、十分な愛をもってするべきだなどと信じられているのだが、このような者どもがせめて胸苦しさをもってベッドへ向かうように、神がコミュニズムを守らんことを！　せめて彼らから、自らが犠牲にしている者へとモラルを説く気持ちが失せ、犠牲者について冗談を飛ばすような類のユーモアが消えうせんことを[67]！
> 〔傍点強調は引用者〕

ここでのクラウスのコミュニズムの捉え方は両義的である。「コミュニズム」はきわめて限定的に擁護、肯定されている。一方で、理念としてのコミュニズムのようなものは認めていないが、「感傷的でない女」の破廉恥なシニシズムのようなものへの対抗手段として、そうした存在への脅かしとして認めている。ここでのクラウスの姿勢はベンヤミンに強い感銘を与えたものと思われる。

これを読んだ当時のベンヤミンは、自らの「政治論」を構想していた。「真の政治家」と題された論考について語る中で、ベンヤミンはルクセンブルクの手紙を巡るクラウスの論争に触れ、クラウスが「偉大な政治家への途上」にあると思わされたと感嘆している。[68] ポジティヴな理念の提示としてではなく、打ち倒すべきものを打ち倒す動きの肯定という点でクラウスとベンヤミンの姿勢が重なってくる。「暴力批判論」で見せた革命的暴力の擁護の姿勢は一九二〇年代後半にいたって再び目立ってくる。これに対しては、前述したようにショーレムからの攻撃が繰り返しなされた。一九三四年に「フランスの作家の現在の社会的位置」に対して、「コミュニストの信条告白のつもりか?」と問われた際には、「私のコミュニズムには〔……〕より小さな悪以外の何ものもない」と返答すると同時に、自分の姿勢を示すものとして「感傷的でない女からのローザ・ルクセンブルクへの返答」を参照するように述べている。[69]「対抗」的な理念というモティーフはベンヤミンの「コミュニズム」を考える上で極めて重要である。また、後に論ずるように、クラウスがここで「根源 Ursprung」についてイデオロギー破壊に関わるものとして触れているのも見逃せない。

批評家ベンヤミンと諷刺家クラウスの近さ

上で見たように、クラウスへの感嘆と関心をベンヤミンはしばしば書簡などで示しているが、公にクラウスについて書くのは、一九二六年以降である。クラウスからベンヤミンへの影響は、必ずしも明らかではないが、例えばベンヤミンのグンドルフ批判にはクラウスの影響が指摘されている。[70] その他に影響が指摘できるのが、ベンヤミンが文芸ジャーナリズムの場で批評家として活動するにあたっての最初の「大きな仕事」と言えるフリッツツ・フォン・ウンルー（一八八五〜一九七〇）の『ニケの翼』の書評である。

ウンルーは、若くして名を馳せた作家で、小説、戯曲、エッセイなど多岐にわたって作品を書き、一九二三年にはグリルパルツァー賞を取っている。ヴィーンでは、アルマ・ヴェルフェル〔アルマ・マーラー〕（一八七九〜一九六四）のサロンに出入りし、その寵児として名を馳せ、マックス・ラインハルト（一八七三〜一九四三）が彼の戯曲を取り上げて演出していた。彼の交流圏にある人物たちは、アルマの夫である表現主義作家フランツ・ヴェルフェル（一八九〇〜一九四五）なども含め、クラウスの批判の対象となっており、批判はウンルーに対しても向けられる。ウンルーは、フランスの文壇とも交流をもち、『ニケの翼』はフランスでの社交場面を回想するエッセイとなっている。クラウスはウンルーをこきおろす文をしばしば書いており、朗読会のレパートリーになっている。ウンルーも、戦争賛美、革命賛美、フランス親善大使気取りと変節を繰り返しており、クラウスは、これを攻撃する。クラウスはソルボンヌ大教授らから推挙されてノーベル平和賞候補に挙げられていることもあり、クラウスの自負はウンルーを蹴散らして不動であった[71]。

クラウスはウンルーを攻撃するにあたって、アルフレート・ケル（一八六七〜一九四八）を批判したときと同様、戦争時と戦後の態度の差異を問題にする。クラウスは、ケルが戦争中には戦意高揚詩を書きながら、戦後には新たな状況にすんなりと順応して知らぬ顔をしていることを大々的に非難した。「ケルならびにウンルーは、戦争時には戦争を偉大なものとする詩を作り、クラウスならびにベンヤミンは、これら著作家の妥協を明るみに出す[72]」。一読者としてクラウスの関心を強くもっていたベンヤミンは、批評家としての姿勢に関しても近しいものをもっていた。

ベンヤミンがクラウスへの接近を明確に試みるのは、エッセイ「カール・クラウス」によってである。この頃クラウスは、ブレヒトのいたベルリンへ活動拠点を移しつつあった[73]。ベンヤミンはここに一枚噛もうという意図をもっていたと思われる。クラウスのベルリンへの接近については、クラウスとオーストリア社会民主党との決裂、それにともなうヴィーンでの影響力低下が背景にあった。これに関しては、ベンヤミン研究の範囲ではあまり注目されていない。以下で、クラウスの動向、当時の状況を確認する。

第三節　ヴィーン－ベルリン　一九二九―一九三二

クラウスとオーストリア社会民主党

カール・クラウスには「限定的な政治関心」しかなかったと一般に捉えられている。生計的にも組織に依存せずに独立していたクラウスは、自らの「唯美主義」を崩さず、党派とは無縁に、自らの個人的関心に適う限りで政治に関わっていたというのである。(74) 戦後西ドイツで出版された著作集（ケーゼル版）の編集もこうした見方にしたがって「二〇年代の『左翼』クラウスを無視」しており、五〇年代後半から起こった「クラウスのほとんど奇跡的なルネサンス」は、「『ラディカルな』クラウスが省かれる」形で行われた。(75) クラウスをその「唯美主義」において、あるいは「独立独歩の不平家」のイメージにおいて捉える見方は、その後も多く見られる。こうした見方はもちろん間違いではない。実際、「独り者性」は人を惹き付ける彼の魅力の本質であり、同時代のまだ若き唯美主義者だったエリアス・カネッティ（一九〇五～一九九四）は一九二七年七月十五日の事件（これについては後述）に際して、独りクラウスが抗議を行ったことに大きな感銘を受けていた。(76)「だが、カネッティが語るほど、クラウスは独り者的に行動していたわけではなかった(77)」ことも知っておく必要がある。

クラウスは、孤立した個人は、それ自身ではむしろ独立性を保てないことを知っていた。彼は実のところ、その都度の協力者、味方のネットワークを基盤に、独立独歩を保っていたのである。クラウスは、その支持者の多くをカネッティのようなインテリ、ゲーテやシェイクスピアを諳んじる教養市民たちのみならず、若い社会民主党員や労働者に見出していた。オーストリア社会民主党は、ドイツの社会民主党とは違って第一次大戦に反対の姿勢を保っていたこともあり、クラウスは以前からこれに好意的だった。例えば『人類最後の日々』において労働者および社民党が批判されることはなく、社民党機関紙『アルバイター・ツァイトゥング』が、その反軍国主義的資料の引用源になっている[78]。第一共和国内ではクラウスはキリスト教社会党を批判し、社会民主党と（限定的）協力関係を保つ。

レーニン主義的な急進的路線をとらなかったオーストリア社会民主党は、「自由に望まれる社会主義」を確立すべく「階級闘争の文化戦線」を重視していた。ブルジョワによる教養独占を崩して労働者に文化を解放しつつ、自らが大衆政党として広く認容されることを彼らはめざしていたのだった[79]。ブルジョワ独立急進派クラウスとの協力は社民党にとって願わしいものであり、党芸術部主催でクラウスの朗読会がしばしば設けられた。これは労働者からも好評をもってむかえられていた。

社民党が協力関係にある芸術家や知識人は、何もクラウスだけではなく、ノイラートやヴェーベルン、ライヒといった革新的な人々が社民党から資金的援助を受けていた。彼らは党からいわば世話を受ける立場にあったが、クラウスは思想的にも金銭的に独立していたため、対等なパートナーとして社民党に自由にものを言えた[80]。クラウスは社民党指導部をある意味党よりも「左側」から批判していたために、彼は特に若い党員の間で崇拝され、党内に「クラウス派」が形成されるまでになっている。党指導部はこれを苦々しく思っており、例えば『アルバイター・ツァイトゥング』編集のオスカー・ポラクがクラウス批判を展開する。クラウスは古い時代の終わりを告げる使者ではあるが、未来を担うのは、正しい社会主義者たる自分たちだと言うのである[81]。クラウスによるイムール・ベケシー批判キャンペーンへの社民党の非協力を契機に、党とクラウスの関係の亀裂は決定的に深まる[82]。さらに一九二七年七月十五日の事件がクラウスを大きく展開させ、社民党との蜜月は終わりを告げる。

ヴィーンからベルリンへ

一九二七年一月右翼私兵団が社民党の集会に乱入・発砲し死傷者が出るという事件が起こっていた。犯行を行った三人は、しかし同年七月十四日、無罪放免される。このことへの抗議として翌十五日、労働者や市民が自然発生的に裁判所前に集まりデモを行った。これに警官隊が発砲し多数の死傷者が出た。これを受けてクラウスは警察長官ヨハネス・ショーバーに辞任を求める張り紙をヴィーン市中に掲示した。社会民主党は選挙協力の関係でショーバーに対して何も言えなかった。誰からも声のあがらない中でのクラウスのこの声は、カネッティに大きな感銘を与えたように、きわめて印象的なものだった。社民党はクラウスに歩調を合わせることはなく、ショーバーを批判するどころかむしろ擁護にまわった。当然ながらクラウスは激昂する。

他方、ベルリンでは二九年五月一日、ドイツ共産党の大規模デモに対して警察が発砲する事件があった（当時ドイツ社会民主党は政権についていた）。クラウスは、これに関して共産党に同情的姿勢をみせる。ヴィーンでショーバーを支持していた『新ヴィーン新聞 Neues Wiener Journal』の創刊者リポヴィッツはベルリンの警察長官ツェルギーベルとも親交を結んでいた。ヴィーンではショーバーが、他方ベルリンではその「ドッペルゲンガー」が暴虐をはたらき、リポヴィッツはこれらを支援する悪の紐帯であるとして、クラウスは彼をこきおろす。そして、「あちらでもこちらでも」これら「ドッペルゲンガー」たちを支えている社会民主党への批判もクラウスはいよいよ強めていく。[83] クラウスはちょうど同じ頃アーシャ・ラツィスの紹介でブレヒトと知り合い「ベルリンのコミュニスト」作家たちと親交を結んだといわれる。[84] ここにヴィーン－ベルリンのつながりが成立し、クラウスはベルリンでの活動を活発に行っていく。

クラウスがベルリンに活動の軸足をおこうとしたことに関しては、別の側面からも説明されねばならない。彼は個人誌『ファッケル』を第一次大戦後のオーストリア共和国でも引き続き刊行し続けていた。しかしながら、二〇年代の後半、『ファッケル』という雑誌メディアのヴィーンにおける影響力は以前に比べて低下していた。その一因は、かつては『ファッケル』が専売特許としていた、常識的偏見に囚われない意見表明というものが、戦後の出版バブルの中では当たり前のものとなっていたことである。そして、他の多くの雑誌が投資バブルを利用して、全面広告だらけになりながら肥大していったのに対し、広告なしの『ファッケル』は一九二〇年代に経済的に苦戦を強いられる。(85) クラウス自身は、『ファッケル』にこだわらずに、自身の活動の場を、朗読会や舞台、さらにはラジオ放送へと拡げていった。(86) 彼は『ファッケル』を新たな活動の報告舞台として用いるようになっていた。新しいメディア活動に適していたのは、古都ヴィーンではなく、その黄金時代を謳歌していたベルリンであった。そして、そのパートナーに選ばれたのは、オーストリア社民党ではなく、ベルリンのブレヒトであった。

クラウスとブレヒトとの関係をもう少し遡ると、二〇年代中頃は、ヘルベルト・イェーリング(一八八八〜一九七九)の仲間、あるいは表現主義的傾向の劇作家として斥けていた。その頃すでに『バール』や『都会の太鼓』で名声を得ていたブレヒトの作品を、クラウスが真剣に検討した様子はない。その後も、ピスカートルを批判する際に現代の劇作堕落の傾向を示すものとしてブレヒトに批判的に言及している。(87) だが一九二九年五月アルフレート・ケルとブレヒトの間に起こった盗作論争において、クラウスはブレヒトの肩をもつ。(88) クラウス自身がケルを長年批判対象としていたこともあるが、すでにこの頃ブレヒトはベルリンにおけるクラウス・サークルに加わって親交を結んでおり、ベルリンでのクラウス朗読会の後で彼を囲む食卓仲間の一人だった。クラウスは、一九三〇年十一月二十五日にベルリンで『文学、あるいはお手並み拝見』を上演した際に、即興部分でブレヒトの『男は男だ』の名を利用してケルを批判するなど、連帯姿勢を強く打ち出していく。(89) カネッティはある日のクラウスについて「卓についた各々を、思いやりをもって取りなしたが、ブレヒト、この若き天才のことは、愛をもって、あたかも自らの息子――彼の選びぬかれた子どもでもあるかのように扱った」ことを伝えている。(90)

クラウスは一九三〇年にはブレヒトの作品をその朗読会のレパートリーに加えている。クラウスの朗読会のレパートリーとして同時代人の著作が取り上げられることはそもそも少なく、リーリエンクローン、アルテンベルク、ラスカー＝シューラー、トラークル、アルテンベルク、ヴェーデキントなど、僅かな範囲に限られていた。第一次大戦が終わって以降、ここにあらたに加えられたのは上述のローザ・ルクセンブルクの手紙、そしてブレヒトだけだった。ここからもかなり特別な評価をしていたことが、あるいはクラウスの戦略上重要な位置を占めていたことがわかる。ブレヒトは「生活散文を歌ってご愛好されている韻文屋たちが広めている平坦さと不毛さから時代意識をすくい上げて、それに相貌と形姿をもたらしたドイツ唯一の作家」として讃えられている。[91]同じ号の『ファッケル』ではクラウスは「ケストナーの生活散文に全く共感しない」と表明しており、ここで「韻文屋たち」として念頭にあるのはケストナーや、同じくしばしば批判されているトゥホルスキーらと考えて間違いない。[92]彼ら「左翼文士」を批判し、ブレヒトを評価するという姿勢は、図らずもベンヤミンのそれと合致するものであった。

「純化」と「掃除」

クラウスは、大戦末から大戦後にかけて、表現主義の文士によって叫ばれたようなコミュニズムを信用しなかった。[93]そこには革命的な気分に浮かれるだけの熱狂が認められるだけで、そのような熱狂にはクラウスは冷ややかであった。ブレヒトに接近はしたが、ブレヒトと政治的志向をともにするわけではないと、その点に関してははっきり袂をわかっている。[94]ベンヤミンがクラウス論で問題にしているのは、むしろこのような非コミュニスト・クラウスと「コミュニズム」との接点である。

クラウスが、オーストリア・ドイツ両社民党批判を行いブレヒトに接近したのとちょうど同じ頃、ベンヤミンもラツィスを通じて、ブレヒトとの親交を深めていた。一九二九年四月一日、ブレヒトが演出に関わった劇『インゴルシュタットの工兵たち』が上演され、ベンヤミンはこれを見て劇評のためのメモをとっていた。[95]この戯曲は、『インゴルシュタットの煉獄』で評判を得たマリー・ルイーゼ・フライサーの第二作で、すでに前年初演されていた。兵士に憧れる他ない片田舎インゴルシュタットの娘たちと、軍曹に逆らえず、ブルジョワの息子のような金もない中で自分たちが兵士であることを少女たちに誇示する工兵たちのやりきれない関係が描かれる。ブレヒトらの意向で、性的表現を含む過激な演出を加えて再演され、ブーイングが起こるなどスキャンダルとなった。[96]

ベンヤミンは、「心地よさ Gemütlichkeit への攻撃は、この作品が駆り立てた以上にはなしえない」としてブレヒトの演出をほめたメモを書いていたが、この公表前の四月十二日に、オーストリア出身の作家ハンス・カフカ（一九〇二～一九七五）――カフカという名字だがフランツ・カフカとは関係ない――が、この作品の論評をベンヤミンの執筆していた『文学世界』に出し、そこで兵士をたくさん舞台にあげるブレヒトへの反感をみせる。

なぜいちどにこんなにたくさんの兵士が舞台に挙げられるのだ？　若さ、健康、生気――けっこうなことだ。これらを創作する中で、軍人たちが劇作家たちに思い浮かぶのは、突然のことだったろうか？　ブレヒトの、『男は男だ』とともに、この傾向は始まったのだ。民衆の中の呪われた野郎ども、鉄の筋肉と、アクロバティックな関節をもった野郎ども、勇気ある自然の腕白坊主たち、酒の快楽、食欲、そして肉体の快楽。おお、なんと自然が浪費されていることか[97]！

フライサー作品の主人公の女中は、ブルジョワの息子の要求をはねつけて兵士に身体を捧げる。だが仕事が終わればいなくなる兵士たち（舞台は第一次大戦前の一般兵役義務時代を舞台とした）との愛の関係は続かない。片田舎に留め置かれた女中たちの悲哀が作品の主題である。だが、カフカは、それに着目するよりも、兵士たちの肉体の魅力、そして「制服の魔術」が前提とされていることに嫌悪をみせる。行進曲の中での「制服の魔術」

など見たくない、「計画的殺人など見たくない、折々のため息の他にはこれに反抗することのない勇敢なる兵士たちなど見たくない〔……〕許されるテーマは、あのように深く沈んだ人間たちの救出以外にない」[98]。カフカは、マルクス主義における平和主義の脱落と、ミリタリズムへの転化の危険を指摘し、ブレヒトを批判した。

これに対してベンヤミンは、五月十日掲載の「もう一度。多くの兵士たち」において、状況を踏まえずに戦争一般に反対する平和主義は感傷でしかないと反論する。抽象的平和主義批判はすでに「暴力批判論」でも行っていたが、ここでは「管理された暴力」＝国家の暴力への態度はかつてと少し変わっている。近代的常備軍、職業軍隊の内に野蛮な諸力が存在しているというのは「暴力批判論」の基本テーゼでもあり、ベンヤミンはここでもそのことを認めるが、そういった存在に対して、個人に徳育を施すような言い草で、武器を捨てろなどというのは無意味だと主張している。そして、暴力的な力に関しても適切な投入というのがあり得るのだとしている。民族間戦争の可能性はヴェルサイユ体制下のドイツではあり得ず（空軍は禁止され、兵士は十万人に制限されていた）、戦争があり得るとすれば、それは「階級」間のものとなるはずである。「暗い諸力」の発露としての「自然現象」への抽象的嫌悪に基づく「感傷的な推論」は、「政治的議論という歴史的領域から起こる全ての問い」を「倫理的議論の底なし」に導くだけだと批判する。

> 「戦争に汚されず」「血にまみれていない手」を保持しようとすることは、倫理的なキメラである。そうしてやはり、こうしたことがらにおいては、武装蜂起という行動、純化 *Reinigung* という目的合理的行動の外部に、純粋さ *Reinheit* などないのだ。劇場がこのために何か成しうるかどうかは、大いに疑問である。しかし、その可能性が、カフカが示した方向にないことはたしかである[99]。〔傍点部、原文イタリック〕

「暴力批判論」では革命的な暴力が是認されていた。ここでは「武装蜂起」が「純化」として肯定されている。

「武装蜂起」の政治的是非については、歴史的コンテクストの中で検討される必要がある。これが書かれたのは、ちょうど五月一日に上述した血のメーデーがあった時期だった。ベンヤミンの反論がメーデーの後に書かれたかどうかは確定できないが、仮にカフカ的な一般的平和論が、「マルクス主義のドグマ」と暴力性を批判する一方で、警察がメーデーを血で染めたことを「秩序」の名の下に肯定するようなことがあるとすれば、ベンヤミンが批判的態度を取るだろうことは間違いない。ここでの文脈や「武装蜂起」についての評価をどう考えるかは保留するにせよ、ベンヤミンが言わんとするのは、手を汚すことのないという意味での「純粋さ」は存在せず、「純粋さ」を求めるのであれば、「純化」の中においてだけそれは存在するということである。あるいは歴史的状況を考察することなしに考えられる抽象的な「純粋さ」は存在しないということである。

「純粋さ」ではなく「純化」という言い回しは、ベンヤミンがしばしば用いるものであり、バーナード・ショーについて一九一八年に書いたエッセイですでに、「衛生学」的な現代の思考の特徴として批判している。「衛生学の技術は純化するかわりに、純粋さを保持することにある。衛生学の誤りは、自足的で、維持だけを要するような純粋さが、いつか、どこかにあるのだと前提してしまうことである[100]」。そして、この言い回しは「クラウス論」の結論とも言える箇所に見られる。

> 神話からは観念論的に解放されるのでなく、ただ唯物論的に解放されること。そして被造物の根源においてあるのは、純粋さではなく、純化だということ。こうしたことが、その痕跡を、クラウスの現実的ヒューマニズムのうちに残したのは彼の晩期になってだった[101]。

ここでの「純化」は、「武装蜂起」ではなく、クラウスの行った欺瞞や俗物根性の「掃除 Reinigung」、あるいは「純粋さ」の幻想の「掃除」を意味している。ベンヤミンは「カール・クラウス」において、「純化＝掃除」

ということで「革命」を考え、それをクラウスに接合したとしばしば言われることもあるが(102)、そうした理解は幾分短絡的である。ベンヤミンがあくまでクラウスに即して、この「純化＝掃除」を語っていることに着目されねばならない。クラウスが、プロレタリアートに同情的ではあるものの、いわゆる革命的勢力には敵対的であることを、ベンヤミンは十分に知っていた。

ベンヤミンが批評活動を単にパンのための仕事としてではなく、自身の課題として捉えられるのはこの頃からであり、同時期には雑誌『危機と批評』構想に関わっている。ブレヒトの発案で立ち上がったこの構想は、ベンヤミンが著書出版の契約を交わしたローヴォルト社の支援を得てベンヤミン、ルカーチやブロッホ、クラカウアー、デーブリンなど幅広い協力者を想定していた。ベンヤミンは、編集の中心に据え置かれて、会議に関わるが、初号にあがってきた論文に辟易していた。ラツィスやブレヒトと接近した後でもベンヤミンには、教条的なコミュニズムへの信奉はやはり無縁だった。ベンヤミンにとってコミュニズムが魅力的であるとすれば、旧来の思考枠組みの外部として、あるいは新たな実験の地平としてあるかぎりにおいてであった。共同作業に不向きな自らの特性を自覚して計画から距離をとっている。その後、ブレヒトとルカーチの折り合いが合わないことや経済状況の変化などもあって、『危機と批評』構想自体が頓挫した。計画は頓挫し、協同作業がなされなかったとはいえ、ベンヤミンはこういった作業の意味を自身の内部で真剣に理論化しようとしていた。そのためのメモに繰返しクラウスの名が挙げられている。カール・クラウスこそ自らと近い位置にいるとベンヤミンは捉えていた。古い教養市民的倫理の枠組みを内破する契機はクラウスにこそ見出されている。

教養市民的な精神性の範疇での活動の限界をベンヤミンはすでに青年運動において痛感していた。といって、批評家として身を立てる前のベンヤミンはそれ以外の道を見出せていなかった。ギリシア悲劇の英雄が見せる反抗や他者への希望は、沈黙のうちに秘かにあたためられるべきものであり、堅持され、いつか展開されるべき動きの芽としてはあるのであっても、そこから積極的に新たな何かを展開しうる芽ではなかった。ベンヤミンがアーシャに「死んだ文学に関わっている」と指摘されて曖昧にしか答えられないのは、おそらくそれが確かに真実をついていたからである[103]。ベンヤミンは「前しか見ない馬」の道をとり得ない。進歩的なものからはみ出るものへの視線は、捨て得ない。このような中で、前方ではなく後方にある「根源」を「目標」としたクラウスのうちに、再び前方へと前進する姿を見出したことにベンヤミンは興奮していたように思われる。すでに現実的な無力を自覚していた「純粋さ」への憧憬を、単に捨て去るのではなく、それにしがみつくのではない形で守り通しつつ、それを新たに展開する道、これをベンヤミンは模索し、クラウス論においてその展開の過程を示そうとしている。このことを次章以降で明らかにしていこう。

第二章　「純粋さ」と「罪」——クラウスと表現主義

第一節　「全人間」の審級

「カール・クラウス」

前章では、ベンヤミンの批評家としての活動を概観し、カール・クラウスへの接近の背景について確認した。本章では、ベンヤミンの「カール・クラウス」（以下「クラウス論」）の検討に入りたい。クラウスが教養市民層的な精神性を克服する姿をベンヤミンは描き出そうとしている。「純粋さ」と「罪」の問題系の超克は、同時期にベンヤミンが自らの課題、自分も含めたブルジョワ階級出身の知識人の課題として捉えていた問題である。第一部、第二部を通じて、ベンヤミンが「精神」に絶対的価値をおくことに批判的な姿勢をもっていたことを論じてきた。「クラウス論」においては、教養市民層的な「精神」の「純粋さ」への憧憬の限界が明確に指摘されている。そして、この限界を突破するところから、コミュニズムへの接近が生じているということもわかる（これについては、次章で検討する）。「クラウス論」での議論は、たしかにある意味では「ベンヤミン的な自己説明」[1]

であるが、それを越えて、当時の知識人全般に対する内在的批判でもあり、また挑発でもある。

「クラウス論」は三章構成で書かれており、それぞれ「全人間 Allmensch」「デーモン Dämon」「非人間 Unmensch」と題されている。図式的に見るなら、あるいはスローガン風に解釈するなら、クラウスが「全人間」的在り方を突き抜け、「デーモン」を克服した上で、「非人間」的転回を果たす姿をベンヤミンが描き出しているというふうに理解できる。あるいは、クラウスが「古典的ヒューマニズム」という理想を破壊して、「現実的ヒューマニズム」へと転回していくさまを描いていると言う風にも捉えられる。しかし、ベンヤミンが「全人間」から「非人間」へといった図式においてどういったことを示そうとしていたのかは必ずしも明らかでない。ゲーテ、シラーをはじめとしたドイツ的教養の理想に基づく「古典的ヒューマニズム」とマルクス的な「現実的ヒューマニズム」の対立、あるいはシュティフター的な「全人間」とクラウスがそうなったような「非人間」の対立、イデアリスムス（観念論＝理想主義）とマテリアリスムスの対立——こういった対立のどちらをベンヤミンが良しとしたのかということは、さほど重要ではない。重要なのは、こうした対立の間で、一方から他方へと転化するベンヤミンの思考の運動であり、こうした運動を捉えることである。図式を確認することではなく、図式の中でどのような思考が繰り広げられているのかを把握することが重要なのである。エッセイ自体を実際に見るなら、たしかにテーゼとアンチテーゼとジンテーゼという弁証法的構図と見ることもできるにせよ、テクストは明確な構成を示すというより、一見すると「万華鏡」を見ているような印象のものとなっている。(2) 断片から断片へと文が続く中でイメージが鮮烈に打ち出される。だが、それぞれのイメージについて十分に言葉をつくした説明がなされていないこともあり、理解し難い部分を多く含んでいる。

本章では、前章で確認した執筆当時の背景も踏まえつつ、さらに、クラウスの表現主義批判というコンテクストに着目したい。批評家ベンヤミンは、表現主義から新即物主義へといたる流行の左翼文学を批判しようと考えていた。クラウスは前章で少し触れたように表現主義に対して批判を向けていた。表現主義に関しては、第二部

第二章でも見たようにベンヤミンも批判的に捉えていた。「クラウス論」のための断片的メモには、例えば「クラウスが文芸批評家として果たしたことは、徹頭徹尾、表現主義との対決に基づいている。ヴェルフェル[3]」といったものがあり、「クラウス論」において、表現主義対クラウスという構図が企図されていたことがわかる。この対立は、テーゼとしての「全人間」対アンチテーゼとしての「デーモン」のような明確な対立と違って、扱われる分量が少ないこともあって目立たない。またベンヤミンはクラウスと表現主義に関して、その敵対性と対立を前提として議論を始めるのではなく、むしろ、その親近性に着目して議論を始めていることもあり、コンテクストを明らかにしない場合、その含意を把握し難いところがある。「表現主義の実りなく虚しい闘争に無効を告げることができるのは、敵対的な精神によってではなく、表現主義に親近的な精神によってだけである。クラウスはそうした精神の一つだった[4]」というようにクラウスと表現主義との間に対立と同時に親近性が認められている。ベンヤミンのクラウス論に焦点を絞った研究は多くあるが[5]、両義性がはらむ曖昧さを避けるためか、これまで「クラウス論」において表現主義がもつ意味についてはほとんど研究されてきていない。しかし、ベンヤミンは、クラウスの「転回」の契機をこうした微妙な対立のうちにおいて捉えている。「古典的ヒューマニズム」対「現実的ヒューマニズム」のような対立が意味するところも、こうした契機から捉え返すことで、はじめて明らかになる。このため、本章ではベンヤミンがクラウスと表現主義の何に類似を見、何に差異を見たのかを明らかにする。

あらかじめ簡潔に示しておくと、ベンヤミンは、両者が「純粋さ」と「罪」をめぐって思考していることに着目している。前章で見たようなクラウスの「粉飾」の批判と「自然」の尊重は、「存在」の「純粋さ」への憧憬となる。これは、クラウスと対立した表現主義作家ヴェルフェルも共有していた。両者が共有する「罪」は、この「純粋さ」の帰結としてあるとベンヤミンは見ている。エッセイの第一章「全人間」は「純粋さ」の領分を、第二章「デーモン」は「罪」の領分を主題化している。このことについては、ベンヤミンは謎めいた比喩でもってしか語っていないために、一見理解し難いものがあるが、クラウスとヴェルフェルの詩、両者の対立の経緯を確認することで明確にできる。

第一部からみてきたベンヤミンの思考においては、純粋な根源、あるいは楽園的な状態、救済された「至福」といったイメージが、重要な意味をもっていた。「至福」への「決意」とその不可能という両極をともに思考していたベンヤミンは、その対立地平を越え出るものを明確に見いだし得ないでいた。ベンヤミンのクラウス論が注目すべきなのは、クラウスのイメージのうちに、純粋な救われた状態への救済とその不可能という対立の地平が葛藤の中で克服されていくさまが見られているからである。「親和力論」においては、決意へ向かうモメントと、不可能なものの救済とが、分離したままにあった。「クラウス論」にはこの対立を内破する思考がある。本章では、クラウスのうちにベンヤミンが見いだした「純粋さ」への憧憬と、デーモン性の相克を見ていく。ベンヤミンには、このような相克を指摘することで、当時見られたクラウス像を揺すぶろうという意図もあった。以下でみていこう。

クラウス像

一般に、クラウスに対しての態度は両極端なものとなりがちである。生前にあっては、クラウスを無視するか崇めるかのどちらかであった。これは、クラウスの論争が、二者択一的な判決を迫るものだったことがある。そして、クラウスの論争が輝くのは彼が読者、聴衆に二者択一を迫るときであった[6]。この二者択一において選ぶべき選択肢はクラウスであるか、その批判対象であるかどちらかであり、クラウスの言葉は、ベンヤミンが述べるように公衆を法廷によびだし彼らの「判決を挑発する」[7]。クラウスが示している答えはいつも一つであり、公衆はクラウスに軍配を挙げる他ない。もしクラウスの示している答えを選ばないならば、クラウスの裁きの言葉に一切耳を閉ざし、カール・クラウスという人物は最初からいないものと見なさねばならないことになる。

クラウスを崇める場合、彼は、女性や貧しい弱者に対して行われる（モラルの名を借りた）不正に対して怒るヒューマニストとして、あるいは文明や資本主義がもたらした戦争や軽薄で破廉恥な言論に徹底抗戦を続ける独立独歩の倫理的諷刺家として描き出される。『人類最後の日々』というきわめて大部の、引用から成る戦争批判戯曲が、こうした正義のクラウスの仕事の頂点にある。他方で、クラウスから批判される側の者たち、クラウスに対して無視を決め込む者はクラウスのいびつさと異常性を強調する傾向がある。ベンヤミンは、クラウスを倫理的権威として奉るのでもなく、退けられるべき異常な醜いデーモンとして矮小化するのでもない。レームツマが言うように、ベンヤミンの叙述が光るのはクラウスという「審級 Instanz」を「弱さ」からではなく「洞察」に基づいて論じているからである。(8) クラウスに正義の審判をあおぐものは、「弱さ」のうちにある。そして、クラウスを奇形として攻撃する者も、クラウスという「審級」による「判決」を忌避するために矮小化するのであれば、「弱さ」のうちにある。本章では、ベンヤミンによるクラウス描写の特色を他の評者のそれと比較しながら、明らかにしたい。

「全人間」のモティーフ

ベンヤミンの「クラウス論」の第一章に冠された「全人間 Allmensch」は、クラウスがドストエフスキーに関して述べた言葉から来ているのではないかと考えられる。(9) クラウスはドストエフスキー崇拝の中での彼のイメージを次のように示している。「これらの個々人がいなかったとしたら、他の全てが瓦解するだろう。彼らは、思想を与え、信仰を与え、生きた実例を与え、それとともに、証拠を与える」。(10) このような一人の偉大な個人の力を特別視してこれに期待をすることをクラウスは皮肉っており、ドストエフスキー崇拝を茶化す口で「全人間」の名をあげている。クラウスは、同時にドイツの「全人間」ヒンデンブルクの崇拝を軽侮している。「全人間」的な理想的イメージは、第一部第一章で見た、歴史の連関を無視して、個々の偉人、英雄を崇拝する類いの「学校ロマン主義」的思考から出てくる。「全人間」はいわば「高められた人間性」の体現者としてイメージされる存在であり、第二部第二章でみたように、ベンヤミンはこのイメージに理想を託す思考を批判していた。クラウスが「全人間」的イメージを批判するのは、この「高められた人間性」が例えばときに「超人」と化して、第一次大戦中の「大いなる時代」の大いなる野蛮に寄与したからだった。[11] クラウスは、第一次大戦末期から盛り上がった表現主義文学に嘲笑を浴びせかけたが、その際に彼ら文士たちが「全人間」を気取っているとして当てこすっている。表現主義では「新しい人間」が模索されていたわけだが、上述したような英雄的「全人間」を気取る彼らにクラウスが皮肉を向けていると考えられる。

『文学あるいはお手並み拝見』は、主役である「ヨハン・ヴォルフガング」が文壇でのし上がるという筋の戯曲であり、多くの台詞はヴェルフェルやウンルーら若い世代の表現主義作家のクリシェをパロディーにしている。「父」世代との葛藤、それとは違う「新たな人間」の模索が表現主義の一つのテーマであったが、クラウスによる戯曲では、「ヨハン・ヴォルフガング」は裕福な親父と結託して成功をおさめる。表現主義者流の「おお！人間よ」式の台詞が皮肉に繰り返されるとともに、宇宙的人間の世界との合一についての小唄が繰り返し歌われる。「狂乱女たち Mänaden」が「人類へと目覚めることで自分を一つと感じる」「自然の中で華々しい比喩になって、最高の意識になっていくような」「全人間たち」についての憧れをぶちまけるシーンで全人間についてふれられている。

二人目の狂乱女 私に必要なのは、人類へと目覚めることで自分を一つと感じるような男よ。いつか自然の中で華々しい比喩になって、最高の意識になっていくような男だわ。私は、いつか来る全人間たち Allmenschen に、創造の炎を焚きつけてやるの。宗教を打ち立てる人はそうした炎を持つわ。

一人目の狂乱女 ブラフマン的に静かな男が宗教を打ち立てるものよ。彼は魂を織っているんだわ。私、彼を直感的に感じるの。彼がどうやって私の中に創造の炎を焚きつけるかをね。待ち焦がれてる肉体と魂の統一は、ただそうやって導かれるんだわ。[12]

ベンヤミンはクラウスのこの嘲笑劇『文学あるいはお手並み拝見』を読んで大いに笑っていた。[13]しかし彼は、「カール・クラウス」において、ここで大分戯画化されて描かれているような「全人間」のイメージを、クラウスにもまた見いだしている。

「全人間的信条」

クラウスは、その崇拝者たちからはいわば「全人間」、偉大な個人として見られており、そのことにクラウスも少なからず自負をもっている。クラウスは、「全人間」的なものを必ずしも否定しない。彼が我慢ならないのは、「全人間」の資格をもたぬものが「全人間」の名を冠されることである。『文学あるいはお手並み拝見』の主人公「ヨハン・ヴォルフガング」は言うまでもなく、ゲーテを暗示している。彼は、ヴェルフェルがゲーテを摸倣していると批判するが、それはゲーテに高い価値をおくからであって、自身はゲーテのエピゴーネンを自認している。クラウスは、ゲーテその人のことは「全人間」的な個人として理解して、崇拝の姿勢を崩さない。「全人間」崇拝が、その何たるかを踏まえずになされること、むしろ野蛮なことに利用されることがクラウスの批判を誘う。戦争期には、商人的なイギリスと違ってドイツは英雄的であり、表層的なフランスと違ってドイツは深い文化をもつとして感情の高揚がなされた。クラウスは、ゲーテやカントを擁するドイツ文化とともに「深さ」を誇る宣伝文句が、とにかく浅いということを、あの手この手で茶化す。「ドイツの言語が何とも深いこと、ドイツ語演説の何とも浅いこと」[14]「ドイツ兵の兜はコサック人よりも造り上げられたものではある〔＝教養はある〕。だが、コサック人がドストエフスキーに遠いのと同様に、ドイツ兵はゲーテから遠い」[15]。クラウスは、十九世紀以来のジャーナリズム言語がゲーテ時代が象徴したような「文化」と何の関係もなくなって、むしろそれを滅ぼすものだったと言う。「ここ五十年の間のただ一日に印刷されたものであっても、それが持つ文化に反する力は、ゲーテの全著作が持つ文化のための力よりも強力だ[16]」。クラウス自身は、「文化のための」、失われた「全人間」的力を受け継ぐ「エピゴーネン[17]」として、かつての「言葉」を守る。「粉飾」的言語、ジャーナリズムの言語を批判するクラウスはそれと対置されるべき言語を「超時代的に崇高化」して語る[18]。自らの朗読会である「文芸劇場」においてもっぱらゲーテやシェイクスピアを取り上げ、これを時代の粉飾的言語に対抗するための「根源的理想」として「対置」するのである[19]。

ベンヤミンは、「全人間」的な文人たちの系譜の中にクラウスを位置づける。オーストリアのゲーテとも称されるシュティフター、そして如才ないヘーベル、そしてさらにはバロックへと遡らせる。ベンヤミンは、シュティフターの『石さまざま』の序文を引きながら、そこで世界が人倫と自然の法則とが調和するようなものとして考えられていることを指摘する。何気ない水の流れや、季節の中での穀物の成長といった穏やかな自然の動きにシュティフターは偉大さを見出し、そういった自然と人倫とが調和しあう世界を良しとした。ベンヤミンは、こうした調和への信頼を「全人間的信条 das allmenschliche Kredo」と呼んでいる。ベンヤミンはこの「信条」をクラウスからもはっきりと聴き取っている。「クラウスが動物、植物、子供と関わっているような場合、いたるところで、こうした信条の反響が聞き取れる[20]」。そして、この「信条」と関わるクラウスの「自然」把握について、ベンヤミン自身の思考枠組みで捉え直す。

クラウスにおいては「全人間的信条」がシュティフターとは違った形で現れるという。シュティフターがポジだとすれば、クラウスはネガである。シュティフターが満ちたりた気持ちで自然と人間とが調和した状態を眺めており、宥和を確信しているのに対し、クラウスは苦々しい気持ちで自然と人間との関わりを眺めざるを得ず、宥和の信条はもはや信念というよりは願望となってしまっている。クラウスは、犬や子供を前に、できることなら宥和が許されるならよいのだがという願望を抱き、そうした願望を阻む時代を憎む。そうして、時代と渡り合うクラウスの背後から、途方もない自然が再びよみがえって来る。実際には聞こえない自然の嘆きをクラウスは聴き取り、「自然」を殺したという人間の罪を告発する。ベンヤミンはこの「自然」に関して、「クラウスの被造物概念は、十七世紀に顕在的だった全ヨーロッパに効力を持った思弁の神学的遺産を保持している[21]」というように、バロック期における「自然」、あるいは「被造物」概念に通じるものだと考えている。バロック期の「悲劇」が「超越」を欠いた「内在」として世界をイメージし、その中では主権を握る王侯さえも単なる「被造物」として崩れさる存在にすぎないということをベンヤミンはそこで論じている。ここでは、「被造物」は「救い」のない中で「嘆く」。このモティーフは第一部第三章で見たように「言語一般および人間の言語について」にまで遡るものである。シュティフターにおいては、まだそれとの調和が感じられた自然は、十九世紀を通じた人間の技術による支配を通じて、今や嘆いている。ベンヤミンは、言語論で語った「被造物」の「嘆き」を聴き取るという人間の「使命」を、クラウスが引き受けているとみている。

「如才なさ」

ベンヤミンは、このように「自然」の側につくクラウスのうちに、「如才なさ《タクト》 Takt」を見て取っている。この徳は、クラウスにおいては、市民的なうまくやる能力を意味しない。タクトは多義的な言葉であり、指揮者が示すような「拍子」の意でもあり「礼節感覚」でもある。クラウスの「如才なさ」は「自然」のリズムが打つ「拍子」に敏感であり、それへの「礼節」を忘れない。自然の尺度に照らして適切か不適切か反応する才覚である。

> 如才なさは道徳的な当意即妙〔……〕であり、知られざる慣習の表現であるが、この知られざる慣習は世間に認められた慣習よりも重要である。クラウスの生きる世界では、何とも恥ずべき行為も、せいぜいフテギ

ワでしかない。途方もないものにおいても、クラウスはなお区別をつけるが、それはまさに彼の尺度が市民の尺度などではまったくないからである。市民の大変礼儀正しい尺度は、平凡な悪業という境界線を越えると、すぐに息が詰まってしまうので、世界史的な悪業を把握するなどといったことはもはやできない[22]。

このいわば「如才なさ」としてのタクトがクラウスにおいて秀でた能力だとベンヤミンは見ている。おだやかな「法則」という形でこのタクトを示そうとしたシュティフターと対比して、宥和を得るためにタクトを合わせる方向をとらずに、タクトからはずれるものを宥和を裏切ったものとして、自然の名をもって裁きにいくのがクラウスである。宥和への憧憬が、温和な妥協という形をとらず、破壊的に働く点が告発者としてのクラウスの特性を造り上げている。

クラウスの如才なさは「モラル」の中でうずもれている「自然」を感じ取り、その「自然」に対して「世界史的な悪業」が加えられていることをクラウスに告げる。「上品さ」であるに過ぎない「ブルジョワの尺度」は、自らの「自然」を量るに能わず、「自然」の圧殺に対して鈍感なままである。クラウスは、シュティフターのような形で「宥和」を望むだけでなく、「一切の解答のかわりに問題提起を突きつけること[23]」へと向かう。彼を「告発者」に転ずる。上述の箇所に続けてベンヤミンは「如才なさとは、社会的関係を、自然の関係として、いや、もっと言うと楽園的な自然の関係として、扱う能力なのである（と言っても、社会的関係から退場することなしにそうするのである）[24]」と言っていた。クラウスがおかれている社会的関係は「法」的関係の場である。

「審級」クラウスの「判決」

「自然」の「嘆き」、そしてその「聴き取り」という「言語一般および人間の言語について」から継続するモティーフを、ベンヤミンはクラウスのうちに見いだしている。だが以前から継続するモティーフで最も注目すべきは、人間の言語の堕罪を示すものとして否定的に語られていた「判決（判断）Urteil」のモティーフである。第三章でみたように、かつて「判断」に関して存在の声を純粋に聞き取ることのできなくなった人間が、存在に得手勝手に意味を付与して善悪の判断を下していることが批判的に言及されていた。ベンヤミンは、しかし、ここでクラウスを、様々な「判決」を下す「審級」として描き出している。

「判決者」としてのクラウスのイメージは、ことさら特異なものではない。カネッティがヴィーンで付き合いのあった家庭ではじめてクラウスについて紹介されたときに聞いたのが次のような言葉だった。「『ファッケル』誌のなかのどんな言葉も、どんなシラブルも彼自身の書いたものだ。それはまるで法廷のようだ。彼自身が告発し、彼自身が判決を下す。いかなる弁護人も存在せず、弁護人など不必要だし、彼はじつに公正なので、非難されるにあたらぬ者は決して非難されぬ[25]」。カネッティに説かれたクラウスの偉大さは、クラウスが間違わないこと、公正なこと、戦争や汚職と闘う倫理性を備えた人物だったことを大いに賛美するもので、それこそ「全人間」として扱われている。ベンヤミンも、クラウスの活動が「法の圏域」で繰り広げられるものだと言う点では同様の見解を、より凝った比喩で次のように書いている。

すべての言語と事柄が、例外なくすべての言語と事柄が、必然性をもって法の圏域で進行する。このことを認識しない限り、この男のことを何も理解できない。彼の文献学、火を喰らい、剣を飲み込むような仕方で雑誌を研究する彼の文献学は、言語を追うのと同様、法を追う。言語訴訟秩序に寄与するものとして「言葉の実習 Sprachlehre」を認識しない限り、他の人間の言葉は彼の口の中では証拠物件としてのみ把握しない限り、そして彼の固有の言葉を、裁く言葉としてだけ把握するのでなければ、「言葉の実習」は把握されない[26]。

ベンヤミンの思考の展開を追うという本書の観点からここで気になるのは、彼が一九二〇年前後のテクストで見せていた「法」＝「神話的暴力」という理解――この廃棄を正しい方向とみた――がクラウス論においてどうなっているのかということである。かつてのベンヤミンは「法」に関してそれが正義であるよりも、「人間のデモーニッシュな存在段階の残滓[27]」であると述べていた。そこには「掟は罪と考えたパウルと同じく、法を罪とみなす」姿勢が際立っていた、とも理解される。[28]第五章でみたように、ベンヤミンは、法が正義とは関係ない領域においてあることを、「神話」のモティーフをもとに、考察していた。「暴力批判論」などでは、法を正義とすることの暴力性を指摘し、法暴力による関係措定とは違った、社会関係の可能性をベンヤミンは肯定しようとしていた。あるいは、暴力的関係を措定しようという力への反抗を良しとしていた。ベンヤミンが法・権利を批判する際に問題にしていたのは、それがもっぱら権力行使と脅かす力の顕現として現れるということを見据えていたからである。こうした脅かしから逃れた幸福のイメージ、脅かしなしで成立するような正義の可能性がそこにはない、というのが法批判においてベンヤミンが分析したことだった。それでは、「法の圏域」で展開されるクラウスの活動は、斥けられるべきものとなるかといえばそうではない。クラウスの活動は、ベンヤミンが「暴力批判論」で見せた思考に通ずるものをもっている。

一九〇四年の『ファッケル』では、酔っぱらった若者がリングシュトラーセで女性に攻撃をくわえ一クローネ二〇ヘラーを強奪しようとした罪で、終身刑を言い渡した判決に対してクラウスは異議を申し立てる（これは『ファッケル』初号が一〇クローネほどであることに鑑みれば、子供の駄賃ほどの額だとわかる[29]）。『ノイエ・フライエ・プレッセ』などは、暴力の深刻さを強調し「我々の社会秩序に対する犯罪」だとしてこのような判決が肯定されるのだが、仮に二十三歳のゴロツキではなく立派な紳士に対してであれば、このような判決は下されたであろうか。クラウスは、この判事という「審級」に対して、シェイクスピアの『リア王』における「天も恥じ入るだろう」の台詞の引用でもって抗議している。クラウスが参照するシュレーゲル訳は「最後の審判」を念頭においた訳であり、この引用によって「二つの正義の秩序」――「人間の腐敗した秩序」「宇宙的で絶対的な秩序」――を区別する形で、人間の秩序の不正義に抗議している。[30]「最後の審判」に訴えるクラウスの抗議が理解を集めたこともあり、減刑の処置がとられている。

クラウスは、上述の例でもそうだが、「法」の「審級」が正義に立脚して公正な判断を下すよりも、既成の「合意」を保持し、それを揺るがさないために偏った判決を下していることを批判している。初期のクラウスがヴィーンという都市の「法の圏域」で活躍するのは、司法の判決に対して「不正だ」という判断を告げるためである。「法」が境界を措定することで暴力的関係を作り出すことに反対するとともに、この関係を暗黙に認める市民の合意の実態を暴くことに向けられていることを見るなら、ベンヤミンが法批判の際に肯定した「法の廃絶＝脱措定」の傾向をもつものとして、かつてのベンヤミンの思考に反しないものとして理解できる。彼が喝采を浴びるのは、形は違えど「法の支配に抗う大犯罪者たち」と同様、官憲が措定した関係を、それが正しくないのなら廃絶要求を貫徹することに基づく。「ベンヤミンの見方によれば、クラウスは、『法秩序そのものを起訴』することによって、告発という神話的呪縛と判決を打ち破ること、そして裁く言葉を再び『神の正義のイメージ』との宥和に成功する」[31]。

クラウスが述べる様々な「判断 Urteil」にも、趣味の押しつけや、守るべき範囲の措定、罪の判決という脅かし的なものも当然ふくまれる。クラウス崇拝者であっても、これへの抵抗・反抗を当然示すものである。[32]だがそのクラウスは平等で水平な地平にいる一個人としてではなく、「全人間」のごとく崇拝された。それは、彼が単に自らの権威や趣味を押し通すためだけに行為したのではなく、そこにある種の正義の可能性を提示していることが認められていたからである。趣味判断でしかないものにも、普遍性の要求を行っているクラウス、そしてその要求は、具体的事例に対して下す自らの判断の正しさを確信し、その普遍妥当性を貫徹させようとする。これが普遍性と正義を認めさせうるのは、クラウスの判断が、「根源」を基準になされているからである。純粋な幸福や根源的な正義への犯罪を裁く形でクラウスは「審級」としてあらわれる。この判決は、いわれない罪に喘ぐことへの恐れと同情、本当は得られるものと考えたい幸福が阻害された状態への不満と至福への憧憬を持つ者には、正しいものだと思われたのである。

「最後の審判」と「楽園」

シェイクスピアの引用は「最後の審判」を示唆していた。ベンヤミンも「法」を裁く「審級」として現れるクラウスが「最後の審判」を前にした告発者であるとして、彼の「黙示録」的振る舞いに注目している。シュティフターにおいては宥和的だった自然が「黙示録」的自然として破壊的になり、これをもって最後の審判の回答としている。

一九一六年に書かれた詩「ギベオンの太陽への祈り」において、太陽に祈られるのは、人間の消滅と地上の平和であるが、この太陽は『ヨシュア記』のエピソードを念頭においている。ヨシュア率いるイスラエルの民が、都市ギベオンを舞台にした戦いの中で、「日よとどまれ　ギベオンの上に／月よとどまれ　アヤロンの谷の上に」と神に祈ったところ、日も月も敵を打ち破るまで動きを止めたという。[33]『ヨシュア記』で太陽に祈られるのは、イスラエルの勝利とギベオンの固守だが、クラウスの詩において祈られるのは、人間そのものの消滅と自然の平和である。『ヨシュア記』でのイスラエル族の勝利は同時に敵対民族の根絶を意味する。クラウスは、勝利するイスラエルに当時のショーヴィニズムや(ユダヤ)資本家を重ね合わせた上で、残忍な人間たちの消滅を太陽に祈る。ギベオンを敵から守ったように、しかし、今度は自然を人間たちから守ってほしいと。[34]「クラウスが最後の審判の前に立つ」とベンヤミンが言うとき、このような形で人間を告発するものとしてクラウスが審判の前に立っていると考えている。ベンヤミンは、クラウスにおいてこのように自然の楽園への救済と人間の破壊が黙示録的に重なり合うのを捉えていた。

こうした「宥和」は、また、単に悲惨な現実の裏返しとして願われただけのものではなかった。クラウスは、大戦中「療養」と称してスイスに行っていたが、そこで彼の「楽園」を垣間みてもいた。当時クラウスは貴族女性シドニー・ナデルニーとの恋愛関係にあり、「療養先」のスイスはいわば「根源」を垣間みせる「楽園」だった。(35) アルプスのテーディでつくられたと思われる「風景」と題された詩（一九一六）では、人間から離れた山の中にある動物の幸福と、それを阻む人間への敵意が語られ、山という壁によって時代の喧噪と悲惨から隔絶された最後の楽園の風景がうたわれる。

ここに動物の敵意がある。それは人間であることを拒む。／人間が動物となれば良いのに。／ちょうど壁のようになった雲のそばを、大地が／天上へと届くように／我々の下にあるものは重いが／ここでは軽いのだ／世界は緑の終末の中で流れていく。〔……〕お前、テーディの谷は、夢の死とは無縁に在る。ここが終わりなのだ。／山々は永遠を前にそびえて／まるで壁のようだ。／生は、時代という災いから己を解放して／ただ空間をこの最後の空間を手にしている。(36)

ここでは時代から自由な空間が最後の楽園としてうたわれている。「時間＝時代」なき「空間」への憧憬のうちには、戦争をもたらした時代への憎悪とともにシドニーとの楽園空間への耽溺が見て取れる。時代という災いから山々が最後の永遠の楽園を隔てているかのようにクラウスには思われたのか。あるいは、そうであればよいのにとクラウスは願望したのか。どちらにしろ、こうした楽園も時代に脅かされており、それゆえ「動物の敵意」が語られることとなる。クラウスにおいて、宥和への願いはつねに憎悪と重なり合っており、不平や嘆きなしに現れてくることはない。

第二節　「葛藤」と「罪」

クラウスの「病理」

一九〇〇年代前半のクラウスは性モラルの欺瞞を批判するという面で、フロイトとの連帯姿勢を示していたが、フロイト派のフリッツ・ヴィッテルスらが、芸術家の分析を披露するようになって以降、フロイト派批判を展開するにいたる。クラウスが批判したのは、例えば、ヴィッテルスがゲーテの「魔法使いの弟子」を性的に解釈して「鎖を説かれた自慰衝動」が表現されていると述べた議論である。精神分析的作品解釈は、作品自体の内的解釈を行うのではなく、「診察室」に連れ込んで一般的な性理論に当てはめて芸術家の人格を「矮小化」し、あるいは作品が性の昇華であると認定するものだった。クラウスは、「芸術的創造をすべての個人に共通する機構によって説明する」ことは「創造者の特殊性」を卑俗化するものとして、これに否をつきつけ、「創造」的な言語の価値を称揚した。ヴィッテルスらは、芸術家の活動を性的なものが昇華されたり排除（抑圧）されたりして行われるものだと理解する。自我や超自我という「審級」が性を検閲しており、芸術家の活動もこの「審級」と性との葛藤から生じるものとして理解される。クラウスは、こうした「審級」によって、全てを語り尽くしてしまう精神分析に反発しているわけである。[37] これに対して、クラウスはいわば芸術を自律的領域にあるものとして守ろうとする。

「芸術家」クラウスの「根源」思想に関して評価は分かれる。「根源」志向は、時代の狂騒に飲み込まれない誠実さの現れとして、あるいは全てを卑俗化する悪しき意味での平準化傾向に孤立しながらも抗う精神の高貴さを示すものとして肯定される場合もあれば、現実原則からの解放を願う弱さの徴候とみなされる場合もある。フロイト派のヴィッテルスは、クラウスを批判し、「クラウスの風刺的な作風を彼の性格異常に帰し、断定的な否定評価を下そうとする一連の病理学的な言説の嚆矢となった」[38]。その後も連なる同様の解釈の一つの代表はマンフレート・シュナイダーによるものである。彼は、クラウスにとって、幼年期やシドニーとの体験が楽園のイメージ、「楽園的で無垢な根源」としてあったと捉え、クラウスの中ではそういったイメージと現実原則からの解放の願いとが結びついていたと論じている[39]。これらの見方からすると、現実原則を回避する目的で無意識に導入されるのが「根源」という考え方であり、これに照らして現実を批判したり、現実とは別のものを想像することによって、芸術家クラウスは己れの現実的無力を糊塗しているということになる。

慰めとしての「根源」

クラウスの「根源」という言葉は「二人の走者」（一九一〇）において見られる。これは『詩となった言葉』の第一集に収められた。「二人の走者」は次のような短い詩である。

二人の走者が時間に沿って走っている／一人はあつかましく、もう一人は不安げに／あつかましいのはどこからか目標を得てくる／不安げなのは根源から来て、途上で死ぬ。／どこからか目標を得てくるのは、／途上で死んだもののために地位をつくってやる。／その間、この永遠に不安げな走者は、／つねに、根源の傍らへと達していたのだ[40]。

ここでなされるのは「目標」と「根源」との対比である。「根源」と「目標」との対比を通して、「市民」への反感が示されていると考えられる。厚かましい「市民」たちは自分たちがこしらえた「目標」にのみのみと向かって行きながら、その中で存在の本来の源を忘れてしまっている――といったようなことがここでは仄めかされている。それに対して、不安にふるえながら、途上で倒れたものの方が、「根源」の近くにいるとされる。

『詩となった言葉』第一集の末尾におかれた「死にゆく男」においても「根源」が語られる。この詩は、死を前にした男が自身の「良心」や「記憶」、「精神」や「機知」といったものと対話しながら、死に近づいていく。「私はあいつらの栄光なんかに焦がれたことはなかった。／それにあいつらの愛が私を焼き尽くすこともなかった」[41]という「市民」たちへの不平で男の言葉は終わるが、最後に死にゆく男へ向けて「神」が言葉をかける。

神 暗闇を進み、お前は光を知った。／今やお前はそこにいて、私の顔を見ている。／お前は後ろを振り返った。そして私の庭を探した。／お前は根源にとどまっているのだ。根源こそが目標なのだ。／お前、生の遊戯へと失われることなく、／お前、おいお前、もうこれ以上長くは待たずともよい。[42]

ここでの「根源」は「創造」とともにある楽園としての原初であり、また救済がなされる終末でもある。ベンヤミンは、この「根源」がクラウスにおいて「なぐさめ」としてあったと捉えている。

「お前は根源から来た――根源は目標なのだ」。この言葉を、「死にゆく男」は、神の慰め、約束として受け取る。ここで、クラウスは慰めと約束をほのめかしており、フィアテルが、クラウスの言う意味で、世界を「楽園への迷い道、間違った道、回り道」と呼ぶときもまた、慰めと約束とをほのめかしていいのである。[43]

大戦中にクラウス論（ベンヤミンも引用している）を書いたベルトホルト・フィアテルは、クラウスが語る「根源」を「原初の生き生きとしたもの」として捉えている。「創造的な道の途上にあるエロス」は、「逆説性をくぐりぬけて原初的なものへといたる」のだが、クラウスもそうした途上に立っている。[44] 彼の理解の中では、「根源」はすべての存在の起源としてあるような原初状態、そして今は失われてしまった最初の楽園状態として考えられる。たしかに、クラウスには楽園への憧憬が見られ、そして、大戦前および大戦中のクラウスが「根源」と言う際にも、同じような憧憬が見て取れる。
「根源」に見いだされる慰めは、「俗物」や「時代」との関わりにうんざりしながら倒れて行く男に与えられるものである。時代の中でお前は敗北したかもしれないが、それはお前が俗物と違って本来的で根源的なものを知っていたからであって、間違った時代の中では勝てなかったというだけなのだ。のうのうとあつかましい俗物と違って、お前は根源的なものに近い存在なのだ——といったような慰めである。ここでは、「世界」へと迷い込んでしまった者は、最後には還るべきところへの帰還を許されるはずだというような慰めを「神」が与えているように見える。
ベンヤミンもクラウスの「根源」志向に関して、それがいわば「反動」的言説をつくりあげる可能性も視野にいれている。「高度資本主義によって、権力の目的のみならず、その手段までもが価値を貶められるときには、ゲーテやクラウディウスの言葉が再び花開くことなど望み得ない」というのがベンヤミンの認識である。ベンヤミンは、現実への無力さをたしかにクラウスに認めている。だがこれを病弱な精神あるいは病理的精神に由来するものとして決めつけてしまうのではなく、この無力から反転して出て来るものを見ていこうとする。まずは、そこに生じる「葛藤」に着目している。ここにおいて表現主義との親近性が際立ってくる。「クラウスにおける表現主義的性質——葛藤[45]」というメモにみられるように、ベンヤミンが両者に共通しているとするのは「葛藤」、そして「罪」の意識である。

「憧憬」と「葛藤」

「表現主義」と一口にいっても、その実態には当然多様な広がりがある。例えば、ベンヤミンが好んだパウル・クレーの絵もときに表現主義に数えられ、あるいは一九二五年に出された表現主義のドキュメント[46]にはヴェルフエルやエルンスト・トラーなどと並んでカフカなども収録されている。ベンヤミンが「表現主義」に対して批判的に言及する際に、彼の念頭にクレーやカフカがあるようには思われない。また、絵画における表現主義は評価する一方、文学におけるそれは絵画の「猿真似」として批判しており、[47]ベンヤミンが「クラウス論」で語る「表現主義」も、さしあたり文学領域でのものと考えられる。[48]

クラウスに関しては、エルゼ・ラスカー゠シューラーらやヴェーデキントなど初期表現主義者とみなされる人物とは親交をもち、それよりも若いヴェルフェルらも当初は評価するなど良好な関係だった。[49]後でふれるように、ヴェルフェルとは些細なきっかけから対立するに至り、大戦中から戦後にかけて隆盛した表現主義文学に関しては、もっぱら否定的である。親近性と敵対という観点から比較するという意味では、ベンヤミンが挙げているヴェルフェルが、比較対象としてふさわしい。以下でヴェルフェルとクラウスの詩から「葛藤」と「罪」についてみていこう。

ヴェルフェルは、「おお人間よ Oo Mensch！」調の創発者の一人であるが、若い彼のこの呼びかけは宥和を求めるものだった。初期のヴェルフェルは人類との繋がりを得たいという強い憧憬をあらわにしている。「読者へ」次のように呼びかける。

> 僕の唯一の願いは、君よ、おお人間よ、君と近しくなることだ！／君が黒人だろうと、曲芸師だろうと、あるいはまだ母親の懐深く安らっているのだとしても／〔……〕君も、子どもの頃、緑のつり紐で肩から鉄砲を吊るしていただろう？／〔……〕君よ、僕が思い出をうたっても／意地をはらずに、僕と涙に溶けてくれ！／〔……〕／おお、いつか／兄弟よ、僕らが抱き合うようになれたら！[50]

この憧憬は、美しいものだが、その裏面として〈現実はそうではない〉という意識がある。憧憬される状態あるいは〈こうあるべき〉という状態と現実の齟齬、その中での行動は葛藤に陥る。「きみの歩みが死ぬほどぼくを魅了したとき」において自らの「葛藤」が叫ばれる。

きみの存在が泣きたいまでにぼくを痺れさせたとき／きみを通って無限の海へとぼくが溺れこんだとき／そのとき悩みやつれた人々が、幾百万もの虐げられた人びとが／この一日をやっとの思いで生きぬいたのではなかったか？／きみの歩みが死ぬほどぼくを魅了したとき／ぼくらの周囲に労働があり、地上は喧騒にみちていた。／空虚が生れ、神もなく寒さに震える人びとがいた。／幸福に恵まれなかった人びとが生れては死んでいった。／きみを得て気もそぞろにぼくが浮かれていたとき／あんなに多くの人びとが重苦しい空気のなかで足踏みしていた。／事務所に身を縮め、ボイラーの前で汗にまみれていた。／きみたち、街路に河に苦しげに喘いでいる人よ!!／世界と人生にバランスというものがないのなら、／どうしてぼくはこの罪を償ったらいいのだろうか？！[51]

自らが恋人と愛し合う間にも、世の不幸な人々は苦しげに喘いでいるかもしれないと意識する詩人は、自らの喜びと「罪」の意識との間で生じる葛藤に苛まれている。クラウスの「風景」にもどこか通い合うところがあるような詩だが、こうしたヴェルフェルの初期の詩をクラウスは評価した。少なくともその「葛藤」においていわゆる「俗物」ではない。クラウスの「市民へ」という詩には、いわばこうした葛藤さえしない「俗物」へ向けられた非難がこめられている。クラウスは「市民へ」つぶやきかける。

あそこの暗闇の中で人々が生きており／そうしてお前自身がもつのは太陽だけであるということ。／お前のために彼らが重荷を背負うが／それは彼ら自身の重荷に並べられること。／お前が自由に、彼らの鎖によって／彼らの夜を費やすことで朝日を迎えること。／そうしたことについてお前は決して思いを巡らせなかったが／何がお前を罪から救い出すというのか[52]！

ここで「市民」の栄光が何らかの犠牲によって支えられていることの「罪」が告発されている。それとともに、そういった事態を意識さえしない「市民」への苛立ちが告げられてもいる。クラウスはヴェルフェルのように自身の葛藤を敢えて宣言し、叫ぶことをしないが、苛立ちの背後にはヴェルフェルがもったような葛藤を見てとれる。

「小さな悪」と「世界史的な悪業」

「市民」が自らの「罪」を意識しないのは、彼の行為が直接的な責任を負わせるものでないためであり（法に反さず、モラルに反さないからといって悪をなしていないとは必ずしも言えないのだが）、しかも、その行為が小さな結果しかもたらさないがゆえに、自らの行為を顧みないでいられるからである。「最大の悪は、それに対して誰も責任を負わないような小さな悪であり、またその責任をもたない誰もが責任を負っているような小さな悪である[53]」とクラウスは言う。クラウスの精神は、そしてヴェルフェルの精神も、自らの小さな悪とその小さな「罪」に敏感だったろう。ヴェルフェルは嘆き、クラウスは告発する。

「市民の大変礼儀正しい尺度は、平凡な悪業という境界線を越えると、すぐに息が詰まってしまうので、世界史的な悪業を把握するなどといったことはもはやできない」とベンヤミンが述べているのをすでに引用した。「小さな悪」の形で生じる「最大の悪」は、「世界史的な悪業」の片棒をどこかで担いでいるが、これらの悪は「市民の尺度」にとって、一方で微細であり、他方でスケールが大きすぎる。小さな言葉が果たす悪は、「モラル」の皮をかぶっており、粉飾をほどこされた皮の微細なほころびに言及をしないのが紳士のたしなみというものである。クラウスの告発は、もっぱら「市民」的言説に向けられていた。『人類最後の日々』に代表的にみられるように、クラウスは小さな言葉の「悪」を行為の「悪」と同様に告発する。「小さな悪」は「世界史的悪業」の片棒を担いでいるのである。

新聞は決して単に出来事を伝える使者にとどまらず、意見形成を果たす行為者でもある。そして、そのような意味では、新聞は、事柄に仕える召使であるのではなく、むしろ自分自身が出来事たらんとするような存在である。ベンヤミンも引用した箇所でクラウスは次のように言っている。

新聞は使者なのか？　いや。出来事なのだ。〔……〕新聞は、その出来事についての報道こそが真の出来事であればよい、という要求を掲げ、またこの不気味な一致を引き起こす。この一致によって、諸々の行為はそれが遂行される前に、まず報道されるという見せかけが生じ、実際そういったことが起こる可能性もしばしば生じて来る。〔……〕新聞は召使いではない——召使いがどうしてあれほど多くを要求し、手に入れられるだろうか——新聞はまさに出来事なのである。(54)

そうして、新聞は出来事に仕える召使ではない一方で、資本や支配階級に仕える召使ではあり、主人のために宣伝と動員を行う。この意味で「世界史的悪業」は今や新聞に牽引されており、こうした薄い紙の束は至るところで巻きちらされている。そうして「世界史的悪業」において流される血と新聞に染み込んだインクは決して無縁ではありえず、いわばインクは「血」なのである。こうした小さな罪と大きな罪とが連関して、絡み合っているような状況において、連関から自由で中立的な正義など考えられない。この連関の中で、「全人間」が「楽園」の調和を蘇らせることなど期待できないとベンヤミンは述べる。

「公平な」新聞といったユートピア、「非党派的報道伝達」といった妄想に身を委ねることは誰にもできず、少なくともクラウスにはできない。〔……〕資本主義を打ち倒す何らかの力が楽園的な全人間性を新たに花開かせるなどということは期待できない。それはちょうど、ゲーテやクラウディウスの言葉が再び開花することを望めないのと同様である。[55]

中立な新聞が期待できないのと同様、クラウスやヴェルフェルも中立的立場から正義を語っているなどとは考えられず、また罪に巻き込まれていることは否定し難い。彼らの芸術が市民階級の財がもたらした産物であることは否定しがたく、例えばその存在様式においてどこかでなにかの「搾取」に関わっている。「楽園」や「全人間的在り方が阻まれている責任は、「俗物ども」にだけあるのではないだろう。彼らはたとえ「芸術家」をきどっても「市民」的余裕の産物にすぎないのではないかもしれない。そうした「葛藤」の中で、ヴェルフェルはさらなる深みへと向かいクラウスは市民に不平を垂れ続ける。『人類最後の日々』におけるクラウスの自画像「不平家」は、「何の希望もなくデーモンに囚われた男としてクラウスが描き出した自己[56]」なのである。この「何の希望もなくデーモンに囚われた男」という自画像は、クラウス自身にとっては何らかのヒロイズムの裏返しでありうるが、ベンヤミンは、この「デーモンに囚われた男」という自画像を端的に受け取る。次節では、クラウスのデーモンとしての側面、そして、このデーモンがヴェルフェルを苛んだことを見ていこう。

第三節　デーモンの熱狂

伏魔殿の審級

新聞をはじめとした報道の言語は単に記述するものではなく、それ自体が「黒魔術」として出来事を作り出す。

その善悪の「判決」は世論を作り上げ、その情報伝達は、それ自体直接的に行為でもある。この「黒魔術」を、クラウスは、真の自然、真の言語の側に立って告発する。だが、こうした判決を下すことにおいて、クラウスも判決する言葉に関わらざるをえず、罪と関わらざるを得ない。第一部第三章で見たように、ベンヤミンは、「判断＝判決」において法と悪が同時に生じていることを強調していた。判決する「主体は、目の前にある客観を我が物とし、自らの計画や目的に従属させる活動的審級[57]」として、自然に安らうことをゆるさない。クラウスの「如才なさ」は、たしかに人間が自然に加える悪業を告発し、自然の存在を肯定するために用いられるものである。自然の沈黙した言語を確かに聴き取り、人間を告発し、判決を下す。

言語は、死者の霊のように見境なく、クラウスを復讐へと駆り立てる。その偏狭さたるや、ただ血の声しか知らない精霊たちのようだ。彼らは、生者の国で、何を引き起こすことになろうと知ったことではないのだ。だが、クラウスが過ちを犯すことはない。見境のない言語の委託は、欠陥をもたない。クラウスに出くわしてしまった者は、すでに裁かれている。出くわしてしまった者の名はクラウスの口において判決となる[58]。

このクラウスという特異な「審級」の判決は、つねに自己の判断を貫徹させる。クラウスの告発、批判は、「倫理的人格[59]」としての彼の誠実さによるものだとして彼の信奉者たちに賞賛された。例えば、ヴィトゲンシュタインへのクラウスの影響を論じたトゥールミン／ジャニクも、クラウスの特質を「誠実さ integrity」に見ている[60]。こうした見方においては「告発者」の不気味な側面が省かれてしまっており、ベンヤミンはそうした見方ではクラウスを捉えきれないと批判する。クラウスの批判に見られる嫌み、当てこすりは、単なる手段である以上に、それ自体憎悪の発露であり、また例えばホフマンスタールへの批判などは単に嫉妬であるようにさえ思われる[61]。

クラウスの批評・風刺は、すべて不正を許さない正義の心からなされているとは言えない。もてはやされるあれやこれやよりも誉められるべきものはむしろ自分であるという虚栄心からの言葉も数多い。非妥協的で高潔であるがゆえに「悪」を撃つというふうに、美しく語り尽くすことを許さないものがクラウスにつきまとう。ベンヤミンは、クラウスの朗読会における「変化」に感銘を受けた際にも「あたかも彼の本質のデーモン的でより内奥の半分が死に絶えて石化し、大理石製の不動の台座に据えられたこの胸像の頭部から喋りだしているかのようなのだ」とクラウスの本質にデーモン性があることを大前提としていた[62]。たしかに「自然」の楽園的状態への憧憬と愛がクラウスの批判の根底にあって、そうした自然への無感覚や、そうした自然の圧殺といった許されざる事態からその怒りが生じているのだろうと考えられる。だが、批判対象への怒りは、すべてが「愛」に還元されるべきものではないだろうし、そこには端的に憎悪があると考える方が自然であろう。

クラウスにぶら下がる者たちは、クラウスの憎悪を愛から導き出すが、それは何と凡庸で、また何と根本的に虚偽的なことだろうか。何と言ったって、いかに多くの根源的なものがそこで働いているかは明らかである。そこにある人間性はただ詭弁のうちにある悪意から、あるいは悪意のうちにある詭弁からの移り変わりであるにすぎず、また、そこにある自然は人間への憎悪の高等学校であり、そこにある同情はただ復讐と組み合わさってのみ生き生きとしている。〔……〕クラウスが愛するもののイメージに即して、クラウスを形づくろうとすることほど馬鹿げたことはない[63]。

ここでベンヤミンは、クラウスに「根源的なもの」は、「楽園」的なものではなく、「悪意」と「憎悪」と「復讐」であるという。クラウスが愛する「根源」の「楽園」に、クラウス自身はいない。クラウスの自然は、根源の楽園を思い浮かべさせるものであり得るが、同時に、憎悪や虚栄心といった人間の暗い本性の根源でもある。虚栄と嫉妬と憎悪に駆られ、その中で「おしゃべり」を繰り広げるクラウスは、「伏魔殿 Pandämonium」に住んでいる。「デーモン」が遍在する空間がクラウスの舞台なのである。クラウスの権威は、その半分を「如才なさ」にもつとはいえ、もう半分はこのデーモンの力に負っている。憧憬の美しさは、その憧憬を抱く者の美しさを保証しない。正しい裁きを求める心も、正義に基づくとは限らず、憎悪を根城にしているかもしれない。これは、クラウスに限らず、その読者、聴衆にもあてはまる。

カネッティは、はじめてクラウスの朗読会に行ったときに聴衆の反応に驚いたことを回想している。「裁きの言葉」が聞こえる前に聴衆がすでに笑っていたことを取り上げている。[64] これは、聴衆にとって問題は裁かれるのが誰かということであり、その対象が裁かれるということそれだけで満足が得られていた、ということを証す一つの事例である。彼らは、判決を求めるだけで、その内実の検討、判決の妥当性と検討を求めず、眼前に犠牲が捧げられるということがもっぱら重要になる。カネッティはここに明らかに、彼が後に分析する「群衆」の姿を見ている。「全人間」クラウスの「裁き」を求めて「クラウスにぶら下がるもの」は、単に不満のはけ口とサディスティックな喜びを求めにクラウスの回りに集っていただけではないかという見方もあり得る。カネッティは別の箇所でははっきりと「クラウスは、インテリから成る迫害群衆 Hetzmasse を作り上げることに成功していた」[65]と述べている。「全人間的」な「裁きの言葉 Richtspruch」を期待する公衆は、「インテリ」も含めて、裁く能力を失っており、裁きへの要求が無責任なものになりかねないことをベンヤミンも指摘している。

公衆 Öffentlichkeit は諸々の判決 Urteilen にしか関心をもたない。公衆は裁く公衆であるか、何でもないかどちらかである。しかし、プレッセが作り出す公共の意見 öffentliche Meinung という意味が、この公衆から裁く能力を失わせている。そして、暗示にかけて、無責任な、情報に通じていない者の振る舞いをさせている。[66]

ベンヤミンは、公衆の別種の判決にここで期待も見せているように、この指摘は両義的である。彼は、クラウスの裁きの言葉に関しても両義的な評価を下している。一方では、それは「全人間」に期待されるような「腐敗と魔術に対する権威と言葉」[67]として正確無比の裁きであり得る。他方でそれは、腐敗した自然のただ中で下される「魔術」として機能するものともなり得る。クラウスの「判決」に喜ぶ聴衆は、存在に「判決」が下され、「悪」の名を刻印されることに、サディスティックな喜びに湧く。ベンヤミンが、クラウスの朗読会を好まなかったのはあるいはこのためかもしれない[68]。

虚栄、嫉妬、憎悪

ベンヤミンはクラウスの「根源」を「全人間」的イメージにおくことを、限定する。クラウスの「憧憬」は「楽園」的「根源」に向けられているが、クラウスの存在の「根源」には「デーモン」が巣くっている。「デーモン」は「意識」に制御できない力の象徴である。「意識の壁を越えたところにあるものを人間は何一つ所有し得ない。そこでは、むしろ逆に人間自身が所有されているのである。つまり人間はより高い力に服従しているのである[69]」。クラウスが駆られる憎悪も、彼が意識的に制御できる範囲を超えたものとしてある。このデーモン的な領域では、虚栄、嫉妬、憎悪が生み出される。普通、これらの感情は、病気や悪として排除され、あるいは――ゲーテが行うように――高次の自然の倫理のごときものとして捉えられる。ベンヤミンは、クラウスのデーモン性が、こうした仕方で馴致されることないものだとみている。

クラウスは憎悪に駆られて文学の檻の中で暴れる野獣である。フランツ・ブライの『文学の野獣館』によれば、クラウスは「自分が抹殺したがるものの糞から生まれた」「不純な生まれの」「反自然児」であり「敵をやっつけているつもりらしいが、怒りにまかせて当の汚物を貪り食っているから〔……〕吐く息が臭い[70]」。この奇妙な野獣クラウスは、高慢で虚栄心に満ちている。憎悪の吐く息だけではなく、この彼の虚栄心も彼を鼻持ちならないものにしていた。ヴェルフェルの友人ヴィリー・ハースは、クラウスが「わざと毒を盛る」「本能的サディスト」だと言っている。(71)

ハースは後にベンヤミンも寄稿する『文学世界』の編集を務めた人物であり、フランツ・カフカやマックス・ブロートらのいたプラハで青年期を送っていた。ハースも属したブロートらのグループはクラウスをプラハに招いて講演を開いた。その際、ハースがヴェルフェルの詩をクラウスに薦めたために『ファッケル』に掲載されるにいたったのだった。これは当時、ほとんどがクラウスの記事で占められた『ファッケル』にあって、異例のことだった。(72) 最初は良好だったクラウスとヴェルフェルの関係は、些細な出来事をきっかけに悪化し、クラウスは生涯にわたってヴェルフェルを攻撃するようになる。ヴェルフェルは文壇で名をなし、名声も手に入れるが、クラウスによる攻撃には手を焼き酷く悩まされていく。この論争を追いながら、ベンヤミンが、どこに両者の差異をみたのかを明らかにしよう。

クラウスとヴェルフェル

出会った当初から、クラウスの変わり者ぶりにヴェルフェルは気づいていた。彼は、自身の詩集を出していた出版社主クルト・ヴォルフ（一八八七〜一九六三）に対して、クラウスの嫉妬深さについて注意を与えている。

もしクラウスがあなたを受け入れるときは、お気をつけなさい。彼はあなたを一時も一人にはさせてくれないでしょう。彼はご婦人のように嫉妬深い。夜にもしあなたをホテルまでお送りしたいと彼が望むなら、それを丁重さからの行為とお考えになってはなりませんし、断ってもいけません。クラウスは、家までお見送り屋さんなのです。彼と一緒にいた者がその後で他の誰かと会うのかもしれないという考えに、彼は耐えられないのです。(73)

しばしば言われるようにクラウスが嫉妬深いことの例証となる言である。クラウスは嫉妬深い。一度裏切られたと感じるならば、彼の憎悪は果てしなく募る。

ヴェルフェルとの確執は些細なことから生じた。一九一三年十月、ヴェルフェルは劇場でライナー・マリア・リルケに出会った。その際リルケはクラウスの恋人シドニーを連れていた。このときに「ユダヤ坊や」として軽蔑的にあしらわれたヴェルフェルは、シドニーの悪口を言ったらしく、これが噂として広まる。曰く、リルケはシドニーにぞっこんである。実際彼女は興味深いご婦人に違いない。なぜなら、彼女はかつてサーカス団にいてあちこち駆け回っていたのだから。これは、シドニーがクラウスと恋仲になった直後の出来事であった[74]。

ヴェルフェル当人は、このことを知らずに、クラウスに葉書を送るなどしていた。クラウスはこれには無視を決め込み、他方で攻撃の準備をはじめていた。翌一九一四年四月、クラウスはプラハでの朗読会で「若さに反して」と題された詩を読み上げヴェルフェルらが関わる雑誌『嵐』をこき下ろす。さらに同月の『ファッケル』で、「プラハにいる子どもらしさの巨匠」に皮肉を書き出す。クラウスがかつて『ファッケル』に掲載したヴェルフェルの詩の一つは「子ども時代の日曜の遠足」であり、ヴェルフェルへの攻撃であることは明らかであった。文壇でもこれが話題となり、ヴェルフェルの挙動への好奇心が騒ぎだす。ヴェルフェルの方は自分には悪意もなく、とりたてて非もなく、クラウスからの理解が得られるはずであり、関係が戻るはずだと思っていた。しかし、クラウスの憎悪はとどまることを知らず、黙っていられなくなったヴェルフェルの抗議をきっかけに公開対決になってしまう[75]。

ヴェルフェルはプラハの雑誌『自己防衛』に掲載された「手練手管の形而上学 Metaphysik des Drehs」においてクラウスの「手練手管」を批判する。

カール・クラウスは、稀なる才能、真にデモーニッシュな才能をもった男であります。〔……〕彼は、自らが作り上げた世界に対して闘争をしかけます。その世界が自らに向けた憎悪が彼なのです。彼はバール氏、ベネディクト氏〔……〕の良心であります。バール氏ら自身が持つことのない良心なのです[76]。

ここでヴェルフェルはクラウスがしきりに攻撃したヘルマン・バール（一八六三～一九三四）とモーリッツ・ベネディクト（一八三五～一九二〇）の肩をもっている。クラウスの巧妙な「手練手管」は、完膚なきまでに彼らを批判し尽くし断罪しているように見えるが、実際のところそこで裁かれる対象がクラウスの病的な憎悪を投影して自らがつくりあげたものにすぎないと言うのである。そしてヴェルフェル自身にたいしてもクラウスの「手練手管」は同じことをしているとして、その無効を告げる。「他のところでは生産的な手練手管は、ここでは空回って自失したのです。この裁判官には私は知られてはおらず、彼は私を認識しなかったのですから、私を捉えもしなかったのです[77]」。

ヴェルフェルの反論は、基本的にはここでの主張に尽きている。例えば、クラウスがプラハの詩人たちを攻撃した詩の拙劣さを指摘してもいるが、クラウスの手管を読み取れていないヴェルフェルの稚拙さに逆ねじがくらわされるだけに終わっている[78]。一九二〇年の戯曲『鏡人』では、鏡から出てきて主人公を「倫理」の外に連れ出すデーモン的な「鏡人」に、クラウスの影を重ねた。

俺は預言者の仲間入りをするぜ。当然偉大な預言者だ。最初に〔……〕雑誌を作って、それに名前を〔……〕『光明』！　いや！　『ロウソクの燃えさし』――いや――『ファッケル』――これだ！　ああ！　世界文学の天才たちがすべておれの指先でむずむずしてる。ゲーテにシェイクスピアを足したような天才が、東のもぐりの弁護士の本性に生まれ変わったっていうふうに思わせてやる。おれは、町の噂を宇宙的事件に変えて、宇宙的事件を町の噂にするぜ。一行読むだけなら、おれがふざけた密告者、屁みたいなことにこだわる奴だってみんな思うだろう。駄洒落と情熱でうまいこと軽業をこなして、最後にはやっぱりおれが生きたイザヤだって認めざるをえなくさせてやろう。まずおれは黙示録を告知してやるキャバレーの親父として現れてやろう。いったいおれはたいした喜劇役者だし、そのことについちゃあみんな認めてるんだしな。物真似の才能についちゃあ黙っとこう。残念なことにあまりにもぶらさがり野郎なおれの性格には、音を映す鏡みたいなすげえ才能が備わってる。(79)

上述した『文学あるいはお手並み拝見』はこの『鏡人』への応酬として書かれた。ゲーテの名を冠した若い文学青年が、父親とともに、文壇でインチキな出世を遂げるという筋で、当てこすられているのは、ちょうど「父親」との和解をモティーフとしだしたヴェルフェルその人である。

憧憬の「輝き」とかげり

クラウスは、前述したように、ハースのすすめなどもあって、ヴェルフェルの詩をいくつか『ファッケル』に掲載していた。ヴェルフェルとの論争の中で、クラウスは、そのうちの一つ、「美しい、光放つ人間 der schöne strahlende Mensch」に触れながら、ヴェルフェルの「仮象」性を指摘している。

私にとって、若きヴェルフェルと知り合ったということが、文学的な輝く人間性 Scheinmenschtum を巡る地獄旅行の途上で、通り抜けた宿駅 Station のうちのひとつであったのは確かなことであった。ヴェルフェルの宿駅の輝き Schein は、一つの太陽によって輝いていた。そして、この宿駅はしばしの間、若さの存在、「美しい、光放つ人間」を差し出すように見えたのだった。しかし、やはりきらめきを素材とする諸々の現象は、観察者の目に入る輝き Schein が、一瞬のうちに、しかもこの輝き自身によるかのように、素性を見抜かれた仮象 Schein に変じてしまうという宿命をもっている。[80]

「美しい」と「光放つ」という互いに相争う形容詞は、「人間」という名詞に対して「無力の使者」でしかない、とデーモン・クラウスは手厳しい。[81] ヴェルフェルが詩の中でうたう輝きは、オティーリエの仮象性と同じく、二義的なものである。ベンヤミンは、ヴェルフェルを含む表現主義の二義性、純粋さと罪の間で揺れる二義性について次のように語る。[82]

表現主義の戯曲における「渡し台詞」(舞台で次の役者の台詞や動作へ移行する合図となる台詞)として目立つのは、(拳骨を丸めて握るように)「集中させて geballt」、「段をなして gestuft」、「険しく切り立って gesteilt」といったものである。「彼らは舞台装置も文章も絵画をも集中させ、段をつけ、険しく切り立って構成し」ており、これは表現主義が注目した「中世細密画」と親近性をもっている。「表現主義の表象世界には、紛れもなく中世初期の細密画の影響が見られ、そのことは彼ら自身が宣言してもいる」。「細密画の人物の形姿を吟味する者には、例えば大きく見開かれた目や、その衣の見極めがたい襞が目に入ってくる。そしてその絵の表現すべての中で、何か非常になぞめいたものに出会う。あたかも彼らを癲癇が襲ったかのように、細密画のなかの人物たちは、ひどく急いで駆け回りながら、身を傾けあっている neigen。心の傾き Neigung は、何にもまして、深い人間的情動でありうるのだが、この情動は、表現主義世代の詩人の宣言を震撼させたように、細密画の世界を震撼させている」。

ベンヤミンは「心の傾き」による震撼について「親和力論」においてそうしたように、好意的に語っている。身を傾けあう表現主義者の情動は、美しいものであり得る。彼らは、自分たちの「渡し台詞」通りに、〈険しく切り立った姿勢で〉罪深い世界に対峙していく。現実の罪深さと、罪連関の大きさを前に、無力感をかみしめながら、それでも皆が折り重なってその肩が〈段をつける〉ようにして身を寄せ合い励まし合う。このような姿勢は美しいものであり得る。しかし、「美しい光り放つ人間」の「輝き」は「見せかけ」におわってしまいかねないものでもある。

表現主義の情動が見せる美しさは、「ここで問題にしている事柄のひとつの観点、いわば凸面の相であるにすぎず、ここでは、眼差しは、描かれた人物の表情に向けられている。しかし、その背中の側に着目するものにとっては、同じ現象が全く違って見えてくる。礼拝する聖者たち、ゲッセマネのしもべたち、キリストのエルサレム入城を目の前にする人々、そういった人物たちの背中が段をなし、人間のうなじ、人間の肩からなる段丘を形づくっている。それらは、せり立った段へと固まって、天よりは、むしろ下の方、地上へそして地下へと通じている」。身を傾けあう者たちの美しい情動は、そのまま「罪」の中で転落していくものであり得る。表現主義者たちは、「握った拳を固めたまま」、背中を屈めさせられて「段をなし」、不気味に「切り立った」段を地下の暗い方へと降りていくこととなってしまった。

ベンヤミンは、文学における表現主義を「ドイツ革命」時の一種の流行現象にすぎないものとして捉えていた。ここでは、おそらく彼らの革命への幻想的熱狂と幻滅の過程を念頭においている。大戦中のヴェルフェルは、反戦の立場、隣人愛的立場からクルト・ヒラーなど表現主義の「行動」グループが唱えていた平和主義に接近し、またコミュニズム運動にも関わった。だが、そうした運動の現実に幻滅し、関わりを断っていく。一九二〇年にヴェルフェルが書いた小説『殺した者ではなく殺された者に罪がある』[83]には、こうした体験が反映されている。ヴェルフェルは、ここで「父」への反抗という表現主義的テーマをそのまま覆し、「父」との「原罪」の共有というテーマを示している。そこでは、宥和や失われた黄金時代という抑圧なき状態は、ある種の幻想だという考えが示されている。革命後の宥和は、テロ集団の（妄想的）観念として描かれ、そういったものを憧憬しそれに浸るのは、麻薬に酔うのと同じようなことだとヴェルフェルは描く。そして、そういった「幻想」から抉別した上で、いわば「罪」を抱えての生活に向かうといった姿勢が示されておわる。「子どもらしさの巨匠」と称されたヴェルフェルもいわば「大人」になったのである。

宥和への憧憬が葛藤を経て現実との和解へいたるというヴェルフェルの道筋は、「純粋さ」の「仮象」が没落して、幻滅にいたる道を示している。仮象の没落は、第二部第三章でみたベンヤミンの議論とは全く違った形でおこる。ベンヤミンは、純粋な宥和状態を欲する「心の傾き」それ自体を否定しない。この「心の傾き」は、カントも認めたように、それ自体としては善きものであり得る。だが、エロスでもあり、タナトスでもある「心の傾き」は、つねに善や美の状態を示すわけではない。デーモン的な憎悪に導かれる心の傾きも、やはり存在するのである。ヴェルフェルは、この「心の傾き」の曖昧さと暗い側面から目をそらす形で、それが向かう美しさ、純粋さを憧憬する。だが、「美しさ」という状態、「純粋さ」という状態を、その「輝き」において確保し、自らに固有の特性として夢想する者は欺かれざるを得ない。「純粋さ」の「輝き」は、意識のうちでのみ光を放つものであり、自らの存在を鏡に映してみれば、その存在に絡まった罪と醜さの前で、「仮象」だったことを露呈させる。ヴェルフェルは、「鏡の中の太っちょ」にすぎない自身を否認する。(84)

美しい側面と暗い側面の葛藤において、美しさにしか耐えられないものは、容易にくずおれてしまう。人間への愛の言葉が、罪深い世界への呪詛となってしまう。『鏡人』において、主役のターマルは、我執を捨てようと修道院に入り、そこで見つけた鏡に映った自己を嫌悪し、鏡を叩き割る。鏡の枠から出てきた「鏡人」は、我執を具現化したような存在で、ターマルをそそのかし、様々な享楽を与え、罪を犯させる。ターマルは自らの鏡像であるデーモンの誘惑に絡めとられ、自らの秘めていた本性に耐えきれなくなり、終には出家して解脱を求めていく。最終的には甘から追われたターマルは、罪を認め、鏡人もろとも死に、その中で我執から解放される。自らが純粋に美しくないということに絶望してしまうと同時に、「純粋さ」の輝きを求める心の傾きまで否認して、それに揺れる状態からの解脱をはかるわけである。

ベンヤミンは「表現主義においては、根源的に人間的な衝動は、ほとんど余すところなく、流行の衝動へと転じてしまう」と言っているが、ヴェルフェル的自我の懊悩と、宇宙的解脱はまさに当時の流行の一つであった[85]。かつて〈拳を固めて〉「おお人間よ」と叫んでいた若者は、自我を〈険しく切り立たせた形で〉罪におののき、その精神の軌跡は「段をなして」デモーニッシュな自らの底へと降りていくのである。そうして、自我の底で瞑想する精神は、終には解脱を遂げるのである。ベンヤミンは、ここにおいて表現主義が「幻影」に踊らされていることを批判的に捉える。

表現主義を屈服させる罪と、表現主義が告げる純粋さ——この二つは非政治的な人間、あるいは「自然の」人間という幻影に属しており、こうした人間は人格の退行の末期に浮かび上がってくるものであって、マルクスによって仮面を剥がれてもいる[86]。

表現主義は、罪深い世界に対して拳を固めてポーズをとった。罪から解放された存在、無垢な存在を求めて。だが、ポーズはまた別のポーズにかわる。今度は存在の罪深さにおののいて、身を固める。純粋さと罪という対立においてはいつでも罪が勝つ。純粋さは幻想であり得るが、罪は現実に存在するからである。だが、このような対立の地平において罪に軍配をあげるのは、いつわりの和解である。そしてまた、純粋さが負けていないといつまでもこだわることは、子どもじみている。「純粋さ」も「罪」もともに破壊されるべき幻想である。
クラウスは、ヴェルフェルに対して次のような「憐憫」をみせている。

彼は、隣人愛にとどまるべきだったのだ。この憐れみ深いキリストは〔……〕いつも憎悪を犯行現場に残していく。このキリストは、私の中に嫉妬とともに憎悪が潜んでいると、決め付けたが、その決め付け方はといえば、新しいドイツのヒステリーが世界大戦の動機をずらして解釈してしまうような仕方なのだ。憐れみ深いキリストは自分自身に対して無慈悲なのだ。事物はこの地上で彼に同情の念を吹き込み、またそうした事物は彼が詩的に憐れむことによって「在る」のだが、こうした事物の間で、私との葛藤に思い迷うあまり、このキリストは自分自身のことを忘れているのだ。[87]

ヴェルフェルは「隣人愛にとどまるべきだった」とクラウスが言うのは、ヴェルフェルが「デモーニッシュなもの」を自身のうちで受け止めきるだけの余裕をもたないことを指摘するためである。しかし、デモーニッシュなものを自らの内に抱えることと、デモーニッシュなものに絡めとられることとでは、決定的に意味が違う。ブレヒトが言うように「あらゆる悪徳にはどこかいいところがある。ただ、それにふける者はそうではない」[88]。デーモンにつかれた男クラウスは虚栄に駆られる存在である。この虚栄心は、自信のないところにくすぶるなら、自己弁護のための言い訳と、相手の罪をいい募ることに終始する。中途半端な虚栄心は、自らの理想を中途半端にしか守れず、中途半端な悟りとしてのニヒリズムに陥る。それを避けようとすると、自己憐憫的なイロニーを駆使したメランコリーに耽溺する（次章参照）。クラウスのデモーニッシュな虚栄心は、そうした形の中途半端な虚栄に憎悪の金梃を当てる。デーモンが示したいのは倫理性ではなく、自らの力である。ベンヤミンは、クラウスという存在に、このデーモン的衝動と「根源」への憧憬が共在しているのを見ていた。次章では、ベンヤミンが着目する、クラウスによる「純化」の活動について見ていきたい。

第三章　「純粋さ」から「純化」へ

第一節　「純粋さ」の観察

観察と抗争

前章では「カール・クラウス」などにおけるベンヤミンの表現主義への批判的判定の意味を明らかにした。「クラウス論」執筆当時、表現主義はすでにその流行を終えて下火になっており、代わりに隆盛を極めていたのは「新即物主義」の文学だった。ベンヤミンは、クラウス論を書いていたのと同時期に、並行的に新即物主義の作家を批判的に取り上げる書評をいくつか書いている。ベンヤミンはこの新即物主義が形は違えど、同じ問題を変奏しているとみている。表現主義と違って、「観察者」的態度をとることで、「罪」に悩まされることなしに、自らの「純粋さ」を享受する。

批評戦略の構想にも新即物主義批判が多数確認され、この批判は重要なものだったと思われる。そして、その中でしばしばクラウスが対比的に言及されている。「新即物主義」的作家ということで、ベンヤミンはトゥホルスキー、メーリング、ケステン、ケストナーといった作家を念頭においている。彼らは、第一章でみたように、共産党系とは区別されるにせよ、リベラルもしくは左寄りの姿勢をもっていた。だが、この「左翼急進主義的作家たち」よりもクラウスの方にシンパシーを覚えると、ベンヤミンは言うのである。

ベンヤミンは、トゥホルスキーやケストナーら「左翼知識人」を批判していた。しかし、「ブルジョワ左翼知識人」批判において彼が行うのは、BPRSの作家がしたような外側からの非難ではない。ベンヤミンは自分が彼らと同じ基盤において思考し、生計を立てていることを自覚しており、彼らの精神性への固執を単なる他人事としてというよりも、自分たちが克服すべき問題であると捉えていた。ケストナーらがブレヒトやクラウスに比べて信頼できないと批判する際、それは党派的な戦略や対立に基づくのではない。ケストナーらは言うなれば、当時カール・マンハイム(一八九三~一九四七)が『イデオロギーとユートピア』などで提示した「自由に浮遊する知識人」を、いびつな形で体現しており、こうした在り方の欺瞞を自覚しない点に、ベンヤミンの批判は向けられる。この意味について、本章で明らかにしたい。

第三部のはじめに見たように、ベンヤミンはコミュニズムへの接近に関して、クラウスの「抗争的なものとしてのコミュニズム」の擁護に通ずるものを見いだしていた。クラウスのオーストリア社会民主党への批判には、「抗争的」でなくなってしまったコミュニズムへの批判、理想的言辞を費やすばかりで一歩も動けないコミュニズムへの批判がある。「観察者」の立場に移行してしまっていることを批判していたのだ。このことは、クラウス研究でも十分に検討されているとは言い難い。これを概観し、ベンヤミンが一九二〇年代のクラウスに見た転回の可能性を明らかにしよう。ベンヤミンは自らのコミュニズムへの接近を、観察者的態度からの決別として捉えていた。

新即物主義

クラウスが批判した表現主義の流行はすでに過ぎ去っていた。ベンヤミンは、この流行が批判的に克服されないまま過ぎ去り、「新即物主義 Neue Sachlichkeit」へと転化していったと見ている。

客観的腐敗の基盤としての表現主義(クラウスはいつも彼らに対する強硬派であった)。表現主義は、革命的基盤をもつことなしに、革命的身振りを擬態するものである。したがって、表現主義は、ただわれわれのもとを流行して過ぎ去り、決して批判的に克服されることはなかった。したがって、表現主義が形態を変化させて、それを解消した新即物主義へとそろって転倒していく、といったことが貫徹されえたのだ。どちらの潮流も、彼らの連帯を、ブルジョワの立場から戦争体験を克服する試みとして認識させようとしている。表現主義は、それを人間的なものという印のもとで試みた。[1]

新即物主義は一般に、距離をおくことで、表現主義の主観性を克服したとされる。ベンヤミンはむしろ問題が隠蔽されただけであって、「表現主義が入り込んだ罪が強化[2]」されていると見ている。この見方は、ユニークだが、十分に意図を理解されていない。

マンハイムは、『イデオロギーとユートピア』(一九二九)において、「存在拘束性」の弱い知識人は、他の諸階層と比べて政治、経済的利害から自由に社会全体を見通した上で、政治的な介入を行いうるのだと言い、控えめな形で知識人のマルクス主義へのアンガージュマンをすすめていた。[3] ブレヒトやベンヤミンが構想していた雑誌『危機と批評』の刊行準備のための議論の中では、このマンハイムのテーゼが取り上げられた。ブレヒトがこの「自由に浮遊する知識人」に批判的な姿勢を見せた。「知識人は自由に上の方で浮遊し、それ自身で決断はせず、第三のポジションを占め、誰からも影響はされず、しかし影響を行使したいと望んで、諸対立の和解に乗り出してくる。これが彼らに支配要求権を与える。彼らは非党派的だ」[4]。ここで、ブレヒトが批判しているのは、「非党派」という形での権力を占める在り方であり、ベンヤミンがケストナーを批判する際におそらく念頭にあったことである。ベンヤミンは一九二二年にマリアンネ・ヴェーバーのサークルにおいてマンハイムと知り合っており、彼に好意的な印象をもっていることもあってか[5]、マンハイム自身を批判はしなかった。しかし、ベンヤミンも、かつて知識人が自らを「自由」だと思わせるのを許していた「教養」という基盤がすでに揺らいでいること、大衆化の中で世論との関係を無視することはできないこと、そして知識人はそうした状況の中で自身の独自の「政治化」という課題を突き付けられていることを論じていた[6]。

当時「自由に浮遊する知識人」として活躍していたのは「新即物主義」の作家たちである[7]。新即物主義には、現実的な主題設定、非党派性、中立で公平な観察による記述、といった特徴が指摘されるが、これは、それまでの表現主義のような内面性、主観性、観念性を克服したものとしばしば考えられる。ベンヤミンも、新即物主義に表現主義にみられるような理想主義的姿勢の修正の意味を見て取っている[8]。こうした傾向が現れたのは、アメリカからの資本導入などによってドイツが「相対的安定期」に入って以降である。「新しい世代」の彼らに対して、ベンヤミンは批判的に注目している。「これまで決して、この世代ほどに、作家たちが必然性や学問的仕事の技術によって心を動かされないままでいたことはない[9]」としており、精神を欠いた物質主義的即物性に向けられる道義的批判のようにもみえる。だがそうではないだろう。例えばベンヤミンは、この新しい世代のうちで「純粋さ」といったかつての精神が形を変えて残存し、これに依拠することで、動かされないで済むような態度を作り上げてしまっていることを問題視している。

ケストナー

ベンヤミンの新即物主義批判の中で最も重要なのはエーリヒ・ケストナー（一八九九〜一九七四）の詩を論評した「左翼メランコリー」である。一九三〇年十月十一日、ベンヤミンは、『フランクフルト新聞』のベルリン通信員をしており、当時『危機と批評』構想を共に進めていたベルナルト・フォン・ブレンターノ（一九〇一〜一九六四）に宛てて、ケストナー論評を送っている。「もし何とか可能であったらば、あなたがやっている『文学における時代の徴候的現象』に、これを載せてください。これがこの欄向けにかかれたということは、分かるはずです。我々がまた、この問題的現象――ケストナーのことです――に対して共に立ち向かうことができるなら、非常にうれしく思います」[10]。『フランクフルト新聞』では掲載が見送られ、翌年になってルドルフ・ヒルファーディング（一八七七〜一九四一）が編集を行っていたマルクス主義的傾向をもった雑誌『ゲゼルシャフト』に掲載されることになる。

ケストナーには表現主義に見られたような感情の吐露や、読者への直接的呼びかけは見られない。彼は、ある事象を距離をとって観察する。距離をとって一つの対象を叙述し、叙述される事柄をして読者に呼びかけさせる。ベラ・バラージュ（一八八四〜一九四九）のようなマルクス主義者から見れば、ここに見られる「非傾向性」や「中立性」は、所与のものを無批判に受け取っているものだということとなり、批判の対象となる[11]。しかしながら、例えば、ひとりのガラス工場労働者の生活と悲惨を淡々と歌うケストナーの詩「クルト・シュミット」などからは、不幸を強いる現実への批判意識や、今ある現実とは別の可能性への思いを呼び起こさせようとする意図が感じ取られる。

これから語られる男は、シュミットという。詳しくはクルト・シュミット。彼は、日曜以外は、朝は六時に起きて、毎晩きっかり八時に床に就いた。／十時間、だまって目を閉じ、横になった。四時間、移動と食事に使った。九時間、ガラス工場で立っていた。高尚な関心のために残ったのは、一時間ぽっち。〔……〕そのころはまだ、シュミットはうまいこと包《くる》めこまれていた。彼は夜にはしばしば遠い国々を夢見た。その頃シュミットは、まだいくらか調子を保っていた。そして、考えた。明日には全てが変わるかもしれないと。(12)
シュミットは指を工場で切り落としてしまう。彼の子供は、健康のために「田舎で育てたにもかかわらず」死んでしまう。シュミットは自分が悩んでいるのに気がつき、また、独り自分だけがこのような存在ではないことに気づく。地球上シュミットのようなものがいない国はないとも気づく。だが彼は危険の中で孤立している。

そうだったのだ。彼は今まで思い違いをしてきたのだ。そうだったのだ、そして〈このまま続く〉ということは確実なのだ。そして、事態は決して変わらないことを、彼は理解した。そして彼の望みは、網の目からこぼれていった。〔……〕九時間、汗だくで持ち場に立ち、四時間、疲れて黙ったまま、移動して食事をした。十時間、目を閉じてだまって、横になった。そして残された一時間で、彼は自殺した。(13)

労働者に窮状を強いる状況への告発となっているこの詩は、うまく組み立てられている。だが、ベンヤミンは、ケストナーを「仲介人」の利害を代弁するとして批判する。「政治的闘争」を詩において展開するかのようでありながらも「消費へとゆだねられた気晴らしや娯楽の対象へと変えることによって、その政治的意義が汲みつくされてしまう」。上の詩でいえば、労働者、あるいはその運動そのものに向かうことはなく、その悲惨なイメージが仲介されている。「読者へ」むけての「呼びかけ」や「告発」をせずに、「即物的」な筆致で淡々と描くがゆえに、中間層の心は痛んでも、決してえぐられることはない。

彼の抒情詩は、その見かけに反して、中間層——仲介人、ジャーナリスト、人事部長——の変わらぬ利益をとりわけ保持するものなのである。ケストナーの詩がその際小市民に向ける憎悪は、それ自体小市民的で、あまりにも親密な特徴をもっている。(14)

ケストナーの詩は、小市民性を攻撃するが、それは小市民性を変えることには向かわず、皮肉に揶揄することで満足してしまうとベンヤミンは見ている。ベンヤミンの批判でさらに重要なのは、「純粋さ」への憧憬、あるいは正しさを求める感情をイロニーの中で自己享受可能にすることの批判である。イロニーは、「自然、愛、熱狂、人間性といった諸々の感情」が失われたあとに残った「空ろな形態」の周りで満足を得ている。ベンヤミンは次のようにいささか比喩的に結論づける。

いまや人は放心しながら空ろな形態を愛撫する。したり顔のイロニーは、物そのものにおいてよりも、こうしたうわべだけの型においてより多くを手にしていると信じており、自らの貧困でもって大いに贅沢して、あくびの奥に広がる空洞から催しを開く。市民がその物質的財産の痕跡を自慢するのと同じように、かつての精神的財産の痕跡を大いに自慢することこそが、この即物性における新しさなのである。居心地悪い状況がこれほど心地よく整えられたことは決してない。(15)〔傍点強調は引用者〕

『ファービアン』における「純粋さ」

ベンヤミンの「新即物主義」作家に対する書評は、批判というよりも、むしろ挑発的な呼びかけのニュアンスが強い。「左翼メランコリー」が掲載されないのに業を煮やして、編集部のブレンターノへ「私は、世界‐舞台の沼にいるヤマウズラに、驚いて空へと飛び上がって欲しいのです」と、自らの主意を告げている。[16]

ベンヤミンは、新即物主義における風刺は「カール・クラウスの風刺と違って、自己イロニーに堕している」と批判し、これが『世界舞台』で活躍したトゥホルスキーによる「ドイツの知識人は、いつも自分自身よりも少しだけ左側に立っている」という定式と通ずるものだと論じている。[17] ドイツの知識人は、実際そうあるところの存在よりも、その観念の中ではいつも「少しだけ左側に立っている」。彼らは、窮状の中で何かするわけではないが、観念の中では「少しだけ左側に立って」考えている。ベンヤミンが問題にするのは、この「少しだけ左側に立っている」という関係がいつまでもその先へ動かないものだということである。意識だけが少し「左側」に向けられるばかりで、存在を動かすことには考えが向かないのである。このことを、再びケストナーの小説『ファービアン[18]』に照らして解明したい。

後にナチス政権下で「アスファルト文学」と指定されるこの作品は、大恐慌期のベルリンの退廃と空虚を舞台に、タバコ会社の宣伝課に務める主人公ファービアンを中心にした人物たちの悲哀をユーモアとイロニーをもって描きだしている。ケストナーは、ここで現実と理想への姿勢をめぐって、三類型の人物を対照的に描き出している。一つ目は、純粋な理想の信仰者であり、二つ目は、純粋な理想の嘲笑者である。そして三つ目がファービアンであり、彼は純粋な理想に両義的な態度をとっている。

ファービアンの親友ラブーデは、表現主義的革命詩人のように無闇に熱狂的ではないけれど、革命的な理想を信じており、プチブルジョワの組織化、プロレタリアートとの連帯をはかっている。他方、新聞の経済部編集員マルミーは、次のようなシニシズムを聞かせる。たしかに世の中の組織は間違っており、また自分はそれを知りながらこの間違った組織のためにささやかな才能を使っている……だが間違った組織の中では、間違った尺度が正しいのだから、卑怯者である自分は、いまさらどうしようとも思わない。主人公ファービアンは距離をとって物事をながめるシニカルな青年コピーライターである。彼は、巨大な経済機構や社会システムの中に巻き込まれて、頽廃した人々の間で暮らしてはいるものの、しかしその中でも真面目に生きてみたいと考える「モラリスト」でもある。

ファービアンは、例えばラブーデの語る理想に一定のシンパシーを見せる。だがラブーデの活動に対しては「プロレタリアートの楽園ができても、プロレタリアートは、そこでお互いの横っ面をひっぱたきあうだろう」と懐疑的である[19]。イデオロギー的な理想が仮に実現したとしても本当の「楽園」は訪れないと彼は考えるのであるが、しかしまた彼は純粋に理想が実現される可能性を捨てない。ファービアンは、もし人間が本当に理性的に立派になったならば、理想の実現もあり得るのではないかと示唆し、ただそういった適性が人間にはたしてあるのかどうか「今は観察中」だという。冒頭付近では、余裕の観察者であったファービアンはその後失業、失恋に見舞われ、失意の底に陥る。その中でラブーデが失意の中で自殺したことを聞き、彼は途方に暮れる。どうすればいいかわからないけれど、それでも正しく生きようとファービアンは決意するのだが、溺れた子供を助けようとして川に飛び込んで死ぬ。「あいにく彼は泳ぎ方を知らなかった[20]」。

新即物主義を批判的に検討したレーテンは、ベンヤミンの「左翼メランコリー」をふまえ、そこでの議論をさらに展開している。レーテンは、楽園でも人間性は向上しないというファービアンのペシミズムを批判するとともに、ファービアンが実践の可能性を断つことによって、自己の純粋さを保つことを批判的に捉えている。「ファービアンは『清潔』なままでいる――まったく足跡を残さないという代償と引き換えに[21]」。レーテンのファービアンとケストナーを同一視する形での批判は影響力をもち、ケストナー研究の中ではレーテン的見方に対するケストナーの弁護が一つの課題となった[22]。ここではレーテンが論じていないメランコリーの自己享受の問題を指摘しておこう。

ケストナーは、ラブーデを自殺させ、失意から立ち上がったファービアンを挫折させるが、それは「現実」との偽りの「和解」を与えない彼の誠実さだと言うこともできる。だが、ベンヤミンが指摘した「左翼メランコリー」が「和解」をもたないことでむしろ自己享受・自己運動を開始するものだとすれば、見方は変わるだろう。ケストナーの筆致はファービアンに純粋な理想を誠実に求める姿自体をメランコリックに保存する。彼は人間性の向上の可能性への「観察」を残す中で「プロレタリアートの楽園」という理想よりも、より純粋な理想の形を探っている。これは潜在的な理想であるにとどまる。だが現実の中での理想の喪失は、居心地の悪いものではなく、むしろ心地よい状況を作り得る。「左側」に立つという自己イメージへの満足がここで享受される。理想の観察者は、現実にはいまだ到来していない「純粋さ」の理想を観念の中にたてることで、「あの方向の左側、この方向の左側に立つというのではなく、可能なもの一般の左側に立つ」[23]〔傍点強調は引用者〕。理想の喪失は、イローニッシュに捉え返すことで、現実を軽蔑して「可能なもの一般」よりも高みに立つ契機に利用されている。「可能なもの一般」よりも純粋な理想自体は純粋な憧憬の中に潜在的に保持される。現実との葛藤から、憧憬が引き上げられ「空ろな形態」の周りに保持される。ベンヤミンはこうした態度を批判する。理想の不在を嘆く「左翼メランコリー」は、理想の喪を終えることなく、「空ろな形態」のなかでそれを撫でさすり続ける。この「左翼メランコリー」は、フロイトのいうメランコリー同様、「自我理想から発するナルシス的満足が確保されるように見守る」「心的審級」の産物である[24]。潜在的で純粋な理想に適っている自我を褒めてくれるこうした「審級」をケストナーはその作品にうまく取り入れている。

ベンヤミンは、ケストナーの抒情詩を「自然、愛、熱狂、人間性といった諸々の感情の空ろな形態」を撫でさする「したり顔のイロニー」だと批判した。ケストナーの大口のあくびがのぞかせる深淵には、満腹の後の「便秘」でたまった「ガス」以外の何ものも隠されていないとベンヤミンは辛辣である。ベンヤミンの批判は、アンデルシュ（第二次大戦後、一時ケストナーの秘書を務めた）が言うように、「ある著者から、その著者自身とは全く別の著者をつくりだしてしまう」ものかもしれない[25]。しかし、ケストナーに実際あてはまるかどうかはおくとして、「左翼メランコリー」が蔓延する状況を鋭くえぐっていることは疑いないように思われる。「自由に浮遊する知識人」は、プロレタリアート化していない点よりも、自己憐憫と自己満足のナルシシズムに耽る点において批判されるべきであると、ベンヤミンは見ている。観察者は自分を卑下しているようでもいながら、「人間性」のフェティッシュを作り上げ、自身の精神の内から外部に支配を及ぼそうとすることはやめるべきだと考えている。この意味で、ベンヤミンがケストナーらと同様の立場にいて、BPRS的な実践を行わない中で観念的な批評を書いていただけだというラダッツの見方はベンヤミンの議論がもつ意味を無視したものである。[26]

付け加えておくと、大学教授になりそこねたラブーデのモデルがベンヤミンで、ベンヤミンはこの当てこすりを知りケストナーを批判したのではないかという推測がなされたことがあった。[27] だが、別の研究によれば、ラブーデのモデルは別に存在し、[28]「左翼メランコリー」などでの批判の時期と照らしてもケストナーがベンヤミンを意識していたとは考えにくい。両者が交わることはなかったが、あるいは、ベンヤミンの挑発から協力関係が生じた可能性もある。同じ「新即物主義」のくくりで論じたヘルマン・ケステンにもベンヤミンは挑発的な呼びかけを書いている。彼との間にはパリ亡命期に良好な交友関係が結ばれていた。

第二節　論争する不平家

不平家の闘争

ファービアン的な「純粋さ」は、観察者に徹して、いわば自らの存在を括弧にくくることで成り立っていた。ベンヤミンは、こうした「純粋さ」が「正しさ」の近くにあることを感じさせてくれる商品として売り出されていることを示唆していた。こうした観察者的な「純粋さ」の享受に対して、ベンヤミンはクラウスの「存在」への関心と、「存在」の「正しさ」への要求に着目する。「クラウスよりも燃えるように激しい関心を自らと自らの存在に示した者が誰かあったろうか？　クラウスは、この自己とその存在というテーマから離れることは決してない」[29]。彼の行う判決は、自らの存在の核心において、その存在への激しい関心のもとでなされるものなのである。ここでは「心の傾き」が、純粋な輝かしさを求めながら、罪へと没落していくといったことはない。「輝かしさ」という仮象は始めから求められておらず、存在自体が輝かしい存在であり得るかどうかを、存在の正しさにおいて問う。

『人類最後の日々』に現れるクラウスの自画像である「不平家」は、楽天家が円満に話をすませようとするたびに、混ぜ返しては、問題提起を行っていた。彼の判断は美的なもの、趣味的なものではない。彼は、偽りの調和の欺きのほころびに辛辣な皮肉をはさむ。ベンヤミンは、この両義的なデーモンに取り憑かれたクラウスの「根源」に、両義性を見ている。前の章で見たように、それは、罪深い俗世と対置される、帰るべき楽園状態ともなりうる。だが、そこは同時に、虚栄心や憎悪が湧く泉でもあるのだ。「憎悪」の湧く「根源」から湧いてくる力は、永遠の闘争をクラウスに命じる。

クラウスのように、健全な人間悟性の満足を憎み、そして、精神的な人々がジャーナリズムにおいて食い扶持を得るために、健全な人間悟性との間に結ぶ妥協を憎んだのはただボードレールだけだった。〔……〕デーモンは文士たちを法廷に呪縛する。それゆえ、法廷とは、偉大なジャーナリストたちにとってそうであったような論争の場 Forum なのである。[30]

「健全な人間悟性」は、妥協点を見いだして論争を回避する。「裸の精神の真のデモーニッシュな機能を回避すること」をクラウスのデーモンは最も憎む。デーモンが憎むのは、ジャーナリズムの「おしゃべり」ではなく、ジャーナリズムにおける論争回避の沈黙である。クラウスは「人間悟性」によってひねり出された「純粋さ」についておしゃべりして満足しているような「精神的な人々」を憎む。それゆえ、ケストナーらにはクラウスからも軽蔑的な視線が送られていた。

この点に関してさらにベンヤミンが着目するのは、クラウスが、「根源から来たのではなかった」男として描かれるゲオルゲと自らを対比したことである。クラウスは、『ファッケル』を創刊してからの三十年を振り返った詩「三十年の後に」（一九二九年）においてゲオルゲと自らを対比している。そこでゲオルゲは「市民を闘争によって征服することを蔑む」者、「特権化された彼方において彼が示すヒエログリフと引き換えに」「世界から苦悩を免除する」者として描きだされている。ゲオルゲは闘争を欠いた美的世界（「寺院」）の住人である「俗物に何を憎むべきかを、決して言わなかった」[31]。これに対してクラウスは、「伏魔殿」に住んでいる。この「伏魔殿」に湧く泉は、慰めの涙ではなく憎悪の血潮が湧く「根源」である。この「根源」から来たクラウスが呼び出す「言語の精神」は、敵を告発する。ゲオルゲが美を創造し、闘争を免除するとすれば、クラウスは憎悪と論争を呼び出し、告発者として闘争に乗り出す。デーモンは何を「憎むべきか」を憎悪の根源から語りだしている。憎悪は、不平となり、あてこすりとなり、批判となり、非難となる。

論争がクラウスを特徴付ける。クラウスは、「論争の場」に呪縛されており、それらを超越した精神的な深みに引きこもることが許されていない。クラウスは、キルケゴールとおなじく「分別顔してお互いの賢明さをお互いに賞賛し合う」[32]ような類いの「おしゃべり」を嫌うが、「本当に黙することのできる者だけが、本当に語ることができ、本当に黙することのできる者だけが、本当に行動することができる」[33]といった形で「沈黙」を絶対化することはない。

安らぎを求める世界からは決して求められないクラウスのデモーニッシュな「おしゃべり」と「憎悪」の言葉は、「世界攪乱者」の自負とともにくり出されている。「虚栄の回顧」というサブタイトルがつけられた「三十年の後に」では、クラウスの虚栄心に満ちた自己愛は、三十年にわたる闘争への力強い自負を示している。

絞殺者対絞殺者の決闘！／それは人生の長きにわたり、しかもその勝負はつかない。／まだなお何年も、私が講和を結ぶことはないだろう。／こちらには闘争者、芸術家、道化である私がおり、あそこには市民がいる！(34)

デモーニッシュな憎悪は、クラウスを闘争へと駆り立てる。ベンヤミンは、クラウスが美の観想ではなく、口泡ふかせる論争に向かうことに着目していく。

「純化」の論争

第一次大戦直後のクラウスは、戦争の忘却、そしてその責任の忘却を批判し、例えば、キリスト教社会党がそれ以前の「専制」を擁護して反共和国的態度を取っていることに批判的であった。それに対してクラウスは新しい共和国を歓迎し、「革命的文士」の紊乱行為を批判して、オーストリア社会民主党を支持した。すでに見たように、社民党内にはクラウス信奉者が多数おり、クラウス自身もしばらくは協力関係にあって、党の芸術部が主催する朗読会などに赴いていた。ただ、その関係は一筋縄ではいかず、党に対しての批判的姿勢も目立つ。一九一九年に、社民党のカール・ザイツが『ファッケル』創刊二十周年を祝って、「あなたは、この二十年間公共の生活を浄化 Reinigung し、倫理的にし、精神的なものにするべく働いておられます」と述べ、クラウスが「言葉でもって、古い亡霊を追い払うのに貢献したこと」を讃えた。クラウスは、これに対し、追っ払うべき「亡霊」はまだまだうようよいるではないかと皮肉とともに返答した。(35) クラウスの憎悪と不平は、新しい「状態」に満足してしまうことはない。「世界改良者」としての社会民主党と「世界攪乱者」としてのクラウスの間には当初から行き違いがあった。クラウスが孤立したのは、「掃除 Reinigung」活動の徹底性ゆえだった。

公共生活から不埒なものを掃き出すクラウスの「掃除」は、徹底してやりぬかれるが、いわゆる革命的なものではない。それゆえ、例えば社民党のオスカー・ポラクからは、クラウスの保守性と過去志向が批判的に指摘されている。ポラクは『人類最後の日々』が示すような反戦的姿勢を評価する一方で、しかし、クラウスは彼のシンパが思うように社会主義の実践に適った人物ではないと言う。彼は確かに古い時代の終わりを告げる使者ではあるかもしれないが、未来を担うのは、正しい社会主義者たる自分たちだと言うのである。たしかに、クラウスのブルジョワへの敵意は、彼らの悪を改心させることを目指すにとどまって「階級闘争」には転化せず、そうした意味では「社会主義の実践」に適うものではない。彼が行う「掃除」は来たるべき目標に向かって積み上げられるというよりも、わいて出る汚れに向けられる。労働者を前に彼が語る「人間性」が曖昧なものにとどまるのは事実だが[36]、そういった純粋な理想は、そもそもクラウスの領分ではない。ベンヤミンはこの「保守」的なクラウスの「掃除」活動が「現実的ヒューマニズム」としての力をもち得るのだと見た。彼は「革命党」ではなくクラウスの「保守」性に「革命性」を見た。

その著述は保守的な見かけをしている。が、彼の著述を、ブルジョワ階級が生み出したものの最良のものの周りに置くことによって、模範的に次のことがわかる。この階級が世界へと置いたもっとも価値あるものは、その階級の生の圏域においては窒息せざるを得ず、それはただ革命的態度においてのみ保持されるのだ[37]。

ブルジョワ階級の生活圏においては窒息している「最良のもの」を、自身ブルジョワであるクラウスが「革命的態度」において保持したとベンヤミンは言う。このクラウスの「革命的態度」は「熱狂」的に遂行されることで、「現実的ヒューマニズム」を示す。

パフォーマティヴな理想主義

クラウスは、その活動の初期から、ある言葉が「単なる謳い文句であることを承知しながらも、敢えてそこに立脚点を置こうとする理想主義的な態度」をみせていたといわれる。[38] これは、現状においては謳い文句にとどまる言葉を立脚点とすることで、それを謳い文句に貶めている現実そのものに批判を投げかけ、謳い文句を現実のものとしようとするパフォーマティヴな理想主義である。クラウスはこの観点から、社会主義を標榜しながら、「労働者をブルジョワ化する」傾向のあった社会民主党に批判的に向かっていく。クラウスにとっては、社会民主党はおしゃべりな理想主義者であり、そこには行為が伴わない。

クラウスは一九二三年秋から、戦後成金の資金をもとにのし上がってきたジャーナリストでいくつもの雑誌を発行していたイムール・ベケシーとの論争に入った。クラウスは、ベケシーがスキャンダルをもってゆすりを働きながらのしあがり、そのくせとくとくと良心など説いているのを批判した。ベケシーも応戦する。彼はクラウスのニセ写真と遺産をめぐってのスキャンダルを自らの雑誌に載せて攻撃し、さらに、クラウスと社民党の芸術部、および労働者との関係をめぐって、「労働者は芸術部によってクラウスを押し付けられている」とこき下ろす。当然ながら、クラウスの虚栄心は黙っていない。クラウスは、このベケシーという「資本主義が生み出す奇形」の悪業を暴くにあたって、ベケシーの発言を否定するための、党の「渡し台詞」を求めた。しかし、「共演者」であるはずの上述のポラクは、「革命党としての社会民主党」には「別の心配がある」として、要求に応えない。[39] 党の多数派は、ベケシーがゆすり等の悪辣なことをしているのは知っていたが、彼が自分たちの票田と関わっていることを考慮し、これを敢えて批判すべきではないと考えたのだった。今まで多くの悪に妥協してきたのに、支持につながる小さな悪を叩く必要はないという合意が暗になされたのである。社民党内では、ベケシーのような「奇形そのもの」より、「奇形を生み出すシステム自体」を斥けるべきであるという論拠が決定的なものとなった。それ自体はもっともに聞こえるこの主張も、当時の社民党において革命的だったものはそのフレーズだけで、実際の活動は妥協的な改良主義にとどまったというコンテクストの中では、口先だけのごまかしに見えなくもない[40]。

キルケゴールとクラウスを比較したソーンヒルは、キルケゴールと同じくクラウスがおしゃべりではない「真の言葉」を重視したと見ている[41]。そして、キルケゴールと違って、「真の言葉」に神への積極的な決断をみる（「積極神学」）のではなく、むしろ、消極的な形で、「おしゃべり」される「全人間のポジティヴさ」を否定したのだという。これは、クラウスの社民党批判に当てはまる。

社会民主党（特にその幹部）は、行為と決断は避けながら、「何をなすべきか」ばかりを語るおしゃべり集団としてクラウスに映っていた。ちょうどキルケゴールが批判した人々[42]と同様、彼らは、おしゃべりの中で自己満足にふけりつつ、「あれかこれか」の決断では尻込みしてしまうのである。分別顔でおしゃべりにふける「公衆」たちの間では、「ひとは行為によって立ち、あるいは行為によって倒れる」というような言い草はすたれ、「人々はみなそこらに座って、いくらか反省を用いては立派に暮らしを立てている。〈人は何をするべきか〉ということを十分によくわきまえているということによって、立派な暮らしをする」[43]。新聞を読み、おしゃべりする「公衆」たちは、みずからが賢く振る舞っていることに自己満足を覚えている。クラウスは、社民党幹部からも、同様の自己満足を見て取った。「何をなすべきか」について卓上で議論をかわしているうちにのぼせて、それだけで満足してしまい、そしてようやく腰をあげたと思えば、行動は先送りに、議論の成果を頭で反芻しつつ家路につく。

クラウスは労働者の前で公に社民党批判を展開していく。彼は、社民党のオプティミズム——直接的な階級闘争によって社会主義をもたらさずとも、資本主義は自動的に崩壊してプロレタリアートが取って代わるだろうというような考え——を批判する。社民党内にあった、ベケシーのようなものが資本主義社会の矛盾を加速して、社会主義の到来を早めるといった議論を念頭に、クラウスは「資本主義社会の毛皮の帯に住むシラミが、その没落を加速するなどという確信によって、先延ばしを続けることほどの腐敗はない」と言う。クラウスは、ポストモダン時代の資本主義加速、崩壊論を先取りしたようなこうした社民党の見解に耳を貸さず、伝来のオーストリア社会民主党の文化闘争路線に固執する。「私の例と私の闘争から離れて考えてみても、必要なのは文化的な惨禍に対抗するという覚悟である」[44]。いわば舞台裏から歴史を駆動する秘密の力と資本主義的発展の逆説にまつわる議論は、文化闘争という舞台の上に立つ「俳優」クラウスには関係のない話である。彼に問題なのは、彼の名誉に関わる疑惑の真偽である。社民党芸術部は「労働者は芸術部によってクラウスを押し付けられている」という主張を、「むしろその反対が真実」であるにもかかわらず否認しない――この話をクラウスは労働者を前に弁舌しだす。芸術部に従うと、まるで「本質的な純粋さへの信仰が、掃除 Reinigung を即刻行うことによって成就するのではなく、告白を行うことで成就するというのでなく、秘密によって成就する」かのようである[45]。この秘密粉飾技術は、存在の真理を開示する「芸術」の仕事であろうか?

デーモンとしてのクラウス

クラウスは、いくら「掃除」したところで再び汚れる世界へと「闘争」をしかける。ベンヤミンが評した言葉を借りれば、クラウスの「掃除」「闘争」は、尽きることのない「涙の海から水を汲みあげるダナイスたち」の所業、運べども運べども「岩がその手を逃れ転げ落ちてしまうシジュフォス」の所業である[46]。報われることなき不屈さは、理想の「純粋さ」の中で芽吹いたものではなく、いたるところに見いだされる「不平」の種から育ったものである。

ベンヤミンは、クラウスの憧憬が向かう宥和的なものと、彼自身の存在のデーモン性を明確に区別している。このデーモン的なものは、クラウス自身をも苛むが、ベンヤミンは、クラウスの特質はこのデーモンと不可分だと見ている。クラウスの心を乱して「不平」を呼び起こし、敵意を燃やして闘争へと駆り立てるのはこのデーモンである。デーモン（ダイモーン）は、ソクラテスやゲーテに現れた際、善悪二項対立における悪として現れるのではなく、二義的な中間存在としてあった。それは、ときに人間を脅かし、しかしときに天啓を授ける存在だった。これは神ではないが人間を超えた力である。デーモンの両義的な力は、ときに人間の倫理と折り合いが悪く、それは噴出しそうになると、隠されて「倫理」化される。

「全人間的信条」を信頼するシュティフターは、第二部でみたように、この意味でデーモンを押し込めた。ゲーテは、デーモンに身を委ね、逆らって波風を立てぬようにし、シュティフターは、それを穏やかな法則におしこめようとする。クラウスが彼らと違うのは、デモーニッシュなものを、穏やかな形で自らの気分と調和させようとせずに、むしろ暴れるにまかせて自らの内部で解き放つ点である。ベンヤミンは、「安寧の攪乱者というデーモン的機能(47)」をクラウスの精神に見て取った。

デモーニッシュなものを押しとどめるかたちで、自然と人間とが調和した状態を眺めて宥和を語るシュティフターは、ゲーテがそうだったように自然を無差別に穏やかな法則のもとにおこうとする。クラウスはシュティフター同様に自然の楽園的調和への信条をみせつつ、検察官よろしく、自然の調和を妨害する犯罪人を告発する。そして、自身は人間の調和を攪乱しにかかる。シュティフターのように、「自然」を人間の倫理におとしこむとも、クラウスの「如才なさ」には認められていない。「自然」は「人間憎悪の高等学校」であり続け、「時代から解き放たれた世界攪乱者」であるクラウスは、デーモン的自然に従い、人間との和解をはばみこれに敵対する。

第三節　「純粋さ」と「純化」

「清潔さ＝純粋さ」と「掃除＝純化」

ヴェルフェルもケストナーも形は違えど存在の「純粋さ」を重視していた。ベンヤミンは、クラウスにも同じ姿勢があると考えている。「存在」の「純粋さ」の不可能を前提に「罪」に懊悩するヴェルフェルと、「純粋さ」の「存在」をいわば括弧に入れて、潜在的な理念として観念のうちに保持することでメランコリーの自己目的化を行うケストナーに対して、クラウスは「存在」と「行為」を交差させていく。

若き芸術家ヴィルヘルム・マイスターの悩みは、「高貴な人間」と違って、「どんな技芸をお持ちですか」という問いから自分が逃れられないことだった。「高貴な人間」をはかる基準は、市民のように〈何ができるか〉ということにはなく、どんな出自であるかということにある。(48)彼が何を為すのかよりも、まずは彼の〈存在の由来〉が問われる。「根源」や「宥和」への憧憬を語るクラウスやヴェルフェルは、いわば精神の貴族として「存在」に価値をおいている。だが、「貴族への憧れ」はあれど彼らの出自はブルジョワである。彼らは「存在」の「純粋さ」を「行為」でもって、証明しなければならなかった。

ベンヤミンはこのことを示すために、貴族と市民の対比を簡潔に行うシラーの詩――「高貴な存在は、自身の存在をもって〔代価を〕支払う」が、「卑しい存在は行為でもって〔代価を〕支払う」――を引用するとともに、クラウスの「根源」が、「封建領主的な高貴さと、世界市民的なまっすぐの気性とが交差するところにおいて」特徴づけられる「ユートピア的消尽点」(49)にあると指摘している。勃興期のブルジョワジーは、存在ではなく行為によって自らの力を証し、それによって自らの存在にいわばあぐらをかいていた貴族の支配を解体していく。しかし、彼らも自らの勢力を増す中で、正しさを行為で証明するような必要性を失い、行為の結果だけをもって自らを誇る俗物となりはてた。高度になった資本主義のもとでは、存在の正しさや美しさを基準とする尺度は存在せず、またそこでは、行為の実直さ、行為の正当性が問われることもない。重要なのは、投下した資本がどれだけの利潤をあげていくかということのみであり、人間の存在も行為も問題にならない。ここでは、革命政党も、資本の自動運動の観察者となってしまい、その議論から行為のモメントを脱落させて、そのつどの状況に目をやり、口を挟むだけになってしまっている。

ヴェルフェルは、ブルジョワ社会の「行為」の「罪深さ」に背を向けて、存在の「純粋さ」への憧憬を燃やす。だが「純粋さ」の仮象に惑わされる中で、存在の罪深さに巻き込まれて憧憬を曇らせ、己の懊悩に絡めとられる。これに対しクラウスは、デーモンに駆動されるような仕方で、自らの政治的「根源」へと立ち返ることで、罪に巻き込まれながらも、絡めとられることなく屹立する。現在の「ブルジョワ的‐資本主義的な状態」を「ユートピア的消尽点」に浮かぶ徳へと——存在の正しさと行為の正当性をもって価値とする——「そうした資本主義的状態下では決して見いだされなかった状態へと逆向きへ展開させるのが、クラウスのプログラムである」[50]。とベンヤミンは捉える。クラウスの基準は、ここでも存在の「純粋さ」、「正しさ」に置かれている。しかし、クラウスは、存在するだけで高貴さを証すことができる「貴族」への憧れはあれども、彼の存在は、デモーニッシュな世界で汚れてしまって、猫背に歪んでいる。だがクラウスは、存在の不純ゆえに、高貴な存在への憧憬を断念することはない。彼は「存在」の汚れを「掃除」する実践において、純粋さへの自らの意志を示し続けることによって、「決して見いだされなかった」「純粋さ」の状態へと「逆向きへ展開させる」。クラウスにおいて、「純粋さ」は、現実の「罪」から清められた場所にあるのでも、現実から身を引いたところに「純粋な」可能性としておかれるのでもなく、「ユートピア的消尽点」として「掃除‐純化」を駆り立てるものとしてある。純粋な理念、純粋な存在は、幻想としてあるのであれば単なるユートピアにとどまるにせよ、クラウスにおいては、その存在の正しさを証すべき行為を駆動させることによって、現実の風景を一変させる機能を現実に発揮させている。ブルジョワ階級の生活圏においては窒息している「最良のもの」を、自身ブルジョワであるクラウスが「革命的態度」において保持したとベンヤミンが述べるのは、この意味においてである。

「原状回復」への「熱狂」

「存在に基づいて価値があるということを要求する最後のブルジョワ」としてのクラウスは、存在と行為が合い応じて美しい状態へと現状を「逆向き」に展開させる「プログラム」を遂行する。ベンヤミンは、この遂行が、教養小説的に経験の中で磨き上げられた人間性、美的教育のなかで開花させられた人間性といったものに基づいて実行されるのではなく、デーモン的なものに駆動されるとみている。「正義」や「人間性」にポジティヴに訴えるときのクラウスは、曖昧で力を欠いている（本章注（36）参照）。だが、「人間性」の「最後」や正義の欠如に関して不平たらたら食い下がるときのクラウスは、デーモン的衝動とともに、その仕事を貫徹する。このような側面に関して、ベンヤミンは彼を「強要的な告発者、ミヒャエル・コールハースのような検察官」になぞらえている。(51)

コールハースはルターと同時代のザクセンの馬商人であり、彼については、クライストが古記録をもとに小説化して有名になっている。コールハースは、馬を売りに行く途中封建領主に通行料として馬を預ける。しかし、通行証が要るというのはでっちあげで、また、預けた馬は農作業にこき使われてやせ細って戻ってくる。これに憤慨した彼は正義に訴える。彼は自らの正しさを認めさせようとやっきになり、商売をやめ、妻を失い、あげくは徒党を組んで村々を焼き払う。事情を汲んで和解を調停しようという動きもあったが、コールハースは自らの「正義」をゆずらず、最後には死刑を言い渡される。彼は災厄をもたらしながら最後まで抗議の姿勢を貫く。この絶望的な告発者の非妥協的態度はルターをも震撼させた。

コールハースの行為は周囲の人間の理解を越えており、人間的な和解を受け入れない。コールハースは貴族や聖職者など「高貴な者」の存在を認めるにやぶさかではないが、同時にまた、彼らが実際高貴な存在であることを要求した。ブルジョワの萌芽としての誠実な馬商人コールハース自身は、自らの正しさを行為でもって証明しようというまっすぐな気性、一徹さをもっている。コールハースの行為の流儀に関しては、彼の「私闘 Fehde」が「テロリズム」なのか、悪しき「法」運用を破壊して「自己立法」を成し遂げる彼のアナーキズムを評価しうるのか、といったことにおいて議論は分かれる。(52) クラウスは、焼き討ちを行うのではないし、彼が撃つのは風刺の矢である。ベンヤミンは、クラウスをコールハースに比すときに、テロリズムではなく法批判的でアナーキーな撹乱的闘争を念頭においているだろう。コールハースおよびクラウスの原則は、「原状回復」の要求である。「コールハースが『以前の状態への原状回復』を要求するとき、〔……〕『原状回復』は、法的かつ宗教的な意味をもっている。法的地平においては、損害を与えられた事柄は再び以前の無傷の状態におかれることが、神学的には、世界を堕罪以前の状態の世界への帰還が含意されている」(53)。クラウスは、存在のあるべき状態が不当に損壊されたことを訴え、「原状回復」を要求する。

　クラウスやコールハースに見られる「原則」への一徹さは、熱狂的であるが、デモーニッシュな危うさをもっている。極端へと走る危うさは彼らの行為がもたらす帰結を考慮し損なう。コールハースはたしかに危険きわまりない。だが、熱狂一般は、擁護されるべき側面をもっている。哲学者ホワイトヘッドは疑いの目で見られる「熱狂者 zealot」について、「熱狂者は物事をやりとげます。確立された慣例をふり切って進みます」と擁護する。「熱狂者というのは居心地のいい階級を居心地悪くさせ」、「放っておくと、同じ常道を走っていく傾向がある」「人間性」を賦活するからである。(54) カントは、「熱狂」を「狂信」と区別している。(55)「狂信」が、「高級な自然との共同性の体験」を信ずること、いうなれば「純粋さ」の状態との一体化を夢想するのに対して、「熱狂」は「信条」が「原則」によって熱せられる状態である。クラウスの「熱狂」は「純粋さ」との共同性を望むよりも、それを信条としながら、「純化」の実践原則において、己を燃やす。たしかに「歴史的‐政治的熱狂」は「狂気の沙汰と紙一重である。それはパトス的発作であり、そうしたものとしては、それ自身のうちに倫理的妥当性を有するものではない」[56]。純粋に意志によって善をなすことを倫理とするカント的な意味においては、「熱狂」は、倫理的ではないが「手綱を解かれて奔放に荒れ狂う熱狂的パトスといえども、審美的妥当性を保有してはいる」。クラウス、そしてコールハースのパトスは、いうなればこの審美性において人に訴えかける。その力の奔流は、見る者を震撼させ、倫理的にというよりも審美的に同意をとりつけてくる。

ベンヤミンはクラウスのうちにこのコールハース的でデーモン的な「熱狂」を見て取った。この過激さは、「市民的尺度」のみならず「人間的尺度」によってもはかりきれないデーモン的なものを孕んでいる。存在の「純粋さ」、「正しさ」に基づいて価値を証そうとするクラウスは、現実から身を引いた形で「純粋な」理想を保持したりするのではなく、行為に実際のりださねばならなかった。倫理的意志が行為を要求するというよりも、クラウスという存在のパトスがこれを要求している。人間「本性」の徳はカント的な意味での「熱狂」とともに出動しなければならないのである。「この男の生来の特別出動部隊は、すべてブルジョワの徳である」が、「それが好戦的な相貌を保つのはただ白兵戦においてのみなのである」[57]。クラウスは、存在を愛でる審美家でも、行為の正しさを意志する倫理家でもない。存在の純粋さを熱狂とともに要求し、その熱狂とともに証拠を集める検察官である。クラウスはコールハースがそうであるように、必ずしも、「絶対的な正義」、「神」との向き合いといったもののゆえに、熱狂するのではない。むしろ、次章でもさらにみるように、自らの「存在」の名誉を守るための虚栄、他の「存在」への嫉妬と憎悪に「熱狂」している。

このコールハース的な闘争は、孤立無援の中でも永続させられる。後に、ドルフス政権下でドルフスではなく社会民主党を、ナチスではなく社会民主党を批判するということでクラウスの悪名を高めた「なぜ『ファッケル』は発行されないか」で頂点に高まる。このデーモン性については、当時はベンヤミンにも理解されない部分があったが、これについては終章でふれることとする。

第四節　反復と展開

破壊的になった「根源」

ベンヤミンは、コールハース的なクラウスの「熱狂」に、震撼させられていた。そしてクラウスを通じて、「被造物の根源にあるのは純粋さ Reinheit ではなく純化 Reinigung なのだということ[58]」を再認する。クラウスにおける「根源」は、もはや、起源の「純粋さ」を約束するなぐさめではない。これまでにすでに述べていることではあるが、クラウスにおける「根源」についてベンヤミンが論じた箇所を、ここでもう一度まとめておこう。

一カ所は、ゲオルゲに触れた上述の「三十年の後に」である。クラウスはそこで、ゲオルゲについて「この男は、道行く前からすでに目標を見いだしている」のであって「根源から来たのではなかった」と書いている[59]。以前の「根源」と「目標」の対比（前章第一節参照）がここでも行われている。「目標」を示す男ゲオルゲの周りでは「安らぎそのものである礼拝とともに／右でも左でも論争が止んでしまう」という。これに対してクラウスは「日々なされる悪魔の仕業から精神を呼び出した／そして私は敵対者に返答せよと言語の精神に命じた」という[60]。ベンヤミンは、クラウスの「根源」について、こうしたクラウスの闘争者的な姿勢を呼び起こすものと関わらせていく。

もう一カ所は、「解き放たれた自然」の破壊的な「根源」である。楽園的な自然ではなく、破壊的な「自然」である。「ギベオンの太陽」において、呼び出されるのは、破壊的になった自然、輝く太陽である。

　彼らの誰も、お前を前にして持ちこたえられない。お前！／彼らの頭上へと入り、暗い日没まで／燃えよ、照らせよ、笑えよ、太陽よ。お前！／やつらの没落の日を到来させるのだ！／しかし、ここで草木と獣たちには奇跡を起こさしめんことを。／人間の死の炎が彼らをただ暖めんことを。／すべてのものに春が呼び戻されんことを。／煙のようにはかない生に従っていたものたちすべてに。[61]

これは「太陽」によるいわば終末的な黙示録的破壊と復活を暗示するもののようにもみえる。だが、先ほどの文脈と合わせて考えるなら、「太陽」の下で「闘争」する人間に焦点をあてるべきだろう。

もう一カ所は、第三部第一章で挙げた一九二〇年の「感傷的でない女からのローザ・ルクセンブルクへの返答」であり、そこですでに「コミュニズムは、より純粋で理念的な根源の恩恵による、より純粋で理念的な目的のための、不快な対抗手段の一つとしてあるだけなのだ」というクラウスの文を引用していた。ここで、「より純粋で理念的な根源の恩恵」が与えるのは、宥和のなぐさめではなく、反抗の力である。

ベンヤミンが見出した「根源」は、一回的な起源としてでなく、繰り返し至る所で反復する渦としてある。そこにあるのは、「いつか、どこかにあるのだと前提」される「純粋さ」ではない。この「根源」は、自らの原則のリズムに従って、繰り返し湧き上がるのを聴き取られる、熱狂の泉である。そして、「根源」において聴き取られるのは、自らの憧憬だけではない。

堺雅志は、ベンヤミンがクラウスの「根源」に関して、変形引用することで、「根源から来て根源に立ち返ってゆくような言葉の機能的側面」を引き出したといっている。[62] それは、繰り返しわき起る運動の源として機能している。本書の観点から着目したいのは、ベンヤミンが、同時代の「起源哲学 Ursprungsphilosophie」[63]との関連からクラウスの「根源」を引き離しつつ、そこに「熱狂」の源泉を見出していることである。ベンヤミンが見るクラウスは、起源に潜在していたはずの「純粋さ」に回帰するのではなく、「純粋さ」を「根源」から破壊的に引っ張り出してきて、現実の「純化」へと展開させる。例えば、ユートピア的消尽点に眠っていた徳も、それ自身破壊的になって再展開をはじめる。

ベンヤミンはまた別の風景の中に「根源」を見出す。新しい風景は、かつてクラウスが夢みたような時代を逃れた楽園的自然のうちにはない。山岳の風景であり、そこには子供がいる。「韻の傍らで〔……〕根源のうちにあるあらゆる泉が流す音を子供は尾根で聴く〔……〕子供は自分が言語の尾根へと到達したことを知る」[64]。この子供は、例えばシュティフターが、自然の小さな法則と調和させて描きだしたような子供ではない。シュティフターには欠けていた自然のリズムへの感覚、聴覚をこの子供はもっている。この子供は、連なる山の尾根に湧いた「根源」において「韻」を踏みながら、稜線を自ら踏破していく。そこでの「根源」は、似た音を集め「韻」を繰り返し響かせる反復する泉、あるいは生成の「渦」[65]である。ベンヤミンは、クラウスにおける子供が「韻」において、破壊的になった「自然」を反復するのを見て、自身もまた熱狂に巻き込まれていく。

育ちゆく人間の反抗

「反復」に関して、ベンヤミンのラジオ放送について書いたジェフリー・メールマンは、フロイトを引きながら「模倣」と区別しつつ、次のような示唆的なことを言っている。

遊戯の美点は模倣 Nachahmung にではなく反復 Wiederholung にある、というベンヤミンの強い主張が重要である。なぜなら（親の）模倣はナルシシズムの類のもの、ベンヤミンが必死に遠ざけようとしていた主観主義的な心理学化に類するものだからである。それに対して反復は、克服を目指すものであるとはいえ、最後までそのトラウマ的な、あるいはカタストロフィックな誘発・結合作用を保ち続ける[66]。

遊戯の中で興奮を反復する子供は、エディプス・コンプレックスをはじめとした主観主義的な心理学の領域で親を模倣するのではない。「純粋さ」を想像するナルシシズムとも、鏡の中のコンプレクスとも関わりなしに、子供は、ある興奮を反復している。

ベンヤミンも引用しているアフォリズムの中で、クラウスは、子供時代の想像力と、その反復について語っている。

子供時代の一日の想像の生活を蘇らせることは、魅惑的なことであってほしい。そのころは、まだとても大きかった中庭のモモの木も、今はもう小さなものとなっている。〔……〕この幼年期に感じた大きさが再び蘇るということが可能にならないといけない。(67)

これに関して、ベンヤミンは、クラウスが、再び「子供」時代を反復するとき、そこでクラウスが「幼年期の興奮すべてを、現象すべてと一緒にありありと思い浮かべ、そのため高熱が出てしまうほど」に興奮を反復しているさまを見ている。

惰性的な習慣でない、高熱が出てしまうほどの「興奮」の反復は、繰り返す中で、力を弱めるよりも、むしろ強めていく。「想起」の中で不意に甦るかつての興奮は、以前とは別の連関の中で、新しい熱狂を生み出していくものである。

わけのわからない子供の興奮は、教場の教師から見るとやっかいなものだろう。例えば教本に即して自らが教えたい内容とは違ったところに、子供が熱狂し始めるならば、脆弱な教師は自信をぐらつかせて、抑圧的にふるまいだす。幼年期の熱の再来において、かつての反抗も反復される。

クラウスにとって、子供は決して教育の対象として目に入って来るものではない。むしろ、彼自身の幼年期のイメージの形をとって、子供は、教育に対して反抗する者として目に入って来るのである。この反抗者を教育するのは、反抗者自身の反抗性なのであって教師ではない。「廃止さるべきは、懲罰棒ではなく、その使い方を知らない教師のほうなのだ」。クラウスは、まさに、この棒をもっとうまく使う教師でこそあろうとする。(68)

ベンヤミンは「反抗者自身の反抗性」による教育が、教え込まれる理想を変形、破壊して、自らのうちで反復するものであると考えている。ベンヤミンが強調するようにクラウスは、シェイクスピアやゲーテのエピゴーネンであるのみならず、「国語読本のエピゴーネン」を自認してもいる。興奮の源としては、シェイクスピアも、国語読本の読み物もクラウスにとっては等価である。クラウスは読本から引用し、変形してそれを反復する。変形するのはそこに「懲罰棒をもった教師」の記憶が結合されているからである。ベンヤミンは、いわば未だ人間となる以前の「非人間」としての「子供」を、「純粋さ」の状態にある無垢なものとして捉えず、これから「育ちゆく人間 der werdende Mensch」として、「反抗性」によって自らを教育し、自らを形づくっていく存在だと考えている。ブルジョワの徳をコールハースの形で反復し、国語読本の手習いを憎悪の詩に変形するクラウスが「古典的ヒューマニズム」を「現実的ヒューマニズム」に変形、再生していると、ベンヤミンはとらえている。この「現実的ヒューマニズム」を、ベンヤミンはマルクスにおいても見出しており、ここでクラウスからコミュニズムへの架橋がなされている。

マルクスにおいて、現実的ヒューマニズムが、古典的ヒューマニズムに対抗している。その現実的ヒューマニズムは、クラウスに関して言うと、子供において現れて来る。この育ちゆく人間は、国家に従順な模範的市民という偶像に反抗するのと同様、理想的でロマンティックな自然存在という偶像に反抗しながら、昂然とその顔を上げる。この生育しているものの感覚で、クラウスは教本を校正したのであり、とりわけドイツ的教養を追いまわし、しかしそれがふらつきながら、ジャーナリスト的な恣意の波が戯れるのに身を委ねているのに気づいた。(69)

子供にあっても、マルクスにあっても、ベンヤミンにとっては、幻想としての理想への「反抗性」であり、その「反抗性」によって自らを形づくっていく力が重要である。

「感傷的でない女からのローザ・ルクセンブルクへの返答」で見られたように、クラウスの語るコミュニズムは敵対的なものであるにとどまった。これは、「階級闘争」であるよりもむしろ階級内闘争とでもいうべきものである。市民階級の内部で、その「根源」に従うなら許されざるものを、脅かし続ける理念として堅持すべきものである。「感傷的でない女」の自己満足とシニシズム、「生を損なうイデオロギー」に対して行われる闘争、のうのうと享楽するものたちが説くイデオロギーへの「対抗手段」としての「コミュニズム」をクラウスは肯定する。ここでの「根源」は繰り返し甦る反抗性を育むものとしてあり、それは宥和の幻想やなぐさめを与えない。

ベンヤミンは、「子供」の反抗性を、今や老年に近づいたクラウスのうちに見ていた。ベンヤミンがクラウスのうちのに見たのは、「破廉恥な奴をぶっ飛ばす」姿であり、敵も理想も食らい尽くす「人食い」の「破壊的性格」であった。遵守されるべき理想へ向かっての創造的運動ではなく、破壊されるべきものを片付けて行くことで解放を進める破壊的運動である。そのなかで「育ちゆく人間」もその輪郭を定めていく。

元来育ちゆく人間というものは、自然な空間ではなく、人間の空間において、そして解放闘争の中で、その輪郭が定まってくるということ。搾取や困窮との闘争によって強いられた姿勢が、育ちゆく人間を見きわめさせるのであるということ。神話からは理想主義的に解放されるのでなく、ただ物質的に解放されること。そして、被造物の根源においてあるのは、純粋さではなく、純化だということ。こうしたことが、その痕跡を、クラウスの現実的ヒューマニズムのうちに残したのは彼の晩期になってだった。絶望した者にしてはじめて、引用の中に力を見出す。その力とは、守る力でなく、浄化する力、連関から奪い出す力、破壊する力である。そして、そうした力のうちにだけ、まだ幾ばくかのものがこの時代を生き延びることの希望がある。時代を超えて生き延びるのは、時代から叩きだされたからであったのだから。(70)

「絶望した者にしてはじめて、引用の中に力を見出す」という一文には注釈が必要だろう。絶望するのは自らの存在がゆらぎ、内面的な理想が空虚になるからである。内面性にたてこもって自足することもできなくなるほどの絶望は、しかし、内面的に確保される「純粋さ」の仮象性を見抜くにいたる。自らの力、自らの内面、自らの純粋さに心理学的な解釈を施す必要はもはやない。自らの内面は、「純粋さ」を輝かせるためにあるよりも、言語を働かせ、その力を発揮させるための媒体として捉え返される。自らの「純粋さ」に絶望した者にしてはじめて、伝達を求め、力ある言葉を引用しはじめるのである。この引用という行為は、「救済」を求めることでもあり、また力を繋ぐ行為でもある。

クラウスもケストナーも、旧来の理想を基準に思考している点では変わらない。だが、旧来の理想から、ケストナーがナルシスティックなメランコリーをつくりだすのに対して、クラウスはパフォーマティヴな現実批判を展開する。ベンヤミンは、「純粋さ」を精神において目指すあり方とは違った「現実的ヒューマニズム」を、「新しい身のこなし」とともに考えている。クラウスとブレヒトに共通するのは、理想あるいは何らかの確信から、行為と運動が生じていることである。

リヒテンベルクは、「人に確信を抱かせるところのもの、そのもの自体が重要なのではない。重要なのは、その確信が、確信を抱かされた人から何を作り出すかだ」と言っている。ブレヒトにあっては、確信が人から、身のこなし Haltung を作り出す。この身のこなしは新しい。そして、その新しさは身のこなしが獲得可能なものであるという点にある。[71]

「純粋さ」への「確信」を得たとき、重要なのは、それがどのような「身のこなし」を作り出すかである。「確信」が、空ろなものを撫でさするだけのメランコリックな身のこなしを生み出すだけであれば、それは密やかな領域において抱かれておくにとどめるべきだろう。クラウスにあっては「純粋さ」への確信は「非人間」的な身のこなしに結実して、確信にそぐわない現実の「純化＝掃除」へと展開していく。この「純化」は意志や目的や思想ではなく行為においてのみある。この行為とその「身のこなし」は、ちょうど子供が摸倣の中で学び得るように、「獲得可能なもの」としてある。内面化される理想でも、内面において愛でられる「純粋さ」でもない、「純化」の身振りを、ベンヤミンはいわば引用可能なものとしようとしている。

身振りの引用可能性

「引用」は「クラウス論」の一テーマを占めるにすぎないとはいえ、しかしベンヤミンの関心の中心部を占めている。[72] 引用者としてのクラウスは、「私は古い言葉の家に住まう、単なるエピゴーネンのひとりにすぎない」[73]として、かつての偉大な言葉を権威とともに反復し、その名を挙げる。あるいは「相手の態度にあるわずかな継ぎ目に、憎悪の金梃を当てるために、論争相手を摸倣する」[74]。『ファッケル』におけるクラウスの最も重要な協力者は、クラウス専属の植字工と、ファッケルに文字を打ち込むべく磨かれた『ファッケル』用の活字であった。校正に執筆の三倍の時間をかけるといわれた執念で、彼は引用文を隔字体にして、コンマ一つにこだわっていた。引用される言葉は、クラウスが出す指示を冷徹に完遂する専属の植字職人によって抜き出され、隔字体で配列される。地道な技術との連帯は、ベンヤミンの共感を呼んだ。

ベンヤミンはさらに、「引用」の技術を文章だけでなく「身振り」にも適用可能なものとしようとした。「〈身振りを引用可能にする〉ことが俳優の最も大きな働きである。植字職人がするように、挙動を隔字体にせねばならぬ[75]」と彼は書き、ブレヒトはそれを受けてコイナー氏を生み出した。シュヴァーベン訛りで「誰でもない男keiner」を意味するコイナー氏、「彼は引用されるはずのものである[76]」。

「二番目の試み『コイナー氏の話』は身振りを引用できるようにする試みである」と著者は言う。この話を読んだならば、貧困の身振り、知識の乏しさの身振り、無力さの身振りが存在することに気付くだろう。そうして、引用されるのは、こうした身振りなのである。ただ小さな変革だけが表明されている。いわばそれがコイナー氏の専売特許なのである。つまり、コイナー氏は、粗野な者 Prolet であって、人類の友というプロレタリアートの理想にするどく対立しているのだ。彼は、理想を内面化するような人ではない。悲惨さの廃絶を、コイナー氏が期待するのは、ただ唯一次のような道筋からである。つまり、悲惨さが彼に強いる身のこなしを展開することからのみ悲惨さの廃絶を期待するのである[77]。

誰でもない男であるコイナー氏は、所有権をもたない。引用される身振りは、所有される財産、誇られるステータスとは違う。「粗野な者」である彼は、精神的な理想を内面化して所有することはなく、「悲惨さ」に強いられた「身のこなし」を育てていくことができるのみである。

「粗野な者＝無学者」であるコイナー氏と教養市民クラウスでは、身のこなしは異なっている。ベンヤミンは、しかし、どちらも「身のこなし」を育て、相互に引用し合うことができるようなものとすることが必要だと考えた。ベンヤミンが「根源」において発見したクラウスの「熱狂」は、いわば非人称化されて脱クラウス化しており、それゆえに引用可能なもの、あるいはクラウス自身を離れて反復可能なものになっている。ベンヤミンがクラウスの身振りを描くとき、それはいわば引用可能なものとして描き出されているのである。「クラウス論」は、クラウスという個人を崇めるため、あるいは趣味判断にしたがって褒めちぎるために書かれたのではない。言葉や徳、あるいは身振りを引用するのは、それを所有し愛でるためではなく、その根源において見出される力を発揮させるためである。「摸倣」は、「憎悪の金梃を当てるために」だけなされるわけではなく、新たにその力を発揮させるためのものでもあり得る。ベンヤミンは、このような可能性を考察している。「純粋さ」も所有される状態であっては無力でしかない。それは引用される中で発揮されて「純化」の運動にならなければ無力なのである。クラウス自身が、そうした引用の展開される「媒体」としてあり、自らの声で、そして自らの『ファッケル』で引用される身振りを照らし出していた。ベンヤミンが『クラウス論』において意図していたのは、身振りの共振であり、そこから起こる「神経伝達」である。内部で愛でられる理念、内部に秘められる決断、内部で語られる預言――こうしたものを破壊して、引用可能な外部空間に引き写すのがベンヤミンのプログラムとなったのではなかったろうか。ミヒャエル・コールハースのごときクラウスは、「引用」による「掃除＝純化 Reinigung」にいそしむ。「きれいな状態＝純粋さ Reinheit」は活動なしにはあり得ない。「純粋」な「徳」も出動部隊としてある他ないものだった。ベンヤミンはこうした「身振り」に敬意を払い、「カール・クラウス」というエッセイにおいていわばそれを「引用」してみせたといえる。

終章　継続と伝達

第一節　再度の沈黙

ベンヤミンの最初期の文章が掲載された雑誌は『アンファング＝始まり』と題されていた。本書では、この「始まり《アンファング》」の時期からのベンヤミンの思考の展開を、一九三一年の「カール・クラウス」にいたるまでおってきた。「教養市民」層的な理念を純粋に突き詰めたようとしていた青年期の思考は、「純粋な精神」を基準とすることの限界を内破する形で、「純化」の「身のこなし」の獲得という実践的思考へと展開していたことが確認された。だが、始まり出していた彼の実践的試みの多くは、時代状況の中で「終わり」を余儀なくされる。『危機と批評』や『評論集』の企画は頓挫し、(1) カール・クラウスとの接近も生じなかった。世界恐慌のあおりとナチズムの伸張の中でベンヤミンは次第に執筆場所を失っていき、アーシャとの関係は途絶え、妻ドーラとの離婚訴訟とその帰結としての財産喪失に見舞われる。(2) 離婚後の経済的苦境はベンヤミンに人生の終わりまで思わせた。一九三二年七月に友人に宛て遺書や遺品管理などを書いている。その少し前にイビサ島で書かれた「最良のことを忘れるな」は、ベンヤミン自身のことを書いているようにも思える。

私の知っているある人は、その人生の最も不幸だった時期に、最も整然としていた。その人は何も忘れなかった。その人は、当座の仕事をまったく小さなものまで記録し、そして、約束があるとすれば——その人は決して忘れない人だったのだが——時間厳守の化身であった。その人の人生行路はあたかも舗装されたようで、時間を無闇とはびこらせるような裂け目がなかった。そのように全てが過ぎていった。だが、あるとき、ある状況が当該の人物の生活にある変化をもたらした。彼が時計を捨てたとき、それははじまった。彼は、遅れて行くようになった。待ち合わせした人がすでに行ってしまった場合でも、席をとって待っていた。何かを手に取った場合、彼はそれを奇妙だと思った。そして、どこかを片付けねばならないときには、別の場所がそれだけぐちゃぐちゃになるのだった。彼が書き物机に向かったら、まるでそこに誰かが住んでいるように見えた。実際彼自身が、本の塔の中で巣をつくり住まうものであったのだ。そして、彼が気遣うものを、まるで遊ぶ子供のように、自分のために囲ったのだ。子供はポケットの中、砂の中、引き出しの中といったいたるところに自分で隠しておいたものを忘れてしまう。それと同じようなことが、彼には、思考の中でだけでなく、生活それ自体においても起こっていた。友人は、彼が彼らについてまったく考えてもいなかったときに、そして、もっとも必要としていたときに彼を訪ねた。そして、彼への贈り物は高価なものではなかったけれど、彼があたかも天上の方法を手にしているかのように、ちょうどいいときに届くのだった。そのころ、彼は牧童の伝説を、好んで回想していた。牧童は、ある日曜に、財宝のある山への入場許可を得たが、同時に、謎めいた指示も受けていたのであった。「最良のことを忘れるな」。このところ、彼の調子はまずまず結構だった。何も片付けなかったし、また何が片付けられたのでもないと思っていた。(3)

ベンヤミンは自殺を結局思いとどまるが、ドイツでの生活はナチス政権樹立によって終わりを告げる。クラウス論においてまだ期待をかけていた、言葉の力、「身振り」による共振への期待は、状況の変化とともに、大きく考えを変えなければならなくなっただろう。言葉に関しては、その後のクラウスの「沈黙」、あるいは「デーモン」への再転化に見られるように、その力の弱まりは明らかだった。晩年のクラウスは生きながらにして半ば死んだものとみなされていた。

「クラウス論」に見られた「純化」の思考はきわめて躍動感に満ちたものだった。しかし、沈黙を強いる時代の中で、そこにある「飛躍」の芽は再び沈黙を強いられたように思われる。事実クラウスは後でみるようにナチズムとドルフス政権に対して沈黙する。ベンヤミンも、一般にその暗さが指摘されるカフカ論において「沼」の世界に入り込んでいくように、一九三〇年前後の勢いを失っていくように思われるかもしれない。だが、課題が片付くことはなく、さらに積もっていくばかりであったにもかかわらず、ベンヤミンは、カフカ論の逃走と騎行のモティーフにみられるように、ペシミズムに閉ざされてはいなかった。クラウス論の前後に暖めていたベンヤミンの「試み」も、その可能性の展開をまたずに消えたものも多いとはいえ、潰え去ったわけではない。再び「引用」されるのを待っているテクストが多数存在する。終章である本章では、晩年のクラウスの沈黙、そして「カール・クラウス」以降のベンヤミンの思考の展開をみておきたい。それとともに、本書でこれまで見てきたことの先にある展望を示したい。

「デーモンとしての没落」——晩年のクラウス

一九三四年九月ベンヤミンは亡命先で、「なぜ『ファッケル』に発行されないか」と題された同年七月号の『ファッケル』について、次のように書いている。

いったいこの上に誰が、まだ転落できるだろう？　にがい慰めだが、これに並べて言及に値するような喪失を、私たちがこの戦線で味わうことはもうあるまい。デーモンは人間、ないし非人間より強かったのだ。彼は沈黙することができず、自身を裏切って、自らがデーモンとして没落していくのを見ていたのだった。(4)

クラウスは、ナチズムには沈黙し、自らの沈黙と「オーストロファシズム」を弁護し、左翼勢力に批判を加えていた。これに、ベンヤミンは「デーモンとして没落」する姿を見て失望したのだった。一九三〇年代のクラウスは、遺稿として戦後はじめて刊行された『第三のヴァルプルギスの夜』のナチズム批判が取りあげられるばかりで、ほとんど読まれていないのが実状である。とりわけクラウスが亡命左翼たちと繰り広げていた、今となってはは何の意味があるのかもわからない論争については全くといっていいほど読まれていない。これは同時代からしてすでにそうだった。だが、例えばベンヤミンが、遺稿となった『第三のヴァルプルギスの夜』を踏まえこれらの論争を見ていたならば、クラウスが「デーモンとして」左翼批判に饒舌を振るったことの意味を見通すこともできたろう。

『ファッケル』は上述したように一九二〇年代後半から部数や影響力が明らかに低下したとはいえ、ナチス政権樹立以後クラウスの発言には期待が集まっていた。クラウスは、一九三四年一月以来、戦後になって公表される『第三のヴァルプルギスの夜』のためのカードを書きためており、これを『ファッケル』八八八～九〇七号合本として刊行する予定だった。(5)これはナチズムはじめ時代の言葉を批判した書となるはずだったが、この代わりに、十月、十行の詩「問うなかれ Man frage nicht」が出る。

問うなかれ、このときにあたり私が何をしたのかを／私は黙り続け、／そして言わぬ、なぜ黙るのかを。／そして静寂が存在しているのは、大地が音をたてて裂けたからだ。／正鵠を得るような言葉はない。／ひとはただ眠りの中からだけ語り／明るく笑ったあの太陽を夢に見ている。／過ぎ去っていく。／後になればどちらでも同じことだった。／例の世界が目を覚ましたとき、言葉は眠りについたのだ。[6]

クラウスは自らの「言葉の力」を過信せず「沈黙」を選ぶ。わかりよい抵抗の言葉を期待する者はこれに幻滅し、「カール・クラウス追悼」といった皮肉な記事が書かれる。「今日沈黙する者」つまりクラウスは、「闘争者たちの仲間から締め出される」のだった。[7] クラウスの「沈黙」に関しては評価が分かれるところである。クラウスは左翼の期待を担って、反ナチス闘争の言葉をあげるべきだったのであり、また仮に彼の言葉があまり効力をもたなかったにせよ、そもそも〈声を挙げること〉はそれ自体大事なことだという見解もある。「クラウスは、彼が生み出すものの限界をリアリスティックに評価し、彼ら〔クラウスの言葉に期待する者〕と見解を共有しなかった――しかしながら、クラウスは、彼の限界を、言語と風刺そのものの限界だと間違えて捉えていたのだ[8]」。

左翼からの嘲笑と批判に答える形で『ファッケル』七月号「なぜ『ファッケル』は発行されないか」が出される。ここでクラウスは、「〈言葉〉に対する子どもじみた迷信 Kinderglauben an das »Wort« がいきり立つ[9]」ことに異議をとなえている。だがこの『ファッケル』七月号の受容の焦点は、「言葉」をめぐるクラウスの考えにではなく、彼のドルフス支持に集まっていた。亡命左翼がプラハで刊行していたドイツ語の週刊紙『反撃』には、「カール・クラウスはヒトラーに対しては沈黙し、『反撃』には反対してわめきちら」し、のみならず「ドルフス」にまで「順応」したのだというクラウス批判が載せられた。[10] ドイツとオーストリアの「ファシズム」に「順応した」クラウスは、「闘争者たちの仲間」から決定的に締め出される。

左翼側からの議論は今日から見れば単純に見えるが、例えばカネッティのような熱烈なクラウス支持者であってもドルフス支持への幻滅を隠さず、私的なサークルにおいても彼の選択への賛同は得られなかった。[11]

みなが、実際にみなが彼から離れていった。依然として小さな朗読会はひっそりと行われていたが、誰もそれについて知らず、知りたいとも思わず、入場券を得ようなどとは思わなかったろう。あたかも、クラウスという人格がもはや存在しなかったかのごとくであった。(12)

カネッティは、「彼が死ぬ前の何年かに起こった恐るべきことは、説明できなかったし、どうにも説明できないままであらざるを得なかった」(13)として、ドルフス支持以降のクラウスに未練はないようである。

クラウスの沈黙、その後の「順応」の言葉は、「闘争者たち」からすれば、すでに敗北を意味したわけだが、クラウスがただ沈黙していたのではないことを知っている今日の我々は、そのような単純な評価に与することはできない。「彼は沈黙しているがゆえに闘争者たちの共同体から締め出されたのではなかった。むしろ彼は、この共同体から自らを引き離したがゆえに沈黙したのだ。その中にいることは、その敵〔ナチス〕と同様に恐ろしいものであったから」(14)と、論敵の言葉をそっくり引用してひっくりかえすクラウスの言葉に我々は十分な注解をつけることができる。なぜクラウスは「闘争者たち」と袂を分かったのか？　人目にもつかずとも、最後の『ファッケル』の末尾におかれた最後の論争文「奴らの大事なもの（理解できる言葉で）(15)」まで、なおもクラウスの饒舌は続いていた。われわれは、この忘却されたデーモン・クラウスの最後の饒舌について検討しよう。

文士的おしゃべり

ヒトラー政権は永続するものではないにせよそう簡単に終わるものではない、とクラウスは見ていたが、それに対して例えばオーストリア社会民主党の党首だったオットー・バウアー（一八八一〜一九三八）は、ドイツで蜂起が起され、その内乱が戦争に、そして革命へ転化するといった見解を出していた。そして、二月内乱後は、オーストリアの独裁下で生じるだろう労働者の蜂起と来るべき革命が語られ出す。デーモンに憑かれた男クラウスは、革命をうたうバウアーをカフェ・グリーンシュタイドルでわめいていた文士たちの地平へ引きずり下ろし、革命の希望は、文士根性が語り出す空疎なものにすぎないという。「文士たちの世界像は、いわば現実を想像しないことによって、そして同時に不可能なものを想像することによって規定されている」[16]。クラウスの憎悪の中で、革命的希望と文士の空語とが等置される。

上述したように、クラウスは、社会民主党幹部の闘争を語る勇ましい空語を軽蔑していた。彼らがキルケゴールよろしく「あれかこれか」を語り出すときであっても、それはそもそも弱腰な選択の間でさまよっている。彼らの二者択一は、つねにすでに腰が引けているのである。党首オットー・バウアーが告げるのは、「屈辱的に降伏するのか、あるいは思い切って闘うのかという選択」である。「普通なら、闘士は勝つか負けるかなのだが、ここでは降伏が前に出されて、情熱は二者択一の後方から踏み出てくるだけなのだ。〈思い切り〉はここでは一つの偶然でしかない」[17]。そして、後退戦が繰り広げられれば、「思い切り」はどんどん後退していき、笑い話のレベルに到達する。クラウスが思い出すのは、靴屋と喧嘩するかしまいかを悩む仕立て屋の言葉である。「あの靴屋め、もしワイがおっぱじめたら、ワイがおっぱじめた時には〔……〕だけどワイはおっぱじめやしねえな！」[18]

社民党が二〇年代末にショーバー政権などと妥協を重ねるなかで勢力を弱め、その後ドルフース政権の「サラミ戦術」の前に、なすすべもなくなっていたことには同情されて然るべきところもある[19]。粗探しに手ぐすねを引くクラウスとて、彼らの現実的妥協自体については批判をしないし、例えば、二月蜂起の失敗それ自体を嘲ったりはしない。とりわけ労働者には同情的である。クラウスの批判は、妥協を重ねながら、おしゃべりにふけって言葉を濫用することに向けられている。キルケゴール時代のような、あるいは一九二〇年代の半ばのような相対的に安定した時期であれば、空文句での演説に陶酔することに、人はそれなりの満足を得られたかもしれない。しかし経済危機の中で失業者が増大し、対岸ではナチス政権という脅威が肥大していく。この状況の中では、自己満足的おしゃべりは、せいぜいが自己弁明に堕するだけであり、誰の耳にも入らない。二月蜂起の失敗は、低賃金や失業が続くなか労働者の蜂起は難しいというような事情[20]を踏まえずに社民党軍事指導部が先走ったこと、そしてバウアーらがそれを一切統括できなかったことにあると言えるが、こうした不手際もクラウスからすれば、「おしゃべり」にふけっていたがゆえということになろう。

クラウスは、バウアーや、群小左翼新聞に対して、「不平家」として絶望的な論争を挑む。『人類最後の日々』は、第一次大戦の終結とともに過ぎ去ったわけではなく、クラウスは、不平家のモティーフを最後の論争文「奴らの大事なもの」でも再び呼び出している。クラウスの不平は概して難解だが、その度合いは三〇年代に頂点に達し、最後の論争分「奴らの大事なもの」は、『『ファッケル』の中でももっとも近付き難い論争のひとつ」とされる[21]。これについてのクラウスの「罵り語」注解・辞典[22]が出るほどである。クラウスの最後の不平は、一見すると不平のための不平、嘲弄のための嘲弄と見える。そこで「討論する気はない」とはっきり述べているクラウスの不平は、論争相手を説得することや、読者の理解を求めることはない。「奴らの大事なもの」で下される裁きは、今に至るまでほとんど読まれず、また論争相手とはすれ違ったまま虚しく消えた。だが、そこでデーモンに捧げるべく不平行為を貫徹するクラウスは、「以前よりも自由に、孤立して、そして力強く時代に反抗して立っている一人の著者[23]」という自負を抱いていた。

「頭脳犯罪者」の言葉

一九三〇年代という「人類最後の日々」に立つクラウスは、ナチスやドルフスとならべて、左翼をもその列に組み入れる。彼ら「頭脳犯罪者[24]」が吐く言葉の「汚れ」は、空っぽで、しかもそれが溜まる場所も犯罪的頭脳に限られるものだから、簡単に片付けられた。

クラウスにとって我慢ならないのは、ドルフス評価をめぐって、クラウスに塗られた「汚れ」である。少なくともこれが発する「臭い」によって、多くの者が去っていったのは事実であるだけに、クラウスは、これにははっきりと論陣を張る。クラウスは「自らの思想に照らせば本当は敵である方〔ドルフス〕に、むしろ一貫性を認めたのだった。みなにとっての危険〔ナチズム〕に反対する勇気が認められるのは、危険を召喚する依存的仮象存在〔社会民主主義〕ではなく、自らの思想上の敵の方だったのだ[25]」と彼は訴える。クラウスがドルフスを評価する理由は、極言すれば、ナチスを斥ける言葉を彼がきわめて率直に放ったという一点にある。具体的に言えば、アスペルン空港においてナチスの法相ハンス・フランクを追い返したという一点においてである。

ドルフス支持に関しては、例えば今日の研究者であれば、「我々はドルフスがオーストリアをヒトラーから救い出してくれるかもしれないという希望が、もともと悲劇的な誤謬だったことを知っている[26]」、ということができるがクラウスはそもそも、実際にそのような「希望」を抱いていたのだろうか？　クラウスは「主要な点」つまりナチスに率直な否を言ったこと「以外については彼を過大評価しているくらいだ[27]」と言っている。クラウスは、ナチスを斥けることの「必然性＝急務 Notwendigkeit」について社民党が過小評価し、それゆえに不毛な国内権力闘争をキリスト教社会党との間で繰り広げていたこと、亡命地でもそれを繰り広げ続けるのを苦々しく思っていた。ドルフスは大きな悪ナチスに否を言い、社会民主党は小さな悪ドルフスに否を言って、みすみす大悪魔ベルゼブブを招いている。こうした判断の現実性についてはさておき、この議論にはしっかりと筋が通っている。

だが、それでは、なぜクラウスはあんなにも不興を買ったのか？　「愚か者さんたちに理解できる言葉で語ろう。論争家が敢えて決心した〔ドルフス〕肯定は、彼がこれまで行ってきた論争と違って、なぜにそんなにも生まれの正しさを疑われねばならないのか？[28]」答えは簡単である。クラウスがもはや「左翼」ではないからである。クラウスに、「自由」「進歩」「啓蒙」といった左翼的観念への忠誠を見せなければいけなかったのである。左の翼ばかりを使っている「羽ペン族は、〔クラウスの〕仕事のほんの少しだけを引っ張り出して来て、それが彼らの禁猟区から抜け出したがゆえに、『裏切り』を働いたのだとピーチクやり、『裏切り』を見抜けと人に要求しているのだ」[29]。この「禁猟区」は、右翼しか狩猟してはいけない区域であり、左翼であれば、どんなに愚かでも保護されねばならない区域である。そして、この区域では観念も同様に丁重に扱われており、非左翼的な生命よりも、左翼的観念が保護される。クラウス鳥は、もはや「右」の翼が目立つ鳥だから、狩猟対象に祭り上げられている。左翼禁猟区での狩りは生存のためにではなく、観念的儀式のためになされるものだから、老いて肉の堅い鳥の生命であっても、喜んで追い回される。

このような禁猟区で気勢を挙げてはかけ声をかける左翼は、自らの言葉に陶酔できる種族である。しかしそれは彼らの間だけで通じて、現実と関わらないことも多い。彼らの「啓蒙」が命じるのは、左の立場を堅持すること、左へ向って前進すること、前進はせずともそちらへ向うべくかけ声を挙げることである。「ひとえに残念なのは、そうした啓蒙やらの成就が「言葉の実習」への道をふさいでしまっていることだ。彼らに切に必要なものはこの実習なのである。言語は啓蒙を通じてかけ算表を覚えるために用いるものだ、などと強制されてはならない」[30]。

クラウスの「言葉の実習」には当時誰もつき合うことはなかったが、このような実習がなければ、空疎な言葉が氾濫し、言葉への信頼それ自体が死んでしまう。言葉への信頼がなくなった地盤には、デマゴギーであっても現実を動かすような力への錯覚がはびこりだす。言葉の実習が足りず、それゆえ、言葉と現実の関係を誰も顧慮せずに、言葉が汚れている――一九三〇年代のクラウスが切実に訴えた不平は、現在むしろ痛切に響く。

狼の言葉

「言葉でもって事を解決してしまう文学的英雄」を待望する「紙と文章から出来たような文学的な頭」[31]は「〈言葉〉への子どもじみた迷信」を保持している。だが、この言葉の呪術は、禁猟区を出たときに効力を目覚ましいほど失ってしまう。社民党の弱みは、空語となった理念にこだわったがために、労働者の天国を言葉においてしか作り得ず、それゆえ、誰からも信じられなくなったことにあった。

彼らの不成功の原因は、確かに上手く話すが、それにも拘らず、「誰からも信じてもらえない」ということにある。〔……〕たとえ彼らが大声でバリケードを要求したとしても、実際彼らがそれを欲しがっているなどと、どうやって信用しろというのだろうか？　言語は古びてしまい、事柄は言語へと結びつくことなく、それゆえ、事柄も目の前から消える。〔……〕しかし、国家社会主義は、フレーズだけではなく、内実をも求めていた。それは、ロマン主義をもち、それゆえよりよい組織をもっている。国家社会主義には錯覚があり、社会民主主義には空虚がある。そして、国家社会主義の方は、そこから極めて現実的なものを作り出そうとするのだ。(32)

国家社会主義＝ナチスによって新たに生み出された現実は、生の基盤を掘り崩す恐るべきものであった。何しろ、そこでは言語と事柄がとんでもない関係を取り結ぶからである。クラウスは、この言葉に、そのあまりの浸透力に驚嘆し、その掃除の計画を立てながらも（『第三のヴァルプルギスの夜』）、公に掃除に出ることはできなかった。

ナチスの言葉を支えるのは、おしゃべりする公衆である。世間で繰り広げられる日々の曖昧な「おしゃべり」がそのネタにするのは〈現実それ自体〉ではなく〈見えているもの〉である。不可視のもの、目に入らないもの（入らないようにされるもの）、見ないようにしているものは、おしゃべりのタネになることはない。例えば新聞や報道が〈見なかったもの〉は、見えないままで、おしゃべりする口にのぼることはない。報道されなければ、新聞が見なければ、それはもう〈なかったこと〉になる。この姿勢がナチズムの勃興にあたっても大いに彼らを助けた。(33)例えば、様々な残虐なことが海外で報道されているのを打ち消すために、それらをドイツ側では「残虐宣伝」と名づけていた。そして、「ドイツへの旅行者が〈何も見なかった〉という事実から、何も起こってはおらず、何事もうまくいっているると結論づけられ〔……〕起こることすべては、至る所でそもそも目に見えるものとならなければならないのかどうか、という極めて素朴なる論理的吟味が力をもたない」[34]。そして例えば、『ノイエ・フライエ・プレッセ』などは「残虐宣伝」を打ち消すべく、「残虐」を見なかったことに、そしてなかったことにするのである。あるいは、「ある男が殺害された」という報道は「残虐宣伝」であって、実際には「たかだか重い肉体的傷害にすぎない」と報道することで事態の酷さがごまかされる。「世界大戦における〈残虐宣伝〉は、そのほとんどが後になってから裏書きされた」ことを思うなら、むしろ事件の可能性や危険性、リスクは「故意に十倍化するほうが逆に正しいことなのではないかという倫理的な吟味」が、この「人類最後の日々」においてやはり「力をもたない」ことにクラウスは不平を言う[35]。現在ナチズムはもはや存在しないが、「人類最後の日々」は「終末」を迎えていない。

クラウスは、論理的・倫理的吟味の無効状態の中、再びそうした吟味を手に、汚れた言葉の清掃活動へと繰り出すのだが、汚れのスピードに清掃が追いつかない。ナチスの言葉が凄かったのは「社会的・文化的になされる新生のあらゆる領域でフレーズが決起して、行為となってしまう」[36]点においてである。「〈反抗する者は、ことごとく残忍のかぎりをつくして打ち倒そう〉とする政府は事実それをする」のだし、「傷口に塩を塗る」という慣用句通りに、ひどく血を流している手が塩袋に無理矢理突っ込まれる[37]。この点、社会民主主義者の言葉は、フレーズを跋扈させるにすぎない。「事柄が衝突することもない真空空間」の中で暮らす彼らの「政治的思想」は、「敵もまたただフレーズを作り出すだけと固く信じている」。しかも、彼らの「真空空間」へ「外には敵が立っているという想像が入り込まないよう防御」までしている。髭面の彼らはかわいくもない「赤ずきんちゃん」なのであって、森で花を探している。

「おばあちゃん、なんておおきな口をしているの?」「おまえをうまいこと食べられるようにさ!」未来の子どもたちは、ヒトラーとそれに続く帰結によって生まれるとすれば『赤ずきんちゃん』の意味をはじめて体得する者となるだろう(おばあちゃんの台詞の眼目も)。社会民主主義は森に花を探し求めた。われわれ〔左翼〕の子どもたちが幸運を語ることができるのは、猟師さんが助けに来てくれるときだ。(38)

ナチスの言葉は、それによって現実を作り出し、現実を言葉に合わせていく「狼」の言葉である。「猟師さん」は助けにこない。狼は単に乱暴なだけではなく、「赤ずきんちゃん」のフワフワした言葉が宙に浮くのを捉えて、取って食ってしまう準備を周到に執り行ってもいる。赤ずきんちゃんが社会主義というお祖母さんに花を捧げる前に、狼は「国民」というおめかしつきで「おばあさん」に成り代わっているのだから。狼の面の皮の厚いことときたら、自分が「おばあさん」だと言って憚らないほどである。

「狼」の言葉が闊歩を始める中でクラウスにできたのは、時期が来るのを待つことだけだった。そしてその時期の来る前に彼は死んだ。

第二節　継続される逃走と騎行

ナチズムは去ったが、ナチズムの言葉を支えたものは今も変わらずにある。「狼」の言葉は、今も力強く、クラウスに類したものの絶滅が危惧される。クラウス種の減少とともに、それが果すことのできなかった使命、言葉の「掃除」という課題も積み残され続けている。観念的な空語に飽き飽きした人々が、何かを実現すると言ってみせる言葉に引っ張られる。「何も起こってはおらず、何事もうまくいっている」と言い張られるならば、幸福の甘みを期待して、それを信じるのが素朴な自然的感情である。

「私たちがいま体験していることのもろもろが二十世紀においても〈まだ〉可能なのか、といった驚きは哲学的ではないものだ」[39]というベンヤミンの言葉は「二十一世紀」においてもあてはまる。「〈まだ〉」という言葉が前提する、〈進歩の中では、古い〈野蛮〉は消えて当然〉という考えをベンヤミンは斥けている。この古い〈野蛮〉の克服は、「進歩」に委ねられては適わない。この頃バッハオーフェンなどの参照も経て、「フランツ・カフカ」[40]の中に「太古 Vorwelt」の概念が出てくる。

「ルカーチは時代の年齢 Zeitalter という形で考えているが、カフカは世界の年齢 Weltalter という形で考える」[41]とベンヤミンは言う。確かにルカーチが『小説の理論』で扱うのは、時代と精神の呼応関係だが、カフカにおいては、そのような「時代」は問題にならない。カフカにおいて発展段階としての時代は考えられていない。段階がないのではないが、新しい段階は、前の段階を進歩によって克服したということは必ずしもなく、前の段階、さらにはもっと前の文明の記憶以前の段階によって浸食されている。「進歩」の観点から見れば、すでに過ぎ去って克服されたとみなされ、忘却されるものが、カフカにおいては繰り返し浮かび上がって来る。

カフカが生きている時代は、彼にとって原初の始まりを越えてきたという進歩を意味するのではない。彼の小説は、沼の世界で演じられる。カフカにおいては、その創造物は、バッハオーフェンが雑婚制として示した段階において現れて来るのである。こうした段階が忘れられているということは、こうした段階が現在へと入り込んでいないということを意味しない。むしろこうした段階は、忘却されていることによって、そこに現存しているのである。平均的市民の経験よりも深みに向かう経験は、こうした段階に出くわす[42]。

ベンヤミンがカフカ論で問題にしたという「意識的体験からは逃れさってしまうもの[43]」は、はかなさのうちに過ぎ去って、気づかれるのを待っているものには限られず、むしろ、こういった「沼」から現れてくるものも含んでいるだろう。文明、市民生活においては、意識の外へと追いやられているもの、動物的なものや、暴力的なものは、不安や罪の意識と混ざり合って浮上してくる。

ハンス・マイヤーは、亡命生活や、一九三二年の自殺未遂といったベンヤミン自身の状況と合わせて、彼のカフカ論が「挫折者」の暗さを反映するものだと指摘している。[44] たしかに、カフカ論は暗い印象を与えるかもしれない。ブレヒトからは、「本質」ではなくカフカが「どういう風に振る舞うのか」を扱うべきであり、「本質」の「深さとともには前に進めない」[45]と批判的なコメントを受けた。ブレヒトは、ベンヤミンがカフカの人物たちに見いだす、「身のこなし」や「身振り」に実践的な意義がないと見ていた。だが、ベンヤミンは「前」ではないにせよ、横に移動する形で生き延びるためのアイデアをそこにこめている。ベンヤミンのカフカ論で注目に値するのは、希望を欠いた状況下での「祈り」のみではない。むしろ、彼がカフカから快活なものや、落ち着き、そして疾走感をとり出してくる点こそ着目されるべきである。「太古の諸力」に囲まれる中では個人の内面は無力であり、言葉は伝達の力を持たない限り無力である。ベンヤミンは個人の意志にかけるよりも、集団のエネルギーについて考える。突き動かされる集団の力をどう制御するかの「技術」、どのようにその力をポジティヴなものと転化できるかの「技術」に関心を寄せていた。カフカのエッセイで問うていたのも、「逃走」あるいは「騎行 Ritt」の技術ではなかっただろうか。亡命後のベンヤミンの姿勢を示すものとして、彼のカフカ論を以下で読み解こう。ベンヤミンのカフカ論に関しては、ベンヤミン自身を反映させる「曇った鏡[46]」だと言われることもあるが、仮にそうだとしても、彼のカフカ論を読み解くことの意義それ自体が減ずるわけではない。ベンヤミンでしか描けなかったであろうカフカ像から、逆にカフカに光が当てられるということも十分にあり得る。

逃走論

一九三五年にエマニュエル・レヴィナス（一九〇六〜一九九五）は「逃走論」というエッセイを書いている。

「逃走は単に、『卑俗な現実』から逃走せんとする詩人の夢から生じるのではない。われわれの人格を歪曲し、無化しかねない数々の慣習や強制と絶縁したいという、十八、十九世紀のロマン主義者たちの思いでもない[47]」。レヴィナスのいう「逃走」は存在に課せられた制約から逃れるものではなく、「自己自身から脱出せんとする欲求である。言い換えるなら、もっとも根底的でもっとも仮借なき緊縛、自我が自己自身であるという事実を断とうとする欲求なのである[48]」。ここで「自己自身からの逃走」ということで彼が意識していたのはハイデガーである。

　ハイデガーは、『存在と時間』において、自らが現に在ることを「根拠」として引き受けよと呼びかける「良心」について論じている。人間は、独り世界に投げ出されるようにして在る[49]。その実存に不安がまといつくとしても、そこから目をそらし逃走してはいけないと「良心」が告げる[50]。

　自己の存在への「責任 Schuld」を引き受けろというハイデガーと反対に、レヴィナスは自己からの「逃走」を言う。「ヒトラー主義哲学に関する若干の考察」においては、存在の時間に対する人間の二つの態度を峻別して、ここでも逃走、超脱的姿勢を打ち出している。一方には、時間の中に投げ置かれた人間は、「すでになされた過去」に対して無力であるとして、時間の連鎖の中での従属を受け止める態度があり、他方には、人間の霊魂に過去をやり直す能力を認め、かつてあった過去から解き放たれることの可能性を尊重する態度がある。ユダヤ‐キリスト教的な「許し」の思想が後者を支える――「改悛は許しを産み、許しが償うというのである。人間は現在のうちに、過去を変容し、過去を消去するための手掛かりを見出す」。「霊魂の離脱は抽象ではなく、自分を離脱させ、自分を切り離す具体的で積極的な能力なのだ[51]」――とレヴィナスは考え、理性の自律を訴える平板な自由主義的思想にもその残響を聴き取っている。人間が身体や所与の条件に囚われているという事実を認めつつも、この霊魂はその事実を超出しようとする原動力となる。彼は、肉体や所与の状況から、精神的に離脱してみせることができるということに、人間の固有の能力を見いだしていると言えるだろう。第二部第二章で見たカッシーラー対ハイデガーの論争をレヴィナスは再演している。レヴィナスはハイデガーの議論を咀嚼した上で、カッシーラーの側に立って自分の存在からの「離脱」、「逃走」を肯定する。運命の引き受けの側面が強まるなら、望ましくない定めにも巻き込まれていくことをレヴィナスは意識し、それゆえ、「逃走」のモメントを強調するのである。

第二部第二章でみたように、ベンヤミンもハイデガーと同様に「決意」を重視した。その際、これもハイデガー同様に、垂直的な次元で上から下される要求にではなく、「内的な知らせ」に応えることをいっていた。だが、ハイデガーの「良心」が自己への責任から「運命」の引き受けを要求していくのに対して、ベンヤミンの自己への責任は、「運命」の打破へと向かう。ハイデガーの言う通り人間は自らの有限な実存を不可避的に負っているが、もしその実存が不幸や抑圧を強いる「運命」に巻き込まれてあるのならその「運命」をも敢えて「決意」すべきなのだろうか。彼はハイデガーと対照的にいわば「敢えて自由であれ」と言い、レヴィナスのように「逃走」の方向を良しとする。

カフカ論における逃走と騎行

ベンヤミンは、カフカにおける「逃走」にある種の「救済」の鍵を見ている。レヴィナスが、いわば垂直的方向への超脱を思考しているのに対し、閉塞状態から横に移動する「騎行」による「逃走」を問題にしている。クラマーも指摘しているが、ベンヤミンがカフカにおいて見出す「救済 Erlösung」は「彼岸」に関わるのではなく、「いまここ」で現実的に問題になるものである。[52] ドゥルーズらは、父の秩序＝「オイディプス的閉域」から「逃走」し、「脱領域化」した新たな空間へと「接続」していく「欲望」をこそカフカに見出すべきであると言っている。カフカにとっては「服従に対立する自由が問題なのではなく、単に逃走の線、あるいはむしろ《右でも左でも、どこでもよい》単なる出口、可能な限り最も意味のない出口が問題なのである」と論じたドゥルーズ／ガタリのカフカ解釈を先取りしている。[53] カフカの人物たちにベンヤミンが見いだす「救済」は「避難所

Zuflucht」や「逃げ口 Ausflucht」であって神の恩寵ではない。ドゥルーズらの姿勢は、「否定神学または不在の神学」の拒否においても、ベンヤミンと一致するのだが[54]、ただ、描き出す「逃走」の質はいささか異なってくる。ドゥルーズらは、前へ前へ、横へ横へと逃走の線を「隣接させていく」ことを強調する。彼らもカフカの世界に頻出する「袋小路」の存在を認めないではないが、あくまで「袋小路」を回避する形でカフカから「逃走の線」を引っぱっていく。彼らの言う「逃走」はあくまで軽やかである。ベンヤミンの捉えたカフカにおいては、「騎行」＝「逃走」はこのように軽やかではあり得ない。

「騎行」の成就の鍵となるのは、「知恵」ではなくて、馬鹿馬鹿しさ、愚かさ、未熟さといったものである。ベンヤミンは愚かしいものに、快活さの源泉を見ている。「騎行」のイメージを、ベンヤミンは「インディアンになりたい」というカフカの願望に見ている。

あの熱烈な「インディアンになりたい願い」は、この大きな悲しみをのみ尽くしたこともあったかもしれない。「もしインディアンになれたなら、即座に準備して、疾駆する馬の上で、風を切り、くりかえし小刻みに身を震わして、ふるえる地面の上を、ついには拍車を投げ捨てるまでに、だって拍車はないんだから、そしてついには手綱を離すまでに、だって手綱などないんだから、そうやって駆けるんだ。そうして刈られた荒野のように前に広がる大地はほとんど目にもとまらなくなって、もう馬の首も、馬の頭もなく」。この願いには多くのことが含まれている。成就してはじめてその願望の秘密は明らかになる[55]。

とはいえ、カフカの世界は「騎行 Ritt」が、なかなか成就しない世界である。例えば、「人生の短さゆえ」に、「隣村」へのほんのわずかな道のりでさえ踏破できないと思われる話、その麓まで来ているのに、意志の疎通が不可能な『城』や、目の前で空いているのに「掟の前」で入れない門など、カフカの世界では、ほんの敷居をまたぐだけのことがなぜか成就されない。
『アメリカ（失踪者）』[56]のカール・ロスマン（直訳すれば馬男カール）は苦境に陥るたびに、繰り返しそこからの逃走を試みて走り出す。カフカ作品の中では珍しく「完全な名前」を与えられたこの少年は、作者から祝福を受け、それゆえ新天地で再生を果たすかのようにも思われる。カールにとっての「救済」も「騎行」の成功、「逃走」の成功にかかっている。

「自然劇場」と「天使」

カールの「逃走」はすでにフロンティアをもたなくなった新天地で繰り広げられるものである。そこに待ち受けているのは、失業や転落者の生活であり、カールは袋小路にぶちあたる。逃走するたびに行き止まり、袋小路からの逆転をはかるかのような弁明が繰り返しなされるが、そうした弁明は、船の火夫のそれも、カールのそれも、いつも失敗に終わる。例えば、ルンペンのロビンソンにまとわりつかれたばかりに、カールはエレベーターボーイの職を失うはめに陥る。このときカールが本当は何ひとつ悪くはないと知っているのは読者ばかりである。

「だから僕に罪があるんです」とカールは言いかけて間をおいたが、あたかも裁判官から好意のある言葉を待っているみたいだった。そうした言葉は自己弁護をつづける勇気を与えてくれるかもしれなかったが、言葉はなかった。「僕に罪があるのは、ただあの男、ロビンソンという名前でアイルランド人なんですが……彼を寝室へ連れて行ったことです。でも、彼がいろいろ言ったことは、酔っぱらって言ったことですし、正しくないです[57]」。

弁明は失敗する。カールは「もし善意がそこにないなら、弁明するなんて不可能じゃないか[58]」と心中つぶやくが、そうすることで自分の運命をあやつる作者に抗議するかのようである。カールに親切だった女のコック長も「最善の先入観をもってカールのところへ駆けつけた」が、事態のなりゆきに抗えずに、この「先入観」を捨ててしまう。コック長の信頼によって、すべてが反転し、事態がひっくりがえる可能性をカールは期待していたのだが、そして、読者もこの希望を見守っているのだが、残念な事にこの反転は成就しない。

マックス・ブロート（一八八四～一九六八）は、「野外劇場 Naturtheater」＝「自然劇場」での救済という構成を試みてカフカの遺稿を整理し『アメリカ』として出版したが、カフカ自身はこの罪なきカールが殺されるという結末を考えていたようである。(59)ブロートは、堕落した文明に対立する「自然」を、オクラホマの劇場に冠して、ある種の救済の構図を『アメリカ』につくろうとしたと言われる。カフカ自身はこの「自然」という言葉を使っておらず、「自然」は、ブロートによってつけられた章のタイトルにあるだけである。(60)ベンヤミンも、ブロート編集版に依って「自然劇場」への逃走路がカールの救いだと一方では言っている。だが、彼に向けられた祝福の偽物性を言うことで、留保をつけてもいる。「自然劇場」への採用が決っての祝祭の場面についてベンヤミンは次のように書いている。

> 今や自然劇場に職を得た皆が、白い布で覆われた長いベンチについて、ごちそうにあずかる。「みな陽気で興奮していた」。祝いのために、脇役たちによって天使の装いがされる。かれらは、その内部に階段をもっている高い台座の上にたつ。台座は波打つ衣装によって覆い隠されている。田舎の教会の歳の市のしつらえである。またこれはひょっとすると子供の祭りのしつらえで、ここでなら、われわれが言及した、服に締め付けられ、飾り立てられた少年［カフカ］もその眼差しの悲しみをなくしたかもしれない。――もしもこの天使たちの翼が結びつけられたものでなかったなら、ひょっとすると本物の天使であったかもしれないのだが。(61)
>
> 〔傍点強調は引用者〕

「かもしれない」という留保表現によって、ベンヤミンが、ここで「救済」と「祝福」とが皆に与えられているとは考えていないことがわかる。彼は天使の仮象が本質を危うくしていると断片メモに書いている。

仮象 Schein と本質 Wesen ――両者がお互いにどのように結びついているかということが、詩人の性格をもっとも深く示している。カフカにおいて非常に注目に値するのは次のことだ。仮象は、本質に重ならない。仮象は本質を危うくしている。カフカにおける本質は現れ出るもの das Scheinende〔＝輝き出るもの、欺くもの〕となっている。そのことによって、仮象は本質をむしろ危うくしている。そうして、たしかに天使であるあのオクラホマの脇役たちは、彼らがその天使という本質をまとうことによって、〔本質を〕危うくしている。(62)

実際『アメリカ』でのカールは、この天使たちの祝福を喜びながら、とまどっている。劇場では役者として雇われるわけではなく、自分のできる事の、自分の申し出に沿う形で雇われる。ベンヤミンの言い方で言えば、この劇場では「自分自身を演技する」ということ、つまり「自分自身であること」、「自然」のままでいることを許されるわけだが、面接官の質問を受けるカールはとっさに名前を「ネーゲル（ニグロ＝黒人）」と偽ってしまう。そして彼はそのまま「技術労働者ネーゲル」として雇われる。自分自身であるだけで受け入れられるこの劇場は、言い換えれば労働力であれば誰でも受け入れる劇場であって、そのようなところで救済されるだろうとは、あまり考えられない。むしろ、カールが新たな袋小路へと入り込もうとしていると考える方が自然である。

「勉学」は「無」に帰する？

祝福されているようで、祝福されていないカールの願望は成就することなくそのつど無に帰した。新天地で人生を打ち立てようと、カールはそのつど努力した。最初叔父のもとでは恵まれた環境で英語や乗馬をならい、次いで最初よりも恵まれないとは言え、ホテルでは新たに下積みとしてエレベーターボーイを務め、仕事の合間には商用通信文の勉強をする。だが、ホテルから追われるはめになる。警察にまで追われるはめになって、勉学からも幸福な人生形成からも道を閉ざされてしまう。警察からの逃走は、元ルンペンで今はヒモのドラマルシュの助力によって成功する。だがカールは、今度はドラマルシュたちによって、使い走りの召使いにされそうになる。逃げようともがいて失敗したカールは、傷の具合を確かめにバルコニーに出る。カールはそこで、隣のバルコニーで、学生が猛勉強している姿を見つける。この学生は、いささか滑稽な身振りで一心不乱に勉強している。

カールはどのようにこの男が本を読んでいるのかを見た。ページをめくっては、電光石火の速さで本また本とつかみ取ってきて何事かを参照し、頻繁にノートにメモを記入していた。そしてそのたびに、いつも驚くほど深くノートへ顔を沈めるのだった。／――たぶんこの男は学生ではなかろうか？　いかにも勉強していますって感じに見えるぞ。もうだいぶ昔のことだけど、カールも家では同じように両親の机にすわって宿題をしたものだった。〔……〕いったい、自分の勉強全体にどんな目的があったんだろうか！　自分はいっさい忘れてしまった！　ここでも勉強を続けるのが大事だとしても、それもどうやら彼には難しいことなのだ。カールは、故郷で一カ月もの間病気だったことを思い出した。それから、勉強を再開して立て直すのに、どれだけ苦労したことか。そして、商用通信文の教科書以外はもう長い間本など読んでいない。[63]

学生はカールに妨げられて集中の糸をきらす。「ぼくは残念ながら神経質なんで、もとにもどるのに時間がかかるんだよ。きみがバルコニーをうろうろしてから勉強が手に付かない」[64]。カールが召使いにされかかっているということを話すと、彼も親しげな様子を見せて自分のことを話し出す。彼も昼間は「百貨店の売り子」をやって、夜は好きでもないブラックコーヒーをすすってほとんど眠らずに勉強している。仕事中に眠らないように、昼の仕事の事務机にもコーヒーのびんを隠している彼は、店の連中には「ブラックコーヒー」と呼ばれている。彼は眠らない。ベンヤミンは彼を含め、学生たちが眠らないことに着目している。カフカにおける「禁欲者」の系列に「断食芸人」と「門番」と「学生たち」を並べる。

学生たちは、勉学をしながら、眠らずにいる。そして、ひょっとすると、勉学の最良の徳とは、彼らを起こしておくことかもしれない。断食芸人は精進につとめ、門番は沈黙し、学生たちは眠らずにいる。そのようにひそかに、カフカにおいて、禁欲という偉大な規則が作用している。[65]

ベンヤミンはこの学生の勉学に、「起こしておく」という「最良の徳」を見いだし、他方で、焦燥において、無に帰する可能性もみている。この学生は、「カフカの創造物のなかの、独特の仕方で人生の短さを計算に入れている種族」の一人である。[66] 昼も夜もブラックコーヒーの瓶を手元においた学生は一心不乱に起きている。ベンヤミンの引用と解釈を見よう。

「『だけど、あなたはいつ眠っているんですか?』とカールに尋ね、驚いて学生を見た。『そうだ、眠りだ!』学生は言った。『ぼくは、自分の研究が片付いたら、眠りますよ』」。人は、子供のことを考えるに違いない。子供たちは寝に行くことをどんなに嫌がることだろうか！　眠っている間に、子供たちを求める何事かが起ころかもしれないのだ。「最良のことを忘れるな！」〔……〕だが、忘却は、いつも最良のものを襲う。つまり、忘却は救済の可能性を襲うのだ。[67]

眠らないという学生の「最良の徳」は、「人生の短さ」に意識を占められて忘却されると、そのまま終わらない不安へと転化する。「人生の短さ」、「目標」までの距離を計算し出すなら、学生は不安を覚えて押し黙る。

「それで、いつになったらあなたの研究は完成するのですか？」とカールはたずねた。

「そろそろだな」と頭をうなだれて学生は言った。彼は手すりを離れて、ふたたび机に着いた。開いてあった本に肘をついて、両手で髪をかきむしりながら、彼は言った。「まだ、一年か二年かかるかもしれない」。

「僕も勉強したかったんですよ」とカールはいった。自分の状況を語ったら、今は黙ってしまった学生がさっきまでカールに見せていたのよりも、もっと大きな信頼を自分に見せてくれるだろうと期待するかのように。

「そうか」と学生はいって、また本を読んでいるのか、それとも散漫にページを凝視しているのか、はっきりしなかった。[68]

学生は、現在の状況から抜け出そうと勉学に励んでいるが、「いんちき博士が掃いて捨てるほどいるアメリカ」では、「将来の希望」など持てないと、いささか卑屈である。電光石火の速さで本をとりだす彼の一心不乱の身振りは、彼を眠らずにいさせる。だが、目標と「人生の短さ」を考え出すなら、とめどない不安がわき起こり、眠れなくなる。勉学は片付かず、学生は眠れない。彼は、カールには召使いになることを勧める。袋小路からの逃走の道筋は示されていない。

「順風」という「嵐」

学生やカールの逃走をはばむのは目の前の袋小路というよりも、前へ前へと人間を追い立てる「順風」である。

「最下層の死の領域から」、彼に順風が吹いて来る。[69]

ぶちあたった袋小路では彼らを前へと追いやる風が、後ろから嵐のように吹いている。もちろんこのまま前へは進めないのにである。カールは別として学生に関していえば、彼が袋小路にいるのはむしろこの風にふかれたがためであるとさえいえる。この風は、学生が未来に立てた目標にたどり着くより前に、その目標をさらに前へと吹き飛ばしてしまう。研究の終わりを「そろそろだな」と言ったその瞬間に風は学生を追い越してその成就を先へ延ばす。それゆえ学生は「まだ、一年か二年」と訂正せねばならなくなる。未来に向けた願望は『アメリカ』では成就することがない。学生は「勉学」という馬に、自らをしばりつけ、この馬は成就という目標を目指して走ろうとはするが、順風に駆り立てられて焦った学生の願望にとても追いつけない。そしてこの学生の速さといっても、ノートをめくる手の速さなのであって、彼はめくりながらノートの深みへと沈んでいく。それゆえ馬の方でも人参を吊られて袋小路で堂々巡りしているといった体なのである。馬自体が手綱をぶっちぎって乗り手を引き離した「空虚で愉快な旅[70]」をくりひろげるということはない。

この「学生」の「勉学」＝「騎行」は不運なものだが、ベンヤミンは同様に「不運な騎手」として「バケツの騎手」を挙げている。第一次大戦中の燃料不足を背景に書かれた「バケツの騎手[71]」では、寒さに耐えられなくなった男が「バケツの騎手として、バケツの握り、この単純極まる手綱に手をあて、骨折りながら階段を回っておりていく」。彼が向かうのは石炭屋であるが、彼には金がなく、握るのは空のバケツだけである。彼が「乗ってこられるほど軽い」そのバケツは石炭という目標へ向けて走る馬であるが、乗り手の意にかなわないそのバケツは、自らの乗り手を暖房のない「氷山地帯」へと押し返す。バケツは、乗り手の願望よりも石炭屋のおかみが見せる無慈悲な現実に忠実であった。ベンヤミンはこの「騎手」の不運を、未来の目標に願望をしばりつけたものの不運と解釈する。

その駄馬に鎖で繋がれた騎手は不運なものだ。というのは、彼は未来の目標を前提にしてしまったからである。——目標がたとえ最も手近の、地下の石炭貯蔵庫であってもこれはかわらない。彼の動物もまた不運だ。バケツもそれに乗る乗り手も不運なのだ〔……〕ここで開けて来る「氷山地帯」よりも希望のない地域はない。その中でバケツの騎手は、永久にさまようことになる。「最下層の死の領域から」、彼に順風が吹いて来る……[72]

この「順風 der Wind, der ihm günstig ist」は、もはや騎手にとって都合のいいものではなくなっている。空のバケツは、この風を受けて騎手を「氷山地帯」へ運んでいく。駄馬にしばりつけられた騎手は、目標には達しない。学生が机にしがみつくのは、こうした「順風」に吹き飛ばされないためであり、本を取って来る速さが電光石火なのは、この風よりも速く目標に達するためである。だが、本を取るだけでは走り出すことにはならない。「順風」は、人間相互の関係も吹き飛ばしていく。「人間がお互いに極めて疎遠になってしまって、唯一の結びつきも、見通し難く媒介されたものとしてある他ない時代[73]」の中で、孤立した個人の生は吹き飛ばされて、散り散りに断片化されてしまっている。人間はお互いの結びつきだけでなく、自分自身との結びつきさえも見失ってしまっている。ベンヤミンは、「映画では、人間は自分自身の歩みを認識せず、蓄音機では自分自身の声を認識しない、実験がこれを証明している」と言うが、カフカを「こうした実験で被験者がおかれる状況」において捉えている。

彼に勉学を命じるのは、この状況である。おそらくカフカは、その際自分自身の存在の断片につきあたっているが、それらはなおもまだ役割の連関のうちにある。ペーター・シュレミールが売り渡した彼の影を取り返そうとするように、もしかしたらカフカも失われた身振りを掴みとるのかもしれない。彼は自分自身を理解するのかもしれない。だがそのための努力が何と巨大なものとなったろうか！　忘却というものから吹き出して来るのはひとつの嵐なのだから。そうして勉学とは、忘却に立ち向かう騎行なのだ(74)。

無尽蔵に金貨が出てくる袋と引き換えに悪魔に影を渡したシュレミールは、失われた影をとりもどさないが、魔法の靴を得て幸せに暮らす。カフカにとっての「失われた身振り」は、あの勉学の「最良の徳」であり、インディアンのように疾駆することである。カフカにおける「引用」は、クラウスの引用の「根源」が教養市民的理想だったのと異なり、由来の知れない謎めいた「身振り」の引用である(75)。引用は、叡智が崩壊した後の「愚かさ」の領域からなされる。

愚かさ

ベンヤミンは、馬鹿馬鹿しさ、あるいは「愚かさ」が、カフカにおいて最も重要なものだと、後にショーレム宛ての書簡で述べている。「経験」や「真理」が崩壊する中で、カフカが語るのは「叡智」ではない。

> カフカにあっては、もはや叡智については語られない。ただ叡智の崩壊の所産だけが残っている。その所産は二つあって、そのうちのひとつは、真なる事物に関しての噂である。〔……〕こうした状態のもうひとつ

の所産は、愚かさだ。こちらは、たしかに叡智に属するような内実を残りなく無駄に費やしてしまっているが、その代わりに、人好きのするところ、平静なところを保持している。こういうところは噂にはみじんもない。愚かさは、ドン・キホーテから助手たちを経て動物たちにまで至る、カフカの愛するものたちの本質をなしている。(76)

ベンヤミンは、「真なる事物に関しての噂」を求めず、真理の崩壊をそのまま示すような「愚かさ」を肯定する。一見すると奇妙な事だが、ベンヤミンは「愚かさ」に「希望」があると考えている。

「おお、希望は十分に、限りなくたくさんの希望がある。──ただわれわれのためにではない」。この〔カフカの〕言葉は、カフカの最も奇妙な登場人物たちへと橋をわたす。彼らは、唯一家族のふところを逃れており、彼らにとってはおそらく希望がある。〔……〕「助手たち」は、実際、この輪から抜け落ちている。この助手たちは、カフカの全作品を貫いている、一つの形象グループに属している。こうした輩としては、「観察」の中で化けの皮を剥がされるいかさま師、夜にバルコニーでカール・ロスマンの隣人として現れる学生、そしてまた、南の町に住んでいて疲れることのない愚か者たちが挙げられる。(77)

ここでベンヤミンが「助手」として挙げているものたちは、実際のところ、何の助けになっているのかわからないような存在ばかりである。「化けの皮を剥がされるいかさま師」は言うまでもなく、「南の町に住んでいて疲れることのない愚か者たち」も、『城』の「助手たち」のように、役に立つことなど何もしてはくれないだろう。あの「学生」も、実際カールを助けてはくれなかった。彼は、ただ「電光石火」の速さの奇妙で滑稽な身振りを見せてくれただけである。だが、こうした滑稽で愚かな身振り、何の役にも立たなそうな「勉学」のために眠らずに机にかじりついている姿に、ベンヤミンは希望の芽を見ている。たしかに先に見たように学生の勉学には希望がなさそうだったが、そうした身振りは、誰かを助けるものではあるかもしれない。ベンヤミンは次のように言っている。

カフカにはつぎのことだけは確かだった。第一に、助けるためには、ひとは愚か者でなければならぬ。第二に、愚か者の助力だけが、ほんとうに助けになる。不確かなのは、その助けがまだ人間に有効かどうか、という点にすぎない。(78)

目標と無

「愚か者の助力だけが、ほんとうに助けになる」ということの根拠をベンヤミンはそれ以上説明していない。上で見た例に照らすと、おそらく愚か者は、未来の「目標」や何らかの基準に照らして存在を判断しないからではないかと思われる。あのバルコニーの「学生」は、自らの行為を、賢さを認定する学位という基準によってはかるたびに意気消沈する。電光石火のその身振りは、ノートに沈む。「勉学」が成就しないという彼の不安が、彼の疾走を阻んでいる。ベンヤミンは、彼の「勉学」はいわば「無」として遂行されるべきものと見ている。

おそらく、こうした勉強は無だったのだ。だが、これはあの、何かをはじめて役に立つものにする無に近い――つまりタオに近い。カフカはこのタオを追ったが、その際に次のような願望を抱いた。「几帳面に秩序だった職人の技とハンマーでもって一つの机をたたき上げること。そして、その際同時に何もしないこと。しかも、それゆえに、〈彼にとって、ハンマーを打つことは無である〉と言われるのではなく、むしろ、〈彼にとって、ハンマーを打つことは実際ハンマーを打つことであり、かつ同時にまた無である〉と言われることができるような具合に。それによって、ハンマーはいっそう鋭く、なお決然と、なお現実的になって、そしてこういいたければ、なお狂気を孕んだものとなったといえるだろう」。そして、学生は勉学の際に、このように決然とした、ファナティックな身振りをする。これ以上に奇妙な身振りは考えられない。書記たち、学生たちは、息をきらしている。彼らは、ただそのようにして疾駆していく。[79]

あの「学生」は、ここでベンヤミンが言うような具合に決然とはしていなかった。彼にとって、いまだ「ハンマーを打つことは無である」という具合にとどまっていた。それは、「役に立つ」という基準を先においてしまうがゆえに、行為の無意味という判断を差し挟んでしまっている。ハンマーを打つのに順風を当てにするならバランスをよけいにとらねばならず、「目標」がちらついていては腕がぶれる。順風の中で打たれたハンマーは、ときに、何かの役に立っているようでありながら何の役にもたたないものを作り出している。「学生」は、その滑稽でファナティックな身振りが疾駆するまでに、決然とハンマーを打たなければならなかったのである。無であるかもしれないが、決然としたファナティックな身振りで打たれるハンマーであってはじめて、「何かをはじめて役に立つものにする」ことができるのかもしれない。学生自身は、ドン・キホーテよろしく、狂気にみまわれて無に帰するだけかもしれない。だが、カール・ロスマンは学生のハンマーからたたき出されるものに、「逃走」の希望を見いだしえたかもしれない。触発は、外的な基準の提示によっては起こらない。そして必要なのは、演繹された行為の最短の道筋ではなく、内部の欲求の端的な肯定である。

カールは黙った。この大学生は、カールなんかよりずっと世間を知っているし、〔……〕たしかにカールにたいしては好意をしめしてくれた。だが、ドラマルシュのところから出て行け、という激励の言葉はひとこともカールにかけてくれないのだ。[80]〔傍点強調は引用者〕

カールは、彼がただ「逃げろ」と言ってくれなかったことを悲しんでいる。ただ「逃走せよ」「騎行せよ」というだけの助言ともいえない助言が彼にとって一番の勇気を与えるはずのものであったかもしれない。

カールに必要なのは、とにかく今の状態を脱することだけである。学生の電光石火の身振りは、逃げ出せない焦りとともにあると、無際限の不安となって無に帰し、ページに見入る目もそぞろになる。「彼にとって、ハンマーを打つことは実際ハンマーを打つことであり、かつ同時にまた無である」ようにならなければならない。無でありかつ端的にハンマーが打たれること、無でありかつまた何かが成就すること、こうしたことを成し遂げる身振りが引用されねばならない。

逃走の願望

逃走の達人についての話をベンヤミンはカフカ論で紹介している。

あるハシディズムの村のみすぼらしい居酒屋で、安息日明けの晩にユダヤ人たちが座っていた。誰も知らない一人の男を除いて、彼らは村に住んでいた。その男はまったくみすぼらしく、ぼろをまとっていて、隅っこの暗がりの奥にうずくまっていた。あちこちでは、おしゃべりが行われていた。一人が、何か自由に望みがかなうとしたらいったい何を望むか、と話を持ち出した。一人目は金をほしがり、二人目は婿をほしがり、三人目は新しいカンナかけ台をほしがり、そのように話の輪が回っていった。みなが喋ったが、隅の暗がりにはまだ乞食が残っていた。彼は不承不承ためらいながら問いに応じた。「わしは自分がとても強い王様だったらと思う。そうして、広い国を治めて、夜はごろごろと自分の宮殿で眠れたらなあ。と、突然国境から敵がやってきて、夜が明けるより前に、騎兵たちがわしの城の前まで押し寄せ、それへの抵抗もなく、わしは驚いて飛び起き、服を着る間もなく、シャツのまま、わしは逃げなきゃならず、山を越え、谷を越え、森を抜け、丘を飛び、休みもなしに、昼間から夜まで追われ続け、おまえさんがたのとこの、この端っこのベンチで救われるのだったらなあ。このようにわしは願うがね」。他の者は、わけがわからず、顔を見合わせた。一人が聞いた。「それで、おまえさんの願いから、何が手に入るのだろうね？」答えるに「シャツが一枚」。〔傍点強調は引用者〕

王になるところから始まった「願望」の行方を期待していた聞き手は、「シャツが一枚」という「無」のようなオチで願望が成就することに脱力させられる。もともとこの話はエルンスト・ブロッホが紹介したもので、ベンヤミンはそれを再度語り直している。ブロッホによる話では実際、乞食が「王のシャツ」を手に入れるところまで語られているのに対して[82]、ベンヤミンは、シャツをただの「シャツ」にとどめている。この「乞食」は、「バケツの騎手」あるいは「学生」と対照的に、未来の目標を語りだすかのようでいながら、すでに成就した過去を願望として語っている。「隣村」の老人においては、「騎行」は繰り出されさえしなかったが、それに対してこの乞食においては「過去へ向かっての騎行」という形で「逃走」の果てに願望が成就しているとベンヤミンは解釈する。「彼は、その話の中で入り込んだ逃走という普通でも幸運でもない生においては、願望の心配をしなくてもよく、願望と成就とを取り替える」[83]〔傍点強調は引用者〕。端的に湧いてくるのではなく、あれこれと心配される願望は、むしろ不安である。

ベンヤミンは、カフカが「ジレーネたちの沈黙」で「不十分な、どころか、子供っぽい手段でさえもが、救いに役立つことがある」ことを示したとみている[84]。馬鹿馬鹿しい機知に含まれている快活さも「逃走」の助けになる。このような「逃走」は、世界の救出となるものではない。だが、「力でもって世界を変える」ことはないにせよ「世界をほんの少しだけ正す」[85]ものではあり得るだろう。乞食の快活さは、いまだ「逃走」できない者たちにとっての希望の担保となるのであり、そのことによって「世界はほんの少しだけ」正される。「順風」によって未来の方向に吹き付けられて行き着く先は「袋小路」でしかなかった。カフカ的な「騎行」は、快活な愚かさをともなった方向へ反転し、疾駆していく。

「空虚で愉快な旅」

ベンヤミンは、例えば、ドン・キホーテの従士であるサンチョ・パンサを「助手」の鑑と見ている。夢想に取り憑かれた中年の騎士は、愚かなこの助手の助力を得て「空虚で愉快な旅」を敢行し、サンチョ・パンサ自身もこの旅を楽しんだ。彼はこのような見方を、カフカが書いた「サンチョ・パンサについての真実」から引き出したのだが、そこには次のようにある。

サンチョ・パンサは、決してそれを自慢したことはなかったが、長い年月の中で、夕刻から夜にかけて、後に彼がドン・キホーテと呼んだ彼の悪魔に多くの騎士道小説や盗賊小説をあてがうことで、悪魔を自分からそらすに至った。そうして、この悪魔ドン・キホーテは、狂気の沙汰を行ったのだが、狂気の沙汰が向かうべく定められていた対象——まさにサンチョ・パンサがその対象となるはずだったろう——を失って、無害のままにとどまり、誰も傷つけなかった。一人の自由人であるサンチョ・パンサは、落ち着いて、おそらくはある種の責任感から、旅するドン・キホーテに従った。そして、そこからその最後まで、大きく有益な愉しみを得たのだった。(86)

サンチョは、しばしばドン・キホーテの夢想的理想主義に対する現実的生活感覚を示すものとして理解されるが、カフカ、そしてベンヤミンはそうした理想／現実といった二分法においてサンチョを見てはいない。カフカの記述によれば、元来サンチョ自身が自らのうちに飼っていた「悪魔 Teufel」に夢想の種をあてがうことで、「悪魔ドン・キホーテ」の狂気をうまくそらすことに成功した。ドン・キホーテの「狂気」は、むしろサンチョの産物ということになる。「狂気」は、自分とは無縁なものとして切り離してしまえるものではないのである。サンチョは、愚かさを装ってドン・キホーテの夢想と狂気に付き合って、それを無害化し、しかもそれを愉しむこともできたという[87]。

卓抜な仕方でドン・キホーテとカフカを論じたマルト・ロベールは、「ドンキホーティスムの真髄」、『ドン・キホーテ』という作品の真髄は、「夢想」に「現実」を対置して、一方を嘲笑するような風刺的態度にあるのではないと言っている。「あれかこれか」を迫る風刺的態度の二分法と違って、「ドンキホーティスムがとる手段は、皮肉や嘲笑ではなく、敬虔とイロニー、尊敬とユーモア、賛美と批判、感動と厳正である。つまり、ドンキホーティスムは、諷刺の絶対的なあれかこれかを、不条理に境を接するまでに維持される悲痛なあれとこれとによって置き換えるのである[88]」。

「ドンキホーティスム」はある対象に二極的な姿勢でのぞみ、そのどちらからも肯定する。「できるかできないか」「意味か無意味か」「好きか嫌いか」「甘いか甘くないか」といった二分法は、対象との関わりを貧しくする。サンチョ・パンサはその点手綱捌きを心得ている。ドン・キホーテの夢想をしぼませずに「尊敬とユーモア」をもって接することで成就させ、「敬虔とイロニー」を餌に狂気を走らせる。ドン・キホーテは、自らの狂気を「精確に、明晰に、そしてその憤慨にもかかわらず主人の権威を思わせる辛抱強さでもって」自らの助手サンチョに解説する。

> 「お前に言ったではないか」と彼はまさに狂気に陥ろうとする危機的な瞬間にサンチョに説明する。「私はアマディースのまねをして、ばかさわぎと捨てばちと狂乱とを演じたい。〔……〕だからわが友サンチョよ、

これほど奇抜で、まことにすばらしい、およそ類を絶したまねをやめさせようと、無駄に時を過ごさぬがよい。私は気違いだ。気違いでなければならないのだ」[89]。

サンチョは、「賛美と批判」の拍車を打ってドン・キホーテを走らせ、「感動と厳正」をもって落ち着かせる。「あれとこれと」によって拓かれた道をドン・キホーテは疾走する。サンチョ・パンサが助手としての範型をなすのは、狂気を笑いに転化させながら、同時に敬意をもってこれに伴走していることによる。助手の役目は、「狂気」に対して、啓蒙的に「現実」を突きつけることにあるのではなく、「狂気」に合いの手を入れながら伴走していくことにある。彼らの旅は、狂気の道を馬鹿馬鹿しくも快活に歩んでいく「空虚で愉快な旅」である。

馬を多くつなぐほど、車は速く走る——といっても〔馬がつながれた〕台座からその止め棒をもぎとるのは無理な話であって、牽き紐がちぎれ、あとは馬だけの空虚で愉快な旅[90]。

サンチョたちをのせて疾駆した馬はドン・キホーテの狂気であった。騎士道小説という人参を甚大な量あてがわれたこの馬は、ドン・キホーテの現実的生を引きちぎって、「空虚で愉快な旅」に突っ走った。サンチョは主人の夢想的願望を実現させるための助手としては、むしろ失格している。が、彼の助手としての役割は、狂言回しとして、ドン・キホーテの願望がほとんど狂気だということを笑いとともに示すことにある。この笑いは狂気を必ずしも否定しない。愚かな助手の合いの手は、狂気の射程距離をわれわれに提示し、われわれは狂気がどこまでも突っ走っていったことに驚愕しつつ笑う。そうして、狂気の軌道を追って、われわれのうちにある「小さくて把握しがたいが、そこにあって押し殺されず、眠らずにいるものの幾ばくか」のものも走り出そうと動き出す。

……ついには拍車を投げ捨てるまでに、だって拍車はないんだから、そしてついには手綱を離すまでに、だって手綱などないんだから、そうやって駆けるんだ。そうして刈られた荒野のように前に広がる大地はほとんど目にもとまらなくなって、もう馬の首も、馬の頭もなく」。このように、至福の騎手の想像は成就へと向う。彼は、空虚で愉快な旅の途上、過去に向かって轟々と突進し、彼の馬にはもはやいかなる重荷もない[91]。

馬は、自身を縛り付ける重荷を欠いており、人間は拍車を投げ打っている。「背中から重荷が取り去られていさえするならば、人間であるか、馬であるかは、もうさほど重要ではない[92]」。

第三節　展望

再び始めること

亡命後のベンヤミンは、もちろん順風満帆では全くなかったが、沈んで押し黙ってしまうことはなかった。「クラウス論」前後の時期からベンヤミンは「新しい」「ポジティヴ」な「野蛮」の概念によって、別の道を探ろうとしていた。ドイツを去った後に書かれた「経験と貧困」では新しい「野蛮状態」が肯定されている。伝来の理想や経験を失ってしまって人類は貧しくなってしまっている。

経験の貧困はただ私的な経験の貧困であるばかりでなく、人類の経験そのものに他ならない。そしてそれとともに、一種の新たな野蛮状態なのだ。／野蛮状態だと？　実際そうだ。新しいポジティヴな野蛮の概念を取り入れるためにこういうのだ。というのも、経験の貧困は野蛮人をどこへもたらすだろう？　経験の貧困は野蛮人に最初から始めるようにさせるのだ。新たに始めること、わずかなものでやりくりすること、わずかなものから構成していくこと、そして、右や左へ脇目をふらないことが強いられるのだ。創造者たちのうちには、最初に机の上を片付ける厳格主義者たちがいつも存在した。つまり彼らは製図机を欲したのであった。彼らは建造者だった。[93]

ベンヤミンは、新たに始めること、新たな構築の中で経験を紡いでいくことにオマージュをおくる。「野蛮」を宣言することによってベンヤミンが「伝来の、儀式ばった、高貴な、過去のあらゆる奉献物に飾られた人間像を斥けるのは、この時代の汚らしいオムツをして泣き叫ぶ裸の同時代人の方を向くためである」[94]。古い人間像を斥けて、新たに始める人々として名指されているのは、ブレヒト、クレー、ロース、シェーアバルトらである。別の断片では、ここにクラウスの名も挙げられ[95]、旧来の人間像の破壊的再生として、新しい野蛮との蝶番の位置におかれている。入り口だけ見えていた、この新しい〈野蛮状態〉の中でのベンヤミンの試みには、すでに無効を宣言されているものも多数ある。「マルクス主義、社会主義の終焉」後の現在からすれば、ベンヤミンの「コミュニズム」に関する思考はほとんど無効と思われるかもしれない。だが、「いま体験していることのもろもろが〈まだ〉可能なのか」という驚きの存在は、しかし反対に「かつて潰えたと思われるものも〈いまなら〉あるいは可能ではないか」という試行の余地を空けているかもしれない。ブルジョワの没落の確信からくる階級闘争の肯定や生産力史観へのいささかナイーヴにみえる肯定は現在から見ると厳しく判定されねばならないものと思われる。

　例えばいまなお検討するに値するのではないかと思われるのがベンヤミンのシュルレアリスムへの着目である。ベンヤミンは、シュルレアリスムを単に文学運動として見ることなく、そこに、「ヨーロッパの知識人」全体の新しい現実との関わり、芸術の機能転換と政治との新しい関わり方が生まれてきていることに着目していた。[96]

言語の射程

本書の観点から言うと、「イメージと言語」の関係、あるいは「一〇〇パーセントのイメージ空間」といったモティーフが興味深い。「音とイメージが、イメージと音が自動機械のような精密さでうまくかみあい、その結果〈意味〉などというつまらぬものが入り込む隙間が残されていないときにのみ、言語は言語そのものであるように思われた。イメージと言語が優先する」[97]。シュルレアリストは、人間的意識に囚われた言語の意味を追い出し、そのことによって、言語における無意識的なものに着目する。

ベンヤミンは、シュルレアリストたちの実験的対話に注意を払う。多くの現実の対話において、話者は、相手には興味を持たず、聞き手も実は相手の言うことを聞いていないことをブルトンらは前提とし、それぞれの主観的な志向を無理矢理貫徹させるような対話を試みる。ブルトンの「対話」は、ベンヤミンによる沈黙の重視とは違っているが、言語を主観の動機に帰属させようとする言語把握へのラディカルな疑義において共通する。「シュルレアリスムは、対話をその本質的真理において立て直す使命を与えられている。対話の相手は、礼儀正しくあれという強制から解放されている。話す者は、テーゼを演繹的に展開したりはしないだろう。答えのほうは原則として、話した者の自己愛なぞに関心をもたない。というのも、言葉とイメージは、聞く者の精神にとって、スプリングボードの意味しかもたないのだから」[98]。

これは若いベンヤミンが想定したような「対話」の立て直しとちがった方向を向いている。主観の意図の脱臼については、シュルレアリスト同様ベンヤミンも考えていた。しかし、ベンヤミンが、意図の外側に立つ聞き手の「沈黙」における意味成就を志向していたのに対し、シュルレアリストは、意味の攪乱、対話の解体を志向する[99]。こうした解体をベンヤミンは、単なる遊びとは捉えず、主観的意図の外部をさらに越えて、人間的な意味の外部に、言語空間を作り出す実験として見ていた。

シュルレアリストによって露呈した、意識的言語の外部の無意識は、ある意味では体験の外部で沈黙している領域への着目だと言える。これは、ベンヤミンにおける主観的な意図の外部での伝達の可能性へと通じている。ベンヤミンは、シュルレアリストが古びた事物、ほこりをかぶって押し黙っている事物からアクチュアルな力を引き出していることにも着目している。これはかつてとは別の形での沈黙の聴き取りであると言えよう。この事物が与えるイメージは、メタファーによって馴致されるようなものではなく、眠っていたものをイメージそのものとして提示する。すでに青年期からベンヤミンが、言語を比喩として使うことを問題視していたことは、第二章、三章でのブーバー批判において確認した。そこでは、言語を絶対的なものを求める人間の動機の手段としてしまうこと、言語を比喩的な象徴として浪費することが批判されていた。シュルレアリスト、とりわけアラゴンの文体論における比喩の閉め出しに重要な意義を見ることについては、青年期以来の思考を考えてみれば、その意味は容易に理解できる。「語り得ぬ者の排除」としての「冷静な書き方」を、ベンヤミンは、シュルレアリストにおいて、「政治から道徳的なメタファーを追放し、政治行動の空間に一〇〇パーセントのイメージ空間を発見すること」として再認識しているといえる(100)。

この「イメージ空間」の実態を、ベンヤミンは語ることができていないように思われるが、集団の身体に、神経刺激を与えるようなものとして考えていたことはわかる。シュルレアリスム的な集団性とその中での伝達というモティーフ、そしてこの神経伝達のモティーフは、「複製技術時代の芸術作品」において展開されるものであることからもわかるように、一過性のモティーフではなかった。さらに言うなら、本書第一部、第二部でみてきたような共同性への憧憬と伝達の理念が形を変えて現れていると見ることができるように思われる。

「一〇〇パーセントのイメージ空間」はもしかすると「引用」が織りなす空間に近いものかもしれない。「引用」は、「世俗的啓示に道をあける手段であり、経験の貧困に対する対抗手段である」(101)。当時ベンヤミンがブレヒトらとともに試みていた言語実践、シュルレアリスムへの着目、あるいは「複製技術時代の芸術作品」における「神経伝達」などは、さらに検討するに足るものだろう。本書の観点を発展させるなら、ベンヤミンとブレヒト、あるいはベンヤミンの唯物論に関して、新たな知見が得られるのではないかと思われる。観念論的な精神礼賛が、自らの考える「純粋さ」を愛でるばかりで、何も伝達を果たし得ないことを、ベンヤミンの唯物論は批判し、実際に伝達空間を開こうとするのである。「複製技術時代の芸術作品」における、映画などによる「神経伝達」の問題も、この観点から論じられている。

中間世界の言葉

ベンヤミンは言葉を呼び出し、そのときいわば「使者」となって、世界と世界の間を踏破する。ベンヤミンは、「クラウス論」の冒頭で、クラウスを「古い銅版画に描かれた使者」――「叫びながら、髪を逆立て、一枚の紙を両手に振りかざし駆け寄ってくる使者」[102]――として提示していた。「二つの異質な世界の間の中間空間に関わるのが使者」[103]である。この「使者」は、自我と自我との間を飛び回り、時間と空間を踏破して、伝達を行う。もはや人間というより「非人間」あるいは「天使」(原義は使い)であるこの「使者」は、言語を携えて、中間世界を飛び回ろうとする。カフカ論で語られるこの「中間世界」は、人間的世界ではなく、「神」の救済された世界でもない。純粋な理想や楽園のユートピアというような人間の願望が入る余地はない。愚かさの形象、そして人間ならざる天使あるいはデーモンが跳梁するこの空間では、もはや人間に所有されるのではない言葉が飛び交い、そして引用されるのを待っている。やってくるのは超越的なものではない。「内的な知らせ」である。

ベンヤミンは「カフカの定言命法」として、「天使たちになすことを得させるように、行動せよ」という定式化をしている。[104] このときベンヤミンの念頭にあったのは、カフカが引用したというキルケゴールの次の文章である。

何か原初的なもの etwas Primitive を伴う定めにあって、それゆえ、「あるがままの世界を受け入れねばならぬ」とはいわずに、「世界がどうあろうと、私は自らの根源性 Ursprünglichkeit のもとにとどまり、その根源性を世の判断にしたがって変えようとは思わない」という人間。彼が現れるや否や、そしてこの言葉が聞かれるその瞬間に、そこに存在するもの全部のうちで、変化が起こる。メルヒェンの中で言葉が発されて、何百年も魔法にかけられた城の扉が開き、全ての生が開かれるような具合に、そこに在るものは、注意深さそのものとなる。天使たちは仕事を得て、そこから起こってくることに心を占められて、これを興味ありげに眺める。他方では、長いことだまってそこに座って指をくわえていた暗い不気味なデーモンたちが、飛び出してきて、関節をのばす。デーモンたちが言うことには、俺たちのためにも何かありそうだということで。[105]

この「世界がどうあろうと、私は自らの根源性のもとにとどまり、その根源性を世の判断にしたがって変えようとは思わない」というある意味で愚鈍な台詞は、「おまえと世界との闘いでは、世界の味方をせよ」[106]というカフカ自身の言葉と合わせて考えねばならないだろう。

これは自己の内発性を野蛮にも絶対化することではなく、野蛮な内発性の「知らせ」に耳を傾け続けることである。その人間が、「世界」と自らの「根源性」との間の緊張の中で決意にいたるとき、天使たち、デーモンたちがうごめき出す。天使は言葉を運び、デーモンは衝動を駆り立てる。『アメリカ』の天使たちは為すことなく指をかんでいたが、もしここで聞かれたような形で「根源性」の肯定がなされたならば、彼らを祝福するべく注意深く見守るという仕事を得ていたかもしれない。デーモンも、あの「学生」にとりついて、彼の身振りをもっと狂気に満ちたものとさせたかもしれない。

ベンヤミンにおける「逃走」において、垂直的な次元の「救済」という希望の観想は問題にはならない。閉域の「外部」には「救済」の「約束」がぶら下げられているわけではない。それにもかかわらず「騎行」はなされるのだし、また走っているならば「救済の約束」など問題にせずともよいのだろう。走る「身のこなし」が問題であり、重荷から解放されて「愉快な旅」に走り出すなら、誰が走っているのかは問題にはならない。「親和力論」における希望は、他者へと祈られるものとして、主観のうちに閉ざされない、広がりの可能性を持っていた。だが、人を巻き込んで走り出すような、運動の力をもたなかった。「暗い」とされるカフカ論にみられる快活さは、先行きを閉ざされつつあったベンヤミンが、カフカの「身振り」から編み出した、技術の賜物である。「身振り」の引用は、単に外形をまねることではなく、「内的知らせ」に適切な「身のこなし」を獲得するための技術、そして何より生き延びるための技術である。

戸口には経済危機が、その背後には、将来の戦争の影が立っている。しがみつくことは、今日、少数の権力者の仕事となった。多数者よりも彼らが人間的だなどとは、誰が知ったことか。たいていはもっと野蛮で、しかも良い種類でない野蛮だ。他の者たちは、しかし、新しく、僅かなものでやりくりしなければならない。〔……〕人類はもしそうせねばならないのなら、文化を越えて生き延びる準備をしている。だが、重要なのは、彼らは笑いながら準備しているということだ。ひょっとすると、この笑いはあちこちで野蛮に響いているかもしれない。だがそれでよい。[107]

ここでベンヤミンが直面し、ある意味ではなすすべもなかった、たちの悪い「野蛮」、これは必ずしも克服されたとはいえない。理想をかかげる精神や批判的理性はデマゴギーの氾濫の中で途方に暮れ、感情を動員する美学的政治を前に、力強く語る言葉を持たない。こうした状況は、一九三〇年代のベンヤミンがおかれた状況とある部分において重なるものであり、そうした中で苦闘したベンヤミンの言葉は、現在において響くものがあるに違いない。批評家としての彼の活動、亡命の中で綴られた思考の再検討が待たれるところである。ベンヤミンの思考は「生き延びる準備」をしていた。それは沈黙の中にあってもペシミズムやシニシズムに陥るものではなかった。彼の言葉、彼の思考は、再び展開されることを待っている。

注

序章

（1）受容史について詳しくは、二〇〇〇年代にいたるまでの研究を概観した『ベンヤミン・ハントブーフ』を参照。Küpper, Thomas und Skrandies, Timo: Rezeptionsgeschichte. In: Lindner, Burkhardt (Hrsg.): *Benjamin Handbuch. Leben-Werk-Wirkung.* Stuttgart/ Weimar 2006, S. 17-55.

（2）Vgl. Garber, Kraus: *Rezeption und Rettung. Drei Studien zu Walter Benjamin.* Tübingen 1987, S. 152-161.

（3）Vgl. Adorno, Theodor W.: *Über Walter Benjamin.* Frankfurt am Main 1970.

（4）ノルベルト・ボルツ「ベンヤミンの美学」（石光泰夫訳）『批評空間』第Ⅱ期第二号（太田出版、一九九四年）、四八〜六五頁を参照。ボルツは、他にも様々にベンヤミンについて論じており、ハーバマスやアドルノ流のベンヤミン理解を批判して目立っている。

（5）Scholem, Gerschom: *Walter Benjamin. Die Geschichte einer Freundschaft.* Frankfurt am Main 1997, S. 15f.

（6）Benjamin, Walter: *Gesammelte Schriften.* Unter Mitwirkung von Theodor W. Adorno und Gerschom Scholem, herausgegeben von Rolf Tiedemann und Hermann Schweppenhäuser, 7 Bände, Frankfurt am Main 1991, Bd. II. S. 214. 以下、全集からの引用の際は、略号GS. とともに、巻数をローマ数字で、ページ数をアラビア数字で記す。

（7）GS. IV. 89.

（8）Schulte, Christian: *Ursprung ist das Ziel. Walter Benjamin über Karl Kraus.* Würzburg 2003, S. 34.

(9) Benjamin, Walter: *Gesammelte Briefe*. Herausgegeben von Christoph Gödde und Henri Lonitz. 6 Bände, Frankfurt am Main 1995ff, Bd. IV. S. 24f. 以下、書簡集からの引用の際は、略号 GB. とともに、巻数をローマ数字で、ページ数をアラビア数字で記している。GB. IV. 24f.

(10) Scholem: *Walter Benjamin*. S. 16.

(11) 細見和之『ベンヤミン「言語一般および人間の言語について」を読む』（岩波書店、二〇〇八年）、x頁。

(12) GS. II. 365.

第一部

第一章

(1) 早期のものとしては伝記的な事実を中心に詳細に青年期のベンヤミンの思考を検討したフルトの研究がある。Fuld, Werner: *Walter Benjamin. Zwischen den Stühlen, Eine Biographie*. München/ Wien 1979, S. 35-65. その後出版されたブローダーゼンの伝記は写真なども含めた資料に富んでおり、ベンヤミンの青年期に関する記述が充実している。Brodersen, Momme: *Spinne im eigenen Netz. Walter Benjamin Leben und Werk*. Bühl-Moos 1990, S. 29-89. その他、パルミエの大著においても、ベンヤミンの青年運動との関わりに一章が割かれている。Palmier, Jean-Michel: *Walter Benjamin. Lumpensammler, Engel und bucklicht Männlein. Ästhetik und Politik bei Walter Benjamin*. Aus dem Französischen von Horst Brühmann, Frankfurt am Main 2006, S. 169-192.

(2) Steizinger, Johannes: Zwischen emanzipatorischem Appell und melancholischem Verstummen. Walter Benjamins Jugendschriften. In: Weidner, D. und Weigel, S. (Hrsg): *Benjamin Studien 2*. München 2009, S. 225-238, hier S. 225.

(3) こうした理解は間違っていないが、ベンヤミンのヴィネケンとの思想的差異を十分に捉えないままに、ヴィネケンの戦争容認発言に対してベンヤミンが送った絶縁状にのみ依拠してその失望を説明してしまう傾向がある。Vgl. McCole, John: *Walter Benjamin and the Antinomies of Tradition*. Ithaca/ London 1993. ベンヤミンにもヴィネケンと同じく「保守革命」的な危うさがあったという三島らによる指摘も踏まえるなら、当時の青年運動を思想史的に把握するなかで、ベンヤミンとヴィネケンの対立点がどこにあるのかを分析する必要がある。三島憲一『ベンヤミン――破壊・収集・記憶』（講談社、一九九八年）、六一～六四頁を参照。ベンヤミンとヴィネケンの教育思想の比較に関しては、今井康雄『ヴァルター・ベンヤミンの教育思想　メディアのなかの教育』（世織書房、一九九八年）、三七頁〜六〇頁を参照。以上はいずれも、ヴィネケンの影響圏からベンヤミンが抜け出ていくという見方をもっているが、ヒラッハは、ヴィネケンの思想が後まで影響を与えていたと主張し、ベンヤミンの言語論へのヴィネケンの影響を示唆している。Hillach, Ansgar: „Ein neu entdecktes Lebensgesetz der Jugend“. Wynekens Führergeist im Denken des jungen Benjamin. In: Klaus, G. und Rehm, L. (Hrsg.): *Global Benjamin*. München 1999, S. 872-890.

（4）Regehly, Thomas: Schriften zur Jugend. In: *Benjamin Handbuch*. S. 107-118, hier S. 107.

（5）その他ユダヤ青年版ヴァンダーフォーゲル「ブラウ-ヴァイス」などにも言及されている。McCole: op. cit., pp. 35-40.

（6）田村栄子『若き教養市民層とナチズム――ドイツ青年・学生運動の思想の社会史』（名古屋大学出版会、一九九六年）。

（7）これについては以下を参照。Turner, R. Steven: The Prussian Universities and the Concept of Research. In: *Internationales Archiv für Sozialgeschichte der deutschen Literatur*, 5. Bd. Tübingen 1980, S. 68-93, hier S. 78.

（8）ギムナジウム教師が主に哲学部で養成されていたことが哲学重視、実学蔑視の気風をつくりだしたとみられる。Vgl. Prahl, Hans- Werner: *Sozialgeschichte des Hochschulwesens*. Kösel 1978, S. 246ff.

（9）以上の「教養市民層」の成立と危機の歴史に関して詳しくは、野田宣雄『ドイツ教養市民層の歴史』（講談社、一九九七年）一三〜五二頁を参照。

（10）「教養市民層」が影響力を失う中で行った諸々の行動、反動に関してはリンガーの研究が詳しい。フリッツ・K・リンガー『読書人の没落――世紀末から第三帝国までのドイツ知識人』（西村稔訳、名古屋大学出版会、一九九一年）。リンガーは、教養知によって地歩を得た教養市民層に関して「読書人 mandarin」という概念で論じている。リンガーは、この概念によって、中国の科挙による官僚採用に代表されるような、知＝精神と国家制度の結びつきを示唆している。

（11）田村、前掲書、三九〜四七頁。

（12）ヴァンダーフォーゲルを中心としたドイツの「青年運動」の動向については次の古典的研究を参照。Laquer, Walter: *Young Germany*. London 1962.

（13）田村、前掲書、五七〜六二頁。

（14）ヴィネケンについて、詳しくは以下を参照。Kupffer, Heinrich: *Gustav Wyneken. Ein Wegbereiter der modernen Erlebnispädagogik?* Lüneburg 1992. 鈴木聡「青年の学校の再生を求めて――グスタフ・ヴィネケンの青年教育思想から」グスタフ・ヴィネケン／パウル・ゲヘープ『世界新教育運動選書十八　青年期の教育』（鈴木聡／ヴォルフガング・ヴィルヘルム訳、明治図書出版、一九八六年）、八〜五〇頁。

（15）「ハウビンダ田園教育舎」はリーツが一八九八年からはじめた「田園教育舎」の二番目の学校であり、一九〇一年にテューリンゲンの山中に建てられた。ベンヤミンは一九〇五年にベルリンのギムナジウムから転校し、ここで「ドイツ語」と「哲学」を教えていたヴィネケンと出会っている。学校生活の様子については、次のベンヤミンの伝記で紹介されている。Brodersen: a. a. O., S. 33-37. 日課表によれば、生徒たちは午前六時起床、午前中には四十五分の授業が五つ、午後は体操や、音楽、デッサン、工芸技術実習が行われ、就寝前にもうけられた談話時間に音楽や文学についての議論を交わすなどした後、午後九時就寝という規則正しい生活を過ごしていた。リーツと「田園教育舎」についてさらに詳しくは、川瀬邦臣「H・リーツの教育改革の思想」ヘルマン・リーツ『世界新教育運動選書十四　田園教育舎の理想――ドイツ国民教育改革の指針』（川瀬邦臣訳、明治図書出版、一九八五年）、一一〜九六頁を参照。

（16）ギムナジウムの制度とその社会史的位置づけに関して詳しくは、望田幸男『ドイツ・エリート養成の社会史――ギムナジウムとアビトゥーアの世界』（ミネルヴァ書房、一九九八年）を参照。リーツについてもわずかだが触れられている（六一頁）。

（17）Mosse, George L.: *The Crisis of German Ideology*. New York 1998, pp. 160-170. モッセは、リーツの教育がゲルマン的民族的意識の鼓舞につながっていることを強調しているが、カリキュラムの中でことさらに民族意識が鼓舞されていたわけではなく、いささか誇張されている感がある。リーツの教育理念について、詳しくは川瀬、前掲書を参照。

（18）GS. IV. 435.

（19）Vgl. Wyneken, Gustav: *Der Kampf für die Jugend*. Jena 1919, S. 55-60.

（20）例えば、次の演説の抜粋を参照。「〔……〕青年は、どこかで一つの火が今消えるときに、それよりはるかに大いなるものを感じ、意志するのであり、はるかに大いなることを世界のために成し遂げ得る。〔……〕今日の危機的な世界的瞬間において、人は人類のために、次のものにまさるものを贈ることはできない。政党の喧噪や日々の闘争の埃を貫いて、倦むことなくそのまなざしを至上のものへ向け、その意志をたえず至上のものへと捧げる若い世代が、人類のうちで絶えず現れてくることにまさるものは人類にとってないのである。／そしてそれゆえ、わが青年たちに対していかなる軽卒な拘束を課すこともわれわれは欲しないのであり、もし青年が今、暗闇に対する光の大いなる普遍的闘争に自らを捧げずして、個々の特殊な努力へと固執しようとするならば、青年が聖なる力をとるに足らぬ課題のために無駄に使うこととわれわれは捉えるだろう。個々の労働や、個々の闘争は、大いに考えられ、深く感じられた全体的態度からのみ、究極の重みと荘厳さを得る」。Ebd., S.267f.

（21）Wyneken, Gustav: *Schule und Jugendkultur*. Jena 1913, S. 89.

(22) マコールはヴィネケンの議論が正統派の「読書人 mandarin」の文化危機診断や新保守主義的反動などを混交させた曖昧さを含むものであると規定している。McCole: op. cit., pp. 40-45. いずれにせよ、単なる教養市民層的イデオロギーの枠におさまらないのは確かである。ヴィネケンの実際携わった教育が実科ギムナジウム的な方向のもの——旧来の古典語中心の教養教育を修正し実際的な教育を重視する——であったことは、旧来の教養理念に普遍性を見ていなかったことを示し、また近代的な進歩の方向を必ずしも否定せず、大きな発展傾向を肯定する姿は、近代における魂の不在を嘆く論調とは違った思考を示している。

(23)「改革」は、その「目的を普遍的で自明な願わしいものとして前提する」が、そういった目的は、「今日の状況の中にすでに潜在しているもの」であり、たとえ現実に実現されていないにしても、「もはや発見の段階」を終えているものにすぎない(例えば国民主権や婦人参政権などが例に挙げられる)。それに対して「新たな創造」を目指すもの、「あれやこれやを追求するのではなく、一挙に全体性を直観的に把握し、全体性それ自体を追求する」ものを評価して、ヴァンダーフォーゲルにはこうした志向を認める。Wyneken: *Der Kampf für die Jugend*. S. 159f. 他方で、ヴァンダーフォーゲルは「学校への反発」から生じ、学校から自然へと逃避するとともに「文化全体の否定」に傾きがちで、「複雑な前提を基礎にし精通するのに大きな労苦を要する文化」を斥け、「精神的柔弱さ」をもたらす。精神の高みへと引き上げる、指導、自己教育が必要なのであり、その意味では新しい学校が求められるのである。Wyneken: *Schule und Jugendkultur*. S. 100.

(24) ドイツでは、一九〇一年に実科学校、実科ギムナジウム卒業生にもアビトゥーア試験の受験資格が与えられ、ハウビンダ田園教育舎を卒業しても、アビトゥーア試験は可能であった。しかし依然としてギムナジウム卒業生の方が試験に有利であるという事情に鑑みて再度ギムナジウムに戻ったものと思われる。ちなみにハウビンダでの教育は正規のものと承認されず、ベンヤミンの上級編入は許されなかった。国家主導の教育制度の中でリーツやヴィネケンの「新教育」が抱えた困難がここからも窺えるが、これについては次の研究を参照。山名淳「資格社会における新教育運動のジレンマ——試験制度をめぐるドイツ田園教育舎の対応を事例として」望田幸男編『近代ドイツ＝資格社会の展開』(名古屋大学出版会、二〇〇三年)、三〇三～三三三頁。

(25)『アンファング』は一九〇九年頃から、ヴィネケンに影響を受けた学生によって発行された。当初は内輪向けの雑誌だったが、一九一三年五月、出版法にもとづいて「青年による青年のため」の雑誌として発刊される(出版法上の責任者はヴィネケン)。田村は、「誌上には、現下のギムナジウム・教師・授業がいかに青年の心をはぐくまないかが縷々述べられ、それに止まらず、芸術・文化・フェミニズムなども取り上げられた」とし、同誌に関わる学生が「精神の改革者」「平和文化」の担い手としての意識をもっていたと紹介している。田村、前掲書、九六～九七頁を参照。

(26) Gumpert, Martin: *Hölle im Paradies. Selbstdarstellung eines Arztes*. Stockholm 1939, S. 52. ユダヤ系のグンペルトはナチス政権

樹立後、医者としての職を奪われ、一九三六年アメリカに亡命している。
(27) GS. II. 9.
(28) Ebd.
(29) Ebd., 894.
(30) Ebd., 893f.
(31) Ebd., 894.
(32) Ebd., 54f.
(33) Ebd., 9.
(34) ベンヤミンのタッソーに関しての理解はゲーテの描いた「タッソー」に基づいている。ベンヤミンは、ギムナジウム時代の卒業論文でも、タッソーという「美しい調和的種類」の「天才」の困難を論じている。Kann von Grillparzers "Sappho" gesagt werden, daß der Dichter "mit Goethes Kalbe gepflügt" hat? In: GS. VII. 532-536.
(35) 自由学生連合の形成と特徴については、田村、前掲書、一一九～一三四頁を参照。
(36) 「ドイツ的な心性は人々が宗教に対してポジティヴな関係をとっていれば、たとえその宗教が溶けて崩れてしまって真なるものでないと見透かされてしまっていても、そういった関係をいきなり彼らの肯定的な点として評価する。〔……〕宗教が単なる心的態度として、結局は諸主体の諸特性として自己目的化されるが、宗教そのものは犠牲になる。ひとはただ信心深い人間であらねばならないのであり、何を信ずるかはどうでもよい」。Adorno, Theodor. W.: Jargon der Eigentlichkeit. In: *Gesammelte Schriften.* Bd.6. Herausgegeben von Rolf Tiedemann, unter Mitwirkung von Gretel Adorno, Susan Buck-Morss und Klaus Schultz. Frankfurt am Main 2003. S. 426f.
(37) GS. II. 19.
(38) Ebd.
(39) Ebd., 17.
(40) Ebd., 22.
(41) Ebd., 23.
(42) Ebd., 27.
(43) Ebd., 29.

（44） GB. I. 63. ベンヤミンはシュトラウスとのやり取りを通じて文化シオニズムへの一定の理解を示し、ブーバーにも自分たちの思考と通じるものがあるなどと手紙のやり取りをしていたことを認めている。だがヴィネケン派の「若さ」の理念についてシュトラウスに説くのみで、雑誌への協力をすることはなかった。Vgl. GB. I. 61-88. 一連の経緯に関しては次の研究が詳しく論じている。Rabinbach, Anson: *In the shadow of catastrophe.* London 1997, pp. 35-43.

（45） ベンヤミンがハインレと出会う以前に、ハインレと親しかったシュトラウスは、ベンヤミンと彼を仲介した。結果ハインレはベンヤミンと行動を共にするようになったのだった。一九一二年より以前のハインレの詩はシュトラウスの遺稿から発見され、これをベンヤミンの友人ヴェルナー・クラフトが後に紹介している。Vgl. Kraft, Werner: Über einen verschollenen Dichter. In: *Neue Rundschau.* 1978 Bd. 4, S. 614-621.

（46） GS. VI. 477.

（47） ベンヤミンもハインレを評価してはいたが、当時は必ずしも「天才」と崇めていたわけではなかった。例えば『アンファング』への文章掲載（「私のクラス」）にあたっては、ハインレの「未熟さ」を認めつつこれを擁護している。Vgl. GS. II. 861. ハインレの詩のどこをどのように評価していたのかは残された資料からは推測しかねるところがある。だが現在確認できる一九一二年頃までの〈若書き〉の詩を評価していたとは思えない、ということが先行研究で言われている。おそらくそれ以降の詩を評価していたのだと思われる。あるいは『アンファング』がモットーとして掲げていた「新しい言語」を純粋に体現していく姿をベンヤミンはハインレに見ていたのかもしれない。ハインレについての伝記的事実、ベンヤミンとの交流については次の研究が詳しい。Wizisla, Erdmut: „Fritz Heinle war Dichter“. Walter Benjamin und sein Jugendfreund. In: Jäger, Lorenz und Regehly, Thomas(Hrsg.): *Was nie geschrieben wurde, lesen.* Bielefeld, 1992. S. 115-131.

（48） Vgl. GS. II. 858

（49） 「その〔ハインレの自殺という〕出来事のインパクトは、ベンヤミンの人生と思想のドラマティックな転換点をしるしづけて」おり、「ベンヤミンの全著作は、若き友人の死に顔と失われたその声に手向けられた無言のあいさつによって構築された、哀悼の作業とみることができる」。Felman, Shoshana: *The Juridical Unconcious.* Cambridge 2002, p. 35, 38.

（50） Görling, Reinhold: Die Sonette an Heinle. In: *Benjamin Handbuch.* S. 585-591.

（51） Vgl. GS. VI. 479.

（52） GS. II. 864

（53） Ebd., 873.

(54) Ebd., 44.
(55) Ebd., 45
(56) GB. I. 122-124.
(57) Ebd., 101.
(58) Ebd., 175.
(59) Belmore, H. W. : Walter Benjamin. In: *German Life & Letters. A Quarterly Review*. Vol. 15, Hoboken 1962, p. 309- 312, here p. 309.
(60) Steizinger: a. a. O., S. 232.
(61) GB. I. 230.
(62) 例えばマルティン・ハイデガー（一八八九〜一九七六）もこれに近い感情を吐露している。カール・レーヴィットによれば、ハイデガーは若い頃ある種宗教的な煩悶を抱えており「せめてなにか別のものがほしい。たいそうなものではないのです。つまり、こんにち事実上既成のものが転覆した状況のなかで暮らしている自分が、〈必然的〉だと経験するもの――それから〈文化〉が生じるのか、没落の加速が生じるのかに目をくれることなく――それがほしいのです」と手紙でレーヴィットに書き送っている（一九二〇年）。Löwith, Karl: *Mein Leben in Deutschland vor und nach 1933*. Stuttgart 1986, S. 29. ハイデガーにおいては、この青年的煩悶が『存在と時間』における「本来性」をめぐる議論にまでつながるものと考えられる。
(63) GS. II. 73.
(64) Ebd., 73f.
(65) こうした観念論的哲学がヴィネケンの中でいかに折衷されているかについては以下を参照。Hillach: a. a. O., S. 876-878. Vgl. auch: Geissler, Erich E. : *Der Gedanke der Jugend bei Gustav Wyneken*. Frankfurt am Main/ Berlin/ Bonn 1963.
(66) Wyneken: *Schule und Jugendkultur*. S. 42.
(67) Hartung, Günter: „Das Ethos philosophischer Forschung“. In: Opitz, M. und Wizisla, E. (Hrsg.): *Aber ein Sturm weht vom Paradiese her-Texte zu Walter Benjamin*. Leipzig 1992, S. 14-51, hier S. 28.
(68) GS. II. 25.
(69) Wyneken: *Schule und Jugendkultur*. S. 25.
(70) ヴィネケンの戦争への態度については、三崎和志「ベンヤミンと第一次大戦」、『桐朋学園大学研究紀要』二八号（二〇〇二年）、七五〜九〇頁、特に八〇〜八三頁を参照。

(71) ベンヤミンはライヒェンバッハに次のように書いている。「私は旅行から帰ってきました。あなたの手紙を見つけて読みました。今日早く、印刷されたグスタフ・ヴィネケンの講演が手元に届きました。あなたはすでに何カ月も前から、私の思想の歩みがグスタフ・ヴィネケンから離れていることを知っていた、あるいは感じていたでしょう。ところで私はこの著作をちょっと見た後で、これを読むことはグスタフ・ヴィネケンが彼自身を裏切ったことに、私もまた加担することとなるだろうと、気づきました。私はわずかな言葉を彼に伝えるでしょう。いかなる思想や根拠の可能性も見ません――著作に対してではなくむしろ、グスタフ・ヴィネケンがそれを書き、話したということ。それが、比類ない辱めであり汚辱なのです。私がすでに以前に彼と袂を分かったにもかかわらず、彼にこう話すことは、私が彼に示し得る最後の忠実さです。彼のイメージと本質とが損なわれていることがそこで問題になります。これをあなたの公開書簡への返答とします。そしてあなたが送ってくれたことに感謝します」。GB. I. 262.

(72) Ebd., 264.

(73) 「大学を創立した人々は学生を、本質的に、教師であり同時に生徒であるものと考えた。教師としてというのは、〔学生の〕生産性は完全なる自立性、つまり、教える者にではなく、学問に向けられる眼差しを意味するからである。」GS. II. S. 81.

(74) GB. I. 257.

第二章

(1) Putnam, Hilary: *Jewish Philosophy as a Guide to Life. Rosenzweig, Buber, Levinas, Wittgenstein.* Bloomington 2008.

(2) Scholem: *Walter Benjamin.* S. 40. ヴェルナー・クラフト『ブーバーとの対話』（板倉敏之訳、法政大学出版局、一九七五年）、八〜九および九四頁を参照。

(3) ジョージ・L・モッセ『フェルキッシュ革命』（植村和秀他訳、柏書房、一九九八年）、九三〜九四、二三四〜二三五頁を参照。モッセは、ブーバーの思考とドイツ民族の「フェルキッシュ思想」との差異を指摘しながらも、基本的にその類似性を強調している。こうした見方は、ブーバーの思考を概観するときにしばしば参照され、近年も多少の留保つきで引き継がれている。上山安敏『ブーバーとショーレム』（岩波書店、二〇〇九年）、二六〜二八頁、Vogt, Stefan: The First World War, German Nationalism, and the Transformation of German Zionism. In: *Leo Baeck Institute Year Book.* Vol. 57, 2012, pp. 267-291, here p.271.

(4) ヴェールによるブーバーの伝記は上記の三分類に基づいて書かれているが、第一次大戦期についてはほとんど触れられていない。ゲルハルト・ヴェール『ブーバー』（児島洋訳、理想社、一九七二年）。

（5）ハンス・コーンの長大な伝記においては、ブーバーと戦争との関係はシオニズム運動との関係でごく手短に「一九一六年に『ユダヤ人』誌が出始めた頃、ブーバーはまだ、世界大戦の問題とそれに絡まった政治的布置にかんして、明瞭で鋭い態度をとっていなかった」と述べられるにすぎない。Kohn, Hans: *Martin Buber. Sein Werk und seine Zeit.* Köln 1961. S. 163. コーン自身は、ブーバーの戦争への熱狂を告げる手紙の受取人でもあり、もっと詳しく論じられたはずではあった。

（6）フリードマンによる伝記は、「対話思想」以前のブーバーについても多くの紙幅をさいて検討しているが、様々な問題点の克服による「対話思想」への成長の時期として描き出している。第一次大戦期は「対話へのブレイクスルー」として総括されるのだが、そのために、ベンヤミンが批判的にみていた大戦前後のブーバーの思考の問題点はぼやけてしまう。See, Friedman, Maurice: *Martin Buber's Life and Work. The Early Years 1878-1923.* New York 1981, pp. 178-202.

（7）大戦期までの「神秘主義」的思考に関してはメンデス・フローアが早くから研究をすすめている。Mendes-Flohr, Paul: *Von der Mystik zum Dialog. Martin Bubers geistige Entwicklung bis hin zu „Ich und Du“.* Königstein 1978. 彼は、二〇〇一年から出ているブーバーの新しい著作集においても、第一次大戦とブーバーに関して簡潔に論じている。Vgl. Mendes-Flohr, Paul: Einleitung In: Buber, Martin: *Werkausgabe.* Herausgegeben von Mendes-Flohr, Paul und Schäfer, Peter, Bd. 1. Bielefeld 2001, S. 74.

（8）Gumpert: a. a. O., S. 63.

（9）GS. VI. 481. このベンヤミンの兵役志願についての回想に「詮索の余地がなくはない」としながらも、「世間一般の戦争に対する興奮を彼が共有していなかったということは充分にありうる」という、三崎の見方は妥当なものである。三崎和志、前掲論文、七六頁。また三崎は、同論文で「体験」概念批判とブーバー批判の関係についても示唆している。同上、八六～八八頁参照。

（10）GS. VI. 481.

（11）Gumpert: a. a. O., S. 63.

（12）GS. VI. 480.

（13）引用はヴィツィスラの前掲論文から。Wizisla: „Fritz Heinle war Dichter“. S. 115.

（14）Vgl. Ebd., S. 116, 128.

（15）Scholem: *Walter Benjamin.* S. 34f.

（16）マイケル・ハワード『戦争と知識人――ルネッサンスから現代へ』（奥村房夫他共訳、原書房、一九八二年）、第四章を参照。

（17）リンガー、前掲書、一二三頁。

（18）同上、一二七頁。ベンヤミンの「一九一四年の理念」への批判については、それが大学教授によって支持されたことによって、大学制度への批判と重なっていたと考えられる。See. Roberts, Julian. *Walter Benjamin. Traditions in Social Theory*. London 1982, p. 38.

（19）Mosse, George L. : *Masses and Man. Nationalist and Fascist Perceptions of Reality*. New York 1980, p. 263.

（20）平和主義的態度をとっていたグループに焦点を当てた研究としては次のものを参照。Zweibrücken, Helga N.: *Die Literarische Kritik am ersten Weltkrieg in der Zeitschrift „Die Weissen Blätter"*. 1986 Konstanz.

（21）Scholem, Gerschom: *Briefe I. 1914-1947*. Herausgegeben. von Schedlerzky, München 1994, S. 10.

（22）Scholem, Gershom: *Von Berlin nach Jerusalem. Jugenderinnerungen*. Frankfurt am Main 1977, S. 70.

（23）Mosse: *Masses and Man. Nationalist and Fascist Perceptions of Reality*. p. 273.

（24）Margulies, Heinrich: Der Krieg der Zurückbleibenden. In: *Jüdische Rundschau*. Heft 6. (15. 2. 1915) S. 46f.

（25）Scholem: *Walter Benjamin*. S. 17.

（26）Ebd., S. 36.

（27）Vgl. Buber, Martin: *Briefwechsel aus sieben Jahrzehnten. Bd. I. 1897-1918*. Heidelberg 1972, S. 434.

（28）ハンス・マイヤー『取り消された関係』（宇京早苗訳、法政大学出版局、二〇〇三年）を参照。

（29）Cf. Fink, Carole: *Defending the Rights of Others. The Great Powers, the Jews, and Internaional Minority Protection, 1878-1938*. Cambridge 2004, pp. 72-74.

（30）Buber: *Briefwechsel*. S. 371.

（31）Fink: op. cit., pp. 67-77.

（32）Buber: *Briefwechsel*. S. 372.

（33）野田宣雄は、フォンドゥングの研究を参照して、「聖戦」を経ての「救済」をうたう黙示録的思考がとりわけ「教養市民層」に見られたこと、そしてそこには、産業化と社会変化の中での地位の低下傾向を逆転させて、社会的復権を果たそうという気分が蠢いていたことを指摘している。野田、前掲書、四二〜四八頁、Vgl. auch Vondung, Klaus: *Die Apokalypse in Deutschland*. München 1988, S. 189-205. こうした傾向に比べると、シュトラウスの戦争への期待は、現実的な解放を求める点でまだ冷静なものと思われてくる。

（34）ちなみにシュトラウスが期待したような、「国家」による「政治的解放」への期待は、現実には裏切られていくことになり、ドイツではシオニズムは政治との結びつきを弱め、ブーバーも含めた文化的シオニズムの影響力が強まっていく。しかし、このことは、バルフォア宣言などで政治的な力を得た第一次大戦後のシオニズム運動の中でドイツ系シオニストが力を失うことを意味した。Cf. Vogt: op. cit.

（35）「戦争ブーバー」の熱狂を示すものとしてしばしば引かれる書簡では、例えば次のように言われている。「われわれユダヤ人は、次のことが何を意味するのかを感じれば、感じ抜けばよいのだ。古い板に書かれた『暴力をもってではなく、精神をもって』という言葉をわれわれはもはや必要としない。なぜなら、力と精神は一つになるべきだからだ。新シキ生ココニ始マル Incipit vita nova」。Buber: *Briefwechsel*. S. 370.

（36）神秘主義研究と後の『我と汝』に体現される「対話」思想との関係については、植村卍『ブーバー「対話」思想の研究　二元論と言語哲学を中心として』（人文書院、二〇〇一年）を参照。

（37）「疎外 alienation」の解決は、しばしばブーバーの思想の軸として理解される。Cf. Silberstein, Laurence J. : *Martin Buber's Social and Religious Thought. Alienation and the Quest for Meaning*. New York 1989, pp. 18-25.

（38）小林政吉『ブーバー研究』（創文社、一九七八年）、四六～四八頁を参照。ベーメ研究で語られる、自然物との同一性の体験に関しては、ほぼ同じ形で『我と汝』においても語られている。

（39）同上、五八～八六頁。小林は、神秘主義研究に関してもランダウアーの影響を指摘している。

（40）Mosse : *Masses and Man*. p. 250.

（41）Ibid. p. 260.

（42）Herrmann, Leo: Aus Tagebuchblättern. In: *Der Jude*. Sonderheft. 1928, S. 158-164, hier S. 158. 第二講演「ユダヤ性の新生」に関してはヴィーンでもほぼ同じ内容で講演されたが、そこではまだ懐疑的な声の方が反響よりも大きく、いずれも大きな感銘を聴衆に与えたプラハとは聴衆の温度差があった。当時のプラハのユダヤ人の状況については、例えばパーヴェル・アイスナー『カフカとプラハ』（金井裕／小林敏夫訳、審美社、一九七五年）、九～三六頁を参照。「同化」への理想に疑念をもち、それとは違った新たな生を求める若い世代のユダヤ人たちが現れるのは、ドイツ帝国では少し遅く、例えばベンヤミンがアクチュアルな問題として、シオニズムを知ったのは一九一二年になってからであった。この頃から「ドイツ－ユダヤの共生」に疑念を覚え、アイデンティティを探求する新しい世代が出てくる。これについては、エンツォ・トラヴェルソ『ユダヤ人とドイツ』（右京頼三訳、法政大学出版、一九九六年）、三七～四八頁を参照。

（43）Buber, Martin: Drei Reden über das Judentum. In: *Werkausgabe*. Bd. 3. Bielefeld 2007, S. 219-256, hier S. 220f.

(44) Ebd. S. 226.
(45) Ebd. S. 227.
(46) Scholem: *Briefe I*. S. 6.
(47) Cf. Aschheim, Steven E.: *Brothers and Strangers. The East European Jew in German and German Jewish Consciousness 1800-1923*. Madison 1982, p. 127.
(48) ショーレムは次のように回顧している。「当時は、とくに第一次世界大戦中とその直後に、シオニストのあいだではそれこそ東方ユダヤ的なものなら何でも尊ぶという崇拝のようなものが生じていたといっても過言ではない。わたしたちはみんな、マルティン・ブーバーのハシディズム関係の最初の二著作、『ラビ・ナハマンの物語』と『バールシェム伝説』を読んだ。……わたしたちが出会ったロシアやポーランドやガリシア出身のユダヤ人は、どの人もまるでバールシェムの化身のように見えたし、いずれにしても歪曲を蒙ってはいない、われわれを魅了するユダヤの本質の化身のように見えた」。Scholem: *Von Berlin nach Jerusalem*, S. 60.
(49) Hermann: a. a. O., S. 163.
(50) 大戦前から企画されていたこの雑誌の出版までの経緯に関して、詳しくは『ユダヤ人』のリプリント版の解説を参照。In: *Der Jude. Mit einer Einleitung von Erich Gottgetreu*. Vaduz/ Liechtenstein 1979, S. 12-18.
(51) Ebd., S. 288.
(52) Scholem: *Walter Benjamin*. S. 42.
(53) GS. I. 608.
(54) GS. II. 902.
(55) Weber, Thomas: Erfahrung. In: Opiz, M. und Wizisla, E. (Hrsg.): *Benjamins Begriffe*. Frankfurt am Main 2000, S. 230-258, hier S. 235f.
(56) GB. I. 75.
(57) Cramner, K.: Erleben, Erlebnis. In: *Historisches Wörterbuch der Philosophie*. Bd. 2. Basel 1971, S. 702-711, hier S. 703, 706. 「体験あるいは体験することが哲学的用語の位置を一般に獲得するのはようやく十九世紀半ばになってからであり、次いで、認識理論の根本概念へと昇りつめる」Ebd., S. 702.「体験」という言葉の歴史と「体験」の概念については、ハンス＝ゲオルク・ガダマー『真理と方法I』（轡田收訳、法政大学出版局、二〇一二年）、八六～一〇〇頁も参照。

(58) これについては小林政吉、前掲書、四二～四五頁を参照。

(59) Perone, Ugo: Die Zweideutigkeit des Alltags. In: Casper, B. und Spran, W. (Hrsg.): *Alltag und Transzendenz. Studien zur religiösen Erfahrung in der gegenwärtigen Gesellschaft*. Freiburg/ München 1992, S. 241-265, hier, S. 245.

(60) こうした記憶と祭りとがユダヤ共同体においては歴史的救済への祈りと複合していたことについてグレンツィンガーが論じている。Grönzinger, Karl Erich: Gedanken, Erinnern und Fest als Wege zur Erlösung des Menschen und zur Transzendenzerfahrung im Judentum. In: *Alltag und Transzendenz*. S. 19-50.

(61) Vgl. Bolz, Norbert: *Auszug aus der entzauberten Welt. Philosophischer Extremismus zwischen den Weltkriegen*. München 1989, S. 95f.

(62) GS. I. 681.

(63) Vgl. Mendes-Flohr: *Von der Mystik zum Dialog*. S. 11.

(64) Vgl. Ebd., S. 55-62.

(65) Buber, Martin: Alte und neue Gemeinschaft. In:*Association for Jewish Studies Review 1*. Cambridge 1976. メンデス・フローアの前掲書からの引用。Mendes-Flohr: a. a. O., S. 63, 95.

(66) この対立は草稿において明確にテーマとして挙げられている。Cf. Friedman: op. cit., pp. 390-391.

(67) Buber, Martin: Daniel. In: *Werkausgabe*. Herausgegeben von Paul Mendes-Flohr und Peter Schäfer, Bd. 1. Bielefeld 2001, S. 183-245, hier S. 204

(68) GB. I. 231.

(69) Buber: *Werkausgabe*. Bd. I. S. 210.

(70) Ebd., S. 215.

(71) Ebd., S. 185.

(72) Ebd., S. 190.

(73) Ebd., S. 204.

(74) Ebd.

(75) GS. II. 86.

(76) ジョージ・L・モッセ『ユダヤ人の〈ドイツ〉――宗教と民族をこえて』（三宅昭良訳、講談社、一九九六年）、七三～七九頁を参照。

（77）「市民的な平穏」を破って、「認識されざる高次のものへと生を捧げようという恐るべき内的決意」を重視するラングとは、危険を厭わずに内的決断を行う点で確かに合致している。Vgl. Buber: *Briefwechsel*. S. 367f.

（78）この経緯について詳しくは以下を参照。Friedman: op. cit., pp. 180-183.

（79）ブーバー自身による回顧から。Vgl. Landauer, Gustav: *Sein Lebensgang in Briefen*. Unter Mitwirkung von Britschgi-Schimmer, herausgegeben von Martin Buber, Frankfurt am Main 1929, S. 1f.

（80）Vgl. Buber: *Werkausgabe*. Bd. 1. S. 68-73.「フォルテ・クライス」を含む当時の知識人に見られた精神共同体願望については、次の俯瞰的整理も参照。Guerra, Gabriel : *Judentum zwischen Anarchie und Theokratie. Eine religionspolitische Diskussion am Beispiel der Bewegung zwischen Walter Benjamin und Gerschom Scholem*. Bielefeld 2007, S. 17f.

（81）Holste, Christine: *Der Forte-Kreis (1910-1915). Rekonstruktion eines utopischen Versuchs*. Stuttgart 1992, S. 294.

（82）Buber: An das Gleichzeitige. In: *Werkasugabe*. Bd. 1. S. 276. フリードマンは、このエッセイに、内面的な観想的陶酔への沈潜から、現実との直面、現実への参加という変化の兆しを見ている。これが後に汝との対面を中心におく「対話思想」へつながっていくというわけである。Friedman: op. cit., p. 192. だが、以下でも論ずるようにベンヤミンが批判的に見たような危うさについても吟味する必要があるだろう。

（83）Scholem: *Walter Benjamin*. S. 42.

（84）Buber: Bewegung. In: *Werkausgabe*. Bd. 1. S. 285.

（85）Ebd., S. 284f.

（86）Ebd., S. 285.

（87）Buber, Martin: Tempelweihe. In: *Werkausgabe*. Bd. 3. S. 282.

（88）Ebd., S. 283.

（89）Ebd., S. 284.

（90）Buber, Martin: Die Losung. In: *Werkausgabe*. Bd. 3. S. 289.

（91）Ebd.

（92）GS. I. 204.

（93）マーティン・ジェイ『暴力の屈折』（谷徹／谷優訳、岩波書店、二〇〇四年）、三～三二頁所収、一四頁。

（94）機関銃が戦争の意味を全く変え、兵士の平等性と「塹壕体験の共同性」の基礎となったことについては、ジョン・エリス『機関銃の社会史』（越智道雄訳、平凡社、二〇〇八年）、一九三～二五二頁を参照。

（95）Fussell, Paul : *The Great War and Modern Memory*. Oxford 2013, p. 128.

（96）ジョージ・L・モッセ『英霊——創られた世界大戦の記憶』（宮武実知子訳、柏書房、二〇〇二年）五九～七六頁を参照。

（97）「象徴」の語源にはギリシア語の「一つに合わせる symballein」がある。Cf. Wellek, Rene: Symbol and Symbolism in Literature. In: Wiener, Philip P. (ed.) : *Dictionary of the history of ideas. Studies of selected pivotal ideas*. New York 1973, vol. 4. pp. 337-345. ブーバーの引用中で「象徴」と訳した Sinnbild はドイツ語において普通「象徴 Symbol」と区別なく使われる。

（98）ガダマー、前掲書、一〇四～一〇六頁を参照。

（99）Cf. Mosse: *Masses and Man*.. p. 270.

（100）Ibid., p. 269.

（101）Ibid.

（102）ベンヤミンのゲオルゲへの傾倒と離反については、以下のものを参照。Alt, Peter-André: „Gegenspieler des Propheten“ Walter Benjamin und Stefan George. In: *Global Benjamin*. S. 891-906, 川村二郎『アレゴリーの織物』（講談社、一九九一年）、七～四五頁。ベンヤミンとゲオルゲ・クライス全般については、平野嘉彦『死のミメーシス——ベンヤミンとゲオルゲ・クライス』（岩波書店、二〇〇九年）が詳しい。

（103）Görling: a. a. O., S. 588.

（104）GS. II. 623.

（105）GS. VI. 478.

（106）Wizisla, a. a. O., S. 120.

（107）ジェイ、前掲書を参照。

（108）GS. II. 214.

（109）GS. III. 247.

（110）GS. II. 138.

（111）Ebd., 139.

（112）ゲオルゲやクラーゲスに見られる象徴主義への批判については、以下を参照。Roberts: op. cit., pp. 104-133.

（113）GS. II. 138.

第三章

（1）森田團『ベンヤミン　媒質の哲学』（水声社、二〇一一年）、八〇頁。
（2）Menninghaus, Winfried: *Walter Benjamins Theorie der Sprachmagie*. Frankfurt am Main 1980, S. 49.
（3）二〇〇六年までの研究については、次のものを参照。Steiner, Uwe: „Über Sprache überhaupt und über die Sprache des Menschen". In: *Benjamin Handbuch*. S. 592-603. その後の研究については、柿木伸之『ベンヤミンの言語哲学――翻訳としての言語、想起からの歴史』（平凡社、二〇一四年）を参照。
（4）「言語一般および人間の言語について」をほとんど全ての節にわたって細かく解明することを試みた研究としては、以下のものがある。Kather, Regine: *»Über Sprache überhaupt und über die Sprache des Menschen«. Die Sprachphilosophie Walter Benjamins*. Frankfurt am Main 1989. 細見和之『ベンヤミン「言語一般および人間の言語について」を読む――言葉と語りえぬもの』（岩波書店、二〇〇九年）。
（5）例えば、次のものを参照。Dober, Hans Martin: *Die Moderne wahrnehmen. Über Religion im Werk Walter Benjamins*. Tübingen 1999.
（6）メニングハウスの研究（注2）が代表的である。森田（注1）は「媒質」の観点から、カッシーラーやハンス・コーンといった同時代の思想と対照させて、ベンヤミンの言語論の特質を明らかにしている。
（7）ヴィトゲンシュタインの『論理哲学論考』との比較に関しては、以下を参照。Wiesenthal, Lieselotte: *Zur Wissenschaftstheorie Walter Benjamins*. Frankfurt am Main 1973. 媒介の観点からニクラス・ルーマンの社会システム理論などと比較することで、ベンヤミンの言語論の理論モデルとしての射程を明らかにしたものとして、北田暁大『〈意味〉への抗い』（せりか書房、二〇〇四年）の諸論考を参照。
（8）Menke, Bettine: *Sprachfiguren. Name-Allegorie-Bild nach Benjamin*. München 1991.
（9）Weber, Samuel: Brief an Martin Buber 16. 7. 1916. In: *Benjamin Handbuch*. S. 603-608.
（10）GB. I. 283.
（11）Scholem: *Von Berlin nach Jerusalem*. S. 94ff.
（12）GB. I. 325. この書簡についてのショーレムとの相談に関しては、以下を参照。Scholem: *Walter Benjamin*. S. 37f.

（13） GB. I. 325.

（14） Ebd., 326.

（15） デイヴィッド・ビアール『カバラーと反歴史——評伝ゲルショム・ショーレム』（木村光二訳、晶文社、一九八四年）、三一三頁〜三一五頁を参照。

（16） 同上、二七三〜二七四頁。

（17） GB. I. 327.

（18） Vgl. Scholem: *Walter Benjamin*. S. 40

（19） Buber, Martin: *Werkausgabe*. Bd. 6. Bielefeld 2003.

（20） ビアール、前掲書、二七四頁、小林政吉、前掲書、五八〜七一頁、小野文生「分有の思考へ——ブーバーの神秘主義的言語を対話哲学へ折り返す試み」『教育哲学研究』第九六号（教育哲学会、二〇〇七年）、四二〜六二頁、四六〜四七頁を参照。

（21） 「懐疑論的な断念、つまり現実の世界の認識不可能性への洞察は、単なる否定ではなく、われわれの最良の知識である。哲学は認識の理論である。そして認識の理論は言語批判である。しかるに言語批判は、解放的な思考のための仕事である。つまり、日常言語を用いるにせよ、哲学の言語を用いるにせよ、われわれは、世界の具象的叙述を越え出ることはなしえない」。Mauthner, Fritz: *Wörterbuch der Philosophie. Neue Beiträge zu einer Kritik der Sprache*. München/ Leipzig 1910, S. XI. マウトナーの言語哲学に関して、さらに彼の思考の哲学史的な位置づけに関しては、それぞれ以下を参照。Weiler, Gershon: *Mauthner's Critique of Language*. Cambridge 1970. 嶋崎隆「『オーストリア哲学』の独自性とフリッツ・マウトナーの言語批判」『人文・自然研究』第六号（一橋大学大学教育研究開発センター、二〇一二年）、一二一〜一七九頁を参照。

（22） ヴィトゲンシュタインをはじめ、ヴィーンの知識人にマウトナーが与えたインパクトに関しては、S・トゥールミン／A・ジャニク『ウィトゲンシュタインのウィーン』（藤村龍雄訳、平凡社、二〇〇一年）、二〇一〜二一九頁を参照。

（23） 川島隆「マウトナーの二つのボヘミア小説——同化ユダヤ人の『母語』と民族アイデンティティをめぐって」『ナマール』第一八号（神戸ユダヤ文化研究会、二〇一三年）、五一〜六一頁を参照。

（24） Friedman: op. cit., p. 219.

（25） Vgl. Weiler, Gershon: Fritz Mauthner: A Study in Jewish Self-Rejection. In: *Leo Baeck Institute Year Book*. Vol. 8, 1963, pp. 136-148, hier pp. 147-148.

（26） ビアール、前掲書、二二三〜二二四頁を参照。

（27）これについては、西村雅樹『言語への懐疑を超えて——近・現代オーストリアの文学と思想』（東洋出版、一九九五年）、八三～一一二頁を参照。

（28）Mauthner: *Beiträge zu einer Kritik der Sprache*. Hildesheim 1967, Bd. 1. S.111.

（29）マウトナーの『哲学辞典』には「神秘主義」の項目があり、「おしゃべりな理性」を越えた現実を体験するエックハルトのような神秘主義者に好意的な記述がなされている。「まさに神秘の天才であるエックハルト、言葉の軽蔑者にして、言葉の芸術家、彼は言葉に奉仕するのでは決してない」。Mauthner: *Wörterbuch der Philosophie*. S. 127.

（30）マウトナーとランダウアーの関係については、以下を参照。Franz, Michael: Skepsis und Enthusiasmus. Gustav Landauers „Anschluß" an Fritz Mauthner. In: Henne, H. und Kaiser, C. (Hrsg.): *Fritz Mauthner-Sprache, Literatur, Kritik. Festakt und Symposion zu seinem 150. Geburtstag*. Tübingen 2000, S. 163-174. 冤罪が疑われる裁判に異議を申し立てたランダウアーは、逆に偽証罪で一八九九年に投獄された。彼は獄中でマウトナーの『言語批判への寄与』の校正作業を行うと同時に、マイスター・エックハルトの現代語訳を行うなど神秘主義研究にも励んでいた。ランダウアーは、マウトナーの言語批判という「懐疑」を受容するとともに、そこに自らの「神秘」を総合する形で、一九〇三年に『懐疑と神秘』を出版した。この著作がマウトナーに神秘主義受容をすすめさせたと考えられている。

（31）これについては小林政吉、前掲書、五八～七一頁を参照。ランダウアーは、『懐疑と神秘』において、マウトナーの言語への「懐疑」について解説を行うと同時に、懐疑を超えた神秘的現実の体験をかかげる。ランダウアーは、マウトナーにならって、「言語」が、知覚内容の隠喩であるとみる。現実の知覚という「独自のもの das Eigentliche」を、「独自ではないもの das Uneigentliche」に翻訳するのが言語である。それは、現実の類似品であって、人間に直接に働きかけてくる現実、人間が直接に働きかける現実を不十分に表現するものであるということになる。ここからランダウアーは独自の道を歩み出す。マウトナーの「言語」に対する「穏やかな絶望」は、言語が語り得ない現実に対しては「沈黙を学ぶこと」を要求していたのだが、ランダウアーは、この語り得ない現実の充溢した「体験」を追求していく。言語の断念は、懐疑を越えた新たな行為へと転換され、世界の変革に向けられる。

（32）Buber, Martin: Extatische Konfessionen. In: *Werkausgabe*. Bd. 2-2. Bielefeld 2012, S. 54f.

（33）例えば、ハンス・コーンは、「最も熟した段階のブーバーの哲学は言語哲学である」と一九三〇年に述べ、ブーバーが『我と汝』の草稿で語った「精神の原初行為」としての言語や、発話行為や命名における「対話」性と関連させて、ブーバーの言語思想について論じている。Kohn, Hans: a. a. O., S. 240.

(34) Vgl. Biemann, Asher: Einleitung. In: Buber, Martin: *Werkausgabe*. Bd. 6. Bielefeld 2003, S. 9-68.

(35) ビアールは、こうした「言語についてのブーバーの神秘主義的懐疑論は、彼の新しい対話的哲学とともに、〔第一次大〕戦後ほんのわずかしか変更されなかった」と考えている。彼は、ブーバーがローゼンツヴァイクと共に聖書翻訳をした際に示した「神の言葉は、いかなる実際的内容をも有してはいないし、また何も伝えもしない。その本質は伝達の実体の中によりも、その詩的リズム、その音の型の中にある」という発言などを論拠としている。ビアール、前掲書、二七九頁参照。

(36) Buber: *Werkausgabe*. Bd. 2-2 S. 55.

(37) Ebd.

(38) これについてはビアール、前掲書、二七七〜二八〇頁参照。

(39) これについては、植村、前掲書、一〇二〜一〇八頁も参照。あるいはまたブーバーは、いわば詩的言語と記号言語を差違化し、「体験」と十全に合致する「内的言語」を「外的言葉」に比して神秘的なものとして称揚する。Vgl. Biemann: a. a. O., S. 42. ヘルダーリンの詩を神の原初の創造行為と接続させて解釈するランダウアーと同様の仕方で、ブーバーはラビ・ナハマンの言葉を内的な象徴言語として理解しているのである。

(40) GB. I. 326.

(41) これについては次の論文が詳しい。長濱一真「ヴァルター・ベンヤミンの初期言語論断片と『言語一般及び人間の言語について』——ベンヤミンのラッセル記述理論への応接から」『人間社会学研究集録』第五号（大阪府立大学、二〇〇九年）、五九〜八一頁所収。

(42) ベンヤミンが残した一九二〇〜二一年頃の言語についての断片メモから引用。GS. VI. 16.

(43) Wittgenstein, Ludwig: *Logisch-Philosophische Abhandlung. Tractatus logico-philosophicus*. Frankfurt am Main 1998, S. 253.

(44) Weigel. Sigrid: Eros. In: *Benjamins Begriffe*. S. 299-341.

(45) 小野寺賢一「沈黙の対話術——青年期ベンヤミンの『対話』の理念にみられる絶対的表出の構造」『ワセダ・ブレッター』第一二号（早稲田大学、二〇〇五年）、四四〜六四頁、四九〜五一頁を参照。

(46) Vgl. GS. II. 129-132.

(47) 以下の「神の前での自己正当化」と原理主義の問題に関しては、加藤隆『一神教の誕生——ユダヤ教からキリスト教へ』（講談社、二〇〇二年）、九五〜一一九頁を参照。

(48) Scholem: *Von Berlin nach Jerusalem*. S. 92f.

(49) GB. I. 326f.
(50) Weber, Samuel: a. a. O., S. 606
(51) こうした沈黙者との交信、死者へのこだわりに関しては、ジリアン・ローズによる批判もある。ジェイ、前掲書を参照。
(52) スーザン・A・ハンデルマン『救済の解釈学――ベンヤミン、ショーレム、レヴィナス』(合田正人/田中亜美訳、法政大学出版局、二〇〇五年)、三四~三五頁。
(53) GS. II. 92.
(54) Ebd.
(55) Ebd., 93.
(56) Buber, Martin: *Martin Buber Werke. Erster Band. Schriften zur Philosophie.* Kösel 1962, S. 104.
(57) Dober: a. a. O., S. 102f.
(58) GS. II. 143.
(59) Ebd., 145.
(60) Ebd. 142.
(61) Ebd.
(62) 第一章注(54)参照。
(63) GS. II. 45
(64) Ebd., 86.
(65)「私の確信するところでは、伝統という媒体のなかでこそ、学ぶ者は教える者に連続的に、しかも教育の全域にわたって転化してゆく。……学んだことがない者は、教育することができない。……授業が、唯一の場として、年上の世代と年下の世代を自由に結びつける――ちょうど、波と波が交錯して、泡立つ波頭を生み出すように。教育におけるあらゆる錯誤は、けっきょくは私たちの後裔が私たちしだいだと、考えられているところから発している。かれらは、神と言語に依存するのと別なしかたで、私たちに依存しているわけではない。したがって、私たちは、私たちの子どもたちとなんらかの協同性を志向しつつ、神と言語に沈潜しなくてはならぬ」。GB. I. 381ff.
(66) Scholem: *Walter Benjamin.* S. 42.
(67) ビアール、前掲書、二八〇~二八二頁。

（68）ゲルショム・ショーレム「マルティン・ブーバーのハシディズム解釈について」『ユダヤ主義の本質』（高尾利数訳、河出書房新社、一九七五年）、一三九〜一七六頁所収。

（69）フリードマンは大戦中に思想的な転回を遂げたというブーバーの自己見解——「私は決定的な影響を、人からではなく、とりわけ一九一六年から一九一九年までの出来事から受けた。〔……〕一九一六年の『我と汝』の最初の草稿に、すでに、変化の表現が見られる」——を紹介し、体験神秘主義からの「対話」への展開がなされていくと見ている。Friedman: op.cit., p. 399. ブーバーは、戦争への熱狂から醒めるとともに、反ユダヤ主義の高まりとともに、ドイツの戦争が「われわれの戦争」となり得ないことに気づく。Vgl. *Werkausgabe*. Bd. I. S.80-85. ブーバーは後に『我と汝』において結実した対話思想に基づく共同体論を書いている。これについては、稲村秀一『マルティン・ブーバー研究——教育論・共同体論・宗教論』（渓水社、二〇〇四年）、九五〜一五四頁を参照。本書では触れる余裕がないが、のちの共同体論との比較において第一次大戦前後のブーバーの思考を検討する必要があるかもしれない

（70）Hirsch, Alfred: Gespräch und Transzendenz. In: *Global Benjamin*. S. 959-968, hier, S. 960.

（71）GS. II. 142. この言語の直接性がベンヤミンの言語論で注目すべきものだということに関しては衆目の一致するところである。だが、その解釈についてはわかれる。例えば、ジャック・デリダなどを参照しつつ、脱構築的なベンヤミン読解を進めるベッティーネ・メンケは、「言語はその本当の内実の表象＝再現前ではな」く、それ自体「ひとつの直接的なもの」としてあることを言った後で、この「直接的なもの」を所与の根源としてではなく、言語現象において「媒介」と「直接性」が二義的に交差するところから生じてくる、二次的直接性だとして理解している。いわばポスト構造主義的な根源にある差異性に着目する読解をすすめていく。Vgl. Menke: *Sprachfiguren. Name-Allegorie-Bild nach Benjamin*. S. 38-42. だが、後で論ずるように、ベンヤミンにおいては、そのような差異の「運動」から思考が展開されるというよりも、二極——一方には神の言語のような直接的に存在が統一をえている理念があり、他方には、沈黙という現実がある——の間の断絶の緊張から思考が展開されていると見た方がベンヤミンの議論の意義を把握できる。

（72）GS. II. 141.

（73）Ebd., 142.

（74）Ebd., 146.

（75）Ebd.

（76）Ebd., 147.

(77) カーターは、ベンヤミンの記述の「神話的次元」に、機能的な意義しか認めていないヴィーゼンタールやメニングハウスの研究と差異化する形で、これに正面から取り組み、ベーメなどの神秘主義的言語把握との比較を通じてその意義を明らかにしようとしている。Kather: a. a. O., S. 20. 本書でも、ベンヤミンの「神話」記述を単に機能的だとはみなさないが、『聖書』記述を通じて、ベンヤミンが問題にしようとしているのは、やはり現実の言語批判だと見ている。

(78) GS. II. 148.

(79) Ebd.

(80) 細見、前掲書、一〇九頁。

(81) GS. II. 149.

(82) Schulte: a. a. O., S. 39.

(83) 「彼の根底にある仮定は、存在しているものがすべて——自然でも芸術でも人間の領域でも——持続的に言語的に現れでており、存在しているものは、そこでお互いに伝達し合っているということである。その際、存在者の言語は、内容伝達のための手段ではなく、そこにおいて、その特別性において存在するものが直接的に自らを表現する媒質である」。Kather: a. a. O., S. 25.

(84) こうした出来事性については、ベンヤミンが言語伝達を「自らを伝達する sich mitteilen」という再帰動詞の形——ギリシア語なら「中動態」とされる——で語ることと関連づけて論じられている。柿木、前掲書、一〇九～一一二頁、森田、前掲書、一〇六～一一二頁。

(85) Adorno, Theodor W.: Die Idee der Naturgeschichte. In: *Gesammelte Schriften*. Bd. 1. Frankfurt am Main 1997, S. 347.

(86) 「来たるべき認識論の課題は認識に関して、客観や主観といった概念から総体として中立的な圏域を見いだすことである。別の言葉で言えば、認識に根源的に固有の圏域を、探り出すことである。その圏域においては認識という概念が、もはや二つの形而上学的実体の間の関係を示すのではないような、そんな圏域を、探り出すことである」。GS. II. 163.

(87) Fenves, Peter: „Über Programm der kommenden Philosophie“. In: *Benjamin Handbuch*. S. 134-151, hier S. 135.

(88) GS. II. 157.

(89) Ebd., 153.

(90) Schulte: a. a. O., S. 40.

(91) GS. II. 153.

(92) この判断の直接性については、森田、前掲書、一三四～一三七頁が詳しく、鋭い。

(93) GS. II. 152f.
(94) 森田、前掲書、一三〇頁。
(95) Schulte: a. a. O., S. 41.
(96) 第二章注(15)参照。
(97) この「悪」の創造については、森田の秀逸な議論も参照。森田、前掲書、二五七～二六三頁。
(98) GS. II. 154.
(99) Ebd., 155.
(100) Ebd., 156.
(101) GS. VII. 789.
(102) GS. II. 157
(103) GS. I. 402.

第二部

第一章

(1) シュミットやハイデガーにおける「決断主義」を批判した嚆矢は哲学者カール・レーヴィットだった。レーヴィットは、シュミットが批判的に論じたロマン派の「機会原因論的」な日和見主義が、まさにシュミットの「決定主義 Dezisionismus」に当てはまることを論じた。Löwith, Karl: Der okkasionele Dezisionismus von C. Schmitt. In: *Sämtliche Schriften*. Bd. 8. Stuttgart 1984, S. 32-71. この決断主義の危険性については、一九八〇年代に、ハイデガーとナチズムの関係が問われて、再び焦点があてられることになった。
(2) ヴィクトル・ファリアス『ハイデガーとナチズム』(山本尤訳、名古屋大学出版会、一九九〇年)。
(3) Vgl. Heil, Susanne: *Gefährliche Beziehungen. Walter Benjamin und Carl Schmitt*. Stuttgart/ Weimal 1996.
(4) ジャック・デリダ『法の力』(堅田研一訳、法政大学出版局、一九九九年)、一九四頁。ベンヤミンが提示した「神的暴力」の「破壊」性がホロコースト＝「最終解決」を連想させると論じるデリダに対してはジョルジョ・アガンベンが後に批判を投げかけている。『ホモ・サケル』(高桑和巳訳、以文社、二〇〇三年)、九六頁を参照。

(5) ロゴフスキーは、これらに関して三つの読解タイプに分類している。(一)知られざる側面を掘り起こす伝記的読解、(二)ユダヤ人問題の「最終解決」との近さの可能性を示唆したデリダの議論をめぐる読解、(三)暴力と法の機能連関に関するベンヤミンの思考を論ずる社会学的読解。Rogowski, Ralf: The Paradox of Law and Violence. Modern and Postmodern Readings of Benjamin's "Critique of Violence". In: *New Comparison. A Journal of Comparative and General Literary Studies*. No. 18. Essex 1994, pp. 131-151. 法社会学者であるロゴフスキー自身は、ベンヤミンの法機能の分析と法批判を評価している。その後の研究史に関してはホネットの整理を参照。Honneth, Axel: „Zur Kritik der Gewalt". In: *Benjamin Handbuch*. S. 193-210. その後の研究も上記の三つの枠に収まるものがほとんどだが、最近では「合意の技術」としての「言語」に焦点をあてた論文集が出されるなど、新しい動きも見られる。Blumentrath, Hendrik u. s. w. (Hrsg.) : *Techniken der Übereinkunft. Medialität des Politischen*. Berlin 2009.

(6) ショーレムによれば、この「転回」は一九一六年の夏頃にすでにきざしていて、ベンヤミンの生涯のテーマとなった。Vgl. Sholem: *Walter Benjamin*. S. 44.

(7) 「神話」の諸相については、以下を参照。Hartung, Günter: Mythos. In: *Benjamins Begriffe*. S. 552-572. ヴィンフリート・メニングハウス『敷居学 ベンヤミンの神話のパサージュ』(伊藤秀一訳、現代思潮新社)、二〇〇〇年。

(8) GS. I. 176f.

(9) Makropoulos, Michael: Haltlose Souveränität. Benjamin, Schmitt und die klassische Moderne in Deutschland. In: Gangl, Manfred und Raulet, Gérard (Hrsg.): *Intellektuellendiskurse in der Weimar Republik*. Frankfurt am Main/ Berlin 2007, S. 267-282.

(10) Ebd., S. 271.

(11) 「古代の詩人は限界づける芸術によって力強く、近代の詩人は無限なものの芸術によって力強い」。Schiller, Friedrich: Über naive und sentimentalische Dichtung. In: *Sämtliche Werke*. Bd. 5. München 1980, S. 720.

(12) Vgl. Lovejoy, Arthur. O.: Schiller and the Genesis of Romanticism. In: *Essays in the History of Ideas*. London 1948, pp. 207-227.

(13) Lukács, Georg: *Die Theorie des Romans. Ein geschichtsphilosophischer Versuch über die Formen der großen Epik*. Berlin 1920, S. 13.

(14) こうした「世界」については、ギリシア神話・宗教に精通したカール・ケレーニイも同様の見解を示している。ギリシアにおいては精神の眼に対して、世界は、象徴的に透明な秩序を開いて現前している。Kerényi, Karl: *Die Religion der Griechen und Römer*. München/ Zürich 1963, S. 124f. そこでは「本質」は世界に内在して、神々しさをいたるところで発揮しうる。

(15) Lukács: *Die Theorie des Romans*. S. 21.

(16) Vgl. Bolz: *Auszug aus der entzauberten Welt*. S. 31.

(17) この前提として「マルクス主義をブルジョワ的科学から決定的に分かつのは、歴史の説明に際して経済的なモティーフの優位を認める点にではなく、全体性の観点にある」という見方がある。そして「プロレタリアートの決定的武器は〔……〕社会の全体を具体的で歴史的な全体として見抜く能力」だとされる。Lukács, Georg: Geschichte und Klassenbewußtsein. In: *Georg Lukács Werke*. Bd. 2. Luchterhand/ Darmstadt/ Neuwied 1968, S. 199, 384.

(18) GS. II. 39-42.

(19) 後にブレヒトや「物語作者」について論じるさいには、ホメロス的なもの、「叙事的なもの das Epische」が好意的に語られ、また本章で明らかなように悲劇の英雄の姿勢は肯定的に論じられるものである。ギリシアであるから理想的、あるいはギリシアであるから神話的で打破すべきという単純な思考をとっていないことをさしあたりここで確認しておきたい。

(20) 「ゲーニウス」は、ローマ宗教において信じられる「人間を産み、さらに産み続ける〈産出者〉」。男性はその誕生日をゲーニウスに祝福される。Kerényi: a. a. O., S. 236. 後で論じるが、このゲーニウスを、ベンヤミンは人間の生まれ持つ「性格」に関わるものとして理解しているように思われる。

(21) GS. II. 174f.

(22) 「文化戦争」を闘う「英雄」については、リンガー、前掲書、一二三頁～一二八頁を参照。こうした二項対立的イメージは、善なる「友」と悪しき「敵」を分けるものであり、「軍人」対「市民」といった変奏のもと繰り返される。ニコラウス・ゾンバルト『男性同盟と母権性神話　カール・シュミットとドイツの宿命』(田村和彦訳、法政大学出版局、一九九四年)、一七～二八頁を参照。ちなみにニコラウス・ゾンバルトは、ヴェルナー・ゾンバルトの息子であり、ゾンバルト家に出入りしていたシュミットに少年時代に可愛がられた。

(23) Vgl. Fenves, Peter: Tragedy and Prophecy in Benjamin's "Origin of the German Mourning Play". In: Richter, Gerhard (ed.): *Benjamin's Ghost*. Stanford 2002, pp. 237-259, here p. 244. 例えばヴェルフェルの『トロイアの女たち』(一九一五)をなぜベンヤミンは、エウリピデス＝「悲劇」の再来ではなく、バロック悲劇の再来と見るのか、といえば、やはりそこにバロックとの親和性をみているからであるとフェンヴェスは論じている。ツィーグラーについてもフェンヴェスを参照。ちなみにベンヤミンは『ドイツ悲劇の根源』で、ツィーグラーの「哲学的物知り顔」を批判している。Vgl. GS. I. 315.

(24) GS. I. 285

(25) 「このジャンルはおそらく、宗教的な起源を持っていたのであろう。劇の上演はディオニューソス崇拝の一部をなしていた。

そして、悲劇が、喜劇と同様、祭式の拡大であったというのも考え得る事である。〔……〕民衆を基盤とする強力な権威が、古来の祭儀に国家的なひろがりを与える。そして悲劇は都市の生活の中に位置づけられるのである。全市民がそこに参加し、上演は国家が面倒を見て予告され組織された。悲劇作者たちは市民として自らを表現し、市民に語りかける」。ジャクリーヌ・ド・ロミイ『ギリシア文学概説』（細井敦子／秋山学訳、法政大学出版局、一九九八年）、九四頁。

(26) 「たいていの民族の神々は、世界を創造したと主張する。オリュンポス神は何らこのような主張をしない。彼らがかつてした最大のことは、世界を征服することだ」。Murray, Gilbert: *Five Stages of Greek Religion.* London 1935, p. 46. オリュンポスの神々は王侯にして海賊であり、農商工業者から収奪を行なう。

(27) Ibid., p. 62.

(28) Vgl. Brandon, S. G. F.: Sin and Salvaition. In: *Dictionary of the history of ideas.* pp. 224-234.

(29) 「広く普及していた信仰によれば、およそ神々と人間たちとは同一の種族から出たばかりではなく、実に多くの家族や個々の人物たちが、神々や英雄神たちの血筋を引いているのを自慢していたし、さらには、自分たちに至るあの中間の世代を一つ一つ挙げることができる、そこまでできなくとも少なくともその世代の数を挙げることができるとさえ信じていた」。Burckhardt, Jacob: *Griechische Kulturgeschichte.* Erster Band. Basel 1930, S. 41f. 神々の血筋を引くというのは、お世辞の対象になるくらいであったから、貴族は時代が下るにつれて、そうした血統にしがみついた。

(30) Murray: op. cit., p. 68.

(31) Vgl. GS. II. 197. 以下引用は同所から。

(32) Ebd., 178.

(33) オットーは一九三三年に出版されたディオニュソスについての著作で、その神と人間との間という出自と、半神的性格について次のように述べている。「かくして〈二度生まれし者〉は世界へと歩み入る前に、すでに、あらゆる人間的なものよりも大きく育ち、神に、酔っぱらった快楽の神になったことになる。だが歓喜をもたらす者たるこの神には、苦悩と死がさだめられていた。――神の苦悩と死が！　そして、彼の母の家には天界の栄光が降臨したのではあったが、そこへこの神がもたらしたのは、浄福のみならず、窮境と迫害と没落でもあったのである。しかしながら、雷神との契りにおいて焼死を遂げた母セメレーは、その墓からオリュンポスの神々のもとへ高められることを許された」。Otto, Walter. F.: *Dionysos-Mythos und Kultus.* Frankfurt am Main 1960, S. 62f.

(34) 煩瑣になるので議論は避けるが、ディオニュソス祭礼が、密儀的な「終末論的期待」を帯びるのは、オルペウス教やディオニユソス＝ザグレウスの受難と復活の伝承と結びつけられてからとも言われる。ミルチア・エリアーデ『世界宗教史二』（松村一男訳、筑摩書房、二〇〇〇年）、二七一～二九四頁を参照。

(35) Otto: a. a. O., S. 171.

(36) 例えばケレーニイも「半神」の位置にある「英雄」が悲劇の核をなすと言っている。「悲劇的なものの座は英雄的なものの中にある。ギリシアの人間の観念が、人間と神々の同胞的結合から発して、悲劇的となってゆくとすれば、その悲劇性は、結合が最も純粋に表現されている英雄の中に、最も純粋に見出されるに違いない。ヘシオドスによれば、英雄たちは〈半神〉であり、ヘシオドスが時として特別に一時代をあてがっている英雄の種族は〈神的な種族〉である」。Kerényi: a. a. O., S. 202.

(37) ラングは、ベンヤミンよりも二周りも年上だが、知り合ってすぐにDuで呼び合う仲になった。二人はおそらくエーリヒ・グートキントを介して知り合い、ラングがベンヤミンの博士論文『ドイツ・ロマン主義における芸術批評の概念』を読んで感銘を受け激賞したところから交際が深まった。ベンヤミンとホフマンスタールを仲介したのは彼である。Vgl. Steiner, Uwe: *Die Geburt der Kritik aus dem Geiste der Kunst.* Würzburg 1989, S. 168-177.『ドイツ悲劇の根源』執筆に際しては、ラングのギリシア悲劇についての見解――アゴーンとの関係、宇宙論との関係、二重審判性、審判のはっきりしなさなど――をベンヤミンは大いに参考にしている。Vgl. GS. I. 887-895. だがもともと牧師のラングはカーニヴァル論を書くなどしているが、ギリシア（悲劇）に特に詳しいわけではなかった。ベンヤミンの悲劇論の「妥当性」を考える場合、このことには注意を払う必要がある。

(38) Vgl. Primavesi, Patrick: *Kommentar, Übersetzungen, Theater. W. Benjamins frühen Schriften.* Frankfurt am Main/ Basel 1998, S. 256-260.

(39) GS. I. 286.

(40) アジールについては、オルトヴィン・ヘンスラー『アジール――その歴史と諸形態』（舟木徹男訳・解題、国書刊行会、二〇一〇年）を参照。

(41) Cohen, Hermann: *Ethik des reinen Willens.* Berlin 1921, S. 363.

(42) ベンヤミンは、その「運命」概念について種々の考察を行っている。その諸相については、以下を参照。Jäger, Lorenz: Schicksal. In: *Benjamins Begriffe.* S. 725-739. 以下では、ギリシア悲劇および神話における「運命」に焦点を絞る。

(43) 「原罪」は、同害報復の考え方に由来するのではないかと、考えられることが多い。フロイトは、諸説を検討しながら、次のように言っている。「原罪の教えはオルペウス教に起源を持つ。原罪の教えは密儀のうちに保持され、そこから古代ギリシアの哲学諸派へと入り込んだ。人間は、若きディオニュソス・ザグレウスを殺し切り刻んだ巨人族の子孫であった。それゆえ、この犯罪の重荷が人間たちに圧し掛かっていた。アナクシマンドロスの断片にはこのように述べられている。世界の統一は原初の時の犯罪によって破壊された、そこから発生したすべてのものは、その罰をいつまでも担っていかねばならないと。〔……〕キリスト教の神話に見られる人間の原罪は、神なる父に対する犯罪行為であることは疑いえない。自身の生命を犠牲にして人間を原罪の重圧から救済するとき、キリストは我々に、この罪とは殺害行為であったという結論を押し付けた。人間の感情に深く根付いている『目には目を』の掟に拠れば、殺人は別の生命の犠牲によってしか償うことができない」ジークムント・フロイト「トーテムとタブー」『フロイト全集 一二』(門脇健訳、岩波書店、二〇〇九年)、一〜二〇六頁所収、一九六〜一九七頁。

(44) Schmitt, Carl: *Römischer Katholizismus und politische Form*. Stuttgart 1954, S. 13.

(45) GS. II. 174.

(46) 例えばカントも、ベンヤミン同様、人間の本性に悪を求めず、意志の格率を善へと適用できないところに悪の存在根拠を見た。リチャード・J・バーンスタイン『根源悪の系譜　カントからアーレントまで』(阿部ふく子/後藤正英/齋藤直樹/菅原潤/田口茂訳、法政大学出版局、二〇一三年)、二九〜三〇頁を参照。悪の起源を、ベンヤミンは判断に、カントは意志による選択行為に求める。カントは、人間が善を選択しない性癖に傾きがちであり、その意味では悪への傾向をもっているといい、「自然的無垢」を言うベンヤミンとは考えは異なる。これについては次章で再び論じる。

(47) Rosenzweig, Franz: *Der Stern der Erlösung*. Hague 1976, S. 67-81.

(48) GS. II. 174.

(49) 「悲劇の理論を、私は完全に迂回するといったことはおそらくしませんが、この理論は難題です」。GB. II. 385. ゴットフリート・ザーロモン宛のこの書簡を書いた頃は、ラングの「アゴーンと劇場」のメモを片手に、ギリシア悲劇の理論に取り組んでいた。ちなみにこのザーロモンは、フランクフルト大学の客員教授(社会学)で、ベンヤミンの教授資格申請に尽力した人物。

(50) Ballard, Edward G.: Sense of the tragic. In: *Dictionary of the history of ideas*. pp. 411-417.

(51) Kerényi, Karl: *Die Mythologie der Griechen*. Zürich 1951, S. 216.

(52) GS. I. 285.

(53) Ebd.

(54) このメモはベンヤミン全集に再録されている。Ebd. 891.

(55) Ebd., 295.

(56) アイスキュロス「慈みの女神たち」『ギリシア悲劇I　アイスキュロス』所収(呉茂一訳、筑摩書房、一九八五年)、二九三頁。

(57) GS. II. 174f.

(58) GS. I. 288.

(59) Ebd., 295.

(60) Ebd., 295f.

(61) エウリピデス「オレステス」『ギリシア悲劇全集Ⅳ　エウリピデス』所収（小川政恭訳、人文書院、一九六〇年）、三四〇頁。

(62) 同上、三三三頁。

(63) 同上、三四一頁。

(64) プラトンにとっては悲劇の終焉ということが問題であったと、ヴィラモーヴィッツ＝メレンドルフが証言している。「プラトンは自分の四部作を焼いた。それは、アイスキュロスのような意味での詩人となることを断念したからというわけではない。プラトンは、悲劇作家がもはや民族の教師でも親方でもないということを認識したから自身の作を焼いたのである。彼は当然にも、演劇的性格を備えた新たな芸術形式を獲得せんと試みたのであり――悲劇の威光というものはそれほど強力だったのだ――そうして、克服された英雄伝説に代えて、別の伝説圏を作り出したのだった。すなわちソクラテスの伝説圏である」。ベンヤミンからの孫引き。GS. I. 292.

(65) Ebd.

(66) Ebd., 293. ベンヤミンも参照する箇所でルカーチは次のように言っている。「〔英雄の生は〕あらゆる生の中でも最も此岸的な生である。その生の限界はつねに死と溶け合っている。〔……〕悲劇にとっての死（限界それ自体）は、つねに内在的な現実なのである。死は悲劇の中の出来事のそれぞれと、つねに解き難く結ばれている」。Lukács, Georg: Metaphysik der Tragödie. Paul Ernst. In: *Seele und Form*. Neubied/ Berlin 1971, S. 218-251, hier S. 205f.

(67) R・S・ブラック『プラトン入門』（内山勝利訳、岩波書店、一九九二年）を参照。

(68) Weber, Samuel: Taking Exception to Decision. In Steiner, Uwe (Hrsg.): *Walter Benjamin, 1892-1940. Zum 100. Geburtstag*. Bern/New York 1992, S. 123-138, hier 137f.

(69) GS. II. 194.

(70) Ebd., 202.

(71) 「ベンヤミンの議論が、『神話的』暴力と『純粋な』暴力を区別しようとする場合、法の『不純な系譜』に対立して――正義の名において――別の『より純粋な』系譜を求められ得るというのでは決してないことは、『暴力批判論』を読めば明らかである。そうではなくて、むしろ法とは『全く別のもの』を視野に入れているのである」。Menke, Bettine: „Zur Kritik der Gewalt". Techniken der Übereinkungt, Diplomatie, Lüge. In: Blumentrath u. a. (Hrsg.): *Techniken der Übereinkunft. Medialität des Politischen*. S. 37-56, hier S. 43.

（72）「純粋な手段」の具体例としては懲罰を含まない「合意の技術」としての「言語」が挙げられている。これに関しては前掲の論文集を参照。Blumentrath u. a. (Hrsg.): *Techniken der Übereinkunft. Medialität des Politischen*.

（73）GS. II. 202f.

第二章

（1）Vgl. Deuber-Mankowsky, Astrid: *Der frühe Walter Benjamin und Hermann Cohen. Jüdische Werte, Kritische Philosophie, vergängliche Erfahrung*. Berlin 2000, S. 106f.

（2）この断片は、アドルノがタイトルをつけた、もしくはアドルノの示唆に従ってベンヤミンがタイプ原稿にタイトルを記したか定かでなく、成立年に関しても確定されていない。アドルノが一九三七年頃にこのテクストについてベンヤミンから聞かされて「最新のもの」と考えたのに対し、ショーレムは言葉遣いから一九二〇年から二一年にかけてのものと主張した。全集編集者のティーデマンらはブロッホとの取り組みから一九二〇年頃と推定してショーレム説を支持している（これに関してアドルノも賛成したらしい）。Vgl. GS. II. 946-949. ハーマッハーは、これらの推定をふまえつつ、「精神－物理的問題の図式」との親近性から見てこれが書かれた一九二二～二三年成立の可能性もあると見ている。Hamacher, Werner: Das Theologisch-politische Fragment. In: *Benjamin Handbuch*. S. 175-192, hier S. 175.

（3）GS. II. 204.

（4）「幸福は、諸々の運命の連鎖、彼自身の運命の網から、幸福な者を解き放つものである。ヘルダーリンが、至福の神々を〈運命なきもの〉と呼んだのは、謂われのないことではない。幸福と浄福は、したがってまた無垢と同様に、運命の圏域から外へと導く」。Ebd., 174.

（5）Ebd., 203.

（6）Vgl., Lebovic, Nitzan: Benjamin's Nihilism, Ryhthm and Political Stasis. In: Weigel, Sigrid und Weidner, Daniel (Hrsg.): *Benjamin-Studien 2*. Paderborn 2010, S. 145-158.

（7）これについては三崎和志「批評とメシアニズム」『都留文科大学研究紀要』第六一号（都留文科大学、二〇〇五年）、一一一～

一三一頁所収を参照。

(8) Scholem: *Walter Benjamin*. S. 71f.

(9) 荒井章三『ユダヤ教の誕生』（講談社、二〇一三年）、二三八頁を参照。

(10) これについては、ルドルフ・K・ブルトマン『歴史と終末論』（中川秀恭訳、岩波書店、一九五九年）、三〇〜九六頁を参照。

(11) Taubes, Jakob: *Abendländische Eschatologie*. Bern 1947, S. 12.

(12) メシア＝キリストとしてのイエスをめぐるキリスト教成立期の議論については、小田垣雅哉『キリスト教の歴史』（講談社、一九九五年）、三二〜五五頁を参照。

(13) ジョルジョ・アガンベン『残りの時——パウロ講義』（上村忠男訳、岩波書店、二〇〇五年）。アガンベンのメシアニズム解釈も含め、ベンヤミンにおけるメシアニズム、特に「神学的‐政治的断章」における時間論的構造について検討したものとしては、白井亜希子の博士論文「メシアの救出——ヴァルター・ベンヤミンのメシアニズムをめぐる研究への一寄与」（一橋大学大学院社会学研究科、二〇一二年）、三〇〜五〇頁を参照。

(14) 「終末論」についての一般的な疑問と、ユダヤ・キリスト教の一般的な解釈については、橋爪大三郎、大澤真幸『ふしぎなキリスト教』（講談社、二〇一一年）、一七六〜一八五頁を参照。

(15) フランシス・フクヤマ『歴史の終わり』上下巻（渡部昇一訳、三笠書房、一九九二年）を参照。

(16) Vgl. Deuber-Mankowsky: a. a. O., S. 106ff.

(17) GS. II. 203.

(18) イエスの神格化と教会制度については、加藤隆『一神教の誕生』（講談社、二〇〇二年）、一九七〜二五八頁を参照。

(19) GS. VI. 99.

(20) Ebd.

(21) Taubes, Jakob: *Die politische Theologie des Paulus*. München 1993, S. 105f.

(22) GS. II. 203.

(23) Ebd., 204.

(24) 以下、エイブラハム・イーデル「幸福と快楽」（野町啓訳）『西洋思想史大事典』（平凡社、一九九〇年）一四三〜一五七頁所収、一四七〜一四八頁を参照。

(25) 同上、一四九頁。

(26) Nietzsche, Friedrich: Also sprach Zarathustra. In: Colli, Giorgio und Montinari, Mazzino(Hrsg.) *Sämtliche Werke. Kritische Studienausgabe*. Berlin/ New York, 1988, S. 19f.

(27) GS. VI. 100.

(28) Ebd., 101.

(29) こうした指摘はよくみられるものである。例えば次のエッセイを参照。Diedrichsen, Diedrich: "People of Intensity, People of Power: The Nietzsche Economy". In : "*Are you working too much? Post Fordism, Precarity, and the Labor of Art*". Berlin 2011, pp. 8-30.

(30) GS. VI. 99.

(31) ニーチェも皆が「超人」となる世界ではなく、「末人」の支配者としての超人を考えていた。詳しくは以下の研究を参照。Venturelli, Aldo: *Kunst, Wissenschaft und Geschichte bei Nietzsche*. Monographien und Texte zur Nietzsche-Forschung, Bd.47, Berlin 2003, S. 244f.

(32) GS. I. 12.

(33) Davoser Disputation. In: Heidegger, Martin: *Kant und das Problem der Metaphysik*. Frankfurt am Main 1998, S. 274-296, hier 286.

(34) Heidegger, Martin: *Sein und Zeit*. Tübingen 2001, S. 285.

(35) Davoser Disputation. S. 287.

(36) Vgl. Weigel, Sigrid: Eros. In: *Benjamins Begriffe*. S. 299-340, besonders 310-316.

(37) 「親和力論」は、ベンヤミンが編集をするはずだったが、インフレーションのためにその発刊が頓挫した雑誌『新しい天使』への掲載を考えられていた。なぜ『親和力』への注釈が書かれたのかということに関しては、当時のベンヤミンの結婚生活における大きな変化がきっかけだと指摘されている。Scholem: *Walter Benjamin*. S. 120ff. 妻ドーラはベンヤミンの年来の友人エルンスト・シェーンに惹かれ、ベンヤミンはこれも青年運動期からの友人であるユーラ・コーンに惚れ込んでしまっていた。この伝記的事実はちょうど、『親和力』における二組のカップルと似ていなくもない。これをもとに「親和力論」に迫る議論としては、三原弟平『ベンヤミンと女たち』(青土社、二〇〇三年)がある。他方、内的関係や経緯が異なるこれらの事実は「テクスト読解の助けにはならない」という見解もある。Vgl. Lindner, Burkhardt: »Goethes Wahlverwandtschaften«. Goethe im Gesamtwerk. In: *Benjamin Handbuch*. 472-493, hier S. 472.

(38) Goethe, Johann Wolfgang: Wahlverwandtschaften. In: *Goethes Werke. Hamburger Ausgabe in 14 Bänden*. Bd. 6. München 1981, S. 246.
(39) Honold, Alexander: *Der Leser Walter Benjamin : Bruchstücke einer deutschen Literaturgeschichte*. Berlin 2000, S. 128.
(40) Goethe: Wahlverwandtschaften. S. 286.
(41) Honold: *Der Leser Walter Benjamin*. S. 127.
(42) GS. I. 170.
(43) GS. VI. 55.
(44) Ebd.
(45) GS. I. 176.
(46) Kant, Immanuel: Anthropologie in praktischer Hinsicht. In: *Kants Werke. Akademie-Textausgabe*. Bd. VII. 1968, S. 265f.
(47) 「エードゥアルトは、オティーリエが軽やかに歩を進め、恐れも不安もなしに、美しい均衡をたもって岩から岩へと彼の後をついて来るのを見上げたとき、彼の上に漂う一個の天上の存在を見たと思った。だが彼女が、不安定な場所で伸ばされた彼の手を幾度かつかんだとき、そして彼の肩を支えにしたとき、彼は、彼に触れるのが繊細に柔らかな女性の存在であることを否定し得なかった。彼女がつまずけば、足をすべらせれば、そうすれば自分の腕でつかまえて、自分の胸に抱きしめられるのに――そう願いかねないほどだった」。Goethe: Wahlverwandtschaften. S. 291f.
(48) 「これは私の手が書いたみたいではないか！」彼はオティーリエをみつめ再び紙に目をやった。特に最後の部分は彼自身がそれを書いたかのようだった。オティーリエは黙っていた。しかしとても満足した様子でエードゥアルトの目を見つめていた。エードゥアルトは手をあげて、「君は私のことを愛している！」と叫んだ。「オティーリエ、君は私のことを愛している！」そして、彼らはお互いに抱き合った。どちらが最初に抱いたのかを見分けることはできなかったろう。／このとき、世界はエードゥアルトにとってちがったものとなった」。Ebd., S. 323f.
(49) ニクラス・ルーマン『情熱としての愛』（佐藤勉／村中知子訳、木鐸社、二〇〇五年）、九四頁。
(50) GS. I. 169.
(51) Ebd., 185.
(52) Honold: *Der Leser Walter Benjamin*. S. 125f.
(53) 水田恭平『タブローの解体――ゲーテ『親和力』を読む』（未來社、一九九一年）、三二頁。同書では『親和力』における庭園と楽園、自然の関係について詳しく述べられている。

(54) GS. II. 158.

(55) Cohen, Hermann: Ästhetik des reinen Gefühls. In: Hermann-Cohen-Archiv (Hrsg.): *Hermann Cohen: Werke*. Bd. 9. Hildesheim/ New York 1982, S. 132.

(56) 「移ろうものすべて〔……〕は没落していき、薄弱なものとなり、永遠性の自己意識の中に消えていく」。Cohen: Ethik des reinen Willens. In: Hermann-Cohen-Archiv(Hrsg.): *Hermann Cohen Werke*. Bd. 7. Hildesheim/ New York 1981, S. 412f.

(57) Weber, Samuel: Taking Exception to Decision.

(58) デリダ、前掲書、八二頁。

(59) GS. I. 139.

(60) GS. VI. 196.

(61) 加藤、前掲書、六二〜七二頁参照。

(62) GS. VI. 56.

(63) 加藤、前掲書、六七頁。

(64) 「ローマ人への手紙」第三章一〇〜一二節。

(65) 「ローマ人への手紙」第三章二一〜二二節。

(66) Vgl. Hartung, Günter: Mythos. In: *Benjamins Begriffe*. S. 552-572, hier 563.

(67) GS. IV. 141.

(68) GS. I. 174.

(69) Ebd., 308.

(70) GS. II. 306.

(71) Goethe: Wahlverwandtschaften. S. 442.

(72) GS. I. 169.

(73) Ebd., 196.

(74) 確認した二つの作品（Wahlverwandtschaften. Kühn, Siegfried(Regie), DDR 1974, Le Affinità Elettive, Taviani, Paolo und Taviani, Vittorio (Regie), Italien 1996）ではおそらく時間の関係もあってノヴェレはカットされている。映画ではどちらも悲痛なトーン

が印象的である。

(75) GS. I. 170.

(76) クリスティアン・グラーフ・フォン・クロコウ『決断――ユンガー、シュミット、ハイデガー』（高田珠樹訳、柏書房、一九九九年）。

(77) Löwith, Karl: *Sämtliche Schriften*. Bd. 8. S. 64.

(78) Struve, Wolfgang: *Philosophie und Transzendenz. Eine propädeutische Vorlesung*. Freibug im Breisgau 1969, S. 12.

(79) Weber, Max: *Wirtschaft und Gesellschaft. Grundriß der verstehenden Soziologie*. Fünfte, revierte Auflage, herausgegeben von Johannes Winckelmann. Tübingen 1976, S. 257ff.

(80) GS. I. 184.

(81) Ebd.

(82) 関根正雄「ヘブライ・キリスト教的思考」『ヨーロッパ精神史の基本問題』（岩波書店、一九六六年）、一～二六頁所収、四頁参照。

(83) 山本七平『聖書の常識　山本七平ライブラリー一五』（文芸春秋 一九九七年）、八六～八八頁参照。

(84) 同上、八八～八九頁参照。

(85) 「『私に殺すことは許されるのか』という問いには、不動の返答である『お前は殺すべきではない』という掟が告げられる。神が行為が起こるよりも『前に』存在するのと同様、この掟は、行為の『前に』存在する。〔……〕掟は判決の基準としてあるのではなく、行為する人間あるいは共同体にとって、行為の原則としてある。人間あるいは共同体は掟と孤独のうちに向き合わねばならない」。GS. II. 200f.

(86) ベンヤミンはこれについて「純粋な手段」として挙げている。前章注（72）を参照。

(87) GS. II. 196.

(88) Vgl. Ebd., 199.

(89) Ebd., 202f.

(90) GS. VI. 99.

(91) Lindner: „Goethes Wahlverwandtschaften“. S. 485.

第三章

（1）Adorno: *Über Walter Benjamin*. S. 31.

（2）Garber, Kraus: *Rezeption und Rettung. Drei Studien zu Walter Benjamin*. Tübingen 1987, S. 132.

（3）Adorno: *Über Walter Benjamin*. S. 22.

（4）Birgit, Sandkaulen: „...Überall nur eine Natur ... ". Spinozas Ethik als Schlüssel zu Goethes Wahlverwandtschaften? In: Hühn, Helmut (Hrsg.), *Goethes „Wahlverwandtschaften"*. *Werk und Forschung*. Berlin/New York 2010, S. 177-192, hier 186.

（5）GS. I. 143.

（6）Sørensen, Bengt Algot: *Geschichte der deutschen Literatur 2. Vom 19. Jahrhundert bis zur Gegenwart*. 2. München 2002, S. 68.

（7）GS. I. 159.

（8）「今日、個人が革新の使命を感じたならば、彼の精神は、はじめからあらゆる媒介を必要とする職業から彼を遠ざけておかなければならなかった。直接の行動はもはや可能ではなく、言葉の二つの作用のみが採り得る方法だったのだ。すなわち孤独に予言的な言葉と、孤独に詩的な言葉。無条件に要求するか、または直接的に形成する言葉。この時代全体の彼岸に立って新しい世界を内にいだいていた二人の孤独な人間は、革新の歴史的使命を果たすためには、言葉によって放電せざるを得なかった」。Gundolf, Friedrich: *Stefan George*. Berlin 1920. S. 2.

（9）GS. I. 160.

（10）ゲオルク・ジンメル『ゲーテ』（木村謹治訳、櫻井書店、一九四三年）、一二～一三頁。

（11）同上、四八頁。

（12）「根源現象」にまつわるベンヤミンの思考へのジンメルの影響については次のものを参照。Steiner, Uwe: „Das Höchste wäre: zu begreifen, dass alles Factische schon Theorie ist". Walter Benjamin liest Goethe. In: *Zeitschrift für Deutsche Philologie*. Ausgabe 2, Bonn/ Paderbom 2002, S. 265-284.

（13）ヤスパースの講演については、芦津丈夫『ゲーテの自然体験』（リブロポート、一九八八年）、九～一四頁を参照。

（14）GS. I. 146.

（15）Lindner: „Goethes Wahlverwandtschaften". S. 473f.

（16）「美学における仮象 Schein の概念にとっては、シャイネンの多義性が非常に効果をもっている。「照らす」「輝く」（lucere）、

「見せかける」「あざむく」(videri)「そして『現れ出る』『自らを示す』(apparere) などの意味がシャイネンにはある。十八世紀からカントにいたるまでの美学議論においては、『仮象』は、結局のところ、美学的なあざむきの知覚、あざむき、錯覚といった理解力の制限に関わる問題の下で把握されていた」。Ritter, Joahim (Hg.): *Historisches Wörterbuch der Philosophie*. Bd. 8. Basel 1992, S. 1240.

(17) GS. I. 175.

(18) Ebd.

(19) このノヴェレの少女との対比に加え、もう一人の「仮象」的登場人物ルツィアーネとの対比を詳しく論じたものとして、村上真樹『美の中断――ベンヤミンによる仮象批判』（晃洋書房、二〇一四年）を参照。

(20) GS. I. 175f.

(21) Goethe: Wahlverwandtschaften. S. 476f.

(22) GS. I. 177.

(23) Ebd., 176.

(24) 青年期のベンヤミンも、「日記」をある種の逃避の機能を果たすものとみていた。「沈黙とは、対話の内なる終局点である。創造を知らぬものは、けっしてこの終局の点にまでいたることはなく、おのれの対話を独白とみなす。そのような者は、対話に背を向けて日記のなかへもぐりこむか、さもなくばカフェーへと踏み込む」GS. II. 92.

(25) Goethe: Wahlverwandtschaften. S. 490.

(26) 「『親和力』には特に後半部分において初期ナザレ派的な雰囲気が漂い、一見ロマン主義的な印象を与えるものであった」。木村直史「『親和力』における自然の超克」『上智大学ドイツ文学論集』第二七号、一九九〇年、三～二八頁所収、四頁を参照。

(27) Goethe, Johann Wolfgang: Dichtung und Wahrheit. In: *Goethes Werke. Hamburger Ausgabe in 14 Bänden*, Bd. 9. München 1981, S. 497.

(28) ヤコービの反応については次のものを参照。Hühn, Helmut: Wirklichkeit und Kunst. 200 Jahre Goethes Wahlverwandtschaften. In: ders. (Hrsg.): *Goethes »Wahlverwandtschaften«. Werk und Forschung*. Berlin/ New York 2010, S. 3-26, hier S. 4-7. ヤコービを含む同時代の反応についてさらに詳しくは以下を参照。Heinz, Jutta: »Durch und durch materialistisch« oder »voll innern heiligen Lebens?« Zur zeitgenössischen Rezeption der Wahlverwandtschaften. In: Hühn(Hg.): *Goethes »Wahlverwandtschaften«*. S. 433-458.

(29) 木村は、奇跡の領域においてではなく自然の範囲内に存在する聖人伝が語られていると読み解く。木村、前掲論文、一七～

一八頁。

(30) フンボルトが自家で家庭教師をしていた年少の友人ヴェルカーに書簡中で述べた感想である。Vgl. Härtl, Heinz (Hrsg.): ›*Die Wahlverwandtschaften*‹. *Eine Dokumentation der Wirkung von Goethes Roman 1808-1832*. Berlin 1983, S.88.

(31) GS. II. 719.

(32) Ebd.

(33) ベンヤミンによるヘーゲルの仮象概念批判について詳しくは、村上、前掲書、五九〜六六頁参照。

(34) GS. I. 186.

(35) Ebd., 184.

(36) 登場人物、ルツィアーネのルシファー的な光に関しても、ベンヤミンは論じているのだが、議論が煩瑣になるため、ここでは触れないでおく。これについては村上、前掲書、四〇〜四九頁参照。

(37) Schiller, Friedrich: Ueber Anmuth und Würde. In: *Schillrs Werke. Nationalausgabe*. Herausgegeben von Benno v. Wiese, Bd. 20. Weimar 1962, S. 274. ポール・ド・マンが批判しているように、シラーは、カントを下敷きにしながら、美的なものと道徳的なものを融合させることで、カントが引いた境界線を曖昧にする。ド・マンは、シラーの美学がカント哲学の受容から出発しつつ、カントの批判哲学が踏みとどまった地点——表象の実体化批判——を踏み越えてしまうことを批判的に検討している。ヘーゲルとは違った形ではあるが、シラーも美的仮象を一種の象徴として「偽りの総体性」とでもいうべき体系を作り出しているとド・マンは批判的にとらえる。この批判は、ベンヤミンの批判に通ずるものであり、実際ド・マンはベンヤミンからの影響を隠さない。ポール・ド・マン『美学イデオロギー』(上野成利訳、平凡社、二〇〇五年)を参照。

(38) ノルベルト・ボルツ『仮象小史』(山本尤訳、法政大学出版局、一九九九年)、九七、一一二頁参照。

(39) これについては、竹峰義和「『迷妄の教え』——シュミット/ヴァーグナー/カント」仲正昌樹編『美のポリティクス』(御茶の水書房、二〇〇三年)、一三三〜一六七頁所収を参照。

(40) GS. I. 181

(41) Vgl. Menninghaus, Winfried: Das Ausdruckslose: Walter Benjamins Kritik der Schönen durch das Erhabene. In: Steiner, Uwe: *Walter Benjamin 1892-1940*. S. 33-76, hier S. 35.

(42) GS. I. 181.

(43) マーティン・ジェイ「近代性における複数の『視の制度』」ハル・フォスター編『視覚論』(榑沼範久訳、平凡社、二〇〇二年）、一七～四七頁所収。

（44） シュテッセルは、音楽がベンヤミンにとって諸芸術の最高位を占めていると指摘している。Stoessel, Marleen: *Aura-Das vergessene Menschliche. Zu Sprache und Erfahrung Walter Benjamins*. München/Wien 1983, S. 203.

（45） Scholem: *Walter Benjamin*. S. 108.

（46） GS. I. 216f.

（47） プラトン『国家』（藤沢令夫訳、岩波書店、一九七九年）、八九頁。

（48） イデア受容の変遷については例えばパノフスキー『イデア』（伊藤博明／富松保文訳、平凡社、二〇〇四年）が詳しい。パノフスキーは、例えば十六世紀には、プラトンの「国家」から追放されたはずの芸術家こそが、イデアを開示するものとなっていることを確認し、特に芸術領域における「イデア」の変容を追っている。また、プラトンにおける「視覚」の問題については神崎繁『プラトンと反遠近法』（新書館、一九九九年）が詳しい。

（49） GS. I. 215.

（50） 後にプルーストなどを論じる際には、ここでの Erinnerung にあたるものには Eingedenken という言葉を使い、意識的な想起 Erinnerung と区別している。ちなみに、そこでも「マドレーヌの匂い」という嗅覚が「無意識的想起」を促しているように、ベンヤミンは感覚的なものを軽視せず、むしろ重視している。

（51） GS. I. 217.

（52） Ebd., 209.

（53） GS. II. 609.

（54） Ebd., 608.

（55） ベンヤミンのシュティフター理解のズレがしばしば指摘される。Vgl. Demetz, Peter: Walter Benjamin als Leser Adalbert Stifters. In: Lachinger, Johann (Hrsg.): *Stifter Symposion. Vorträge und Lesungen*. Linz 1978, S. 38-43, および、磯崎康太朗「近代の情熱と静かな消失——ベンヤミンのシュティフター解釈について」『文学におけるモダン』（上智大学ヨーロッパ研究所、二〇〇九年）、四一～五五頁所収を参照。だが、ベンヤミンのシュティフター理解は、「無理解」を示すよりも、デモーニッシュなものへのシュティフターの姿勢に迫るものであるように思われる。

（56） GS. II. 609.

（57） GS. I. 153.

(58) Ebd., 149. ベンヤミンからの孫引き。
(59) Deuber-Mankowsky : a. a. O., S. 96-105.
(60) ジャック・デリダ『声と現象』(林好雄訳、筑摩書房、二〇〇四年)、一七八頁。
(61) GS. I. 208.
(62) Ebd., 147.
(63) このことについては次の論考を参照。粂米川麻里生「W・ベンヤミンはゲーテの不肖の弟子か?――初期ベンヤミンのゲーテ受容について」『モルフォロギア』第三四号(ゲーテ自然科学の集い、二〇一二年)、四六~六六頁所収。
(64) ジンメル、前掲書、一二三頁。
(65) カール・ケレーニイ『神話と古代宗教』(高橋英夫訳、筑摩書房、二〇〇〇年)、二二二頁。
(66) Vgl. Staiger, Emil: *Goethe 1786-1814*. Zürich 1958, S. 441.
(67) GS. I. 145.
(68) Ebd., 191.
(69) ゲーテと音楽についての研究の整理をしているものとして、芦津、前掲書第六章「ゲーテと音楽――眼と耳」、一八九~二一一頁を参照。
(70) 岡本和子「韻と名――ヴァルター・ベンヤミンにおける抒情詩という形式について」『文芸研究』第九四号(明治大学、二〇〇四年)、四三~六九頁所収参照。
(71) GS. II. 139.
(72) Ebd.
(73) Cohen, Hermann: Ästhetik des reinen Gefühls. S. 125.
(74) GS. I. 191.
(75) Cohen: Ästhetik des reinen Gefühls. S. 133.
(76) Ehd., S. 125
(77) GS. I. 192.
(78) Ebd., 201.
(79) Ebd.

(80) Ebd., 184.

(81) ベッティーナ・フォン・アルニム宛の書簡でゲーテが書いた言葉。Arnim, Bettina: *Goethes Briefwechsel mit einem Kinde.* Berlin 1920, S. 427.

(82) GS. I. 199.

(83) Hirsch, Alfred: Gespräche und Transzendenz. In: *Global Benjamin.* S. 959-968, hier, S. 961. ベンヤミンへのフンボルトの影響については次のものも参照。Menninghaus: *Walter Benjamins Theorie der Sprachmagie.* S. 23.

(84) 岡本、前掲論文、五一頁参照。

(85) GS. VI. 86.

(86) GS. IV. 368.

(87) GS. II. 312.

(88) ジョルジョ・アガンベンは、このような「追想」が、かつて体験された出来事の動かしがたさを確認するのではなく、むしろ動かしがたさを脱臼させ、そこに孕まれている「潜勢力」を指し示すものだと言う。「過去」は、そうある他なかった「動かしがたい石」なのではなく、そうでないこともできるという可能態としての位置を占めている。ジョルジョ・アガンベン『バートルビー――偶然性について』（高桑和巳訳、月曜社、二〇〇五年）。

(89) GS. IV. 368.

(90) GS. I. 199.

(91) Staiger, Emil: *Goethe 1814-1832.* Zürich 1959, S. 96f.

(92) GS. I. 199.

(93) 平野嘉彦『死のミメーシス』（岩波書店、二〇一〇年）、二三三～二三四、二四五～二五〇頁を参照。

(94) Goethe: *Wahlverwandtschaften.* S. 456.

(95) GS. I. 199.

(96) Ebd., 200.

(97) Ebd.

(98) Nietzsche: *Also sprach Zarathustra.* S. 72.

(99) GS. I. 200.

（100）Ebd., 201.

第三部

第１章

（１）Vgl. Brodersen: a. a. O., S. 172-176.

（２）ラツィスに関しては、以下が詳しい。Paškevica, Beata: *In der Stadt der Parolen. Asja Lacis, Walter Benjamin und Bertolt Brecht.* Essen 2006

（３）GS. IV. 122, 148.

（４）Ebd., 83.

（５）GB. III. 473.

（６）ユーラ、ラツィス、そして妻ドーラとの関係や出来事に関しては三原弟平『ベンヤミンと女たち』（青土社、二〇〇三年）が詳しい。

（７）Vgl. GB. III. 503.

（８）Vgl. Puttnies, Hans und Smith, Gary(Hrsg.): *Benjaminiana.* S. 144-147, 150-156.

（９）GB. III. 438.

（10）この「批評家の使命」を含め文芸批評家としてのベンヤミンの理論や戦略を研究したものは、この時期ベンヤミンが構想した文芸批評「理論」と一九二〇年前後に『ドイツ・ロマン主義における芸術批評の概念』「翻訳者の使命」「親和力論」といった著作で示した思考との関連を問うものが多い。Vgl. Gebhardt, Peter: Über einige Voraussetzungen der Literaturkritik Benjamins. In: Gebhard, Peter u. a. (Hrsg.): *Walter Benjamin- Zeitgenosse der Moderne.* Kronberg 1976, S. 71-93. Kaulen, Heinrich: Die Aufgabe des Kritikers. Walter Benjamins Reflexionen zur Theorie der Literaturkritik 1929-1931. In: *Literaturkritik- Anspruch und Wirklichkeit. DFG-Symposion 1989.* Stuttgart 1990, S. 319-336. 本稿では、むしろ、当時の状況をベンヤミンがいかに捉えていたのかを重視したい。

（11）Vgl. GS. VI. 161-184.

（12）「批評家の使命」「ゴットフリート・ケラー」「ヘーベル」「ヘッセル」「ヴァルザー」「クラウス」「グリーン」「プルースト」「ジッド」「小説家と語り部」「ユーゲントシュティールについて」「シュルレアリスム」「翻訳者の使命」などを収録する予定だった。Vgl. GB. III. 525.

（13）契約書のコピーが次のもので確認できる。Brodersen: a. a. O., S. 198.

（14）Witte, Bernt: *Walter Benjamin. Mit Selbstzeugnisse und Bilddokumenten.* Hamburg 1985. S. 94.

（15）Vgl. Folkers, Horst: Recht und Politik im Werke Benjamins. In:*Global Benjamin.* Bd. 3. S. 1724-1748, hier, S. 1738.

（16）Vgl. Lindner (Hrsg.): *Benjamin Handbuch.* S. 22-29.

（17）マルクーゼは、一九六五年にズーアカンプ社から出版されたベンヤミンの論集『暴力批判論および諸論文』の解説を書いている。学生たちに読まれていたマルクーゼの影響によって、ベンヤミン受容も後押しされた。

（18）Vgl. Bohrer, Karl Heinz: 1968. Die Phantasie an die Macht? Studentenbewegung – Walter Benjamin – Surrealismus. In: *Merkur.* Jg. 51, Nr. 12. München 1997, S. 1067- 1080.

（19）Habermas, Jürgen: Bewußtmachende oder rettende Kritik-die Aktualität Walter Benjamins. In: Unseld, Siegfried (Hg.): *Zur Aktualität Walter Benjamins.* Frankfurt am Main 1972, S. 174-223. hier S. 206.

（20）ＲＡＦによるベンヤミンの受容と、ベンヤミンへの無理解に関しては、以下を参照。Wohlfarth, Irving: Entsetzen. Walter Benjamin und die RAF. In: Kraushaar, Wolfgang(Hrsg.) : *Die RAF und der linke Terrorismus.* Hamburg 2006, S. 280-314.

（21）GB. II. 46.

（22）それと関連するブロッホの『ユートピアの精神』の書評や政治論の重要部分をなす「真の政治家」論など、多くは失われた。この「真の政治家」はパウル・シェーアバルトの空想小説『レザベンディオ』批評と関わると推測されている。Vgl. Steiner, Uwe: Der wahre Politiker. In: *Internationales Archiv für Sozialgeschichte der deutschen Literatur.* Vol. 25-2, Tübingen 2000, S. 48-92.

（23）Vgl. LaCapra, Dominick: Gewalt, Gerechtigkeit und Gesetzkraft. In: Haverkamp, Anselm: (Hrsg.): *Gewalt und Gerechtigkeit. Derrida-Benjamin.* Frankfurt am Main 1994, S. 143-161, hier S. 151.

（24）GS. II. 187.

（25）Vgl. Scholem: *Walter Benjamin.* S. 119.

（26）表現主義における平和主義的方向や革命へのシンパシーについては以下を参照。Bogner, Ralf Georg: *Einführung in die Literatur des Expressionismus.* Darmstadt 2005, S. 70f.

(27) 脇圭平『知識人と政治』(岩波書店、一九七三年)、七〇〜九六頁を参照。
(28) ヒラーは、ベンヤミンが「学生の生活」を掲載した雑誌『ツィール』の主催者でもあり、ベンヤミンと面識を持っていたが、両者は終生そりが合わなかった。Vgl. *Benjaminiana*. S. 26.
(29) See. Taylor, Seth: *Leftwing-Nietzschean. Left-Wing Nietzscheans: The Politics of German Expressionism 1910-1920*. Berlin 1990, p. 86.
(30) 引用はベンヤミンから。GS. II. 201.
(31) Ebd., 203.
(32) 「廃絶」あるいは「脱措定」と訳したEntsetzungは、ふつう「解任する」、「驚かす、ぎょっとさせる」の意でよく使われるentsetzenの名詞形。脱構築的読解の多くは、「法措定rechtsetzen」と対にしてベンヤミンが使っていると読み込み、「措定setzen」行為の連環を脱するという意味で前綴り「脱ent」があるとしている。
(33) Hamacher, Werner: Afformativ, Streik. In: *Cardozo Law Review*. 13 (1991), vol. 4, pp. 1133-1158.
(34) GB. IV. 424.
(35) Ebd., 27.
(36) Palmier: *Walter Benjamin*. 418f.
(37) Ebd., S. 420-430.
(38) いわゆる下部構造の生産諸力の発展が必然的に上部構造の変化をもたらすというマルクス主義の基本テーゼを、ベンヤミンが受け入れて「生産力の神学」として受け取っていたというローレの見方も限定的にしか首肯できない。Vgl. Raulet, Gérard: *Positive Barbarei. Kulturphilosophie und Politik bei Walter Benjamin*. Münster 2004, S. 130. たしかに、上部構造の変転を扱うと述べる際のベンヤミンは、下部構造の変化、生産力の進歩の影響を不可避のものとしているように見える。だが、生産力の「進歩」という軌道にのっておればいいという考えが彼の最も批判するところだったことに鑑みれば、生産力の変化にベンヤミンが十分注意を払っていたことは疑い得ないが、それが、単なる進歩礼賛や下部構造決定論でないことも間違いない。
(39) Janz, Rolf Peter: Das Ende Weimars aus der Perspektive Walter Benjamins. In: Koebner, Thomas (Hrsg.): *Weimars Ende*. Frankfurt am Main 1982, S. 260-270, hier S. 265. ブレヒトとの関係については、次のものを参照。Witte, Bernd: Krise und Kritik. Zur Zusammenarbeit Benjamin mit Brecht in den Jahren 1929 bis 1933. In: Gebhardt, Peter (Hrsg.) : *Walter Benjamin- Zeitgenosse der Moderne*. S. 9-36. ブレヒトと『危機と批評』に関してさらに詳しくは、Wizisla, Erdmut: *Benjamin und Brecht. Die Geschichte*

einer Freundschaft. Mit einer Chronik und den Gesprächsprotokollen des Zeitschrift „Krise und Kritik“. Frankfurt am Main 2004.

（40） 以上、池田浩士他編『資料世界プロレタリア文学運動』第三巻（三一書房、一九七五年）、二〇三〜二二二頁を参照。

（41） Becher, Johannes R.: Über die proletarish-revolutionäre Literatur in Deutschland. In: *Zur Tradition der sozialistischen Literatur in Deutschland*. Berlin/Waimar 1967, S. 28ff.

（42） Becher : Partei und Intellektuelle. In: Ebd., S. 127ff.

（43） GS. III. 225

（44） *Die Fackel. (Reprint) Jahrgang1-37*. Nr. 1. S. 1. 以下同誌からの引用に際してはF.と略記し、巻数、頁数を記す。

（45） 河野英二「カール・クラウス生涯年譜」『思想』第一〇五八号（岩波書店、二〇一二年）、四一五〜四三六頁所収、四一八〜四一九頁参照。

（46） GS. II. 336.

（47） Timms, Edward: *Karl Kraus. Apocalyptic Satirist. Culture and Catastrophe in Habsburg Vienna*. New Haven 1986, p. 27. 例えば、理論的には少女との性交は、二十年の重労働刑だが、実際は少女娼婦が広がっているようであり、決闘は法的には犯罪だが、侮辱された将校はこれを受けねばならない。

（48） 池内紀『闇にひとつ炬火あり』（筑摩書房、一九八五年）、七〇〜七二頁参照。

（49） ニーケ・ワーグナー『世紀末ウィーンの精神と性』（菊盛英夫訳、筑摩書房、一九八八年）、一一頁を参照。

（50） Kraus, Karl: *Schriften*. 20 Bände, herausgegeben von Christian Wagenknecht. Frankfurt am Main 1986-94, Bd. 1. S. 28. 以下同著作集からの引用の際は*Schriften*と記し、巻数をBd.とともに示し、ページ数をアラビア数字で記す。

（51） Ebd., S.250f.

（52） ワーグナー、前掲書、一八〜一九頁。

（53） 初期の例を挙げるなら、一九〇〇年にオーストリアで起きた炭坑ストライキへのクラウスの連帯姿勢は鮮明であり『アルバイター・ツァイトゥング』でもポジティヴに『ファッケル』が参照されていた。ローザ・ルクセンブルクも『ファッケル』を知人からもらって、興味をもって読んでいる。Vgl. Pfabigan, Alfred: *Karl Kraus und Sozialismus. Eine politische Biographie*. Wien 1976, S. 56.

（54） GS. II. 335.

（55） Toulmin, Stephan and Janik, Allan: *Wittgenstein’s Vienna*. New York 1973. pp. 78-79.

(56)「根源」概念からクラウスの思想を把握しようという試みとして、次のものを参照。山口裕之「カール・クラウスにおける世界・言葉・性——根源概念と時代批判（その一）」大阪市立大学『人文研究』第四四巻第八分冊（一九九二年）、一一一～一三四頁所収、「カール・クラウスにおける世界・言葉・性——根源概念と時代批判（その二）」大阪市立大学『人文研究』第四五巻第八分冊（一九九三年）、一〇七～一二六頁所収。

(57) Kraus: Die letzten Tage der Menschheit. Tragoedie in fuenf Akten mit Vorspiel und Epilog. In: *Schriften* Bd.10. S. 9.

(58)『人類最後の日々』に関しては、池内、前掲書、七七～一五七頁、エーベルハルト・シャイフェレ「カール・クラウスの風刺的な世界劇場‐パロディー——『人類最後の日々』」『思想』第一〇五八号、三〇五～三二六頁所収、さらに以下などを参照。Timms: op. cit., pp. 371-404

(59) Scholem: *Walter Benjamin*. S. 105. ベンヤミンのクラウス受容史についてさらに詳しくは、以下を参照。Schulte: a. a. O., S. 15-38.

(60) GB. II. 85.

(61) F. 544/545. S. 14f.

(62) F. 546-550. S. 3-9

(63) Ebd., S. 5.

(64) F. 554-556. S. 6f.

(65) Ebd. S. 8.

(66) Vgl. Pfabigan: *Karl Kraus und Sozialismus*. S. 55f.

(67) F. 554-556. S. 8.

(68) GB. II. 120.

(69) GB. IV. 409.

(70) Dieckhoff, Reiner: *Mythos und Moderne. Überdies verborgene Mystik in den Schriften Walter Benjamin*. Köln 1987, S. 71.

(71) カール・クラウス「自分自身の巣を汚す鳥」（小林哲也訳）『思想』第一〇五八号、三六四～三七二頁所収を参照。

(72) Schulte: a. a. O., S. 22. Vgl. auch, Honoldt, Alexander: *Der Leser Walter Benjamin. Bruchstück einer deutschen Literaturgeschichte*. S. 213.

(73) Vgl. Rothe, Friedrich: *Karl Kraus. Die Biographie*. München 2003, S. 17-23.

（74） Iggers, Wilma Abeles: *Karl Kraus. A Viennese Critic of the Twentieth Century*. The Hague 1967, pp. 133-134.
（75） Pfabigan: *Karl Kraus und Sozialismus*. S. 21.
（76） Vgl. Canetti, Elias: *Die Fackel im Ohr. Lebensgeschichte 1921-1931*. München/ Wien 1993, S. 231f.
（77） Rothe: a. a. O., S. 15.
（78） Vgl. Früh, Eckart:„Die ‚Arbeiter-Zeitung' als Quelle der ‚Letzten Tage der Menschheit'". In: Scheichl Sigurd Paul und Timms Edward (Hrsg.): *Karl Kraus in neuer Sicht*. München 1986, S. 209-235.
（79） Vgl. Pfoser, Alfred: *Literatur und Austromarxismus*. Wien 1980, S. 9-23.
（80） Vgl. Pfabigan, Alfred: „Karl Kraus als Kritiker des Austromarxismus". In: *Karl Kraus in neuer Sicht*. S. 235-255.
（81） Pollak, Oskar : „Ein Künstler und Kämpfer". In: *Der Kampf*. XVI, Wien 1970 (1923）, S. 31-36.
（82） Pfabigan: *Karl Kraus und Sozialismus*. S. 255-287.
（83） Rothe: a. a. O., S. 19ff.
（84） Vgl. Ebd., S. 18.
（85） 『アルバイター・ツァイトゥング』が銀行や大企業からの広告をいれることを批判した『ファッケル』は、最後まで企業広告を入れなかった。Vgl. F. 47. S. 13
（86） 新技術へのためらいは、クラウスにはない。自家用車でアルペンを走り、飛行機にも乗ってみる（しかし、タイプライターを使おうとはしなかった）。Rohte: a. a. O., S. 27.
（87） Krolop, Kurt: *Sprachsatire als Zeitsatire bei Karl Kraus*. Berlin 1987, S. 253ff.
（88） Ebd. S. 256-260.
（89） Ebd. S. 261f.
（90） Canetti: a. a. O., S. 261.
（91） F. 868-872. S. 36.
（92） Vgl. Krolop: a. a. O., S. 356.
（93） Vgl. Pfabigan: *Karl Kraus und Sozialismus*. 241ff.
（94） 「ベルト・ブレヒトからの朗読でもって、彼の世界像や劇場についての彼の概念を受け入れることが目指されてはいない」というように、ブレヒトの革命志向の「世界像」や演劇における手法についても留保をつけている。F. 868-872. S. 36.

(95) GS. IV. 1028f.
(96) スキャンダルは町の評判を落とすものだとされ、彼女は故郷インゴルシュタットで非難の的となる。そして、彼女とブレヒトとの関係も悪化した。これらの経緯について詳しくは、谷川道子『聖母と娼婦を超えて——ブレヒトと女たちの共生』（花伝社、一九八八年）、四九～一〇二頁。『インゴルシュタットの工兵たち』は、六〇年代末からライナー・ヴェルナー・ファスビンダーらによって取り上げられ、舞台を第二次大戦後に移してテレビ映画化もされるなど、「フライサー・ルネサンス」が起こっている。
(97) この論評は以下に再録されている。GS. IV. 1029-1031, hier, 1029.
(98) Ebd. 1031.
(99) GS. IV. 463. 傍点引用者。
(100) GS. II. 613.
(101) Ebd., 365.
(102) Witte, Bernd: *Walter Benjamin. Mit Selbetzeugnisse und Bilddokumenten*. Hamburg 1985, S. 93.
(103) Lacis, Asja: *Revolutionär im Beruf. Bericht über proletarisches Theater, über Meyerhold, Brecht, Benjamin und Piscator*. München 1976, S. 47ff.

第二章

(1) Brodersen: a. a. O., S. 94.
(2) Honold, Alexander: Karl Kraus. In: *Benjamin Handbuch*. S. 522- 539, hier S. 535.
(3) GS. II. 1090.
(4) Ebd., 1101.
(5) Schulte: a. a. O. 山口裕之『ベンヤミンのアレゴリー的思考』（人文書院、二〇〇三年）。Honoldt, Alexander: *Der Leser Walter Benjamin. Bruchstück einer deutschen Literaturgeschichte*. Thornhill, Christopher J.. *Walter Benjamin and Karl Kraus. Problems of a „Wahlverwandtschaft“* . Stuttgart 1996.
(6) Pfabigan: *Karl Kraus und Sozialismus*. S. 355.
(7) GS. II. 335.

(8) Reemtsma, Jan Philipp: Der Bote. Walter Benjamin über Karl Kraus. In: *Sinn und Form.* Heft 1. 1991, S. 104-115, hier S. 104.
(9) Vgl. Schulte: a. a. O., S. 56.
(10) F. 413-417. S. 73f.
(11) Vgl. Krolop: a. a. O., S. 93-96.
(12) Kraus: *Schriften.* Bd. 11. S. 30.
(13) 『文学あるいはお手並み拝見』の中の、彼のヴェルフェルのパロディーが、革命期にもんどりうっていた表現主義に対しての嘲弄とともに、我々を魅了した。彼の比類ない対話は笑いによる窒息発作を招来することさえできた」。Scholem: *Walter Benjamin.* S. 105.
(14) F. 406. S. 153.
(15) Ebd., S. 101.
(16) Ebd., S. 153.
(17) 「私はといえば、言語という古い館に住んでいる／エピゴーネンたちの一人であるにすぎない／だが私はその家で私自身の体験を得て／学知の都を脱出し、破壊する／古の巨匠たちの後を遅れてついていき、／父祖たちの運命のために血まみれの仇討ち／私が復讐を語るのは、言葉を話す者すべてに対し／言葉が復讐を望むとき／私はエピゴーネン、予感するに値するものを予感する者／お前たちときたら学識ひけらかして賢《さか》しら！」Kraus: *Schriften.* Bd. 9. 93.
(18) Krolop: a. a. O., S. 170, 172.
(19) Schulte: a. a. O., S. 10.
(20) GS. II. 340
(21) Ebd.
(22) Ebd., 339f.
(23) Ebd., 339.
(24) Ebd., 340.
(25) Canetti: *Die Fackel im Ohr.* S. 78.
(26) GS. II. 349.
(27) Ebd., 174

(28) Folkers: a. a. O., S. 1725.
(29) F. 157. S. 1.
(30) Timms: op. cit., p. 47.
(31) Schulte: a. a. O., S. 26.
(32) カネッティの印象的な記憶を参照。カネッティは、クラウスの朗読会を毎回最前列で聞くヴェッツァという若い婦人が、聴衆の間で知られて敬意を払われていたのは、彼女が自らの教養でもって判断し、クラウスの権威を妄信してすべての判断をゆだねないからだったことを振り返っている。Canetti: *Die Fackel im Ohr.* S. 180ff.
(33) 『ヨシュア記』第九〜十章参照。
(34) 聖書においては、イスラエルの敵を滅ぼし尽くすために太陽が止るのだが、クラウスの詩においては人間を破滅しつくすために太陽が止る。太陽に向けられた祈りは次のようなものである。「彼らの誰も、お前を前にして持ちこたえられない。お前は／彼らの頭上へと入り、暗い日没まで／燃えよ、照らせよ、笑えよ、太陽よ。お前／やつらの没落の日を到来させるのだ！／しかし、ここで草木と獣たちには奇跡を起こさしめんことを。／人間の死の炎が彼らをただ暖めんことを。／すべてのものに春が呼び戻されんことを。／煙のようにはかない生に従っていたものたちのすべてに」Kraus: *Schriften.* Bd.9. S.125-130, hier S.129.
(35) 河野英二は、クラウスの「根源」がナデルニーとの恋愛体験に基づくのではないかと指摘している。「ラブレターのなかの『根源』——カール・クラウスにおける言語とジェンダーの問題について」『ドイツ文學』第一〇五巻（日本独文学会、二〇〇一年）、八一〜九一頁所収。クラウスの「根源」については後述。
(36) Kraus: *Schriften.* Bd. 9. S.124.
(37) 「芸術の分析家たちの二重の主張——芸術的素材のエディプス的根源という主張ならびに無意識的葛藤の昇華という主張——は、芸術的創造をすべての個人に共通する機構によって説明するという共通点を有している。まっとうな意味では、これは『些末な』説明であり、さらには『卑俗化』である。しかるに、クラウス——文学界のよき代表者としての——にとって本質的なこと、それは人々のあいだの差異を均して創造者の特殊性を認めることのない一切の思考を避けることである」。ジャン＝フランソワ・ラプレニー「フロイト『とその顛末』——カール・クラウスと精神分析、もしくはある敵意の掛け金」（合田正人訳）『思想』第一〇五八号、一七三〜一九五頁所収、一八〇頁。
(38) 河野英二「『書かれた見せ物芸術』の共演者と観客たち——時代のなかのカール・クラウス」『思想』第一〇五八号、九〜二七頁所収、一三頁。

（39）「幼年期という楽園状況や、その後にはヤノヴィッツ城の庭で現実となった楽園状況がもつ、幸福を約束する瞬間が生じるのは、そういったところでは父の圏域が――少なくとも空間的には――克服され、母や愛するものを占有するということが、ファンタスティックに可能であるように思われるということに基づいている」。Schneider, Manfred: *Die Angst und das Paradies des Noerglers*. Frankfurt am Main 1977, S. 180f.

（40）Kraus: *Schriften*. Bd. 9. S. 12.

（41）Ebd., S. 68.

（42）Ebd.

（43）GS. II. 360. この「お前は根源から来た Du kamst vom Ursprung」は、「死にゆく男」原文では「お前は根源にとどまっていた Du bliebst am Ursprung」であり、自身の文脈に合わせてベンヤミンが書き換えている。

（44）Viertel, Berthold: *Karl Kraus. Ein Charakter und die Zeit*. Dresden 1921. S. 64f.

（45）GS. II. 1095.

（46）Soegel, Albert(Hrsg.): *Dichtung und Dichter der Zeit : eine Schilderung der deutschen Literatur der letzten Jahrzehnte : neue Folge im Banne des Expressionismus*. Leipzig 1925.

（47）「文学における表現主義は絵画における偉大な創作を猿真似している」。GS. II. 242.

（48）早崎守俊は、文学運動としての表現主義の源流は、ヴァルデンらを中心とし一九〇三年結成の「芸術のための協会」に見ている（そこにはペーター・アルテンベルクやデーブリンなどに混じってクラウスも参加していた）。そうして「表現主義」としての盛期を、ヴァルデンを中心とした『嵐 Der Strum』や、クルト・ヒラーの立ち上げた『行動 Die Aktion』の創刊された一九一〇年代初頭から、大戦後しばらくまでとしている。『ドイツ表現主義の誕生』（三修社、一九九六年）。また、林巧三はパルトナーの編纂したドキュメントを紹介しながら、「表現主義 Expressionismus」という言葉は、絵画に関して Impressionismus に対立するものとして使われ出したのがはじめで、文学に関して使われ出したのは、大戦中、一九一五年以降のことである旨を述べている。「表現主義のマニフェスト文学――F・ペルトナー『文学革命』の紹介」『ドイツ表現主義』第一集（表現主義研究会、一九六四年）、一六三～一九一頁所収。『嵐』を中心にした詩人たちは、後の表現主義者に支持され、アンソロジーなどに組み入れられる中で「表現主義者」に「なった」のだと考えられる。

（49）クラウスと表現主義については次のものを参照。Haueis, Eduard: *Karl Kraus und der Expressionismus*. Nürnberg 1968.

（50）Werfel, Franz: *Gedichte aus den Jahren 1908-1945*. Frankfurt am Main 1992, S.17.

（51）Ebd., S.31.
（52）Kraus: *Schriften*. Bd. 9. S. 445.
（53）Kraus: *Schriften*. Bd. 4. S. 426.
（54）Kraus: *Schriften*. Bd. 5. S. 15.
（55）GS. II. 344.
（56）Ebd., 350.
（57）Schulte: a. a. O., S. 41.
（58）GS. IV. 121.
（59）Vgl. Liegler, Leopold: *Karl Kraus und sein Werk*, Wien, 1920, S. 82.
（60）Toulmin and Janik: *Wittgenstein's Vienna*. p. 69, 81.
（61）村山雅人『反ユダヤ主義　世紀末ウィーンの政治と文化』（講談社、一九九五年）、二一一頁参照。
（62）GB. II. 120.
（63）GS. II. 348.
（64）Canetti: *Die Fackel im Ohr*. S. 83ff.
（65）Canetti, Elias: *Das Gewissen der Worte. Essays*. Frankfurt am Main 1981, S. 44f.
（66）GS. II. 335.
（67）Ebd., 344.
（68）Vgl. Rothe: a. a. O., S 371f.
（69）ローベルト・ミュラー＝シュテルンベルク『デーモン考』（木戸光良訳、法政大学出版局、一九七四年）、六頁。
（70）Blei, Franz: *Das große Bestiarium der Literatur*. Berlin 1922, S. 30.
（71）Haas, Willy: *Die Literarische Welt*. München 1957, S. 22.
（72）クラウスとヴェルフェルについては、次のドキュメントが包括的であり、コメンタールも充実している。Vgl. *Karl Kraus-Franz Werfel. Eine Dokumentation*. Zusammengestellt und kommentiert von Christian Wagenknecht und Eva Willms, Göttingen 2011, hier S. 12-28.
（73）Ebd., S. 21.

(74) Ebd., S. 29f.
(75) Ebd., S. 53-75.
(76) Ebd., S. 110.
(77) Ebd., S. 111.
(78) Vgl. Kraus: *Schriften*. Bd. 7. S.27-43.
(79) Werfel, Franz: *Spiegelmensch. Magische Trilogie*. München 1920, S. 189.
(80) Kraus: *Schriften*. Bd. 8. S. 28f.
(81) Ebd., S. 29.
(82) これ以降ベンヤミンからの引用は全て以下から。GS. II. 351
(83) フランツ・ウェルフェル『殺した者ではなく殺された者に罪がある』(成瀬無極訳、世界文學社、一九四六年)。
(84) Werfel: *Gedichte*. S. 19f.
(85) Vgl. GS. II. 214f. ベンヤミンは『経験と貧困』において大戦後の「経験の貧困」や悲惨と同時に、「占星術やヨガの知恵、クリスチャンサイエンスや手相術、菜食主義とグノーシス、スコラ哲学と交霊術といったものが再び蘇るのと同時に、様々な思想が氾濫した」ことに言及し、これらが貧困になった経験にかぶせられたメッキで、見せかけのどこかからくすねてこられたものだとしている。
(86) Ebd., 364.
(87) Kraus: *Schriften*. Bd. 8.
(88) GS. II. 663.

第三章

(1) GS. VI. 175.
(2) Ebd., 166.
(3) Mannheim, Karl: *Ideologie und Utopie*. Frankfurt am Main 1965, S. 128ff.
(4) Vgl. Wizisla: *Benjamin und Brecht*. S. 142.
(5) Vgl. GB. II. 299.

（6） Witte: Krise und Kritik. S. 13-15.
（7） Vgl. Lehten, Helmuth: *Neue Sachlichkeit 1924-1932. Studien zur Literatur des „weissen Sozialismus“*. Stuttgart 1975, S. 24.
（8） GS. VI. 179.
（9） Ebd., 167.
（10） GB. III. 545.
（11） Vgl. Becker, Sabina: *Neue Sachlichkeit*. Köln/ Weimar/ Wien/ Böhlau 2000, S. 278ff.
（12） Kästner, Erich: *Gesammelte Schriften*. Bd. I. Köln 1959, S. 161.
（13） Ebd., S. 162.
（14） GS. III. 279.
（15） Ebd., 281.
（16） GB. IV. 457.
（17） GS. III. 172.
（18） Kästner, Erich: *Gesammelte Schriften*. Bd. 2. Köln 1959.
（19） Ebd., S. 44.
（20） Ebd., S. 193.
（21） Lehten: a. a. O., S. 143.
（22） これについては、斎藤寛「エーリヒ・ケストナーの『ファービアン』について」『商學論集』第五五巻第四号（福島大学経済学会、一九八七年）、一一六～一六二頁所収参照。ファービアン＝ケストナー批判のくびきから解き放つ際には、ファービアンは「反面教師」として理解された。
（23） GS. III. 281.
（24） ジークムント・フロイト「ナルシシズムの導入に向けて」『フロイト全集　一三』（立木康介訳、岩波書店、二〇一〇年）、一一五～一五一頁所収、一四三頁参照。
（25） Andersch, Alfred: *Das Alfred Andersch Lesebuch*. Herausgegeben von Gerd Haffmans, Zürich 1979, S. 98.
（26） Raddatz, Fritz J. : Die Kräfte des Rausches für die Revolution gewinnen. Der Literaturbegriff des preußischen Snobs und jüdischen Melancholikers Walter Benjamin. In: *Revolute und Melancholie*. Hamburg 1979, S. 191-222, hier, S. 205.

(27) Vgl. Fuld, Werner: *Walter Benjamin. Zwischen den Stühlen, Eine Biographie*. München/ Wien 1979, S. 176ff.

(28) Vgl. Kiesel, Helmut: *Erich Kästner*. München 1981, S. 163.

(29) GS. II. 335.

(30) Ebd., 352f.

(31) Kraus: *Schriften*. Bd. 9. S. 632.

(32) ゼーレン・キルケゴール『現代の批判』（桝田啓三郎訳、岩波文庫、一九八一年）、三一頁。

(33) 同上、八八頁。

(34) Kraus: *Schriften*. Bd. 9. S. 635.

(35) F. 514-518. S. 21ff.

(36) 次の批判を参照。Pfabigan: *Karl Kraus und Sozialismus*. S. 202, 221f., Iggers, op. cit., p. 143.

(37) GS. VI. 177f.

(38) 河野英二「カール・クラウスのメディア戦略——世紀転換期のドイツ語圏におけるユダヤ系ジャーナリズムとの関わりのなかで」『ナマール』第一八号（神戸ユダヤ文化研究会、二〇一三年）、三一～五〇頁所収、三三頁。

(39) Pollak, Oskar: Noch einmal Karl Kraus. In:*Der Kampf*. XIX. 1970 (1926), S. 266.

(40) Vgl. Pfabigan: *Karl Kraus und Sozialismus*. S. 271.

(41) Thornhill: op. cit., pp. 57-58.

(42) クラウスとキルケゴールの親近性については、ソーンヒルが、当時のキルケゴール受容——キルケゴールに見られる「内面性」を「根源的」なものと受け取るものが多かった——と関連させて論じている。Ibid., pp. 44-63.

(43) Kierkegaard, Sören: *Gesammelte Werke*. Bd. 17, Herausgegeben von Emanuel Hirsch und Hayo Gerdes. Übersetzt von E. Hirsch, Aachen 1994, S. 78.

(44) F. 697-705. S. 174.

(45) F. 712-716. S. 15.

(46) GS. II. 335.

(47) Ebd., 353.

(48) リンガー、前掲書、一三頁。

（49）GS. IV. 121.
（50）GS. II. 363f. 傍点引用者。
（51）Ebd., 624f.
（52）Vgl. Hamacher, Bernd: Michael Kohlhaas. In: Breuer, Ingo(Hrsg.): *Kleist Handbuch. Leben- Werk- Wirkung.* Stuttgart 2009, S. 97-106.
（53）Ebd., S. 100.
（54）Whitehead, Alfred North: *Dialogues of Alfred North Whitehead.* As recorded by Lucien Price. Westport 1977, p. 303.〔『ホワイトヘッドの対話』（みすず書房、一九八〇年）、四三三頁〕
（55）「狂信は、なにがしかいっそう高級な自然との、直接的で常軌を逸した共同性の体験を信ずることであるのに対して、熱狂は信条が、愛国的美徳の格率によるにせよ、あるいは友情の格率によるにせよ、はたまた宗教のそれによるにせよ、何らかの原則によって適当な程度に熱せられる状態を意味している。ただしこの際、超感性的な一体化の想像によって、何かが想像される必要はない」。Kant, Immanuel: *Kants Werke, Akademie Textausgabe.* Bd. 2. Berlin 1968, S. 251.
（56）ジャン＝フランソワ・リオタール『熱狂　カントの歴史批判』（中島盛夫訳、法政大学出版局、一九九〇年）、六九～七〇頁。
（57）GS. II. 365.
（58）Ebd.
（59）Kraus: *Schriften.* Bd. 9. S. 632.
（60）Ebd., S. 633.
（61）Ebd., S. 129.
（62）堺雅志「ことばが私を支配する」『思想』第一〇五八号、二四〇～二六一頁所収、二五三頁。「死にゆく男」における「おまえは根源にとどまっている Du bleibst am Ursprung」を「おまえは根源から来た Du kamst vom Ursprung」と変形しているということへの着目である。ベンヤミンの変形は直前でのゲオルゲへの言及「彼は根源から来たのではなかった」に合わせたものだろう。この変形については、また以下も参照。Vgl. auch, Schulte: a. a. O., S. 112.
（63）同時代の「起源哲学」的側面については、以下を参照。Thornhill: op. cit., pp. 13-15.
（64）GS. II. 361f.
（65）「根源は、なるほど全く歴史的な範疇ではあるが、発生ということとは、何の共通点もない。根源においては、発生したものの生成ではなくて、むしろ、生成と消失のなかから発生してゆくものが問題になるのである。根源は生成の流れにおける渦であり、発生の素材を自己のリズム体系のなかに巻き込んでしまうのである」。GS. I. 226.

（66） Mehlman, Jeffrey: *Walter Benjamin for Children: An Essay on His Radio Years*. Chicago 1993, p. 5.

（67） Kraus: *Schriften*. Bd. 8. S. 175f.

（68） GS. II. 361.

（69） Ebd., 364.

（70） Ebd., 365.

（71） Ebd., 506f.

（72） それは「裁判、掟、判決といった法的領域に密接に結びついている。ベンヤミンは引用を語源的な意味〈法廷へ召還する〉で受け取る」。Voigt, Manfred: Zitat. In: *Benjamins Begriffe*. S. 826-850, hier S. 836. ベンヤミンは、クラウスの引用について「救出し、罰する引用は、言語を正義の活字母型だと証す」と語る。GS. II. 363.『クラウス論』における引用については、次のものも参照。Fürnkäs, Josef: Zitat und Zerstörung. Karl Kraus und Walter Benjamin. In: *Verabschiedung der (Post-) Moderne? Eine interdisziplinäre Debatte*. Herausgegeben von Jaques Le Rider und Gérard Raulet. Tübingen 1987. S. 209-226.

（73） Kraus: *Schriften*. Bd. 9. S. 93. エピゴーネンの含意については、次のような解釈がある。「この詩における『エピゴーネン』の神話的含意によれば、クラウスはここでテーバイ攻めに倒れた父祖たちの復讐を遂げるエピゴーネンの一人として自らを演出している。つまり、伝統に対してただ受動的な関係にあるのではなく、能動的に関係を取り結ぼうとする者として描いている」。安川晴基「カール・クラウスの翻訳論――シェイクスピア『ソネット集』翻案を例に」『思想』一〇五八号（岩波書店、二〇一二年）、二八〇～三〇四頁所収、三〇〇頁参照。それゆえ、ヴィッテが言うのとはちがって、クラウスはエピゴーネンであることを否定せずに、むしろ認める。Witte, Bernd: Feulletonismus. Benjamin, Kraus, Heine. In: Kircher, Sascha(Hrsg.) : *Walter Benjamin und das Wiener Judentum zwischen 1900 und 1938*. Würzburg 2009. S. 15-40, hier S. 38.

（74） GS. II. 347.

（75） Ebd., 536.

（76） Brecht, Bertolt: Geschichten vom Herrn Keuner. In: *Werke*. Hecht, Werner u. a. (Hrsg.) Bd. 18. Berlin/ Weimar/ Frankfurt am Main 1995, S. 29.

（77） GS. II. 506f.

終章

（1）どちらもローヴォルト社の経営状態から頓挫しているが、『危機と批評』に関しては、それ以前にベンヤミンが「共同編集」から降りている。初号向けにあつまった論考への「疑念」が決定的だった。Vgl. GB. IV. 15f. ただ雑誌自体への協力は続けていこうと思っていた。

（2）三原弟平『ベンヤミンと女たち』、二四三～二七六頁参照。

（3）GS. IV. 407.

（4）GB. IV. 506.

（5）成立と刊行取りやめの事情については例えば以下のものを参照。Stremmel, Jochen: *„Dritte Walpurgisnacht“ Über einen Text von Karl Kraus*. Bonn 1982, S. 66-74. テオドール・レッシングがチェコでナチスに暗殺されたこと、近親者へ危険がおよぶことへの危惧から、刊行をとりやめ、後世に残すという選択をしたと考えられている。

（6）F. 888. S. 4.

（7）Lanze für Karl Kraus. In: *Der Gegen-Angriff in der Tschechoslowakei*. Nr. 22, 17. Dez. 1933 (Repr. Leipzig 1982), S.4.

（8）Pfabigan: *Karl Kraus und Sozialismus*. S. 341.

（9）F. 890-905. S.7.

（10）Frei, Bruno: „Karl Kraus-gleichschalter“. In: *Der Gegen-Angriff in der Tschechoslowakei*. Nr. 33, 26. Aug. 1934, S.5.

（11）Rothe: a. a. O. S., 48f.

（12）Canetti, Elias: *Das Augenspiel. Lebensgeschichte 1931-1937*. München/Wien 1994, S. 261.

（13）Ebd., S. 262.

（14）F. 890-905. S. 44.

（15）拙訳参照。「奴らの大事なもの（理解できる言葉で）」『思想』第一〇五八号、三八四～四一四頁所収。

（16）F. 890 905. S. 65

（17）Kraus: *Schriften*. Bd. 12. S. 265f.

（18）Ebd., S. 235.

（19）この間の事情を社会民主党サイドの視点から論じたものとして、例えば、次のものを参照。須藤博忠『オーストリアの歴史と社会民主党』（信山社、一九九五年）、四九〇～五五一頁。また、クラウスはオットー・バウアーを社民党の象徴にして代表させている節があるが、本来もっと細かく社民党内部での動きを見るべきかもしれない。

（20） H・ケルンバウアー／F・ウェーバー「インフレーションから不況へ」、エンマリヒ・タロシュ／ヴォルフガング・ノイゲバウアー編『オーストリア・ファシズム』（未来社、一九九六年）所収、一四頁。

（21） この近づき難さの原因は、亡命左翼たちとの論争という当時の背景、「クラウスが詳細に当てこすっていることがら」が「ほとんど知られていない」ことに求められる。Scheichl, Sigurd Paul : „Zu ‚Wichtiges von Wichten'“. In: *Kraus-Hefte*. H. 1. (Januar 1977), S. 16-17, hier S. 16.

（22） Helzig, Werner (Hrsg.) : *Schimpfwörterbuch zu der von Karl Kraus 1899 bis 1936 herausgegebenen Zeitschrift Die Fackel*. Wien 2008.

（23） F. 917-922. S. 110.

（24） Ebd., S. 108.

（25） Ebd., S. 95.

（26） Schick, Paul: *Karl Kraus*. Reinback 1993, S. 130.

（27） Kraus: *Schriften*. Bd. 12. S. 238.

（28） F. 917-922. S. 107.

（29） Ebd., S. 108.

（30） Ebd., S. 105.

（31） Ebd.

（32） Kraus: *Schriften*. Bd. 12. S. 240f.

（33） クラウスがジャーナリズムとナチズムの間に見てとった関係については、太田隆士「カール・クラウスの『第三のワルプルギスの夜』試論――ジャーナリズムとナチズム」『駿河台大学論争』第一三号、九七～一三〇頁所収を参照。

（34） Kraus: *Schriften*. Bd. 12. S. 107f.

（35） Ebd., S. 108.

（36） Ebd., S. 141.

（37） Ebd., S. 139f.

（38）Ebd., S. 249f.

（39）GS. I. 697.

（40）ベンヤミンは、カフカが没して十年後の一九三四年に『ユダヤ展望』誌への掲載に向けて、カフカについてのエッセイを書いた。『ユダヤ展望』に掲載されたのは「ポテムキン」と「せむしの小人」の二章だが、ベンヤミンはもともと四章立てで書いていた。Franz Kafka. *Zur zehnten Wiederkehr seines Todestages*. GS. II. 409-438. ちなみにベンヤミンの比較的まとまったカフカ論としては、他に一九三一年のラジオ講演用原稿と、ショーレム宛の書簡で展開されたカフカ解釈がある。後者については後で触れる。

（41）GS. II. 410.

（42）Ebd., 428

（43）ベンヤミンは『一九〇〇年頃のベルリンの幼年時代』などで語られる「せむしの小人」のモティーフや、『パサージュ論』で論じている十九世紀の「夢」というモティーフを通して、「体験」から逃れ去り、それゆえに忘却されているものに注意を払う姿勢を見せている。「意識的な体験から常にのがれ出て行くものを具現する」「せむしの小人」のモティーフについては、次のものを参照。Deuring, Dagmar: *„Vergiss das Beste nicht!" Walter Benjamins Kafka-Essay*. Würzburg 1994, S. 27.

（44）Mayer, Hans: Walter Benjamin und Franz Kafka. Bericht über eine Konstellation. In: *Literatur und Kritik*. Jg. 14 (1979), S. 579-597.

（45）GS. VI. 528.

（46）Erbertz, Carola: Der Blinde Spiegel. Überlegungen zu Benjamins Kafka Essay. In: *Orbis Litterarum*. 59(2) 2004, S.114-135.

（47）エマニュエル・レヴィナス「逃走論」『レヴィナス・コレクション』（合田正人訳、筑摩書房、一九九九年）、一四三〜一七八頁所収、一四九頁。

（48）同上、一五一頁。

（49）Heidegger, Martin: *Sein und Zeit*. Tübingen 2001, S. 283f.

（50）『存在と時間』における「良心」については詳しくは以下を参照。ジャン＝フランソワ・クルティーヌ「良心の声と存在の召命」（廣瀬浩司訳）ジャン＝リュック・ナンシー編『主体の後に誰が来るのか？』（現代企画室、一九九六年）、一一六〜一四二頁所収。

（51）エマニュエル・レヴィナス「ヒトラー主義哲学に関する若干の考察」『レヴィナス・コレクション』（合田正人訳、筑摩書房、

一九九九年）、九一～一〇七頁所収、九四、九六頁。

（52）「もしメシアの到来とともに、全く別の状態が要求され得ない場合、なお問題になるのは、目下の世のなかで、ひとつのふさわしい生き方を、その世へとおかれた者達のために生み出すことだけである。運動の戦略が探究されるだろうが、それは、まったく別の状態を物欲しそうに眺めるものではなく、むしろ、思惟と行動にとっての現実的な可能性において救済の形象を開くものを、いまここで役立てようと努めるのである」。Kramer, Sven: *Rätselfragen und wolkige Stellen zu Benjamins Kafka-Essay.* Lüneberg 1991, S.36.

（53）ジル・ドゥルーズ／フェリクス・ガタリ『カフカ――マイナー文学のために』（宇波彰／岩田行一訳、法政大学出版局、一九七八年）、八頁。

（54）例えば、ゲルショム・ショーレムのカフカ解釈は、こうした「不在の神学」の一つと考えられる。ショーレムはカフカ解釈の中心に「掟」を据えるべきだというが、その際彼は、カフカにおいては「掟」がポジティヴなものとして措定されず「無」としてあると考えている。「掟」が不在の世界の中でいまだ訪れぬ啓示を予感する者として、ショーレムはカフカを捉えているが、ベンヤミンはこうしたカフカ像に対しては批判的である。「掟の概念はカフカにあっては、圧倒的に見せかけの性格をもったものであり、実際イミテーションなのだ」GB. IV. 526. カフカをめぐってのベンヤミンとショーレムとのやり取りに関しては、三原弟平『カフカ・エッセイ――カフカをめぐる七つの試み』（平凡社、一九九〇年）、一〇～七三頁を参照。

（55）GS. II. 416f.

（56）『アメリカ』はマックス・ブロートのつけたタイトルで、批判版全集ではカフカのつけたタイトル『失踪者』に変更されている。本稿ではベンヤミンに合わせて以後、『アメリカ』と表記する。

（57）Kafka, Franz: *Der Verschollene.* Herausgegeben von Jost Schillemeit. Frankfurt am Main 1983, S. 243.

（58）Ebd., S. 245.

（59）一九一五年九月三十日の日記にこうある。「ロスマンと〔『訴訟』の〕K。罪なきものと罪あるもの。結局はどちらも区別なく罰されるかたちで殺される。罪なきものは、優しい手つきで、ぶち殺されるというよりは、むしろ脇へと押しのけられるように」。Kafka, Franz: *Tagebücher.* Herausgegeben von Hans-Gerd Koch, Michael Müller und Malcolm Pasley. Frankfurt am Main 1990, S. 757.

（60）このような恣意的編集も含めたブロートの遺稿編集の「粗雑さ」、およびブロートの「功罪」に関しては、明星聖子『新しいカフカ』（慶応義塾大学出版、二〇〇二年）を参照。

(61) GS. II. 423.
(62) Ebd., 1200.
(63) Kafka: *Der Verschollene*. S. 342f.
(64) Ebd., S. 346.
(65) GS. II. 434.
(66) Ebd. ベンヤミンは、学生に両義的な見方をしている。カフカの作品の中で唯一希望があるものとして「助手たち」がいると言っているが、学生をこのグループに組み入れている。同時に、だが、「ノートに深く顔を沈め」、うなだれる学生は「まだ救われていない」というように、その希望のなさも見ている。Vgl. Ebd., 435.
(67) Ebd., 434.
(68) Kafka: *Der Verschollene*. S. 348f.
(69) GS. II. 436.
(70) Vgl. Kafka, Franz: *Nachgelassene Schriften und Fragmente II*. Herausgegeben von Malcolm Pasley. Frankfurt am Main 1992, S. 123.
(71) Kafka, Franz: *Nachgelassene Schriften und Fragmente I*. Herausgegeben von Malcolm Pasley. Frankfurt am Main 1993, S. 313-316.
(72) GS. II. 436.
(73) Ebd.
(74) Ebd.
(75) Vgl. Jäger, Lorenz: Primat des Gestus. Überlegungen zu Benjamins Kafka Essay. In: Ders/Regehly, Thomas(Hrsg.): *»Was nie geschrieben wurde, lesen«*. Bielefeld 1992, S. 96-111.
(76) GB. VI. 113.
(77) GS. II. 414.
(78) GB. VI. 113.
(79) GS. II. 435.
(80) Kafka: *Der Verschollene*. S. 350.
(81) GS. II. 433.

（82）ちなみに、ブロッホとベンヤミンの語りを比べてみると、シナゴーグが居酒屋になっているなど細部において色々と違いが見られる。だが一番重要なのは、時制の違いだろう。ブロッホの場合、乞食の語りは、最初願望文ではじめられ、最後には現在形に移行している。ブロッホの解説に従えば、「言葉のこみいった移行を媒介にして、語り手である乞食は、願望文ではじめ、歴史的現在を経由しつつ、突然実際の現在形を用いる。この現在形は、聞き手が今いるところへ着地するときに、聞き手をいくらか追い越している」。Bloch, Ernst: *Spüren*. Frankfurt am Main 1969, S. 99. ベンヤミンの場合、乞食の語りは全て接続法である。

（83）GS. II. 434.

（84）Vgl. Ebd., 415.

（85）Ebd., 432.

（86）Kafka: *Nachgelassene Schriften und Fragmente*. II. S. 38.

（87）こうしたサンチョ・パンサの捉え方については、以下も参照。鈴木正士「もうひとりの創造者　サンチョ・パンサ――『ドン・キホーテ』におけるサンチョの役割の変化についての考察」『神戸国際大学紀要』第六五号（神戸国際大学学術研究会、二〇〇三年）、一〇九～一二一頁所収。

（88）マルト・ロベール『古きものと新しきもの』（城山良彦、島利雄、円子千代訳、法政大学出版局、一九七三年）、二八頁。

（89）ロベールより孫引き、同上一四頁。

（90）Kafka: *Nachgelassene Schriften und Fragmente II*. S. 123.

（91）GS. II. 436.

（92）Ebd., 438.

（93）Ebd., 219.

（94）Ebd., 216.

（95）Ebd., 1112.

（96）Barack, Kahlheinz: Der Sürrealismus. Die letzte Momentaufnahme der europäischen Intelligenz. In: *Benjamin Handbuch*. S. 386-399, hier S. 386. サブタイトルにある、「スナップショット」という言葉が示す通り、ベンヤミンはこの動きに解釈を施すというより、現象それ自体の意義を切り取ることにつとめている。

（97）GS. II. 296.

（98）ブルトンの『シュルレアリスム宣言』をベンヤミンが変形引用したもの。Ebd., 621.

(99) 鈴木雅雄は、シュルレアリストの対話実験――「ペレ：友愛とは何か。ブルトン：それはおそらくタマネギだろう」――に関して、次のように言っている。「人間は対話において自己を修正しようなどとしておらず、どこまでも自己を修正しようなどとはしておらず、どこまでも自己を貫徹しようとしているにすぎないが、不思議なことにこのまったくもって自分勝手な思考は、……自己を貫徹するまさにそのための対話者の存在を必要とするのだという認識であり、〔……〕要請されているのは、二つの思考の齟齬なのである」。鈴木雅雄『シュルレアリスム、あるいは痙攣する複数性』(平凡社、二〇〇七年)、二七七～二七九頁。

(100) GS. II. 309.

(101) Raulet, Gérard: *Positive Barbarei. Kulturphilosophie und Politik bei Walter Benjamin.* Münster 2004, S. 143.

(102) GS. II. 334.

(103) Krämer, Sybille: *Medium, Bote, Übertragung.* Frankfurt am Main 2008, S. 109.

(104) GB. VI. 56.

(105) Brod, Max: *Über Franz Kafka.* Frankfurt am Main 1974, S. 150f.

(106) Kafka: *Nachgelassene Schriften und Fragmente II.* S. 124.

(107) GS. II. 219.

文献表

1　ベンヤミンのテクスト

Benjamin, Walter: *Gesammelte Schriften*. Unter Mitwirkung von Theodor W. Adorno und Gerschom Scholem, herausgegeben von Rolf Tiedemann und Hermann Schweppenhäuser, 7 Bände, Frankfurt am Main 1991.

Benjamin, Walter: *Gesammelte Briefe*. Herausgegeben von Christoph Gödde und Henri Lonitz, 6 Bände, Frankfurt am Main 1995ff.

2　ベンヤミンに関する文献

2-1-1　外国語文献　論集

Garber, Klaus und Rehm, Ludger (Hrsg.) *Global Benjamin*. Bd. 1-3. München 1999

Opiz, Michael und Wizisla, Erdmut. (Hrsg.): *Benjamins Begriffe*. Bd. 1-2. Frankfurt am Main 2000.

Lindner, Burkhardt(Hrsg.): *Benjamin Handbuch. Leben-Werk-Wirkung*. Stuttgart/ Weimar 2006.

2-1-2　外国語文献　単著、論文

Adorno, Theodor Wiesengrund: Die Idee der Naturgeschichte. In: *Gesammelte Schriften*. Bd. I. Frankfurt am Main 1997. テオドール・

W・アドルノ「自然史の理念」『哲学のアクチュアリティ——初期論集』（細見和之訳、みすず書房、二〇一一年）所収。

Adorno, Theodor Wiesengrund: *Über Walter Benjamin*. Frankfurt am Main 1970. テオドール・W・アドルノ『ヴァルター・ベンヤミン』（大久保健治訳、河出書房新社、一九九一年）。

Arendt, Hannah: *Men in Dark Times*. San Diego 1995. ハンナ・アーレント『暗い時代の人々』（阿部斉訳、河出書房新社、一九八六年）。

Belmore, H. W. : Walter Benjamin. In: *German Life & Letters. A Quarterly Review*. Vol. 15, Hoboken 1962, pp. 309- 312.

Blumentrath, Hendrik u. a. (Hrsg.) : *Techniken der Übereinkunft. Medialität des Politischen*. Berlin 2009.

Bohrer, Karl Heinz: 1968. Die Phantasie an die Macht? Studentenbewegung – Walter Benjamin – Surrealismus. In: *Merkur*. Jg. 51, Nr. 12. München 1997, S. 1067- 1080.

Bolz, Norbert: *Auszug aus der entzauberten Welt. Philosophischer Extremismus zwischen den Weltkriegen*. München 1989. ノルベルト・ボルツ『批判理論の系譜学——両大戦間の哲学的過激主義』（山本尤／大貫敦子訳、法政大学出版局、一九九七年）。

Brodersen, Momme: *Spinne im eigenen Netz. Walter Benjamin, Leben und Werk*. Bühl-Moos 1990.

Demetz, Peter: Walter Benjamin als Leser Adabert Stifters. In: Lachinger, Johann (Hrsg.): *Stifter Symposion. Vorträge und Lesungen*. Linz 1978, S. 38-43.

Deuber-Mankowsky, Astrid: *Der Frühe Walter Benjamin und Hermann Cohen. Jüdische Werte, Kritische Philosophie, vergängliche Erfahrung*. Berlin 2000.

Deuring, Dagmar: “*Vergiss das Beste nicht!*” *Walter Benjamins Kafka-Essay*. Würzburg 1994.

Dober, Hans Martin: *Die Moderne wahrnehmen. Über Religion im Werk Walter Benjamins*. Tübingen 1999.

Erbertz, Carola: Der Blinde Spiegel. Überlegungen zu Benjamins Kafka Essay. In: *Orbis Litterarum* 59(2) Hoboken 2004, S.114-135.

Felman, Shoshana: *The Juridical Unconcious*. Cambridge 2002.

Fenves, Peter: The Genesis of Judgement. Spatiality, Analogy, and Metaphor in Benjamin’s “On Language as Such and on Human Language”. In: Ferris, David S. (ed.): *Walter Benjamin. Theoretical Questions*. Stanford 1996, pp. 75-93.

Fenves, Peter: Tragedy and Prophecy in Benjamin’s “Origin of the German Mourning Play”. In: Richter, Gerhard (ed.): *Benjamin’s Ghost*. Stanford 2002, pp. 237-259.

Figal, Günter: Die Ethik Walter Benjamins als Philosophie der reinen Mittel. In: Figal, Günter und Folkers, Horst: *Zur Theorie der Gewalt und Gewaltlosigkeit bei Walter Benjamin*. Heidelberg 1979, S. 1-24.

Fuld, Werner: *Walter Benjamin. Zwischen den Stühlen, Eine Biographie*. München/ Wien 1979.

Fürnkäs, Josef: Zitat und Zerstörung. Karl Kraus und Walter Benjamin. In: Rider, Jaques Le und Raulet, Gérard(Hrsg.) *Verabschiedung der (Post-) Moderne? Eine interdisziplinäre Debatte*. Tübingen 1987.

Gasché Rodolphe: "The Sober Absolute". On Benjamin and the Early Romantics. In: Hannsen, Beatrice und Benjamin, Andrew: *Benjamin and Romanticism*. London/ New York 2002, pp. 51-68.

Garber, Kraus: *Rezeption und Rettung. Drei Studien zu Walter Benjamin*. Tübingen 1987.

Geissler, Erich E. : *Der Gedanke der Jugend bei Gustav Wyneken*. Frankfurt am Main/ Berlin/ Bonn 1963.

Habermas, Jürgen: Bewußtmachende oder rettende Kritik—die Aktualität Walter Benjamins. In: Unseld, Siegfried (Hg.): *Zur Aktualität Walter Benjamins*. Frankfurt am Main 1972, S. 174-223. ユルゲン・ハーバーマス「意識化させる批判あるいは救済する批判」『哲学的・政治的プロフィール』(小牧治/村上隆夫訳、未来社、一九九九年) 所収。

Hamacher, Werner: Afformativ, Streik. In: *Cardozo Law Review*. 13 (1991), Vol. 4, pp. 1133-1158.

Hartung, Günter: „Das Ethos philosophischer Forschung". In: Opitz, M. und Wizisla, E. (Hrsg.): *Aber ein Sturm weht vom Paradiese her- Texte zu Walter Benjamin*. Leipzig 1992.

Heil, Susanne: *Gefährliche Beziehungen. Walter Benjamin und Carl Schmitt*. Stuttgart/ Weimal 1996.

Honoldt, Alexander: *Der Leser Walter Benjamin. Bruchstück einer deutschen Literaturgeschichte*. Berlin 2000.

Jäger, Lorenz: Primat des Gestus. Überlegungen zu Benjamins Kafka Essay. In: Jäger, Lorenz und Regehly, Thomas(Hrsg.): *»Was nie geschrieben wurde, lesen«*. Bielefeld 1992, S. 96-111.

Janz, Rolf-Peter: Das Ende Weimars – aus der Perspektive Walter Benjamins. In: Koebner, Thomas (Hrsg.): *Weimars Ende*. Furankfurt am Main 1982, S. 260-270.

Jennings, Michael: *Dialectical Images. Walter Benjamin's Theory of Literary Criticism*. Ithaca 1987.

Kather, Regine: *»Über Sprache überhaupt und über die Sprache des Menschen«. Die Sprachphilosophie Walter Benjamins*. Frankfurt am Main 1989.

Kaulen, Heinrich: Die Aufgabe des Kritikers. Walter Benjamins Reflexionen zur Theorie der Literaturkritik 1929-1931. In: *Literaturkritik- Anspruch und Wirklichkeit. DFG-Symposion 1989*. Stuttgart 1990, S. 319-336.

Kodalle, Klaus-Michael: Walter Benjamins politischer Dezisionism us im theologischen Kontext. In: Bolz, Norbert und Hübener, Wolfgang (Hrsg.) : *Spiegel und Gleichnis. Festschrift für Jakob Taubes*. Königshausen 1983, S. 301-317.

Kramer, Sven: *Rätselfragen und wolkige Stellen zu Benjamins Kafka-Essay*. Lüneberg 1991.

LaCapra, Dominick: Gewalt, Gerechtigkeit und Gesetzkraft. In: Haverkamp, Anselm: (Hrsg.): *Gewalt und Gerechtigkeit. Derrida-Benjamin*. Frankfurt am Main 1994, S. 143-161.

Lacis, Asja: *Revolutionär im Beruf. Bericht über proletarisches Theater, über Meyerhold, Brecht, Benjamin und Piscator*. München 1976.

Makropoulos, Michael: Haltlose Souveränität. Benjamin, Schmitt und die klassische Moderne in Deutschland. In: Gangl, Manfred und Raulet, Gérard : *Intellektuellendiskurse in der Weimar Republik*. Frankfurt am Main/ Berlin 2007, S. 267-282.

Mayer, Hans: Walter Benjamin und Franz Kafka. Bericht über eine Konstellation. In: *Literatur und Kritik*. Jg. 14 (1979), S. 579-597.

McCole, John: *Walter Benjamin and the Antinomies of Tradition*. Ithaca/ London 1993.

Mehlman, Jeffrey: *Walter Benjamin for Children: An Essay on His Radio Years*. Chicago 1993.

Menke, Bettine: *Sprachfiguren. Name-Allegorie-Bild nach Benjamin*. München 1991.

Menke, Bettine: „Zur Kritik der Gewalt“. Techniken der Übereinkungt, Diplomatie, Lüge. In: *Techniken der Übereinkunft. Medialität des Politischen*. S. 37-56.

Menninghaus, Winfried: *Walter Benjamins Theorie der Sprachmagie*. Frankfurt am Main 1980.

Menninghaus, Winfried: *Schwellenkunde: Walter Benjamins Passage des Mythos*. Frankfurt am Main 1986. ヴィンフリート・メニングハウス『敷居学——ベンヤミンの神話のパサージュ』（伊藤秀一訳、現代思潮新社、二〇〇〇年）。

Menninghaus, Winfried: Das Ausdruckslose: Walter Benjamins Kritik der Schönen durch das Erhabene. In: Steiner, Uwe: *Walter Benjamin 1892-1940. Zum 100. Geburtstag*. Frankfurt am Main 1992, S. 33-76.

Palmier, Jean-Michel: *Walter Benjamin. Lumpensammler, Engel und bucklicht Männlein. Ästhetik und Politik bei Walter Benjamin*. Aus dem Französischen von Horst Brühmann. Frankfurt am Main 2006.

Prahl, Hans- Werner: *Sozialgeschichte des Hochschulwesens*. Kösel 1978.

Primavesi, Patrick: *Kommentar, Übersetzungen, Theater. W. Benjamins frühen Schriften*. Frankfurt am Main/ Basel 1998.

Puttnies, Hans und Smith, Gary(Hrsg.): *Benjaminiana*. Giessen 1991.

Rabinbach, Anson: *In the shadow of catastrophe*. London 1997.

Raddatz, Fritz J. : Sackgasse, nicht Einbahnstraße. In: *Merkur*. Nr. 306, München 1973. S. 1065-1075.

Raddatz, Fritz J. : Die Kräfte des Rausches für die Revolution gewinnen. Der Literaturbegriff des preußischen Snobs und jüdischen Melancholikers Walter Benjamin. In: *Revolute und Melancholie*. Hamburg 1979, S. 191-222.

Raulet, Gérard: *Positive Barbarei. Kulturphilosophie und Politik bei Walter Benjamin*. Münster 2004.

Reemtsma, Jan Philipp: Der Bote. Walter Benjamin über Karl Kraus. In: *Sinn und Form*. Jg. 43. Heft 1. Berlin 1991, S. 104-115.

Roberts, Julian. *Walter Benjamin. Traditions in Social Theory*. London 1982.

Rogowski, Ralf: The Paradox of Law and Violence. Modern and Postmodern Readings of Benjamin's "Critique of Violence". In: *New Comparison. A Journal of Comparative and General Literary Studies*. Vol. 18. Essex 1994, pp. 131-151.

Schneider, Manfred: *Die Angst und das Paradies des Nörglers*. Frankfurt am Main 1977.

Scholem, Gerschom: *Walter Benjamin. Die Geschichte einer Freundschaft*. Frankfurt am Main 1997 . ゲルショム・ショーレム『我が友ベンヤミン』（野村修訳、晶文社、一九七八年）。

Schulte, Christian: *Ursprung ist das Ziel. Walter Benjamin über Karl Kraus*. Würzburg 2003.

Steiner, Uwe: „Das Höchste wäre: zu begreifen, dass alles Factische schon Theorie ist". Walter Benjamin liest Goethe. In: *Zeitschrift für Deutsche Philologie*. Ausgabe 2. Bonn/ Paderbom 2002, S. 265-284.

Steiner, Uwe: Der wahre Politiker. In: *Internationales Archiv für Sozialgeschichte der deutschen Literatur*. Vol. 25-2, Tübingen 2000, S. 48-92.

Steizinger, Johannes: Zwischen emanzipatorischem Appell und melancholischem Verstummen. Walter Benjamins Jugendschriften. In: Weidner, D. und Weigel, S. (Hrsg): *Benjamin Studien 2*. München 2009, S. 225-238.

Stoessel, Marleen: *Aura-Das vergessene Menschliche. Zu Sprache und Erfahrung Walter Benjamins*. München/Wien 1983.

Taubes, Jakob: *Die politische Theologie des Paulus*. München 1993.

Thornhill, Christpher J.: *Walter Benjamin and Karl Kraus. Problems of a „Wahlverwandtschaft"* . Stuttgart 1996.

Weber, Samuel: Taking Exception to Decision. In Steiner, Uwe (Hrsg.). *Walter Benjamin, 1892-1940. Zum 100. Geburtstag*. Bern/New York 1992, pp. 123-138.

Wiesenthal, Lieselotte: *Zur Wissenschaftstheorie Walter Benjamins*. Frankfurt am Main 1973.

Witte, Bernd: Krise und Kritik. Zur Zusammenarbeit Benjamin mit Brecht in den Jahren 1929 bis 1933. In: Gebhardt, Peter (Hrsg.) :

Walter Benjamin- Zeitgenosse der Moderne. S. 9-36.
Witte, Bernd: *Walter Benjamin. Der Intellektuelle als Kritiker. Untersuchungen zu seinem Frühwerk*. Stuttgart 1976.
Witte, Bernd: *Walter Benjamin. Mit Selbstzeugnisse und Bilddokumenten*. Hamburg 1985.
Witte, Bernd: Feulletonismus. Benjamin, Kraus, Heine. In: Kircher, Sacha(Hrsg.): *Walter Benjamin und das Weiner Judentum zwischen 1900 und 1938*. Würzburg 2009, S. 15-40.
Wizisla, Erdmut: "Fritz Heinle war Dichter". Walter Benjamin und sein Jugendfreund. In: *Was nie geschrieben wurde, lesen*. Bielefeld 1992, S. 115-131.
Wizisla, Erdmut: *Benjamin und Brecht. Die Geschichte einer Freundschaft. Mit einer Chronik und den Gespächsprottkollen des Zeitschrift „Krise und Kritik“* . Frankfurt am Main 2004.

2-2 日本語文献

ジョルジョ・アガンベン『ホモ・サケル』(高桑和巳訳、以文社、二〇〇三年)。

ジョルジョ・アガンベン『バートルビー――偶然性について』(高桑和巳訳、月曜社、二〇〇五年)。

磯崎康太朗「近代の情熱と静かな消失――ベンヤミンのシュティフター解釈について」『文学におけるモダン 三』(上智大学ヨーロッパ研究所、二〇〇九年)、四一~五五頁所収。

今井康雄『ヴァルター・ベンヤミンの教育思想――メディアのなかの教育』(世織書房、一九九八年)。

内村博信『ベンヤミン　危機の思考――批評理論から歴史哲学へ』(未来社、二〇一二年)。

ヴィルヘルム・エムリッヒ『アレゴリーとしての文学――バロック期のドイツ』(道籏泰三訳、平凡社、一九九三年)。

岡本和子「韻と名――ヴァルター・ベンヤミンにおける抒情詩という形式について」『文芸研究』第九四号(明治大学、二〇〇四年)、四三~六九頁所収。

小野寺賢一「沈黙の対話術――青年期ベンヤミンの「対話」の理念にみられる絶対的表出の構造」『ワセダ・ブレッター』第一二号(早稲田大学 二〇〇五年)、四四~六四頁所収。

柿木伸之『ベンヤミンの言語哲学――翻訳としての言語、想起からの歴史』(平凡社、二〇一四年)。

川村二郎『アレゴリーの織物』(講談社、一九九一年)。

粂米川麻里生「W・ベンヤミンはゲーテの不肖の弟子か?――初期ベンヤミンのゲーテ受容について」『モルフォロギア』第三四号

（ゲーテ自然科学の集い、二〇一二年）、四六～六六頁所収。

マーティン・ジェイ『暴力の屈折』（谷徹／谷優訳、岩波書店、二〇〇四年）。

ジャック・デリダ『法の力』（堅田研一訳、法政大学出版局、一九九九年）。

長濱一真「ヴァルター・ベンヤミンの初期言語論断片と「言語一般および人間の言語について」——ベンヤミンのラッセル記述理論への応接から」『人間社会学研究集録』第五号（大阪府立大学、二〇〇九年）、五九～八一頁所収。

スーザン・A・ハンデルマン『救済の解釈学——ベンヤミン、ショーレム、レヴィナス』（合田正人／田中亜美訳、法政大学出版局、二〇〇五年）。

平野嘉彦『死のミメーシス——ベンヤミンとゲオルゲ・クライス』（岩波書店、二〇一〇年）。

細見和之『ベンヤミン「言語一般および人間の言語について」を読む——言葉と語りえぬもの』（岩波書店、二〇〇九年）。

ノルベルト・ボルツ「ベンヤミンの美学」（石光泰夫訳）『批評空間』第II期第二号（太田出版、一九九四年）、四八～六五頁。

ノルベルト・ボルツ『仮象小史』（山本尤訳、法政大学出版局、一九九九年）。

三崎和志「批評とメシアニズム」『都留文科大学研究紀要』第六一号（都留文科大学、二〇〇五年）、一一一～一三一頁所収。

三崎和志「ベンヤミンと第一次大戦」『桐朋学園大学研究紀要』第二八号（桐朋学園大学、二〇〇二年）、七五～九〇頁所収。

三島憲一『ベンヤミン——破壊・収集・記憶』（講談社、一九九八）。

三原弟平『ベンヤミンと女たち』（青土社、二〇〇三年）。

村上真樹『美の中断——ベンヤミンによる仮象批判』（晃洋書房、二〇一四年）。

森田團『ベンヤミン——媒質の哲学』（水声社、二〇一一年）。

山内志郎『天使の記号学』（岩波書店、二〇〇一年）。

山口裕之『ベンヤミンのアレゴリー的思考』（人文書院、二〇〇三年）。

3　その他の文献

3-1　事典

Ritter, Joachim u. a. (Hrsg.): *Historisches Wörterbuch der Philosophie.* Basel 1971-2007.

Wiener, Philip P. (ed.): *Dictionary of the history of ideas : studies of selected pivotal ideas*. New York 1973. P・フィリップ・ウィーナー編『西洋思想大事典』（荒川幾男他編訳、平凡社、一九九〇年）。

3－2　外国語文献

Adorno, Theodor W.: Jargon der Eigentlichkeit. In: *Gesammelte Schriften*. Bd. 6. Herausgegeben von R. Tiedemann, unter Mitwirkung von G. Adorno, S. Buck-Moss und K. Schultz. Frankfurt am Main 2003. テオドール・W・アドルノ『本来性という隠語――ドイツ的なイデオロギーについて』（笠原賢介訳、未来社、一九九二年）。

Andersch, Alfred: *Das Alfred Andersch Lesebuch*. Herausgegeben von Gerd Haffmans. Zürich 1979.

Arnim, Bettina: *Goethes Briefwechsel mit einem Kinde*. Berlin 1920.

Aschheim, Steven E.: *Brothers and Strangers. The East European Jew in German and German Jewish Consciousness 1800-1923*. Madison 1982.

Becher, Johannes R.: Über die proletarish-revolutionäre Literatur in Deutschland. In: *Zur Tradition der sozialistischen Literatur in Deutschland*. Berlin/Waimar 1967.

Becher : Partei und Intellektuelle. In: *Zur Tradition der sozialistischen Literatur in Deutschland*. Berlin/Waimar 1967.

Becker, Sabina: *Neue Sachlichkeit*. Köln/ Weimar/ Wien/ Böhlau 2000.

Biale, David: *Kabbalah and Counter-History*. Cambridge 1979. デイヴィッド・ビアール『カバラーと反歴史――評伝ゲルショム・ショーレム』（木村光二訳、晶文社、一九八四年）。

Blei, Franz: *Das große Bestiarium der Literatur*. Berlin 1922.

Bloch, Ernst: *Spüren*. Frankfurt am Main 1969.

Bogner, Ralf Georg: *Einführung in die Literatur des Expressionismus*. Darmstadt 2005.

Brecht, Bertolt: Geschichten vom Herrn Keuner. In: *Werke*. Herausgegeben von Werner Hecht. Bd. 18. Berlin/ Weimar/ Frankfurt am Main 1995.

Buber, Martin: *Briefwechsel aus sieben Jahrzehnten. Bd. I: 1897-1918*. Heidelberg 1972.

Buber, Martin: *Werkausgabe*. Herausgegeben von Paul Mendes-Flohr und Peter Schäfer. Bielefeld 2001ff.

Burckhardt, Jacob: *Griechische Kulturgeschichte*. Erster Band. Basel 1930. ヤーコプ・ブルクハルト『ギリシア文化史――第一巻』（新井

靖一訳、筑摩書房、一九九八年)。
Canetti, Elias: *Die Fackel im Ohr. Lebensgeschichte 1921-1931*. München/ Wien 1993. エリアス・カネッティ『耳の中の炬火——伝記一九二一～一九三一』(岩田行一訳、みすず書房、一九八五年)。
Canetti, Elias: *Das Augenspiel. Lebensgeschichte 1931-1937*. München/Wien 1994. エリアス・カネッティ『眼の戯れ——伝記一九三一～一九三七』(岩田行一訳、みすず書房、一九九九年)。
Cohen, Hermann: Ethik des reinen Willens. In: Hermann-Cohen-Archiv (Hrsg.): *Hermann Cohen Werke*. Bd. 7. Hildesheim/ New York 1981. ヘルマン・コーヘン『純粋意志の倫理學』(村上寛逸訳、第一書房、一九三三年)。
Cohen, Hermann: Ästhetik des reinen Gefühls. Bd. 2. In: Hermann-Cohen-Archiv (Hrsg.): *Hermann Cohen Werke*. Bd. 9. Hildesheim/ New York 1982. ヘルマン・コーヘン『純粋感情の美學』(村上寛逸訳、第一書房、一九三九年)。
Fink, Carole: *Defending the Rights of Others. The Great Powers, the Jews, and Internaional Minority Protection, 1878-1938*. Cambridge 2004.
Franz, Michael: Skepsis und Enthusiasmus. Gustav Landauers „Anschluß" an Fritz Mauthner. In: Henne, H. und Kaiser, C. (Hrsg.): *Fritz Mauthner-Sprache, Literatur, Kritik. Festakt und Symposion zu seinem 150. Geburtstag*. Tübingen 2000, S. 163-174.
Frei, Bruno: „Karl Kraus-gleichschaltet". In: *Der Gegen-Angriff in der Tschechoslowakei*. Nr. 33. Aug. 1934.
Friedman, Maurice: *Martin Buber's Life and Work. The Early Years 1878-1923*. New York 1981.
Früh, Eckart :„Die ‚Arbeiter-Zeitung' als Quelle der ‚Letzten Tage der Menschheit'". In: Scheichl, Sigurd Paul und Timms, Edward (Hrsg.): *Karl Kraus in neuer Sicht*. München 1986, S. 209-235.
Goethe, Johann Wolfgang: *Goethes Werke. Hamburger Ausgabe in 14 Bänden*. München 1981.
Grönzinger, Karl Erich: Gedanken, Erinnern und Fest als Wege zur Erlösung des Menschen und zur Transzendenzerfahrung im Judentum. In: Casper, B. und Spran, W. (Hrsg.): *Alltag und Transzendenz. Studien zur religiösen Erfahrung in der gegenwärtigen Gesellschaft*. Freiburg/ München 1992, S. 19-50.
Gumpert, Martin: *Hölle im Paradies. Selbstdarstellung eines Arztes*. Stockholm 1939.
Gundolf, Friedrich: *Stefan George*. Berlin 1920.
Haas, Willy : *Die Literarische Welt*. München 1957.
Hamacher, Bernd: Michael Kohlhaas. In: Breuer, Ingo(Hrsg.): *Kleist Handbuch. Leben- Werk- Wirkung*. Stuttgart 2009, S. 97-106.

Härtl, Heinz (Hrsg.): *>Die Wahlverwandtschaften<. Eine Dokumentation der Wirkung von Goethes Roman 1808-1832*. Berlin 1983, S. 88.

Haueis, Eduard: *Karl Kraus und der Expressionismus*. Nürnberg 1968.

Herrmann, Leo: Aus Tagebuchblättern. In: *Der Jude*. Sonderheft. 1928, S. 158-164.

Heidegger, Martin: Davoser Disputation. In: *Kant und das Problem der Metaphysik*. Frankfurt am Main 1998.

Heidegger, Martin: *Sein und Zeit*. Tübingen 2001.

Heinz, Jutta: »Durch und durch materialistisch« oder »voll innern heiligen Lebens?« Zur zeitgenössischen Rezeption der Wahlverwandtschaften. In: Hühn(Hg.): *Goethes »Wahlverwandtschaften«. Werk und Forschung*. Berlin/ New York 2010 S. 433-458.

Helzig, Werner (Hrsg.) : *Schimpfwörterbuch zu der von Karl Kraus 1899 bis 1936 herausgegebenen Zeitschrift Die Fackel*. Wien 2008.

Holste, Christine: *Der Forte-Kreis(1910-1915). Rekonstruktion eines utopischen Versuchs*. Stuttgart 1992.

Hühn, Helmut: Wirklichkeit und Kunst. 200 Jahre Goethes Wahlverwandtschaften. In: *Goethes »Wahlverwandtschaften«*. S. 3-26.

Iggers, Wilma Abeles: *Karl Kraus. A Viennese Critic of the Twentieth Century*. The Hague 1967.

Kafka, Franz: *Der Verschollene*. Herausgegeben von Jost Schillemeit. Frankfurt am Main 1983. フランツ・カフカ『失踪者』（池内紀訳、白水社、二〇〇〇年）。

Kafka, Franz: *Tagebücher*. Herausgegeben von Hans-Gerd Koch, Michael Müller und Malcolm Pasley. Frankfurt am Main 1990.

Kafka, Franz: *Nachgelassene Schriften und Fragmente II*. Herausgegeben von Malcolm Pasley. Frankfurt am Main 1992.

Kafka, Franz: *Nachgelassene Schriften und Fragmente I*. Herausgegeben von Malcolm Pasley. Frankfurt am Main 1993.

Kafka, Franz: *Drucke zu Lebzeiten*. Herausgegeben von Wolf Kittler, Hans-Gerd Koch und Gerhard Neumann. Frankfurt am Main 1994.

Kant, Immanuel: Beobachtungen über das Gefühl des Schönen und Erhabenen. In: *Kants Werke, Akademie Textausgabe*. Bd. 2. Berlin 1968. イマヌエル・カント『美と崇高の感情性に関する観察』（上野直昭訳、岩波書店、一九八二年）。

Kant, Immanuel: Kritik der Urteilskraft. *Kants Werke, Akademie Textausgabe*. Bd. 5. Berlin 1968. イマヌエル・カント『判断力批判』（篠田英雄訳、岩波書店、一九六四年）。

Kant, Immanuel: Die Religion innerhalb der Grenzen der bloßen Vernunft. In: *Kants Werke. Akademie-Textausgabe*. Bd. 6. Berlin 1968. イマヌエル・カント『たんなる理性の限界内の宗教』（北岡武司訳、岩波書店、二〇〇〇年）。

Kant, Immanuel: Anthropologie in praktischer Hinsicht. In: *Kants Werke. Akademie-Textausgabe*. Bd. 7. 1968. イマヌエル・カント『人

間学』（坂田徳男訳、岩波書店、一九五二年）。
Kästner, Erich: Gedichte. In: *Gesammelte Schriften*. Bd. 1. Köln 1959.
Kästner, Erich: Fabian. In: *Gesammelte Schriften*. Bd. 2. Köln 1959. エーリヒ・ケストナー『ファビアン――あるモラリストの物語』（丘澤静也訳、みすず書房、二〇一四年）。
Kerényi, Karl: *Die Mythologie der Griechen*. Zürich 1951. カール・ケレーニイ『ギリシアの神話――神々の時代』（植田兼吉訳、中央公論社、一九八五年）。
Kerényi, Karl: *Die Religion der Griechen und Römer*. München/ Zürich 1963.
Kiesel, Helmut: *Erich Kästner*. München 1981.
Kohn, Hans: *Martin Buber. Sein Werk und seine Zeit*. Köln 1961.
Kraft, Werner: Über einen verschollenen Dichter. In: *Neue Rundschau*. Jg. 78, Nr. 4, Frankfurt am Main 1967, S. 614-621.
Kraft, Werner: *Franz Kafka. Durchdringung und Geheimnis*. Frankfurt am Main 1968.
Kramer, Sven: *Rätselfragen und wolkige Stellen zu Benjamins Kafka-Essay*. Lüneberg 1991.
Krämer, Sybille: *Medium, Bote, Übertragung*. Frankfurt am Main 2008.
Kraus, Karl: *Schriften*. Herausgegeben von Christian Wagenknecht, 20 Bände. Frankfurt am Main 1986-94.
Kraus, Karl: *Die Fackel*. Nr.1-926. München 1968-1973.
Krolop, Kurt: *Sprachsatire als Zeitsatire bei Karl Kraus*. Berlin 1987.
Kupffer, Heinrich: *Gustav Wyneken. Ein Wegbereiter der modernen Erlebnispädagogik?* Lüneburg 1992.
Landauer, Gustav: *Sein Lebensgang in Briefen*. Unter Mitwirkung von Britschgi-Schimmer, herausgegeben von Martin Buber. Frankfurt am Main 1929.
Lehten, Helmuth: *Neue Sachlichkeit 1924-1932. Studien zur Literatur des „weissen Sozialismus“*. Stuttgart 1975.
Liegler, Leopold: *Karl Kraus und sein Werk*, Wien 1920.
Lovejoy, Arthur. O.: Schiller and the Genesis of Romanticism. In. *Essays in the History of Ideas*. London 1948, pp. 207-227.
Löwith, Karl: Der okkasionele Dezisionismus von C. Schmitt. In: *Sämtliche Schriften*. Bd. 8. Stuttgart 1984, S. 32-71.
Löwith, Karl: *Mein Leben in Deutschland vor und nach 1933. Ein Bericht*. Stuttgart 1986. カール・レーヴィット『ナチズムと私の生活――仙台からの告発』（秋間実訳、法政大学出版局一九九〇年）。

Lukács, Georg: *Die Theorie des Romans. Ein geschichtsphilosophischer Versuch über die Formen der großen Epik*. Berlin 1920. ジェルジ・ルカーチ『小説の理論』（原田義人／佐々木基一訳、筑摩書房、一九九四年）。
Lukács, Georg: Geschichte und Klassenbewußtsein. In: *Georg Lukács Werke*, Bd. 2. Luchterhand/ Darmschtad/ Neuwied 1968. ジェルジ・ルカーチ『歴史と階級意識』（城塚登／古田光訳、白水社、一九九一年）。
Lukács, Georg: Metaphysik der Tragödie. Paul Ernst. In: *Seele und Form*. Neubied/Berlin 1971, S. 218-251. ジェルジ・ルカーチ『ルカーチ著作集一』（川村二郎／圓子修平／三城満禧訳、白水社、一九八六年）。
Mannheim, Karl: *Ideologie und Utopie*. Frankfurt am Main 1965. カール・マンハイム『イデオロギーとユートピア』（高橋徹／徳永恂訳、中央公論社、二〇〇六年）。
Margulies, Heinrich: Der Krieg der Zurückbleibenden. In: *Jüdische Rundschau*. Heft 6, Berlin 1915.
Mauthner, Fritz: *Wörterbuch der Philosophie. Neue Beiträge zu einer Kritik der Sprache*. München/ Leipzig 1910.
Mauthner, Fritz: *Beiträge zu einer Kritik der Sprache*. Hildesheim 1967.
Mendes-Flohr, Paul: *Von der Mystik zum Dialog. Martin Bubers geistige Entwicklung bis hin zu „Ich und Du“* . Königstein 1978.
Mosse, George L. : *The Crisis of German Ideology*. New York 1998. ジョージ・L・モッセ『フェルキッシュ革命』（植村和秀他訳、柏書房、一九九八年）。
Mosse, George L. : *Masses and Man. Nationalist and Fascist Perceptions of Reality*. New York 1980.
Murray, Gilbert: *Five Stages of Greek Religion*. London 1935. ギルバート・マレー『ギリシア宗教発展の五段階』（藤田健治訳、岩波書店、一九九二年）。
Nietzsche, Friedrich: Also sprach Zarathustra. In: Colli, Giorgio und Montinari, Mazzino(Hrsg.) *Sämtliche Werke. Kritische Studienausgabe*. Berlin/ New York, 1988. フリードリヒ・ニーチェ『ツァラトゥストラ』（吉沢伝三郎訳、筑摩書房、一九九三年）。
Otto, Walter. F.: *Dionysos-Mythos und Kultus*. Frankfurt am Main 1960. ワルター・F・オットー『ディオニューソス――神話と祭儀』（西沢龍生訳、論創社、一九九七年）。
Perone, Ugo: Die Zweideutigkeit des Alltags. In: *Alltag und Transzendenz. Studien zur religiösen Erfahrung in der gegenwärtigen Gesellschaft*. S. 241-265.
Pfabigan, Alfred: *Karl Kraus und Sozialismus. Eine politische Biographie*. Wien 1976.
Pfabigan, Alfred: „Karl Kraus als Kritiker des Austromarxismus“. In: *Karl Kraus in neuer Sicht*. S. 235-255.

Pfoser, Alfred: *Literatur und Austromarxismus*. Wien 1980.

Pollak, Oskar: Ein Künstler und Kämpfer. In: *Der Kampf*. XVI, Wien 1970 (1923).

Pollak, Oskar: Noch einmal Karl Kraus. In: *Der Kampf*. XIX. 1970 (1926).

Prahl, Hans- Werner: *Sozialgeschichte des Hochschulwesens*. Kösel 1978. ハンス・ヴェルナー・プラール『大学制度の社会史』（山本尤訳、法政大学出版局、一九八八年）。

Putnam, Hilary: *Jewish Philosophy as a Guide to Life. Rosenzweig, Buber, Levinas, Wittgenstein*. Bloomington 2008. ヒラリー・パトナム『導きとしてのユダヤ哲学——ローゼンツヴァイク、ブーバー、レヴィナス、ウィトゲンシュタイン』（佐藤貴史訳、法政大学出版局、二〇一三年）。

Rothe, Friedrich: *Karl Kraus. Die Biographie*. München 2003.

Rosenzweig, Franz: *Der Stern der Erlösung*. Hague 1976. フランツ・ローゼンツヴァイク『救済の星』（村岡晋一／細見和之／小須田健訳、みすず書房、二〇〇九年）。

Sandkaulen, Birgit: „...Überall nur *eine* Natur ....". Spinozas *Ethik* als Schlüssel zu Goethes *Wahlverwandtschaften*? In: *Goethes „Wahlverwandtschaften". Werk und Forschung*. S. 177-192.

Scheichl, Sigurd Paul : „Zu ‚Wichtiges von Wichten'". In: *Kraus-Hefte*. H. 1. München 1977, S. 16-17.

Schick, Paul: *Karl Kraus*. Reinback 1993.

Schiller, Friedrich: Über naive und sentimentalische Dichtung. In: *Sämtliche Werke*. Bd. 5, München 1980.

Schiller, Friedrich: Über Anmuth und Würde. In: *Schillrs Werke. Nationalausgabe*. Herausgegeben Benno von Wiese. Bd. 20. Weimar 1962.

Schmitt, Carl: *Römischer Katholizismus und politische Form*. Stuttgart 1954.

Schneider, Manfred: *Die Angst und das Paradies des Noerglers*. Frankfurt am Main 1977.

Scholem, Gerschom: *Von Berlin nach Jelsalem. Jugenderinnerungen*. Frankfurt am Main 1977. ゲルショム・ショーレム『ベルリンからエルサレムへ　青春の思い出』（岡部仁司訳、法政大学出版局、一九九一年）。

Scholem, Gerschom: *Briefe I. 1914-1947*. Herausgegeben von I. Schedletzky. München 1994.

Silberstein, Laurence J.: *Martin Buber's Social and Religious Thought. Alienation and the Quest for Meaning*. New York 1989.

Sögel, Albert(Hrsg.): *Dichtung und Dichter der Zeit: eine Schilderung der deutschen Literatur der letzten Jahrzehnte: neue Folge im Banne des Expressionismus*. Leipzig 1925.

Sørensen, Bengt Algot: *Geschichte der deutschen Literatur 2. Vom 19. Jahrhundert bis zur Gegenwart*. München 2002.

Staiger, Emil: *Goethe 1786-1814*. Zürich 1958. エーミール・シュタイガー『ゲーテ――中巻 一七八六～一八一四』（小松原千里他訳、人文書院、一九八一年）。

Staiger, Emil: *Goethe 1814-1832*. Zürich 1959. エーミール・シュタイガー『ゲーテ――下巻 一八一四～一八三二』（木庭宏他訳、人文書院、一九八二年）。

Stremmel, Jochen:„*Dritte Walpurgisnacht*“. *Über einen Text von Karl Kraus*. Bonn 1982.

Struve, Wolfgang: *Philosophie und Transzendenz. Eine propädeutische Vorlesung*. Freibug im Breisgau 1969.

Taubes, Jakob: *Abendländische Eschatologie*. Bern 1947.

Taylor, Seth: *Leftwing-Nietzschean. The Politics of German Expressionism 1910-1920*. Berlin 1990.

Timms, Edward: *Karl Kraus. Apocalyptic Satirist. Culture and Catastrophe in Habsburg Vienna*. New Haven 1986.

Toulmin, Stephan and Janik, Allan: *Wittgenstein's Vienna*. New York 1973. スティーヴン・E・トゥールミン／アラン・S・ジャニク『ヴィトゲンシュタインのヴィーン』（藤村龍雄訳、平凡社、二〇〇一年）。

Turner, Steven R.: The Prussian Universities and the Concept of Research. In: *Internationales Archiv für Sozialgeschichte der deutschen Literatur*. Bd. 5. Tübingen 1980.

Venturelli, Aldo: *Kunst, Wissenschaft und Geschichte bei Nietzsche*. Monographien und Texte zur Nietzsche-Forschung, Bd. 47, Berlin 2003, S. 244f.

Viertel, Berthold: *Karl Kraus. Ein Charakter und die Zeit*. Dresden 1921.

Vogt, Stefan: The First World War, German Nationalism, and the Transformation of German Zionism. In: *Leo Baeck Institute Year Book*. Vol. 57, Oxford 2012, pp. 267-291.

Vondung, Klaus: *Die Apokalypse in Deutschland*. München 1988.

Wagenknecht, Christian und Willms, Eva (Zusammengestellt und kommentiert): *Karl Kraus-Franz Werfel. Eine Dokumentation*. Göttingen 2011.

Weber. Max: *Wirtschaft und Gesellschaft. Grundriß der verstehenden Soziologie*. Fünfte, revierte Auflage, herausgegeben von Johannes Winckelmann. Tübingen 1976. マックス・ウェーバー『宗教社会学』（武藤一雄他訳、創文社、一九七六年）。

Weiler, Gershon: *Mauthner's Critique of Language*. Cambridge 1970.
Weiler, Gershon: Fritz Mauthner: A Study in Jewish Self-Rejection. In: *Leo Baeck Institute Year Book*. Vol. 8, 1963, pp. 136-148.
Werfel, Franz: *Gedichte aus den Jahren 1908-1945*. Frankfurt am Main 1992.
Werfel, Franz: *Spiegelmensch. Magische Trilogie*. München 1920. フランツ・ウェルフェル「鏡人」（高橋健二訳）『近代劇全集九』（第一書房、一九二八年）。
Werfel, Franz: *Nicht der Mörder, der Ermordete ist schuldig. Eine Novelle*. München und Leipzig 1922. フランツ・ウェルフェル『殺した者ではなく殺された者に罪がある』（成瀬無極訳、世界文學社、一九四六年）。
Wittgenstein, Ludwig: *Logisch-Philosophische Abhandlung. Tractatus logico-philosophicus*. Frankfurt am Main 1998. ルートヴィヒ・ウィトゲンシュタイン『論理哲学論考』（野矢茂樹訳、岩波書店、二〇〇三年）。
Wyneken, Gustav: *Schule und Jugendkultur*. Jena 1913.
Wyneken. Gustav: *Der Kampf für die Jugend*. Jena 1919.
Zweibrücken, Helga N.: *Die Literarische Kritik am ersten Weltkrieg in der Zeitschrift „Die Weissen Blätter“*. Konstanz 1986.

3-3 日本語文献

アイスキュロス「慈みの女神たち」（呉茂一訳）『ギリシア悲劇I——アイスキュロス』（筑摩書房、一九八五年）所収。

パーヴェル・アイスナー『カフカとプラハ』（金井裕／小林敏夫訳、審美社、一九七五年）。

荒井章三『ユダヤ教の誕生』（講談社、二〇一三年）。

池内紀『闇にひとつ炬火あり』（筑摩書房、一九八五年）。

池田浩士他編『資料世界プロレタリア文学運動』第三巻（三一書房、一九七五年）。

エイブラハム・イーデル「幸福と快楽」（野町啓訳）『西洋思想史大事典』（平凡社、一九九〇年）、一四三〜一五七頁所収。

稲村秀一『マルティン・ブーバー研究——教育論・共同体論・宗教論』（渓水社、二〇〇四年）。

ゲルハルト・ヴェール『ブーバー』（児島洋訳、理想社、一九七二年）。

植村卍『ブーバー「対話」思想の研究——二元論と言語哲学を中心として』（人文書院、二〇〇一年）。

上山安敏『ブーバーとショーレム』（岩波書店、二〇〇九年）。

エウリピデス「オレステス」（小川政恭訳）『ギリシア悲劇全集IV——エウリピデス』（人文書院、一九六〇年）所収。

太田隆士「カール・クラウスの『第三のワルプルギスの夜』試論――ジャーナリズムとナチズム」『駿河台大学論争』第一三号（駿河台大学、一九九六年）、九七～一三〇頁。

ミルチア・エリアーデ『世界宗教史二』（松村一男訳、筑摩書房、二〇〇〇年）。

ジョン・エリス『機関銃の社会史』（越智道雄訳、平凡社、二〇〇八年）。

小田垣雅哉『キリスト教の歴史』（講談社、一九九五年）。

小野文生「分有の思考へ――ブーバーの神秘主義的言語を対話哲学へ折り返す試み」『教育哲学研究』第九六号（教育哲学会、二〇〇七年）、四二～六二頁。

ハンス゠ゲオルク・ガダマー『真理と方法Ⅰ』（轡田收訳、法政大学出版局、二〇一二年）。

加藤隆『一神教の誕生――ユダヤ教からキリスト教へ』（講談社、二〇〇二年）。

川島隆『カフカの〈中国〉と同時代言説　黄禍・ユダヤ人・男性同盟』（彩流社、二〇一〇年）。

川島隆「マウトナーの二つのボヘミア小説――同化ユダヤ人の「母語」と民族アイデンティティをめぐって」『ナマール』第一八号（神戸ユダヤ文化研究会、二〇一三年）、五一～六一頁。

川瀬邦臣「H・リーツの教育改革の思想」ヘルマン・リーツ『世界新教育運動選書一四――田園教育舎の理想、ドイツ国民教育改革の指針』（川瀬邦臣訳、明治図書出版、一九八五年）、一一～九六頁所収。

ゼーレン・キルケゴール『現代の批判』（桝田啓三郎訳、岩波文庫、一九八一年）。

ヴェルナー・クラフト『ブーバーとの対話』（板倉敏之訳、法政大学出版局、一九七五年）。

レイモンド・クリバンスキー／アーウィン・パノフスキー／フリッツ・ザクスル『土星とメランコリー――自然哲学、宗教、芸術の歴史における研究』（田中英道監訳、晶文社、一九九一年）。

クリスティアン・グラーフ・フォン・クロコウ『決断――ユンガー、シュミット、ハイデガー』（高田珠樹訳、柏書房、一九九九年）。

H・ケルンバウアー／F・ウェーバー「インフレーションから不況へ」エンマリヒ・タロシュ／ヴォルフガング・ノイゲバウアー編『オーストリア・ファシズム』（田中浩／村松恵二訳、未来社、一九九六年）所収。

カール・ケレーニイ『神話と古代宗教』（高橋英夫訳、筑摩書房、二〇〇〇年）。

河野英二「ラブレターのなかの『根源』――カール・クラウスにおける言語とジェンダーの問題について」『ドイツ文学』第一〇五巻（日本独文学会、二〇〇一年）、八一～九一頁所収。

河野英二「『書かれた見せ物芸術』の共演者と観客たち――時代のなかのカール・クラウス」『思想』第一〇五八号（岩波書店、

二〇一二年)、九～二七頁所収。

河野英二「カール・クラウスのメディア戦略――世紀転換期のドイツ語圏におけるユダヤ系ジャーナリズムとの関わりのなかで」『ナマール』第一八号(神戸ユダヤ文化研究会、二〇一三年)、三一～五〇頁。

神崎繁『プラトンと反遠近法』(新書館、一九九九年)。

小林政吉『ブーバー研究』(創文社、一九七八年)。

斎藤寛「エーリヒ・ケストナーの『ファービアン』について」『商學論集』第五五巻第四号(福島大学経済学会、一九八七年)、一一六～一六二頁。

堺雅志「ことばが私を支配する」『思想』第一〇五八号、二四〇～二六一頁所収。

マーティン・ジェイ「近代性における複数の『視の制度』」ハル・フォスター編『視覚論』(榑沼範久訳、平凡社、二〇〇二年)所収。

嶋崎隆「『オーストリア哲学』の独自性とフリッツ・マウトナーの言語批判」『人文・自然研究』第六号(一橋大学大学教育研究開発センター、二〇一二年)、一二一～一七九頁所収。

エーベルハルト・シャイフェレ「カール・クラウスの風刺的な世界劇場‐パロディー――『人類最後の日々』」(小林哲也訳)『思想』第一〇五八号、三〇五～三二六頁所収。

ゲルショム・ショーレム「マルティン・ブーバーのハシディズム解釈について」『ユダヤ主義の本質』(高尾利数訳、河出書房新社、一九七五年)、一三九～一七六頁所収。

ゲオルク・ジンメル『ゲーテ』(木村謹治訳、櫻井書店、一九四三年)。

鈴木聡「青年の学校の再生を求めて――グスタフ・ヴィネケンの青年教育思想から」グスタフ・ヴィネケン/パウル・ゲヘープ『世界新教育運動選書一八――青年期の教育』(鈴木聡/ヴォルフガング・ヴィルヘルム訳、明治図書出版、一九八六年)、八～五〇頁所収。

鈴木雅雄『シュルレアリスム、あるいは痙攣する複数性』(平凡社、二〇〇七年)。

須藤博忠『オーストリアの歴史と社会民主党』(信山社、一九九五年)。

関根正雄「ヘブライ・キリスト教的思考」『ヨーロッパ精神史の基本問題』(岩波書店、一九六六年)。

ニコラウス・ゾンバルト『男性同盟と母権性神話――カール・シュミットとドイツの宿命』(田村和彦訳、法政大学出版局、一九九四年)。

高安国世「表現主義抒情詩の諸問題」『ドイツ表現主義』第一集(表現主義研究会、一九六四年)、八～二一頁所収。

竹峰義和「『迷妄の教え』――シュミット／ヴァーグナー／カント」仲正昌樹編『美のポリティクス』（御茶の水書房、二〇〇三年）。

谷川道子『聖母と娼婦を超えて――ブレヒトと女たちの共生』（花伝社、一九八八年）。

田村栄子『若き教養市民層とナチズム――ドイツ青年・学生運動の思想の社会史』（名古屋大学出版会、一九九六年）。

ジャック・デリダ『声と現象』（林好雄訳、筑摩書房、二〇〇四年）。

ジル・ドゥルーズ／フェリックス・ガタリ『カフカ――マイナー文学のために』（宇波彰／岩田行一訳、法政大学出版局、一九七八年）。

ポール・ド・マン『美学イデオロギー』（上野成利訳、作品社、二〇〇五年）。

エンツォ・トラヴェルソ『ユダヤ人とドイツ』（右京頼三訳、法政大学出版局、一九九六年）。

ジャクリーヌ・ド・ロミイ『ギリシア文学概説』（細井敦子／秋山学訳、法政大学出版局、一九九八年）。

西村雅樹『言語への懐疑を超えて――近・現代オーストリアの文学と思想』（東洋出版、一九九五年）、八三～一二二頁所収。

野田宣雄『ドイツ教養市民層の歴史』（講談社、一九九七年）。

早崎守俊『ドイツ表現主義の誕生』（三修社、一九九六年）。

エルヴィン・パノフスキー『イデア』（伊藤博明／富松保文訳、平凡社、二〇〇四年）。

林巧三「表現主義のマニフェスト文学――F・ペルトナー『文学革命』の紹介」『ドイツ表現主義』第一集（表現主義研究会、一九六四年）、一六三～一九一頁所収。

マイケル・ハワード『戦争と知識人――ルネッサンスから現代へ』（奥村房夫他共訳、原書房、一九八二年）。

リチャード・J・バーンスタイン『根源悪の系譜――カントからアーレントまで』（阿部ふく子／後藤正英／齋藤直樹／菅原潤／田口茂訳、法政大学出版局、二〇一三年）。

フランシス・フクヤマ『歴史の終わり』上下巻（渡部昇一訳、三笠書房、一九九二年）。

R・S・ブラック『プラトン入門』（内山勝利訳、岩波書店、一九九二年）。

プラトン『国家』（藤沢令夫訳、岩波書店、一九七九年）。

ルドルフ・K・ブルトマン『歴史と終末論』（中川秀恭訳、岩波書店、一九五九年）。

ジークムント・フロイト「ナルシシズムの導入に向けて」『フロイト全集一三』（立木康介訳、岩波書店、二〇一〇年）、一一五～一五一頁所収。

ジークムント・フロイト「トーテムとタブー」『フロイト全集一二』（門脇健訳、岩波書店、二〇〇九年）、一～二〇六頁所収。

オルトヴィン・ヘンスラー『アジール——その歴史と諸形態』（舟木徹男訳・解題、国書刊行会、二〇一〇年）。

ハンス・マイヤー『取り消された関係』（宇京早苗訳、法政大学出版局、二〇〇三年）。

水田恭平『タブローの解体——ゲーテ『親和力』を読む』（未来社、一九九一年）。

三原弟平『カフカ・エッセイ——カフカをめぐる七つの試み』（平凡社、一九九〇年）、一〇～七三頁。

ローベルト・ミュラー＝シュテルンベルク『デーモン考』（木戸光良訳、法政大学出版局、一九七四年）。

明星聖子『新しいカフカ』（慶応義塾大学出版、二〇〇二年）。

村山雅人『反ユダヤ主義——世紀末ウィーンの政治と文化』（講談社、一九九五年）。

ジョージ・L・モッセ『ユダヤ人の〈ドイツ〉』（三宅昭良訳、講談社、一九九六年）。

ジョージ・L・モッセ『英霊——創られた世界大戦の記憶』（宮武実知子訳、柏書房、二〇〇二年）。

安川晴基「カール・クラウスの翻訳論——シェイクスピア『ソネット集』翻案を例に」『思想』第一〇五八号、二八〇～三〇四頁所収。

山口裕之「カール・クラウスにおける世界・言葉・性——根源概念と時代批判（その一）」『人文研究』第四四巻第八分冊（大阪市立大学、一九九二年）、一一一～一三四頁所収。

山口裕之「カール・クラウスにおける世界・言葉・性——根源概念と時代批判（その二）」『人文研究』第四五巻第八分冊（大阪市立大学、一九九三年）、一〇七～一二六頁所収。

山名淳「資格社会における新教育運動のジレンマ——試験制度をめぐるドイツ田園教育舎の対応を事例として」望田幸男編『近代ドイツ＝資格社会の展開』（名古屋大学出版会、二〇〇三年）、三〇三～三三三頁所収。

山本七平『聖書の常識——山本七平ライブラリー一五』（文芸春秋、一九九七年）。

ジャン＝フランソワ・ラプレニー「フロイト『とその顛末』——カール・クラウスと精神分析、もしくはある敵意の掛け金」（合田正人訳）『思想』第一〇五八号、一七三～一九五頁所収。

ジャン＝フランソワ・リオタール『熱狂——カントの歴史批判』（中島盛夫訳、法政大学出版局、一九九〇年）。

フリッツ・K・リンガー『読書人の没落——世紀末から第三帝国までのドイツ知識人』（西村稔訳、名古屋大学出版会、一九九一年）。

ニクラス・ルーマン『情熱としての愛』（佐藤勉／村中知子訳、木鐸社、二〇〇五年）。

エマニュエル・レヴィナス『レヴィナス・コレクション』（合田正人訳、筑摩書房、一九九九年）。

マルト・ロベール『古きものと新しきもの』（城山良彦／島利雄／円子千代訳、法政大学出版局、一九七三年）。

あとがき

本書は、京都大学大学院人間・環境学研究科に提出され、二〇一三年に受理された博士学位請求論文に大幅に加筆修正を加えたものである。終章は、以前書きながら博士論文には入れられなかったものを今回あらたに組み入れた。出版にあたっては、京都大学から「平成二六年度総長裁量経費人文・社会系若手研究者出版助成」を受けた。

第一部から第三部までそれぞれ扱う時期とテーマを変えながらも、ベンヤミンの思考の核心ともいえるものにこだわって取り組んでいる。ほぼ十年にわたって取り組んで来たものをまとめているため、各部のつながり、連続性を十分に明確にできていないかもしれない。最後にあらためて本書全体の意図を簡単に述べておきたい。

ベンヤミンには、大きく二つの姿勢が見られる。思考の躍動とともに、まだ見ぬ領域へと積極的に踏み入っていく姿勢、はかない存在にこだわりながらメランコリックに立ち止まる姿勢がベンヤミンには並存している。本書ではこの二つの姿勢がどのように絡み合ってその都度のテクストを作り出しているのかをとらえようとしてきた。二つの方向性の並存がベンヤミンの思考に、緊張感と魅力を作り出しているということを本書全体で示したかった。だが、どちらの方向に力点をおいたかと言うなら前者にである。ベンヤミンの思考の躍動が展開していく動きをポジティヴに捉えたいという意図があった。はかないものの経験にこだわり、その救済の希望を展開させるという本書第二部でも扱ったベンヤミンの思考のモティーフは、「他者との共生」といった理念がぐらついている現在において重要なものでありつづけている。だが、本書で強調したかったのは、ベンヤミンに見られる、理念の不在状況を引き受けつつ新たに何かを構築していこうとする思考の躍動である。既存のものの外部に何かを構築しようという姿勢は、最初期のベンヤミンに見られるものだった。ここにあった憧憬を、ベンヤミンが屈折を経ながらも保持し、単なる「ユートピア」を夢想することに終わらせずに、批評活動の中で現実に展開させようとしていたことを描き出すことを目標とした。

本書では、批評家としての実践や、亡命の中での新たな思考の展開の入り口までを追うにとどまり、生涯全体にわたる展開までは追えなかった。その後の展開に関しては、またの機会を待ちたい。また、当然ではあるが、扱えなかったテクスト、触れることのできなかったテーマも多くある。筆者の浅学のために不十分なところも多いだろう本書ではあるが、ベンヤミンの思考のアクチュアリティーに少しでも触れられていればと思うばかりである。

本書の完成までに数多くの方々にお世話になった。

京都大学人間・環境学研究科の道籏泰三先生には、修士課程入学以来博士論文の提出までほぼ十年にわたってご指導をいただいた。叱咤激励しながら長い目で見守ってくださった先生に心よりお礼申し上げたい。博士論文の審査の労をおとりくださった京都大学人間・環境学研究科の大川勇先生、大黒弘慈先生にも改めてお礼申し上げたい。

近畿大学の河野英二先生には特にカール・クラウスに関して多くのご助言をいただいた。クラウスの難解な文章を少しとはいえ理解できるようになったのは先生のおかげである。日本大学の初見基先生には、研究文献を多数教えていただき、また学会発表などの折に親切なご指摘、ご助言をいただいた。心より感謝申し上げたい。京都大学の川島隆先生、近畿大学の熊谷哲哉先生は、院生時代から多くの研究会に連れ出してくださり、こもりがちな筆者を外の世界に導いてくださった。細見和之先生をはじめとした神戸ユダヤ文化研究会のみなさま、高橋義人先生、粂川麻里生先生をはじめとしたゲーテ自然科学の集いのみなさまにも、研究会などで多くの助言をいただき、お世話になった。十年ほどにわたって在籍した道籏研究室の皆さんには、活発な議論を通じて研究におつきあいいただき、大変感謝している。水声社の神社美江さんは、編集にあたって原稿に綿密に目を通し、多くの助言をくださった。心よりお礼申し上げる。最後に、端から見れば何をしているかも定かでないだろう筆者のことを見守ってくれた家族への感謝を記したい。

二〇一五年二月

小林哲也

著者について――

小林哲也（こばやしてつや）

一九八一年、北海道札幌市に生まれる。京都大学大学院人間・環境学研究科博士後期課程修了。専攻、ドイツ文学・思想。現在、京都大学非常勤講師。主な論文に、「第一次大戦、ブーバー、ベンヤミン――内面的決断と言語の問題」（『ナマール』第一八号、二〇一三年）、「不透過なものの『聴き取り』――ベンヤミンによるゲーテの『親和力』読解」（『モルフォロギア』第三四号、二〇一二年）、「デーモンの不平、デーモンの使命――一九三〇年代のカール・クラウス」（『思想』第一〇五八号、二〇一二年）などがある。

ベンヤミンにおける「純化」の思考――「アンファング」から「カール・クラウス」まで

二〇一五年三月二〇日第一版第一刷印刷　二〇一五年三月三〇日第一版第一刷発行

著者　小林哲也

発行者　鈴木宏

発行所　株式会社　水声社

東京都文京区小石川二―一〇―一　いろは館内

郵便番号　一一二―〇〇〇二

電話　〇三―三八一八―六〇四〇

FAX　〇三―三八一八―二四三七

郵便振替　〇〇一八〇―四―六五四一〇〇

URL　http://www.suiseisha.net

印刷・製本　精興社

ISBN 978-4-8010-0092-6